Knaus

K

Martin Cruz Smith

# Die schwarze Rose

ROMAN

*Aus dem Amerikanischen*
*von Kristian Lutze*

Albrecht Knaus

Titel der Originalausgabe: «Rose»

Die Wordsworth-Zitate in diesem Buch wurden der folgenden Ausgabe entnommen: William Wordsworth, Gedichte. Übersetzt von Wolfgang Breitwieser, hrsg. von Alexander von Bernus (Reihe Englische Lyriker), Verlag Lambert Schneider, Heidelberg 1959.

*Umwelthinweis:*
Dieses Buch und sein Schutzumschlag wurden auf chlorfrei gebleichtem Papier gedruckt. Die vor Verschmutzung schützende Einschrumpffolie ist aus umweltschonender und recyclingfähiger PE-Folie.

Der Albrecht Knaus Verlag
ist ein Unternehmen der Verlagsgruppe Bertelsmann

1. Auflage

Gesetzt aus Korpus Times
Satz: Filmsatz Schröter GmbH, München
Druck und Bindung: GGP, Pößneck
Printed in Germany
ISBN 3-8135-0033-0

*Für Em*

# I

Die schönsten Frauen auf der Welt waren die Afrikanerinnen. Somalifrauen, gehüllt in ein Meer purpur-, zinnober- und rosafarbener Gewänder. Um den Hals Bernsteinperlen, die, wenn man sie aneinanderrieb, elektrische Funken sprühten und den Duft von Limonen und Honig verströmten.

Frauen vom Horn, die durch goldene Schleier aus Perlenschnüren blickten, die zu klingenden Tränen geformt waren. Schwarz verhüllt von Kopf bis Fuß, all ihr Sehnen verdichtet in den kajalumrandeten Augen. Dinkafrauen aus den Mondbergen, dunkel und ebenmäßig wie das dunkelste, ebenmäßigste Holz, groß und statuengleich in Perlenkorsetts, die erst in ihrer Hochzeitsnacht aufgeschnitten würden.

Und die Frauen von der Goldküste, mit ihren goldenen Ketten, Glöckchen und Armbändern, die in golddurchwirkten Röcken in von Zimt-, Kardamom- und Moschusduft erfüllten Räumen tanzten.

Jonathan Blair erwachte zitternd in feuchten, zerwühlten Laken, während Regen, Gasdämpfe und Ruß gegen das einzige Fenster seiner Unterkunft drängten. Er wünschte sich, in seinen Traum zurücksinken zu können, doch die Bilder waren verweht wie Rauch. Nur das Afrika in seinem Blut, das blieb für immer.

Er vermutete, daß er Typhus hatte. Sein Bettzeug war klamm vor Schweiß. In der vergangenen Woche war er von den Augäpfeln bis zu den Zehenspitzen gelb angelaufen. Er pinkelte braunes Wasser, ein Anzeichen dafür, daß er an Malaria litt. Was gestern abend nach Chinin und Gin verlangt hatte – zumindest hatte er danach verlangt.

Draußen läuteten die Morgenglocken einen weiteren widerwärtigen Tag ein, ihr Echo hallte in seinem Kopf wie Blutgefäße, die platzten. Er fror, und in dem winzigen Kamin der Kammer verglomm nur ein erbärmliches Häuflein Kohle unter der Asche. Er schwang seine Füße auf den Boden, versuchte einen Schritt und brach zusammen.

Eine Stunde später kam er wieder zu sich. Er erkannte es an einem erneuten Ausbruch von Glockengeläut, Gott hatte also doch seinen Sinn – als himmlischer Regulator mit einem Gong.

Vom Fußboden aus hatte Blair einen niedrigen, aber ausgezeichneten Blick auf die ganze Pracht seiner Behausung: ein abgewetzter Teppich voller Teeflecke, das Bett mit den zerwühlten Laken, ein einzelner Stuhl und ein Tisch mit einer Öllampe, mit Zeitung geflickte Tapete, ein Fenster, durch das trauriges, graues Licht auf die tote Asche im Kamin fiel. Er war versucht, zu dem Stuhl zu kriechen, um im Sitzen zu sterben, doch dann fiel ihm seine Verabredung wieder ein. Zitternd wie ein alter Hund krabbelte er auf allen vieren zum Kamin. Die Kälte drängte sich gegen seine Rippen und zerrte an seinen Knochen. Der Boden schwankte wie das Deck eines Schiffes, und er verlor erneut das Bewußtsein.

Als er wieder zu sich kam, hielt er in der einen Hand ein Streichholz und eine Zeitung, in der anderen Holzspäne. Offenbar kam er bewußtlos genausogut zurecht wie in wachem Zustand, was ihn erfreute. Die Zeitung war auf die Hofnachrichten für den 23. März 1872 zusammengefaltet: «Ihre Königliche Hoheit, die Kronprinzessin, wird zusammen mit Sir Rodney Murchinson, dem Präsidenten der RGS, und Seiner Hochwürden, Bischof Hannay, an einem Stiftertreffen der Royal Geographic Society teilnehmen. Weitere Teilnehmer sind ...» Das war gestern gewesen, was bedeutete, daß er die Feierlichkeiten verpaßt hätte, wäre er, nun ja, eingeladen und in Besitz des Droschkengeldes gewesen. Er zündete das Streichholz an und wandte all seine Kraft auf, um die schweflige Flamme unter Zeitung und Späne zu halten und sie auf den Kaminrost zu schieben. Er drehte sich auf die Seite und streckte die Hand nach dem Kohleneimer aus. Bitte, lieber Gott, dachte er, mach, daß Kohle da ist. Und es war welche da. Er legte eine Handvoll aufs Feuer. Über dem Kamin hing ein Kessel. Bitte, lieber Gott, dachte er, mach, daß Wasser da ist. Er klopfte gegen den Kessel und hörte den Inhalt hin und her schwappen. Er gab mehr Papier und Kohle auf die Flammen und legte sich, als die Kohlen zu brennen begannen, so nah wie möglich an den wärmenden Atem des Feuers.

Er mochte keinen englischen Tee. Ein süßer marokkanischer Pfefferminztee im Glas wäre ihm lieber gewesen. Oder ein starker türkischer Mokka. Oder eine Blechtasse voll aufgebrühtem amerikanischen Kaffee. Doch für London war dies, so dachte er, wahrscheinlich so angenehm, wie das Leben hier überhaupt werden konnte.

Nachdem er seinen Tee getrunken hatte, riskierte Blair es, sich anzukleiden. Seinen Schal zu einer Art Krawatte zu binden, bereitete ihm Probleme, weil er den Arm nicht heben konnte, ohne Schüttelkrämpfe zu bekommen. Deswegen hatte er es auch seit Tagen nicht mehr gewagt, ein Rasiermesser an seine Kehle zu halten, so daß der Schatten eines Bartes über seinem Gesicht lag. Er verfügte jedoch noch immer über anständige Kleidung und eine Taschenuhr, die ihm sagte, daß er auf der Stelle aufbrechen mußte, wenn er zu Fuß von der Holborn Road in die Savile Row gelangen wollte – und eine Kutsche konnte er sich gewiß nicht leisten. Normalerweise wäre das ein entspannter Spaziergang gewesen. Doch heute lag der Weg vor ihm wie eine Expedition durch Berge, Wüsten und Sümpfe. Er lehnte sich ans Fenster und starrte auf die buckeligen Kutschen auf den Straßen und die wetteifernden Ströme von Regenschirmen auf den Bürgersteigen. In der Scheibe sah er das Spiegelbild eines vom Leben im Freien geröteten, rauhen Gesichts, das nicht einmal ihm selbst freundlich oder vertrauenerweckend erschien.

Auf dem Weg die Treppe hinab schwankte er wie ein Matrose. Solange er sich kein Bein brach, war alles in Ordnung, sagte er sich. Außerdem war dies eine Verabredung, die zu verpassen er sich nicht leisten konnte, nicht wenn er aus England herauskommen wollte. Und dafür wäre er notfalls auch auf Ellenbogen gerobbt.

London überfiel ihn mit dem dampfenden Geruch von Pferdedung und dem Geschrei eines Lumpensammlers, der mit einer Horde von Droschkenkutschern stritt, der Wortwechsel nur unterbrochen von gelegentlichem explosivem Schleimauswurf. Die Boulevards von Paris wurden einmal am Tag gereinigt. In San Francisco rutschte der Dreck zumindest zur Bucht hinunter. In London hingegen sammelte sich der Schmutz, einzig durch die tägliche Pisse vom Himmel gestört, und entwickelte einen Gestank, der die Nase zum Weinen brachte.

Wie England selbst eine schniefende Nase unter dem blauen Auge der Nordsee ist, dachte er. Dieses andere Eden, die szeptertragende Insel, dieser Nachttopf unter dem Himmel. Und jeder Untertan stolz auf seinen Regenschirm.

An diesem Ende der Holborn Road waren die Stämme der Juden, Iren und Rumänen heimisch, alle trugen graue Lumpen und eine Melone. Jeder Straßenblock hatte seinen Pfandleiher, seine Mission, seinen Laden für Kutteln, seinen Austernstand und seine beiden Bierhäuser. Auch wenn der allgemeine Gestank krankheitserregend wirkte, schienen ihn die Bewohner auf der Straße nicht mehr zu beachten als Fische das Salzwasser. Von Pferden gezogene Busse mit offenen Oberdecks rumpelten durch dichten Nieselregen und Nebel. Männer warben als wandelnde Plakatsäulen für Chiropraktiker, Zahnärzte und Wahrsager. Frauen in durchnäßten Federboas boten flüchtige Blicke auf Rouge und Geschlechtskrankheiten feil. Händler an Straßenekken verkauften gefüllte Brote, Pfennigbrötchen, heiße Kartoffeln und Zeitungsschlagzeilen wie «Liebeskranker Würger tötet Mädel!» Wie die Redakteure entschieden, welche Untat aus der Masse der städtischen Grausamkeiten sich verkaufen würde, überstieg Blairs Vorstellungskraft.

Auf halber Strecke, bei Charing Cross, priesen Plakate die Produkte eines Mittelschichtsdaseins an: Leberpillen und Holunderbeeren, Nestles Milch und Cockburns Sherry. Die Bevölkerung verwandelte sich in eine rein männliche Gesellschaft in schwarzen Anzügen und Zylindern: Büroangestellte, die sich mit einer Hand an den Kragen faßten; Händler mit Baumwollhandschuhen und verschnürten Schachteln; Anwälte mit von silbernen Uhrbändern gezierten Westen; und alle fuchtelten sie mit ihren Schirmen herum. Blair selbst hatte keinen Schirm, nur einen breitkrempigen Hut, der den Regen auf die Schultern seines Regenmantels leitete. An den Füßen trug er ein löchriges Paar Gummistiefel, deren Sohlen mit Seiten ausgelegt waren, die er aus dem Gesangbuch einer Mission herausgerissen hatte: «Geh hin nach Gottes Willen» im linken Stiefel. An jeder Ecke blieb er stehen, um sich an einem Laternenpfahl abzustützen.

Als er St. James erreicht hatte, war der Schüttelfrost zurückgekehrt und ließ seine Zähne klappern. Obwohl er spät dran war, kehrte er in einem Pub ein, das auf einer Tafel den «billigsten Gin» versprach. Er legte seine letzte Münze auf den Tresen, wo ihm die Stammkunden, eine mittägliche Galerie von Ladengehilfen und Lehrlingen mit den verhärmten Gesichtern von Trauernden in der Ausbildung, Platz gemacht hatten.

Der Barkeeper brachte ihm ein Glas Gin und sagte: «Dazu gibt es Soleier oder eingelegte Austern, wenn Sie wollen.»

«Nein, danke. Feste Nahrung hab' ich mir abgewöhnt.»

Jedes Augenpaar schien zu beobachten, wie er sein Glas Gin hinunterstürzte. Es war nicht allein die Tatsache, daß ihre Gesichter weiß waren. Verglichen mit anderen Hauttönen hatte die britische Haut den fahlen Glanz einer Sonne, die lange hinter einer Dunstglocke verschwunden war. Ein Junge mit helleren Augen wieselte am Tresen entlang auf ihn zu. Er trug ein grünes Hutband, eine violette Krawatte, die plattgedrückt wie ein Blatt Kohl war, und über gelben Handschuhen Ringe an den Fingern.

*«Illustrated London News»*, sagte er und streckte eine Hand aus.

Ein Reporter. Blair wartete nicht auf sein Wechselgeld. Er stieß sich vom Tresen ab und stürzte hinaus.

Der Junge grinste wie jemand, der eine Perle in seiner Auster gefunden hatte. «Das war Blair», verkündete er. «Blair von der Goldküste. Nigger Blair.»

Sein Ziel war ein Stadthaus in der Savile Row, wie es Handelsbanken und Clubs besonders schätzten: ein Eingang zwischen kannelierten Säulen, drei Stockwerke mit von marmornen Zinnen überragten Fenstern, die Selbstbewußtsein, Anstand und Diskretion ausdrückten. An einer Säule eine Messingtafel mit der Inschrift «The Royal Geographic Society».

«Mr. Blair.» Jessup, der Butler, war aus Gründen, die Blair nie begriffen hatte, stets um ihn besorgt. Er half ihm aus dem Mantel und nahm seinen Hut, führte ihn nach hinten in den Garderobenraum und brachte ihm Tee und Milch. «Wie fühlen Sie sich, Sir?» fragte er.

«Mich fröstelt ein wenig, nur ein winziges bißchen.» Nach dem Gin im Pub zitterte Blair so heftig, daß er Mühe hatte, seinen Tee nicht zu verschütten.

«Dann ist Gunpowdertee genau das richtige, Sir. Schön, Sie wiederzusehen, Sir.»

«Ist mir eine Freude, Jessup. Ist der Bischof noch hier?»

«Hochwürden ist noch da. Einer der Männer hat ihm gerade etwas Käse und Portwein gebracht. Kommen Sie erst einmal zu Atem. Ich lese die Berichte über Ihre Arbeit mit großem Interesse, Sir. Ich hoffe, es wird weitere geben.»

«Das hoffe ich auch.»

«Meinen Sie, daß Sie stehen können, Sir?»

«Ich glaube schon.» Das Zittern legte sich. Blair rappelte sich einigermaßen schwungvoll auf die Beine, und Jessup bürstete sein Jackett ab.

«Der Gin wird Ihre Eingeweide zerfressen, Sir.»

«Danke, Jessup.» Er setzte sich in Bewegung, solange er sich noch vage erholt fühlte.

«Sie finden den Bischof im Kartenraum, Sir. Aber geben Sie bitte acht. Er hat schlechte Laune.»

Der Kartenraum war Zeugnis des Beitrags, den die Royal Geographic Society zur Erkundung der Welt und zur Mehrung des Wissens geleistet hatte. Angefangen hatte sie als «African Association». Eine große Landkarte verzeichnete die Expeditionen, die die Gesellschaft gefördert hatte: Mungo Park den Niger aufwärts, Burton und Speke zum Victoria-See, Speke und Grant zum Weißen Nil, Livingston in den Kongo, Baker nach Uganda auf der Suche nach Speke. Die Wände waren auf zwei Etagen von Bücher- und Kartenregalen gesäumt, die Galerie wurde von gußeisernen Säulen und einer Wendeltreppe gestützt. In der Mitte des Raumes war ein Globus aufgestellt, der die britischen Besitztümer als eine weltumspannende Körperschaft in herrschaftlichem Rosa zeigte.

Neben dem Globus stand Bischof Hannay, ein großer Mann mittleren Alters in einem schwarzen Wollanzug mit Beffchen. Weil die meisten Engländer Schwarz trugen, wirkten sie wie eine Nation in permanenter Trauer, doch in diesem Fall betonten der dunkle Stoff und der weiße Kragen nur die unangemessene Vitalität des Bischofs und die schonungslose Offenheit seines Blicks. Er hatte ein rötliches Gesicht mit dunkelroten Lippen, und sein dunkles Haar war an den Schläfen ergraut und zerzaust, als ob es versengt worden wäre.

«Nehmen Sie Platz, Blair», sagte er. «Sie sehen miserabel aus.»

An einem mit Käse und Portwein gedeckten Tisch standen zwei Stühle mit hohen Lehnen. Blair nahm die Einladung zum Zusammenbruch dankbar an.

«Schön, Sie wiederzusehen, Hochwürden. Tut mir leid, daß ich zu spät komme.»

«Sie stinken nach Gin. Nehmen Sie ein Glas Port.»

Bischof Hannay goß ihm ein Glas ein, ohne sich selbst zu bedienen.

«Sie sind im ganzen eine recht anrüchige Person, Blair. Veruntreuung von Wohltätigkeitsfonds, vorsätzliche Befehlsverweigerung, Unterstützung des Sklavenhandels, um Gottes willen!

Sie haben die Gesellschaft und das Foreign Office blamiert. Und ich hatte Sie empfohlen.»

«Ich habe nur genommen, was man mir schuldete. Wenn ich dem Vorstand gegenüber –»

«Wenn Sie dem Vorstand gegenüberträten, würde er Ihnen eine Ohrfeige verpassen und Sie zur Tür hinauswerfen lassen.»

«Nun, ich will die Herren natürlich nicht zu Gewalttätigkeiten provozieren.» Blair goß sein Glas erneut voll und blickte auf. «Werden Sie mir zuhören?»

«Mich schockiert man nicht so leicht wie die anderen, ich erwarte moralische Verworfenheit.» Bischof Hannay lehnte sich zurück. «Aber nein, ich werde Ihnen nicht zuhören, weil es reine Zeitverschwendung wäre. Man nimmt aus Gründen Anstoß an Ihnen, die nichts mit den Beschuldigungen zu tun haben.»

«Wie beispielsweise?»

«Sie sind Amerikaner. Ich weiß, daß Sie hier geboren wurden, aber jetzt sind Sie Amerikaner. Sie machen sich keine Vorstellung davon, wie abstoßend Ihre Manieren und Ihre Stimme sein können. Außerdem sind Sie arm.»

«Deswegen habe ich das Geld ja genommen», sagte Blair. «Da saß ich auf Erkundungsmission in Kumasi. Ich bin nicht wie Speke, ich brauche keine Armee, nur fünf Männer, Meß- und Prüfinstrumente, Medizin, Nahrung und Geschenke für die Häuptlinge. Ich mußte meine Männer im voraus bezahlen, und ich hatte meine eigenen Mittel bereits verbraucht. Diese Leute sind abhängig von mir. Zwanzig Pfund. Der Betrag ist kaum der Rede wert, sonst wäre die Hälfte der Männer gestorben. Wo war denn all das Geld, das man mir versprochen hatte? Ausgegeben von der Kolonialverwaltung in Accra. Der Bibelfonds war das einzige, was für mich zugänglich war. Also habe ich das Geld genommen. Es war eine Frage von Brot oder Büchern.»

«Bibeln, Blair. Brot für die Seele. Selbst wenn es für die Methodisten bestimmt war.» Den letzten Satz hatte der Bischof so leise geflüstert, daß Blair nicht wußte, ob er scherzhaft gemeint war.

«Wissen Sie, wofür die Niederlassung in Accra mein Geld ausgegeben hat? Man hat es für Zeremonien zu Ehren eines mordlustigen Kretins verschleudert – ihres Neffen.»

«Es war ein offizieller Besuch. Natürlich hat man da einen angemessenen Empfang inszeniert. Wenn Sie nicht so arm wären, wäre das kein Problem gewesen. Deswegen ist Afrika auch ein Terrain für Gentlemen. Sie hingegen sind . . .»

«Ein Bergbauingenieur.»

«Sagen wir, mehr als nur ein Bergbauingenieur. Ein Geologe, Kartograph, aber bestimmt kein Gentleman. Gentlemen verfügen über hinreichende private Mittel, damit unerwartete Situationen sich nicht zu schmerzlichen Peinlichkeiten auswachsen müssen. Machen Sie sich keine Sorgen, ich habe Ihre Schuld beim Bibelfonds beglichen.»

«Mit dem Geld, das ich in Kumasi ausgegeben habe, schuldet mir die Gesellschaft immer noch einhundert Pfund.»

«Nachdem Sie sie so entehrt haben? Das sehe ich anders.»

Bischof Hannay stand auf. Er war hochgewachsen wie ein Dinka. Das wußte Blair genau, weil Hannay das einzige Mitglied des Vorstands war, das je selbst in Afrika gewesen war, dem wirklichen Afrika südlich der Sahara. Blair hatte ihn in den Sudan geführt, wo sie zunächst auf die Fliegen, dann auf die Rinder und schließlich auf ein Lager der nomadischen Dinka gestoßen waren. Die Frauen waren vor den Besuchern mit den weißen Gesichtern davongelaufen. Das taten die Afrikaner meistens; Gerüchten zufolge aßen die Weißen Schwarze. Die Dinkamänner standen in einer kühnen Reihe, nackt bis auf eine gespenstische Aschenbemalung und ihre Elfenbeinarmbänder. Aus Neugier hatte der Bischof seinen Anzug ausgezogen und sich Glied für Glied mit dem größten Krieger verglichen. Von den Schultern abwärts glichen sich die Körper der beiden Riesen in jeder Beziehung.

Hannay erhob sich und stieß den Globus leicht an. «Diese Sklavereigeschichte. Erklären Sie das.»

«Ihr Neffe Rowland drang, Tiere schlachtend, landeinwärts», sagte Blair.

«Er hat Exemplare für wissenschaftliche Forschungszwecke gesammelt.»

«Exemplare mit Löchern. Wenn jemand an einem halben Tag fünfzig Flußpferde und zwanzig Elefanten erschießt, ist er ein Schlächter und kein Forschungsreisender.»

«Ein Amateurforschungsreisender. Was hat das mit Sklaverei zu tun?»

«Ihr Neffe gab zu verstehen, daß er im Auftrag des Foreign Office die Angelegenheiten der Eingeborenen untersuchen sollte, und erklärte, er sei schockiert, in einer britischen Kolonie Sklavenhandel anzutreffen.»

«In einem britischen *Protektorat.*» Hannay hob die Hand.

«Er hatte Truppen und einen Brief von Ihnen, in dem Sie ihn berechtigten, mich zum Führer zu nehmen. Er verkündete, daß er die Sklaven der Ashanti befreien und den König in Ketten legen wolle. Es war eine Erklärung, die eine Reaktion der Ashanti provozieren sollte, damit man britische Truppen zu Hilfe rufen konnte.»

«Und was ist daran verkehrt? Die Ashanti sind am Sklavenhandel fett geworden.»

«Genau wie England. Die Engländer, Holländer und Portugiesen haben den Sklavenhandel mit den Ashanti aufgebaut.»

«Aber jetzt hat England den Sklavenhandel eingestellt. Und die einzige Möglichkeit, das umfassend zu tun, ist eine Vernichtung der Ashanti und die Sicherung der britischen Herrschaft an der gesamten Goldküste. Doch Sie, Jonathan Blair, mein Angestellter, haben sich auf die Seite von schwarzen Sklavenhändlern geschlagen. Wann genau sind Sie auf die Idee verfallen, es stünde in Ihrer Kompetenz, sich der Politik des Foreign Office in den Weg zu stellen oder die moralische Vision von Lord Rowland in Zweifel zu ziehen?»

Blair wußte, daß Hannay Rowlands Titel verwendete, um ihm seinen weit geringeren Status deutlich zu machen. Er unterdrückte den Impuls, einen wütenden, demokratischen Abgang zu machen.

«Ich habe dem König lediglich geraten, sich zurückzuziehen und an einem anderen Tag zu kämpfen. Wir können ihn und seine Familie auch noch in ein paar Jahren abschlachten.»

«Die Ashanti sind gute Kämpfer. Es wird kein Gemetzel geben.»

«Ein Ashanti zieht mit einer Muskete in die Schlacht. Ein britischer Infantrist mit einem Martini-Henry-Gewehr. Es wird ein glorreiches Gemetzel geben.»

«In der Zwischenzeit dauert das Übel der Sklaverei an.»

«England will nicht ihre Sklaven, es will ihr Gold.»

«Natürlich will es das. Das sollten Sie ja auch finden, was Sie nicht getan haben.»

«Ich gehe für Sie dorthin zurück.» Er hatte vorgehabt, das Angebot behutsam vorzubringen, anstatt so verzweifelt damit herauszuplatzen.

Bischof Hannay lächelte. «Ich soll Sie an die Goldküste zurückschicken? Damit Sie Ihre Sklavenhändlerfreunde weiter unterstützen können?»

«Nein, um die bereits begonnene Vermessung zu beenden. Wer kennt das Land besser als ich?»

«Das kommt überhaupt nicht in Frage.»

Blair kannte Hannay gut genug, um zu begreifen, daß der Bischof auf persönliche Appelle mit Verachtung reagierte. Nun, es gab viele Routen nach Afrika. Er probierte eine andere. «Soweit ich weiß, wird es im nächsten Jahr eine Expedition zum Horn geben. Sie werden jemanden wie mich brauchen.»

«Jemanden *wie* Sie, nicht notwendigerweise Sie selbst. Die Gesellschaft würde jeden anderen vorziehen.»

«Sie sind der größte Geldgeber. Man wird tun, was Sie sagen.»

«Momentan wirkt das nicht unbedingt zu Ihren Gunsten.» Bischof Hannay schaffte es, amüsiert auszusehen, ohne zu lächeln. «Ich durchschaue Sie, Blair. Sie hassen London, Sie verabscheuen England, jede Stunde hier ist Ihnen ein Graus. Sie wollen zurück in Ihren Dschungel zu Ihren kaffeebraunen Frauen. Sie sind wie ein offenes Buch für mich.»

Blair spürte, wie ihm das Blut in die Wangen schoß, und das lag weder an seiner Malaria noch am Port. Hannay hatte ihn scheußlich treffsicher beurteilt. Und vielleicht auch entlassen. Der Bischof ging zu den Bücherregalen. «Die Expeditionen Burton's und Speke's» stand da neben Livingstones «Missionsreisen und Forschungen in Süd-Afrika». Beide Bücher waren Bestseller gewesen und hatten sich in Auflagen verkauft, die normalerweise Dickens' rührseligen Mythen über London vorbehalten waren. Hannay strich mit dem Finger über die Berichte der Gesellschaft: «Handelsrouten der arabischen Dauen», «Aberglauben und Rituale der Hottentotten», «Mineralische Bodenschätze am Horn von Afrika», «Besondere Bräuche der Völker am Horn». Die beiden letzteren waren Blairs geringer Beitrag gewesen. Als ob er allein wäre, schlenderte Hannay zu dem Regal über Südafrika, zu den Zulus und Buren.

Blair wollte kein Widerspruch oder Abgang einfallen. Vielleicht war er hinausgeworfen worden, und es war so schnell passiert, daß er den Tritt verpaßt hatte. Er überschlug, was er für seine erbärmliche Unterkunft schuldig war. Außer der Kleidung an seinem Leib besaß er nichts, was nicht in ein Bündel gepaßt hätte. Sein einziger Besitz von Wert waren seine Meßinstrumente: ein Chronometer, ein Sextant aus Messing und ein Teleskop.

«Was sind Ihre weiteren Aussichten?» fragte Bischof Hannay, als ob Blair laut gedacht hätte.

«Es gibt noch andere Bergbau-Unternehmen in London. Die East India Company oder eine Firma, die in Ägypten tätig ist. Ich find' schon was.»

«Jeder Arbeitgeber wird nach einer Referenz fragen, und vor Ende der Woche werden Sie ein verrufener Mann in der Öffentlichkeit sein.»

«Oder ich gehe nach New York oder Kalifornien. Da gibt es jede Menge Gold.»

«Nicht ohne die Passage für ein Dampfschiff. Ihr Hut ist durchgeweicht. Sie konnten sich nicht einmal eine Droschke leisten.»

«Für einen Bischof sind Sie ein gemeiner Scheißkerl.»

«Ich bin die Kirche von England», erwiderte Hannay. «Das gibt mir große Freiheiten. Deswegen toleriere ich auch Sie.»

«Ich habe in Hannay-Minen in Amerika, Mexiko und Brasilien gearbeitet. Sie waren derjenige, der mich nach Afrika geschickt hat.»

«Ich habe Sie gebeten, nicht geschickt, und Sie konnten gar nicht schnell genug dorthin kommen.»

«Ich bitte Sie nicht um Geld, nicht einmal um das, was die Gesellschaft mir schuldet. Ich möchte nur eine Fahrkarte nach New York, sonst nichts.»

«Sonst nichts?»

«Die Welt ist voller Minen.»

«Und Sie werden wie das weiße Kaninchen in einem Loch verschwinden und nie wieder gesehen werden.» Um seinem Satz Nachdruck zu verleihen, ließ Hannay seine massige Gestalt in den Stuhl gegenüber Blair fallen.

«Genau.»

«Also, ich würde Sie vermissen, Blair. Sie mögen ja alles mögliche sein, aber ein Kaninchen sind Sie ganz bestimmt nicht. Ich empfinde Ihnen gegenüber eine gewisse Verantwortung. Sie haben an schwierigen Orten unbestreitbar gute Arbeit geleistet. Es ist mitleiderregend, Sie in dieser erbärmlichen Lage zu sehen. Morgen werden Sie Ihre Stiefel kochen und verspeisen. Oder sich von den Bürgern Londons ernähren. Nein, Sie sind kein Kaninchen.»

«Dann helfen Sie mir hier raus.»

Der Bischof legte die Hände zusammen, was bei jedem anderen wie Beten ausgesehen hätte. Bei ihm war es die reine Konzentration. «Würden Sie sich in Liverpool nach New York einschiffen?»

Blair nickte, zum ersten Mal mit einem Hoffnungsschimmer.

«Dann hätte ich auf dem Weg möglicherweise etwas für Sie», fuhr Hannay fort.

«Was heißt ‹auf dem Weg›?»

«Wigan.»

Blair lachte, überrascht, daß er überhaupt die Kraft dazu hatte. «Danke», sagte er. «Da verhungere ich lieber.»

«Wigan ist ein Bergbaugebiet. Die Welt ist voller Minen, das sagten Sie doch eben selbst.»

«Ich meinte Goldminen, nicht Kohle.»

«Aber Sie haben in Kohlebergwerken angefangen.»

«Deshalb kenne ich auch den Unterschied.»

«Einhundert Pfund», sagte Hannay. «Plus Spesen.»

«Die hundert schulden Sie mir sowieso. Spesen in Wigan? Sie meinen, so viel Fleischpastete, wie ich essen kann?»

«Und einen Platz bei der Expedition im nächsten Jahr. Sie wird auf Sansibar zusammengestellt und will versuchen, den afrikanischen Kontinent von der Ostküste nach Westen bis zur Mündung des Kongos zu durchqueren. Ich kann den Platz natürlich nicht garantieren – ich bin nur einer der Geldgeber –, doch ich werde mich für Sie verwenden.»

Blair goß sein Glas noch einmal voll, bemüht, die Karaffe ohne Zittern zu halten. Das war alles, was er sich erhofft hatte, in die Waagschale gegen Wigan geworfen.

«Nur um mir ein Kohlebergwerk anzusehen? Dafür gibt es in Wigan hundert bessere Männer.»

«Nein. Was Sie für mich erledigen sollen, ist für die Kirche.»

«Vorträge? Lichtbilder von Afrika? Missionare, die ich bewundere, in der Richtung?»

«Das würde denn doch ein zu großes Maß an Leichtgläubigkeit voraussetzen. Nein, etwas, was Ihrem Wesen gemäßer ist, Ihrer Neugier, Ihrer eigenartigen Herkunft. Ich habe in Wigan einen jungen Hilfsgeistlichen. Einen Vertreter der Kirche der Armen, der evangelikale Typ. Praktisch ein Methodist, fast ein Anhänger Wesleys. Ein Eiferer, der es sich zur Aufgabe gemacht hat, zu gefallenen Frauen und verurteilten Männern zu predigen. Das Problem ist nicht, daß er ein Narr ist, sondern daß ich ihn nicht finden kann. Er ist wie das weiße Kaninchen in einem Loch verschwunden.»

«Sie meinen, er ist in eine Mine gegangen?» fragte Blair.

«Nein, nein, er ist bloß verschwunden. Er wurde vor zwei Monaten zum letzten Mal in Wigan gesehen. Die Polizei hat Ermittlungen angestellt, aber unsere Wachtmeister sind einheimische Burschen, die in der Hauptsache dazu ausgebildet sind, Betrunkene zur Ordnung zu rufen und Wilderer einzufangen.»

«Dann engagieren Sie einen Detektiv von außerhalb.»

«Die Bergleute verachten Detektive als Streikbrecher, was sie in der Regel auch sind. Sie hingegen wissen sich anzupassen. In Afrika haben Sie es getan, so gut es ein Weißer überhaupt konnte.»

«Sie könnten jemand aus London engagieren.»

«Jemand aus London stünde auf verlorenem Posten. Er würde keine fünf Wörter des Lancashire-Dialektes verstehen. Ihre Mutter war doch aus Wigan, oder nicht? Ich meine mich zu erinnern, daß wir gemeinsam an einem Lagerfeuer mitten im Sudan saßen, als Sie mir diese Information anvertrauten.»

«Wir haben über alles mögliche geredet.»

«Es lag auf der Hand. Wigan ist meine Heimat. Es ist das, was wir gemeinsam haben. Sie haben in Wigan gelebt, bevor Ihre Mutter Sie nach Amerika brachte.»

«Worauf wollen Sie hinaus?»

«Darauf, daß Sie, wenn jemand in Wigan mit Ihnen spricht, verstehen, was er sagt.»

Gin und Port war keine schlechte Mischung. Der Schüttelfrost ebbte ab, und er konnte sich sogar konzentrieren.

«Da steckt doch mehr dahinter», sagte Blair. «Sie machen sich doch nicht bloß für einen Hilfspfarrer solche Umstände. Schon gar nicht für einen Spinner.»

Bischof Hannay beugte sich zufrieden vor. «Natürlich steckt mehr dahinter. Der Hilfspfarrer ist mit meiner Tochter verlobt. Wenn ihm vor einer Kneipe von einem Iren der Schädel eingeschlagen wurde, will ich es wissen. Wenn er eine Prostituierte gerettet hat und anschließend verführt wurde, will ich es wissen. Diskret, übermittelt durch einen persönlichen Agenten, damit meine Tochter, ich und der Rest der Nation es nicht aus der Zeitung erfahren müssen.»

«Alles mögliche könnte passiert sein. Er könnte in einen Schacht, in einen Kanal oder unter einen Kohlewaggon gefallen sein. Vielleicht hat er *seinen* Bibelfonds geplündert und ist mit den Zigeunern durchgebrannt.»

«Was auch immer. Ich will es wissen.» Der Bischof zog einen mit einem roten Band verschnürten Pappumschlag unter seinem Stuhl hervor. Er löste das Band und zeigte Blair den Inhalt. «John.»

«Er heißt John?»

«Mit Vornamen. Außerdem fünfzig Pfund im voraus für möglicherweise entstehende Kosten.»

«Was ist, wenn er morgen in die Kirche kommt?»

«Dann behalten Sie das Geld. Gönnen Sie sich ein anständiges Essen und noch ein wenig Medizin. Ich habe für Sie ein Hotelzimmer in Wigan gebucht. Die Rechnungen gehen an mich.»

«Sie meinen, die Rechnungen gehen an Hannay Coal?»

«Das ist dasselbe.»

Man schuldete ihm immer noch einhundert Pfund, dachte Blair, doch fünfzig Pfund waren durchaus großzügig. Der Bischof war ein Gastgeber, der einem für jeden Löffel Honig einen Löffel Galle anbot. Er schwitzte so heftig, daß er mit dem Rücken an der Lehne seines Stuhls klebte.

«Sie denken, ich werde es tun?»

«Ich denke, Sie sind verzweifelt, und ich weiß, daß Sie nach Afrika zurückwollen. Es ist eine leichte Aufgabe. Ein persönlicher Gefallen. Außerdem zumindest eine kleine Buße.»

«Inwiefern?»

«Sie halten mich für einen harten Mann, Blair? Jeder andere hätte nach meiner Tochter gefragt, in welchem Zustand sie sich befindet, seit sie weiß, daß ihr Verlobter verschwunden ist. Ist sie bestürzt? Hysterisch? Steht sie unter ärztlicher Aufsicht? Aber von Ihnen kein einziges Wort.» Der Bischof wartete. Blair beobachtete, wie sich der Regen auf der Scheibe in Tropfen sammelte, die zu kleinen Bächen zusammenflossen und an dem Glas hinabrannen.

«Also gut, wie geht es Ihrer Tochter?»

Hannay lächelte, nachdem er die Leistung bekommen hatte, für die er bezahlte. «Danke, sie hält sich tapfer. Sie wird erleichtert sein zu erfahren, daß Sie uns Ihre Hilfe zugesagt haben.»

«Wie heißt sie?»

«Das steht alles da drin.» Der Bischof schloß den Umschlag, band ihn wieder zu und legte ihn in Blairs Schoß. «Leveret wird sich im Hotel mit Ihnen in Verbindung setzen. Er ist mein Verwalter. Viel Glück.»

Diesmal bestand kein Zweifel daran, daß er entlassen war. Blair stand auf und stützte sich am Stuhl ab, während er mit der anderen Hand den Umschlag mit dem kostbaren Geld umklammert hielt. «Danke.»

«Sie überwältigen mich», sagte Hannay.

Auf dem Weg nach draußen hatte Blair gerade den Globus umschifft und war schon an der Tür, als der Bischof ihm hinterherrief.

«Blair, da Sie jetzt für mich und in unmittelbarer Nähe meines Hauses arbeiten werden, möchte ich Sie daran erinnern, daß ein Teil der Öffentlichkeit in Ihnen eine Art Forschungsreisenden sieht. Sie genießen den Ruf, in engem Kontakt mit den Eingeborenen gestanden zu haben, zunächst in Ostafrika, dann an der Goldküste. Ihre Sprache zu lernen ist eine Sache, sich zu kleiden und zu benehmen wie sie, eine andere. Die Leute nennen Sie ‹Nigger Blair›. Sorgen Sie dafür, daß das aufhört.»

# 2

**B**lair fuhr in einem Eisenbahnwaggon, der so ruhig und elegant war wie ein Leichenwagen, mit Öllampen, die kaum heller brannten als Kerzen. Fehlen nur noch die Lilien auf meiner Brust, dachte er. Sogar die Trauergäste schienen mit ihm eingestiegen zu sein, was die Sache auch nicht gerade besser machte. Im Abteil saßen außer ihm zwei Männer und eine Frau, die von einer Temperenzlerkundgebung nach Hause fuhren. Sie waren in militantem Schwarz gekleidet, mit roten Schärpen, auf denen stand: «Tee – das Getränk, das aufmuntert, nicht berauscht». Da er sich noch immer nicht rasiert hatte, hoffte er, daß ihn seine Mitreisenden für zu unappetitlich halten würden, um ein Gespräch anzuknüpfen, doch sie beäugten ihn bereits wie Geier einen sterbenden Löwen.

Obwohl Blair in Chinin und Brandy investiert hatte, kam das Fieber in Schüben, Welle auf Welle von Schweiß trug ihn fort und ließ ihn zwischen den Anfällen völlig erschöpft in seinen Sitz sinken. Nicht, daß er sich beschweren konnte. Malaria war das mindeste, der Eintrittspreis für Afrika. Für die Unglücksseligen gab es weit extravagantere tropische Souvenirs – Schlafkrankheit, Schwarzwasserfieber, Gelbfieber und zahllose namenlose exotische Krankheiten, die Blutungen oder Lähmungen auslösten oder die Zunge anschwellen ließen wie eine Schweinsblase, bis man keine Luft mehr bekam. Im Vergleich dazu war Malaria eine geringfügige Unpäßlichkeit, ein Schnupfen, eine Bagatelle.

Er lehnte seine Stirn an das kalte Fenster. Draußen glitt das idyllische Bild eines Bauern vorbei, der hinter einem von einem schwerfälligen Ackergaul gezogenen Pflug herging, Mensch und Tier tauchten in ein Meer aus Schlamm. Der englische Monsun. Der Schlamm stieg in braunen Wellen immer höher und riß den Bauern mit sich. Als Blair die Augen schloß, rüttelte ein Schaffner an seiner Schulter und fragte ihn, ob er krank sei. Meine Augen sind so gelb wie Ihre Messingknöpfe, dachte Blair. Finden Sie, daß das gesund aussieht?

«Mir geht es gut.»

«Wenn Sie krank sind, muß ich Sie aus dem Zug weisen», warnte der Schaffner.

Nachdem der Schaffner gegangen war, entstand unter den Abstinenzlern ein verlegenes Schweigen. Dann leckte sich der Blair gegenüber Sitzende die Lippen und gestand: «Ich war auch einmal wie Sie, Bruder. Mein Name ist Smallbone.»

Smallbones Nase war ein rötlicher Knopf. Sein schwarzer Anzug glänzte, das Wollsiegel war mit Politur aufgefrischt. Blaue Falten, die, wie Blair wußte, nie wieder verschwinden würden, tätowierten seine Stirn: Staub in den Narben, die sich jeder Bergmann an den Kohledecken holte.

«Doch mein Mann wurde gerettet», sagte die Frau neben ihm und preßte ihre Lippen zu einem schmalen Strich zusammen. «So schwach und wertlos wir auch sein mögen.»

Es gab keinen Zugang zu einem anderen Abteil, es sei denn, er hätte sich außen am Zug entlanggehangelt, was er durchaus in Erwägung zog.

«Hätten Sie etwas dagegen, wenn ich für Sie bete?» fragte Mrs. Smallbone.

«Nicht, wenn Sie es leise tun», sagte Blair.

«Vielleicht ist er Papist», flüsterte Smallbone seiner Frau zu.

«Oder ein Verbrecher», sagte der andere Mann. Er hatte einen gelockten, drahtigen Vollbart, der fast bis an seine Augen reichte. Eine beinahe persische Barttracht, dachte Blair, die Zarathustra alle Ehre gemacht hätte. «Ich hätte auf einen entlassenen Offizier getippt, bis Sie Ihren Mund aufgemacht und sich als Amerikaner zu erkennen gegeben haben. Ich sehe, daß Sie normalerweise glattrasiert sind, ganz wie diese französischen oder italienischen Künstlertypen.»

«Mr. Earnshaw ist Parlamentsabgeordneter», wurde Blair von der Frau des Bergmanns belehrt.

«Das erklärt wohl seine Manieren.»

«Sie machen sich rasch Feinde», sagte Earnshaw.

«Das ist auch ein Talent. Gute Nacht.» Blair schloß die Augen.

Gold war es, was die Briten lockte. Die Ashanti hatten so viel davon, daß sie als die Inkas von Afrika galten. Ihre Flüsse waren golden gesprenkelt, ihre Berge von Goldadern durchzogen. Welche bessere Investition konnte es geben als einen Mann mit einem Stativ und einem Sextanten, einem Erdbohrer, einer Pfanne und Flaschen mit Quecksilber? Sollten die Helden die Quelle des Nils und die Mondberge entdecken, Löwen und Affen abschlachten, Seen und Völker taufen. Blair suchte nur Pyrite und Quarze, den verräterischen Glanz des Aurora.

In einem Fiebertraum versunken, war er wieder an den goldenen Stränden von Axim. Diesmal war Lord Rowland bei ihm. Er wußte, daß der Neffe des Bischofs wahnsinnig war, doch er hoffte, der Ozean würde seine blauen Augen beruhigen. Der Seewind zupfte an Rowlands goldenem Bart. Die Brandung rollte im steten Rhythmus der Räder. «Ausgezeichnet», murmelte Rowland. «Ausgezeichnet.» Bei Axim wuschen die Frauen den Goldsand mit Holzschalen, die schwarz angemalt waren, damit die Sonne das Gold fand. Nackt wateten sie ins Wasser, um den Sand abzuspülen, bückten sich und richteten sich mit den Wellen wieder auf, ihre Pfannen hoch über den Kopf erhoben. «Wunderbare Enten», sagte Rowland und legte sein Gewehr an. Eine Pfanne fiel, und die Frau, die sie gehalten hatte, versank in einer rötlichen Welle. Als er nachlud, wateten die anderen Frauen an Land. Rowland schoß erneut, systematisch, beiläufig. Als eine der Frauen fiel, wehte Goldstaub über den Sand. Rowland rollte sie mit dem Fuß über den Boden, bis sie mit dem glitzernden feinen Sand überzogen war. Blair scharte die anderen Frauen um sich, um sie in Sicherheit zu bringen, doch Rowland lud sein Gewehr nach und richtete die Waffe auf ihn. Er spürte den Lauf in seinem Nacken.

Schiere Panik ließ Blair hochschrecken. Es war Schweiß, der

ihn im Nacken kitzelte, kein Gewehr. Es war nur ein Traum. Rowland hatte nie etwas Derartiges getan – zumindest nicht bei Axim.

Ein Afrikaner hatte Blair einmal erklärt, daß wir zu gleichen Teilen in zwei Welten leben. Im wachen Zustand rackern wir vor uns hin, die Augen von der Sonne abgewandt, ohne zu sehen oder zu beachten, was um uns ist. Im Schlaf öffnen sich die Augen hinter den Lidern, wir schreiten durch eine pulsierende Welt, in der Männer zu Löwen und Frauen zu Schlangen werden, eine Welt, in der die vagen Ängste des Tages durch geschärfte Sinne enthüllt und sichtbar werden.

Wach sind wir in der Gegenwart gefangen wie eine Eidechse in einem Stundenglas, die auf ewig über den hinabrieselnden Sand huscht. Im Schlaf fliegen wir von der Vergangenheit in die Zukunft. Die Zeit ist nicht länger ein schmaler, mühsamer Pfad, sondern ein ganzer Wald, den man auf einmal sieht. Blairs Problem, meinte der Afrikaner, sei, daß er nur in der wachen Welt lebe. Deswegen brauche er auch Landkarten, weil er so wenig sehe.

Blair behauptete, daß er nur selten träumte, was bei dem Afrikaner Lachkrämpfe auslöste. Nur ein Mensch ohne Erinnerung könne nicht träumen. Was denn mit Blairs Eltern sei? Selbst wenn sie weit weg wären, könne er sie in seinen Träumen besuchen. Blair sagte, er hätte keine Erinnerung an seine Eltern. Sein Vater war ihm gänzlich unbekannt, und das Grab seiner Mutter war das offene Meer. Er war damals ungefähr vier gewesen. Wie sollte er irgendwelche Erinnerungen haben?

Der Afrikaner bot an, ihn zu heilen, damit auch er Erinnerungen und Träume haben würde.

Blair sagte nein.

Er öffnete die Augen. In seinem Schoß lag ein Pamphlet der Abstinenzler. «Alkohol ertränkt alle Gefühle von Trauer und Scham! Alkohol macht den Arbeiter zum Faulpelz, den liebenden Vater zum Verschwender! Kommt Ihnen das bekannt vor?»

Und ob. Er würde nie an die Goldküste zurückkehren. Mit offenen Augen und der Klarheit des Fiebers erkannte er, daß Bischof Hannays Versprechen wie ein Spielzeug war, das man einem Kind vor die Nase hielt. Missionare waren die neueste Mode, und keiner von ihnen würde einen Mann mit Blairs Ruf als Mitglied seiner Mannschaft akzeptieren, ganz gleich, was der Bischof sagte, und Hannay wußte das auch. In Wirklichkeit bot man ihm also nichts als einhundertfünfzig Pfund, wovon man ihm ohnehin einhundert schuldete. Damit blieb ihm, was er an Spesen herausholen konnte.

Wigan? Eine einzige dort verbrachte Minute war Geldverschwendung. Blair dachte sogar daran, die ihm zustehenden einhundert Pfund zu vergessen. Er konnte bis Liverpool im Zug sitzenbleiben und das erste Dampfschiff nach Westafrika nehmen. Das Problem war nur, daß das Konsulat ihn umgehend aufs Schiff zurückverfrachten würde, sobald er einen Fuß an die Goldküste setzte. Wenn er in den Busch ging, um seine Tochter zu finden, würden Soldaten ihm folgen. Das hatten sie schon einmal getan. Und in diesem Fall war sie ohne ihn besser dran.

Er sah sie auf einer Matte tanzen, in seinem Haus in Kumasi, sah, wie sie ihren Körper in das goldene Tuch ihrer Mutter wickelte und sich wieder enthüllte, die glitzernden Fäden des Stoffes ließen ihre Gestalt erstrahlen. Während des Tanzes sprachen ihre Hände eine eigene Sprache, sie sagten: Nein, geh weg. Halt, bleib hier. Komm her. Näher, näher. Tanz mit mir.

Er war ein untalentierter Tänzer, während die Ashanti zusätzliche Gelenke nur zum Tanzen zu haben schienen. Sie bedeckte ihren Mund mit den Händen, weil er sich so tapsig anstellte. Er sah ihrem Tanz zu und fragte sich: Wo bin ich in ihr? Sie hatte alles in ihm, was gut und anständig war, herausdestilliert, und er fragte sich, was mit dem ganzen Rest geschehen würde. Vielleicht gab es noch ein anderes Kind, das von innen schwarz war. Nein, es war nicht das Gold, das sie strahlen ließ, der Glanz kam aus ihr selbst. Doch wenn sie ein Spiegel seiner selbst war, warum leuchtete der Spiegel dann heller als er?

«Die Prostituierte erfüllt zumindest eine traditionelle Rolle in der Gesellschaft. Sie ist eine gefallene Frau, möglicherweise schwach oder auch verworfen, für gewöhnlich ungebildet und arm, eine Frau, die ihr teuerstes Gut für ein paar Penny versetzt. Eine mitleiderregende Kreatur, aber verständlich. Die Grubenweiber von Wigan hingegen stellen aus zwei Gründen eine ungleich größere Gefahr dar.» Earnshaw machte eine Pause.

Blair hatte die Augen geschlossen und versuchte zu schlafen, während die Schwellen unter ihm die endlose Formel «wiganwiganwiganwigan» wiederholten, auf einer Stahlbrücke kurz «afrikafrikafrika» und dann wieder «wiganwiganwigan».

«Aus zwei Gründen», fuhr Earnshaw fort. «Erstens, weil sie wider ihre ureigene Natur handeln. Sie verleugnen und pervertieren ihre Weiblichkeit. Eine Prostituierte ist wenigstens eine Frau. Aber was ist ein Grubenweib? Ich habe Bilder von ihnen gesehen, wie sie in ganz England zum Kauf angeboten werden. Monstrositäten in Männerhosen, die mit männlichem Blick in die Kamera starren. Ein Anblick, auf den jede anständige Frau mit Abscheu und Ekel reagiert. Ja, sogar die instinktive Reaktion einer gefallenen Frau ist dieselbe. Zweitens tun diese Grubenweiber die Arbeit, die von Männern getan werden sollte. Im industriellen England gibt es keinen vergleichbaren Fall, wo Frauen sich Arbeit aufschultern, die für das stärkere und verantwortungsbewußtere Geschlecht bestimmt ist. Damit stehlen diese Frauen nicht nur den Männern das tägliche Brot, sondern auch den Familien dieser Männer. Ehrbare Frauen und Kinder sind also die Opfer, doch die Minenbesitzer sind blind für ihre Leiden, weil sie einem Grubenweib weniger bezahlen müssen als einem Mann.»

«Die Gewerkschaft steht auf Ihrer Seite», sagte der Bergmann. «Diese Mädchen sind eine Gefahr für die Arbeit und eine Bedrohung der Institution der Familie.»

«Das Parlament hat schon zweimal erfolglos versucht, sie aus den Gruben zu vertreiben», sagte Earnshaw, «was diese Frauen nur noch kühner gemacht hat. Aber dieses Mal können wir nicht scheitern. Christus hat dies zu meinem Kreuzzug gemacht.»

Blair blinzelte durch seine geschlossenen Lider. Earnshaws Stirn wirkte wie elektrifiziert, als hätte Jehova ihn mit einem Blitz gesalbt. Neben seinem widerspenstigen Bart wucherten auch aus seinen Nasenlöchern und Ohren dicke Haarbüschel. Blair erwog, ihm vorzuschlagen, den Bart mit Butter zu bändigen, so wie die Somalifrauen ihr Haar pflegten, doch Earnshaw wirkte neuen Ideen gegenüber nicht eben aufgeschlossen.

Als der Nachmittag verblaßte, kam der Schaffner durch den Wagen und machte die Lampen an. Earnshaw und die Smallbones lasen in ihren Bibeln. Blairs Puls ging zu schnell, als daß er hätte einschlafen können, also öffnete er seinen Rucksack und zog den Umschlag hervor, den Bischof Hannay ihm gegeben hatte. Er hatte zunächst nur das Geld herausgenommen, ohne sich um den übrigen Inhalt zu kümmern, der aus zwei Blättern Florpostpapier und der Photographie einer Rugbymannschaft bestand. Die Bögen waren mit der gewissenhaften Handschrift eines Buchhalters bedeckt. Blair warf einen Blick auf die Unterschrift. A. J. Leveret. Hannays Mann. Er wandte sich wieder dem Anfang des Briefes zu.

> Ich schreibe diese Worte als Freund und Vertrauter von Reverend John Edward Maypole, dessen Verschwinden und fortgesetzte Abwesenheit die Kirchengemeinde und die Stadt Wigan eines lebhaften und aufrichtigen Geistes beraubt haben.
> Als Hilfsgeistlicher unserer Gemeinde stand Mr. Maypole Reverend Chubb in allen üblichen pastoralen Pflichten wie Gottesdiensten, der Unterweisung im Katechismus, Bibelstunden und Besuchen bei Kranken und Armen zur Seite. Darüber hinaus sammelte Mr. Maypole in eigener Initiative die Mittel zur Gründung des «Heims für erstmalig gefallene, alleinstehende Frauen» in Wigan. Bei der Arbeit für dieses «Heim» hat er in Bischof Hannays Tochter Charlotte eine verwandte Seele gefunden. Sie waren verlobt und wollten im Juli heiraten. Sie ist seither untröstlich. Ansonsten leiden vor allem die

Arbeiter spürbar unter Mr. Maypoles Abwesenheit. Er war ein regelmäßiger Besucher der ärmsten Familien, und obwohl seine Wohlfahrtstätigkeit vorwiegend den Frauen gewidmet war, war er auch ein Mann unter Männern, der es auf dem Rugbyfeld in fairem Spiel mit dem kräftigsten Bergmann aufnehmen konnte.

Ich bitte um Vergebung, wenn das Folgende klingt wie ein Polizeibericht. Es ist lediglich der Versuch, John Maypoles Aktivitäten an jenem 18. Januar zu rekonstruieren, dem Tag, an dem er zuletzt gesehen wurde. Am Morgen hielt er anstelle des erkrankten Reverend Chubb den Gottesdienst und machte dann bis zum Mittag Krankenbesuche. Zum Mittagessen nahm er Brot und Tee im Haus der Witwe Mary Saxon ein. Nachmittags hielt er in der Schule der Gemeinde Bibelstunden ab, brachte Essen zum Arbeitshaus der Stadt und besuchte das Heim für Frauen, wo er den Haushalts- und Krankenpflege-Unterricht beaufsichtigte. Damit war seine Arbeit für den Tag beendet. Anschließend sprach Mr. Maypole mit heimkehrenden Bergleuten und lud sie zu einem geselligen Abend ein, der am darauffolgenden Samstag im Gemeindesaal stattfinden sollte. Die letzte Person, von der bekannt ist, daß Mr. Maypole sie angesprochen hat, ist Rose Molyneux, eine Bergarbeiterin der Hannay-Grube. Danach wurde er nicht mehr gesehen. Da er häufig allein über einem Buch zu Abend aß, ist es durchaus möglich, daß der Tag für Mr. Maypole normal geendet hat. Dasselbe gilt auch für den folgenden Tag, da seine Pflichten und Interessen so breit gefächert und vielfältig waren, daß seine Abwesenheit bis zum Abend, als Reverend Chubb mich bat, Johns Zimmer aufzusuchen, unbemerkt blieb. Ich berichtete dem Reverend, daß laut Aussage der Haushälterin Johns Bett unbenutzt war. Nachforschungen der Polizei sind bisher ergebnislos geblieben.

Die Kirchengemeinde, die Hannay-Familie und Johns Freunde wünschen und erwarten, daß die Ermittlung seines derzeitigen Aufenthaltsortes in einer Weise geschieht, die das bescheidene, christliche Leben, das er geführt hat, nicht mit dem Anruch eines Skandals oder einer öffentlichen Sensation behaftet.

A. J. Leveret, Verwalter, Hannay Hall.

Das Photo war auf Pappe aufgezogen. Zwanzig Rugbyspieler posierten in zwei Reihen für die Kamera, eine stehend, eine sitzend, in einer improvisierten Mannschaftsuniform aus Pullovern und kurzen Hosen vor dem gemalten Hintergrund eines Gartens. Statt Schuhe trugen sie Pantinen mit ledernem Oberteil und Holzsohlen. Sie hatten kräftige hängende Schultern, und einige hatten so krumme Beine wie eine Bulldogge. Der Mann in der Mitte der vorderen Reihe hielt einen Rugbyball, auf dem mit Tinte der Anlaß des Photos verzeichnet war: «Wigan 14 – Warrington 0». Die beiden einzigen großen Männer standen rechts und links außen und schienen das Gleichgewicht der Gruppe zu wahren. Einer hatte dunkles Haar und starrte mit grimmigem Blick in die Kamera. Der andere war blond, mit Augen so sanft wie ein Schlachtlamm. Daneben hatte Leveret notiert: «Rev. John Maypole». Auf der Rückseite stand: «Hotham's Photostudio, Wigan. Porträts, Neuheiten, stereoskopischer Bedarf».

Auch wenn man die generell zu Dramatisierungen neigende Sprache von Briefen in Betracht zog, waren Leverets Worte ein Nachruf. Ein verwirrter Nachruf, weil er nicht wußte, in welcher Zeit er über den vermißten Hilfsgeistlichen schreiben sollte, in der Vergangenheit oder der Gegenwart, ob über einen Toten oder einen Lebenden. Außerdem fiel Blair auf, daß es wenig Anzeichen für großes Geschrei oder Wehklagen gab, wenn man bedachte, daß eine so öffentliche Person wie Maypole verschwunden war. Er betrachtete das Photo erneut. Alle anderen Männer wirkten auf eine eigene Art erschöpft. Bei den Jüngsten war es eine Ausgezehrtheit in den Augen, bei den Älteren Flecken auf Stirn und Händen, die mehr als gewöhnlicher Dreck waren. Im Vergleich dazu war John Edward Maypoles Haar aus einer glatten Stirn zurückgekämmt. Sein Profil hatte etwas unvorteilhaft Kinnloses, doch das ließ ihn nur noch ernsthafter erscheinen.

Blair legte den Brief und das Bild beiseite. Der Name gefiel ihm. Maypole. Ein guter englischer Name mit sowohl bäuerlichen wie erotischen Konnotationen, ein Hauch von Jungfrauen, die heidnischen Göttern huldigten, während sie Girlanden um das uralte Symbol der Fruchtbarkeit wanden. Er bezweifelte, daß ein solches Bild dem Hilfsgeistlichen je in den Sinn gekommen wäre; genausowenig wie ein Gedanke massiven Marmor durchdringen konnte, entschied er. Das gleiche galt vermutlich für die «untröstliche, verwandte Seele», Miss Charlotte Hannay. Blair stellte sich verschiedene mögliche Miss Hannays vor. Eine tugendhafte Miss Hannay mit Korsett und Dutt, die für alle Fälle Trauerkleidung trug? Eine hübsche und geistlose Miss Hannay, die mit einer Ponykutsche bei den Armen vorfuhr? Eine praktische Miss Hannay, geschickt mit Verband und Arzneien, eine lokale Florence Nightingale?

Der dunkle Himmel wurde noch dunkler, nicht von Wolken, sondern von einer beißenderen Substanz. Durch das Fenster sah Blair etwas, was die sich auftürmenden Rauchschwaden eines Vulkans hätten sein können, nur daß es keinen ausbrechenden vulkanischen Kegel, ja vom Penninischen Gebirge im Osten bis zum Meer im Westen nicht einmal einen nennenswerten Berg gab, sondern nichts als Senken und Hügel über unterirdischen Schichten kohlehaltiger Ablagerungen. Der Rauch stieg nicht von einem einzelnen Punkt auf, sondern legte sich wie ein dunkler Schleier über den nördlichen Horizont, als ob das ganze dahinter liegende Land in Flammen stünde. Erst beim Näherkommen konnte der Reisende erkennen, daß der Horizont eine ungebrochene Linie von Schornsteinen war.

Schornsteine scharten sich um Baumwollspinnereien, Glashütten, Chemiefabriken, Färbereien und Ziegeleien. Doch die gewaltigsten Schlote standen bei den Kohlegruben, so als wäre die Erde selbst in eine einzige große Fabrik verwandelt worden. Als Blake von «dunklen satanischen Mühlen» schrieb, meinte er Schornsteine.

Der Abend dämmerte fast, doch die Dunkelheit war verfrüht.

Sogar Earnshaw starrte jetzt mit einiger Ehrfurcht aus dem Fenster. Nachdem sie genügend Schlote passiert hatten, wurde der Himmel aschgrau wie bei einer Sonnenfinsternis. Links und rechts des Zuges führten private Gleise von den Gruben zu einem Kanal. Zwischen diesen Stahlsträngen und der Wand aus Qualm lag Wigan, das auf den ersten Blick eher an eine Ansammlung schwelender Ruinen erinnerte als an eine lebendige Stadt.

Bis in den Ortskern hinein wurde Kohle abgebaut, Schlackehalden ragten auf wie schwarze Berge. Aus einigen trat Grubengas aus, kleine Flammen hüpften wie blaue Kobolde von Spitze zu Spitze. Der Zug bremste neben einer Zeche, als gerade ein Käfig mit Bergleuten an die Oberfläche kam. Von Kopf bis Fuß mit Kohlestaub bedeckt, waren sie bis auf die Sicherheitslampen in ihren Händen fast unsichtbar. Der Zug glitt an einem Turm mit Fördergerüst vorbei, das, wie Blair selbst in dem gedämpften Licht erkennen konnte, rot gestrichen war. Auf der anderen Seite überquerte eine kleine Gruppe von Arbeitern, die wohl den Heimweg abkürzten, im Gänsemarsch eine Halde. Blair sah im Vorbeifahren ihr Profil. Auch sie trugen Hosen und waren mit Kohlestaub bedeckt, doch es waren Frauen.

Die Gleise überquerten den Kanal mit seinen mit Kohle beladenen Kähnen und führten an einem Gaswerk und einer Reihe von Spinnereien vorbei, deren hohe Fenster hell erleuchtet waren. Die Schornsteine, die die Maschinen antrieben, spuckten Rauch wie ein geplündertes und in Brand gesetztes Schloß. Unter Ausstoß einer eigenen Dampfwolke verlangsamte die Lokomotive ihre Fahrt. Gleise verzweigten sich und führten zu Lagerschuppen und Höfen. In der Mitte tauchte wie eine Insel ein Bahnsteig mit eisernen Säulen und Hängelampen auf. Der Zug rollte im Schrittempo ein und kam ruckelnd zum Stehen.

Die Smallbones waren sofort aufgesprungen und in den Gang getreten, bereit, den Kampf gegen die Mächte der Finsternis auf der Stelle aufzunehmen. Earnshaw hob eine Tasche aus dem Gepäckfach über den Sitzen. «Steigen Sie auch aus?» fragte er Blair.

«Nein, ich denke, ich werde bis zur Endstation weiterfahren.»

«Ach, wirklich? Ich hätte gedacht, daß Wigan ein Ort nach Ihrem Geschmack ist.»

«Da haben Sie sich geirrt.»

«Hoffentlich.»

Earnshaw gesellte sich zu den Smallbones auf den Bahnsteig, wo sie von einem Priester in einer Soutane begrüßt wurden und gemeinsam eine fröhliche Geisterrunde abgaben. Auf eine Bemerkung Earnshaws hin hob der Priester seinen eulenhaften Blick in Richtung des Zuges. Blair lehnte sich zurück, und die Aufmerksamkeit der Gruppe wurde von der Ankunft eines hochgewachsenen Mannes mit einer Melone abgelenkt.

Blair war ihnen zweihundert Pfund voraus – nun ja, einhundert Pfund. Eine Passage von Liverpool an die Goldküste würde zehn Pfund kosten, und er wußte, daß er unter falschem Namen reisen und nördlich von Accra an Land gehen mußte, aber war es nicht so, daß Ärzte ständig Seereisen verschrieben? Er würde auf der Überfahrt schon genesen. Mit ein wenig Glück konnte er bereits morgen fort sein. Blair zog sich seinen Hut ins Gesicht und versuchte, es sich bequem zu machen, als eine Hand an seiner Schulter rüttelte. Er schob den Hut in den Nacken und blickte auf. Der Schaffner und der große Mann vom Bahnsteig standen vor ihm.

«Mr. Blair?»

«Ja. Leveret?» vermutete Blair.

Wenn Leveret die Frage bejahte, tat er seine Zustimmung durch Schweigen kund. Ein junger Mann und ein Wesen voller Widersprüche, dachte Blair. Leverets Melone war gebürstet, doch sein Jackett zerknittert. Auch die gestreifte Seidenweste schien ihm unbehaglich. Seine aufrichtigen, tiefliegenden Augen registrierten die Tatsache, daß Blair sich nicht rührte.

«Hier ist Wigan.»

«So ist es», stimmte Blair ihm zu.

«Sie sehen nicht gut aus.»

«Sie sind ein scharfer Beobachter, Leveret. Jedenfalls nicht gut genug, um aufzustehen.»

«Wie ich hörte, haben Sie erwogen, im Zug sitzenzubleiben.»

«Der Gedanke ist mir gekommen, ja.»

«Bischof Hannay hat ihnen einen Vorschuß für die Erledigung Ihres Auftrages gegeben. Wenn Sie den nicht zu tun gedenken, muß ich Sie bitten, diesen Vorschuß zurückzuzahlen.»

«Ich werde mich in Liverpool ausruhen und dann zurückkehren», sagte Blair. Von wegen, dachte er, ich werde an Deck und auf See sein.

«Dann müssen Sie im Bahnhof eine neue Fahrkarte lösen», sagte der Schaffner.

«Ich kaufe Sie bei Ihnen.»

«So macht man das vielleicht in Amerika», sagte Leveret. «Hier kauft man seine Fahrkarten im Bahnhof.»

Als Blair sich aufrappelte, fühlte er sich schwach und wackelig auf den Beinen. Mit einem langen Schritt stolperte er auf den Bahnsteig und fiel der Länge nach hin. Er richtete sich wieder auf, bemüht, seine Würde zurückzuerlangen. Die letzten aussteigenden Fahrgäste – Ladenmädchen mit Hutschachteln – wichen ein Stück zurück, als er sich mit dem Tempo eines Aussätzigen in den Bahnhof schleppte. Zwischen zwei leeren Bänken stand ein Ofen. Der Fahrkartenschalter war nicht besetzt, also lehnte er sich an die Scheibe und drückte auf die Klingel. Als sie ertönte, spürte er, wie sein ganzer Körper bebte; er drehte sich um und sah den Zug aus dem Bahnhof rollen.

Leveret kam mit Blairs Bündel unter dem Arm durch die Bahnhofstür. «Soweit ich weiß, ist es lange her, daß Sie zum letzten Mal in Wigan waren», sagte er.

Leveret hatte das längliche Gesicht und den trottenden Gang eines unterernährten Pferdes und war so groß, daß er sich unter den Schildern der Läden ducken mußte. Er führte Blair die Bahnhofstreppe hinauf in eine Ladenstraße mit schmierig roten Backsteinfassaden. Im düsteren Licht der Gaslampen drängelten sich Kauflustige auf den Bürgersteigen um Stellagen mit wasserdichten Mänteln, Gummistiefeln, Seidenschals, Samtbändern und Paraffinöl. Stände boten australische Rinderhälften, klebrige Kutteln, übereinandergestapelte Lagen von Hering und Dorsch und Körbe mit Austern auf Eis feil. Und über allem lag ein matt glänzender Schleier aus Ruß.

Vor einem Schaufenster mit dem Zeitungsaushang «Der Schlitzer von London» verlangsamten sie ihre Schritte. «Die Lokalzeitung», sagte Leveret, als passierten sie ein Bordell.

Das Minorca Hotel befand sich im selben Gebäude. Leveret ging in den zweiten Stock voran und führte Blair in eine Suite mit Polstermöbeln und dunkler Holztäfelung.

«Sogar ein Gummibaum», sagte Blair. «Ich fühle mich wie zu Hause.»

«Ich habe eine Suite reserviert für den Fall, daß Sie im Rahmen Ihrer Nachforschungen Besuch empfangen wollen. So haben Sie ein Büro.»

«Ein Büro? Leveret, ich habe den Eindruck, daß Sie besser darüber Bescheid wissen, was ich zu tun habe, als ich selbst.»

«Die Ermittlung liegt mir mehr am Herzen als Ihnen. Ich bin ein Freund der Familie.»

«Das ist nett, aber ich wäre Ihnen überaus dankbar, wenn Sie aufhören würden, von einer ‹Ermittlung› zu sprechen. Ich bin nicht die Polizei. Ich werde ein paar Fragen stellen, die Sie wahrscheinlich auch schon gestellt haben, und dann bin ich hier weg.»

«Aber Sie werden sich doch bemühen? Sie haben Geld dafür angenommen.»

Blair spürte, wie seine Knie weich wurden. «Ich werde schon irgendwas unternehmen.»

«Ich habe mir gedacht, Sie wollen bestimmt gleich anfangen. Ich bringe Sie jetzt zu Reverend Chubb. Sie haben ihn am Bahnhof gesehen.»

«Dem ersten Eindruck nach ein Mann, der spaßiger ist als ein Rudel Schimpansen.» Blair steuerte den Stuhl an und ließ sich darauf fallen. «Leveret, Sie haben mich im Zug gefunden und hierhergeschleift. Jetzt können Sie gehen.»

«Reverend Chubb –»

«Weiß Chubb, wo Maypole ist?»

«Nein.»

«Warum sollte ich dann mit ihm reden?»

«Es ist eine Frage der Höflichkeit.»

«Ich habe keine Zeit.»

«Sie sollten wissen, daß wir alle Schiffskapitäne in Liverpool informiert haben, daß die Gelder, mit denen Sie gegebenenfalls auftauchen könnten, gestohlen wurden.»

«Soviel zum Thema Höflichkeit.» Blair zwinkerte Leveret zu. «Es ist immer wieder erhebend, mit Engländern zusammenzuarbeiten, was für eine selbstgefällige kleine Nation.» Das Reden erschöpfte ihn. Als er seinen Kopf in den Nacken fallen ließ und die Augen schloß, hörte er das Kratzen eines Stiftes auf Papier.

«Ich schreibe Adressen auf», sagte Leveret. «Mit den Kapitänen wollte ich Sie nicht kränken, aber ich möchte, daß Sie hierbleiben.»

«Es ist mir ein großes Vergnügen.» Blair spürte, wie der ersehnte Schlaf des Vergessens seine Glieder schwer werden ließ. Er hörte, wie Leveret die Tür öffnete. «Warten Sie.» Er rührte sich noch einmal kurz aus seiner Trägheit. «Wie alt ist er?»

Leveret stutzte kurz.

«Dreiundzwanzig.»

«Wie groß?»

«Einsachtzig. Sie haben doch die Photographie.»

«Eine ausgezeichnete Photographie. Ungefähres Gewicht?»

«Zweihundert Pfund.»

Zweihundert britische Pfund entsprachen neunzig Kilo. «Blondes Haar», erinnerte Blair sich. «Augen?»

«Blau.»

«Nur für den Fall, daß ich ihm auf der Treppe begegne. Danke.»

Seine Lider senkten sich wie Bleitore, und noch bevor Leveret den Raum verlassen hatte, war er eingeschlafen.

Als er aufwachte, brauchte Blair einen Moment, um zu begreifen, wo er war. Das Fieber war abgeebbt, doch im Dunkeln wirkten die unvertrauten Möbel seltsam belebt, vor allem die Tische und Stühle waren derart mit Tüchern und Troddeln behängt, daß sie regelrecht bekleidet aussahen. Als er aufstand, war ihm schwummrig. Er dachte, er hätte Pferde gehört, doch als er ans Fenster trat und auf die Straße blickte, sah er nur Menschen, was ihn verwirrte, bis ihm klar wurde, daß die Hälfte von ihnen Pantinen trug. Pantinen waren Lederschuhe mit eisenbeschlagenen Holzsohlen; ein Arbeiter konnte zehn Jahre mit einem Paar auskommen. Das perfekte Geräusch für Wigan: Menschen beschlagen wie Pferde.

Seine Uhr zeigte acht an. Er dachte, daß er am besten in möglichst kurzer Zeit mit möglichst wenigen Einheimischen sprach und die Stadt dann auf direktestem Wege verließ. In Afrika war er mit vor Entzündungen zugeschwollenen Augen und Blasen an den Füßen marschiert; da würde er auch ein leichtes Frösteln überstehen, wenn er dafür aus Wigan wegkam.

Er las Leverets Notiz auf dem Tisch. Reverend Chubb residierte im Pfarrhaus der Gemeinde, John Maypoles Adresse schien ganz in der Nähe zu sein, die Witwe Mary Jaxon wohnte am Shaw's Square und Rose Molyneux in Candle Court. Für Charlotte Hannay war keine Adresse angegeben.

Die Witwe Jaxon klang wie die beste Wahl, sie war höchstwahrscheinlich zu Hause und am ehesten geneigt, ein wenig zu tratschen. Als er nach dem Zettel griff, sah er durch die offene Schlafzimmertür einen Mann in einem Spiegel. Eine Gestalt mit einem Schlapphut, wildem Bart und Augen, die seinen Blick wie zwei funzelige Kerzen erwiderten.

Blair war für seine Exkursion noch nicht ganz so bereit, wie er vermutet hatte. Sobald er eine Droschke bestiegen hatte, dämmerte er weg. Zwischen Phasen völliger Finsternis bemerkte er vage, daß sie die Einkaufsstraßen verlassen hatten und eine Reihe von Gießereien passierten. Er roch den strengen Geruch der

Färbereien, bis sie schließlich eine Brücke und endlose Reihen von Backsteinhäusern erreichten. Als die Kutsche anhielt, kam er wieder zu sich.

«Das ist Candle Court», sagte der Kutscher.

«Ich wollte zum Shaw's Yard», protestierte Blair.

«Sie haben Candle Court gesagt.»

Falls Blair sich geirrt hatte, hatte er nicht mehr die Kraft, den Fehler zu korrigieren. Er stieg aus und sagte dem Kutscher, er solle auf ihn warten.

«Hier nicht. Ich steh' dann auf der anderen Seite der Brücke.» Er wendete seine Droschke und trat eilig den Rückzug an.

Die Straße war ein gepflasterter Graben zwischen Reihenhäusern, die Minenbesitzer für Minenarbeiter gebaut hatten, zweistöckig Wand an Wand unter einem durchgehenden Dach aus walisischem Schiefer, so daß es bis auf die Türen unmöglich war, ein Haus vom anderen zu unterscheiden. Es war ein Labyrinth aus Backstein und Schatten. Die Gasflammen der Laternen waren weit voneinander entfernt, das meiste Licht kam von den Paraffinlampen der Bierhäuser und Pubs oder aus offenen Fenstern, aus denen heraus Würste, Austern und Schinken verkauft wurden. Alle anderen Bewohner schienen beim Abendessen zu sein, hinter den Mauern wogte ein Meer aus Stimmen.

Laut Leveret wohnte Rose Molyneux in Nummer 21. Als er an die Tür klopfte, sprang diese auf. «Rose Molyneux? Miss Molyneux?»

Er betrat die Stube, und die Tür fiel hinter ihm zu. Im blassen Licht von der Straße konnte er erkennen, daß der enge Raum mit Stühlen, einem Tisch und einem Schrank möbliert war. Er hatte Schlimmeres erwartet. In Häusern von Bergarbeitern lebten normalerweise zehnköpfige Familien plus Schlaf- und Kostgänger, die ständig übereinanderstolperten. Im Vergleich dazu war es hier still wie in einem Kloster. Außerdem relativ gediegen. Im Schrank stand getöpferter Zierat: eine Keramikfigur des Duke of Wellington mit seiner unverkennbaren Hakennase war das einzige, was Blair erkennen konnte.

Durch ein Fenster, das nach hinten hinausging, fiel Licht in den angrenzenden Raum. Der Herd verströmte Wärme und den Duft von Milch und Zucker. Darauf stand ein großer Topf Wasser. Blair öffnete die Klappe des Ofens und hob den Deckel des darinstehenden Topfes. Reispudding. Auf dem Tisch waren zwei Teller gedeckt. In einer Ecke standen mehrere Bottiche, in der anderen seltsamerweise ein langer Kleiderspiegel. Auf den harten Bodendielen lag ein bestickter Teppich. Dem Herd gegenüber führte eine Treppe zu den ruhigen Schlafzimmern im ersten Stock.

Draußen scharrten Füße, Blair blickte durchs Fenster in einen winzigen Hof mit einem Waschkessel, einem steinernen Waschbrett und einem Schwein, das sich an den Brettern seines Verschlages rieb. Irgend jemand wurde zu Hause erwartet.

Blair wußte, daß es sinnlos wäre, auf der Straße zu warten, weil jeder herumlungernde Fremde bis zum Beweis des Gegenteils als Rechnungseintreiber galt, den man besser mied. Er ging in die Stube, um sich zu setzen, doch draußen kamen ständig Nachbarn vorbei, und die Vorhänge zu schließen hätte andererseits nur Aufmerksamkeit erregt, weil geschlossene Vorhänge unter Bergleuten als öffentliche Bekanntmachung eines Todesfalls galten. Seltsam, daß er sich daran erinnerte, dachte er.

Er ging wieder in die Küche und ließ sich auf den Stuhl im Schatten der Treppe sinken. Er sagte sich, daß er in die Stube zurückgehen konnte, wenn er die Haustür hörte. Als er sich an die Wand lehnte, schob sich sein Hut tief in die Stirn. Er schloß die Augen – nur eine Sekunde, sagte er sich. Der süße Duft des Puddings erfüllte die Dunkelheit.

Er öffnete die Augen, als sie in die Wanne stieg. Sie hatte eine Lampe angemacht, den Docht jedoch niedrig gedreht. Sie war von oben bis unten schwarz mit silbrig glänzender Haut, das Haar hatte sie hochgesteckt. Sie wusch sich mit einem Schwamm und einem Lappen und betrachtete sich dabei im Spiegel, nicht um sich zu bewundern, sondern weil der feine Kohlenstaub in jede einzelne ihrer Poren gedrungen war. Beim Waschen verfärbte sich ihre Haut von Ebenholz zu Blau und weiter zu Olivgrau, wie Wasserfarbe, die verblaßte.

Sie stieg in eine zweite Wanne und goß sich aus einem Krug Wasser ins Gesicht und über die Schultern. Sie drehte sich in der engen Wanne wie in einem vertraulichen, verhaltenen Tanz. Wasserdampf hing wie ein Strahlenkranz um ihr Gesicht, Tropfen rannen ihren Rücken und zwischen ihren Brüsten hinab. Minute für Minute verwandelte sie sich von Schwarz zu Grau und schließlich zu einem Muschelrosa, obwohl ihr Blick die eigene Haut mit kühler Mißachtung musterte, als wäre es eine andere Frau, die da badete.

Als sie fertig war, stieg sie aus der Wanne auf den Teppich. Erst jetzt bemerkte Blair ein Handtuch und Kleider, die über einen Stuhl gelegt waren. Sie trocknete sich ab, hob die Arme, schlüpfte in ein Unterhemd und einen Leinenrock, der dünn war, aber von feiner Qualität, wie ihn eine Magd im Haus ihrer Herrin gestohlen haben könnte. Schließlich löste sie ihr Haar, das von dunklem Kupferrot, dicht und wallend war.

Als Blair sich auf seinem Stuhl vorbeugte, starrte sie in die Dunkelheit wie eine in ihrer Höhle überraschte Füchsin. Wenn sie um Hilfe rief, war das Haus bestimmt rasch voller Bergleute, die nur zu gerne jeden Fremden bestraft hätten, der die Privatsphäre ihrer armseligen Behausungen verletzt hatte.

«Rose Molyneux?»

«Ja.»

«Bischof Hannay hat mich gebeten, mich mit der Angelegenheit von John Maypole zu befassen. Ihre Tür stand offen. Ich bin eingetreten und eingeschlafen. Ich bitte um Verzeihung.»

«Wann sind Sie aufgewacht? Wenn Sie ein Gentleman wären, hätten Sie sich gleich bemerkbar gemacht.»

«Ich bin aber kein Gentleman.»

«Offensichtlich.»

Sie blickte zur Haustür, rührte sich jedoch nicht vom Fleck, und obwohl ihr Hemd feucht an ihrem Körper klebte, machte sie keine Anstalten, ihr Kleid überzuziehen. Ihre Augen waren dunkel und direkt. «Ich weiß nichts über den Priester», sagte sie.

«Am 18. Januar wurde Maypole dabei beobachtet, wie er mit Ihnen sprach, danach wurde er nicht mehr gesehen. Wo war das?»

«Auf der Scholes Bridge. Das habe ich den Wachtmeistern auch schon gesagt. Er hat mich zu einem geselligen Abend eingeladen, Tanz und Gesang mit Limonade.»

«Waren Sie befreundet?»

«Nein. Er hat alle Mädchen gefragt. Er war ständig wegen irgendwas hinter uns her.»

«Wegen was beispielsweise?»

«Kirchenkram. Er hat immer versucht, uns zu retten.»

«Wovor?»

«Vor unseren Schwächen.» Sie folgte seinem Blick. «Ich bin in einen Kohlewagen gefallen, deshalb mußte ich mich waschen.»

«Sind Sie zu dem geselligen Abend gegangen?»

«Es gab keinen geselligen Abend.»

«Weil Maypole vermißt wurde?»

Sie lachte kurz auf. «Weil es in der Grube eine Explosion gegeben hat. An dem Tag sind sechsundsiebzig Männer gestorben. Kein Mensch hat sich um einen Priester geschert.»

Blair hatte das Gefühl, als ob ihm der Boden unter den Füßen weggerissen worden wäre. Sechsundsiebzig Männer waren am selben Tag gestorben, an dem Maypole verschwunden war, und Leveret hatte es nicht einmal erwähnt.

Aus dem Nachbarhaus hörte man eine Kanonade von Pantinen, die eine Treppe hinunterstürmten. Die Wände zwischen den Häusern waren so dünn, daß das Getrampel von den Stufen direkt über Blairs Kopf zu kommen schien.

«Sonst keine Fragen mehr?»

«Nein.» Er versuchte noch immer, die Neuigkeit von der Explosion zu verdauen.

«Sie sind wirklich kein Gentleman, nicht wahr?»

«Kein Stück.»

«Woher kennen Sie dann den Bischof?»

«Man muß kein Gentleman sein, um den Bischof zu kennen.» Er stand auf, um zu gehen.

«Wie heißen Sie?» fragte Rose. «Sie kennen meinen Namen, aber ich kenne Ihren nicht.»

«Blair.»

«Sie sind ein Mistkerl, Mr. Blair.»

«Sie sind nicht die erste, die das sagt. Ich finde selbst hinaus.»

Ihm war so schwindelig, daß ihm der Fußboden abschüssig vorkam. Er hangelte sich an den Stuhllehnen entlang durch die Stube zur Haustür. Rose Molyneux folgte ihm bis zur Küchentür, mehr um sich zu vergewissern, daß er ging, als um sich zu verabschieden. Auf der Schwelle zur Stube blieb sie stehen, eingerahmt vom Licht aus der Küche, weißer Musselin und rotes Haar. Gegenüber ertönte eine Salve zuschlagender Schranktüren und häuslicher Beschimpfungen, begleitet vom Geschrei eines Babys.

«Wigan ist eine kleine Welt, was?» fragte Blair.

«Es ist ein schwarzes Loch», erwiderte Rose.

# 3

Am nächsten Morgen fühlte sich Blair erstaunlicherweise besser. So war das mit der Malaria, sie kam und ging wie ein Hausgast. Er feierte diesen Umstand mit einem Bad und frühstückte gerade ein trockenes Steak auf kaltem Toast, als Leveret auftauchte. «Auf dem Tisch steht noch etwas von dem gräßlichen Kaffee», bot Blair ihm an.

«Danke, ich habe gefrühstückt.»

Blair wandte sich wieder seinem Essen zu. Seit einer Woche hatte er nur Suppe und Gin zu sich genommen, und er war entschlossen, sein Frühstück in Ruhe zu beenden.

Leveret nahm höflich seinen Hut ab. «Bischof Hannay ist aus London eingetroffen. Er hat Sie heute abend zum Essen eingeladen. Ich werde Sie um sieben hier abholen.»

«Tut mir leid. Ich hab' nichts anzuziehen.»

«Der Bischof hat schon vermutet, daß Sie das sagen würden, und meinte, ich sollte Ihnen ausrichten, daß Sie sich keine Sorgen zu machen bräuchten. Da Sie Amerikaner sind, werden die Leute annehmen, daß Sie schlicht nicht wissen, wie man sich zum Dinner kleidet.»

«Also gut, Sie können Hochwürden ausrichten, daß seine Beleidigung angekommen ist. Ich seh' Sie dann um sieben.» Blair widmete sich wieder seinem Steak, das zäh war wie ein verbrannter Strick. Er bemerkte, daß sein Besucher sich nicht gerührt hatte. «Wollen Sie einfach da stehen bleiben? Sie sehen aus wie ein Türstopper.»

Leveret bewegte sich auf den Stuhl zu. «Ich dachte, ich begleite Sie heute morgen.»

«Mich begleiten?»

«Ich war John Maypoles bester Freund. Niemand kann Ihnen mehr über ihn erzählen als ich.»

«Haben Sie der Polizei geholfen?»

«Es hat eigentlich gar keine richtige Ermittlung gegeben. Wir dachten, er wäre verreist und dann . . . na ja, vielleicht ist er ja noch immer unterwegs. Der Bischof möchte nicht, daß die Polizei hinzugezogen wird.»

«Sie sind der Verwalter der Hannays, haben Sie nichts zu tun, Kühe hüten, Pächter vertreiben?»

«Ich vertreibe kei–»

«Wie heißen Sie mit Vornamen, Leveret?»

«Oliver.»

«Oliver. Ollie. Ich kenne Russen in Kalifornien. Die würden Sie Olyosha nennen.»

«Leveret ist völlig ausreichend.»

«Wie alt sind Sie?»

Leveret zögerte wie ein Mann, der in hohes Gras tritt. «Fünfundzwanzig.»

«Die Verwaltung des Hannay-Anwesens muß ein ziemlich verantwortungsvoller Posten sein. Vertreiben Sie die betagten Pächter persönlich oder haben Sie dafür Ihre Leute?»

«Ich versuche nach Möglichkeit niemanden zu vertreiben.»

«Aber Sie tun es doch. Verstehen Sie, worauf ich hinauswill? Niemand wird vertraulich mit mir reden, wenn Sie daneben stehen.»

Leveret sah verletzt aus. Und Blair hatte ihn neben dem sachlichen Einwand auch beleidigen wollen; wenn Leveret nach diesem Prankenhieb mit Kratzern zurückblieb, war Blair das nur recht. Doch Leveret schien die Schuld für den Wortwechsel bei sich zu suchen, was Blair nur noch mehr irritierte. Der Mann trug einen nach innen gewandten Gesichtsausdruck zur Schau, als ob er persönlich für das Scheitern der Welt verantwortlich wäre.

«Ich war auch in Afrika. In der Kolonie am Kap», sagte er.

«Und?»

«Als ich hörte, daß Sie kommen, war ich sehr gespannt.»

Als erstes suchte Blair die Zweigstelle der Zeitung gleich neben dem Hotel auf. Leveret folgte ihm.

An der Wand waren acht Seiten des «Wigan Observer» angeschlagen, auf denen Auktionen von Bauernhöfen und Sägewerken, ein munterer Laienspielabend der Kirche und die Fahrpläne der Züge bekanntgemacht wurden. Und natürlich Reklame. «Die Wäscherei Ihrer Majestät verwendet ausschließlich Glenfield's Wäschestärke.» Auch die «Illustrated London News» war im Angebot, ihre Titelseite war ausschließlich dem Schlitzer von Lambeth gewidmet.

«Wie Sie sehen, gibt es vom Schlitzer noch keine Empfehlung zum Waschtag», bemerkte Blair. «Das wär' doch mal eine Anregung.»

Für Männer gab es «Punch», «Die Kohle-Frage» und «Der Bergmann», für Frauen «Hilf Dir Selbst», «Der geschmackvolle Haushalt» und «The Englishwomen's Review». Es gab Darstellungen der Lokalgeschichte wie «Katholiken in Lancashire – eigensinnige Geister» und für den Leser populärer Literatur eine Auswahl von Sensationsromanen über Cowboys im Wilden Westen und die Marinekavallerie. In Glaskästen wurden Briefpapier, Füllfederhalter, Briefmarkenkästchen, Stahlfedern und Tusche präsentiert. Eine hölzerne Barriere trennte den Laden von einem kleinen Büro, in dem ein Redakteur mit einer Schirmkappe kritzelnd an einem Schreibtisch saß. An den Wänden hingen gerahmte Photographien von entgleisten Lokomotiven, ausgebrannten Häusern und Massenbegräbnissen.

Blair machte Leveret auf die Zugfahrpläne in der Zeitung aufmerksam. «Haben Sie das gesehen? Fahrpläne sind die verläßlichsten Informationen der modernen Zeit. Und doch lese ich auf derselben Seite des ‹Observer›, daß am Samstag abend bei verschiedenen Zugunfällen fünf Einheimische überfahren worden sind. Handelt es sich dabei um regelmäßig angesetzte Hinrichtungen?»

«Samstag abends trinken die Arbeiter und folgen, um nach Hause zu finden, den Gleisen.»

«Sehen Sie sich das an, ein Dampfschiff bietet für weibliche Hausangestellte eine freie Überfahrt nach Australien an. Welche andere Nation würde eine Fahrkarte zu einer Wüste am anderen Ende der Welt verlockend finden?»

«Sie schätzen England nicht besonders.» Die Vorstellung schien Leveret derart zu grämen, daß er zu stottern begann.

«Leveret, gehen Sie weg. Zählen Sie die Schafe des Bischofs, stellen Sie Menschenfallen auf oder was immer Sie sonst normalerweise tun, aber lassen Sie mich in Ruhe.»

«Kann ich Ihnen helfen?» fragte der Redakteur.

Blair stieß die Tür der Barriere auf, um die Photographien genauer zu betrachten. Es war stets lehrreich zu sehen, was Gas und Dampf mit Metall und Backstein anrichten können. Auf einem Bild sah man ein Haus, dessen Fassade weggerissen war wie bei einer Puppenstube, so daß man noch die Stühle und den gedeckten Abendbrottisch erkennen konnte. Auf einem anderen hatte sich eine Lokomotive wie ein Geschoß in das Dach einer Brauerei gebohrt. Unter zwei Bildern stand: «Bedauernswerte Opfer einer Explosion in der Hannay-Grube». Das erste zeigte den Hof der Zeche. Die aufrecht stehenden Gestalten waren verschwommen, während die auf dem Boden ausgebreiteten Leichen in tödlicher Schärfe abgebildet waren. Das zweite zeigte eine Prozession von Leichenkutschen, die von Pferden mit schwarzen Federbüschen gezogen wurden.

«Bergleute glauben an einen anständigen Abschied. Die ‹London Illustrated› hat darüber berichtet. Bisher das schwerste Unglück dieses Jahres. Sie müssen davon gelesen haben.»

«Nein», erwiderte Blair.

«Jeder hat davon gelesen.»

«Haben Sie noch ein Exemplar dieser Ausgabe?»

Der Mann zog eine Schublade auf, in der eine Reihe von Zeitungen an Haltern hingen. «Die wichtigsten Passagen der offiziellen Untersuchung fast im Wortlaut. Ansonsten müssen Sie auf den offiziellen Bericht des Grubeninspektors warten. Sie kommen mir bekannt vor.»

Blair blätterte die Zeitungen durch. Die Explosion in der Hannay-Grube interessierte ihn nicht, doch die Aussagen, die über das Unglück, die Rettungsbemühungen und die Untersuchung der Katastrophe berichteten, deckten auch die Wochen nach John Maypoles Verschwinden ab.

In der Ausgabe vom 10. März fand sich beispielsweise folgende Notiz: «Trotz der Abwesenheit von Rev. Maypole wird das Stiftertreffen des ‹Heims für erstmalig gefallene Frauen› stattfinden. Es wird angenommen, daß Rev. Maypole in dringenden Familienangelegenheiten unterwegs ist.»

In der Ausgabe vom 7. Februar hieß es: «Rev. Chubb hielt ein Fürbittengebet für die Seelen der Gemeindemitglieder ab, die bei der Explosion in der Hannay-Grube auf tragische Weise ums Leben gekommen sind. Er forderte die Gemeinde auch auf, für das Wohlbefinden des Hilfsgeistlichen, Rev. Maypole, zu beten, der seit zwei Wochen nicht mehr gesehen wurde.»

Und am 23. Februar: «All Saints Parish Church 21 – St. Helen's 6. Zwei Versuche von William Jaxon legten den Grundstein zu einem Sieg, der Rev. John Maypole gewidmet wurde.»

Alle anderen Artikel befaßten sich mit dem Unglück. Ein Kupferstich zeigte Rettungsmannschaften am Sockel eines Grubenturms, dessen Spitze mit der Lancashire-Rose verziert war.

«Kann ich die kaufen?»

«O ja. Wir haben Sonderausgaben gebracht.»

«Ich zahle für den Herren», sagte Leveret.

«Und ein Notizbuch, rote und schwarze Tinte und die beste Landkarte der Umgebung, die Sie haben», sagte Blair.

«Eine Generalstabskarte?»

«Perfekt.»

Der Redakteur packte die Sachen zusammen, ohne den Blick von Blair zu wenden. «Die Explosion in der Hannay-Grube war eine Riesenstory. So was sichert Wigan einen Platz auf der Landkarte.»

Auf dem Weg nach draußen bemerkte Blair unter den zum Verkauf angebotenen Büchern auch ein Exemplar mit dem Titel

«Nigger Blair». Auf dem Umschlag war eine Illustration, die ihn beim Erlegen eines Gorillas zeigte. Er hatte nie einen Schnurrbart getragen und auch noch nie einen Gorilla gesehen. Immerhin hatten sie seinen Schlapphut recht gut getroffen.

Neues Gelände betrachtete man am besten von einem hohen Punkt aus. Blair kletterte durch eine Falltür auf die offene Spitze des Kirchturms, wo er einige Tauben von den Fialen scheuchte. Auch Leveret zwängte seine lange Gestalt durch die Öffnung, wobei seine Melone mit Staub und Federn bedeckt wurde. Es war Mittag, doch der Himmel war schmierig wie zur Dämmerung. Als Blair seine Karte ausbreitete, lagerten sich sofort sichtbare Schmutzpartikel auf dem Papier ab.

Blair liebte Landkarten, er liebte Breiten-, Längen- und Höhengrade. Er liebte das Gefühl, mit einem Sextanten und einer verläßlichen Uhr die Sonne anvisieren, überall auf der Welt seine Position feststellen und sie mit einem Winkelmesser und Papier so verzeichnen zu können, daß ein anderer mittels dieser Karte seinen Weg ohne eine Minute oder einen Zentimeter Abweichung zu exakt demselben Punkt nachvollziehen konnte. Er liebte die Topographie, die Krümmungen und Falten der Erde, Festlandsockel, die zu Gebirgen wurden, Berge, die in Wahrheit Inseln waren. Er liebte die Wandelbarkeit des Planeten, Küsten, die abgetragen wurden, Vulkane, die in breiten Ebenen ausbrachen, Flüsse, die sich erst in die eine, dann in die andere Richtung wanden. Zugegeben, Landkarten waren nie mehr als eine Momentaufnahme dieses ewigen Fließens, doch als eine Visualisierung der Zeit waren sie Kunstwerke.

«Was machen Sie?» fragte Leveret.

Blair nahm ein Teleskop aus einem Lederetui; es war ein deutscher Refraktor mit einem Ramsden-Okular, mit Abstand sein wertvollster Besitz. Er drehte sich einmal um dreihundertsechzig Grad, bestimmte die Höhe der Sonne und warf einen Blick auf seinen Kompaß. «Ich versuche mich zu orientieren. Auf dieser Karte sind keine Himmelsrichtungen verzeichnet, aber ich denke, jetzt hab' ich's.» Er malte einen Pfeil auf die Karte, ein Akt, der ihm eine kleine, philosophische Befriedigung verschaffte.

Leveret stand daneben und hielt seine Melone fest, damit der Wind sie ihm nicht vom Kopf wehte.

«Hier oben war ich noch nie», sagte er. «Sehen Sie die Wolken, wie Schiffe auf dem Meer.»

«Sehr poetisch. Schauen Sie nach unten, Leveret. Fragen Sie sich, warum diese Ansammlung von Straßen besonders chaotisch aussieht. Wenn Sie die Karte betrachten, sehen Sie das alte Dorf Wigan, die Kirche, den Markt und die mittelalterlichen Gäßchen, selbst wenn das Grün jetzt zugepflastert ist und die Gassen zu Lagerhöfen von Gießereien umgewandelt wurden. Die ältesten Läden haben die schmalsten Fassaden, weil alle an einer einzigen Straße liegen wollten.»

Wie Blair erwartet hatte, verglich Leveret das, was er sah, mit der Karte. Menschen konnten Landkarten ihres Wohnorts genausowenig widerstehen wie Portraits ihrer selbst.

«Aber Sie gucken doch ganz woandershin», bemerkte Leveret.

«Ein Kartograph geht stets nach der Methode der Triangulation vor. Wenn man die genaue Position und Höhe zweier Punkte kennt, kann man die Lage und Höhe jedes dritten sichtbaren Punktes bestimmen. Landkarten sind im Grunde nichts als unsichtbare Dreiecke.»

Blair fand die Scholes Bridge, die er am Abend zuvor überquert hatte. In der Dunkelheit und seinem Fieber war ihm nicht aufgefallen, wie vollständig die Brücke die Stadt in zwei Hälften teilte. Westlich der Brücke lag das wohlhabende, gediegene Wigan, eine Welt aus Büros, Hotels und Läden, gekrönt von Kaminköpfen aus Terracotta. Östlich der Brücke lag die neue, dichtgedrängte Ansammlung von Bergarbeiter-Reihenhäuschen mit ihren Backsteinmauern und blauen Dachziegeln. Nördlich der Kirche verlief ein die Brücke vollständig meidender Boulevard mit repräsentativen Stadthäusern und einem Meer von Gärten, die in einen dichtbewaldeten Landstrich übergingen. Daneben stand auf der

Karte: «Richtung Hannay Hall». Und im Süden lagen die qualmenden Schlachtfelder der Kohlegruben.

Was man mit bloßem Auge nicht erkennen, jedoch auf der Karte deutlich sehen konnte, war die Tatsache, daß Wigan von Zuglinien zerschnitten und wieder zusammengefügt war: die Wigan-Southport-, Liverpool-Bury- und die North Union-Lancashire-Union-Linie erstreckten sich in ausladenden geometrischen Kurven in alle Richtungen und hatten Anschlüsse zu den Privatgleisen, die zu den Gruben führten. Dunst verschleierte den südlichen Horizont, doch auf der Karte zählte Blair sage und schreibe fünfzig aktive Zechen, was für jede Stadt eine unglaubliche Zahl war.

Er richtete sein Fernglas auf die Reihenhäuser der Bergleute jenseits der Brücke. Vielleicht waren sie in gerader Linie erbaut worden, doch da sie über älteren, leergeschürften Minen errichtet worden waren, in denen immer wieder unterirdische Stützpfeiler verfaulten und Tunnel einbrachen, waren die Wände und Dächer entsprechend abgesunken, so daß die Häuser jetzt eine hügelige, absackende und langsam verfallende Landschaft bildeten, die zu gleichen Teilen ein Werk der Natur wie des Menschen war.

«Ich hab' die Geschichte mit dem Bibelfonds gehört», sagte Leveret. «Und von den, den . . .»

«Ausschweifungen?»

«Dem schnellen Leben. Nach sorgfältiger Lektüre der Berichte habe ich jedoch eher den Eindruck, daß Sie für die Afrikaner ein Held sind.»

«Glauben Sie nie, was Sie lesen. Die Menschen haben viele Gründe für das, was sie tun.»

«Aber es ist wichtig, diese Gründe zu erklären, sonst wird man falsch eingeschätzt. Dadurch setzt man ein Beispiel.»

«Wie Hannay? Verdammt komischer Heiliger für einen Bischof.»

«Bischof Hannay ist . . . anders. Nicht jeder Bischof würde kostspielige Expeditionen in entlegene Winkel der Welt finanzieren.»

«Es ist ein Luxus, den er sich leisten kann.»

«Es ist ein Luxus, auf den Sie angewiesen sind», bemerkte Leveret vorsichtig. «Wie dem auch sei, egal was Ihre privaten Gründe gewesen sein mögen, in Afrika Gutes zu tun, Sie dürfen nicht zulassen, daß die Leute ein so schwarzes Bild von Ihnen zeichnen.»

«Leveret, um meinen Ruf sorge ich mich schon selbst. Warum haben Sie die Explosion in der Hannay-Grube in Ihren Informationen über John Maypole mit keinem Wort erwähnt?»

Leveret brauchte einen Augenblick, um sich auf den abrupten Themenwechsel einzustellen.

«Bischof Hannay war der Ansicht, daß diese Information irrelevant sei. Außer daß jeder so mit dem Unglück beschäftigt war, daß wir zunächst gar nicht bemerkt haben, daß John verschwunden war.»

«Lesen Sie Dickens?» fragte Blair.

«Ich liebe Dickens.»

«Und wundersame Zufälle stören Sie nicht?»

«Sie mögen Dickens nicht?»

«Ich mag Zufälle nicht. Es gefällt mir nicht, daß Maypole am Tag der Grubenexplosion verschwunden ist. Vor allem, wenn der Bischof mich, einen Bergbauingenieur, damit beauftragt, ihn zu finden.»

«Wir haben Johns Verschwinden wegen der Explosion nur nicht die nötige Beachtung geschenkt. Ich glaube, daß der Bischof Sie ausgewählt hat, weil er jemand von außerhalb haben wollte, dem er vertrauen konnte. Und Ihr Hintergrund als Bergbauingenieur paßt schließlich zu Wigan.»

Blair war noch immer nicht überzeugt. «War Maypole je unten im Bergwerk?»

«Das ist verboten.»

«Er konnte also nur über Tage zu den Bergleuten predigen?»

«Richtig», sagte Leveret.

«Aber er hat zu ihnen gepredigt?»

«Ja, sobald sie an die Oberfläche kamen. Und auch zu den

Grubenmädchen. John war ein wahrer Evangelist. Er war von selbstlosem, absolut unbeflecktem Charakter.»

«Klingt wie ein Mensch, dem ich unter allen Umständen aus dem Weg gegangen wäre, selbst wenn ich dafür durch knietiefen Schlamm hätte waten müssen.»

Mit roter Tinte markierte Blair die Initialen der Adressen von John Maypole, der Witwe Mary Jaxon und Rose Molyneux.

Bei ihr verharrten seine Gedanken einen Moment. Warum hatte sie nicht um Hilfe gerufen? Warum hatte sie sich nicht angezogen? Ihre Kleider hatten doch auf dem Stuhl gelegen. Statt dessen hatte sie ihm, nur mit ihrem feuchten Hemd bekleidet, gegenübergestanden und zur Tür geblickt. Hatte sie vielleicht ebensoviel Angst gehabt, entdeckt zu werden, wie er?

John Maypoles Zimmer lag in der Nähe der Scholes Bridge in einer Gasse, in der die Backsteinmauern der Häuser derart überhingen, daß sich ihre Dachfüße beinahe berührten. Dazwischen fiel eine schmale Scheibe grauen Lichts auf Leveret und Blair herab. Maypole war offensichtlich der Typ Evangelist, der gewillt war, nicht nur zu den Abgründen hinabzusteigen, sondern auch dort zu schlafen.

Leveret öffnete die Tür zu einem Zimmer, das mit einem Bett, Tisch und Stühlen, einem gußeisernen Ofen, einer Kommode mit Schubladen, einem Waschbecken und einem Nachttopf möbliert war, die auf einem Linoleumfußboden mit dunklem, undefinierbarem Muster verteilt waren. Die trübe Beleuchtung erfaßte gerade noch das Glanzstück des Zimmers, ein Ölgemälde von Christus in einer Zimmermannswerkstatt. Jesus sah sehnig aus und als wäre er an harte Arbeit gewöhnt, obwohl Blair fand, daß er für einen Mann, der mit einer Säge umging, einen zu abwesenden Gesichtsausdruck hatte. Um seine Füße kräuselten sich Sägespäne. Durchs Fenster im Hintergrund sah man angedeutete Olivenbäume, Dornenbüsche und den blauen See Genezareth.

«Wir haben den Raum so gelassen, wie er war», sagte Leveret. «Für den Fall, daß er zurückkommt.»

An der anderen Wand hing ein Kruzifix aus Zinn. Auf einem Regal lehnten eine Bibel, abgegriffene theologische Fachbücher und ein einzelner schmaler Band Wordsworth. Blair zog die Schubladen der Kommode auf und tastete sich durch die schwarzen, wollenen Soutanen und Anzüge eines armen Hilfspredigers.

«John war nicht an materiellen Gütern interessiert», sagte Leveret. «Er besaß nur zwei Anzüge.»

«Und sie sind beide hier.» Blair ging zum Regal zurück, blätterte die Bibel und die anderen Bücher durch und stellte sie wieder gerade ins Regal. Sie hatten nicht lange genug schräg gelehnt, um den Einband zu verbiegen. «Fehlt irgendwas?»

Leveret atmete tief ein und sagte: «Ein Tagebuch. John hat darin seine Gedanken festgehalten. Es ist das einzige, was fehlt. Es war das erste, wonach ich gesucht habe.»

«Warum?»

«Für den Fall, daß es uns sagt, wohin er gegangen ist oder was er gedacht hat.»

«Haben Sie je darin gelesen?»

«Nein, es war privat.»

Blair ging zum Fenster, das schmutzig genug war, um Jalousien überflüssig zu machen. «Hatte er je Besuch?»

«John hat hier Sitzungen des ‹Explosionsfonds› und der ‹Gesellschaft zur Verbesserung der Arbeiterklasse› abgehalten, ganz zu schweigen vom ‹Heim für Frauen›.»

«Also praktisch ein Radikaler.» Blair schnüffelte. «Geraucht hat er nicht?»

«Nein, und man durfte in diesem Zimmer auch nicht rauchen.»

«Leveret, in Ihrem Brief haben Sie sich nicht nur als Maypoles Freund, sondern auch als sein Vertrauter bezeichnet. Was nahelegt, daß er Ihnen Dinge anvertraut hat. Welche?»

«Persönliche Dinge.»

«Halten Sie es für einen guten Zeitpunkt, damit hinter dem Berg zu halten, nachdem er seit jetzt zwei Monaten verschwunden ist?»

«Wenn ich glauben würde, daß die Empfindungen, die John

mir mitgeteilt hat, etwas mit seinem Verschwinden zu tun hätten, würde ich Sie Ihnen selbstverständlich enthüllen.»

«Wie vertraut waren Sie denn miteinander? Wie Damon und Pinthias? Jesus und Johannes, Punch und Judy?»

«Sie wollen mich provozieren.»

«Ich versuche, die Wahrheit zu provozieren. Die Sorte Heilige, die Sie beschreiben, gibt es nicht. Ich will nicht seine Grabinschrift verfassen, ich versuche den Mistkerl zu finden.»

«Ich wünschte, Sie würden sich nicht dieser Sprache befleißigen.»

«Also wirklich, Leveret, Sie sind mir vielleicht eine Marke.»

Selbst in dem halbdunklen Zimmer sah Blair, wie der Verwalter errötete. Blair hob das Gemälde an und tastete die Rückseite der Leinwand ab. Er schritt den Linoleumboden ab: zehn mal zwanzig Schritte, begrenzt von Wänden aus getünchtem Backstein. Er streckte sich zu der verputzten Decke: gut zwei Meter in einer Ecke, etwa eins achtzig in der anderen. Er ging in die Mitte des Raumes und kniete sich hin.

«Was machen Sie jetzt?» fragte Leveret.

«Die Buschmänner lehren ihre Kinder Spuren lesen, indem sie ihnen Schildkröten als Haustiere geben. Der Vater läßt die Schildkröte frei, und das Kind muß sie finden, indem es den Kratzern folgt, die die Krallen der Schildkröte auf dem nackten Fels hinterlassen haben.»

«Sie suchen nach Kratzern?»

«Eigentlich habe ich an Blutspuren gedacht, aber Kratzer würden auch reichen.»

«Und was sehen Sie?»

«Gar nichts. Ich bin kein Buschmann.»

Leveret zog seine Uhr hervor. «Ich lasse Sie jetzt allein. Ich muß noch Reverend Chubb für heute abend einladen.»

«Warum wird er anwesend sein?»

Leveret zögerte. «Reverend Chubb hat gewisse Bedenken bezüglich Ihrer Tauglichkeit geäußert.»

«Meiner Tauglichkeit?»

«Nicht bezüglich Ihrer Intelligenz», sagte Leveret rasch. «Bezüglich Ihrer moralischen Tauglichkeit.»

«Vielen Dank. Das verspricht ja ein reizender Abend zu werden. Werden sonst noch Gäste erwartet, die Bedenken bezüglich meiner moralischen Tauglichkeit haben?»

Leveret wich in Richtung Tür zurück. «Ein paar.»

«Nun, ich werde mich bemühen, nüchtern zu bleiben.»

«Der Bischof hat volles Vertrauen in Sie.»

«Der Bischof?» Blair konnte das Lachen nur mit Mühe unterdrücken.

Am Abend zuvor hatte die Dunkelheit die Reihenhäuser östlich der Scholes Bridge in ein weicheres Licht gehüllt; jetzt ließen Tageslicht und Ruß jeden Backstein hervortreten. Der geheimnisvolle Schimmer der Gaslaternen war einem ungeschönten Blick auf die endlosen Reihen Wand an Wand gemauerter Häuser gewichen, deren billige Konstruktion sich in schiefen Mauern und einem Geruch nach Abort bemerkbar machte. Bei Tag waren auch die Geräusche anders, weil Frauen und Kinder auf den Straßen unterwegs waren und der Lärm ihrer Holzschuhe sich mit dem Singsang der Händler und Kesselflicker mischte. Die Bergleute trugen Pantinen, die Hüttenarbeiter trugen Pantinen, jeder in Scholes trug Pantinen. Wie hatte Rose Molyneux es genannt? Ein schwarzes Loch? Ein lautes Loch war es auch.

John Maypole hatte sie bei der Brücke getroffen. Die Brücke war daher der logische Ausgangspunkt, dem Weg des Märtyrers zu folgen.

Es war nicht direkt eine Via Dolorosa. Das Bierhaus an der Ecke war ein Saal mit langen Tischen, Bier- und Cidrefässern und der geschäftsmäßigen Gastfreundlichkeit eingelegter Eier. Blair stellte sich dem Besitzer als Maypoles Cousin vor und deutete an, daß die Familie wertvolle Informationen über den Priester, der zuletzt vor zwei Monaten bei der Brücke gesehen worden war, angemessen belohnen würde.

Der Besitzer erinnerte Blair daran, daß es im Januar früh

dunkel wurde. «Ihr Maypole mag ein Hilfsgeistlicher gewesen sein, meinetwegen auch der Papst im Ornat, aber wenn einer nicht mit seinen Freunden auf ein Bier hereinschaut, ist er in diesem Teil von Wigan so gut wie unsichtbar.»

Im nächsten Block fiel Blair ein Metzgerladen ins Auge. Der Metzger war Katholik, kannte Maypole jedoch vom Rugby. Er sagte, Maypole wäre strammen Schrittes neben Rose Molyneux hergegangen und hätte auf sie eingeredet oder sie auf ihn.

«Sie ist auch katholisch und hat ihm mutig die Stirn geboten. Mir fiel auf, wie Maypole seinen Vatermörder – wissen Sie, seinen Priesterkragen – abgerissen hat.» Er machte eine bedeutungsvolle Pause. «Verstohlen.»

«Ah.» Blair vertrieb eine Fliege.

Die Fliege kehrte zu einem Schwarm zurück, der sich auf etwas niedergelassen hatte, was wie abgerissener Flanell aussah: Kutteln. Schweinsfüße und Blutwurst lagen in einer Glasvitrine, deren Scheibe so schlierig war wie ein Teich. Der Metzger beugte sich vor und flüsterte: «Priester sind auch nur Menschen. Das Fleisch ist schwach. Es kann einem Mann nie schaden, seinen Piller mal wegzustecken.»

Blair sah sich um. Es hätte ihn nicht überrascht, ein oder zwei Piller an Fleischerhaken hängen zu sehen. «Dann wirkten sie also freundschaftlich? Ich dachte, Sie hätten gesagt, es sah aus, als hätten sie gestritten?»

«So ist das mit Rose – keine Rose ohne Dornen, wie man so sagt.»

Der Metzger war der letzte, der sich erinnern konnte, jemanden gesehen zu haben, der Maypole ähnelte. In Afrika kam so etwas vor, dachte Blair. Dort verschwanden ständig Missionare. Warum also nicht im finstersten Wigan?

Blair verbrachte den Rest des Nachmittags damit, im «Angel», im «Harp», im «George», im «Crown and Cepter», im «Black Swan», im «White Swan», im «Balcarres Arms», im «Fleece», im «Weaver's Arms», im «Wheelwrights' Arms», im «Windmill» und im «Rope and Anchor» nach seinem vermißten Cousin John Maypole zu fragen. Unterwegs stattete er sich bei einem Lumpensammler mit Kleidung aus, die so alt war, daß man sie hätte in Fetzen reißen und als Dünger benutzen können. Als Dünger war sie wahrscheinlich wertvoller. Perfekte Bergmannskluft.

Gegen sechs war er in einem Pub namens «The Young Prince» gelandet. Von außen präsentierte sich das Lokal in einem fortgeschrittenen Stadium des Zerfalls. Ecksteine waren herausgebrochen wie verfaulte Zähne; Ziegel waren vom Dach gerutscht. Drinnen gab es jedoch eine Bar aus Mahagoni, einen glühenden Kamin und auf einem Sockel neben der Tür den jungen Prinzen höchstpersönlich. Der Bullterrier war zu Lebzeiten offenbar ein recht bekannter Kampfhund gewesen, der jetzt ausgestopft langsam in Unsterblichkeit ergraute.

Die Bergleute trafen gerade ein. Einige waren zu Hause gewesen, hatten sich gewaschen und trugen jetzt saubere Mützen und weiße Seidenschals. Die Mehrzahl jedoch kam auf dem Heimweg von der Zeche vorbei, um zuerst die durstigen Kehlen zu spülen. Wo sie ihre Kappen in den Nacken geschoben hatten, wurde der schmale Streifen weißer Haut an ihrem Haaransatz sichtbar und die blauen Tätowierungen der Kohlenarben auf ihrer Stirn. Die älteren Männer rauchten lange Tonpfeifen, und die Narben auf ihrer Stirn waren so blau wie Käse aus Stilton. Blair bestellte einen heißen Gin gegen sein Fieber, das sich boshaft zurückgemeldet hatte, als ob es ihn zu lange allein gelassen hätte, und lauschte den Debatten über Renntauben, den Niedergang des Rugbysports und die Frage, ob ein Frettchen oder ein Hund mehr Ratten töten konnte. Wirklich erbauliche Gesellschaft, dachte Blair. Einmal hatte er einen ganzen Tag lang einem Äthiopier zugehört, der sich über die verschiedenen Methoden, eine Schlange zu häuten und zu kochen, verbreitet hatte, im Vergleich hierzu ein geradezu sokratischer Monolog.

Dies war kein Job für ihn, dachte er. Seine Bemerkung gegenüber Leveret war durchaus ernst gemeint gewesen: Er und Maypole waren einfach zu gegensätzlich. Wie konnte er den Schritten eines Mannes folgen, der praktisch ein Märtyrer war? Der Hilfsgeistliche war offensichtlich ein Engländer, der die Welt als eine Schlacht zwischen Himmel und Hölle sah, während sie für ihn reine Geologie war. Maypole hielt England für eine leuchtende Fackel unter den Nationen, was für Blair in etwa der Behauptung gleichkam, die Erde wäre eine Scheibe.

Er bemerkte, daß sich ein vertrautes Gesicht zu ihm gesellt hatte, Mr. Smallbone aus dem Zug, der seinen Anzug gegen eine Arbeiterjacke aus Englischleder eingetauscht hatte und über der Schulter einen Lederbeutel trug, wie ihn Buchmacher auf der Rennbahn bei sich haben. Seine markante Nase glühte vor dem Hintergrund seiner schwarzen Wangen tiefrot.

«Ich trinke nichts», sagte Smallbone.

«Das sehe ich.»

«Ich bin mit meinen Kumpels gekommen, ich hab' keinen Penny ausgegeben. Ich wollte nur gesellig sein. Es ist sehr nett im ‹Young Prince›.»

«Erzählen Sie das Mrs. Smallbone?»

«Mrs. Smallbone ist eine andere Geschichte.» Smallbone seufzte vielsagend, als ob er mit diesem Thema dicke Bücher füllen könnte, dann hellte sich seine Miene auf. «Hier sind Sie genau richtig gelandet, vor allem heute abend. Oh, wenn Sie rüber zum ‹Harp› gegangen wären.»

«Ich war im ‹Harp›.»

«Irisch. Liegt es an mir, oder ist die Luft trocken?»

Als der Barkeeper zu Blair herübersah, hielt dieser zwei Finger hoch.

«Die Schlägereien im ‹Harp›. Jeden Abend beißt ein Ire einem anderen die Nase ab. Es sind gute Männer. O ja, niemand gräbt bessere Löcher als ein Ire. Aber um tagein, tagaus die Kohle herauszuholen, braucht es einen Mann aus Lancashire.» Smallbone seufzte, als die zwei Gins kamen, und nahm seinen, bevor der Barkeeper ihn auf dem Tisch abstellen konnte. «Die Männer aus Wales, Yorkshire und vor allem aus Lancashire.»

«Unter Tage?»

«Sozusagen. Prost.»

Sie tranken, Blair leerte sein halbes Glas mit einem Schluck, während Smallbone vorsichtig und geizig an seinem nippte. Ein Mann, der sich seine Laster einteilen mußte.

«Dann müssen Sie ja die Männer gekannt haben, die bei dem Feuer ums Leben gekommen sind.»

«Ich kannte sie alle. Hab' dreißig Jahre mit ihnen gearbeitet, Väter und Söhne. Auf abwesende Freunde.» Smallbone genehmigte sich einen weiteren winzigen Schluck.

«Na ja, nicht alle. Es gibt immer Bergleute von außerhalb. Tagelöhner. Man merkt sich nicht mal ihren Nachnamen. Die aus Wales nennt man ‹Taffy›, die aus Irland ‹Paddy›, und wenn einem zwei Finger fehlen, nennt man ihn eben ‹Zwei Halbe›. Solange sie die Kohle einbringen, reicht das doch.»

Eine Gruppe von Frauen betrat das Lokal. Anständige Frauen wurden in ein Nebenzimmer verbannt, und selbst wenn sie versucht hätten, an den Tresen vorzudringen, hätten die Turnüren unter ihren Kleidern für reihenweise umstürzende Gläser gesorgt. Diese vier jedoch bahnten sich ihren Weg. Und diese Kühnheit war nicht der einzige Unterschied: Von der Hüfte aufwärts trugen sie Flanellhemden und wollene Kopftücher, und die sackartigen Röcke, die sie über ihren Cordhosen anhatten, waren wie Kummerbünde bis zu den Hüften hochgerollt und festgenäht. Ihre Hände waren auf einer Seite blau, auf der anderen rosafarben, ihre Gesichter vom Waschen gerötet und feucht.

Der Barkeeper wirkte keineswegs überrascht. «Bier?»

«Ale», sagte ein großes Mädchen mit rotbraunem Haar. «Der würde noch seine Eier vergessen, wenn er sie nicht in einem Sack hätte», meinte sie zu den anderen Mädchen.

Ihr Blick wanderte durch das Pub, bis sie Blair entdeckte. «Sie sind Photograph?»

«Nein», sagte Blair.

«Ich mache Photos. Meine Freundin Rose und ich posieren in Arbeitskluft oder Sonntagskleidung. Wir sind sehr beliebt.»

«Rose wer?»

«Meine Freundin Rose. Keine künstlerischen Posen, wenn Sie wissen, was ich meine.»

«Durchaus», sagte Blair.

«Nennen Sie mich Flo.» Mit dem Bier in der Hand kam sie an seinen Tisch. Sie hatte ein gewöhnliches Gesicht, ihre Lippen und Wangen jedoch mit genug Rouge getönt, um selbst wie eine kolorierte Photographie auszusehen. «Sie sind Amerikaner.»

«Sie haben ein feines Ohr, Flo.»

Das Kompliment ließ sie erröten. Ihr Haar wucherte wie elektrisch geladen unter ihrem Kopftuch hervor. Sie erinnerte Blair an Boadicea, die wahnsinnige Königin der Briten, die Caesars Truppen beinahe zurück ins Meer getrieben hätte.

«Ich mag Amerikaner», sagte sie. «Die sind nicht so für Förmlichkeiten.»

«Ich bin ganz und gar nicht für Förmlichkeiten», versicherte Blair ihr.

«Nicht wie gewisse Leute aus London.» Flo hatte eine dramatische Art, und London war für sie augenscheinlich der Inbegriff eines Rattennests. «Parlamentsabgeordnete, die ehrlichen Mädchen ihre Arbeit wegnehmen wollen.» Ihr Blick glitt an Smallbone hinab. «Und kleine Arschkriecher, die ihnen helfen.»

Smallbone hörte sich die Beleidigung unbewegt an, ein Klümpchen Butter, das auch in einem Backofen nicht schmolz. Sie wandte sich wieder Blair zu. «Könnten Sie sich mich in einer Fabrik vorstellen? Wie ich in einem Rock herumspringe und hier nach einer Spule, dort nach einer Rolle Zwirn sehe? Wie ich an eine Maschine gekettet langsam blaß und taub werde? Ich nicht. Und Sie auch nicht, weil man noch nie einen Photographen in einer Fabrik gesehen hat.»

«Er ist kein Photograph», sagte eine Stimme hinter ihnen.

Blair blickte auf und sah einen jungen Bergmann, der zu einer mit einem Samtkragen besetzten Jacke einen weißen Seidenschal mit braunen Flecken trug. Er erkannte ihn als Bill Jaxon von der Photographie der Rugbymannschaft wieder.

«Gestern abend hat er Rose besucht», sagte Jaxon.

Der Rest des Pubs schwieg. Blair fiel auf, daß Jaxons Auftritt erwartet worden war. Genußvoll. Sogar das Glasauge von «Young Prince» schien in frischem Glanz zu erstrahlen.

«Sie haben nicht angeklopft, oder?» sagte Jaxon sanft. «Sie hat gesagt, zum Glück war sie angezogen.»

«Ich habe mich entschuldigt.»

«Bill», sagte Flo, «er ist betrunken. Außerdem hat er keine Pantinen. Er wäre kein sportlicher Gegner.»

«Sei still, Flo», sagte Jaxon.

Was Pantinen mit Sport zu tun hatten, war Blair schleierhaft.

Jaxon wandte sich wieder Blair zu. «Sie kommen vom Bischof, sagt Rose.»

«Ich habe gehört, von Reverend Maypoles Familie», sagte Smallbone.

«Beides.»

«Ein entfernter Verwandter?» Als Blair auf seinem Stuhl herumrutschte und dann zu Jaxon aufblickte, kam er sich vor wie eine Maus in einer mächtigen Pranke. Es war kein behagliches Gefühl. Jaxon hatte gleichmäßige Gesichtszüge und glattes dunkles Haar, das sorgfältigst gekämmt war, mit einem perlenbesetzten Schal unter einer Pflugschar von einem Kinn von der Art, mit der man als Schauspieler Karriere machen konnte. «Ich habe Rose nach Reverend Maypole gefragt», sagte Blair. «Waren Sie nicht in derselben Rugbymannschaft?»

«Waren wir, ja.»

«Vielleicht können Sie mir weiterhelfen.»

Auf ein Zeichen hin, das Blair verpaßt hatte, sprang Smallbone von seinem Stuhl auf, und Jaxon nahm Platz. Der Mann stand im Mittelpunkt der allgemeinen Aufmerksamkeit, eine Sonne im dunklen Universum dieses Pubs, dachte Blair. Er erinnerte sich daran, daß Maypole auf dem Photo Jaxon angesehen hatte, anstatt in die Kamera zu blicken. Jaxons Augen sagten, daß er Fragen so ernst nahm wie eine Scharade.

«Fragen Sie los.»

«Haben Sie Reverend Maypole an jenem letzten Tag gesehen?»

«Nein.»

«Haben Sie eine Ahnung, was ihm zugestoßen ist?»

«Nein.»

«Wirkte er unglücklich?»

«Nein.»

Das schien die Sache in etwa abzudecken, dachte Blair. Der Form halber fügte er noch hinzu: «Worüber haben Sie mit John Maypole geredet?»

«Über Sport.»

«Haben Sie auch religiöse Fragen besprochen?»

«Der Reverend sagte, Jesus wäre ein erstklassiger Rugbyspieler gewesen.»

«Tatsächlich?» Das war eine Offenbarung für Blair, ein Beitrag zur Theologie der Muskeln: Christus in einem Gedränge, den Vormarsch der Halbläufer aufhaltend und zwischen Centurionen feldauf stürmend.

«Der Reverend hat gesagt, Jesus war ein Arbeiter. Er war Zimmermann und kräftig, wer will also behaupten, daß er nicht auch ein guter Sportler war? John hat gesagt, christlicher Wettkampf wäre gottgefällig und daß er lieber mit unserer Mannschaft auf dem Feld stehen würde als mit all den Dons aus Oxford in einer Kirche.»

«Klingt vernünftig.»

«Alle Jünger waren Arbeiter, hat der Reverend gesagt, Fischer und so. John meinte, daß unreine Gedanken einen Sportler genauso befallen wie jeden Erzbischof und daß es die besondere Pflicht der Starken sei, Geduld mit den Schwachen zu haben.»

«Das freut mich zu hören.» Blair selbst fühlte sich nicht eben auf der Höhe seiner körperlichen Leistungskraft. «Auf welcher Position haben die Jünger denn genau gespielt?»

«Wie meinen Sie das?»

«Welche Position in der Mannschaft? Petrus und Paulus? Waren Sie Flügelstürmer? Und Johannes der Täufer? Hatte vermutlich jede Menge Muskeln. Rechter Halbläufer?»

Das Lokal verstummte. Jaxon nahm zwar gerne einen Besucher auf den Arm, doch er mochte es nicht, selbst hochgenommen zu werden.

«Sie sollten sich nicht darüber lustig machen.»

«Nein, da haben Sie recht.» Blair entdeckte ein Funkeln in Jaxons Augen, dem Aufglimmen von Kohle beim Anschüren eines Feuers nicht unähnlich. «Mein verlorener Cousin war also ein Theologe und Heiliger?»

«Das ist eine Möglichkeit, es auszudrücken.»

«Zwei, genauer gesagt.» Blair beschloß aufzubrechen, solange er noch halbwegs sicher auf den Beinen war. Er griff nach seinem Rucksack. «Ich kann Ihnen gar nicht sagen, wie sehr Sie mir weitergeholfen haben.»

«Fahren Sie jetzt zurück nach Amerika?»

«Schon möglich. Auf jeden Fall verlasse ich Wigan.»

«Ist es Ihnen zu ruhig hier?» fragte Jaxon.

«Hoffentlich.»

Blair schwankte zur Tür. Draußen verwandelte sich die frühe Dämmerung gerade in die Dunkelheit einer Höhle. Die Straße war ein Tunnel aus Laternen und Bierschenken. Zu spät erinnerte er sich an die Befürchtungen seines Fahrers vom Vorabend. Der Mann hatte schlicht übertrieben, trotzdem war keine Droschke in Sicht.

Fabrikarbeiterinnen in Baumwollkleidern und Kopftüchern aus Wolle eilten mit Henkelmännern an ihm vorbei, das Geräusch ihrer Pantinen war ohrenbetäubend. Er spürte, wie der Gin träge in seinem Hirn zirkulierte. Doch als er ein paar Straßen weit gelaufen war, wurde ihm langsam bewußt, was Bill Jaxon gesagt oder auch nicht gesagt hatte. Als Blair ihn gefragt hatte, ob er Maypole an jenem letzten Tag gesehen hatte, hätte Jaxons Antwort nicht «nein» lauten dürfen; es hätte heißen müssen: «Welcher Tag war das?»

Obwohl es nur eine Kleinigkeit war und Blair wußte, daß er

sich beeilen sollte, um Leveret zu treffen, machte er kehrt und ging zum «Young Prince» zurück. Dort angekommen, glaubte er zunächst, im falschen Lokal gelandet zu sein, weil der eben noch volle Raum vollkommen leer war. Nur «Young Prince» selbst präsidierte auf seinem Sockel steif über verlassenen Stühlen, Kamin und Tresen.

Blair war sich sicher, keiner Menschenansammlung begegnet zu sein. Durch die Hintertür des Pubs hörte er Schreie. Er öffnete sie und drückte sich vorsichtig an einem Loch, das als Pissoir benutzt wurde, vorbei zu einer Kreuzung von Hinterhofgassen. Hier gab es keine Gaslampen, das Licht stammte von Laternen, die an Stangen in die Höhe gehalten wurden, das Geschrei von mindestens zweihundert Leuten, darunter die Gäste und Angestellten des «Young Prince», weitere Bergleute, Frauen in Rökken, Grubenarbeiterinnen in Hosen, Familien mit Kleinkindern, alle so ausgelassen wie auf einem Jahrmarkt.

Es war wie eine Szene aus Boschs *Garten der Lüste*. Oder ein antiker olympischer Wettkampf, dachte Blair. Oder ein Alptraum. Er blieb ungesehen im Dunkel, während er Bill Jaxon beobachtete, der nackt inmitten der Menge stand. Er hatte den übertrieben ausgeprägten Körper eines Bergmanns, von harter Arbeit in extremer Hitze schmale Hüften und starre Muskeln. Seine Haut war blaß wie polierter Marmor und stach deutlich gegen sein schwarzes Haar ab, das jetzt zerzaust und wild wirkte. Ein zweiter Mann hatte sich ebenfalls ausgezogen. Er war kleiner und älter, mit einem kräftigen Brustkorb und krummen Beinen. Sein Schädel war rasiert, auf seinen breiten Schultern kräuselten sich schwarze Härchen im Gegenlicht wie ein Kranz. Hinter ihm flatterte ein grünes Samtbanner mit der irischen Harfe.

Jaxon bückte sich und zurrte seine Pantinen fest. In Lancashire hatten die Arbeitsschuhe als Obermaterial Leder auf Sohlen aus Eschenholz mit hufeisenförmigen Eisenbeschlägen. Jaxons Beschläge waren mit Messingstollen besetzt. Er warf seinen Schal locker um seinen Hals und spazierte auf und ab wie ein Vollbluthengst auf seiner Koppel.

Jaxons Gegner trat mit dem gewollt wiegenden Gang einer Bulldogge vor. Seine Schienbeine waren kreuzlagig mit Narben schraffiert. Auch seine Pantinen waren mit Messingstollen besetzt.

Das ist nicht mehr menschlich, dachte Blair. Eher wie ein Hahnenkampf zwischen menschlichen Hähnen mit Rasierklingen. In Kalifornien boxten sie mit bloßen Fäusten, was ihm im Vergleich hierzu matt und kraftlos erschien. Doch ansonsten kam ihm dieses rauhe Gebaren der Bergarbeiter durchaus vertraut vor: knochenbrechende Arbeit und zur Entspannung blutiger Sport. Und natürlich die Wetten; jetzt begriff er auch, was Smallbones Beutel zu bedeuten gehabt hatte.

Der Wirt aus dem «Young Prince» sagte: «Es gelten folgende Regeln. Keine hohen Tritte, Faustschläge oder Bisse. Kein Gerangel am Boden. Wenn ein Mann zu Boden geht, abbricht oder ‹Aufhören› ruft, ist der Kampf zu Ende.»

Der andere Mann war ein Ire. «Ein Schwanz aus Zinn steht dir bestimmt gut», sagte er zu Jaxon.

«Scheiß auf die Regeln», erklärte Jaxon dem Wirt. Auf seinem Gesicht brach sich ein verwegenes, fast schadenfrohes Grinsen Bahn.

Beide Gegner traten ein paar Schritte zurück. Ein mit der vollen Wucht eines kräftigen Bergmanns geschwungener, messingbesetzter Holzschuh gab eine wuchtige Keule ab, vor allem wenn er auf ungeschützte Haut und Knochen traf. Mit ihren Pantinen konnten Bergleute sogar massive Holztüren eintreten.

In der kurzen Pause fielen Blair im schwankenden Licht der Laternen die fiebrige Helligkeit der Schürze des Wirtes und die weiße Haut der beiden Männer auf. Dies sind Saturnalien, dachte er, ein heidnisches Ritual, das rein gar nichts Englisches mehr an sich hat. Jaxon war augenscheinlich der Liebling von Flo und den anderen Bergarbeiterinnen, in deren Mienen sich jetzt Besorgnis spiegelte.

Die beiden Männer legten jeweils ihre Hände auf die Schultern ihres Gegenübers und berührten sich mit der Stirn. Noch während der Barkeeper sie mit Jaxons Schal lose am Hals aneinanderband, begannen sie um die bessere Position zu rangeln. Auf so kurzer Distanz war ein kleinerer, erfahrener Mann im Vorteil. Und die Drohung des Iren war der Trick eines Veteranen gewesen, dachte Blair. Wenn Jaxon versuchte, seine Männlichkeit zu schützen, würde er bald nur noch auf einem Bein kämpfen. Eher würde er mit einem zertrümmerten Bein zu Boden gehen als mit gerissenen Hoden.

Der Barkeeper hielt einen weiteren Schal in die Höhe. Während sie darauf warteten, daß er ihn senkte, beugten sich die beiden Kämpfer, Stirn an Stirn, vor. Flo und ihre Freundinnen hatten die Hände zum Gebet gefaltet.

Dann ließ der Barkeeper den Schal nach unten sausen.

Ballett, wie es in Wigan getanzt wird, dachte Blair. Die ersten Tritte kamen so schnell, daß er sie gar nicht mitbekam. Beide Männer bluteten von den Knien abwärts. Mit jedem Treffer breitete sich ein neuer heftiger roter Schwall auf ihrer Haut aus. Der Ire versuchte, Bill Jaxon mit einem seitlichen Tritt gegen das Knie ins Wanken zu bringen. Als jener ausrutschte, riß der Ire seinen Holzschuh hoch und schlitzte Jaxons Bein vom Knie bis zur Leiste auf.

Jaxon lehnte sich zurück und rammte seine Stirn mit solcher Wucht gegen den Kopf des anderen Mannes, daß dessen rasierter Schädel aufplatzte wie eine Porzellanschale voller Blut. Jaxon wich einem blinden Konterstoß aus und holte den kleineren Mann mit einem ausladenden Tritt von den Beinen, so daß der Schal durch die Luft gewirbelt wurde. Als der Ire auf dem Boden aufschlug, trat Jaxon mit der ganzen Wucht seines Körpers nach. Mit einem Knacken traf sein Schuh den Brustkorb des Gegners. Die Männer unter dem Banner der Harfe stöhnten auf.

Der Ire rollte zur Seite und spuckte schwarzen Schleim in den Dreck. Er kam hüpfend wieder auf die Beine und schlug zurück, sein Tritt riß Hautfetzen von Jaxons Hüfte. Jaxons nächster Treffer erwischte den Iren im Magen und ließ ihn erneut durch die Luft segeln. Er schlug auf dem Boden auf und landete schwankend auf den Knien. Blut quoll aus seinem Mund. In diesem Moment war der Kampf schon gelaufen, obwohl er längst noch nicht zu Ende war.

«Dieser Mann, der Rose belästigt hat, der Typ hat mich wirklich wütend gemacht», verkündete Jaxon, und sein Bein schnellte vor wie ein brausender Flügelschlag.

# 4

Der Cannel Room war der seltsamste Speisesaal, den Blair je gesehen hatte.

Bischof Hannay präsidierte am Kopf der Tafel, um die des weiteren die Schwägerin des Bischofs, Lady Rowland, Reverend Chubb, ein Gewerkschaftsvertreter namens Fellowes, Lady Rowlands Tochter Lydia, Earnshaw, der Parlamentsabgeordnete aus dem Zug, Leveret und Blair saßen. Am anderen Ende des Tisches war ein Stuhl freigeblieben.

Decke, Wände und Sockel des Cannel Room waren mit glänzendem schwarzem Stein verkleidet. Der Tisch und die uralten Stühle waren handgearbeitet und aus demselben Material. Die Kronleuchter und Kandelaber schienen aus Ebenholz geschnitzt. Doch die Wände wiesen keinerlei Marmorierung auf. Auch das Gewicht der Stühle stimmte nicht. Genausowenig wie die Temperatur; Marmor fühlte sich immer kühler an als die Luft im selben Raum, doch als Blair die Hand auf den Tisch legte, war er fast warm. Und das schien nur angemessen, denn es handelte sich um Gagat oder Jet, eine besonders edle und reine Form von Kohle. Blair hatte schon Skulpturen aus solcher Pechkohle gesehen, doch der Cannel Room war berühmt als der einzige Saal, der vollkommen aus Kohle war. Der leuchtende Glanz des Silbers und Kristalls auf dem Tisch, das Dunkelrot von Lady Rowlands Robe und das Kamelienweiß von Miss Rowlands Kleid hoben sich von dem tiefen Schwarz ab und erhöhten dessen Wirkung noch.

Mit Ausnahme von Blair waren die Männer zum Dinner natürlich in Schwarz erschienen, Hannay und Chubb trugen Soutanen. Dem Butler standen vier Kellner in schwarzen Samtlivrees zur Seite. Der Boden war mit schwarzem Filz belegt, der das Geräusch ihrer Schritte schluckte, so daß man das Gefühl hatte, in einem prachtvollen Saal unter der Erdoberfläche zu dinieren.

Blair strich mit der Hand über den Tisch und betrachtete sie. Sauber, nicht ein Körnchen Kohlenstaub, kein Atom, nichts.

«Mr. Blair, was genau tun Sie eigentlich?» fragte Lady Rowland.

Blair spürte, wie Leveret ihn besorgt beobachtete. Außerdem hatte er das Gefühl, daß Wellen von Gin und Fieber in seinem Hirn aufeinanderprallten. Er wünschte sich, der Raum wäre nicht ganz so halluzinativ gewesen. Der einzige beruhigende Hinweis auf die Realität waren die Sandeimer, die für den Fall eines Feuers neben den Kellnern bereitstanden.

«Die Hannay-Grubengesellschaft besitzt Minen in allen Teilen der Welt. Nordamerika, Südamerika, England. Ich arbeite als Bergbauingenieur.»

«Ja, das ist mir bekannt.» Lady Rowland hatte die theatralische Art einer eben verblühten Blume, noch immer schön, aber immer leicht schmollend. Sie machte das alte Recht eines aristokratischen Décolletés geltend und hatte die Angewohnheit, abwesend mit der darauf liegenden Perlenkette zu spielen. «Ich meinte, was haben Sie in Afrika gemacht? Wir lesen so viel über Entdeckungsreisende und Missionare. Es scheint mir überaus wichtig, daß die ersten Weißen, denen die Afrikaner begegnen, von der richtigen Art sind. Aus diesen ersten Begegnungen formen sich die Eingeborenen doch gewiß ihr Bild, oder nicht?»

«Trefflich gesagt», stimmte Hannay ihr zu, der als Gastgeber darauf achtete, die Konversation in Gang zu halten. Lady Rowland war die Mutter des jungen Lord Rowland, desselben Rowland, den Blair Hannay gegenüber als «mordlustigen Kretin» bezeichnet hatte.

Blair goß sein Weinglas noch einmal voll, was einen der Kellner zum Leben erweckte, der eine weitere Flasche brachte. Leveret schlug den Blick nieder. Der Gutsverwalter hatte sich alle Mühe gegeben, zur Besänftigung der Gesellschaft beizutragen, und war offensichtlich von Lydia Rowlands strahlender Schönheit geblendet, doch so perfekt er auch für den Anlaß gekleidet war, gepflegte Konversation entsprach seinem Wesen nun einmal nicht, genausowenig wie man einen Spazierstock als Regenschirm hätte verwenden können.

«Nun, Entdeckungsreisende sind gut, wenn es darum geht, Seen zu finden, und Missionare sind gut darin, Psalmen zu singen, doch weder die einen noch die anderen sind gute Goldsucher», sagte Blair. «Und genau deswegen war ich in Westafrika, um Karten zu erstellen, auf denen die Orte verzeichnet sind, an denen man am wahrscheinlichsten Gold finden wird. Das Gold ist da; deswegen heißt es ja Goldküste. Und was die Begegnung mit den ersten Weißen angeht, so haben die Ashanti schon arabische, portugiesische und englische Sklavenhändler getroffen, so daß ich ihre Achtung für die weiße Rasse wahrscheinlich nicht allzusehr gemindert habe.»

Blair schätzte Lydia Rowland auf etwa siebzehn. Sie war so frisch und milchweiß wie ihr Kleid. Ihr goldenes Haar war mit Samtschleifen nach hinten gebunden, und sie stieß jeden Satz so atemlos hervor, als habe sie soeben eine erstaunliche Entdeckung gemacht. «Ich habe gehört, daß Sie der einzige Mann in England sind, der weiß, wie die Ashantifrauen wirklich sind. Kokett?»

«Sei doch nicht albern, Liebes», ermahnte Lady Rowland sie.

«Es ist gefährlich, Männer zu schicken, denen es an der nötigen moralischen Basis mangelt», sagte Reverend Chubb. «Missionare singen nicht nur Psalmen, Mr. Blair. Sie sorgen sich auch um die Rettung der Seelen und die Einführung der Zivilisation, ohne daß es dabei zur Fraternisierung kommt.»

«Natürlich kann man die Menschen auch ignorieren, deren Seelen man retten will», erwiderte Blair. «Wie dem auch sei, Missionare sind dort, um die Regeln der englischen Wirtschaft einzuführen, nicht die Zivilisation.»

«Der zweite Mann an diesen Orten sollte auf jeden Fall ein Wissenschaftler sein», sagte Earnshaw. «Die Royal Society fördert doch botanische Expeditionen um die ganze Welt, nicht wahr, Hochwürden?»

«Die Rhododendren in Kew Gardens waren dieses Jahr wirklich außergewöhnlich», bemerkte Lady Rowland.

«Ja», sagte Blair, «aber der Botaniker, der die Rhododendren aus Tibet mitgebracht hat, schmuggelt auch Teepflanzen außer Landes, und der Botaniker, der Orchideen aus Brasilien mitbringt, Gummibäume, was der Grund dafür ist, daß es in Indien heute Tee- und Gummibaumplantagen gibt. Deswegen werden Botaniker auch geadelt, nicht weil sie Blumen entdecken.»

«Die Weltsicht eines Neiders, meinen Sie nicht?» Earnshaws bärtige Miene musterte ihn. Wenn er Blair im Zug aus London noch mit Mißtrauen beäugt hatte, so wirkte er jetzt wie ein Mann, der eine Schlange nach Art und Größe erkannt hatte.

«Vielleicht eine ungewöhnliche Ansicht, aber auch recht aufregend», sagte Lady Rowland.

«Es ist keineswegs aufregend, den Sklavenhandel zu unterstützen. Haben Sie nicht genau das an der Goldküste getan?» fragte Earnshaw.

«Ich glaube, die Geschichten, die wir über Mr. Blair gehört haben, sind genau das – Geschichten», sagte Leveret.

«Aber es gibt so viele Geschichten», sagte Earnshaw. «Wie sind Sie überhaupt zu dem interessanten Beinamen ‹Nigger Blair› gekommen? Wegen ihrer engen Verbindung mit den Afrikanern?»

«Seltsam, daß Sie danach fragen», sagte Blair. «Wenn Sie an der Goldküste einen freien Afrikaner als ‹Nigger› bezeichnen würden, könnte er Sie verklagen. Dort bedeutet das Wort ‹Nigger› Sklave, sonst nichts. Er würde Sie vor einem Zivilgericht an der Goldküste wegen Beleidigung verklagen und gewinnen. Mir wurde der Name von den Londoner Zeitungen angehängt, das ist alles. Und hier kann ich nicht klagen.»

«Es gibt dort Anwälte?» fragte Lady Rowland.

«Afrikanische Anwälte», sagte Blair, «die ersten Früchte der Zivilisation.»

«Sie sind also nicht beleidigt, wenn man Sie ‹Nigger Blair› nennt?» fragte Earnshaw.

«Nein, nicht mehr, als wenn jemand einen Springbock einen Spaniel nennen würde, weil er den Unterschied nicht kennt.

Jemand, der schlicht uninformiert ist, kann mich nicht beleidigen.» Blair war mit sich und seiner moderaten Antwort derart zufrieden, daß er sich ein weiteres Glas Wein einschenken ließ. «Ob er nun Parlamentsabgeordneter ist oder nicht.»

Zähne blitzten in Earnshaws Bart auf. Es war ein Lächeln. «Das Hinterland der Goldküste ist nicht zivilisiert», sagte er. «Es ist das Königreich der Ashanti. Auf wessen Seite standen Sie im Krieg gegen die Ashanti?»

«Es gab keinen Krieg», erwiderte Blair.

«Verzeihung?»

«Es gab keinen Krieg», wiederholte Blair.

«Wir lasen davon in der ‹Times›», sagte Earnshaw.

«Die Ruhr hat gewütet. Kein Krieg.»

«Die Krankheit?» fragte Lydia Rowland, um sicherzugehen.

«Eine Epidemie. Sie hat ganze Dörfer ausgelöscht und auch die beiden Armeen betroffen, sowohl die der Ashanti als auch die englische. Sie waren beide zu krank, um zu kämpfen. Viele sind gestorben.»

«Ich habe gelesen, daß Sie den Ashanti zur Flucht verholfen haben», sagte Earnshaw.

«Mitglieder der königlichen Familie waren krank, einige sogar sterbenskrank. Frauen und Kinder. Ich habe sie in Sicherheit gebracht.»

«Sie waren also praktisch Mitglied des Gefolges der Ashanti. Warum hätten sie Ihnen sonst ihre Frauen anvertrauen sollen?»

«Keine Sorge, Earnshaw, es gibt bestimmt einen weiteren Krieg gegen die Ashanti, und dann dürfen Sie auch den König und seine Familie umbringen. Oder wir schleppen die Syphilis ein.»

«Er ist tatsächlich genauso widerwärtig, wie mein Sohn versprochen hat», erklärte Lady Rowland dem Bischof.

«Dann bist du also nicht enttäuscht», sagte Hannay.

Nach einer Schildkrötensuppe gab es pochierte Forelle. Von Aspik wurde Blair immer übel. Er trank mehr Wein und fragte sich, ob wohl noch jemand den leeren Stuhl am Ende des Tisches besetzen würde.

«Ich habe etwas Faszinierendes gelesen», sagte Lydia Rowland. «Der Afrikaforscher Samuel Baker soll seine Frau auf einem türkischen Sklavenmarkt gekauft haben. Sie ist Ungarin – ich meine, sie ist weiß. Ist das nicht unvorstellbar?»

Auch Bischof Hannay goß sich noch etwas Wein nach. «Beschäftigen sich alle jungen Damen deiner Schicht mit derartigen Phantasien, Lydia?»

«Ich meine, das ist doch schrecklich. Sie spricht vier oder fünf Sprachen, geht mit ihm nach Afrika und schießt Löwen.»

«Nun, wie du schon sagtest, sie ist Ungarin.»

«Und er ist berühmt und erfolgreich. Er wurde sogar bei Hof von der Königin empfangen.»

«Aber seine Frau nicht, Liebes, und das ist das Entscheidende», sagte Lady Rowland.

«Wen wir bei Hof empfangen und wen wir nach Afrika schikken, können zwei verschiedene Paar Stiefel sein», sagte Hannay. «Wir könnten beispielsweise auch ein Vollblutpferd schicken, doch das wäre eine große Verschwendung. Fast überall in Zentralafrika wimmelt es von Fliegen. Die Insekten übertragen eine Krankheit, die Pferde, selbst die besten, binnen Wochen tötet. Was man also braucht, ist irgendein vierbeiniges Tier, das sozusagen ‹eingepökelt› ist, also gebissen wurde und überlebt hat. Das gleiche gilt auch für Menschen. Die Royal Society wählt ihre Entdeckungsreisenden unter galanten Offizieren aus. Sie ziehen in den Dschungel und gehen am Fieber zugrunde oder verlieren den Verstand. Blair hingegen könnte man ein Bein abschneiden, und er würde auf dem anderen weiterlaufen. Schneidet man ihm beide ab, würde er auf den Stumpen weiterhumpeln. Das ist sein großes Talent: Er absorbiert Schicksalsschläge.»

«Darf ich das Thema Afrika für einen Moment verlassen?» sagte Lady Rowland. «Was führt Sie nach Wigan, Mr. Earnshaw?»

Earnshaw legte seinen Suppenlöffel zur Seite. «Sehr freundlich, daß Sie danach fragen. Ich bin Mitglied eines Parlamentsausschusses, der sich mit der Beschäftigung der sogenannten ‹Grubenweiber› in Bergwerken befaßt. Es handelt sich dabei um Frauen, die über Tage arbeiten und die geförderte Kohle sortieren und transportieren. Genaugenommen sind wir bereits der dritte Parlamentsausschuß, der sich darum bemüht, diese Frauen von den Zechen zu verbannen, doch sie sind überaus widerspenstig. Darüber habe ich auch mit Reverend Chubb und Mr. Fellowes gesprochen.»

Fellowes hatte den bisherigen Abend damit zugebracht, sich zwischen den diversen Messern und Gabeln zu entscheiden. Jetzt ergriff er zum ersten Mal das Wort; seine Stimme war hörbar an voll besetzte Gewerkschaftssäle gewohnt. «Es ist vor allem eine ökonomische Frage, Mylady. Dies ist eine Arbeit, die von Männern geleistet werden sollte, gegen angemessenen Lohn. Die Frauen sollten zu Hause bleiben. Oder, wenn sie es unbedingt wollen, wie anständige Mädchen in einer Baumwollspinnerei arbeiten.»

«Es ist vor allem eine moralische Frage», schaltete Reverend Chubb sich ein. «Es ist die traurige Wahrheit, daß Wigan die degenerierteste Stadt Englands ist. Und das liegt nicht an den Männern, dem rauheren Geschlecht. Es liegt an den Frauen, die so ganz anders sind als das schwache Geschlecht anderswo, außer vielleicht in Afrika oder entlang des Amazonas. Earnshaw hat mir berichtet, daß man in London Postkarten feilbietet, schmutzige Bilder für niedere Geschmäcker, Photographien von französischen ‹Modellen› und den Grubenweibern von Wigan. Und je berüchtigter sie werden, desto kühner werden sie auch.»

«Warum gerade Wigan?» fragte Lady Rowland. «Frauen arbeiten doch gewiß auch auf Zechen in Wales oder anderen Teilen des Landes?»

«Aber dort tragen sie keine Hosen», sagte Chubb.

Lady Rowland und ihre Tochter wurden gemeinsam von Ekel geschüttelt.

«Keine Kleider?» fragte das Mädchen.

«Eine Verhöhnung schicklicher Kleidung, eine Art Kleid, das hochgerollt und über der Hose festgesteckt wird», sagte Fellowes.

«Angeblich aus Sicherheitsgründen», sagte Earnshaw, «doch Fabrikarbeiterinnen arbeiten auch bei großer Hitze und von Spinnmaschinen umgeben. Wir müssen uns also fragen, warum diese Grubenweiber ihr Geschlecht *vorsätzlich* verleugnen? Es scheint sich um eine gewollte Provokation zu handeln.»

«Eine Beleidigung für jede anständige Frau», sagte Fellowes.

«Und eine Bedrohung der Ehe als solcher», sagte Earnshaw. «Unser Ausschuß hat diverse medizinische Fachleute angehört, darunter auch Dr. Acton, Autor des Buches ‹Funktionen und Störungen der Reproduktionsorgane›. Mit Ihrer Erlaubnis?» Earnshaw wartete auf ein Nicken von Lady Rowland. «Dr. Acton, *die* Kapazität auf diesem Gebiet, sagt, daß junge Männer ihre Vorstellungen weiblicher Sinnlichkeit häufig am Beispiel der niedrigsten und vulgärsten Frauen entwickeln und daher der irrigen Ansicht sind, die sexuellen Gefühle der Frau seien so stark wie die eigenen, eine Fehleinschätzung, die in einer Bindung mit einer anständigen Frau nur zu Kummer und Leid führen kann.»

Lydia Rowland schlug die Augen nieder, ihr Atem stockte, und sie errötete delikat wie der Hauch eines Fleckens auf edlem Porzellan. Blair bewunderte sie; ein Mensch brauchte keine Sprache, wenn er das Farbenspiel seiner Wangen derart perfekt beherrschte.

«Ich möchte nicht ungerecht sein», fügte Earnshaw hinzu, «aber es scheint einen wissenschaftlich erwiesenen Zusammenhang zwischen der Kleidung und dem Verhalten einer Person zu geben, weil diese Grubenweiber laut Statistik landesweit die meisten unehelichen Kinder zur Welt bringen.»

«Wir sehen sie jeden Abend nackt aus Brauhäusern und Kneipen kommen», sagte Chubb.

«Grubenweiber?» fragte Blair.

«Ja», sagte Chubb.

«Vollkommen unbekleidet?»

«Mit nackten Armen», sagte Chubb.

«Ah», sagte Blair.

Der Hauptgang war ein Hammelrücken mit roten Beten, sonstigem Gemüse und Senf. Der leere Stuhl wartete noch immer auf seinen Besitzer.

«Neben nackten Armen habe ich interessanterweise vor allem einen Kampf zwischen Bergleuten gesehen», sagte Blair. «Sie sind mit ihren Pantinen aufeinander losgegangen.»

«Man nennt es ‹Schnurren›», sagte Hannay. «Weiß der Himmel, warum. Ein traditioneller Sport der Einheimischen. Die Bergleute lieben ihn. Barbarisch, nicht wahr?»

«Es ist ein Ventil für angestaute Spannungen», sagte Fellowes.

«Die reagieren sie auch an ihren Frauen ab», sagte Hannay. «Einem betrunkenen Bergmann die Pantinen abzunehmen, ist, als wollte man eine entsicherte Waffe entladen.»

«Wie schrecklich», sagte Lydia Rowland.

«Es gibt auch Bergarbeiterinnen, die mit Pantinen umzugehen wissen», sagte Fellowes.

«Eine häusliche Idylle der besonderen Art, meinen Sie nicht?» sagte Hannay.

«Wie dachte John Maypole über die Grubenweiber?» fragte Blair.

An der gesamten Länge des Tisches verstummte das Gespräch.

«Maypole?» fragte Earnshaw.

Reverend Chubb erklärte, daß der Hilfsgeistliche der Gemeinde vermißt würde. «Wir vertrauen weiter darauf, daß Johns Schicksal uns nicht verborgen bleiben wird. Derweil hat der Bischof Mr. Blair kommen lassen, um inoffizielle Erkundigungen einzuziehen.»

«Er sucht nach John?» fragte Lydia Rowland ihre Mutter.

«Als ob man ein schwarzes Schaf auf die Suche nach einem weißen schicken würde», sagte Earnshaw.

«Weiß Charlotte davon?» fragte Lady Rowland ihren Bruder.

Chubb legte vor Zorn aufbrausend seinen Löffel aus der Hand, der ärgerlich klirrte. «Die Wahrheit ist, daß John Maypole bezüglich des Charakters der Grubenweiber recht naive Ansichten hatte. Die Tatsache, daß hier mehr uneheliche Kinder geboren werden als selbst in Irland, zeigt, daß Wigan ein Sündenpfuhl ist.

Diese Frauen sind jenseits aller Grenzen von Anständigkeit und gesellschaftlicher Kontrolle. So ist es beispielsweise meine Pflicht, kirchliche Gelder an unverheiratete Mütter auszuzahlen, die eine Unterstützung beantragen, gleichzeitig jedoch darauf zu achten, nicht zu großzügig zu sein, um diesem animalischen Treiben nicht weiter Vorschub zu leisten. Es wäre diesen Grubenweibern bestimmt eine Lektion, wenn ich ihnen jegliche Hilfe vorenthalten würde, doch da sie sich weigern, überhaupt um Unterstützung zu bitten, ist diese Lektion leider vollkommen vergeblich.»

Nach Chubbs Ausbruch war das Gespräch erneut verstummt.

«Glauben Sie, daß man in Afrika noch einen See für Prinzessin Beatrice finden wird?» fragte Lydia Rowland Blair schließlich.

«Für Prinzessin Beatrice?»

«Ja. Sie haben schließlich auch Seen und Wasserfälle für den Rest der königlichen Familie gefunden. Die Königin und Albert. Alexandra, den Prince of Wales, Alice, Alfred, Helena, Louise, Arthur, sogar für den armen Leopold, ich glaube, man hat nach jedem von ihnen eine Entdeckung benannt. Nur nach Beatrice, der Kleinsten, nicht. Sie muß sich doch ausgeschlossen fühlen. Glauben Sie, daß noch etwas übrig ist, was sich zu entdecken und nach ihr zu benennen *lohnt*? Ich finde, es ist um so vieles persönlicher, wenn man seinen eigenen See auf der Landkarte finden kann.»

Lady Rowland strich mit mütterlicher Sorge über die Hand ihrer Tochter. «Liebes, es ist unerheblich, was Mr. Blair glaubt.»

Nach dem Fleisch gab es Geflügel. Fellowes versuchte mit Messer und Löffel ein rundes Kiebitzei zu bändigen, das auf seinem Teller herumkullerte. Im flackernden Kerzenlicht entdeckte Blair an der gegenüberliegenden Wand ein Paisley-Muster, das den schwarzen Stein wie ein Wasserzeichen durchzog. Nur daß es kein Paisley-Muster war, wie er erkannte, sondern Farne, die in dem Gagat fossiliert waren. Er bewegte den Kerzenleuchter und andere kleine, zierliche, aufs feinste verschlungene Farnwedel wurden sichtbar. Am besten konnte man sie aus den

Augenwinkeln erkennen. Was er an der zweiten Wand zunächst für eine unregelmäßige Riefelung des Gesteins gehalten hatte, war in Wirklichkeit ein gespenstisch versteinerter Fisch, und die diagonalen Spuren an der dritten Wand waren die Abdrücke einer großen Amphibie.

«Wenn Sie nichts dagegen haben», sagte Blair, «würde ich mir gerne die Grube ansehen, in der sich die Explosion ereignet hat.»

«Wenn Sie wollen», sagte Hannay. «Mir scheint es reine Zeitverschwendung, da Maypole nie unter Tage war. Ein Priester im Schacht wäre so ziemlich das letzte, was wir erlauben würden, die Arbeit der Männer ist auch so schon schwierig und gefährlich genug. Aber wenn Sie wollen, wird Leveret das arrangieren.»

«Morgen?»

Hannay zögerte kurz. «Warum nicht? Dann können Sie sich auch über Tage auf der Zeche umsehen und die berüchtigten Grubenweiber in Aktion erleben.»

Earnshaw schluckte den Köder. «Ich bin überrascht, daß Sie diese Frauen auch nur einen Moment lang dulden, Hochwürden, wenn man bedenkt, wie jene Wigan in Verruf bringen. Meines Erachtens geht es nicht um die Frage, ob ein paar schamlose Weiber Röcke tragen oder nicht, sondern darum, ob Wigan Anschluß an die moderne Welt findet.»

«Was wissen Sie denn über die moderne Welt?» fragte Hannay.

«Als Parlamentssprecher kenne ich den Geist unserer Epoche.»

«Und der wäre?»

«Die aufkommenden politischen Reformen, das soziale Bewußtsein des zeitgenössischen Theaters und der modernen Literatur, der Ruf nach erbaulichen Themen in der bildenden Kunst.»

«Ruskin?»

«John Ruskin ist ein perfektes Beispiel, ja», stimmte Earnshaw ihm zu. «Ruskin ist der bedeutendste Kunstkritiker unserer Epoche und außerdem noch ein Freund der Arbeiter.»

«Erzählen Sie es ihm, Leveret», sagte Hannay.

Earnshaw wirkte verunsichert. «Was?»

«Wir haben Ruskin eingeladen», setzte Leveret an, bemüht, die Geschichte so respektvoll wie möglich vorzutragen. «Wir haben ihn eingeladen, vor den Arbeitern einen Vortrag über Kunst zu halten. Doch als sein Zug in Wigan einrollte, sah er aus dem Fenster und wollte nicht aussteigen. Er weigerte sich schlichtweg. Kein Bitten und Flehen konnte ihn umstimmen. Er blieb im Zug sitzen und fuhr wieder ab.»

«Außerdem ist es allgemein bekannt», sagte Hannay, «daß Ruskin seine Ehe nicht vollziehen konnte. Er scheint sehr leicht zu schockieren zu sein.»

Blut schoß in Lady Rowlands Wangen, das Rot brannte durch ihre vornehme Blässe. «Wir werden die Tafel verlassen, wenn ihr so sprecht.»

Hannay ignorierte sie. «Ich weiß es zu würdigen, daß Sie im Gegensatz zu anderen Besuchern aus London den Mut hatten, den Zug zu verlassen, Mr. Earnshaw. Aber bevor Sie uns Vorträge über Wigans Platz in der modernen Welt halten, möchte ich Sie darauf hinweisen, daß dies meines Erachtens keine politische oder ästhetische Frage ist, sondern eine der industriellen Macht. Und die mißt man am besten in Dampfmaschinen pro Kopf. Zwischen all den Zechen, Hüttenwerken und Fabriken gibt es in Wigan mehr Dampfmaschinen pro Kopf als in London, Pittsburgh, Essen oder sonstwo. Und da paßt es zufälligerweise sehr gut, daß diese Maschinen mit Öl geschmiert werden, das wir aus Afrika importieren. Die Welt wird von Kohle in Gang gehalten, und Wigan führt sie an. Und das wird sich auch nicht ändern, solange wir noch Kohle haben.»

«Was ist mit der Religion?» fragte Chubb.

«Das ist die nächste Welt», sagte Hannay. «Vielleicht gibt es dort auch Kohle.»

«Soll das heißen, daß Sie darauf beharren, Grubenweiber zu beschäftigen?» fragte Earnshaw.

Hannay zuckte die Schultern. «Keineswegs, solange mir nur irgend jemand die Kohle klaubt.»

«Wie lange wird die Kohle in Wigan noch reichen?» fragte

Lydia Rowland. Der Gedanke war ihr offenbar noch nie zuvor gekommen.

«Tausend Jahre», versicherte Leveret ihr.

«Wirklich? Im letzten Jahr ist der Kohlepreis doch wegen eines angeblichen Mangels in die Höhe geschnellt. In London hörte man, daß die englischen Kohlevorkommen aufgebraucht seien», sagte Earnshaw.

«Nun, dann habe ich eine gute Nachricht für Sie», erwiderte Hannay kühl. «Sie sind es nicht.»

Zum Nachtisch gab es Ananascreme und ein Baiser, das sich in der Mitte des Tisches zu einem verschneiten Gipfel erhob.

«Die Bedeutung der Familie», sagte Lady Rowland.

«Soziale Reformen», erklärte Fellowes.

«Moralischer Lebenswandel», sagte Chubb.

«Was glauben Sie, Blair, ist das größte Geschenk der Königin an England?» fragte Hannay.

Bevor er antworten konnte, sagte eine neue Stimme: «Chloroform.»

Ein Neuankömmling war durch die Dienstbotentür hereingeschlichen. Die Frau konnte kaum älter als zwanzig sein, trug jedoch ein matronenhaft gedecktes violettes Kleid und lange Handschuhe und war offenbar eben erst eingetroffen, weil ihr dunkelrotes Haar noch von einer dunklen Haube bedeckt war, die ein Gesicht mit scharf geschnittenen Zügen und kleinen, strengen Augen überschattete. Blair fühlte sich an einen grimmigen Sperling erinnert.

Alle Männer mit Ausnahme von Hannay erhoben sich. Er sagte: «Charlotte, deine Anwesenheit schmeichelt uns.»

«Vater.» Sie nahm auf dem leeren Stuhl gegenüber Hannay Platz und verscheuchte mit einer Geste einen Kellner, der ihr Wein einschenken wollte.

Die Männer setzten sich wieder.

«Chloroform?» fragte Blair.

«Daß die Königin in den Wehen Chloroform genommen und es

damit gesellschaftlich akzeptabel gemacht hat, nicht unter quälenden Schmerzen zu gebären, wird als ihre größte Tat in die Geschichte eingehen.» Charlotte Hannay sah sich um. «Cousine Lydia, du siehst aus wie ein frisch gepflückter Pfirsich.»

«Danke», sagte Lydia unsicher.

Hannay stellte die Gäste vor und sagte: «Charlotte nimmt das Abendessen nur selten mit uns zusammen ein, obwohl wir stets darauf hoffen. Lege deinen Hut ab und leiste uns Gesellschaft.»

«Ich wollte nur deinen weißen Afrikaner besichtigen», sagte Charlotte.

«Amerikaner», sagte Blair.

«Doch einen Namen haben Sie sich in Afrika gemacht», erwiderte sie. «Sklaven und Eingeborenenfrauen, waren Sie nicht dafür bekannt? Wie fühlt man sich in einer derartigen Machtposition? Kamen Sie sich vor wie ein Gott?»

«Nein.»

«Vielleicht haben Sie einen Charme, der nur auf schwarze Frauen wirkt.»

«Vielleicht.»

«Mr. Blair ist durchaus sehr charmant», sagte Lydia Rowland.

«Ja?» sagte Charlotte. «Da bin ich aber sehr gespannt.»

«Da sind Sie nicht allein», bemerkte Earnshaw trocken.

«Und Sie sind von meinem Vater engagiert worden, Nachforschungen über John Maypole anzustellen. Was für ein bizarres Vorhaben», sagte Charlotte.

«Du kannst ihm sagen, daß er gehen soll», meinte Lady Rowland.

«Ich bin sicher, auch Charlotte möchte erfahren, was mit John Maypole geschehen ist», sagte Hannay. «Schließlich war er ihr Verlobter.»

«Solange ich nichts anderes höre, ist er es auch weiterhin», sagte Charlotte.

«Ich weiß, daß Reverend Maypole irgendwann einen Brief senden wird, in dem er alles erklärt. Du mußt dein Leben weiterleben», sagte Lydia Rowland.

«Das tue ich. Ich lebe nur nicht so wie du.»

Lydia blinzelte, als habe sie eine Ohrfeige erhalten, und zum ersten Mal tat das Mädchen Blair leid. Sie mochte eine dumme Gans sein, aber verglichen mit Charlotte Hannay war selbst eine dumme Gans unbedingt attraktiv. Er konnte Charlottes Zukunft in diesem Augenblick vor sich sehen: Sie hatte einen Mund, auf den sich nie ein Lächeln verirren würde, Augen, die nie weich werden würden, einen Körper, der sich nie von der Trauer befreien würde. Sie mochte zu spät gekommen sein, aber sie war die passende Herrin für den Cannel Room.

«Charlotte», sagte Hannay vom anderen Ende des Tisches, «ich habe den Eindruck, daß deine Zuneigung zu Maypole proportional zu seiner Abwesenheit wächst.»

«Oder in dem Maße, in dem sie dir Unannehmlichkeiten bereitet», wandte sie ein.

«Vielleicht kann Blair ja beides beenden», sagte Hannay.

Charlotte betrachtete Blair mit noch größerer Feindseligkeit, falls das überhaupt möglich war. «Sie würden alles tun, um nach Afrika zurückzukehren?»

«Ja.»

«Meinen Glückwunsch», sagte sie zu ihrem Vater, «du hast auf jeden Fall deinen Mann gefunden. Werden Sie auch angemessen entschädigt, Blair?»

«Das hoffe ich.»

«Das sollten Sie auch», erwiderte Charlotte. «Mein Vater ist wie Saturn, mit dem einzigen Unterschied, daß er nicht alle seine Kinder auffrißt. Er läßt sie die Sache unter sich ausfechten und frißt dann den Überlebenden.»

Lydia Rowland schlug ihre Hände vor den Mund.

Hannay erhob sich. «Nun, ich finde, bis jetzt ist es eine überaus gelungene Gesellschaft.»

Die Männer begaben sich in eine Bibliothek, die genauso groß war wie die der Royal Society. Zwei Etagen mit Regalen und Kartenschubladen, mit einer eisernen Galerie, umgeben von Paradiesvögeln in Glasglocken und Tischen mit Fossilien und

Meteoriten, einem Kamin aus rosafarbenem Marmor, einem Ebenholzschreibtisch und tiefen Ledersesseln. Blair bemerkte den steten Schein der Gaslampen an den Wänden. Offenbar wurde nur der Cannel Room mit Kerzen beleuchtet.

«Die Frauen werden sich im Studierzimmer amüsieren.» Hannay schenkte reihum Port aus. «Die Familie baut schon seit acht Jahrhunderten an Hannay Hall, so daß es mittlerweile eine regelrechte Monstrosität ist. Man kommt von einer gotischen Galerie in einen georgianischen Ballsaal oder stößt aus einer Bibliothek aus der Restaurationszeit schlendernd auf die Rohre eines modernen Wasserklosetts. Die Spülküche reicht zurück bis zum Schwarzen Prinzen. Die armen Würmer, die dort arbeiten, tun mir leid.»

«Meine Tante arbeitet dort», sagte Fellowes.

«Ausgezeichnet.» Hannay brachte einen Toast aus. «Auf Ihre Tante.»

«Zu gütig, Mylord», sagte Fellowes.

Sie tranken. «Wollen Sie damit andeuten, daß es noch eine weitere Bibliothek gibt?» fragte Blair.

«Ja. Dies war früher eine Kapelle», sagte Hannay.

«Römisch-katholisch», flüsterte Chubb.

Hannay wies auf ein kleines Ölportrait eines langhaarigen Mannes, der einen Ohrring und einen extravaganten elisabethanischen Kragen trug. «Die Hannays waren resolute Katholiken, die Priester versteckt und von hier aus in die Highlands geschmuggelt haben. Der zehnte Earl of Hannay, den Sie hier sehen, war ein jämmerlicher Feigling, der konvertierte, um seinen Hals und das Anwesen zu retten, wofür ihm seine Nachkommen ewig dankbar sein werden. Die Kapelle verfiel. Die bleiernen Dachplatten wurden abgerissen, Dach und Fenster stürzten ein. Weil die Kapelle in einem wenig benutzten Hinterhof steht, hat sie niemand beachtet. Ich habe beschlossen, etwas daraus zu machen.»

Earnshaw und Chubb standen andächtig vor einem gerahmten Manuskript mit vergoldeten lateinischen Lettern, die zu keltischen Knoten verknüpft waren. Leveret und Blair betrachteten die Fossilien: einen Farn, zusammengerollt wie die Schnecke eines Cellos, und den Querschnitt eines fossilierten Baumes, der leuchtete wie das Rad eines Pfaus.

Hannay öffnete Schubladen mit griechischen, persischen und arabischen Landkarten auf Baumrinde, Papyrus und Pergament sowie französischen und holländischen Seekarten. Auf ihnen entwickelte sich Afrika vom Nildelta zum karthagischen Reich, wucherte weiter zur unbekannten, von brodelnden Gewässern begrenzten Landmasse, wuchs zum erstmals besegelten und mit den Namen von Heiligen belegten, doch noch immer bedrohlichen Kontinent heran und wurde schließlich zur modernen, gut erschlossenen Küste mit verlockendem Hinterland.

«Afrika scheint Ihr besonderes Interesse zu gelten», sagte Earnshaw.

«Nicht ausschließlich. Dies ist das Schmuckstück der Bibliothek.» Hannay öffnete eine mit Samt ausgeschlagene Kassette und zog so gewissenhaft, als ob er einen Hauch Luft anheben würde, ein Buch mit einem stark verwitterten Ledereinband hervor, dessen Farbe zu einem staubigen Malventon verblaßt war. Er hob den Buchdeckel ein wenig an, damit Blair und Earnshaw das handgeschriebene Frontispiz lesen konnten, *Roman de la Rose*. «Im Mittelalter hatte jede adelige Dame eine Kopie dieser ‹Romanze der Rose›», sagte Hannay. «Diese hier wurde 1323 passenderweise für Céline, Dame de Hannay, erstellt.»

«Wovon handelt es?» fragte Fellowes.

«Ritterlichkeit, Spiritualität, Fleischeslust und Mysterium.»

«Klingt interessant.»

«Wollen Sie es mit nach Hause nehmen und mit Ihrer Frau zusammen lesen?» Hannay hielt ihm das Buch hin.

«Nein, nein!» Fellowes wich entsetzt zurück.

«Dann nicht», sagte Hannay.

«Sie spricht kein französisch», erklärte Fellowes Blair.

Als die Türen der Bibliothek aufflogen und Charlotte, noch immer mit Haube, ihre Tante und Cousine vor sich hertreibend, in den Raum stürmte, stieg von dem Buch ein leichtes Rosenbouquet auf.

«Ich verlange zu wissen, welche neuen Verabredungen du hinter meinem Rücken triffst. Dein Blair genießt wahrscheinlich den übelsten Ruf auf dem Antlitz dieser Erde, und du hast ihn unter dem Vorwand einer Ermittlung engagiert, um den Namen eines besseren Mannes zu beschmutzen. Ich würde genausowenig Blairs Fragen beantworten, wie ich in stinkendem Abfall Platz nehmen würde.»

«Aber du wirst sie beantworten», sagte Hannay.

«Wenn du in der Hölle schmorst, Vater. Und da du ein Bischof bist, ist das nicht sehr wahrscheinlich, nicht wahr?»

Sie bedachte die Gesellschaft mit einem verächtlichen, herablassenden Blick aus ihren kleinen, strengen Augen und stapfte davon. Wäre sie Jeanne d'Arc gewesen, dachte Blair, hätte er die erste Fackel entzündet. Mit Vergnügen.

# 5

Blair erwachte vom Lärm der Pantinen, die die Pflastersteine zum Klingen brachten wie einen Gong. Im Licht der Laternen erkannte er Bergleute, die den Gruben im Westen der Stadt zustrebten, und Fabrikarbeiterinnen in Kleidern und Kopftüchern, die in die entgegengesetzte Richtung strömten.

Er hatte die gebrauchte Kleidung angezogen, die er am Tag zuvor gekauft hatte, und bereits seinen Kaffee getrunken, als Leveret eintraf. Sie bestiegen das bescheidene einspännige Gig des Gutsverwalters und folgten einer Straße nach Süden zur Hannay-Grube. Blair konnte die Bergleute auf den dunklen Feldern zu beiden Seiten der Straße nur an ihren glühenden Pfeifen und ihrem beschlagenen Atem erkennen. Die Felder rochen nach Dung, die Luft nach Asche. Aus einem hohen Schornstein vor ihnen stieg eine silbrige Säule gen Himmel, deren Spitze vom ersten Licht der Morgenröte bestrahlt wurde.

«Sie haben gestern abend einen der seltenen Auftritte von Charlotte erlebt», sagte Leveret. «Wochenlang sieht man sie nirgends, und dann platzt sie auf einmal herein. Es tut mir leid, daß sie so grob war.»

«Das gehässigste kleine Ungeheuer, das ich je getroffen habe. Kennen Sie sie gut?»

«Wir sind zusammen aufgewachsen. Nun, nicht wirklich zusammen, aber auf demselben Anwesen. Mein Vater war vor mir Verwalter. Dann wurde ich Johns bester Freund, als er herkam, und er und Charlotte taten sich zusammen. Sie hat eben bloß sehr dezidierte Ansichten und ist leicht erregbar.»

«Gibt es noch andere Brüder oder Schwestern?»

«Einen verstorbenen älteren Bruder, er ist vor Jahren bei einem Jagdunfall ums Leben gekommen.»

«Im Haus wohnen also nur sie und der Bischof zusammen mit einhundertvierzig Dienern.»

«Nein. Die Rowlands leben mit dem Bischof in Hannay Hall, während Charlotte ihr eigenes Landhaus bewohnt. Ein sehr schönes Haus übrigens. Sehr alt. Sie lebt ihr eigenes Leben.»

«Davon bin ich überzeugt.»

«Sie war früher anders.»

«Das ist sie noch immer», sagte Blair.

Leveret lachte ängstlich und wechselte das Thema. «Ich bin überrascht, daß Sie sich die Zeit nehmen wollen, in den Schacht einzufahren. Sie hatten es doch so eilig, nach John zu suchen.»

«Das habe ich noch immer.»

Zwischen dem Weideland und der Hannay-Grube gab es weder ein Tor noch eine klare Abgrenzung. Bergleute strömten von beiden Seiten der Straße zusammen, und ehe er sich versah, war Blair auf einem von Gaslampen beleuchteten Hof gelandet, der von Schuppen umgeben war, in denen man bis zu diesem Moment alles Licht und jedes Geräusch gelagert zu haben schien, um sie jetzt mit einem Mal loszulassen: den schweren Atem und das Hufgetrappel der Pferde, die Wagen über die Pflastersteine zogen, das bernsteinfarbene Glimmen des Schmiedefeuers und das rhythmische Hämmern der Hufschmiede, die Funken und das Kreischen von Pickeln, die an einem Schleifstein geschärft wurden. Hilfsmaschinen kamen puffend aus Eisenbahnschuppen. Förderwagen, die nicht aneinandergekuppelt, sondern nur mit Ketten verbunden waren, krachten gegeneinander. Über ihnen summten wie ein langgestrichener Celloton kaum hörbar die Kabel der Fördermaschine in dem Turm über dem Schacht.

Metallwannen voller Kohle wurden aus dem Förderkorb auf eine Waage gerollt und dann an eine Endloskette gekoppelt, die sich auf Gleisen mechanisch zu dem Schuppen bewegte, wo die Kohle sortiert wurde. Blair sprang von dem Einspänner und lief neben der Wagenparade her. Laut Waage wog jeder volle Wagen an die zwei Zentner. Der Schuppen hatte keine Wände, war jedoch überdacht, mehr um die Kohle vor Feuchtigkeit als die Arbeiter vor dem Wetter zu schützen. Alle Arbeiter in dem Schuppen waren Grubenweiber.

Oben an der Hängebank entkoppelten Frauen die ankommenden Wagen und rollten sie einzeln zu einem Kipper, wo sie eingeklemmt und mittels eines Hebels entleert wurden, so daß sich ein schwarzer Kohlestrom auf ein Förderband ergoß, an dem wieder andere Frauen die Kohlebrocken im Licht einer Lampe von Staub und Steinen säuberten.

Die Grubenweiber trugen Flanellhemden, Cordhosen und nur die Andeutung eines von Kohle verschmierten Rockes. Ihr Haar war zum Schutz gegen den Staub von Kopftüchern bedeckt. Ihre Hände waren schwarz, ihre Gesichter verschwammen in Wolken von Kohlenstaub, der jedesmal aufwirbelte, wenn die Brocken vom Band über ein schräg angebrachtes Sieb rutschten oder durch eines der weiteren feineren Siebe fielen.

Die gewaschene und sortierte Kohle glitt über eine Rutsche auf die andere Seite des Schuppens, wo die Bahngleise endeten. Zwei Frauen hielten die Mündung der Rutsche über die wartenden Waggons. Blair erkannte Flo aus dem «Young Prince» und Rose Molyneux.

Flos Stimme bohrte sich durch den Lärm. «Er ist es.»

«Ich möchte mit Ihnen reden», rief Blair Rose zu.

Rose drehte sich zu ihm um und stemmte eine Hand in die Hüfte. Ihre Augen waren zwei Prismen reiner Konzentration, die durch den schwarzen Staub, der ihr Gesicht bedeckte, noch betont wurden. Es war die Art träger Blick, wie ihn eine Katze, die sich sicher auf einem für sich reklamierten Dach wähnt, einem Menschen hätte zuwerfen können. Sie musterte Blair, die Lokomotivführer, Schlepper und Bergleute, als wären sie alle gleichermaßen unbedeutend.

«Schick sehen Sie aus», meinte sie.

Er warf einen Blick auf seine schäbige Kleidung. «Passend für den Anlaß.»

Irgendwie schaffte sie es, in all ihrer eigenen Schmutzigkeit eine elegante Unverschämtheit an den Tag zu legen. «Fahren Sie ein? Wenn Sie wieder rauskommen, sind Sie schwarz wie ein Pfeifenputzer.»

«Wir müssen uns unterhalten», sagte er.

«Fanden Sie unser erstes Gespräch so faszinierend?»

«Es war interessant.»

Sie wich seinem Blick nicht aus, und in diesem Moment erkannte er, daß sie wußte, daß es jederzeit in ihrer Macht stand, seine Blicke auf sich zu ziehen, wenn sie es wollte.

«Das wird Bill aber gar nicht gefallen», sagte Flo.

«Bill Jaxon?» fragte er.

Rose lachte über Blairs Reaktion.

«Da steht er Ihnen nicht mehr so stramm, was?»

«Blair!» rief Leveret aus einem Schuppen quer über den Hof.

In der Lampenstube bekamen die Bergleute ihre Sicherheitslampen ausgehändigt, so daß das Innere des Schuppens erstrahlte wie ein Kronleuchter. Auf den unteren Regalen wurden Lampenöl, Dochtrollen und Dosen mit Teer zum Fugen gelagert, auf denen stand: «Gut genug für die Royal Navy!» An der hinteren Wand hingen sechs Käfige mit Kanarienvögeln, die einen munteren Refrain anstimmten. Gelbe Köpfe spähten durch die Gitterstäbe.

«Vielleicht sollten Sie besser hier warten», erklärte Blair Leveret. Im hellen Licht sah er, daß der Verwalter unter einer geliehenen Lederjacke eine Seidenweste und ein weißes Hemd trug, von der sauber polierten Melone ganz zu schweigen.

«Nein, ich habe mich schon immer gefragt, wie man sich als Bergmann fühlt. Ich war noch nie tiefer als drei Meter in einem alten Schacht.»

«Sie könnten in einen Kohlesack steigen, ihn zubinden und auf und ab springen», schlug Blair vor.

Die Sicherheitslampen waren knapp fünfundzwanzig Zentimeter groß, mit einem Fuß und einer Kappe aus Messing, dazwischen ein zylindrischer Drahtkorb, um die Temperatur der Flamme unter den Entzündungspunkt explosiver Gase abzukühlen. Der

Leuchtmeister entzündete und verschloß die Lampen für Leveret und Blair. Die Flammen in dem Drahtkorb glommen trübe wie glühende Kohle. Im Fuß jeder Lampe war eine Nummer eingraviert, die der Leuchtmeister in ein Register eintrug, das er Blair und Leveret hinhielt. «So wissen wir immer, wer in die Grube eingefahren und wer wieder rausgekommen ist. Für alle Fälle. Ich muß Sie warnen, meine Herren, die Hannay-Grube ist eine Meile tief, der tiefste Schacht in Lancashire. Wenn Sie schon in Kleiderkammern Beklemmungen kriegen, sollten Sie es sich jetzt lieber noch mal überlegen.»

Sie kehrten in die Dunkelheit zurück und stellten sich zu den anderen Männern, die unter dem Glockenturm über dem Schachtmundloch warteten. Die Bergleute trugen schmutzige Wolljacken und Hosen aus Englischleder, ein Baumwollgewebe, das keine Haarseite hatte, die unter Tage aufrauhen konnte. Dazu Stoffmützen und natürlich Pantinen. Über ihren Schultern hingen kleine Blechbehälter mit Verpflegung. Die Männer lehnten mit der Soldaten, Sportlern und Bergleuten eigenen Unbefangenheit aneinander. Blair fühlte sich unwillkürlich heimisch unter ihnen, während Leveret alle Anzeichen bürgerlicher Verlegenheit zeigte. Ein Luftzug pfiff durch einen Schacht – den Einzugsschacht für die Bewetterung der Grube, die sich unter der Erde über acht Meilen erstreckte –, und der Wind ließ die Flammen der Sicherheitslampen flackern. Blair konnte den weißen Schutzzaun um den etwa fünfzig Meter entfernt liegenden Abzugsschacht gerade noch erkennen, an dessen Fuß befand sich ein Ofen, der die verbrauchte und gashaltige Luft aus der Grube blies und gleichzeitig Frischluft ansaugte – zumindest in der Theorie.

Der Wind ließ nach, als man unter der Erde das unvermutete Geräusch eines nahenden Güterzugs hörte. Blair beobachtete, wie sich das Rad der Fördermaschine verlangsamte, das Seil mit dem nachlassenden Gewicht zitterte und schließlich ein Haken auftauchte, gefolgt von einem Förderkorb – einem quadratischen Eisenboden mit zwei Holzwänden und zwei offenen Seiten, die nur durch eine Kette gesichert waren. Die Ketten wurden sofort geöffnet, und Wannen mit glänzender Kohle wurden auf die Waage gerollt. Ebenso schnell drängten die Bergleute in den leeren Förderkorb, wobei sie darauf achteten, nicht auf den Schienen zu stehen zu kommen. Blair und Leveret folgten ihnen.

Alle Wartenden zwängten sich hinein; Bergleute wurden nach der Menge der geförderten Kohle bezahlt und nicht dafür, daß sie auf die Seilfahrt warteten. Sie drängten Blair und Leveret nicht an die offenen Seiten, was Blair schon höflich genug fand. Im Schein der Lampen, die dunkler brannten als Kerzen, sah er den Kohlenstaub auf Leverets Kragen und wußte, daß er ganz unvermeidlich genauso verschmiert war.

«Das ist Ihre letzte Chance. Wenn Sie wieder rauskommen, sehen Sie aus wie ein Pfeifenputzer», sagte Blair. Rose' Ausdruck gefiel ihm. Eine andere Frau hätte «Schornsteinfeger» gesagt. Aber Leveret war so hager, daß «Pfeifenputzer» gut zu ihm paßte.

Leverets gespielte Tapferkeit ging im ohrenbetäubenden Gebimmel einer Glocke unter. Einmal klingeln: abwärts.

Der Korb setzte sich langsam in Bewegung, verschwand in der runden, mit Backstein ausgemauerten Mündung des Schachts, glitt vorbei an den Bögen aus Yorkshire-Eisen, das so gut war wie Stahl, vorbei an dem Kreuzmuster aus Holz und Gestein und dann einfach tiefer hinab in einen unbeleuchteten Abgrund. Abwärts mit einer Geschwindigkeit von dreißig, vierzig, sechzig Stundenkilometern, schneller als irgendein Mensch sich auf der Erde fortbewegen konnte. So schnell, daß die Luft aus der Lunge gepreßt wurde und auf die Ohren drückte. So schnell, daß man am offenen Ende des Korbes nichts als ein verschwommenes Band wahrnahm, das eine unaufmerksame Hand oder ein Bein mit Leichtigkeit hätte abreißen können. Abwärts, scheinbar für Ewigkeiten.

Vorbei an einem erleuchteten älteren Füllort, der ebensogut ein Glühwürmchen hätte sein können. Blair ertappte Leveret dabei, wie jener sich bekreuzigte, und schüttelte den Kopf; je weniger man sich bewegte, desto besser. Als er seine Höchstgeschwindigkeit erreicht hatte, glitt der Korb so schwerelos dahin, daß die Männer fast schwebten. In einem Schacht war das stets der Moment der größten Gefahr und des größten Glücksgefühls. Blair dachte, daß sie einen Beobachter, einen überraschten Wurm vielleicht, mit ihrem Geleucht an einen Meteor erinnern könnten.

Brunel, der große Eisenbahningenieur, hatte erklärt, daß Lokomotivführer Analphabeten sein sollten, weil nur des Lesens unkundige Menschen *wirklich aufpaßten*. Bergleute paßten auf, dachte Blair. Während sie lauschten, wie sich das runde Stahlkabel entrollte, und jede noch so geringe Gierung des Korbes und den wachsenden Druck auf den Holzsohlen ihrer Pantinen spürten, waren ihre Gesichter konzentrierter als die der Schüler des Plato.

Ihre Fahrt wurde langsamer. Bei einer geschätzten Durchschnittsgeschwindigkeit von knapp fünfzig Stundenkilometern kam der Förderkorb nach eineinhalb Minuten etwa eine Meile unter der Erde in einem unterirdischen Schacht aus Lichtern zum Stehen. Sofort drängten die Bergleute aus dem Korb, gefolgt von Blair und Leveret, letzterer in einem Zustand der Verwirrung.

Mit gutem Grund. Auf den unterirdischen Straßen strömten Ponys mit schwerem Geschirr, geführt von Jungen mit Jacken und Kappen, zusammen; im Licht der düsteren Lampen, die von der mit Holz abgestützten Decke hingen, wirkten Menschen und Tiere noch verkümmerter, als sie es ohnehin schon waren. Jedes Pony zog einen Zug beladener Waggons auf Schienen hinter sich her.

Der Gestank einer langen Reihe niedriger Ponyställe hing in der Luft. Unterirdische Ställe befanden sich stets in der Nähe eines einziehenden Wetterschachts und waren auf Planken errichtet, trotzdem trockneten sie nie völlig aus; statt dessen hatte das durchdringende Aroma von Pferdedung und -urin etwas Uraltes und gleichsam Destilliertes.

Der Wind blies in Sturmstärke durch den Schacht, wobei die Frischluft jetzt vom Geruch der Ställe infiziert war.

Gleichzeitig war es heiß, das Gegenteil einer modrigen Höhle.

Über allem lag eine erdrückende Hitze, die schwer war von Schweiß, Unrat und Kohlenstaub und einen daran erinnerte, daß die Erde ein lebender Organismus mit einem brennenden Kern war.

All dies waren Sinneseindrücke, die auf den Besucher einstürzten und die er sortieren und einordnen mußte. Es konnte eine Minute dauern, bis er begriff, daß das Zentrum der Grube einen Durchmesser von einhundert Metern hatte. Und gleichzeitig mußte er die subtileren und stärkeren Empfindungen seiner Sinne einfach ignorieren, die ihm sagten, daß über ihm eine Meile Erde und er weit weg von jedem Ausweg war. Dessenungeachtet warf Blair einen prüfenden Blick auf seinen Kompaß.

Genauso wie es über Tage ein Büro für den Schichtmeister gab, hatte auch der Steiger unter Tage sein eigenes Zimmer. Es war ein schlichter, aus Backstein gemauerter, quadratischer Raum. Der Steiger hieß Battie und war ein fröhlicher Vulcanus in Hemdsärmeln, Hosenträgern und Melone.

Battie erwartete sie bereits; er hatte seinen Schreibtisch aufgeräumt und eine Karte darauf ausgebreitet, die er an den Ecken mit Lampen beschwert hatte. Im Norden der Karte erkannte man den Förderschacht und die Wetterschächte. Im Süden erstreckte sich ein Netz von großen und kleinen Tunneln, die bis zu einer zerklüfteten Grenze führten.

Mit einem unverbindlichen Blick registrierte Battie die unterschiedliche Kleidung seiner Besucher. «Mr. Leveret, Mr. Blair, würden Sie bitte Ihre Taschen entleeren.»

Blair zog seine Taschenuhr, den Kompaß, ein Taschentuch, ein Taschenmesser und Kleingeld hervor; Leveret förderte einen ansehnlicheren Haufen zutage, bestehend aus einer Taschenuhr, einer Börse mit Wechselgeld, einer Brieftasche, einem Medaillon, einem Kamm, Visitenkarten, einer Bruyèreholzpfeife, Tabak und Streichhölzern. Battie verschloß Pfeife, Tabak und Streichhölzer in seinem Schreibtisch.

«Rauchen verboten, Mr. Leveret. Sie sollten nicht einmal daran denken.»

Auf der Karte war das Datum der Explosion sowie kleine Kreise mit ein- bis dreistelligen Nummern eingezeichnet. Lampennummern, dachte Blair. Bei dem Feuer waren sechsundsiebzig Menschen ums Leben gekommen, und genauso viele Nummern zählte er auch. Das war nicht schwer, weil die meisten im Haupttunnel zusammengedrängt und die anderen gleichmäßig entlang des Strebs verteilt waren. Eine Ziffer stand jedoch direkt vor dem Büro des Steigers.

«Was ist hier passiert?» fragte er.

«Der Förderkorb von oben. Der Schacht selber geht noch tiefer, müssen Sie wissen. Ein Junge war gerade mit seinem Pony und seinen Förderwagen angekommen. Als der Qualm herüberwehte, scheute das Pony und rutschte über die Kante. Der Junge hat versucht, es zu retten. So sind sie alle miteinander in den Abgrund gestürzt – das Pony, die Wagen und dann der Junge.»

Battie hielt inne. Er hob die Lampen an, ließ die Karte zusammenrollen und steckte sie zusammen mit einem Register in eine Ledertasche. Dann tauschte er seine Melone gegen ein rotes Stirnband aus. Sofort strahlte er wieder selbstsichere Gelassenheit aus, als hätte er vor, einen Spaziergang durch einen Park zu unternehmen. «Nun, meine Herren, ich muß meine Runden machen. Wenn Sie noch immer wollen, wir haben einen langen Weg vor uns.»

«Sie können hier warten oder mit dem Korb wieder nach oben fahren», bot Blair Leveret erneut an.

«Ich bleibe bei Ihnen», sagte Leveret.

«‹Befiehl du meine Wege›?» fragte Blair.

«Ich werde Sie nicht aufhalten», versprach Leveret.

Seine Tasche schwingend, führte Battie sie um den Förderschacht und bog dann nach rechts in einen Tunnel. «Tunnel nennen wir ‹Strecken›», sagte er über die Schulter. «Wenn sie so breit sind wie dieser, heißen sie ‹Hauptstrecken›.»

Der Tunnel mochte breit sein, hoch war er jedenfalls nicht, und sobald sie ihn betreten hatten, bekam Leveret Probleme. Das einzige Licht stammte von ihren Sicherheitslampen, drei Flammen, die durch die Drahtkörbe so verdeckt wurden, daß sie kaum die Schienen auf dem Boden oder die Zimmerung an der Decke beleuchteten. Wenn Leveret versuchte, einem Hindernis auszuweichen, stolperte er in das nächste, so daß er bald nicht mehr wußte, wann er sich ducken und wann er vorangehen sollte.

Battie verlangsamte seine Schritte, ohne anzuhalten. «Wenn Sie umkehren möchten, Mr. Leveret, achten Sie auf die Schilder mit der Aufschrift ‹Ausgang›. Wenn Sie keins finden, folgen Sie dem Luftzug in Ihrem Gesicht. Wenn Ihnen der Wind in den Rücken bläst, gehen Sie tiefer in die Grube hinein. Ich nehme an, Sie sind nicht zum ersten Mal unter Tage, Mr. Blair.»

Blair hatte gar nicht bemerkt, daß er in den typischen Bergmannsgang verfallen war, leicht gebückt, den Kopf erhoben und mit jedem Schritt unbewußt die Schwellen der Gleise abmessend.

«Wann erreichen wir die Kohle?» fragte Leveret.

«Wir sind mittendrin. Sie befinden sich jetzt im Hannay-Flöz, einem der ergiebigsten Kohleflöze in England», sagte Battie. «Die Kohle stützt die Decke.»

Schwarze Wände und ein schwarzer First, dachte Blair, weil Kohle den Verzug besser abpolsterte als Stein. Die Pupillen seiner Augen hatten sich geweitet, so daß aus der Dunkelheit Schatten auftauchten und Form annahmen. Eine zerklüftete Kontur und eine Lampe kamen ihnen entgegen.

«Pony», sagte Battie und trat in eine Nische, die nicht einmal Blair gesehen hatte. Blair folgte ihm, und gemeinsam zogen sie den verdutzten Leveret hinter sich her, Sekunden bevor ein Pony vorbeikam, ein Shetland mit rußiger Mähne, geführt von einem Jungen mit Lampe und gefolgt von vier gefüllten Förderwagen. Leveret wirkte ein Stück kürzer als vorher.

«Haben Sie Ihren Hut verloren?» fragte Blair.

«Ehrlich gesagt, ja.» Betrübt betrachtete Leveret die vorbeirollenden Wagen.

«Wissen Sie immer, ob jemand schon mal in einem Bergwerk war, egal, was er anhat?» fragte Blair Battie.

«Nach seinen ersten Schritten. Ja. Und egal, ob er betrunken ist oder nicht. Wenn jemand betrunken ist, schicke ich ihn wieder rauf. Man ist in einer Mine immer nur so sicher, wie der dümmste Mann unter Tage.»

«Warum tragen die Männer Pantinen?» fragte Leveret, um sich an dem Gespräch zu beteiligen. «Ich weiß wohl, daß die meisten Leute in Wigan Pantinen tragen, aber ich hätte gedacht, daß sie unter Tage eher unbequem sind.»

«Wegen des Steinschlags, Sir», sagte Battie. «Wenn über Ihnen eine Decke einbricht, sind die Holzsohlen widerstandsfähiger als normale Schuhe. Sie lassen sich auch leichter bewegen, und man kann seinen Fuß besser herausziehen.»

Leveret verfiel in Schweigen.

Die Fortbewegung unter Tage nannte man «fahren». Sie fuhren etwa zwanzig Minuten, in denen sie nur Ponys mit ihren Zügen begegneten. Die Strecke wurde flacher, schmaler und leicht abschüssig, und das Geräusch der Züge mischte sich mit dem gepreßten Atem des Windes und dem ächzenden Gewicht auf der Zimmerung. Battie blieb in regelmäßigen Abständen stehen und hielt seine Lampe an Stellen, wo die Hohlräume in den Wänden mit Gestein und die Decke mit Holzpfählen abgestützt war.

«Wenn wir Kohle hauen, werden schlagende Wetter freigesetzt», erklärte er Leveret. «Seltsames Wort, nicht wahr, meine Herren?»

«Wirklich seltsam», stimmte Leveret ihm zu.

«Es bedeutet Grubengas», sagte Battie und leuchtete eine weitere Nische ab.

«Oh», sagte Leveret.

«Methan. Es verbirgt sich gerne in Ritzen und unter der Decke. Der ganze Sinn der Sicherheitslampe besteht darin, daß das Drahtgeflecht die Hitze so verteilt, daß das Gas sich nicht entzündet. Am besten findet man Gase aber immer noch mit einer Flamme.» Blair hielt eine Lampe an eine rauhe Gesteinssäule und beobachtete, wie das Licht in dem Drahtkorb flackerte. «Sehen Sie, wie es ein wenig länger und ein wenig bläulicher wird? Das ist das verbrennende Methan.»

«Sollten wir die Mine evakuieren?» fragte Leveret.

Die Flamme beleuchtete Batties Grinsen, als er sich seine Weste auszog und dem Fels Luft zufächerte. Er verschwand in dem Tunnel und kam eine Minute später mit einem zusammengefalteten, auf einen Holzrahmen gespannten Stück Segeltuch zurück, das er aufstellte, um den Luftzug an dem Fels umzuleiten.

«Mr. Leveret, wenn wir jedesmal eine Grube dichtmachen würden, wenn wir einen Hauch Grubengas finden, würde England erfrieren.» Battie nahm die Kladde aus seinem Bündel und notierte Zeit, Ort und Menge des austretenden Gases. «Wir beobachten das Grubengas, jagen die schlagenden Wetter und achten darauf, daß sie uns nicht ins Jenseits blasen.»

Die Strecke wurde unwegsamer, was Battie nicht im geringsten bremste. «Das ist ein Riß», sagte er an einer Stelle, wo die Decke eingedrückt war, und machte sich eine Notiz in seinem Buch. «Das ist ein Gekriech», sagte er, als sich der Boden vor ihnen leicht wölbte und die Schienen anhob. «Es gibt Druck von unten und von oben. Das Hangende, die Schicht über dem Flöz, ist aus Kalkstein, das Liegende, die Schicht darunter, ist Grit. Wir befinden uns aber immer noch im Kohleflöz.»

Je weiter sie gingen, desto mehr begriff Blair, daß Battie die Karte nicht brauchte. Der Mann kannte das Hannay-Flöz wie ein Flußschiffer seinen Fluß. Wahrscheinlich hatten schon sein Vater und sein Großvater dieselbe Kohle bearbeitet. Ein Mann wie Battie wußte, wo sich die schwarzen Bänke nach links, rechts, oben oder unten wanden oder an einer Zerreißkluft ganz aus dem Blickfeld verschwanden. Er kannte die Mächtigkeit, die Festigkeit, den Wasseranteil, den Glanz, den Entzündungspunkt und die Asche des Hannay-Flözes, so daß er ihm im Dunkeln folgen konnte.

Leveret fiel weiter zurück. Blair wollte Battie gerade bitten, nachsichtig zu sein, als der Steiger von sich aus stehenblieb und seine Lampe neben einer Kohlesäule abstellte. Er breitete die Karte auf dem Boden aus und wies auf zwei Lampennummern. «Hier haben wir diese beiden Burschen gefunden. Mit Ausnahme des Jungen und des Ponys waren das die Opfer, die dem Korb am nächsten waren.»

Eine Spur von Nummern zog sich zu dem Streb im Westen, der noch immer doppelt so weit entfernt lag wie der Punkt, den sie jetzt erreicht hatten. Die Opfer auf der Hauptstrecke waren in Gruppen gestorben, einige zusammengekauert in den Nischen entlang der Strecke.

Keuchend und von oben bis unten mit Kohlenstaub bedeckt, als hätte ein Pony ihn hinter sich hergeschleift, kam jetzt auch Leveret aus dem Dunkel.

«Alles . . . in Ordnung», sagte er und sank auf die Knie.

Blair und Battie wandten sich wieder der Karte zu.

«Sind sie verbrannt?» fragte Blair.

«Nein. Bis zum Ende der Hauptstrecke direkt beim Streb ist niemand verbrannt. Die Burschen hier lagen auf dem Boden, als ob sie schlafen würden.»

«Aber mit dem Gesicht zur frischen Luft? Im Laufen überrascht?»

«Genau.» Battie wirkte auf düstere Weise zufrieden. «Mr. Leveret, Ihr Freund hier kennt sich mit Kohle aus.»

«Sie wurden von Gesteinsmassen erdrückt?» fragte Leveret.

«Nein», sagte Battie. «Wenn Grubengas explodiert, entstehen Nachschwaden. Kohlenmonoxid. Selbst der stärkste Mann der Welt könnte in vollem Tempo hier entlanglaufen, zwei Atemzüge davon, und er geht zu Boden. Wenn man ihn nicht nach draußen zerrt, stirbt er. Ich habe sogar schon gesehen, wie ein, zwei oder drei Männer, bei dem Versuch einen vierten herauszuziehen und zu retten, schlapp gemacht haben.»

Der Boden bebte, gefolgt von einem Dröhnen, das sich von einem Ende des Tunnels zum anderen ausbreitete. In der Dunkelheit regnete es Kiesel.

Leveret war aufgesprungen. «Feuer!»

«Bloß Sprengungen, Mr. Leveret. Das ist ein Unterschied. Wenn es eine Explosion gibt, kann man sie in ganz Wigan spüren. Ich sage Ihnen Bescheid.» Battie rollte die Karte zusammen und fügte hinzu: «Ich hoffe, es wird keine weiteren derartigen Vorführungen geben, Mr. Leveret. Jedenfalls nicht in Gegenwart meiner Männer.»

Wieder leuchtete Batties Lampe ihnen den Weg, nur gelegentlich blieb er stehen, um zu erwähnen, daß hier drei, dort vier Bergleute gestorben waren, die versucht hatten, den Nachschwaden zu entkommen. Im Vergleich zu anderen Bergwerken ist dies keine unsichere Mine, dachte Blair. Sie war natürlich schmutzig, eng und unbequem, aber die Strecken wurden saubergehalten, die Gleise ordentlich gewartet, und Battie schien ein pedantischer Oberaufseher zu sein. Nur daß Minen im allgemeinen eine Umkehrung der natürlichen Ordnung und Kohleminen im besonderen dumm und gefährlich waren.

Die Strecke wurde abschüssig. Ihr Gefälle würde in dem Maße zunehmen, in dem sich die gesamte unterirdische Gesteinsformation nach Süden neigte, dachte Blair. Das Flöz war vermutlich zunächst im bequemen Tagebau nördlich von Wigan abgebaut worden. Wahrscheinlich hatten schon römische Soldaten ihre Sandalen über Feuern aus Hannay-Kohle getrocknet. Mit jedem Schritt wurde ihm die Hitze bewußter. Der Atem der Mine brannte in der Kehle, während die Haut in einem Sumpf aus schwarzem Schweiß schwamm.

Die Strecke öffnete sich zu einer kryptagroßen Kammer, in der ein Junge ein Pony über eine Wendeschleife führte wie auf einem gespenstischen Karussell. Als das Pony stehenblieb, tauchte aus einem niedrigen Tunnel ein bis auf Pantinen und provisorische Knieschoner nackter, vor Kohlenstaub silbrig glänzender Mann auf und koppelte volle Wagen an das Geschirr des Tieres. Er nickte Battie kurz zu und verschwand, eine leere Wanne vor sich herschiebend, wie eine Erscheinung wieder im Tunnel. Das Pony und der Junge waren derweil in der Gegenrichtung verschwunden.

«Heiß.» Leveret hatte seine Stimme wiedergefunden.

«Tee, Sir?» Battie bot ihm eine Thermoskanne aus Blech aus seinem Rucksack an.

Leveret schüttelte den Kopf und sank erschöpft auf die Gleise. Das erste Mal in einer Mine war immer das schlimmste, dachte Blair, egal wie fit man war. Ungeachtet seiner Malaria tat er selbst einfach das, was er sein Leben lang getan hatte.

«Tut mir leid, daß ich mich so ungeschickt anstelle», sagte Leveret.

«Kein Problem, Sir», sagte Battie. «Bergleute fühlen sich häufig zu sicher. Obwohl sie wissen, daß ein einzelner Funke gefährlich sein kann, schlittern sie auf den Eisenbeschlägen ihrer Pantinen über die Schienen, daß die Funken fliegen wie bei einem Feuerwerk. Oder sie schleichen sich von der Arbeit in einen Querschlag und schlafen wie eine Feldmaus.»

«Klingt recht gemütlich», sagte Leveret.

«Manchmal schon», sagte Battie. «Am Tag des Brandes haben wir hier ein Pony gefunden. Es ist zu Boden gegangen und hat die Strecke blockiert. Auf der anderen Seite lagen zehn Männer.»

«Nachschwaden?» fragte Blair.

«Ja. Wissen Sie, was ich in einer Londoner Zeitung gelesen habe: Die größte Angst der modernen Zeit ist es, lebendig begraben zu werden. Ich habe Anzeigen für Särge mit Sprechrohr und Signalmast gesehen. Warum sollten sich die Menschen in London Sorgen darüber machen, lebendig begraben zu werden?» Battie wandte sich Leveret zu. «Geht's wieder?»

«Von mir aus können wir weitergehen.»

«Gut.»

Sie duckten sich in den Tunnel, in dem der Bergmann verschwunden war. Auch hier gab es Schienen und eben genug Raum für einen gebückt gehenden Mann, der einen Förderwagen durch eine Galerie von Holzstempeln schieben mußte. Durch den Tunnel hörte man den Lärm einer Erschütterung, als ob eine Welle an Land gerollt wäre.

«Was ist das?» fragte Leveret.

«Die Decke bricht ein», sagte Battie.

«Gütiger Gott», sagte Leveret, und Blair hörte, wie er versuchte, den Rückzug anzutreten.

«Das ist ganz normal, Mr. Leveret», sagte Battie. «So funktioniert das System.»

«System?»

«Sie werden schon sehen. Ein Einsturz macht ein durchdringenderes Geräusch, meistens eine Mischung aus berstendem Holz und prasselndem Gestein», sagte Battie.

Zu beiden Seiten des Weges erstreckten sich jetzt im Licht der Lampen weniger Gänge als vielmehr ein Wabenmuster aus Kohlesäulen, die ein wenig aussahen wie die Säulen einer schwarzen Moschee. Ganz am Rande seines Hörfelds wurde Blair eines neuen Geräusches gewahr: kristallhell und rhythmisch, verzerrt und verstärkt von den Launen des Gesteins. Battie führte sie weitere zehn Minuten, bis er und Blair, in der Hocke gehend, plötzlich einen schmalen Tunnel erreichten, der auf seiner ganzen Länge von schattenhaften Gestalten bevölkert war, die lediglich in Pantinen und Hosen oder auch nur in Pantinen, von einem Film aus Staub und Glanz bedeckt, zweispitzige Keilhauen schwangen. Die Männer hatten die schmalen Hüften von Rennhunden und die breiten, kräftigen Schultern von Pferden, doch im Schein ihrer auf dem Boden stehenden Lampen erinnerten sie vor allem an glänzende Maschinen, Automaten, die unermüdlich auf die Kohlesäulen einhackten, die die schwarze Decke über ihnen stützten. Das Geräusch splitternder Kohle klang fast wie Glockengeläut. Wenn der Streb sich absenkte, arbeiteten die Männer auf Knien, die sie mit Lumpen umwickelt hatten. Wieder andere Bergleute beluden Förderwagen oder schoben sie, mit dem Rücken dagegen gestemmt, über die Gleise. Um sie herum stieg ein Nebel aus kondensiertem Schweiß und Kohlenstaub auf.

Blair blickte auf seinen Kompaß. «Sie bauen rückwärts ab.»

«Richtig», sagte Battie.

Die Bergleute arbeiteten sich an der Innenwand des westlichen Strebs in Richtung Schacht vor und nicht, wie Blair erwartet hatte, an der äußeren Wand entlang. Die Außenwand existierte nicht, statt dessen klaffte ein flacher Raum, der sich im undurchdringlichen Dunkel verlor.

Battie öffnete seine Karte. «Ich denke, das dürfte Sie interessieren, Mr. Blair. Das ist das Lancashire-System. Wir treiben die Hauptstrecken bis an die Grenze des Flözes vor und richten kleinere Querschläge ein, um die Strecken miteinander zu verbinden und für die Bewetterung zu sorgen. Dann bauen wir den Rest der Kohle rückwärts ab, wie Sie es nennen, wobei wir gerade genug Gesteinssäulen und Stempel stehenlassen, um die Decke abzustützen, bis wir fertig sind. Die Stempel geben nach und die Decke bricht ein – das war das Geräusch, was wir eben gehört haben –, aber bis dahin sind wir weg.»

«Und hier sind die Opfer verbrannt?» fragte Blair.

«Entlang dieses Strebs, aber fünfzehn Meter weiter nach innen.» Battie betrachtete die leergeschürften Hohlräume hinter den Bergleuten. «Da waren wir vor zwei Monaten. Das sind zweitausend Tonnen Kohle. Wie auch immer, niemand darf die abgebauten Lagerstätten betreten. So lauten die Grubenvorschriften.»

Die Reihe der Bergleute schwang ihre Keilhauen in einem gnadenlosen Tempo. Blair hatte überall auf der Welt dasselbe Phänomen beobachtet: Hauer unter Tage arbeiteten, als ob sie sich durch schiere körperliche Anstrengung selbst hypnotisieren könnten. In diesem Fall kam möglicherweise noch das Gefühl hinzu, daß sie sich zum Ausgang vorarbeiteten, zum Schacht zurück. Eine Blendlaterne hätte die Dunkelheit vielleicht durchdringen können, aber der matte Schein der Sicherheitslampe spendete kaum mehr Licht als glühende Kohle und beleuchtete kaum ihren Träger. Man konnte unmöglich sagen, wie tief die Hohlräume in dem Streb waren oder ob die Decke zwanzig Zentimeter oder zwei Meter hoch war. Blair hob einen Stein auf und schleuderte ihn hinein. Er wurde vom Dunkel verschluckt, sein Geräusch ging im Lärm der Keilhauen unter.

«Wie weit ist die Decke noch intakt?» fragte er.

«An manchen Stellen zehn Meter tief, an anderen Stellen hundert. Sie kann einen Monat oder ein Jahr oben bleiben. Sie könnte aber auch einstürzen, während wir noch hier unten sind.»

Leveret hatte sie keuchend eingeholt, das letzte niedrige Teilstück der Strecke hatte ihn deutlich mitgenommen. Seine Stirn war blutverschmiert, und Kohlenstaub stand wie schwarze Suppe um seine Augen. «Was könnte einstürzen?» fragte er.

«Nichts, Leveret, wenn Sie Livingstone gefunden hätten, könnte ich nicht stolzer auf Sie sein.» Blair gab ihm ein Taschentuch. «Noch ein paar Minuten, dann treten wir den Rückweg an.»

Für jeden Mann mit einer Keilhaue gab es einen zweiten, der die Kohle mit einer Schaufel in die Wannen lud. Alle zwanzig Meter verzweigten sich die Gleise zu einem kurzen Nebengleis, damit andere Wagen passieren konnten. Ein Mann trieb das Zahnradgewinde eines Bohrers, der von einer vom Boden bis zur Decke reichenden eisernen Strebe gestützt wurde, in eine der Kohlesäulen. Der Mann war einen Kopf größer als jeder andere entlang des Strebs, und obwohl der Bohrer gut fünfunddreißig Pfund wiegen mußte, handhabte er ihn mit Leichtigkeit. Schwarzer Puder rieselte aus dem Bohrloch, und das lange Gewinde bohrte sich so glatt in das Gestein, als würde der Mann Käse durchlöchern.

Wegen des schwachen Lichts und der Tatsache, daß die Arbeiter von oben bis unten schwarz vor Staub waren, erkannte Blair zunächst nicht, daß beide Beine des Mannes bandagiert waren. Als er Blair sah, hörte er mit der Arbeit auf. «Suchen Sie noch immer Reverend Maypole?» fragte Bill Jaxon.

«Man kann nie wissen», sagte Blair.

Er war erstaunt, daß Jaxon nach dem Kampf im Hinterhof des «Young Prince» am Abend zuvor überhaupt noch laufen konnte, doch dann erinnerte er sich daran, daß Bergleute stolz darauf waren, selbst stärkste Schmerzen ignorieren zu können. Das lange Haar zurückgebunden, sah Jaxon aus wie eine Statue von Michelangelo, nur aus Kohle gehauen, nicht aus Marmor.

«Haben Sie immer noch Ihre Pantinen an?» fragte Blair.

«Wollen Sie sie ausprobieren?» erwiderte Jaxon.

An Jaxons Seite tauchte eine gnomenhafte Gestalt auf, die Blair als eine ebenholzschwarze Version Smallbones wiedererkannte, seines Zechkumpanen aus dem «Young Prince». Smallbone hielt eine lange Blechdose im Arm. Jaxon schraubte den oberen Winkel der Verstrebung ab und zog das Gewinde des Bohrers aus dem Loch. Smallbone entnahm seiner Dose einen langen Strohhalm, schob ihn in das Loch und pustete mit geschlossenen Augen hinein. Blair genoß es, Fachleuten bei der Arbeit zuzusehen. Als nächstes nahm Smallbone ein etwa dreißig Zentimeter langes, eingewachstes Papierröhrchen aus seiner Dose.

«Was . . .?» fragte Leveret.

«Schwarzpulver. Er stellt die Ladung selbst her», sagte Jaxon.

«Smallbone ist unser Schießmeister», sagte Battie. «Er ist für die Sprengungen unter Tage zuständig.»

Das gebohrte Loch war abschüssig. Smallbone schob das Papierröhrchen mit einem Stock so weit wie möglich hinein, durchbohrte das Ende sorgfältig mit einer Kupfernadel und führte die Zündschnur ein, ein sogenanntes «langsames Streichholz» aus rauher, in Salpeter getränkter Baumwollschnur. Er ließ etwa dreißig Zentimeter Zündschnur aus dem Loch heraushängen, das er ansonsten mit Lehm abdichtete. Echte Heimarbeit, dachte Blair. In der Zwischenzeit leuchtete Battie mit seiner Lampe die Decke nach Grubengas ab. «Scheint alles sauber zu sein», sagte er.

«Es brennt!» rief Jaxon.

Der Ruf wurde weitergegeben. Alle Bergleute in Sichtweite nahmen ihr Gezähe und bewegten sich aus der Schußlinie in den «Hauptstrecken»-Tunnel. Battie führte Leveret und Blair. Jaxon folgte mit seinem Bohrer, während Smallbone alleine am Loch zurückblieb.

«Schauen Sie in die andere Richtung, Sir», riet Battie Leveret. «Und machen Sie den Mund auf.»

Blair beobachtete, wie Smallbone mit seiner Lampe noch einmal Decke und Wände ableuchtete, um persönlich sicherzugehen, daß kein Gas vorhanden war, mehr als jede schriftliche Prüfung ein Zeichen von Intelligenz. Er kniete neben der heraushängenden Zündschnur und blies gegen den Docht seiner Lampe, bis das Flämmchen hochloderte und gegen den Drahtkorb drängte.

Er pustete noch kräftiger, und die Flamme wurde größer, bis sie sich durch das Drahtgeflecht zu der Zündschnur gezüngelt hatte. Beim dritten Pusten glomm das Ende der Zündschnur orangefarben auf.

Der Schießmeister entfernte sich mit schnellen kurzen Schritten und hatte die Gruppe der anderen gerade fünf Sekunden erreicht, als der Tunnel hinter ihm wie mit einem Donnerschlag detonierte und dicke schwarze Staubschwaden aufwirbelten. Die Explosion fiel heftiger aus, als Blair erwartet hatte. Die Bergleute schwankten wie Matrosen an Deck, während der Widerhall sich in ein vielstimmiges Echo zersplitterte, das sich in anderen Tunnels weiter teilte. Die Männer schüttelten einer nach dem anderen den Kopf und rissen ihre rotgeränderten Augen auf.

«Haben Sie die Ladung verdoppelt, Mr. Smallbone?» fragte Battie. «Wenn Sie das noch mal machen, können Sie sich Arbeit in einer anderen Grube suchen.»

Es war das erste Anzeichen von Scheinheiligkeit, das Blair an dem Steiger beobachtet hatte, und auch Battie selbst schien sich mit seinem Verweis unbehaglich zu fühlen. Jeder – Minenbesitzer wie Steiger – wußte, daß Bergleute nur nach gefüllten Wannen bezahlt werden und nicht nach der Zeit, die sie damit zubrachten, die tiefliegende, harte Kohle zu schlagen. Deswegen sprengte ein Sprengmeister trotz der Grubengase. Smallbones Ladung hatte ein breites Kohlebrett zu Boden fallen lassen und die angrenzenden Wände eingerissen. Die Bergleute zückten Döschen mit wiederbelebendem Schnupftabak und kehrten an ihre Arbeit zurück. Jaxon schulterte seinen Bohrer und seine Strebe und ging den Tunnel hinunter zu seinem nächsten Loch. Um ihn bildete sich eine Allee der Bewunderung.

Smallbone blieb unbekümmert bei dem eingebrochenen Brett hocken und hielt Leveret Vorträge. «Also dagegen ist deutsches Dynamit, nun ja, ein Furz im Wind.»

«Ich dachte, es wäre besonders stark», sagte Leveret. «Ich habe in einer wissenschaftlichen Zeitschrift darüber gelesen.»

«Vielleicht bei deutscher Kohle», sagte Smallbone. «Aber das hier ist englische Kohle.»

Eine Mine ist doch ein Gleichmacher wie kein anderer, dachte Blair. Wo sonst könnte man einen Gutsverwalter mit einem nackten Bergmann in ein Gespräch über Sprengstoff vertieft antreffen? Er bemerkte, daß Battie erneut die ausgekohlten Kammern betrachtete, in denen der Staub von der Erschütterung noch in der Luft zitterte.

«Die Explosion hat sich noch etwa zwanzig Meter tiefer ereignet, glaube ich. Wie tief genau, weiß ich nicht, Mr. Blair. Und ich habe tausendmal darüber nachgedacht.»

«Glauben Sie, daß sie durch eine Sprengung ausgelöst wurde?»

«Nein. An diesem Ende des Strebs hat nur Smallbone gesprengt. Er und Jaxon, der Mann mit dem Bohrer, müßten auch tot sein. Sie haben Gott sei Dank überlebt und konnten ein Dutzend Männer retten. Es muß einen Funken gegeben haben. Irgend jemand hat etwas unglaublich Dummes getan. Irgendein Idiot hat seine Lampe aufgebogen, um sich eine Pfeife anzuzünden. Oder hat den Verschluß abgenommen, um mehr Licht zum Hauen zu haben. Auf jeden Fall war es Grubengas. Das reinste Gebläse. Und es gab Komplikationen. Die Detonation hat Geröll und kleine Kohlebrocken gelöst, die wir einmauern mußten. Gas liebt Berge. Nachdem wir den Schacht entlüftet hatten, trat weiter Gas aus dem Geröll aus, bis wir es wieder eingemauert haben. Das mußten wir tun, um Lampen für die Suche benutzen zu können.»

«Wie groß war das Stück, das Sie wieder zumauern mußten?»

«Vielleicht gut einen halben Meter hoch und knapp einen Meter breit.»

«Zeigen Sie es mir.»

Battie starrte in das dunkle Nichts. «Wir hatten den Grubeninspektor hier, und es gab eine offizielle Untersuchung. Es ist alles getan, Mr. Blair. Was also wollen Sie? Sie kennen sich ganz offensichtlich in Minen aus, aber mir ist nicht klar, warum Sie in *dieser* Mine sind. Wonach suchen Sie?»

«Ein Mann wird vermißt.»

«Nicht hier. Nach dem Brand haben wir sechsundsiebzig Lampen gefunden, die wir sechsundsiebzig Leichen zuordnen konnten. Dessen habe ich mich persönlich vergewissert.»

«Und jede einzelne wurde identifiziert? Es war noch genug von ihnen übrig, um das mit Sicherheit sagen zu können?»

«Sie wurden offiziell vom Gerichtsmediziner identifiziert – jeder einzelne, Mr. Blair.»

«Alle aus Wigan? Ich habe in der Stadt ein paar Iren gesehen.»

«Es waren auch ein paar Tagelöhner von außerhalb dabei.»

«Und seither ist niemand mehr dort drinnen gewesen?»

«Es ist gegen die Vorschriften.»

«Ich hasse Kohlegruben», murmelte Blair. Er hielt seine Lampe in die trüben Staubwirbel in der Luft. «Könnten Sie noch einmal auf der Karte nachsehen?»

Während Battie mit seiner Tasche und der Suche nach der Karte beschäftigt war, trat Blair in die Dunkelheit.

Die ersten paar Schritte des Weges waren überraschend offen, dann hüllte Finsternis ihn ein. Nach wenigen Schritten senkte sich die Decke steil ab und zwang ihn zunächst in die Hocke und dann auf alle viere, während er, das matte Licht vor sich herschiebend, für die hinteren unsichtbar über den Boden kroch. Batties blindwütiges Rufen und Fluchen jagte erfolglos hinter ihm her.

Im Schein seiner Lampe rollte der Staub wie in Wellen. Über der Lampe glänzte ein schwacher Strahlenkranz wie ein Ring um einen Mond. Das war der Horizont von Blairs Sicht und Erkenntnis. Er hielt seinen Kompaß ins Licht und bewegte sich in westlicher Richtung vorwärts.

Einmal hielt er beim Geräusch eines verlassenen Holzbalkens inne, der leise tickend wie eine Uhr nachgab. Die Gesteinsdecke setzte sich und drückte nach unten. Wegen dieser Warnung zogen Bergleute Stempel aus Holz denen aus Eisen vor.

Zweimal mußte er Steinsäulen ausweichen und sich an einer anderen Stelle flach auf den Bauch gedrückt durch einen Steinschlag quetschen. Doch auf der anderen Seite war der Weg frei bis zu einer Stelle, wo ein ganzes Stück der unterirdischen Decke eingebrochen und die Luft so schlecht war, daß die Flamme seiner Lampe zu zischen begann. Er kroch zurück und folgte dem Einbruch in südlicher Richtung. Es ist wie Navigation, dachte Blair, in einer Welt, in der alles fest ist.

Er kämpfte sich um zwei Gritplatten herum, die sich aus dem Boden geschoben hatten. Auf keinen Fall wollte er in eine Spalte rutschen und versehentlich das Licht seiner Lampe löschen.

Sein Fuß hing fest. Als er versuchte, ihn loszureißen, hörte er Batties Stimme dicht hinter sich. «Sie sind ein Bergmann, Mr. Blair.»

«Immer schon.»

Er lag still und ließ Battie zu sich aufschließen. Der Steiger hatte eine Lampe, obwohl Blair in ihrem Licht nur den Glanz von Batties Augen sah.

«Ein Mann des Bischofs, hat es geheißen. Möchte eine Befahrung. Keineswegs ungewöhnlich. Hin und wieder kommt der Vorstand vorbei. Die kehren noch vor den ersten hundert Metern in der Strecke um. Es gibt ein großes Dankeschön. Die Herren haben andere Termine. Die falsche Kleidung. Sie nicht.»

«Also habe ich die Vorschriften gebrochen», sagte Blair.

«Man wird Sie nie wieder in diese Mine lassen.»

«Dann kann ich mich auch genausogut noch mal umsehen.»

Battie schwieg einen Moment und robbte dann auf seinen Ellenbogen vor. «Verdammt», murmelte er. «Folgen Sie mir.»

Für einen derart breitbrüstigen Mann glitt Battie wie ein Aal über und um niedergestürztes Geröll, aufragende Felsen und Löcher. Blair hatte alle Mühe, den Eisenbeschlägen an den Sohlen von Batties Pantinen zu folgen, bis der Steiger auf einmal nur noch langsam und zögerlich vorankam.

«Hier muß es irgendwo sein. Obwohl es sich natürlich ständig verändert. Ich kann nicht –»

Battie hielt inne. Blair schloß zu ihm auf und stellte seine Lampe neben die von Battie. Der doppelte Schein ließ eine etwa ein Meter hohe Lücke zwischen Decke und Geröll sichtbar werden, die mit einer Mauer aus dunkelbraunen Ziegelsteinen zugemauert war, wie sie auch für die Häuser in Wigan verwendet wurden. Insgesamt etwa vierzig Ziegel. Der Mörtel war nur nachlässig verputzt – oder vielleicht besser eilig.

«Mußten Sie je nach einer Explosion eine Wand mauern, Mr. Blair?» fragte Battie. «Man weiß nie, was auf der anderen Seite lauert. Schlagwetter, Nachschwaden oder beides. Man mauert abwechselnd. Atmet ein, setzt einen Ziegel, zieht sich wieder zurück und läßt den nächsten Mann seinen Stein setzen. Jaxon und Smallbone, beide mit einem Seil um die Hüften.»

«Hier hat sich die Explosion ereignet?»

«Direkt daneben, soweit wir wissen.» Battie reckte den Hals, um die Decke zu begutachten. «Irgendwann bricht das alles ein. Für meinen Geschmack nicht früh genug.»

Wie ein Wasserzeichen schienen erst auf einem, dann auf einem zweiten und einem dritten Ziegel die eingestanzten Worte «Hannay-Ziegel» auf. Blair roch den fauligen Geruch schlagender Wetter, wie Sumpfgas. Als die Lampen heller wurden, sah er, daß der Mörtel zwischen den obersten Steinen rissig war, möglicherweise von Smallbones Sprengung oder einer anderen, die er ein paar Tage zuvor vorgenommen hatte. Batties Gesicht glänzte, und seine Augen wurden immer größer.

Die Flammen in den Lampen verjüngten sich zu bläulichen Säulen. Der Docht selbst ging aus, doch mittlerweile war bereits genug Gas eingedrungen, um wie Plasma im Drahtkorb zu schweben. Derart erleuchtet dachte Blair drei Gedanken. Wenn man die Lampe ausblasen würde, würde die Flamme durch das Sicherheitsdrahtgeflecht gepreßt werden und das Gas in der Luft entzünden. Warten war ebenso sinnlos, weil der Draht des Sicherheitsschirms wegen der Hitze bereits zu glühen begann wie ein orangefarbenes Muster aus Zündschnüren. Drittens hatte er sehr hart daran gearbeitet, sich umzubringen.

Als dieser Umstand nicht sofort eintrat, erinnerte er sich daran, daß Methan leichter war als Luft. Er begann die Steinchen am Boden der Wand herauszukratzen und lose Felsbrocken herauszuziehen, bis ein etwa dreißig Zentimeter tiefer Hohlraum entstanden war. Er faßte den Fuß seiner Lampe und stellte sie, die Flamme darin balancierend, vorsichtig und so gerade wie möglich in das Loch, wobei er sich die Haare auf seinem Handrücken ansengte. Battie begriff. Genauso behutsam tat er dasselbe, bis die beiden Lampen nebeneinander in der kleinen Höhle standen, zwei leuchtend blaue Lanzen, eingefaßt von glühend rotem Draht.

Die Lanzen brannten etwa eine Minute gleichmäßig, bevor sie zu flackern begannen und widerwillig von oben nach unten einschrumpften. Die Drähte verblaßten von Gold zu Grau. Die erste Flamme schien sich in einem Schwall teerigen Qualms selbst zu verschlucken. Die zweite erlosch eine Sekunde später und ließ Battie und Blair in absoluter Dunkelheit zurück.

«Darauf wäre ein Gentleman nie gekommen», sagte Battie.

Erst jetzt bemerkte Blair, daß Leveret verzweifelt seinen Namen rief; er hatte den Gutsverwalter völlig vergessen. Auch Bergleute riefen nach ihnen. Steif wie zwei Männer, die in schwarzen Untiefen schwammen, folgten Battie und er dem Klang ihrer Stimmen.

# 6

Durch das sprießende Grün der Zweige war Hannay Hall kaum sichtbar. Zwischen den Baumwurzeln lagen kleine Teiche von blühenden Veilchen. Wie immer, wenn Blair in einem Bergwerk gewesen war, erschienen ihm die Farben der Blumen intensiv wie geschliffene Edelsteine. In dieser Hinsicht waren sich die meisten Bergleute ähnlich, und er dachte manchmal, daß es für sie eine Gnade war, im Dunkeln zu kommen und zu gehen, um nicht von Sinnen gequält zu werden, die durch Entbehrung geschärft waren.

Er folgte einem Kiesweg bis zum Gewächshaus, einem orientalischen Pavillon aus Eisen und Glas. Als er hineinging, ließ er das kühle England mit einem Schritt hinter sich und betrat eine schwülheiße Welt aus Palmen, Mango- und Brotfruchtbäumen. Rosafarbener Hibiskus entfaltete seine Blätter. Getupfte Orchideen wuchsen auf Moosbänken. Ein von wohlriechenden Jasmin- und Orangenblüten gesäumter Pfad führte zu Bischof Hannay, der an einem von Zeitungen bedeckten Gartentisch vor einer Tasse türkischen Mokkas saß. In seinem Leinenhemd erinnerte er an einen Vizekönig, der den kolonialen Luxus genoß. Um ihn herum herrschte gedämpfte Geschäftigkeit: Gärtner, die an Blumentöpfen klopften und dem hohlen Klang eines trockenen Farns lauschten, Gärtnergehilfen, die mit gewehrgroßen Wasserspritzen die Pflanzen besprengten. Und über allem reckte ein Wald aus Dattelpalmen seine fächergroßen, glänzenden Wedel.

«Fehlt nur noch ein Palmenflughund», sagte Blair.

Hannay sah Blair lange an. «Leveret sagt, Sie wären zusammen in der Mine gewesen. Als er zurückkam, sah er aus wie ein Kriegsversehrter. Ich hatte Ihnen erlaubt, die Grube zu besuchen, von einer Jagd durch dieselbe war nicht die Rede gewesen. Was um alles in der Welt haben Sie dort gemacht?»

«Das, wofür Sie mich angeheuert haben.»

«Ich hatte Sie gebeten, nach John Maypole zu suchen.»

«Das habe ich getan.»

«Im Bergwerk?»

«Ist Ihnen der Gedanke nie gekommen?» fragte Blair. «Sie haben einen Hilfspfarrer, der zufällig am selben Tag verschwindet, an dem sechsundsiebzig andere Menschen in Ihrer Zeche sterben, und Sie glauben, es besteht kein Zusammenhang? Dann engagieren Sie ebenfalls rein zufällig einen Bergbauingenieur, um nach dem Vermißten zu suchen? Ich hatte den Eindruck, daß Sie mir genausogut mit dem Finger den Weg hätten weisen können, also bin ich gegangen.»

In diskreter Entfernung zauberte ein Junge mit einem Wassersprenger einen Regenbogen über die Bananenstauden. Jeder Wassertropfen schwebte und glitzerte in einem Streifen aus leuchtenden Farben.

«Und haben Sie Maypole gefunden?» fragte Hannay.

«Nein.»

«Dann war er also nie dort unten?»

«Das kann ich nicht mit Sicherheit sagen. Ihr Steiger Battie ist ein kompetenter Mann, aber er kann auch nicht jeden kennen, der zu Beginn einer Schicht einfährt. Die Gesichter der Bergleute sind sechs Tage die Woche schwarz.»

«Diese Männer sind zusammen aufgewachsen. Die würden sich auch im Dunkeln erkennen.»

«Aber Sie beschäftigen auch Tagelöhner von außerhalb, von denen man oft nicht einmal den richtigen Namen kennt. In Wigan treffen täglich Männer aus Wales, Irland oder sonstwo ein, mieten sich ein Bett und suchen Arbeit. Hat Maypole nicht mit Vorliebe über Tage auf der Zeche gepredigt?»

«Er war ein Fanatiker», sagte Hannay. «Noch schlimmer als ein Methodist.»

«Nun, vielleicht hat er ja unter Tage weitergepredigt. Nach meiner Rückkehr aus dem Schacht habe ich die Zeitungsberichte noch einmal studiert. Zwölf der Toten waren Tagelöhner. Weitere zehn waren bis zur Unkenntlichkeit verbrannt. Vielleicht ist einer von ihnen Maypole, aber das finden Sie nur heraus, wenn Sie die Leichen exhumieren.»

«Blair, das einzige, was man in Wigan vom Leben erwartet, ist eine standesgemäße Beerdigung. Die Bergleute knausern ihr Leben lang, damit sie ihre letzte Fahrt in einer anständigen Leichenkutsche mit schwarzem Federbusch, gezogen von passenden schwarzen Pferden, antreten. Und Sie schlagen vor, daß ein Bischof die erst kürzlich von uns Gegangenen wieder ausgraben läßt?»

«Wenn Maypole in einem dieser Gräber liegt, graben wir ihn besser so schnell wie möglich aus.»

«Eine wirklich angenehme Aussicht. Der letzte Aufstand in Wigan liegt zwanzig Jahre zurück. Die Bergleute haben damals die Stadt geplündert, und die Polizei hat sich im Gefängnis eingeschlossen, bis die Miliz eintraf. Und da ging es nur um kleinere Lohnforderungen, nicht um die Entweihung von Gräbern, vielen Dank.»

«Oder . . .»

«Oder was?»

«Oder Maypole ist abgehauen und bringt in New York oder New South Wales Ihren Bibelfonds durch. In diesem Fall würde ich ihn nie finden. Zumindest eines wissen Sie nun. Jetzt ist er auf jeden Fall nicht mehr in Ihrer Mine. Ich vermute, darum ging es Ihnen doch. Sie wollten die abgeschlossene Untersuchung der Explosion nicht neu eröffnen, Sie wollten aber auch nicht, daß man Ihren Hilfspfarrer tot in einem der Hannay-Bergwerke findet. Und so wie Sie es eingefädelt haben, indem Sie dem armen Leveret auftrugen, die naheliegende Information über das Unglück auszulassen, das am selben Tag sechsundsiebzig Menschenleben forderte, sieht es so aus, als wäre das Ganze meine Idee gewesen.»

Hannay hörte ihn an, ohne eine Miene zu verziehen. Nein, er sieht nicht aus wie ein Vizekönig und ganz bestimmt nicht wie ein Bischof, dachte Blair, sondern wie jemand viel Mächtigeres: ein

Hannay in seinem Herrschaftsgebiet. Auf ein kaum hörbares Geräusch hin blickte Hannay auf seine Zeitungen, auf die ein Wassertropfen gefallen und ausgelaufen war; dann sah er zu den beschlagenen Scheiben hoch. «Feuchtigkeit. Vielleicht sollten wir wirklich einen Flughund anschaffen.»

«Oder einen Tapir, der um die Töpfe herumschnüffelt», schlug Blair vor.

«Ja. Wir könnten viel Spaß haben, wenn Sie hierbleiben würden. Meinen Sie nicht, Sie sollten noch ein wenig in Wigan verweilen und Ihren familiären Hintergrund erforschen?»

«Nein danke.»

«Wenn ich mich recht an unsere Gespräche am Lagerfeuer erinnere, ist Ihr Vater unbekannt, und Ihre Mutter starb, als Sie noch sehr klein waren. Blair ist kein Name aus Wigan.»

«Es war nicht ihr Name. Ein Amerikaner hat sich um mich gekümmert, also habe ich seinen Namen angenommen. Ich habe keine Ahnung, wie sie hieß.»

«Das macht Sie zu einer veritablen Kuriosität. Sie haben keine Ahnung, wer oder was Sie sind. Eine leere Tafel. Manchmal glaube ich, das ist der Grund, warum Sie so besessen von Landkarten sind, Sie wollen wenigstens wissen, *wo* Sie sind. Nun, für Sie ist es ein Spaß, aber was ist mit der armen Charlotte? Ihre Spekulationen werden ihr als Beweis nicht ausreichen.»

«Ich habe getan, was ein Bergbauingenieur tun kann. Ich möchte bezahlt werden, um nach Afrika zurückzukehren. Das war unser Handel.»

«Unsere Vereinbarung lautete, daß Sie gründliche Nachforschungen sowohl über als auch unter Tage anstellen, Blair. Ich habe den Eindruck, daß Sie vorzügliche Arbeit leisten. Wenn Sie nur etwas Konkreteres finden könnten.»

«Wollen Sie die Gräber öffnen?»

«Gütiger Gott, nein. Wir sind doch keine Grabschänder oder Leichenerwecker. Machen Sie weiter. Unauffällig. Trösten Sie Charlotte. Sprechen Sie mit Chubb. Ich werde Sie wissen lassen, wann Ihre Arbeit erledigt ist.»

Auf dem Weg zurück sah Blair denselben goldenen Teppich aus Narzissen. Diesmal fiel ihm auf, daß selbst die Stämme der Birken schwarz vor Kohleruß waren, und auf der Rinde saßen Motten so dunkel wie Bergleute.

Blair ging von Hannay Hall nach Wigan und suchte John Maypoles Kammer in der Gasse unweit der Scholes Bridge auf.

Er kannte portugiesische Händler in Sierra Leone – die übelsten Männer der Welt –, die auf ihren Büroaltaren Gipsfiguren von Heiligen stehen hatten. Diese Männer verkauften Alkohol, Gewehre und hin und wieder auch noch den einen oder anderen Sklaven, doch sie fühlten sich eins mit der Gemeinschaft der Heiligen, die – vor ihrer Erleuchtung – häufig selbst ein Leben abgrundtiefer Verderbtheit geführt hatten. Schließlich gab es unter den Heiligen Mörder, Prostituierte, Sklaven und Sklavenbesitzer. Deshalb war solch eine Statuette eine stete Erinnerung daran, daß kein Mensch vollkommen und es für eine Umkehr nie zu spät war.

Ein Portrait von Christus hingegen war etwas vollkommen anderes. Wer wollte sich daran messen? Und doch war Maypole jeden Morgen unter dem immer prüfenden Blick dieser Gestalt auf dem Bild aufgewacht. Die Oliven und Dornen, die man durch das Fenster sehen konnte, und die Holzspäne um Seine Füße waren mit mehr als photographischer Genauigkeit dargestellt. Der Erlöser selbst sah weniger aus wie ein jüdischer Zimmermann und mehr wie ein blauäugiger, unterernährter Londoner Büroangestellter, doch sein Blick erfüllte den Raum mit klaren, unerfüllbaren Erwartungen.

Blair ging das Zimmer in derselben Reihenfolge durch wie zuvor mit Leveret. Der Kleiderschrank mit den zwei Anzügen. Herd, Kommode, Waschbecken, Bibel und Bücher. Die schlichten Habseligkeiten eines hingebungsvollen Hilfsgeistlichen. Diesmal jedoch tat er es mit mörderischer Entschlossenheit. Nichts stärkte seinen Glauben an den eigenen Zynismus so sehr wie ein Besuch beim Bischof.

Er hatte an Maypoles schneeweißen Ruf geglaubt, doch kein Mensch war so gut. Jeder hatte Geheimnisse. Auch der Heilige Franz von Assisi mußte gelegentlich einen Spatzen verspeist haben. Und der heilige Hieronymus hatte sich die Zeit in seiner Einsiedlerhöhle wahrscheinlich ebenfalls mit einem privaten Laster vertrieben.

Er blätterte durch «Die Bibel neu gelesen». «Frühe italienische Dichter.» «Sesam und Lilien». «Der utilitaristische Christ.» «Der sportliche Christ.» «Die frohe Botschaft nach Afrika tragen», zweifelsohne lohnende Lektüre für Menschen von edler Gesinnung, für ihn jedoch reine Zeitverschwendung. Er durchwühlte die Schubladen und untersuchte ihre Rück- und Unterseiten. Er räumte eine Schüssel, Messer und Gabel sowie Blech- und Holzlöffel aus dem Waschbecken, öffnete den Ofen und faßte hinein. Er stülpte das Bett um, zog den Linoleumboden unter den Fußleisten hervor, drehte das Bild an der Wand um und bohrte mit seinem Taschenmesser in den Rahmen. Damit blieb nur noch die Backsteinmauer.

Er mußte gestehen, daß er im Grunde nicht so viel anders war. Was würde jemand finden, der seiner Geschichte nachforschte?

Er hatte keine Geschichte, nur einen geographischen Ort. Sein Gedächtnis war kein völlig leeres Blatt, aber seine Erinnerungen an England oder Amerika waren ein karger Raum verglichen mit der Fülle seiner Afrika-Erfahrungen. Englische Bergleute trotteten dumpf durch ihre Tunnel; die schwarzen Bergleute in den Goldminen Brasiliens sangen zum Gehämmer ihrer Pickel.

Das afrikanische Klima hatte eine eigentümlich heilsame Wirkung auf ihn. Trocken- und Regenzeit hatten ihre eigenen Rhythmen – die eine den der Insekten, die andere den des Regens –, und sie schlugen ihn in ihren Bann. Sein Status als Weißer unter den Ashanti erlaubte ihm das perfekte Maß an emotionaler Bindung, zunächst abwartende Zurückhaltung, dann Akzeptanz, ohne je wirklich einbezogen zu sein, stets mit einem Rest von Distanz.

Die scheinbar simple Arbeit, die Blair verrichtete – das Kartographieren von Flüssen und das Untersuchen von Felsen –, verschleierte ihren «eigentlichen» Zweck vor den Ashanti. Vielleicht war es diese Lüge, die ihn dazu trieb, ihnen zu helfen, das Wissen, daß nicht die Missionare die Bedrohung waren. Die eigentliche Gefahr waren seine Landvermessungen, die zu Waschgold, befahrbaren Flüssen und Schienenwegen führten und die Welt der Ashanti mehr verändern würden als jede Bibel.

England, Land der Ziegel. Es gab geweißte Tudor-Ziegel, rote elisabethanische Ziegel, orangefarbene georgianische Ziegel, blaue Eisenbahnziegel und die geschwärzten Ziegel der Häuser von Wigan. Maypole hatte seine Wände geschrubbt, so daß ihre gesprenkelte Tönung und die Unebenheit der Fläche zum Vorschein gekommen war. Während Blair von Stein zu Stein wanderte, konnte er die Verwerfungen erkennen, aber jeden Ziegel einzeln herauszunehmen und zu überprüfen, konnte den ganzen Tag und die folgende Nacht dauern.

Er erinnerte sich daran, wie die Gärtner in dem Gewächshaus gegen die Blumentöpfe geklopft hatten, und er begann mit Maypoles Löffel Reihe für Reihe die Wände abzuklopfen. Ordentlich gemörtelte Ziegel klangen voll, während die lockereren fast stumm blieben. Doch obwohl sich mehrere Steine bewegen ließen, verbargen sie nichts.

Blair arbeitete sich bis zur letzten Wand vor. Dann hängte er das Bild ab und legte es aufs Bett. Etwa in der Mitte der Fläche unter dem Nagel klang ein Ziegel taub. Blair ließ den Löffel fallen, krallte seine Finger in die Fugen und zog den Stein heraus.

Dahinter befand sich ein Hohlraum, der Tresor eines armen Mannes.

Er enthielt keine Münzen oder Banknoten, keine Juwelen oder Familienerbstücke, sondern nur ein ledergebundenes Notizbuch mit einer Schnalle. Er öffnete die Schnalle und betrachtete das Frontispiz, auf dem in einer bescheidenen und präzisen Handschrift stand: «Dies ist das Eigentum von Rev. John Thos. Maypole. D. D. Im Falle eines Fundes bitte abzugeben bei der Kirchengemeinde in Wigan. Lancs.»

Blair blätterte das Buch durch. Die Einträge erstreckten sich vom Juni des vergangenen Jahres bis zum Januar, und jede Woche die gleiche tugendhafte Parade. Montags: Morgenandacht, Besuch von kranken und bedürftigen Gemeindemitgliedern. Abendandacht; dienstags: Morgenandacht, Bibelstunde für junge Männer, Abendandacht, Temperenzlertreffen; mittwochs: Morgenandacht, Nachmittagsgebet im Heim für Frauen; donnerstags: Morgenandacht, Religionsunterricht an der Ragged School, Abendmesse, Gesellschaft zur Verbesserung der Arbeiterklasse; freitags: Morgenandacht, Krankenbesuche, Gebet für die Arbeiter; samstags: Morgenandacht, Taufen und Beerdigungen, Gebet für die Bergleute, Rugby, geselliger Abend für Arbeiter; sonntags: Abendmahlsgottesdienst, Bibelstunde, Senioren-Tee, «Dinner mit C».

Nicht eben eine Woche fleischlicher Genüsse, dachte Blair. «Dinner mit C» – was Blairs Ansicht nach nur Abendessen mit Charlotte Hannay bedeuten konnte – war die Krönung.

Am Rand jeder Seite entdeckte er kryptische Notierungen, die noch eine andere Geschichte erzählten: TZM – 1p, Bt-2p, SP-2p. Weil Blair dem Hungertod selbst schon ziemlich nahe gewesen war, fiel es ihm leicht, die Zeichen zu entziffern. Tee mit Zucker und Milch einen Penny, Brot zwei Penny, Schinkenspeck zwei Penny. Inmitten all seiner guten Taten und verlobt mit einer der wohlhabendsten Frauen Englands hatte der Reverend John Maypole von Krumen und Tröpfchen gelebt.

Außerdem hatte Maypole den Trick armer Leute benutzt, die Seiten aus Sparsamkeitsgründen nicht nur horizontal, sondern auch vertikal vollzuschreiben, so daß jede von ihnen ein verworrenes Wortmuster darstellte, dessen Lektüre dem Aufrollen eines Ärmels nicht unähnlich war. Geduldig pickte Blair strenge Selbstvorhaltungen wie «Unwürdige Gedanken», «Eitelkeit», «Verleugnung» heraus, die Art verbale kalte Dusche, die man als Selbstkasteiung von einem Hilfsgeistlichen erwarten konnte.

Doch in der ersten Dezemberwoche hatte sich das geändert.

MIT. C. krank und bettlägrig, statt «Heim» Andacht auf der Zeche, kurze Predigt über «Jesus als Arbeiter», mein Verdacht bestätigt.
DON. Messe an der Ragged Sch. Gesell. zur Verb. Abendandacht. Auf dem Treffen fragte mich Oliver, ob es mir gut geht. (Das mußte Leveret sein, dachte Blair.) Ich habe gelogen. Schwierig, die Konzentration zu wahren. Völlige Verwirrung und Scham.
SON. Habe sie nach dem Gottesdienst angesprochen. Sie ist ohne jedes Schuldbewußtsein. Bezichtigt mich der Heuchelei! Habe weitergemacht, kann aber nicht beichten, auf gar keinen Fall Chubb. Ein Tag in der Hölle.

Was bei der Andacht auf der Zeche vorgefallen war und welche Frau er angesprochen hatte, sagte Maypole nicht. Doch am 23. Dezember wurde das Tagebuch deutlich genug.

SAM. Messe. Sie hat recht. Man kann nicht als Römer oder Pharisäer unter das Volk gehen.
SON. Chubb krank, und ich durfte die Predigt halten, meines Erachtens die beste, die ich je gehalten habe. Über Hiob 30, 28–30: Ich gehe schwarz einher, doch nicht von der Sonne. Meine Haut ist schwarz geworden und löst sich ab von mir, und meine Gebeine sind verdorrt vor hitzigem Fieber. Genau wie der Arbeitsplatz der Bergleute! Sie hatte recht.
Weihnachten! Das Kind als Erlöser, verschneiter Tag, sternklare Nacht. Erst ein unschuldiges Krippenspiel für die Bergarbeiterkinder, dann die Mitternachtsmette. Nicht einmal Chubb kann sich anläßlich dieses großartigen Ereignisses über den Tod verbreiten. Ich fühle mich neugeboren, zumindest in Gedanken. Ein fruchtbarer Aufruhr der Seele.
SAM. Andacht. Rugby geg. Haydock, ein Spiel in Matsch und Schnee. Bill wie üblich großartig. Danach wurde ich von einem sog. «Sportsfreund» namens Silcock belästigt, den ich schon öfter am Spielfeldrand gesehen habe. Die Tatsache, daß ich ein

Mann der Kirche bin, der den Schweiß ehrlicher Spiele zu schätzen weiß, schien für ihn nahezulegen, daß ich auch an schmutzigeren Vergnügen interessiert wäre, und er bot mir an, mich mit Lastern bekanntzumachen, die meines Interesses wert wären. Ich bot an, ihn mit der Polizei bekanntzumachen. Bevor er ging, drohte er mir mit der Faust und sagte, er würde mir den Kopf «an meinem Hundehalsband» abreißen.

MON. Andacht. Besuche. Neujahr, und Chubb warnt mich erneut vor dem «Pfuhl der Schmutzigkeit», in den ich zu sinken drohe. Dieser «Pfuhl» ist die verzweifelte Menschheit!

DON. Andacht. Ragged Sch. Ich habe in dem Loch geübt. Allein, und jeweils nur eine Stunde, aber eine solche Pein habe ich im Leben noch nicht durchgemacht. Ich kann kaum die Abendandacht halten.

FREI. Chubb ist erzürnt über meine «Insubordination», d. h. meine Reise nach London und mein Gespräch mit einem Aussch. des Parlaments, wo eine Verschwörung aus Reformern und der Bergarbeitergewerkschaft versucht, die Frauen vor der Anstellung auf den Zechen zu «retten», was bedeuten würde, daß sie in die Baumwollspinnereien oder die Prostitution gezwungen würden. Ich kenne Earnshaw aus Oxford, er ist jetzt ein dynamischer Abgeordneter. Leider war sein Mitgefühl nicht so groß wie sein Interesse.

SON. Chubb von einem erneuten Kehlkopfdiphtherieanfall niedergestreckt, überließ mir die Predigt. Ich vertraute bei der Auswahl des Verses auf die Heilige Schrift selbst, und der erste Absatz, den ich aufschlug, war Jesaja, 45,3, also habe ich über eine göttlich inspirierte Botschaft gepredigt: «Und ich will dir heimliche Schätze geben und verborgene Kleinode, damit du erkennst, daß ich der Herr bin, der dich beim Namen ruft, der Gott Israels.» Was mich an meinen Lieblingspsalm erinnerte.

Welcher Psalm das auch immer gewesen sein mochte, die Einträge der folgenden Tage waren verschlüsselt und ein so erregtes Durcheinander von Zeilen, daß sie schlicht unleserlich waren, mehr die Kritzeleien eines Verschwörers als die Einträge eines Tagebuchschreibers. Als Blair die Seite umblätterte war er wieder dort, wo er angefangen hatte, in der Woche, in der Maypole zuletzt in Wigan gesehen worden war, beginnend mit dem 15. Januar.

MON. Das Hohelied Salomons war nie treffender:

*Ich bin braun, aber gar lieblich,*
*ihr Töchter Jerusalems,*
*wie die Zelte Kedars, wie die Teppiche Salomons.*
*Seht mich nicht an, daß ich so braun bin,*
*denn die Sonne hat mich so verbrannt.*

Die Königin von Saba kam, um Salomon zu prüfen, und er beantwortete alle ihre Fragen, und sie gab ihm Gold, Gewürze und kostbare Steine. Sie war Afrikanerin, und Salomon hatte natürlich schwarze Konkubinen.

DIE. «Ist es nicht besser für den Menschen, daß er esse und trinke und seine Seele guter Dinge sei bei seinen Mühen?» sagt Salomon. Was ist mit dem Höllenfeuer, das Rev. Chubb jedem Bergmann ins Gesicht bläst, der seinen Durst mit einem Bier stillt?

Ich war auch einmal wie Chubb. Ich habe die Gelehrsamkeit und die zielstrebige Vorbereitung auf die kommende Welt bewundert. Wigan hat mich eines anderen belehrt. Jetzt würde ich sagen, das Wichtigste ist die Wärme der Familie und der Freundschaft und das Licht am Ende des Tunnels. Alles andere ist eitel!

Wir haben hier zwei Welten. Eine Tageswelt aus Häusern mit Dienern und Kutschen, eine Welt, in der man Kinderhandschuhe und modische Hüte kauft, eine Welt von Rentenversicherungen und Ausfahrten aufs Land. Und die andere Welt, angeführt von einem Stamm, der unter der Erde oder auf Zechenhöfen arbeitet, die von Ruß und Qualm so verdüstert werden, daß es ewig zu dämmern scheint. Unter Todesgefahren und im Schweiße ihres Angesichts erarbeitet die zweite Welt den Wohlstand und Luxus der ersten. Und doch bleibt die zweite Welt bis auf die tägliche Parade erschöpfter Männer und Frauen, die durch Wigan in die Gassen von Scholes zurückkehren, für die Bewohner der ersten Welt beinahe unsichtbar. *(Hier wurde die Schrift fast unleserlich.)* Wie kann man diese zweite Welt betreten? Dies ist der Schlüssel.

Der aufgeblasene Advokat mag sein Haus und seinen Salon haben. Doch der Bergmann ist, um es mit den Worten des Psalms zu sagen «im Verborgenen gemacht», «gebildet unten in der Erde». Die Dame erbittet das Lob ihrer Magd. Statt dessen wendet das Grubenweib ihre Augen zum Herrn und singt: «Ich danke dir dafür, daß ich wunderbar gemacht bin!» Es ist ein wundervoller, geheimer, absoluter Lieblingspsalm.

MIT. Besuch bei der Witwe Mary Jaxon. Heim für Frauen. Die Pflichten eines Vikars scheinen auf einmal so unbedeutend und gefahrlos. Mir ist, als würde ich aus einer Welt bequemer Wahrheiten aufbrechen, um in anderes, wirklicheres Land zu reisen. Morgen ist das große Abenteuer!

Die übrigen Seiten waren leer. Im Einband fand Blair eine Photographie von der Größe einer Spielkarte. Es war das Bild einer jungen Frau, die ihr Kopftuch aus Flanell wie eine Zigeunerin trug, so daß nur die Hälfte ihres theatralisch verschmierten Gesichtes erkennbar war. Sie trug eine Hose und das rauhe Arbeitshemd eines Mannes. Ihr Rock war hochgerollt und am Saum festgenäht. Sie stützte sich mit beiden Händen auf eine Schaufel. Hinter ihr erkannte man eine primitiv gemalte Landschaft mit Hügeln, Schäfern und Schafen. Auf der Rückseite stand in Druckschrift «Hotham's Photographisches Studio, Millgate, Wigan».

Der Magnesiumblitz des Photographen hatte ein verwegenes Leuchten in den Augen seines Modells erfaßt. Die unförmige Kleidung schien die Geschmeidigkeit ihres Körpers noch zu betonen, wie das schwere Kopftuch nur den Rahmen für die anmutige Linie ihrer Stirn abgab. Und obwohl ihr Gesicht halb verborgen war und weder der Photograph noch Maypole das Modell namentlich benannt hatten, sah Blair keine Königin von Saba, sondern Rose Molyneux, die den Blick der Kamera stolz erwiderte.

# 7

Rose und ihre Freundin Flo kamen gerade aus dem Haus. Sie hatten sich den Kohlenstaub nicht von ihren Gesichtern gewaschen, ihre Kopftücher jedoch gegen Hüte aus Baumwollsamt eingetauscht. Während Flo noch auf der Schwelle stand, um Blair den Weg zu versperren, wanderte ihr Blick schon ungeduldig über seine Schulter auf die Straße, wo die metallische Fanfare eines Süßigkeitenverkäufers ertönte.

«Es ist der Afrikaforscher», sagte Rose.

«Gestern abend dachte ich, er wäre ein Photograph», sagte Flo.

«Darf ich Sie begleiten?» fragte Blair. «Sie zu einem Drink einladen?»

Die Frauen tauschten Blicke, bevor Rose, kühl wie eine Königin, die ihre Pläne verkündet, sagte: «Geh du schon vor, Flo. Ich rede hier noch kurz mit Mr. Blair und komme dann nach.»

«Bestimmt?»

«Geh schon.» Rose gab ihr einen Schubs.

«Mach aber nicht so lange.» Flo balancierte auf einem Bein, während sie einen Schuh an ihrer Hose blank rieb: Sie trug zum Ausgehen eine Schmuckversion ihrer Pantinen mit Messingbeschlägen. Ein munterer Strauß Seidengeranien zierte ihren Hut. Blair machte Platz und mußte, als sie auf die Straße trat, an ein grell gekleidetes Flußpferd denken, das sich ins Wasser stürzt.

Rose ließ Blair herein und schloß rasch die Tür. Die Stube war dunkel, die Kohlen im Kamin glommen matt wie orangefarbene Stäbe.

«Haben Sie Angst, Bill Jaxon könnte Sie mit mir sehen?» fragte er.

«Sie sind derjenige, der Angst haben sollte, nicht ich», sagte sie.

Der Rhythmus ihrer Worte war vom Idiom Lancashires eingefärbt, doch sie konnte offensichtlich auch dialektfrei sprechen, wenn sie wollte. Sie verfügte also über eine gewisse Bildung. In den meisten Bergarbeiterwohnungen gab es nur eine Bibel. Sie hingegen hatte auf dem Regal in der Stube Bücher stehen, die tatsächlich gelesen aussahen. Die Kohlen flackerten auf. Trotzdem zitterte er.

«Sie sehen fertig aus», sagte Rose.

«Ich hatte einen anstrengenden Tag», erwiderte Blair. Sie hängte ihren Hut an die Garderobe. Offen war ihr Haar eine volle keltische Mähne. Kohlenstaub ließ ihr Gesicht wie von kostbarer Schminke matt glänzen und ihre Augen noch größer erscheinen. Wortlos drehte sie sich um und ging in die Küche, dieselbe Küche, in der er sie zwei Abende zuvor angetroffen hatte.

«Soll ich mitkommen?» rief er.

«Die Stube ist für Besuch», rief sie zurück.

Auf der Schwelle zur Küche zögerte er. Auf dem Ofen stand ein Kessel; in Bergarbeiterhäusern stand immer ein Kessel dampfenden Tees auf dem heißen Ofen. Rose zündete eine Öllampe an und drehte die Flamme klein.

«Und was bin ich?» fragte er.

«Gute Frage. Ein Spanner? Die Polizei? Reverend Maypoles Cousin aus Amerika? Der Mann von der Zeitung sagt, er kennt Sie als Afrikaforscher.» Sie goß Tee in eine Tasse und stellte sie auf den Tisch. «Also, Mr. Blair, was sind Sie?»

Rose hatte das Licht so klein gedreht, daß die Luft aussah wie rauchiges Glas, ein Duft von Kohle hing an ihr. Sie sah ihn unverwandt an, als wollte sie seine Gedanken lesen; möglicherweise konnte sie die Gedanken der Bewohner ihrer kleinen Welt wirklich vorhersagen. Sie war wahrscheinlich das verführerischste Wesen darin, was ebenfalls beunruhigend war, weil es ihr Selbstvertrauen verlieh. Blair gab ein wenig Chininpulver in seine Tasse. «Medizin. Nichts Ansteckendes. Nur eine stete Ermahnung an uns alle, nicht in tropischen Sümpfen zu schlafen.»

«George Battie sagt, Sie sind ein Bergmann. Oder vielleicht vom Büro des Grubeninspektors.»

Blair leerte die Tasse; ihm war, als hätte ihm das Fieber einen leichten Schlag versetzt. Er wollte keinesfalls zulassen, daß Rose die Fragen stellte. «Sie haben mir erzählt, daß Reverend Maypole mit allen Grubenweibern gesprochen hat.»

Rose zuckte die Schultern; sie trug ein Flanellhemd, das vor Ruß so steif war wie ein Schneckenhaus.

«Reverend Maypole war sehr missionarisch», sagte sie. «Er konnte jederzeit lospredigen und lungerte dauernd auf dem Hof der Zeche rum. Die Männer wollten schon nicht mehr hochkommen aus Angst, daß er ihnen die Ohren vollquatscht von der Heiligkeit der Arbeit. Sie sind lieber unten geblieben. Nicht nur in der Hannay-Grube, sondern in allen Zechen.»

«Ich meinte Grubenweiber, keine Bergleute.»

«Er hat zu Grubenweibern, Fabrikarbeiterinnen, Serviermädchen und Verkäuferinnen gepredigt. Aber Sie kannten ja Ihren Cousin, nicht wahr? Ich meine, wo Sie doch vor lauter Sorge um ihn aus Afrika hergeeilt sind.»

«Ich stamme aus dem kalifornischen Zweig der Familie.»

«Die Leute sagen, Sie wären in Wigan geboren. Da sind Sie doch bestimmt zu den Lieblingsplätzen Ihrer Kindheit gegangen und haben Verwandte besucht.»

«Noch nicht.»

«Wie hieß Ihre Mutter?»

«Ich glaube, wir kommen vom Thema ab.»

«Sie hatten ein Thema?»

«Zu Beginn unseres Gespräches schon. Sie sind ein wenig wie eine Gegenströmung unter Wasser, hab' ich recht, Rose? Auf geradem Kurs kommt man bei Ihnen nicht weiter.»

«Warum auch?»

Blair erkannte, daß es nicht ganz so leicht werden würde, wie er gedacht hatte.

«Kommt Ihnen Wigan jetzt kleiner vor, als Sie es in Erinnerung hatten? Oder ist es ein Garten Eden?»

«Ich weiß es nicht mehr. Wigan ist wie Pittsburgh, in ewige Dunkelheit getaucht, wenn es das ist, was Sie hören wollten,

Rose. Es ist kein Garten Eden, sondern je nachdem, wie man es sieht, eine Stadt, die in einem Vulkankrater versinkt oder vom Rand der Hölle aufsteigt. Sind Sie *jetzt* zufrieden?»

«Sie sind grob.»

«Sie haben gefragt.»

«Der Rand der Hölle liegt eigentlich in Liverpool», sagte sie.

Blair schüttelte den Kopf. «Rose. Rose Molyneux.» Er konnte sie sich in der Hölle vorstellen, lachend und mit einem Blumenkranz um den Hals. «Lassen Sie mich auf Maypole zurückkommen.»

«Haben Sie in Kalifornien auch Prediger?»

«O ja. Die Moralapostel strömen förmlich über die Sierras. Jeder religiöse Spinner in Amerika endet irgendwann in Kalifornien. Sie sagten, Maypole wollte auf der Zeche predigen.»

«Maypole hat bei Rugbyspielen, Taubenrennen und Theatervorstellungen gepredigt. Mögen Sie Rugby?»

«Soweit ich weiß, ist es, als ob man dabei zusehen würde, wie ein Haufen Männer ein Schwein durch den Schlamm jagt, nur daß es kein Schwein gibt. Ist das alles, was Maypole wollte, Sie bekehren?»

«Er wollte alle Mädchen bekehren. Ich war für ihn nur ein schmutziges Gesicht mehr.»

«Nein, Rose. Er hatte ein besonderes Interesse an Ihnen.» Blair legte die Photographie auf den Tisch. «Das habe ich in Maypoles Zimmer gefunden.»

Rose war so sichtlich überrascht, daß er sich fragte, ob sie zu lautstarker Empörung oder einem Geständnis neigen würde. Statt dessen lachte sie. «Dieses alberne Bild? Haben Sie je versucht, mit einer Schaufel zu posieren? Diese Karte wird in ganz England zum Verkauf angeboten.»

«Männer sind seltsam», gab Blair zu. «Manche Männer mögen Bilder von unbekleideten Frauen, andere mögen Bilder von Frauen in Hosen. Der Reverend jedoch hatte nur ein einziges Bild, und das war von Ihnen.»

«Ich kann niemand daran hindern, Bilder von mir zu haben. Flo hat ein Buch über Sie gesehen. Darin wurden Sie ‹Nigger Blair› genannt. Warum nennt man Sie ‹Nigger Blair›?»

«Groschenschreiber sind eine niedere Lebensform. Ich kann sie nicht daran hindern, und sie unterliegen nicht meiner Kontrolle.»

«Trotzdem kommen diese Leute nicht in Ihr Haus und fragen Sie nach Ihrem Privatleben, als wären sie die Polizei, obwohl sie es gar nicht sind. Was sind Sie? Das ist mir immer noch nicht klar. Warum sollte ich mit Ihnen reden?»

«Ich erledige nur einen Auftrag für den Bischof.»

«Das reicht mir nicht.»

Blair begann sich auf verlorenem Posten zu fühlen. Bisher hatte er nichts erfahren, und diese Frau, dieses *Grubenweib*, hielt die Zügel fest in der Hand.

«Ich bin weder die Polizei noch Maypoles Cousin noch ein Grubeninspektor. Ich bin Bergbauingenieur und war schon mal in Afrika, das ist alles.»

«Noch nicht gut genug.» Rose stand auf. «Bill und Flo warten auf mich.»

«Was wollen Sie hören?»

«Wenn ich an Ihren ersten Besuch denke, wissen Sie immer noch mehr über mich als ich über Sie.»

Blair erinnerte sich an ihre erste Begegnung und daran, wie er die Augen aufgeschlagen und sie baden gesehen hatte. Ihr Einwand war nicht von der Hand zu weisen. «Zum Beispiel?» fragte er.

«Irgendeinen Grund zu reden.»

«Einen Grund? Maypole ist vielleicht tot –»

Rose stand auf und wollte in die Stube gehen. Blair griff nach ihrem Arm, doch sie war zu schnell, und er erwischte nur ihre Fingerspitzen, die vom Kohleklauben rauh und schwarz waren, obwohl ihre Hand selbst zart war. Er ließ sie los. «Ich muß zurück nach Afrika.»

«Warum?»

«Ich habe dort eine Tochter.»

Rose lächelte triumphierend. «Das klingt schon besser», sagte sie. «Ist die Mutter weiß? Oder nennt man Sie deswegen ‹Nigger Blair›?»

«An der Goldküste waschen die Frauen das Gold aus. Sie verwenden große, schwarz angemalte Pfannen, in denen sie das Wasser schwenken. Normalerweise in Flußbetten, wie überall auf der Welt, außer daß sie kein Quecksilber haben, um das Gold zu binden. Trotzdem bekommen sie erstaunliche Mengen zusammen. Meine Aufgabe war es, die Flüsse zu kartographieren und festzustellen, inwieweit sie beschiffbar sind und woher das Gold kommt. Das Problem ist, daß die Ashanti den Engländern nicht trauen, weil die Ashanti nicht dumm sind. Langweile ich Sie?»

Rose gab einen Schuß Gin in seinen Tee und nippte an ihrer Tasse, die heiße Flüssigkeit rötete ihre Lippen. «Noch nicht», sagte sie.

«Die Hauptstadt der Ashanti ist Kumasi. Orangefarbene Erde, eisenhaltiger Boden. Ausbeißende Rosenquarze. Sehr angenehm. Hütten, Guavenbäume und Bananenstauden. Der Palast des Königs ist das einzige große Gebäude. Ich habe bei den Arabern gewohnt, weil die Handel treiben. Gold, Palmenöl, Sklaven.»

«Sklaven für Amerika?» fragte Rose.

«Sklaven für Afrika. So wird dort alles geerntet, alles getragen. Von Sklaven. Dieser spezielle Araber hat mit Gold und Sklaven gehandelt. Er hatte ein fünfzehnjähriges Mädchen, das im Norden gefangen worden war. Sie hatte ungewöhnlich feine Züge. Man glaubte, sie würde in Kumasi einen guten Preis erzielen. Sie wurde ganz offensichtlich nicht verkauft, um Bananen zu tragen. Aber sie weinte. Sie weinte die ganze Zeit. Normalerweise nehmen Afrikaner ihr Schicksal hin. Sie schlugen sie, aber nicht zu heftig, um die Ware nicht zu beschädigen. Sie weinte immer weiter, bis der Araber mir schließlich erklärte, daß er aufgeben und sie an die Banditen zurückverkaufen wollte, damit sie sich auf dem Weg nach Süden mit ihr vergnügen könnten. Das klang nicht besonders nett, also habe ich sie gekauft. Sind Sie sicher, daß ich Sie nicht langweile? Vielleicht haben Sie eine solche Geschichte schon einmal gehört?»

«Nicht in Wigan», sagte Rose.

«Ich habe sie freigelassen. Aber wie sollte sie nach Hause kommen? Wovon sollte sie leben? Wenn ich nicht für sie sorgte, würde sie sich wieder in die Sklaverei verkaufen müssen. Ich heuerte sie als Köchin an – versuchte, ihr beizubringen, wie man Essen zubereitet und saubermacht. Aber sie stellte sich bei allem ungeschickt an, und ich hatte Angst, sie alleine in Kumasi zurückzulassen, also habe ich sie geheiratet.»

«Hat sie irgendwann aufgehört zu weinen?»

«Ungefähr zu diesem Zeitpunkt, ja. Ich weiß nicht, wie legal diese Heirat war. Eine Mischung aus Islam, Methodismus und Fetischen.»

«War der Araber auch dabei? Der Händler?»

«Aber ja. Als Trauzeuge. Jedenfalls hat sie die Tatsache, daß sie meine Frau war, sehr ernstgenommen und darauf bestanden, daß ich das ebenfalls tat: Sonst müßte sie, wie sie sagte, in Schande leben. Die anderen Leute würden es erfahren, und sie würde nicht besser dastehen als eine Sklavin. Also wurde sie schwanger.»

«War es von Ihnen?»

«Oh, kein Zweifel. Ein braunes Mädchen mit grünen Augen? Die Wesleyaner sagten, ich hätte den Ruf des weißen Mannes befleckt. Sie haben ihre Mission geschlossen. Wenn sie Frauen gehabt hätten, wären sie vielleicht noch in Kumasi.»

«Sie haben die Wesleyaner vertrieben?»

«Gewissermaßen.»

«Sie sind besser als der Teufel.»

Blair fragte sich, wieviel von all dem Rose verstand. Wußte sie, wo die Goldküste war, ganz zu schweigen davon, wie die Ashanti aussahen? Hatte sie je in ihrem Leben ein Nugget gesehen? Er hatte nur angefangen, von Kumasi zu erzählen, weil sie im Begriff gewesen war zu gehen und er nicht gewußt hatte, was er sonst hätte sagen sollen. Nachdem er diesen verhängnisvollen Kurs nun einmal eingeschlagen hatte, den Kurs seines verhängnisvollen Lebens, war es schwer, wieder aufzuhören.

«Ich war nie als Forschungsreisender an der Goldküste. Die Ashanti haben Straßen, Karawanen und Zöllner, es sei denn, man besteht darauf, sich durch den Busch zu kämpfen. Dort gibt es Löwen, aber die eigentliche Gefahr sind Würmer, Moskitos und Fliegen. Ich habe drei Jahre bei den Ashanti gelebt. Sie waren neugierig und argwöhnisch, weil sie sich keinen rechten Reim darauf machen konnten, warum ein Mann sich Felsen ansehen wollte. Die Ashanti glauben, daß man Gold dort findet, wo es Riesenpaviane gibt, Rauch aufsteigt oder eine bestimmte Farnsorte vorkommt. Ich habe nach Quarzgängen und Diorit gesucht. Ich habe Karten erstellt und sie an die Küste zu einem Postschiff gebracht, damit sie nach Liverpool und weiter hierher befördert wurden. Doch im letzten Jahr gab es einen Krieg. Und die Ruhr brach aus. In Afrika schlägt jede Krankheit zu wie die Pest. Meine Frau ist gestorben. Das Mädchen hat überlebt.»

«Haben Sie sie geliebt, Ihre Frau?»

Blair wußte nicht, ob Rose ihre Frage ernstgemeint hatte oder nicht. Doch er sah trotz des matten Lichts, daß ihr Gesicht, auch wenn ihre Züge, jeder für sich genommen, vielleicht ein wenig zu ausgeprägt waren, eine ausgeglichene Gesamtkomposition darstellte und ihre Augen leuchteten wie zwei Kerzen.

«Nein», sagte er. «Doch sie wurde durch schiere Hartnäckigkeit zu einer Realität meines Lebens.»

«Warum sind Sie dann weggegangen?»

«Ich mußte an die Küste, weil mir die Medikamente und das Geld ausgegangen waren. Die Mittel, die angeblich im Büro des dortigen Bezirkskommissars für mich bereitlagen, waren jedoch anderweitig verwendet worden, um die Ankunft eines vornehmen Besuchers aus London zu feiern, der den Krieg mit angefacht hatte. Ich brauchte das Geld vor allem deshalb so dringend, weil ich den Bibelfonds ausgegeben hatte, um meine Träger zu bezahlen, die Männer, die meine Ausrüstung transportiert hatten. Sie waren genauso weit gelaufen wie ich und hatten zusätzlich noch vierzig Kilo geschleppt. Wie dem auch sei, man fand es heraus, und damit war ich an der Goldküste verrufener als jeder Verbrecher.»

«Ein schwarzes Schaf?»

«Genau. Also bin ich hier, um mein kleines Vermögen zu retten, meinen Gönner zufriedenzustellen, diese kleine Mission zu erfüllen und rehabilitiert zu werden.»

«Wo ist das kleine Mädchen?»

«Bei dem Araber.»

«Sie hätten bleiben können.»

Blair betrachtete seine Tasse, die mittlerweile mehr Gin als Tee enthielt. «Wenn ein Weißer in Afrika abrutscht, dann rutscht er schnell.»

«Sie haben doch Gold gefunden», sagte Rose. «Sie müssen reich gewesen sein. Was ist damit passiert?»

«Das ist für die Bezahlung für das Mädchen draufgegangen. Der Araber macht nichts umsonst, aber er ist ein relativ ehrlicher Geschäftsmann.» Er sah ihr direkt in die Augen. «Erzählen Sie mir von John Maypole.»

«Der Reverend wußte nicht, wann er aufhören mußte. Er hat ständig auf uns eingeredet, auf dem Weg zur Arbeit und auf dem Nachhauseweg. Um unsere Last zu teilen, hat er gesagt. Er wurde richtig lästig. Und nach der Arbeit stand er dann wieder vor der Tür.»

«Vor allem vor Ihrer Tür», sagte Blair.

«Ich hab' ihm gesagt, daß ich mit Bill Jaxon zusammen bin und er sich besser fernhalten soll. Bill hat es zuerst nicht kapiert, aber dann sind sie gut miteinander ausgekommen. Maypole war ein großer Junge. Deswegen war er so moralisch, er wußte es nicht besser.»

«Haben Sie ihn oft getroffen?»

«Nein. Ich bin katholisch. Ich gehe nicht in seine Kirche oder zu seinen Vereinen und Gesellschaften.»

«Aber er hat Ihre Gesellschaft gesucht. Als er zum letzten Mal gesehen wurde, am Tag vor dem Feuer, hat er sie auf der Scholes Bridge getroffen. Wie weit sind Sie zusammen gegangen?»

«Ich bin nach Hause gegangen, und er ist mir gefolgt.»

«Sie haben auch miteinander geredet. Worüber?»

«Vielleicht habe ich ihn geneckt. Man konnte ihn so leicht necken.»

«Als er neben Ihnen herging, hat er sich den Priesterkragen abgerissen. Wissen Sie noch, warum?»

«Ich kann mich gar nicht daran erinnern, daß er so was getan hat. Fragen Sie mich nach der Explosion, daran kann ich mich erinnern. Die bebende Erde. Der Rauch. Vielleicht hat mir das Mr. Maypole aus dem Kopf gepustet.»

«Aber als Sie ihn das letzte Mal gesehen haben, sind Sie nur nach Hause gegangen?»

«Ich habe Bill getroffen.»

«Haben Sie Bill je kämpfen sehen? Ziemlich blutige Angelegenheit.»

«Ist er nicht ein echter Steher?»

«Ein echter Steher?»

«Das ist er», sagte Rose.

Er stellte sich vor, wie sie Bill beim Kämpfen zusah, das Geräusch der Holzsohlen auf nackter Haut, das verschmierte Blut. Wie feierten Bill und Rose hinterher? Interessante Wortwahl jedenfalls, «ein echter Steher». Und da spricht man immer von den Wilden in Afrika, dachte er.

«Hat Bill Jaxon Maypole je bedroht?»

«Nein. Der Reverend wollte nur meine Seele retten, ansonsten hatte er kein Interesse an mir.»

«Das behaupten Sie in einem fort.» Blair drehte das Bild auf dem Tisch, damit sie es besser sehen konnte. «Das ist aber keine spirituelle Photographie.»

Rose betrachtete das Bild eingehender. «Ich hatte mich extra gewaschen, aber als ich dann ins Atelier kam, haben sie mir Dreck ins Gesicht geschmiert. Ich sehe aus wie ein irischer Kartoffelbauer.»

«Wild sehen Sie aus mit dieser Schaufel. Gefährlich.»

«Nun, ich habe Reverend Maypole nie auch nur ein Haar gekrümmt. Ich weiß nicht, warum er ein Bild von mir hatte.»

«Ich mag das Bild. Ich mag sogar die Schaufel. Sie ist viel interessanter als ein Sonnenschirm.»

«Gentlemen wechseln nicht die Straßenseite, um ein Mädchen zu treffen, das mit einer Schaufel herumfuchtelt.»

«Ich habe schon Dschungel durchquert, um Frauen mit kleinen Holzpflöcken in den Lippen zu treffen.»

«Haben Sie eine von ihnen geküßt?»

«Nein.»

«Sehen Sie!»

Als die Kohle in sich zusammenfiel, wirbelte ein Funkenregen im Schornstein auf. Rose starrte in den Kamin. Blair dachte, daß sie recht klein war für eine Frau, die Stahlwannen bewegte. Wenn sie zur Ruhe kam, war ihr Gesicht so zart, wie es wild war, wenn sie erregt war. Was für ein Leben erwartete ein Wesen wie sie? Gin, Babys, Prügel von einem Mann wie Bill? Dies war ihre allzu kurze Blüte, und sie schien entschlossen, das Beste daraus zu machen.

«Ich muß los. Bill und Flo warten», sagte sie. «Ich glaube nicht, daß er Sie mag.»

«Gegen Maypole hatte er doch auch nichts.»

«Bill führt gern das große Wort. Maypole hat ihn gelassen.»

«Na ja, sie haben auch zusammen gespielt.»

«Wenn man Maypole predigen hörte, hätte man meinen können, Christus hätte die Rugbyregeln erfunden.»

«Und was hat er den Frauen gepredigt?»

«Keuschheit und höhere Liebe. Jede Mutter mußte eine Jungfrau Maria sein. Und jedes Mädchen, das rumgetändelt hat, war Maria Magdalena. Ich glaube nicht, daß er je eine richtige Frau hatte.»

«Nun, ich bin zwar kein Gentleman . . .»

«Das weiß jeder.»

«. . . aber ich habe das Gefühl, daß es für einen Mann wie

Maypole nichts Attraktiveres gab als eine Frau, die gerettet werden mußte.»

«Schon möglich.»

«Hat er Sie je ‹Rose von Sharon› genannt?»

«Wo haben Sie das denn her?» Die Frage kam so beiläufig, daß sie vorstand wie ein halb eingeschlagener Nagel, ein kleiner Ausrutscher.

«Hat er?»

«Nein.»

«Sie sagten, er hätte nie eine richtige Frau gehabt. Seine Verlobte, Miss Hannay, zählt nicht?»

«Nein.»

«Haben Sie sie kennengelernt?»

«Ich treffe genauso selten irgendwelche Hannays, wie ich zum Mond fliege. Aber ich habe den Mond schon gesehen und habe eine Meinung über ihn. Sind Sie ihr schon mal begegnet?»

«Ja.»

«Und was halten Sie von ihr?»

«Es mangelt ihr an Charme.»

«Es mangelt ihr an allem, aber sie hat Geld, Kleider und Kutschen. Werden Sie sie noch einmal treffen?»

«Morgen.»

«Klingt, als könnten Sie ihr kaum widerstehen.»

«Verglichen mit Ihnen ist sie eine Dorne, ein Eiszapfen, saurer Wein.»

Rose saß ihm gegenüber und sah ihn schweigend an. Er hätte ihr Gesicht gerne sauber gesehen. Er hatte sie baden gesehen, doch er erinnerte sich nur an den Glanz des Wassers auf ihrer Haut. Er hoffte, daß das Bild nicht aus seinen Augen leuchtete.

«Sie müssen jetzt gehen», sagte Rose. «Sie sind nicht so krank, wie Sie behaupten.»

Später im Hotel sagte Blair sich, daß er verrückt war. Er hatte den wahren Grund seiner Rückkehr aus Afrika vor jedem verheimlicht, der ein Recht gehabt hätte, ihn zu erfahren: vor Bischof

Hannay, der Royal Society, sogar vor dem harmlosen Leveret. Und jetzt war er ausgerechnet einem Mädchen gegenüber mit allem herausgeplatzt, das diese unwiderstehlichste aller Geschichten in sämtlichen Kneipen Wigans verbreiten würde, von wo aus sie sich ihren zerstörerischen Weg nach Hannay Hall bahnen würde. Was für eine Kombination hatte er ihr in die Hand gegeben – Sklaverei und Rassenschande! Die Tragödie der jungen schwarzen Ehefrau. Die Pikanterie eines weißen Vaters und seines Halbblut-Abkömmlings vor dem Hintergrund des barbarischen afrikanischen Dschungels, die Habgier der arabischen Händler. England selbst wäre in den Krieg gezogen, um dieses Kind zu retten, wenn es weiß gewesen wäre. Was hatte er sich dabei gedacht? Daß er eine Kokotte wie Rose Molyneux mit der Wahrheit beeindrucken konnte?

Man mußte sich nur die Lügen anschauen, die sie ihm im Gegenzug aufgetischt hatte. Der einzige Schatz, den John Maypole besessen hatte, war ein Bild von ihr, und sie hatte behauptet, er wollte bloß ihre Seele retten?

Man mußte sich nur das Haus ansehen. Wie kam es, daß jedes andere Haus in Candle Court mit Familienmitgliedern und Schlafgängern vollgestopft war wie ein Fischernetz mit Heringen, während Rose und ihre Freundin Flo ein gediegen möbliertes Haus für sich alleine hatten? Wie konnten ehrbare Mädchen das bezahlen? Und dann ihre Heimlichtuerei. Sie hatte darauf bestanden, daß er das Haus allein verließ, sie wollte warten, bis er außer Sichtweite war, bevor sie ihrerseits auf die Straße trat.

War das ihre Rache für seinen ersten Besuch, als er sie beim Baden überrascht hatte? War es sein Fieber? Obwohl er sich gar nicht krank fühlte. Und manchmal traf ein erhitzter Verstand auch geniale Entscheidungen. Er hatte ihr nicht erzählt, daß er Maypoles Tagebuch gefunden hatte, weil es der einzige Vorteil war, den er ihr gegenüber hatte.

Doch trotz allem mußte er lachen. Wenn sie das mit ihm machen konnte, was hatte sie dann erst mit Maypole angestellt?

# 8

**E**ine Unze Chinin?».

«Zwei Unzen», sagte Blair.

«Sind Sie sicher?»

«Chinin hält das britische Empire am Leben.»

«Wie überaus wahr, Sir.» Der Apotheker fügte auf einer Seite der Hebelwaage ein Gewicht hinzu und schüttete auf der anderen Seite mehr weißes Pulver auf die Waagschale. «Ich könnte es Ihnen in jede beliebige Anzahl von Einzelportionen teilen und zur bequemeren Einnahme in Reispapier verpacken.»

«Ich gebe es in meinen Gin. So läßt es sich sehr bequem einnehmen.»

«Das würde ich allerdings meinen.» Der Apotheker schüttete das Chinin in einen Umschlag und runzelte die Stirn. «Darf ich fragen, ob Sie eine erhöhte Dosierung verwenden?»

«Ein wenig.»

«Haben Sie schon mal an Warburg's Drops gedacht? Eine Mischung aus Chinin, Opium und Schlehen. Sie würden es wohl Pflaumen nennen, Sir. Äußerst verträglich.»

«Ein bißchen zu beruhigend.»

«Wenn Sie an einem Muntermacher interessiert sind, darf ich vielleicht Arsen vorschlagen? Macht einem den Kopf so wunderbar klar. Einige unserer Veteranen verwenden es mit ausgezeichnetem Erfolg.»

«Ich habe es schon probiert», sagte Blair. Arsen konnte man gegen fast alles einsetzen: Malaria, Schwermut, Impotenz. «Gewiß, davon nehme ich auch was.»

«Sie sagten, der Bischof zahlt?»

«Ja.»

Der Apotheker wischte die Waage an seiner Schürze sauber und zog aus der langen Reihe von Schubladen hinter der Ladentheke ein Gefäß hervor, dessen Inhalt durch die aktinisch grüne Farbe des Glases als giftig gekennzeichnet war. Der Laden selbst wurde durch die kobaltblauen Flaschen im Schaufenster in ein eigenartiges Unterwasserlicht getaucht. Die Luft war erfüllt vom Duft getrockneter Heilkräuter und ein wenig klamm von der seltsamen Kühle, die die beiden blassen Urnen mit den perforierten Deckeln für die Blutegel verströmten. Der Apotheker schüttete eine kleine Pyramide des kalkigen Pulvers aus. Blair tupfte seinen Finger hinein, leckte ihn ab und spürte die stechende Bitterkeit auf der Zunge.

«Ich hoffe, Sie sind sich der Notwendigkeit einer mäßigen Dosierung bewußt, Sir?»

«Ja.» Ich esse vor deinen Augen Arsen, dachte Blair. Wie gemäßigt konnte ein Mann noch werden?

«Vielleicht ein wenig Coca-Extrakt für den Schwung?»

«Dafür komme ich vielleicht noch mal wieder. Fürs erste nur Chinin und Arsen.»

Als der Apotheker das Arsen in ein weiteres Briefchen schüttete und Blair beide Umschläge gab, begannen auf einmal die Waage zu schwanken und die Glasdeckel der Gefäße zu klirren. Von den oberen Regalen abwärts bebten Messinggewichte und Steinmörser, Glaszylinder mit Gift und Fläschchen mit Duftöl, als eine heftige Schallwelle die verglaste Fassade des Ladens erschütterte. Draußen rumpelte ein dampfbetriebener Lastzug vorbei, eine zweistöckige Lokomotive mit Kessel, schwarzem Schornstein und Gummirädern ließ die Pflastersteine ächzen. Der Apotheker bewegte sich geschwind hinter seinem Tresen, um zunächst eine, dann die andere Urne mit Blutegeln vor dem Umstürzen zu bewahren.

Blair öffnete beide Umschläge und legte sich je eine Linie Arsen und Chinin auf den Handrücken, bevor er sie in seinen Mund schüttete. Als der Zug vorbei war, sah er vor dem Hotel Leverets Kutsche stehen. Er steckte die Umschläge ein und verließ den Laden.

«Sie wirken heute wie neugeboren», sagte Leveret.

«Ja.» Und motiviert, dachte Blair. Er mußte Fortschritte vorweisen, bevor Rose Molyneux irgendwelche Gerüchte verbreiten konnte. Wenn sie erst anfing, ihre Freunde mit schaurigen Geschichten über seine halbafrikanische Tochter zu unterhalten, würde es nicht lange dauern, bis sich diese Neuigkeit auch zu Wigans Tugendhütern herumgesprochen hatte, und den Skandal der Rassenschande konnte nicht einmal Bischof Hannay ignorieren. Was hatte er Blair zum Thema «Nigger Blair» gesagt? «Sorgen Sie dafür, daß das aufhört.» Der Bischof würde ihn fallenlassen, ohne einen weiteren Penny zu bezahlen.

«Heute ist Mittwoch?» Blair kletterte auf den Sitz der Kutsche.

«Richtig», sagte Leveret.

«Maypole wurde zum letzten Mal an einem Mittwoch gesehen. Mittwochs morgens ist er immer zum Heim für Frauen gegangen. Sie wollten, daß ich Reverend Chubb einen Höflichkeitsbesuch abstatte, also werden wir das tun. Anschließend reden wir mit der Polizei. Es gibt da einen gewissen Inspektor Moon, den wir treffen sollten.»

«Wir sollten Charlotte zumindest davon in Kenntnis setzen, daß wir das Heim besuchen wollen.»

«Wir werden sie überraschen.»

Während der Fahrt fiel Blair auf, daß Leveret, über sein übliches Unbehagen bezüglich der Etikette hinaus, ein wenig steif wirkte.

«Alles in Ordnung mit Ihnen?»

«Ich fürchte, die Besichtigung der Zeche gestern hat mich ein wenig mitgenommen. Mein Großvater war Bergmann. Er hat immer Geschichten erzählt, aber erst jetzt weiß ich, wovon er gesprochen hat. Explosionen, herabstürzende Felsbrocken.» Er nahm seinen Hut ab, um Blair seine Verbände zu zeigen. «Niedrige Decken.»

«Schick. Damit sehen Sie richtig verwegen aus.»

Ein Stück jenseits der Einfahrt zu Hannay Hall befand sich noch ein schmaleres Tor, dahinter ein gewundener Pfad. Als sie weiterfuhren, bemerkte Blair, daß sie in einem privaten Park waren. Bäume – schlichte Kastanien und Birken – waren erkennbar regelmäßig gepflanzt, die Fußwege von violetten Krokussen gesäumt, schließlich erreichte die Kutsche eine breite Straße, die auf eine kleine Festung zuführte. Eine Scheinfestung, wie er erkannte. Drei Stockwerke aus Ziegel, mit Brüstungen aus Sandstein, dekorativen Türmchen und bunt verglasten Mauerschlitzen, das Ganze nicht von einem Graben, sondern von verschiedenfarbigen Primeln umgeben. Zwei junge Frauen in schlichten grauen Kleidern ohne Turnüre saßen in einer Gartenlaube. Ein drittes, ebenfalls grau gekleidetes Mädchen trat mit einem in Windeln gewickelten Säugling aus der Tür.

«Das ist das Heim für Frauen», sagte Leveret. «Es war früher das Gästehaus der Hannays.»

«Ein Gästehaus?» fragte Blair.

«Der Prince of Wales hat hier einmal gewohnt. Die Hannays haben immer alles im großen Stil gemacht. Warten Sie hier.»

Leveret betrat das Haus. Durch ein Fenster, das wegen der warmen Frühlingsluft geöffnet war, sah Blair Frauen in grauen Uniformen um eine Tafel sitzen, auf der Reihen von arithmetischen Gleichungen geschrieben standen. Ihm wurde bewußt, daß er ein Eindringling vom falschen Geschlecht war, und er fragte sich, wie sich Maypole, selbst durch seinen Priesterkragen geschützt, gefühlt haben mußte. Durch das nächste offene Fenster sah er eine Klasse, die sich um eine bandagierte Beinprothese scharte. Einige der Schülerinnen hatten den stämmigen Körperbau und die roten Wangen von Grubenweibern, andere waren fahl von einem Leben in den Baumwollspinnereien. In ihren Uniformen wirkten sie steif und unnatürlich wie Mädchen, die mit angeklebten Flügeln für ein Krippenspiel posierten.

Leveret kehrte zurück und folgte Blairs Blick. «Charlotte möchte, daß sie einen Beruf erlernen. Krankenschwester ist eine Möglichkeit. Sie besteht auch darauf, daß sie lesen.»

«Dichtung?»

«In der Hauptsache Wirtschaft und Hygiene.»

«Das klingt ganz nach Charlotte.»

Leveret zögerte, als stünde er im Begriff etwas zu tun, von dem er wußte, daß er es später bereuen würde. «Sie ist im Rosengarten.»

Sie gingen um eine Seite des Hauses, von wo sich ein von runden Rhododendronbeeten gesäumter Hügel bis zu einer Buchsbaumhecke erstreckte. Dahinter ertönten zwei strenge, vertraute Stimmen.

«Es ist einfach meine Überzeugung, Miss Hannay», sagte Earnshaw gerade, «daß man Wohltätigkeit auch übertreiben kann und daß die besten Absichten häufig die schlimmsten Resultate nach sich ziehen. Ihr Vater hat mir erzählt, daß Sie sich dafür ausgesprochen haben, den Grubenweibern und Fabrikarbeiterinnen Lohn dafür zu zahlen, daß sie im letzten Stadium der Schwangerschaft *nicht* arbeiten. Was ist das anderes als eine Aufforderung zu Unmoral und Müßiggang? Finden Sie nicht, daß Frauen genauso wie Männer die Konsequenzen ihres Handelns tragen sollten?»

«Männer werden nicht schwanger.»

«Dann bedenken Sie doch die unvermeidlichen Folgen, wenn Sie Frauen über das Niveau ihrer Männer und ihrer Klasse hinaus ausbilden.»

«So daß sie mit einem Leben an der Seite eines trunksüchtigen, ungebildeten Rüpels vielleicht nicht mehr zufrieden sind?»

«Oder an der Seite eines absolut akzeptablen und nüchternen Mannes.»

«Akzeptabel für wen? Für Sie? Heiraten *Sie* ihn doch. Sie reden über diese Frauen, als wären es Kühe, die auf einen Bullen mit vier gesunden Beinen warten.»

Blair kam um die Hecke in einen Garten aus Kieswegen und Rosenbüschen, die so karg und rigoros beschnitten waren, daß sie wie Eisenruten aussahen. Charlotte Hannay und Earnshaw standen vor dem runden Beet in der Mitte. War dies die «schwarze und schöne» Frau, die sich in Maypoles Gedanken gedrängt hatte, die Gestalt, die den Hilfsprediger vermuten ließ, daß ein Grubenweib in Cordhosen lebendiger war als eine Lady? Blair bezweifelte es. Charlotte war ein Beispiel dafür, wie Seide eine kleine Frau noch kleiner machen konnte, ihr Busen wurde von einem Korsett zusammengedrückt, ihre Beine verschwammen in einem violetten Seidenrock mit Turnüre, dazu trug sie abscheuliche violette Handschuhe und hielt eine Rosenschere in der Hand. Blair nahm seinen Hut ab. Hob sie ihre Brauen, als sie ihn sah, oder klebten sie so hoch an ihrer Stirn, weil sie ihr Haar so straff unter einen trauerflorschwarzen Sonnenhut zurückgebunden hatte? Er bemerkte einen Hauch von flammendem Kupfer an ihrem Nacken, aber so viel wie er von ihrem Haar sehen konnte, hätte sie auch eine Novizin sein können. Hinter ihr leuchtete Earnshaws Bart in der Sonne. In respektvollem Abstand hinter den beiden stand ein Gärtner in Kittel und Strohhut mit einem Sack tropfenden, flüssigen Düngers.

«Wenn wir um Nachsicht bitten dürften», sagte Leveret, «Blair hat ein oder zwei Fragen.»

«Ich kann später wiederkommen», schlug Earnshaw vor. «Oder wäre es Ihnen lieber, wenn ich bleibe?»

«Bleiben Sie, aber mit meinen Besuchern komme ich schon allein zurecht», sagte Charlotte.

«Sie könnte ihre Besucher vermutlich auch allein kastrieren», murmelte Blair Leveret zu.

«Was war das?» wollte Earnshaw wissen.

Blair wies mit einer vagen Handbewegung auf das Haus. «Ich sagte gerade, daß dies eine einmalige Chance für all diese Frauen sein muß.»

«Wären Sie ein Reformer oder Pädagoge, wäre Miss Hannay möglicherweise an Ihrer Meinung interessiert. Da Sie jedoch eingestandenermaßen eine Person sind, die sich mit Menschenhändlern abgibt, könnten Ihre Ansichten gar nicht unwillkommener sein.»

«Falsch», sagte Charlotte. «Da Mr. Blair ein derart verworfenes Individuum ist, ist seine Meinung um so wertvoller. Blair, aus Ihrer weitreichenden Erfahrung gesprochen, was wird eine Frau eher in einem Zustand finanzieller Bedürftigkeit und sexueller Gefährdung halten, die Fähigkeit, selbständig zu denken, oder, wie Mr. Earnshaw beharrlich behauptet, die Ausbildung zur Hausarbeit, damit eine mittellose, unwissende Magd ihrem Herrn einen Brandy ans Bett bringen kann?»

Sie ist bemerkenswert, mußte Blair zugeben. Wie ein Spatz, der Menschen durch einen Garten scheucht.

«Ich hatte nie eine Magd», sagte er.

«In Afrika hatten Sie doch bestimmt weibliches Personal, das Sie zweifelsohne auch benutzt haben?»

Hatten die Gerüchte von Rose sie schon erreicht? fragte Blair sich.

«Tut mir leid, nein.»

«Aber Sie genießen doch den Ruf eines Mannes, der alles zumindest einmal ausprobiert, von Straußeneiern bis zu Schlangenfleisch. Angeblich weiß kein Mann in England mehr über afrikanische Frauen als Sie. Mr. Earnshaw, der weder etwas über afrikanische noch über englische Frauen weiß, meint, es wäre unnatürlich, eine Frau über ihren Rang hinaus auszubilden.»

«Und sie so unglücklich zu machen und ungeeignet für ihren Platz in der Gesellschaft», erklärte Earnshaw. «Es ist ihr gegenüber ungerecht – und ungesund für England.»

«Wie Gott schlägt er vor, Frauen zu erschaffen, die nur für einen Platz in der Gesellschaft geeignet sind. Und wie jeder Politiker glaubt er, für England zu sprechen, obwohl er in Wahrheit nur für die spricht, die wählen dürfen – Männer.»

«Was hat das mit Blair zu tun, wenn ich fragen darf?« sagte Earnshaw.

«Blair», sagte Charlotte, «gibt es irgendwo sonst auf der Welt einen Stamm, der die Frauen so gründlich erniedrigt wie die Engländer?»

«Denken Sie an jedes beliebige muslimische Land», wandte Earnshaw ein. «Polygamie, Frauen in Kleidern wie Zelte.»

«Während es einem Mann in England erlaubt ist, seine Frau zu schlagen, sich ihr physisch aufzuzwingen und sie wie einen Besitz wieder loszuschlagen», entgegnete Charlotte. «Sie waren in Afrika, Blair. Darf selbst der schlimmste Muslim etwas Derartiges tun?»

«Nein.»

«Welchen besseren Zeugen könnte es geben als einen Mann, der berüchtigt dafür ist, Frauen aller Rassen benutzt zu haben?» fragte Charlotte. «Ein Zeugnis des Teufels.» Sie trat zu den nächsten nackten Büschen und fragte den Gärtner: «Was haben wir hier, Joseph?»

«Teerosen, Madam. Pinkfarbene Carriere. Weiße Vibert. Rote General Jacqueminot. Mit Mulch und Soße.» Er zeigte auf den Sack in seiner Hand. «Kuhdung mit gemahlenen Hufen und Hörnern. Es wird bestimmt wunderschön, Madam.»

Weiß, rot, gelb und pinkfarben; es war erstaunlich, welche zukünftigen Blüten erwartet wurden. Doch Blair war sich gewiß, daß Charlotte schon in jungen Jahren das war, was sie immer sein würde, ein stacheliger Panzer aus Dornen.

«Oliver, warum bist du bandagiert wie ein Veteran des Krimkrieges?» fragte sie über ihre Schulter.

«Ich bin gestern mit Blair unter Tage gewesen.»

«Sei froh, daß du kein Mädchen bist.»

«Miss Hannay, warum hassen Sie mich so?» fragte Blair. «Ich hatte noch gar keine Gelegenheit, mir so viel Verachtung zu verdienen.»

«Mr. Blair, wenn Sie eine Schnecke auf einer Blüte entdecken würden, wie lange würden Sie sie dort lassen?»

«Ich habe gar nichts getan –»

«Sie sind hier. Ich habe Ihnen gesagt, Sie sollten nicht kommen, und Sie haben es trotzdem getan. Sie haben entweder keine Manieren oder keine Ohren.»

«Ihr Vater –»

«Mein Vater droht, das ‹Heim für Frauen› beim ersten Anzeichen eines Skandals zu schließen, ist aber gleichzeitig bereit, Sie zu engagieren, einen Mann, der einen Bibelfonds veruntreut hat. Die Geschichte ist allgemein bekannt neben den anderen Berichten über üble Angewohnheiten und schwarze Harems. Mein Vater hat Sie bestimmt nicht für diese Aufgabe ausgewählt, weil Sie über irgendwelche detektivischen Fähigkeiten verfügen; er hat Sie ausgewählt, weil Sie das verabscheuungswürdigste Individuum nicht nur auf einem, sondern auf zwei Kontinenten sind. Er hat Sie ausgewählt, weil Ihre Wahl an sich schon eine Beleidigung für mich und John Maypole ist.»

«Oh.» Blair war, als hätte er sich im Netz einer fleißigen kleinen Spinne verfangen. «Und wo glauben Sie, ist John Maypole?»

Charlotte ließ die Schere in eine Tasche ihres Rockes gleiten und wandte sich Earnshaw zu. «Ich kann es genausogut hinter mich bringen, sonst folgt er uns ewig wie ein Handelsvertreter mit einer Zigarre.» Sie sah wieder Blair an. «Ich habe keine Ahnung, wo sich Reverend John Maypole zur Zeit aufhält. Bis zum Beweis des Gegenteils gehe ich davon aus, daß es ihm gut geht und daß er mir die Gründe seiner Abwesenheit bekannt machen wird, wann es ihm beliebt. In der Zwischenzeit werde ich die Arbeit, die wir gemeinsam begonnen haben, im Vertrauen auf seine Rückkehr fortführen.»

«Er wurde zuletzt an einem Mittwoch gesehen. Die Versammlungen für das ‹Heim› fanden immer mittwochs statt. Haben Sie ihn dort getroffen?»

«Nein, ich war an jenem Tag zufällig krank.»

«Miss Hannay ist von zarter Konstitution», sagte Leveret.

Auf Blair machte sie keineswegs einen zarten Eindruck. Klein von Gestalt, aber nicht zart. «Wann haben Sie ihn zum letzten Mal gesehen?»

«Beim Sonntagsgottesdienst.»

«Klingt romantisch. Und seither kein Wort?»

«Nein.»

«Hat er mit Ihnen je über seine Besuche auf den Zechen gesprochen? Oder auf der Hannay-Grube?»

«Nein.»

«Oder über die Grubenweiber dort?»

«Nein.»

«Hat er Ihnen gegenüber je seiner Enttäuschung darüber Ausdruck verliehen, daß er sein pastorales Amt nicht auch in der Mine selbst ausüben konnte?»

«Nein.»

«Aber er hat doch gerne gepredigt, oder nicht? Bei jeder sich bietenden Gelegenheit, als ob er dafür bezahlt würde?»

«Er war überzeugt, eine Berufung zu haben», sagte Charlotte.

«Und er wollte ein Teil der Arbeiterklasse sein, zumindest lange genug, um zu predigen. Hat er je einen Bergmann namens Bill Jaxon erwähnt?»

«Nein.»

«Neigte er zur Schwermut?»

«Nein.»

«Streifte er gerne durch die Natur? Ist er im Kanal geschwommen? Hat er einsame Spaziergänge über Schlackehalden oder hohe Kliffs unternommen?»

«Nein. Seine einzige Freizeitbeschäftigung war Rugby, und das hat er gespielt, um die Männer besser erreichen zu können.»

«Aber außerhalb der Versammlungen haben Sie nicht viel Zeit mit ihm verbracht? Sie hatten eine spirituelle Beziehung.»

«Ich hoffe doch.»

«Er hätte also auch eine Tätowierung der Royal Navy tragen können, ohne daß Sie davon gewußt hätten.»

«Ja, genausowenig wie Sie wissen, ob eine der Frauen, die Sie verführt haben, einen Verstand oder eine Seele hatte», gab sie zurück. Leidenschaftlich, Zahn um Zahn. Wenn man ihr ein Paar Pantinen geben würde, wäre sie ein gefährliches Wesen, dachte Blair. Earnshaw und Leveret verschwanden aus seinem Gesichtsfeld.

«Würden Sie sagen, daß Maypole intelligent war?»

«Intelligent und sensibel.»

«Er wußte also, daß es Ihnen das Herz brechen würde, wenn er verschwinden würde, ohne auch nur eine Zeile zu hinterlassen?»

«Er wußte, daß ich alles verstehen würde, was er tut.»

«Glückspilz. Genau die Art Frau, die *ich* immer gebraucht hätte.»

«Hören Sie auf», sagte Earnshaw von irgendwoher, doch Blair spürte einen schneller werdenden Rhythmus gegenseitiger Verachtung und wußte, daß auch Charlotte Hannay ihn spürte; es war wie ein gemeinsam vernommenes Crescendo.

«Hat er je wohlhabende Verwandte erwähnt, die möglicherweise alt und krank waren?» fragte er.

«Nein.»

«Anhängige Gerichtsverfahren?»

«Nein.»

«Spirituelle Krisen?»

«Nicht John.»

«Stand außer Ihrer Hochzeit sonst irgend etwas an?»

«Nein.»

«Die Post wird zweimal täglich zugestellt. Soweit ich weiß, schicken sich Liebende mit jeder Post einen Brief. Haben Sie seine Briefe aufbewahrt?»

«Selbst wenn dem so wäre, würde ich sie lieber einem Aussätzigen in die Hand geben als Ihnen.»

«Sie hatten nicht das Gefühl, daß er vielleicht ein paar einfache Freuden vermißte?»

«Einfach im Sinne von tierisch? Nein, dieser spezielle Abgrund ist Ihr Niveau, Mr. Blair.»

«Ich meinte, einfach im Sinne von menschlich.»

«Ich weiß nicht, was Sie meinen.»

«Menschliche Schwächen. Dies ist ein Heim für gefallene Frauen, Miss Hannay, es muß hier also zumindest einige menschliche Wesen geben. Vielleicht hat Maypole eines von ihnen getroffen.»

Charlotte bückte sich, um mit ihrer Schere eine lange Ranke abzuknipsen. Schneller und heftiger, als Blair je vermutet hätte, stand sie auf und schlug ihm damit ins Gesicht, das auf der Stelle zu brennen begann.

«Sie werden jetzt gehen», sagte Charlotte. «Beim nächsten Mal werde ich Hunde hier haben, die ich auf Sie hetzen werde, wenn Sie es wagen zurückzukehren.»

«Ich werde mich Ihrer höchstpersönlich annehmen, wenn Sie sich hier noch einmal blicken lassen», sagte Earnshaw.

Blair spürte das Blut auf seiner Wange. Er setzte seinen Hut wieder auf. «Nun, bedauerlicherweise muß ich jetzt gehen. Vielen Dank für all Ihre Hilfe. Meine besten Empfehlungen an Ihren Vater.» Er ging davon und blieb neben dem Gärtner noch einmal stehen. «Ich kannte einen Mann, der an der Goldküste Rosen gezüchtet hat. Pensionierter Hauptfeldwebel. Tellergroße Rosen. Er hat Guano benutzt. Guano ist der Schlüssel.»

Leveret zog sich, Entschuldigungen murmelnd und rückwärts gehend, ebenfalls zurück. «Ich hatte ja keine Ahnung, keine Ahnung. Es tut mir unendlich leid.»

Als sie um die Hecke gegangen waren, wischte sich Blair mit einem Taschentuch die Wange ab und machte Leveret ein Zeichen, stehenzubleiben und still zu sein. Sie hörten eine wütende Charlotte auf der anderen Seite.

«Und Sie, Mr. Earnshaw, haben Sie eine Ahnung, wie unangenehm ein Hilfsangebot ist, solange man nicht darum gebeten hat?»

«Ich wollte Sie lediglich unterstützen.»

«Wenn ich so schwach bin, daß ich Unterstützung brauche, werde ich es Sie wissen lassen.»

«Jetzt haben Sie die beiden in einen Streit verwickelt», sagte Leveret.

«Es tut nichts zur Sache, wieviel solche Menschen streiten, sie sind beide Moralisten. Sie sind füreinander geschaffen.»

Am Fluß wusch Blair sich das Gesicht. Die hoch am Himmel stehenden Wolken schoben sich seitlich an der Sonne vorbei, und obwohl die Schnitte in seinem Gesicht brannten, fühlte Blair sich auf seltsame Weise ermutigt.

Leveret hingegen war tief beunruhigt. «So können Sie mit Menschen wie Charlotte nicht reden. Das war eine schreckliche

Szene. Ihre Wortwahl war unverzeihlich, Blair. Sie haben sie förmlich angestachelt.»

Blair zog sich einen Dorn aus der Haut. In seinem Spiegelbild auf der Wasseroberfläche erkannte er außer ein paar Kratzern nur drei tiefere Furchen und empfand ein brennendes Gefühl der Befriedigung. «Ich habe sie angestachelt? Das ist, als würde man jemand bezichtigen, eine giftige Natter angestachelt zu haben.»

«Sie waren grausam. Worauf wollten Sie mit Ihren Andeutungen über Johns menschliche Schwächen eigentlich hinaus?»

Blair trocknete sich an seiner Jacke ab und tupfte ein wenig Arsen auf seine Hand. Auf die Lebenslinie. «Wir sind die Summe unserer Sünden, Leveret. Das macht uns zu Menschen und unterscheidet uns von Heiligen. Eine völlig glatte Oberfläche ist charakterlos. Erst wenn man ein paar Risse, Macken und Fehler zuläßt, hat mein einen Kontrast. Dieser Kontrast zur unerreichbaren Perfektion macht unseren Charakter aus.»

«Sie haben Charakter?» fragte Leveret.

«Tonnenweise.» Blair legte den Kopf in den Nacken und warf das Pulver ein. «Aber vielleicht hatte Maypole das auf eine religiös-schwärmerische Weise auch.»

«Derartige Fragen können den Ruf eines Mannes ruinieren.»

«Sein Ruf ist mir egal. Ich bin eher Geologe, ich suche nach Lehmablagerungen. Also finde ich es interessant, daß ein mittelloser Hilfsprediger es schaffen konnte, sich mit einem Mädchen mit so viel Geld zu verbinden.»

«Alles in Wigan ist mit den Hannays verbunden. Die Hälfte der Menschen arbeitet für die Hannays. Neben den Hannay-Gruben produzieren Hannay-Eisenwerke Kessel, Eisenplatten und Lokomotiven. Es gibt Hannay-Spinnereien und Hannay-Ziegeleien. Sie bauen sich ihre eigenen Schornsteine, um ihre eigene Kohle zu verbrennen, um auf einer Viertelmillion Spindeln ihr eigenes Garn zu spinnen. Ich bin nicht so weit auf der Welt herumgekommen wie Sie, aber ich wage zu behaupten, daß die Hannays Herren über eines der effizientesten industriellen Zentren überhaupt sind.»

«Sie machen ein Vermögen.»

«Und sorgen für Beschäftigung. Gut bezahlte Beschäftigung, verglichen mit dem Durchschnittslohn. Aber der Name Hannay steht nicht nur für gute Geschäfte. Die Familie unterstützt die Kirche, das heißt, sie bezahlt Priester, Orgel und Bänke. Die Armenschulen für die Kinder. Abendkurse für die Männer. Das Krankenhaus. Den Explosionsfonds, den Witwen- und Waisenfonds und die Gesellschaft zur Kleiderversorgung hat der Bischof alle höchstpersönlich gegründet. Ohne die Hannays gäbe es weniger Arbeit und kaum Wohlfahrtseinrichtungen in Wigan. Jeder ist irgendwie mit den Hannays verbunden, einschließlich Ihnen. Oder hatten Sie das vergessen?»

«Der Bischof sorgt schon dafür, daß ich das nicht tue.»

«Charlotte ist wahrscheinlich bereits zu ihm gelaufen und hat ihm von unserem katastrophalen Besuch des Heims berichtet. Jetzt wird er Sie entlassen müssen.»

«Ich darf keine weiteren köstlichen Tage mit der frömmelnden Miss Hannay verbringen? Bringen Sie mir mein Geld, und ich bin weg.»

«Sie verstehen ihre Situation nicht.»

«Ich verstehe, daß sie eine reiche junge Frau ist, deren Steckenpferd Wohltätigkeit für arme Mädchen ist, die sie wie Quäker verkleidet. Vom wirklichen Leben in Wigan weiß sie wahrscheinlich genausoviel wie vom Leben auf dem Mond. Aber das macht nichts, weil sie, wenn ihr Vater stirbt, das reichste verwöhnte Balg in England sein wird.»

«Nicht ganz.»

Die Art, wie Leveret das sagte, ließ Blair innehalten. «Sie haben das Hannay-Imperium doch gerade beschrieben.»

«Ja, aber Bischof Hannay ist gleichzeitig auch Lord Hannay. Wenn er stirbt, wird der Besitz zusammen mit dem Titel vererbt. Und eine Frau kann den Titel nicht erben. Alles – Land und Besitztümer – werden an den nächsten männlichen Erben fallen, an ihren Cousin, Lord Rowland, der der nächste Lord Hannay werden wird. Charlotte wird natürlich gut abgesichert sein.»

«Sie meinen reich.»

«Ja, aber ganz gleich, wen sie heiratet, John Maypole oder sonst jemanden, ihr Ehemann würde volle Verfügungsgewalt über ihre gesamte Erbschaft haben.»

Blair sah Bienen mit goldenen Pollensäckchen vorbeisummen. Das erklärt Earnshaw, dachte er, obwohl der Charlotte weniger wie eine Biene als wie ein Mistkäfer umschwirrt.

Der Besuch des städtischen Komitees für Gesundheit und Hygiene im Albert Court, einem U-förmigen, zweistöckigen Wohnblock aus rotem Backstein, war eine Form von Krieg. Alle Bewohner standen in der Mitte des Hofes, während Desinfektoren in weißen Kitteln und Kappen Munitionswagen mit blitzenden Pumpen und polierten Kanistern heranrollten. An jedem dritten oder vierten Haus besetzte ein Desinfektor eine Pumpe, während sein Partner den Schlauch entrollte, durch die Haustür rannte und einen giftigen Nebel aus Strychnin und Ammoniak versprühte. Der Gestank war atemberaubend, doch Reverend Chubb, der über seiner Soutane die rote Schärpe des Komitees trug, gab Befehle wie ein General, der den Schlachtenqualm kaum bemerkt. Die Bewohner waren Frauen und Kinder; Blair fiel auf, daß etliche von ihnen Vogelkäfige in den Armen hielten. Unter den Komitee-Matronen in offiziellen Schärpen erkannte er auch Mrs. Smallbone, deren schwarzer, gefütterter Seidenrock jedem ihrer Schritte drohenden Schwung verlieh. Sie grub einen Kamm in das Haar eines Jungen und machte zwei anderen Komitee-Mitgliedern ein Zeichen, die sich mit Wasser und Karbolseife über den Kleinen hermachten. Chubb registrierte Leverets und Blairs Eintreffen auf dem Hof lediglich aus den Augenwinkeln, bevor er sich wieder mit voller Konzentration seiner Aufgabe widmete.

Blair erinnerte sich daran, wie sein eigener Kopf einmal geschoren und gewaschen worden war, zwei Hände hatten seinen Hals umklammert, um ihn stillzuhalten wie einen Hund. Das Schlimmste war der Geruch der Seife gewesen.

«Medizin schmeckt nun mal nicht gut», sagte Chubb.

«Sonst wäre es keine Medizin, was?» sagte Blair. «Sollte nicht ein Gesundheitsbeamter die Prozedur überwachen?»

«Er ist krank. Ausräucherungen dulden keinen Aufschub. Wenn diese Leute darauf bestehen, sich zu fünft in verlausten Betten zu drängeln, nicht einmal die sanitären Einrichtungen in Anspruch zu nehmen, die der Vermieter zur Verfügung stellt, und so einen Ansteckungsherd zu schaffen, durch den sich Cholera, Typhus und Pocken verbreiten, sind Maßnahmen der Allgemeinheit erforderlich. Ein Pestpfuhl betrifft uns alle. Denken Sie an die durch den Fleischwolf gedrehten Ratten.»

«Durch den Fleischwolf gedrehte Ratten?» Daran wollte Blair gar nicht denken.

«Wir werden einige dieser Häuser mit Schwefelkerzen ausräuchern und versiegeln müssen.»

«Und wohin gehen die Bewohner?»

Chubb marschierte voran. «Die Kinder sollten alle in der Schule sein, wo man sie ordentlich untersuchen kann.»

Sicher, einige Bewohner von Shaw Court hatten nackte, verkrustete Füße und zerlumpte Kleider, genau wie einige Häuser aufgebrochene Türen und eingeschlagene Fenster hatten. Die meisten jedoch sahen bloß wütend aus, vertrieben aus Heimen mit Spitzengardinen in den Fenstern und Schwellen, die eifrig mit Steinen geschrubbt worden sein mußten, um überhaupt sauber zu sein. Chubb schien die Desinfektoren willkürlich in einzelne Häuser zu schicken.

«Woher weiß er, welche Häuser er sich vornehmen muß?» fragte Blair Leveret.

«Ganz einfach», flüsterte Leveret. «Er würde es nie wagen, in das Haus eines Bergmanns einzudringen. Die Bergleute würden das Rathaus stürmen. Aber zur Verteidigung der Leute hier, es gibt lediglich zwei Aborte für zweihundert Bewohner.»

Chubb kam zurück. «Das reicht aus, wenn soziale Disziplin herrscht. Schauen Sie sich ihre Kleider an. Lumpen, wahrscheinlich verlaust. Wenn es nach mir ginge, würde ich sie verbrennen lassen.»

«Bedauerlich, daß sie kein *Autodafé* veranstalten können», sagte Blair.

«Das ist eine papistische Praxis. Es hat hier immer einen hartnäckigen Kern von Papisten gegeben. Die Hannay-Familie war, wie der Bischof Ihnen ja erzählt hat, vor langer Zeit einmal römisch-katholisch. Und natürlich gibt es unter den Bergleuten auch Iren – Iren und Schweine.»

«Die gehören zusammen?»

«Schmutz und Unmoral gehen Hand in Hand. Verkommenheit gebiert Seuchen. Bei Ihren Reisen zu den Sumpflöchern dieser Welt werden Sie gewiß festgestellt haben, daß schon ihr Geruch einem Pesthauch gleicht, Mr. Blair. Ich weiß, daß diese Menschen die Anstrengungen, die wir zu ihrem Besten auf uns nehmen, eines Tages zu würdigen wissen werden.»

«Hat Maypole so was auch gemacht?»

«Er war eine Zeitlang Mitglied des Komitees.»

Der Wagen rollte weiter und hinterließ einen beißenden Geschmack in der Luft, der sich auf die Lippen legte.

«Sie sind ein geborener Missionar, Reverend. Sie sagten, Maypole hätte sich geweigert.»

«Er war aufsässig. Er war jung. Anstatt dem Schmutz den Boden zu entziehen, wollte er ihn nähren.»

«Sie meinen das ‹Heim für Frauen›?»

«Das ‹Heim für erstmalig gefallene Frauen›», verbesserte Chubb ihn. «Als ob es in Wigan Frauen gäbe, die *nur* zum ersten Mal fallen. Selbst für den abgehärtetsten Mann ist es gefährlich, eine gefallene Frau zu retten. Das Interesse eines jungen Hilfspredigers an solchen Bemühungen muß immer suspekt erscheinen. Der Mantel der Nächstenliebe hat schon mehr als einmal Schwächen zugedeckt. Nicht die Frau wird gerettet, sondern der Retter geht unter.»

«Denken Sie dabei an eine bestimmte Frau?»

«So genau kenne ich keine der Frauen. Was Maypole und seine ‹Magdalenen› anging, habe ich meine Hände in Unschuld gewaschen.»

Blair bemühte sich, mit Chubb und seinen Desinfektionswagen Schritt zu halten. «Ansonsten hat er seinen Dienst zu Ihrer Zufriedenheit erfüllt? Er hat Gottesdienste abgehalten, Krankenbesuche gemacht und dergleichen?»

«Ja.»

«Er schien nur sehr wenig Geld zu haben.»

«Man wird nicht ein Mann der Kirche, um reich zu werden. Es ist schließlich kein Geschäft.»

«Er war pleite.»

«Er verfügte noch nicht über einen eigenen Lebensunterhalt, einen Posten als Vikar und die damit verbundene Entschädigung. Soweit man mir berichtet hat, stammte er aus einer guten Familie, doch seine Eltern starben, als er noch jung war, und hinterließen ihm nur wenig. Aber welchen Belang hatte das? Er war im Begriff, weit über seinem Stand zu heiraten.»

«Hat er Ihnen gegenüber je angedeutet, daß er irgendein Abenteuer erwog oder die Stadt verlassen wollte?»

«Die Stadt verlassen? Wo er mit der Tochter des Bischofs verlobt war?»

«Wirkte er glücklich?»

«Warum nicht? Nach der Heirat war ihm ein Aufstieg zu den höchsten kirchlichen Ämtern vorherbestimmt.»

«Was war mit seinen Predigten auf den Zechen, wissen Sie irgendwas darüber?»

«Ich habe ihn gewarnt, daß derartige Freiluftveranstaltungen etwas für Wesleyaner sind. Maypole hatte leider arbeiterkirchliche Neigungen. Sein Rugbyspiel beispielsweise. Alles, was ich brauchte, war ein Mann, der das Abendmahl austeilt, Kranke besucht und den Armen, die es verdient haben, das Essen bringt. Das ist hinreichend Arbeit für zwei.»

«Was, glauben Sie, ist mit ihm passiert?»

«Ich weiß es nicht.»

«Haben Sie die Polizei eingeschaltet?»

«Wir wollen die Polizei nicht über Gebühr beanspruchen. Wenn Inspektor Moon etwas erfährt, wird er uns benachrichtigen.»

«Sagen Sie, wollen Sie Maypole noch immer finden?»

«Ich wüßte nicht, daß es mich groß kümmerte. Der Heilige Maypole war hier und ist wieder weg. Ich tue meinen Dienst natürlich ganz zum Wohlgefallen des Bischofs. Wie wir alle. Aber wenn Sie ihn treffen, sagen Sie ihm, daß ich lange genug gewartet habe. Ich brauche einen neuen Hilfsprediger.»

Der Wagen rollte weiter, Sonnenlicht breitete sich auf dem Messing aus. Chubb eilte die Straße hinunter, um Schritt zu halten.

Inspektor Moon hatte eine Kerbe in der Mitte seiner Stirn. «Ziegelstein.» Er krempelte einen Ärmel hoch, um eine Narbe zu zeigen, die über die gesamte Länge seines fleischigen Unterarms lief. «Schaufel.» Er zog ein Hosenbein hoch. Sein Schienbein war kreuzweise vernarbt und wie von einem Schuß eingedrückt. «Pantinen. Genug, um zu einem Zwischenfall mit Bergleuten nur noch mit Schienbeinschonern auszurücken. Und was ist mit Ihnen passiert?» Er musterte die Kratzer auf Blairs Wange.

«Eine Rose.»

«Oh, nun, das können wir nicht aufnehmen.»

Moons Uniform war blau und an Kragen und Manschetten silbern bestickt. Er hatte lebhafte Gesichtszüge, die nahelegten, daß er eine augenzwinkernd und knuffend ausgeübte Autorität besaß. Blair hingegen genoß momentan nur den glücklosen Geisteszustand eines Mannes, der nichts mehr zu verlieren hat. Das Arsen pulsierte durch seine Adern wie ein zusätzliches Fieber. Leveret hatte ihn allein gelassen, um zu seinen Gunsten beim Bischof vorzusprechen. Inzwischen mußte Charlotte Hannay zu ihrem Vater gelaufen sein und seine Entlassung gefordert haben. Aus den weiß getünchten Zellen mit ihren Strohlagern hörte man Ächzen und Stöhnen, doch das Büro des Inspektors verfügte über den Komfort eines gekachelten Kamins, eines Mahagonischreibtisches, tiefen Sesseln aus russischem Leder und Gaslampen, die Karten der Welten von Lancashire und Wigan beleuchteten. Moons Büro strahlte die Prosperität eines neuen Geschäfts aus.

«Schön, nicht wahr? Die alte Wache und das alte Rathaus wurden vor ein paar Jahren bei Unruhen von Bergleuten beschädigt. Natürlich waren es in der Hauptsache die Hannays, die diese Verbesserungen ermöglicht haben.» Moon gönnte sich eine Pause. «Wir wollen dem Bischof seine Sorgen gerne nehmen. Es ist nur ein wenig spät. Wegen der Explosion in der Hannay-Mine, der Rettungsaktion, der Identifizierung der Leichen, der Untersuchung der Unglücksursache und den Beerdigungen wurde Maypole lange Zeit mit keinem Wort erwähnt. Nun, ich glaube, man wollte Stillschweigen darüber wahren, meinen Sie nicht? Ein junger Hilfsprediger, verlobt mit der Tochter des Bischofs. So etwas klärt man am besten privat. Es hat auch nie eine offizielle Anzeige gegeben, nichts in den Akten.»

«Aber Sie haben Erkundigungen über Maypole eingezogen?»

«Diskret. An Bahnhöfen für den Fall, daß er eine Fahrkarte gelöst hat. Ich bin die Gräben und Kanäle abgelaufen. Traurige Geschichte, aber man kann ja nie wissen. Natürlich sind wir hier im Kohlerevier. Es gibt überall alte Schächte. Wenn ein Mann im Dunkeln umherirrt und nicht weiß, wo er stehen bleiben muß, findet man ihn vielleicht nie wieder.»

«Maypole hatte Ärger mit einem Mann namens Silcock. Ist Ihnen der Name bekannt?»

«Ein Fachmann im Umgang mit dem Totschläger. Lauert Hotelgästen auf, Herren, die zu viel getrunken haben. Sieht ganz offen und ehrlich aus. Das ist seine Verkleidung.»

«Wie Maypole?»

«Jetzt wo Sie es erwähnen, ähnelt er ihm vom Typ her schon. Wie dem auch sei, wir waren auf dem laufenden. Wir haben ihn noch am selben Tag, an dem wir beobachtet haben, daß er den Reverend belästigt hat, aus Wigan vertrieben.»

«Haben Sie ihn verhaftet?»

«Nein, aber wir haben ihm die Zähne gezeigt. Wir mußten ihn zweimal verwarnen, aber dann ist er verschwunden.»

«Wissen Sie, wo sich Silcock seither aufgehalten hat?»

«Nein.»

«Meinen Sie nicht, daß Sie das hätten herausfinden sollen?»

«Das ist nicht mein Problem.» Moon schob seinen Kiefer vor und zurück. «Mr. Leveret konnte Sie nicht begleiten?»

«Er ist nach Hannay Hall gefahren, um über unsere heutigen Fortschritte zu berichten. Erinnern Sie sich, Maypole am Tag vor der Explosion gesehen zu haben, Inspektor?»

«Sie stellen so viele Fragen, daß Sie ein richtiger Detektiv sein könnten. Nein.»

«Wann haben Sie zum letzten Mal mit ihm gesprochen?»

«In der Woche davor. Er kam ständig mit einer Entschuldigung für einen betrunkenen Bergmann an. Ich verstehe das. Vergebung ist schließlich die Aufgabe eines jungen Hilfsgeistlichen.»

Moon sagte es, als spräche er von der Plapperphase eines Kleinkindes; Blair verspürte Antipathie gegenüber dem Inspektor in sich aufsteigen.

«Erinnern Sie sich noch daran, welcher Bergmann es in jener Woche war?»

«Bill Jaxon.»

«Jaxon und Maypole spielten doch in derselben Rugbymannschaft?»

«Ah, Bill ist ein berühmter Bursche. Er gerät auch in Schlägereien. Das ist bei Bergleuten eben so. Deswegen sind sie so gute Rugbyspieler, was kümmert sie eine gebrochene Nase? Man sagt, wenn man in Lancashire ein gutes Rugbyteam aufstellen wollte, müßte man nur den Schacht hinunterrufen.»

«Was hatte Bill denn getan, um das Auge des Gesetzes auf sich zu ziehen?»

«Er hat einem anderen Mann den Schädel eingeschlagen, weil der das falsche Mädchen geherzt hat. Ich konnte Bill keinen Vorwurf machen. Sie müssen wissen, daß es immer wieder Reisende gibt, die sich mit den Umgangsformen in Wigan nicht auskennen und sich verwirren lassen.»

«Wovon verwirren?»

«Von den Grubenweibern.»

«Wie das?»

Moon hatte noch alle Vorderzähne, aber an den Seiten klafften Lücken, die sein Lächeln feucht und zahnlos erscheinen ließen. «Nun, sie machen, was sie wollen, oder nicht? Sie trinken wie Männer, arbeiten wie Männer, leben wie Männer. Und sie ziehen eine gewisse Sorte von Gentlemen an, die mit dem Zug angereist kommt, um eine Amazone in Hosen zu sehen. Diese Sorte Gentlemen glaubt, daß sie sich Freiheiten herausnehmen kann, und sieht sich dann mit jemandem wie Bill konfrontiert.»

«Wer war die Amazone in Bills Fall?»

«Ein Mädchen namens Molyneux.»

«Rose?»

«Genau die. Ein Grubenweib, auf verkommene Weise recht attraktiv. Noch nicht lange in Wigan.» Moon wirkte überrascht. «Aber woher kennen Sie sie?»

«Sie stand auf der Liste der Personen, die Maypole zuletzt gesehen haben, die Sie Leveret zur Verfügung gestellt haben.»

«Richtig. Mir hat es nie gefallen, daß der Reverend Zeit mit ihr verschwendet hat. Ich habe ihn vor allzu vertraulichem Umgang mit den Bergleuten gewarnt, weil sie ihn sonst auf ihr Niveau herabziehen könnten.»

«Welches Niveau?»

«Sie sind gute Menschen, aber primitiv. Und das ist eine Tatsache, Sir.» Moon wandte seine Aufmerksamkeit wieder Blairs Wange zu. «Wissen Sie, was die Bergleute benutzen, um Wunden zu säubern? Kohlenstaub. Hinterher sind sie tätowiert wie die Wilden. So wollen Sie doch nicht aussehen.»

Von der Wache ging Blair zu Fuß, damit Leveret Zeit hatte, die Nachricht von seiner Entlassung im Hotel zu hinterlassen.

Der Nachtportier durchstöberte die Fächer. «Tut mir leid, Sir, nichts für Sie da.»

«Es muß etwas da sein.» Blair konnte nicht glauben, daß der Bischof ihn nach Leverets Bericht oder Charlottes Beschwerde nicht zumindest verwarnte. «Sehen Sie noch mal nach.»

Der Portier bückte sich hinter seinem Tresen. «Da ist tatsächlich etwas, Sir.» Er kramte ein schweres, unförmiges, in braunes Papier eingeschlagenes und mit einer Kordel verknotetes Paket hervor. Auf dem Papier stand mit dickem Bleistift: «Für Mr. Blair. Von einem Freund.»

«Wissen Sie, wer das gebracht hat?»

«Nein, es war schon hier, als ich meinen Dienst angetreten habe. Vermutlich ein Geschenk. Scheint aus zwei Teilen zu bestehen.»

Der Portier wartete gespannt darauf, daß Blair das Paket auspackte. Statt dessen trug er es auf sein Zimmer, stellte es auf den Wohnzimmertisch, zündete die Lampen an und genehmigte sich einen Gin mit Chinin. Er sagte sich, daß er sein Bestes getan hatte, zumindest genausoviel, wie die Polizei für den frommen John Maypole getan hatte. Morgen würde er in Liverpool sein und eine Passage in die Freiheit buchen, wenn es sein mußte, auf dem Zwischendeck. Und in ein oder zwei Jahren würden ihm seine beiden Nächte in Wigan erscheinen wie ein flüchtiger Traum.

Gestärkt durch einen weiteren Gin, löste Blair die Kordel und packte das Paket aus. Es enthielt ein Paar Schuhe. Nein, keine Schuhe. Pantinen aus Leder, das mit Messingnägeln an den massiven Eschenholzsohlen befestigt war, deren Ränder mit Hufeisen beschlagen waren. Das Leder war mit Kleeblättern bestickt, die Sohlen mit zusätzlichen Messingstollen versehen. Es waren die Pantinen, die Bill Jaxon von dem Iren gewonnen hatte.

Aus reiner Neugier setzte Blair sich hin und zog seine Stiefel aus. Er schlüpfte in die Holzschuhe, zurrte die Riemen fest und stand auf. Weil die Sohlen nicht nachgaben, wippte er mit den Füßen hin und her und hob die Fersen. Als er ein paar unbeholfene Schritte machte, klang es wie über den Fußboden rollende Kugeln. Aber die Pantinen paßten.

# 9

Als Blair bei der Hannay-Grube ankam, waren die Bergleute der Tagesschicht schon eingefahren, aber Battie, der Steiger, war in einem Korb nach oben gekommen, um den Transport eines Ponys zu überwachen, einer Stute mit weißer Mähne und weißem Schwanz. Das Tier trug Scheuklappen und wurde in einem Geschirr mit zwei besonders langen Führstricken geführt. Während Battie an der Unterseite des Förderkorbs eine Kette einhakte, lockte ein Stallbursche das kleine Pferd mit Heu auf die Rampe.

Der Steiger bemerkte Blair. «Wollen Sie eine weitere Befahrung der Grube unternehmen? Wir müssen doch nicht wieder auf allen vieren herumkriechen, oder?»

«Nein.» Blair ließ seinen Rucksack von der Schulter auf den Boden gleiten.

Battie hatte die Kette befestigt und trat zurück. Eine Schicht aus Kohlenstaub bedeckte seine Haut. Mit einer Hand schirmte er seine Augen gegen die Sonne ab und sah Blair an. «Sind Sie durch Brombeersträucher gekrabbelt?»

«Ich habe eine menschliche Brombeere getroffen.»

«Ist Mr. Leveret bei Ihnen? Ich sehe keine Kutsche.»

«Ich bin alleine gekommen.»

«Und haben den ganzen Weg Ihren Rucksack getragen? Sie fragen doch nicht noch immer nach Reverend Maypole?»

«Noch immer», sagte Blair, obwohl er eine Nachricht mit seinem Ziel beim Portier hinterlassen hatte und hoffte, daß Leveret jeden Moment auf den Hof gefahren kam, um ihm mitzuteilen, daß der Bischof ihn entlassen hatte. «Ist Maypole oft hier gewesen?»

«Ja. Er nutzte jede Gelegenheit zu predigen und war sehr gut darin, Parallelen aus der Bibel zu ziehen – die Arbeiter im

Weinberg und die Männer auf der Zeche und so. Jetzt fühle ich mich mies.»

«Warum?»

«Ich fürchte, ich habe ihm gesagt, daß ein Bergwerk keine Kirche ist. Man kann nicht zwischen herumrollenden Waggons und Wannen predigen. Als Freund der Hannays wäre er jederzeit eingeladen, die Zeche zu besuchen, aber nicht als Pfarrer. Das war eine Woche vor der Explosion. Ich hätte meinen Mund halten sollen.»

Der Korb mit dem an der Unterseite angebrachten Haken stieg auf, und die Männer legten Planken über den Schacht. Der Stallmeister war drahtig wie ein Junge und hatte eine Hakennase und einen finsteren Schnurrbart. Er führte das Pony auf die Planken, zwang es auf die Knie und dann in eine seitlich liegende Position. Er verschränkte die Vorderbeine des Tieres, legte sie in den vorderen Gurt und zurrte ihn fest, bevor er die Prozedur mit dem anderen Gurt bei den Hinterbeinen wiederholte, so daß nur noch die vier Hufe des Ponys frei waren. Er zerrte an den Gurten, um ihre Spannung zu überprüfen, bevor er einen Ring am Geschirr des Tieres an dem Haken befestigte, der von dem Förderkorb herabhing. Auf seinen Ruf hin stieg der Korb auf und hievte das Pferd hoch, bis es über dem Schacht hing.

«Hübsches kleines Pferd», sagte Blair.

Battie nickte. «Und teuer. Ich mag walisische Ponys, aber die sind zur Zeit knapp. Das hier kommt den weiten Weg aus Island.»

«Weiß wie der sprichwörtliche Schnee.»

«Na ja, das arme Mädchen wird bestimmt nicht lange weiß bleiben.»

Das Pony hing gefesselt zwischen Korb und Schacht. Obwohl der Stallmeister ihm Heu unter die Nase hielt und die Zügel gepackt hatte, verdrehte es die Augen. Der Schatten von Pferd, Korb und Turm legte sich über den Hof.

«Es ist ihre erste Seilfahrt. Sie wird sich schon noch beruhigen», rief der Stallmeister. «Wir wollen schließlich nicht, daß sie scheut, wenn wir sie den Schacht runterlassen.»

«Manche Ponys sterben im ersten Monat unter Tage», erklärte Battie Blair. «Vielleicht ist es der Mangel an Licht oder Luft oder die Tatsache, daß ihre Ställe nicht vernünftig ausgemistet werden. Irgendwie rätselhaft. Haben Sie etwas vergessen?»

Blair trat an die Rampe. «Nein, es war nur etwas, was Sie neulich gesagt haben. Sie haben mir die Stelle gezeigt, an der Sie die Opfer der Explosion gefunden haben, diejenigen, die erstickt sind, und die, die in die Luft gesprengt wurden. Und Sie sagten, sie hätten ‹tausendmal darüber nachgedacht›.»

«Das würde jeder, nach einem solchen Feuer.»

«Es war das Wort ‹nachgedacht›. Als ob da etwas wäre, was Sie zu ergründen suchen, indem Sie es im Kopf wieder und wieder durchgehen. Sie haben nicht gesagt, Sie hätten ‹daran gedacht›, Sie sagten, Sie hätten ‹darüber nachgedacht›.»

«Ich kann da keinen Unterschied erkennen», sagte Battie.

«Vielleicht gibt es auch keinen.»

«Sind Sie deswegen hier herausgekommen?»

«Das war *ein* Grund. Gab es da etwas, worüber Sie besonders nachgedacht haben?» fragte Blair.

Das Pony beruhigte sich nicht. Statt dessen begann es wie wild zu zappeln, bis der über ihm hängende Korb gegen die Führungsseile schlug wie ein Pendel. Loses Heu wurde aufgewirbelt, goldene Halme vom Abwind in den Schacht gesaugt. Wenn ein Pony erst einmal unter Tage war, kehrte es nur noch einmal im Jahr für jeweils eine Woche ans Tageslicht zurück, bis es endgültig lahmte und für den Karren des Abdeckers wieder nach oben gezogen wurde. Obwohl der Stallmeister kräftig an den Zügeln zerrte, wand das Tier seinen Kopf, um nach dem Gurt zu schnappen. Der Korb pendelte inzwischen so stark, daß er die Holzpfeiler des Förderturms berührte.

«Ich denke über alles nach, was unter Tage passiert. Das ist die Aufgabe eines Steigers», sagte Battie.

«Ich meine das auch gar nicht als Anschuldigung, aber vielleicht ist etwas passiert, was für Sie keinen vernünftigen Sinn ergibt.»

«Es ist Ihnen vielleicht noch nicht aufgefallen, Mr. Blair, aber ein dunkler Tunnel tief unten in der Erde ist nicht der Ort, an dem man mit Vernunft viel weiterkommt.»

Der erste Gurt riß. Das Pony konnte sich nun ein wenig freier bewegen, begann sich an seinem Ring um die eigene Achse zu drehen und trat daraufhin noch heftiger um sich. Der Stallmeister wich den Hufen aus und versuchte, das Tier an den Zügeln wieder über die Rampe zu ziehen, damit es, wenn es sich losriß oder sich auch noch der andere Gurt löste, nicht in den offenen Schacht stürzte.

«Kommando zurück», rief Battie.

Doch das Gewicht des Pferdes zog den Stallmeister auf den Schacht zu. Die Eisenbeschläge seiner Pantinen schrammten über die Rampe. Battie packte ihn an der Hüfte. Blair zog seine Jacke aus, warf sie dem Pferd über den Kopf und klammerte sich dann an Battie.

Die drei Männer hingen an den Zügeln, während das Pony weiter um sich trat und versuchte, die Jacke abzuwerfen. Langsam hörten die Tritte auf. Das Tier drehte sich immer noch an dem Haken, wurde aber zunehmend träger, ruhiggestellt durch die eigene Blindheit. Battie nahm die Zügel, während der Stallmeister eine Kapuze holte, die er im selben Moment, in dem er Blairs Jacke wegnahm, fachmännisch über den Kopf des Tieres zog. Blair nahm seine Jacke und taumelte gegen einen Pfeiler. Angesichts des Spektakels waren alle Aktivitäten auf dem Hof zum Erliegen gekommen. Blairs Herz pochte. Er war von oben bis unten mit dem schäumenden Schweiß des Pferdes bedeckt, als hätte er sich in Schaum gewälzt.

Der Stallmeister war außer sich. «Das hätten Sie nicht tun sollen. Meinen Sie, ich schaffe meinen Job nicht alleine?»

«Tut mir leid», sagte Blair.

«Sie haben ihn wie einen Idioten aussehen lassen», sagte Battie. «Er wäre lieber gestorben.»

Weitere Stallburschen kamen hinzu, um das Pony zur Rampe zu ziehen und es mit einem neuen Gurt zu fesseln. Auf der anderen Seite des Hofes begannen die Männer wieder ihre Wannen zu wiegen, Fahrer setzten ihre Lokomotiven in Bewegung, um Waggons anzukoppeln, Schmiede bearbeiteten ihre Eisen weiter. Battie rief dem Maschinisten im Fördermaschinenraum etwas zu. Das Seil zitterte in seiner ganzen Länge, als es langsam angezogen wurde, während das Pony mit seiner Kapuze endgültig besänftigt schien. Als das Seil langsam wieder abgelassen wurde, verschwand es im Schacht, gefolgt von dem Korb, der auf Höhe der Rampe nur noch einmal kurz anhielt, um Battie einsteigen zu lassen.

Der Steiger ließ die Glocke des Korbes einmal ertönen. «Die Zahlen stimmen überein, Mr. Blair. Sechsundsiebzig Lampen, sechsundsiebzig Männer. Das ist alles, was zählt.»

Blair war noch immer außer Atem. «Es ist überhaupt nicht rätselhaft.»

«Was?« rief Battie zurück.

«Warum die Ponys sterben. Sie krepieren vor Angst.»

Ein freudloses Lächeln schlich sich auf Batties Gesicht. Dann verschwand er unter dem oberen Teil des Korbes, der zwar zunehmend schneller, aber immer noch sanft nach unten glitt, beschwert durch das Pony, das unter seinem Boden hing.

Blair ging hinüber zur Klaube-Halle. Eine Lokomotive zog einen Zug beladener Waggons von dem Landabsatz an der Seite des Schuppens. Nur durch Ketten verbunden, stießen die Wagen krachend zusammen, als sie die ruckelnden Brems- und Beschleunigungsbewegungen der Maschine weiterleiteten. Neben dem Zug gingen Grubenweiber, die die größeren herabfallenden Kohlebrocken aufhoben.

Über dem Schuppen glänzte eine Wolke aus Kohlenstaub in der Sonne. Blair konnte Rose Molyneux weder bei den Rutschen an der Seite noch bei den Frauen entdecken, die Gesteins- und Dreckbrocken von dem Förderband klaubten oder sich um die über die Siebe hinabrutschende Kohle kümmerten. Als er sie zum ersten Mal bei der Arbeit beobachtet hatte, war es dunkel gewesen. Im Tageslicht wirkten ihre Uniformen – Arbeitshemden und

Hosen, Kopfbedeckungen aus Flanelltüchern und hochgerollte Röcke – weder männlich noch weiblich, sondern wie eine Mode für hermaphroditische Arbeitstiere. Er erkannte die massige Gestalt von Rose' Freundin Flo, als sie sich von den anderen Frauen am Fuße der Rutsche löste und auf ihn zukam.

«Sieh da, der Herrenbesuch», sagte sie und wies dann mit dem Kopf in Richtung Fördertum. «Ich hab' Sie Karussell fahren sehen.»

Blair schwang den Rucksack von seiner Schulter. «Ich habe etwas für Rose. Ist sie hier?»

«Ist sie. Aber sie hat sich verletzt. Nicht schlimm. Sie kommt später wieder, ich weiß aber nicht genau, wann.» Flo streckte eine schwarze Hand aus. «Geben Sie es mir, ich geb' es ihr dann.»

«Ich möchte es Rose gern selbst überreichen. Ich muß mit ihr reden.»

«Also ich weiß nicht, wann sie zurückkommt.»

«Wann hat sie Arbeitsschluß? Ich kann hier auf sie warten.»

«Um fünf. Aber sie kann dann nicht mit Ihnen reden, nicht wenn die Männer oben sind.»

«Dann treffe ich sie in der Stadt.»

«Nein. Der beste Platz ist der Kanarienwald. Die Bäume ganz in der Nähe der Zeche. Sie kommt nach der Arbeit dorthin.»

«Wenn nicht, suche ich in Wigan nach ihr.»

«Rose kommt bestimmt.»

Flo schien mit den Verhandlungen zufrieden zu sein. Gleichzeitig war es, als hätte sie Angst, weitere Worte zu wechseln. «Ich muß an die Arbeit», sagte sie.

Sie ging langsam zu den Kohlerutschen zurück, zu groß, um leichtfüßig zu entschwinden, doch weder ihr Kopftuch noch ihr schwarz verschmiertes Gesicht konnten die Befriedigung verbergen, die in ihrem Blick lag, als sie ihm über die Schulter noch einmal hinterhersah.

Auf halbem Weg nach Wigan blieb Blair stehen. Die Straße führte die meiste Zeit an Feldern entlang, die schwarz waren von frisch umgepflügter Erde. Er hatte vor, die Witwe Jaxon zu besuchen; laut Maypoles Tagebuch hatte er am Tag seines Verschwindens mit ihr Tee getrunken. Zwar war er danach noch von anderen gesehen worden, aber vielleicht hatte er etwas zu der Frau gesagt.

Doch auf einmal bemerkte Blair, daß er aufgehört hatte zu gehen, so als hätte seine Beine die Kraft dazu verlassen. Anstatt der dunklen Felder sah er das an der Kette zerrende Pony vor sich. Furcht stieg in ihm auf wie das Dunkel des Schachts, aber es war nicht die Angst vor dem Fall. Etwas Schlimmeres: die Art, wie die Stute, in dem Versuch, sich loszureißen, den Kopf hin und her geworfen hatte. Ihr Angstschweiß bedeckte ihn immer noch.

Plötzlich fand er sich auf dem Boden wieder. Es war nicht die Malaria. Das Pferd war verschwunden, ersetzt durch die Erinnerung an einen Raddampfer, der sich zwischen schwarzen Wogen und grauem Himmel einen Weg übers Meer bahnte. Das rauhe Geräusch der Wellen wetteiferte mit dem unregelmäßigen Stampfen der Seitenräder, während das Schiff schlingernd Stück für Stück vorankam. Der Kapitän hielt die Bibel fest in den Wind, der stark genug wehte, um Bärte flattern zu lassen. Sechs Matrosen trugen ein Brett auf den Schultern, auf dem eine in ein Musselintuch gehüllte Leiche lag. Sie hoben das Brett an, und die Leiche segelte wie ein flügelloser Engel durch die Luft. Der kleine Junge zog sich an der Reling hoch, um ihr nachzusehen.

Über dem Wasser endete der Fall. Das Tuch hatte sich im Brett verhakt und sich in einem flatternden weißen Bogen bis zu dem Knoten entrollt, der die noch einmal eingeschlagene Leiche sicherte. Als das Schiff vorwärtsstampfte, versank die Leiche in einer Welle, tauchte wieder auf, schwamm neben dem Schiff, versank in der nächsten Welle und tauchte erneut auf. Er hörte, wie das Blei, mit dem man sie beschwert hatte, gegen den Rumpf schlug.

Ein Matrose schnitt das Tuch durch. Befreit blieb es sofort zurück und sank flatternd ins Wasser, als ob es sich langsam aus einer Umklammerung lösen würde. Die von gischtigen Wellen überspülte Leiche war bald nicht mehr zu erkennen, obwohl ihm war, als hätte er das Tuch noch eine Minute oder länger auf dem Wasser gesehen. Blair, ein Goldsucher, der den Jungen und seine Mutter an Deck kennengelernt hatte, tätschelte ihm den Kopf und sagte: «So etwas kommt vor.» Und der junge Blair hatte, als er älter wurde, die Erfahrung gemacht, daß so etwas dauernd vorkam.

Jetzt beugte er sich vor und schluchzte. Das verdammte Pony, sagte er sich. Das sich entrollende Tuch, seine hin und her wirbelnde Jacke. Der Korb, der gegen die Führungsseile taumelte, ihr Körper, der gegen den Rumpf des Schiffes schlug. Er konnte sich nicht mehr erinnern, wann er zum letzten Mal geweint hatte, er spürte nur, daß in diesem Moment eine Erinnerung geboren wurde, die schmerzhaft von innen aus ihm herausdrängte. Dieses Scheißpony.

«Alles in Ordnung?»

Blair hob den Kopf. Ein verschwommener Leveret blickte von einer Kutsche auf ihn herab, die Blair nicht hatte kommen hören.

«Ja doch.»

«Sie machen einen recht aufgewühlten Eindruck.»

«Sie sind ein wirklich scharfer Beobachter, Leveret.» Blair drehte sich auf den Rücken; es hätte ihn nicht überrascht, wenn seine Augen herausgeflossen wären. Seine Rippen schmerzten, als wären sie derartige Anstrengungen nicht gewohnt. Er war vor sich hin spaziert, hatte sich an die Seebestattung erinnert und sich mit einem Mal in eine sprudelnde Quelle verwandelt.

«Kann ich Ihnen aufhelfen?»

«Wenn Sie mir helfen wollen, sagen Sie mir, daß ich entlassen bin, weil die Hannay-Familie meine Dienste nicht länger benötigt.»

«Aber nein, der Bischof sagt, er ist mit Ihrer Arbeit sehr zufrieden. Er möchte, daß Sie genauso weitermachen.»

Blair richtete sich auf. «Was ist mit Charlotte Hannay? Möchte er, daß ich mich von ihr fernhalte?»

«Im Gegenteil. Der Bischof möchte, daß Sie noch einmal mit ihr reden.»

«Haben Sie ihm erzählt, was passiert ist?»

«Er sagt, Sie sollten auch die andere Wange hinhalten.» Als Blair trotz seines tränenüberströmten Gesichtes lachte, fügte Leveret hinzu: «Der Bischof meint allerdings auch, daß Sie sich, wenn Sie dafür nicht genug Mitgefühl aufbringen, durchaus frei fühlen sollen, sich gegen Angriffe zu verteidigen.»

«Das hat der Bischof gesagt? Er weiß, daß seine Tochter schon meinen bloßen Anblick verachtet?»

«Ich habe ihm erzählt, was vorgefallen ist. Charlotte und Earnshaw hatten ihm ebenfalls bereits in allen Einzelheiten Bericht erstattet. Die Mißlichkeit der Garten-Episode ist in aller Ausführlichkeit dargelegt worden.»

«Die Garten-Episode!» Was für eine überaus englische Art, alles von einem Furz bis zu einem Mord zu bezeichnen, dachte Blair. Er rappelte sich auf die Füße. «Hannay ist verrückt», sagte er.

«Der Bischof meint, Reverend Maypoles Verschwinden sei eine zu wichtige und dringliche Angelegenheit, als daß sie durch persönliche Belange, gleich welcher Art, beeinträchtigt werden dürfte. Er scheint überzeugter denn je, daß Sie der richtige Mann für den Job sind. Er hat Ihnen sogar eine Zusatzprämie in Aussicht gestellt.»

Angewidert warf Blair seinen Rucksack auf die Kutsche und kletterte auf den Sitz neben Leveret. «Ich will keine Zusatzprämie, und ich habe keine Ahnung, wie ‹der Job› zu bewältigen ist. Ihr Polizeiinspektor Moon glaubt, daß man Maypole nie finden wird. Wahrscheinlich hat er recht.»

Leveret schnüffelte. «Sind Sie geritten? Hat das Pferd Sie abgeworfen?»

Blair bedachte die Frage. «So ähnlich.»

Im Hotel zog Blair sich um. Er fühlte sich seltsam gestärkt und gereinigt. Alle Farben kamen ihm roher, frischer und kraftvoller vor. Bei einem Schreibwarenhändler kaufte er eine Lupe, um Maypoles Tagebuch zu entziffern. Er hatte sogar Appetit und überredete Leveret, mit ihm ein Gasthaus in Scholes aufzusuchen, wo er Kaninchenpastete und eingelegten Aal aß.

Die Luft im Lokal war eine einzige Wolke aus Pfeifenqualm, derart beißend, daß einem die Nase brannte. Krücken und Rollstühle waren bei den Tischen abgestellt, an denen alte Männer in Mützen und schmutzigen Schals Domino spielten, unterbrochen von Debatten mit jüngeren Männern, die den Tag freigenommen hatten. Sie aßen ihre Pasteten mit Taschenmessern; Tischmanieren, auf die Leveret steif und peinlich berührt reagierte. Blair hingegen war Araber und Afrikaner gewohnt, die mit den Fingern aßen. Außerdem hatte er eine Schwäche für dieses Tableau, die zeitlose Szene glücklos spielender Männer, hier genau wie in Sacramento oder Accra. Mit dem Spiel kam die rhythmische Begleitung, das schmatzende Saugen der Männer an ihren Tonpfeifen, das Klappern der Spielsteine aus Elfenbein.

Das Bier war dunkel und hatte schon nach wenigen Schlucken eine beinahe sichtbare Wirkung auf Leveret. Er trug noch immer einzelne Pflaster und wirkte leicht zerknittert, wie ein an der Wand angeschlagenes Plakat. «Ich war nicht mehr an einem solchen Ort seit der Zeit, als ich mich noch mit Charlotte ins Dorf geschlichen habe», flüsterte er.

«Sie ist hierhergekommen?»

«Als wir noch Kinder waren. Wir haben beide für unser Leben gern Aalpastete gegessen.»

«Charlotte Hannay? Das kann ich mir nicht vorstellen.»

«Sie kennen Charlotte nicht.»

«Eine grimmige kleine Molluske.»

«Nein. Sie . . . zumindest war sie früher ganz anders.»

«Ein Fisch?»

«Abenteuerlustig, voller Leben.»

«Jetzt ist sie voller Meinungen. Ist sie nicht noch ein wenig zu jung, um so viel schlauer zu sein als alle anderen?»

«Sie ist eben gebildet.»

«Was soll das heißen?»

«Die Klassiker, Naturwissenschaften, Französisch, Latein, ein wenig Griechisch.»

«Das kann ich mir lebhaft vorstellen. Weiß sie irgend etwas über Bergmänner und Grubenweiber?»

«Es ist eine alte Hannay-Tradition, sich in die Stadt zu schleichen. Als der Bischof noch jung war, hat er sich selbst dauernd in den Arbeitervierteln von Wigan herumgetrieben. Die Jungen sind immer über stillgelegte Schächte gesprungen. Es war eine Art Mutprobe, wissen Sie. Einige haben sich gar nicht getraut. Aber Hannay war der ungekrönte Champion.»

«Na ja, schließlich waren es seine Schächte, stimmt's? Vielleicht sollte man es zur Vorbedingung für die Eigentümerschaft machen, über einen offenen Schacht zu springen. Kam Maypole auch hierher?»

«Eine Zeitlang. Er wollte essen wie die Bergleute und mit ihnen leiden. Aber er hat mir erzählt, daß er feststellen mußte, daß die Bergleute in Wahrheit recht üppig essen. Roastbeef, Lamm, Schinken, dazu natürlich große Mengen Bier. Das konnte John sich nicht leisten, also kehrte er wieder zu seinem Hilfspredigerleben zurück.»

«Kam die Mehrzahl der Leute in seine Kirche?»

«Nein. Ich weiß nicht, ob Sie in der Redaktion der Zeitung ein Buch mit dem Titel ‹Katholiken in Lancashire – eigensinnige Geister› bemerkt haben. Lancashire ist trotz der Reformation der katholischste Landstrich Englands geblieben. Außerdem gibt es bei uns auch die meisten Methodisten. Wir sind die meisten von was auch immer. Im Mittelalter war Wigan ein Zufluchtsort für flüchtige Sklaven. Im Bürgerkrieg waren wir königstreu. Nicht wie die Leute aus dem Süden.»

«Die Leute aus dem Süden?»

«Die Londoner. Sie sind träge und tun immer das, was am bequemsten ist. Bergbau ist keine bequeme Beschäftigung.»

«Hat Maypole je Pantinen getragen?»

«Beim Rugby, ja, weil die anderen Männer da auch Pantinen tragen.»

«Die habe ich in seinem Zimmer nicht gefunden. Haben Sie auch manchmal Pantinen getragen?»

«Gott bewahre, nein.»

«Auch nicht als Kind?»

«Mein Vater hat es mir verboten. Er war vor mir der Verwalter des Anwesens, wie Sie sich vielleicht erinnern. Als Sohn eines Bergmanns war das für ihn ein großer Schritt nach oben, er hat als kleiner Buchhalter angefangen und ist erst zum Stellvertreter des Verwalters, dann zum Verwalter aufgestiegen. ‹Keine krummen Beine mehr in dieser Familie›, hat er immer gesagt. Mein Großvater hatte Beine so krumm wie Reifen, weil er als Junge, als seine Knochen noch weich waren, Kohle gefördert hat. Die Leverets sind in einer Generation in die Höhe gesprossen.»

«Evolution sozusagen?»

Leveret dachte nach. «Fortschritt hat mein Vater es immer genannt. Der Vater meiner Mutter war Schleusenwärter, und ich habe ganze Tage am Kanal verbracht – ein faszinierender Spielplatz für einen Jungen, mit den Angeln, Pferden und Booten –, bis mein Vater diesen Besuchen ein Ende machte. Er war ein enger Freund von Chief Constable Moon, und Moon glaubte stets an die Verbesserung der Arbeiter im allgemeinen und die der Bergleute im besonderen. Obwohl Moon immer sagt, daß jeder Fortschritt mit einem kräftigen Knüppel beginnt. Eine furchteinflößende Gestalt. In einer Stadt wie Wigan ist der Chief Constable ein wichtiger Mann.»

«Moon ist eine Knalltüte in Uniform.»

«Nett gesagt.» Leveret unterdrückte ein Lächeln.

Blair wies mit dem Kopf auf einen Tisch in der Ecke. «Sehen Sie den Mann da drüben, der gerade seine Wurst schneidet? Das Gesicht schwarz vor Kohle. Kohle in den Haaren, unter den Nägeln und in jeder Falte seiner Haut. Die abgewetzte Weste aus Englischleder. Mit einem Dialekt, den kein anderer Engländer verstehen würde, und an den Füßen Pantinen. Wenn Sie ihn in einer Stunde gewaschen, rasiert, in Londoner Kleidung, mit Schuhen und einen Londoner Dialekt sprechend wiedertreffen würden, würden Sie nicht glauben, daß es derselbe Mann ist. Aber ist das ein Fortschritt?»

«Kleider machen Leute.»

«Und Seife.»

«Wissen Sie, was die Menschen hier glauben? Sie glauben, daß englische Wollstoffe der beste Schutz gegen tropische Hitze sind. Wirklich. Sie glauben, daß englische Forscher dadurch im Vorteil sind. Man muß schon Engländer sein, um das zu begreifen.»

«Zweifelsohne. Deswegen verstehe ich auch nicht, warum der Bischof *überzeugter* ist denn je, daß ich der richtige Mann für den Job bin. Wenn ich schon Maypole nicht finde, was mache ich dann richtig?»

Leveret bemühte sich um eine positive Antwort. «Ich weiß es nicht», gestand er. «Obwohl ich Ihre Vorgehensweise für überaus einfallsreich halte, kann ich nicht behaupten, das Gefühl zu haben, daß wir dem Ziel, John zu finden oder zu erfahren, was mit ihm geschehen ist, näher gekommen sind. Nach dem Streit zwischen Ihnen und Charlotte war ich sicher, daß der Bischof Sie gehen lassen würde. Statt dessen hat er recht unmißverständlich erklärt, daß es Charlottes Pflicht sei, mit Ihnen zusammenzuarbeiten. Er hat mir sogar ausdrücklich aufgetragen, Ihnen zu sagen, daß Sie sich, auch wenn Charlotte sich zunächst sträuben sollte, nicht entmutigen lassen sollen.»

«Vielleicht erwische ich seine Tochter mal irgendwo, wo es keine Waffen gibt. Oder Rosen.»

«Charlotte kann durchaus etwas schwierig wirken, weil sie sich so vieler Dinge annimmt und sie so ernst nimmt.»

«Wie Maypole. Sagen Sie, was für eine Art Beziehung hatten die beiden?»

«Sie hatten die gleichen Ideale, die Verbesserung der Lebensbedingungen in Wigan durch Bildung, eine nüchterne Lebensweise und Hygiene.»

«Wenn man damit nicht das Herz eines Mädchens gewinnt, womit dann? Was ich meinte, war, haben Sie manchmal Händchen gehalten, sich geküßt oder miteinander getanzt?»

«Nein, nichts auch nur ansatzweise Grobes oder Körperliches.»

Manchmal fragte Blair sich, ob er und Leveret dieselbe Sprache sprachen. «Waren Maypole und Charlotte glücklich? Und ich spreche jetzt nicht von der höheren Befriedigung, gemeinsam Gutes zu tun, sondern von dem gemeinen Glück eines anderen warmen Körpers.»

«So haben die beiden das nicht empfunden. Sie waren Verbündete, Kameraden in einem Feldzug für dasselbe soziale Ziel.»

Blair versuchte einen anderen Ansatz. «Sagen Sie, haben Sie je eine Unstimmigkeit zwischen den beiden beobachtet? Wir sprechen hier immerhin von einer Frau mit einem, sagen wir mal, leicht entflammbaren Temperament.»

Leveret zögerte. «Charlotte konnte mit John manchmal ungeduldig sein, aber das lag daran, daß sie so vielen Menschen helfen wollte.»

«Vielleicht auch daran, daß sie die Tochter des Bischofs war und er nur ein kleiner Hilfsprediger?»

«Nein, Klassendenken hat sie immer verachtet. Deswegen wohnt sie auch nicht in Hannay Hall. Sie weigert sich, Bedienstete zu haben.»

«Statt dessen kommandiert sie einfach jeden herum. Wie hat sich John Maypole mit Hannay verstanden? Wie dachte der Bischof darüber, daß seine Tochter einen Bürgerlichen heiraten wollte?»

«Normalerweise haben ein Bischof und ein Hilfsgeistlicher nicht viel miteinander zu tun. Außerdem ist John ein Reformer, was Bischof Hannay nicht unbedingt gerne sieht. Die Heirat hätte für Charlotte in der Tat einen enormen sozialen Abstieg bedeutet. Da sie jedoch weder den Titel noch das Land erben konnte, war die Frage, wen sie heiratet, nicht von allzu großer Bedeutung.»

«Wie kommt es, daß Hannay gleichzeitig Bischof und Lord ist?»

«Nun, es gab drei Brüder. Als Zweitgeborener trat der Bischof der Church of England bei, während Rowlands Vater, der jüngste

Bruder, bei der Armee Karriere machte. Als der ältere Bruder starb, ohne Nachkommen, das heißt, Söhne zu hinterlassen, ging der Titel auf den Bischof über.»

«Und nach dem Bischof?»

«Charlottes Bruder wäre der nächste in der Erbfolge gewesen, doch er ist vor zwei Jahren bei einem Reitunfall ums Leben gekommen. Rowlands Vater ist schon vor einem Dutzend Jahren in Indien gestorben, so daß es ganz danach aussieht, als ob Rowland der nächste Lord Hannay würde.»

«Charlotte spielt überhaupt keine Rolle?»

«Als Frau nicht, nein. Hat der Bischof Ihnen gegenüber nie etwas davon erwähnt?»

«Warum sollte er?»

«Nach dem Tod seines Sohnes war er außer sich vor Schmerz. Das war etwa zu der Zeit, als er mit Ihnen nach Afrika gereist ist. Vielleicht ist er Ihnen deshalb so zugetan.»

«‹Zugetan›?» Darüber mußte Blair lachen.

«Auch Charlotte hat sich verändert. Sie war mit ihrem Bruder unterwegs, als er vom Pferd stürzte. Erst nach dem Unfall begann sie, sich in eine ernstere Person zu verwandeln – was John, als er nach Wigan kam, natürlich sofort anzog.»

«Natürlich.»

Blair empfand tatsächlich so etwas wie Mitgefühl, bis Leveret hinzufügte: «Sie sind ihrem Bruder in gewisser Weise nicht unähnlich. Ich kann nicht verstehen, warum sie Sie so verachtet.»

«Kismet. Hat Maypole Charlotte erwählt oder sie ihn? Sie müssen mir nicht die Paarungsrituale erklären, sagen Sie mir bloß, wer wen gefragt hat.»

«In Anbetracht ihrer unterschiedlichen sozialen Stellung hätte John sie unmöglich fragen können. Aber er verehrte Charlotte.»

«Sie können sich also nicht vorstellen, daß Maypole in jemanden verliebt war, den er an einem Ort wie diesem getroffen haben könnte? Ein schmutziges Wiganer Arbeitermädchen aus Fleisch und Blut?»

«Das ist eine merkwürdige Frage.»

«Wie hoch ist die wöchentliche Miete eines Hannay-Hauses in, sagen wir, Candle Court?»

«Drei Pfund.»

«Und der Wochenlohn eines Grubenweibes?»

«Zehn Pence pro Tag. Brutto. Nach Abzügen ergibt das etwa sechzig Pence pro Woche.»

«Da sage noch einer, England wäre gegen die Sklaverei. Damit fehlen zwei ganz bestimmten Grubenweibern ungefähr zwei Pfund an der wöchentlichen Miete, von den Kosten für Essen und Kleidung ganz zu schweigen. Sind Sie sicher, daß Maypole einer Frau in einer derartigen Lage nicht vielleicht doch einmal geholfen hat?»

«Außer Charlotte gab es niemanden. Es muß auch noch andere Hypothesen geben.»

«Andere Hypothesen? Wenn man die Leute ernsthaft befragen wollte, müßte eine polizeiliche Ermittlung durchgeführt werden, die natürlich öffentlich wäre, was die Hannays nicht wollen. Also folge ich den schwachen Hypothesen, die ich habe.»

«Und die wären?»

«Neid. Reverend Chubb ist derart mißgünstig auf seinen über die Maßen vom Glück begünstigten Hilfsprediger, daß er ihm mit einer Altarkerze den Schädel einschlägt und ihn in der Krypta versteckt.»

«Nein.»

«Das glaube ich auch nicht. Geld. Der Parlamentsabgeordnete Mr. Earnshaw hört sich Maypoles leidenschaftlichen Appell für die Grubenweiber an, doch was seine Aufmerksamkeit wirklich erregt, ist die Tatsache, daß sein Freund mit einer wohlhabenden Frau verlobt ist. Earnshaw nimmt heimlich den Zug nach Wigan, schneidet Maypole die Kehle durch, fährt nach London zurück und kehrt als der weiße Ritter der Enthaltsamkeit an den Hof der trauernden Miss Hannay zurück.»

«Nein.»

«Wahrscheinlich nicht. Dann gibt es noch Sie, den aufrichtigen Oliver Leveret, der Charlotte Hannay immer geliebt hat und schockiert feststellen mußte, daß sie perverserweise seinen besten Freund dazu ausersah, Bett und Konto mit ihr zu teilen. Sie, die Sie mir angeblich helfen sollen, haben bisher nichts getan, als das Bild eines Heiligen zu zeichnen, der nie existiert hat. Diesen Maypole kann ich gar nicht finden. Maypole war kein Heiliger.

Er hat sich Chubbs Anweisungen widersetzt. Er hatte begehrliche Gedanken über Grubenweiber. Höchstwahrscheinlich hielt er Charlotte Hannay für eine durchaus entbehrliche Hexe. Sie hatten den Verdacht, daß etwas vor sich ging. Eine Woche vor seinem Verschwinden haben Sie ihn danach gefragt, und als er sagte, daß alles in Ordnung wäre, wußten Sie, daß er log. Sie sind die letzte Hypothese, die mir geblieben ist, Leveret.»

Leveret errötete, als hätte man ihn geohrfeigt. «John hat mir gesagt, ich solle mir keine Sorgen machen. Woher wußten Sie, daß ich ihn gefragt habe?»

«Warum haben Sie ihn gefragt?»

«Er wirkte so aufgewühlt.»

«Was genau hat er gesagt?»

«Daß er eine spirituelle Krise durchmachen würde. Daß Bergleute dem Reich Gottes näher wären als Priester. Daß er von einer Minute zur nächsten zwischen Ekstase und Verzweiflung hin- und herschwanken würde. Aber er hat mir versichert, daß es ihm gutginge.»

«Hört sich das für Sie gut an?»

«Ich wußte, daß John auch nur ein Mensch war. Genau wie ich. Wenn ich Charlotte lieben würde, hätte ich mir nie Hoffnungen gemacht. Keiner hat sich mehr für John gefreut, als das Verlöbnis bekannt gegeben wurde.»

«Lassen Sie uns zurückkommen auf die Ekstase und die Verzweiflung. War die Ekstase vielleicht ein Arbeitermädchen? Und die Verzweiflung Charlotte Hannay?»

«Es gab nur Charlotte.»

«Für beides? Eine imposante Frau.»

«Haben Sie mich ernsthaft in Verdacht, Blair?»

«Nein, aber ich finde, es ist an der Zeit, daß Sie anfangen, mir zu helfen. Können Sie das tun?»

Die Röte in Leverets Gesicht stieg bis zu seinen Haarwurzeln. «Wie?»

«Besorgen Sie mir den Untersuchungsbericht über die Explosion in der Hannay-Mine.»

«Sie meinen, das Protokoll der Gerichtsverhandlung? Darüber haben wir doch schon gesprochen. Es gibt eine Kopie in unserem Büro in der Stadt, doch die muß, wie ich Ihnen bereits erklärt habe, unter allen Umständen dort verbleiben.»

«Bringen Sie sie mir ins Hotel.»

«Warum?»

«Damit ich das Gefühl habe, etwas zu tun. England verstehe ich nicht. Ich verstehe nur etwas von Bergwerken.»

«Sonst noch etwas?»

«Ich brauche Ihre Kutsche.»

«Ist das alles?»

Blair fiel König Salomon wieder ein. «Sie haben nicht zufällig irgendwelche schwarzen Frauen durch Wigan kommen sehen, oder? Afrikanerinnen?»

«Nein.»

«War nur so ein Gedanke.»

Als Blair auf den Trum der Hannay-Zeche zufuhr, kamen ihm Bergleute und Grubenweiber entgegen, die am Straßenrand nach Hause trotteten. In Leverets Kutsche war er im wahrsten Sinne des Wortes eine Klasse über ihnen. Er sah weder Flo noch Bill Jaxon. Niemand hob den Blick. Es hätten genausogut grasende Schafe oder Rinder sein können.

Er vermißte die äquatoriale Sonne und die scharfe Trennung zwischen Tag und Nacht, obwohl er zugeben mußte, daß auch das englische Licht einen ungewöhnlichen Reiz hatte. Gewitterwolken türmten sich so hoch, daß ein Zug mit Kohlewaggons aussah wie eine Bodenfalte in der Landschaft. Spatzen flatterten von oben nach unten, aus dem Licht ins Dunkel, um Hecken und aufragende Schlote. Darüber lag eine Stille, die keine Lokomotive erschüttern konnte, eine Lebendigkeit, die keine Rußschicht verschleiern konnte.

Alles war ein einziger Gegensatz. Bischof Hannay, den Maypoles Schicksal nicht kümmerte, wollte, daß er gefunden wurde. Charlotte Hannay hingegen, Maypoles Verlobte, wollte nicht helfen. Je mehr Blair sie erzürnte, desto glücklicher schien der Bischof zu sein. Leveret hatte völlig recht, wenn er sagte, daß Blair nicht verstand. Er verstand von Tag zu Tag weniger.

Unweit der Hannay-Zeche erhoben sich blattlose, graue, sich im Wind wiegende Weiden und Eichen über einem Unterholz aus Brombeeren und Stechginster. Dazwischen leuchteten weiße Schlehdornknospen, ansonsten war dieser letzte Rest des Wiganer Waldes trist wie ein Staubwedel. Keine Straße führte in das Wäldchen, kein Zeichen von Rose Molyneux war zu sehen. Blair band das Pferd an und fand einen Pfad zwischen den Büschen. Er stieß die Dornenzweige mit seinem ledernen Rucksack beiseite.

Das Wäldchen war Nistplatz für Maulwürfe, Füchse und Wiesel; um die Zechen gab es sonst kaum noch Wald, und Blair konnte das um ihn versammelte Tierleben fast körperlich spüren. Nach einigen Minuten erreichte er eine kleine Lichtung mit einer Silberbirke, die seinen Schätzungen nach etwa in der Mitte des Waldes liegen mußte. Auf einem der Zweige saß ein Fink und zwitscherte eine endlose Melodie. Blair war verblüfft, als wäre er bei einem Rundgang durch die Ruinen der Stadt auf eine uralte, kleine Kapelle gestoßen, in der der Fink selbst an den Glockenseilen zog.

«Es ist ein Kanarienvogel», sagte Rose.

Sie trat aus dem Schatten eines Weidenbaums, im schwindenden Licht mit ihrem Kopftuch und dem Kohlenstaub im Gesicht selbst kaum mehr als ein Schatten. In der Hand hielt sie eine Brotdose.

«Wie kommt das?» fragte Blair.

«Sie flüchten aus der Grube, oder manchmal werden sie auch freigelassen, und dies ist der erste Wald, zu dem sie fliegen. Sie vermischen sich mit den einheimischen Vögeln.»

«Schwer zu glauben.»

«Für mich nicht.»

Obwohl ihr Haar in rotbraunen Locken offen auf ihre Schultern fiel und ihre Jacke aus Cordsamt von Kohlenstaub glänzte, trug sie zur Abrundung ihrer Erscheinung ein Samtband um den Hals. Eine Hand war bandagiert, und er erinnerte sich daran, daß Flo gesagt hatte, Rose habe einen Unfall gehabt.

«Sind Sie verletzt?»

«Wir haben da heut keinen Tee serviert, sondern Kohle geklaubt. Manchmal hat ein Stein auf dem Band eine scharfe Kante. Was wollten Sie mir sagen?»

Die Birke erstrahlte plötzlich in gleißendem Licht. Erschreckt flatterte der Vogel auf, kurz darauf krachte ein Donner. In jenem Moment der Hellsichtigkeit wurde Blair plötzlich bewußt, daß er Rose Molyneux vorher noch nie in gutem Licht gesehen hatte. Stets war sie halb mit Kohlenstaub bedeckt oder von einer Kerze oder Lampe nur schwach beleuchtet gewesen. Der Blitz zeigte eine Stirn, die so hoch war wie die von Charlotte Hannay, allerdings über leuchtenderen Augen, und eine ebenso fein geschnittene Nase, aber mit einem volleren, entspannteren Mund, der sich rot von ihren schwarzen Wangen abhob. Sie wirkte größer als Charlotte, vor allem jedoch war sie physisch präsenter, eine Zibet- verglichen mit einer Hauskatze.

«Ich möchte, daß Sie für mich etwas zurückgeben», sagte Blair. Er zog die Pantinen, die in seinem Hotel abgegeben worden waren, aus seinem Rucksack. «Die hat Bill Jaxon für mich hinterlegt. Ich habe gesehen, wie er sie von dem Iren, den er halb zu Tode getreten hat, gewonnen hat. Ich weiß, daß Jaxon Ihr Verehrer ist. Ich glaube, er hat die Vorstellung, daß ich Ihnen gegenüber irgendwelche Absichten hege, und diese Pantinen sind als Warnung gedacht, daß er auch *mich* halb tottreten wird, wenn ich Sie nicht in Ruhe lasse. Sagen Sie Jaxon, daß die Nachricht angekommen ist und ich keine Pantinen brauche.»

«Schicke Schuhe. Mit Kleeblättern.» Sie betrachtete das Stickmuster und die mit Messingstollen besetzten Sohlen.

«Na, dem Iren haben sie jedenfalls kein Glück gebracht.» Er hielt die Holzschuhe immer noch ausgestreckt, aber Rose nahm sie nicht.

«Macht Bill Ihnen angst?»

«Und ob Bill mir angst macht. Er ist gewalttätig und nicht halb so dumm, wie er aussieht.»

«Ooooh, diese Beschreibung wird ihm gefallen.»

«Sie müssen sie ihm ja nicht hinterbringen.»

«Sind es vielleicht die Pantinen, die Ihnen Sorgen machen? Sind Sie auf einmal piekfein geworden? Wären Ihnen Pistolen oder Schwerter lieber?»

«Am liebsten hätte ich gar keinen Ärger. Ich habe überhaupt nur mit Ihnen geredet, weil ich nach John Maypole fragen wollte.»

«Sie sind zweimal gekommen«, sagte Rose.

«Das zweite Mal war wegen der Photographie, die Maypole von Ihnen hatte.»

«Und Sie haben gesagt, Sie würden mich nicht wieder belästigen.»

«Ich will Sie nicht belästigen, glauben Sie mir.»

Durch die Bäume fielen ein paar vereinzelte Regentropfen. Rose schien sie nicht zu bemerken, sondern wie eine Schauspielerin auf der Bühne neuen Schwung zu entwickeln. «Wenn ich Miss Hannay wäre, wäre das anders. Wenn ich eine Lady wäre, kämen Sie nicht an und würden mir Holzschuhe ins Gesicht werfen. Sie würden mich nicht wie ein Armenhausinspektor mit Fragen belatschern.»

«Ihre Freundin Flo hat dieses Treffen für uns arrangiert, Rose. Ich werfe die Pantinen nicht in Ihr Gesicht, sondern versuche, sie Ihnen zu geben. Und was Miss Hannay angeht, sind Sie zweimal mehr eine Lady als sie.»

«Sagen Sie doch einfach, daß Sie ein Feigling sind. Und raspeln Sie kein Süßholz.»

Blair verlor die Geduld. «Wollen Sie jetzt die verdammten Pantinen nehmen?»

«Sehen Sie? Sprechen Sie so mit einer Lady?»

Mit Rose verlief nichts wie erhofft. Als der Regen zu prasseln begann, klebten Haare in ihrer rußigen Stirn, doch er war derjenige, der sich wie ein begossener Pudel vorkam. «Bitte?» fragte er.

Sie verschränkte ihre Hände hinter dem Rücken. «Ich weiß nicht. Ein berühmter Forscher wie Sie, Sie können es Bill doch selbst sagen. Und wenn Ihnen Wigan nicht sicher genug ist, haben Sie die ganze Welt, um sich zu verstecken.»

«Was wollen Sie, Rose?»

«Zwei Sachen. Erstens eine Fahrt in die Stadt. Sie können mich am Ortseingang absetzen. Und dann müssen Sie mir versprechen, daß Sie nie wieder zu meinem Haus kommen oder mich bei der Arbeit belästigen. Noch einen Maypole kann ich nicht gebrauchen.»

Der Vergleich mit Maypole versetzte Blair einen unerwarteten Stich.

«Rose, nehmen Sie die Pantinen, und ich werde Sie nie wieder belästigen.»

«Ich nehme sie nur unter dieser Bedingung.»

Als Blair sie zur Kutsche führte, schlug ihnen der Sturm in Form von peitschenden Ästen entgegen. Er fragte sich, warum er voranging, obwohl Rose den Weg durch den Wald besser kannte als er, aber sie schien das zu erwarten, wie die Prinzessin eines winzigen Königreiches.

# 10

Ich hab' schon mit sechs unter Tage malocht. Die haben uns in Körben abgeseilt und wieder hochgezogen. Ich hab' ein Wettertor bedient, Segeltuch auf 'nem Holzrahmen. Sonst hätten die Leute unter Tage keine Luft gekriegt und wär'n krepiert.

Mit acht war ich groß genug, um Kohle zu fördern. Das heißt, Kohle zu schleppen. Ich hatt' eine Kette um den Hals und den Schlitten zwischen den Beinen, genau wie meine Mum und alle meine Schwestern. Ich war ein kräftiges Mädel und hab' vierzig, fünfzig Pfund Kohle geschleppt. In der Grube gab's keine Ponys. Es war so eng, daß man sich grade durchquetschen konnte.

Ob's heiß war? Am Streb, wo die Kohle gehauen wurde, war'n alle nackt. Wie Adam und Eva. Sie sind durch Wasser und Schlamm gekrabbelt. Da is' so einiges passiert. Mit den Mädels. Deswegen gab's dann auch die große Reform, und das Parlament hat Frauenarbeit unter Tage verboten. Nicht wegen der Maloche, wegen der Moral. So bin ich ein Grubenweib geworden.

Gegen die Arbeit hatt' ich nix. Kohle klauben, Wannen in Waggons leeren. Kalt war's im Winter. Man mußte tanzen, um warm zu bleiben. Aber es gibt Schlimmeres als Erfrieren. Als meine Älteste angefangen hat zu arbeiten, isse zwischen zwei Waggons geraten und zerquetscht worden. Zehn war'se da. Besitzer und Geschäftsführer vonne Zeche sind gekommen und ha'm uns fünf Schilling gegeben. Sterbegeld, fünf Schilling für das älteste Mädchen, drei Schilling für alle anderen.»

«Was haben Sie da gemacht?» fragte Blair.

«Mich verbeugt und gesagt, jawohl Sir, nein Sir, drei Säcke voll, Sir.»

Als der Kessel klapperte, zog Mary Jaxon ihn von der Flamme und gab ein Tee-Ei in das heiße Wasser, um es ziehen zu lassen. Der Mittelpunkt jedes Bergarbeiterhäuschens war der gußeiserne Ofen. Aus dem Backofen strömte der Duft von frischem Brot. Das Haus war genauso aufgeteilt wie das von Rose Molyneux, doch in Mary Jaxons Küche drängten sich auf der Treppe ein Dutzend Kinder, die den Besucher neugierig anstarrten.

Um den Tisch saßen Blair und eine Gruppe von Nachbarn, Männer mit den schwarzen Hälsen und rotgeränderten Augen von Bergleuten, die Blair bis auf den kleinen Stallmeister, der ihn verflucht hatte, nicht wiedererkannte. Ihre Frauen standen hinter ihnen; es war selbstverständlich, daß die von der Arbeit heimkehrenden Männer das erste Anrecht auf einen Stuhl hatten. Obwohl die Frauen ihre besten Tücher über ihre abgetragenen Kleider geworfen hatten, spürte Blair an der Art, wie sie ihre sehnigen Arme verschränkten und ihn mit schmalen Augen musterten, daß um ihn herum ein erhöhtes Maß allgemeinen Argwohns herrschte. Wie Mary Jaxon hatten sie es von der Klaube in ein Reihenhaus geschafft, in dem sie einmal im Jahr ein Kind zur Welt brachten und von einem Lohn leben mußten, der jeden Sommer, wenn die Kohlepreise fielen, kärglicher wurde und der ganz ausblieb, wenn gestreikt wurde. Mary Jaxon gab eine seltsame Gastgeberin ab, wie die Mutter eines Wolfsrudels, eine Mischung aus Wildheit und Gastfreundschaft. Blair hatte Leveret die Kutsche zurückgeschickt und war zu Fuß gekommen, um möglichst wenig Aufsehen zu erregen. Doch Mary Jaxon war sofort aus der Hintertür ihres Hauses getreten und hatte die Nachbarn der gesamten Gasse zusammengetrommelt. Sie hatte gemeint, in Scholes lebten die Menschen so eng zusammen, daß man sich interessante Besucher teilen würde.

«Tee?» fragte Mary.

«Danke, ich nehme gerne ein wenig», sagte Blair.

«Sind Sie wirklich aus Amerika?» fragte ein Mädchen auf der Treppe.

«Ja.»

Ein Junge auf der untersten Stufe fragte: «Sind Sie ein Indianer?»

«Nein.»

Sie beobachteten ihn weiter starren Blickes und keineswegs entmutigt, so, als ob er sich doch noch in einen verwandeln könnte.

«Als Reverend Maypole Sie zum letzten Mal besucht hat, worüber haben Sie da gesprochen?» fragte Blair Mrs. Jaxon.

«Daß Gott die Arbeiter gesegnet hat. Mit Geduld, Leid und all den kleinen Engelchen, die wir zur Welt bringen. Eine Frau ist doppelt gesegnet.»

Die Bergleute rutschten unbehaglich auf ihren Stühlen hin und her, doch das Nicken ihrer Frauen bestätigte, daß Mary Jaxon für sie alle sprach.

«Sonst noch was?» fragte Blair.

«Reverend Maypole wollte, daß wir uns alle hinknien und für den Prince of Wales beten, weil der Schnupfen hatte. Also ich finde, es ist schon gnädig genug, daß wir die Königin mit ihrer riesigen deutschen Sippschaft am Leben lassen.»

Ein Kichern rann die Treppe hinauf.

«Und er war ein großer Verfechter von christlichen Sportarten», warf einer der Männer ein.

«Als da wären?» fragte Blair.

«Cricket», sagte ein kleiner Junge auf der Treppe.

«Rugby», sagte ein etwas älterer Junge und gab dem ersten einen Klaps.

«Vergessen Se nicht, am nächsten Tag lagen sechsundsiebzig Männer auf dem Hof vonne Hannay-Zeche wie abgebrannte Streichhölzer. Da hat keiner auf 'nen Popen geachtet. Außer er hätte Tote zum Leben erwecken können. Verstehen Se, was ich sage?»

«Ja.» Blair begriff auch, daß er hier keine Informationen erhalten würde. Vielleicht liegt es an der Explosion, dachte er. Jede Familie hatte einen Sohn, Vater, Mann oder Bruder, zumindest aber einen engen Freund verloren. Vielleicht saßen sie deshalb in der Küche, weil in der Stube immer die Toten aufgebahrt wurden. Möglicherweise waren Mrs. Jaxon und ihre Nachbarn auch verärgert über seine Fragen. Er war jedenfalls bereit, so bald wie möglich aufzubrechen, obwohl alle anderen in der Küche ihn weiter in dumpfer Erwartung anstarrten.

«Erzählen Sie uns was von Afrika», sagte Mary Jaxon.

«Afrika?»

«Ja.» Ihre Blicke schossen zur Treppe. «Die Dötzkes da wissen nix von der Welt. Die wollen ihr ganzes Leben dumm bleiben. Meinen, es lohnt sich nicht, lesen und schreiben zu lernen. Weil'se später sowieso auffe Zeche arbeiten.»

«Ein Vortrag für ‹die Dötzkes›?» fragte Blair.

«Wenn Se nix dagegen hätten.»

Blair wußte, daß es in Wigan wenig Zerstreuung von außerhalb gab. Dies war eine Welt, in der ein Leierkastenmann eine Attraktion war. Trotzdem mußte er jetzt daran denken, daß andere aus Afrika zurückkehrende Reisende ihre Vorträge im Kartenraum der Royal Society hielten. Reisende Gentlemen natürlich. Berühmte Forscher. In Abendgarderobe vor geladenen Gästen, belohnt mit Champagner, Trinksprüchen und einer Silbermedaille der Gesellschaft. Blair hatte nie erwartet, mit einer Medaille geehrt zu werden, doch der Kontrast war bezeichnend. Die Society hatte seine Karten und Berichte, sogar die eine oder andere Monographie, und er gab sein Debüt als Vortragsreisender in Wigan, in einer Küche, in der ihn die Gerüche von Eintopf, Schweiß und Wolle bedrängten, begleitet vom gelegentlichen Klappern eines Kinderholzschuhs auf der Treppe.

Blair stand auf. «Ich muß gehen. Danke für den Tee.»

«Sind Sie *der* Blair aus Afrika?» fragte einer der Bergleute.

«Vielleicht nicht. Guten Abend.»

«Ich wußte es. Ein Schwindler», sagte die Frau des Bergmanns.

Auf seinem Weg durch die dunkle Stube zur Haustür stieß er gegen einen Tisch. Er blieb stehen, blickte in den ovalen Spiegel neben der Garderobe und sah einen ausgezehrten Mann in der gebückten Haltung eines Diebes davoneilen. Dabei hatte er diesen Menschen nichts geraubt außer ihrer guten Meinung von ihm. Natürlich hatte diese gute Meinung nichts mit ihm zu tun. Es war ein Geschenk, weil sie sonst kaum etwas zu verschenken hatten. Aber welche Rolle spielte das schon? Das alles ging ihn rein gar nichts an.

«Da fällt mir doch etwas ein», sagte Blair, als er in die Küche zurückkam. Die Erwachsenen wechselten noch immer empörte Blicke wegen seines Abgangs. Die Hälfte der Kinder war die Treppe heruntergekommen; als sie seine Stimme hörten, huschten sie wieder nach oben. Blair setzte sich auf seinen Stuhl, als wäre er nie aufgestanden. «Wenn man sich nach Afrika oder sonstwohin in die Welt aufmacht, muß man ordentlich lesen und schreiben können, wie es das Beispiel von Sir Charles Macarthy, des verstorbenen Gouverneurs von Sierra Leone, aufs trefflichste veranschaulicht. Macarthy führte tausend Fanti in einen Krieg gegen die Ashanti von der Goldküste. Obwohl der tapfere Macarthy vor der verheerenden Übermacht der Ashanti gewarnt worden war, wies er jeden Gedanken an einen Rückzug weit von sich, so daß die beiden Armeen in der Schlacht von Assamacow aufeinanderprallten.»

Sein Publikum, sogar der Stallmeister, hatte die ursprünglichen Plätze wieder eingenommen. Mary Jaxon schenkte weiteren Tee aus.

«Die Fanti waren tapfere Soldaten, ausgebildet nach britischer Manier, aber die Ashanti kamen aus einem Königreich, das nicht nur mehrere andere afrikanische Stämme unterworfen, sondern auch den Dänen, Holländern und Portugiesen getrotzt hatte. Das Schicksal Westafrikas stand auf dem Spiel. Obwohl Macarthy ein mutiger General war, drangen die Truppen des Feindes von allen Seiten auf ihn ein. Es war ein Kampf Mann gegen Mann, zunächst mit Gewehren, später mit Speeren und Schwertern. Doch dann passierte Macarthy das Schlimmste, was ihm in seiner Lage passieren konnte: Ihm ging die Munition aus.»

Blair machte eine Pause und trank einen Schluck von seinem Tee. Von der Treppe aus verfolgte ein schräges Band aus Augenpaaren jede seiner Bewegungen.

«Zum Glück hatte er einen ausgezeichneten Meldegänger. Macarthy schrieb also dem Vorsteher des Artilleriedepots eine Nachricht, in der er neue Munition anforderte, und der Meldegänger machte sich, eine vorübergehende Lücke in den Linien der Ashanti nutzend, auf den Weg. Macarthy und die verbündeten Fanti hielten verbissen die Stellung und teilten sich jeden Schuß ein. Man kann sich die Erleichterung vorstellen, als der Melder mit zwei mit Kisten beladenen Packeseln den Flußlauf heraufkam. Und dann muß man sich ihre Enttäuschung und Fassungslosigkeit vorstellen, als sie die Kisten öffneten und darin keine Munition, sondern Makkaroni fanden. Im Artilleriedepot hatte man Macarthys Nachricht nicht richtig gelesen. Macarthy schrieb, während er sich vor den Kugeln der Feinde duckte, eine zweite Botschaft. Wieder gelang es dem Melder, vom dichten Nebel geschützt, das Lager zu verlassen. Wieder hielten Macarthy und seine schwindenden Truppen stand, diesmal völlig ohne eigene Munition, sich nur mit dem Schwert verteidigend. Wieder durchbrach der Melder den Belagerungsring und kehrte mit zwei weiteren Mauleseln und Kisten zurück. Sie brachen die Kisten auf.»

Blair nippte erneut an seiner Tasse, sehr langsam, und stellte sie wieder ab.

«Noch mehr Makkaroni. Der Vorsteher des Artilleriedepots konnte Macarthys Schrift einfach nicht entziffern. Die Geschichte hat dann ziemlich übel geendet. Die Fanti wurden von den Ashanti überrannt und fast bis auf den letzten Mann niedergemetzelt. Macarthy kämpfte, solange er konnte, dann lehnte er sich an einen Baum und erschoß sich, um nicht in Gefangenschaft zu geraten, was wahrscheinlich klug war. Die Ashanti schnitten seinen Kopf ab und kochten sein Hirn. Den übrigen Körper haben sie gegrillt, den Schädel später in die Hauptstadt ihres Reiches gebracht, wo er zusammen mit einem Haufen anderer Schädel bewundernswerter Feinde Verehrung fand, weil Macarthy, obgleich er ein ungewöhnlich schlechter Schreiber war, bis zum Schluß ein tapferer Kämpfer geblieben war.»

Es folgte ein Schweigen. Die Gesichter um den Tisch herum waren erhitzt und gerötet.

«Mein lieber Mann, das war ein Knaller», sagte einer der Männer und lehnte sich zurück.

«Makkaroni, die ganze Geschichte», meinte eine Frau.

«Ist sie wahr?» fragte der Mann.

«Ziemlich, für eine afrikanische Geschichte. Es ist sogar eine der wahrsten Geschichten, die ich kenne», sagte Blair.

«Meine Fresse», sagte ein Junge.

«Du sollst nicht so reden», sagte eine Mutter.

Ein Bergmann beugte sich vor. «Gibt's an der Goldküste Goldminen?»

«Ja, und Granit-, Gneis- und Quarzablagerungen, die darauf schließen lassen, daß es noch eine Menge bisher unentdeckter Goldvorkommen gibt. Jemand, der sich ein wenig mit Geologie auskennt, hätte einen großen Vorteil.»

«Wir sind hier alle Geologen, wenn's um Kohle geht.»

«Das ist wahr», sagte Blair.

«Haben Sie einen Gorilla erschossen?» fragte der kleinste Junge.

«Nein, ich habe noch nicht einmal einen Gorilla gesehen.»

«Einen Elefanten?»

«Keinen erschossen.»

«Das tun richtige Forscher aber», behauptete der Junge.

«Das habe ich auch schon bemerkt. Aber richtige Forscher reisen auch mit bis zu hundert Trägern. Die Träger schleppen vielleicht Rasierseife und edlen Wein, aber der Forschungsreisende muß die Expedition mit Frischfleisch versorgen. Außerdem hat er die Gewehre. Ich war bloß mit ein paar Männern unterwegs und habe deshalb nur Antilopen erlegt, die sind so ähnlich wie Rehe.»

Schließlich erhob der Stallmeister das Wort. «Ein Mann könnte dort unten also ein Vermögen mit Gold machen?»

«Unbedingt. Obwohl er wahrscheinlich vorher an Malaria, Fadenwürmern oder Gelbfieber zugrunde geht. Ich würde niemanden dorthin schicken, der zu Hause eine Familie oder näher der Heimat eine Chance hat, sein Glück zu machen.»

«Sie sind gegangen.»

«Mit Scheuklappen wie ein ahnungsloser Vollidiot, wenn Sie wissen, was ich meine.»

«Und ob.» Der Stallmeister grinste.

Blair erzählte ihnen, wie man getrocknete Ratten und Fledermäuse zubereitete, Palmwein trank, den Stürmen der Trockenzeit und den Tornados der Regenzeit trotzte, zum Gekreisch von Affen aufwachte und zum irren Lachen der Hyänen einschlief. Wie man den König der Ashanti ansprach, über einen Mittelsmann nämlich, während der König auf einem goldenen Stuhl unter einem goldenen Sonnenschirm saß und so tat, als würde er nichts hören. Wie man sich tief gebückt wieder verabschiedete. Wie der König sich so langsam und majestätisch bewegte wie Königin Victoria, nur größer, brauner war und in buntere Gewänder gehüllt.

Die Fragen, die ihm in dieser Küche gestellt wurden, hatten nichts von der Doppelbödigkeit eines Salons. Das Interesse dieser Menschen war so rein und intensiv, daß es die Gesichter sowohl der Kinder als auch der Eltern leuchten ließ, als hätte man der Sonne ein Fenster geöffnet. Und auch wenn seine Antworten nicht dem Vortrag entsprachen, den er sich ausgemalt hatte, sondern eher wie ein formloser Sack voller Impressionen waren, wie ihn ein Reisender für die versammelte Verwandtschaft öffnet, war es doch eine Erfahrung, die er eigenartigerweise sehr genoß.

Als er sich eine Stunde später an Mary Jaxons Tür verabschiedete, stellte er fest, daß er den Regen, die Kälte und die Sintfluten, die in einem fort von den Dächern tropften, völlig vergessen hatte. Die Läden der Geschäfte waren geschlossen. Das Treiben in den Brauhäusern und Kneipen wirkte durch den Regenguß wie in Watte gehüllt. Auf den Straßen waren kaum Kutschen unterwegs und bestimmt keine Droschken. Blair klappte seine Hutkrempe herunter und machte sich auf den Weg zum Hotel.

Die Laternen beleuchteten nur die Ecken der langgezogenen, dunklen Häuserblocks. Wo die Straßen über alten Minenschächten abgesackt waren, hatten sich kleine Tümpel gebildet. Blair versuchte über Umwege durch Seitenstraßen und Hinterhofgassen zur Stadtmitte zu gelangen. Aber je länger er ging, desto enger wurden die Gassen, desto häufiger stieß er auf Aschegruben und desto weniger Menschen traf er an. Er schien gefangen in einem Labyrinth aus Hinterhofzäunen, Taubenschlägen und Schweineställen. Die Einheimischen kannten offenbar bessere Wege, doch als er sich endlich entschlossen hatte, jemanden zu fragen, war niemand mehr da.

Blair hatte sein halbes Leben damit verbracht, sich zurechtzufinden. Er hatte nie etwas dagegen gehabt zu fragen, wo er war. Afrikaner liebten es, den Weg zu beschreiben; afrikanische Etikette konnte aus simplen Instruktionen eine ganze Stunde unumgänglicher Geselligkeit werden lassen. Und jetzt versuchte er wieder, seinen Weg zu finden, und weit und breit war kein Afrikaner in Sicht.

Aus einer Gasse kam er auf ein Feld mit hohen Gräsern und Disteln, die sich bis zu einem Horizont erstreckten, an dem das schweflige Glimmen der Hüttenwerke im Regen aufflackerte und verblaßte wie eine endlose Kette von Blitzen. Er erklomm eine Erhebung und erkannte, daß sie abrupt in einer schwarzen Düne endete, die sich in der Dunkelheit in alle Richtungen erstreckte. Es war eine Düne aus Kohleschlacke, ein Berg aus Geröll, Dreck und Kohlenstaub, die Überreste vom Innenleben einer Mine, nachdem sie vorangetrieben, leergeschürft und verlassen worden war. Die Schlacke war in die eingebrochene Strecke gesackt wie die Caldera eines uralten Vulkans. Wie bei einem Vulkan gab es auch flüchtige, schillernde Zeichen von Leben, ein Schimmern wie von Votivkerzen, Kohlenstaub, der sich in der Schlacke erwärmte und in relativ harmlosen blauen Flämmchen entzündete, die sich einen Weg durch den Schlamm bahnten, bald hierhin, bald dorthin züngelten, nur Sekunden an einer Stelle verharrten wie sich verflüchtigende, beinahe beseelte Feuergeister. Der

Regen konnte sie nicht löschen; im Gegenteil, Tiefdruck brachte sie hervor.

Es war so hell, daß Blair einen verfallenen Brennofen aus Backstein erkennen konnte, dessen Kaminstumpf am Rande der Wiese schwankte, sowie am Boden der Schlackegrube einen Teich wie von schwarzer Tinte, aus dem der Rest des Schornsteins schräg nach oben ragte. Wie tief das Wasser war, kam darauf an, wie hoch der Schornstein war. Es war sogar so hell, daß Blair seinen Kompaß benutzen konnte.

«Verlaufen?»

Es war Bill Jaxons Stimme. Er war auch der einzige Mensch, den zu treffen sich Blair hier hatte vorstellen können. Er warf einen letzten Blick auf seinen Kompaß und registrierte, daß er sich einmal gedreht haben mußte und jetzt nach Norden marschierte. Wenn er sich am Rand des Schlackefeldes entlang in westlicher Richtung hielt, würde er wieder auf Straßen stoßen, die ihn direkt zur Scholes Bridge führten.

«Ich sagte, haben Sie sich verlaufen?» Bill trat aus dem Schatten der Gasse und kam den Hügel herauf, auf dem Blair stand.

«Jetzt nicht mehr, danke.»

Jaxon überragte Blair um einen halben Kopf. Mit seiner Mütze, seinem halblangen Haar, seiner gefütterten Wolljacke und dem weißen Schal, der sich alle Mühe gab, in dem Wind zu flattern, der über die Schlackehalde wehte, sah er noch größer aus. Oder waren es die Pantinen? Blair schätzte, daß sie wahrscheinlich zwei bis drei Zentimeter ausmachten.

«Ich hatte Sie gebeten, Rose Molyneux nicht mehr zu belästigen, doch Sie stellen ihr weiter nach. Jetzt haben Sie es auf meine Mutter abgesehen. Warum tun Sie das?»

«Ich stelle Fragen nach Reverend Maypole, genau wie ich Ihnen Fragen gestellt habe. Das ist alles.»

«Glauben Sie, Rose oder meine Mutter hätten Reverend Maypole etwas angetan?»

«Nein, ich frage bloß, was Maypole gesagt hat, was für einen Eindruck er gemacht hat, dasselbe, was ich jeden frage.»

«Aber ich habe Ihnen gesagt, Sie sollen es lassen.»

Das stimmte. Blair vertraute auf seine Fähigkeit, sich aus einer Klemme herauszureden. Das Wichtigste war, seinen Gegner – Ashanti, Fanti, Mexikaner, wen auch immer – das Gesicht wahren zu lassen. Außerdem war der Verzicht auf jegliche Selbstachtung sehr hilfreich. Trotzdem steckte er den Kompaß in die Tasche, um beide Hände frei zu haben.

«Bill, der Bischof hat mich beauftragt, das zu tun. Wenn ich es nicht mache, tut es ein anderer.»

«Nein, tut er nicht. Das hier hat nichts mit der Suche nach Maypole zu tun.»

«Für mich geht es aber ausschließlich um Maypole.»

«Aber Sie haben mich in eine Zwangslage gebracht. Die Leute hören, daß Sie sich mit Rose treffen, und das bringt mich in eine Zwangslage.»

«Das verstehe ich, Bill. Und Sie in eine Zwangslage zu bringen, ist wirklich das letzte, was ich will. Sie sind hier der Boß, der Herrscher der Unterwelt. Ich bin nicht einmal ein Herausforderer.»

«Sie sind kein Kämpfer.»

«Genausowenig wie ein Liebhaber. Ich bin ein Bergbauingenieur, und es gibt ein paar Bergwerke am anderen Ende der Welt, die in diesem Moment nach mir rufen, aber ich komme hier nicht weg, bevor ich nicht herausgefunden habe, was mit Maypole passiert ist.»

Bäche von Regentropfen flossen über seinen Nacken unter seinen Kragen. Unter der Mütze wirkte Bills Gesicht glatt wie Marmor. Er blickte auf Blairs Füße.

«Was tragen Sie?»

«Keine Pantinen. Ich werde nicht kämpfen.»

«Angst?»

«Ja.»

Bill schien das Problem zu überdenken.

«Ich wünschte, ich hätte eine Wahl.»

«Das haben Sie.»

«Aber Sie haben die Pantinen gekriegt?»

«Ich habe Ihr Geschenk erhalten. Nein danke. Ich habe die Pantinen Rose gegeben, damit sie sie Ihnen zurückgibt.»

«Dann haben Sie Rose also noch mal getroffen.»

Eine nicht zu beantwortende Frage. Blair hatte ein Gefühl, das dem Sturz von der obersten Sprosse einer langen Leiter nicht unähnlich war, das Gefühl, daß noch so wohlgesetzte Worte Flügel nie würden ersetzen können.

«Um die Panti–»

Er sah den Tritt nicht kommen. Sein linkes Bein war von der Hüfte abwärts wie gelähmt. Bill sprang rasch zurück, leichtfüßig für einen derart großen Mann, und riß Blair dann, seinen anderen Fuß wie eine Sichel schwingend, von den Beinen. Blair landete auf der Seite und wich rollend einem weiteren Tritt aus, der nur noch seinen Rücken streifte.

«Ich hab' Ihnen doch gesagt, Sie sollten Rose in Ruhe lassen, oder nicht?» sagte Bill.

Blair rappelte sich auf die Knie, sein linkes Bein war taub. Bill täuschte links und rechts Tritte vor, Blair duckte sich, als ein Holzschuh auf sein Gesicht zuschnellte, und wich rückwärts krabbelnd auch dem nächsten Tritt aus. Die Situation hat etwas Unwürdiges, dachte er. Er hatte Angriffe mit Speeren und Waffen in den exotischsten Teilen der Welt überlebt und drohte jetzt ausgerechnet in einer englischen Kohlestadt totgetreten zu werden.

Ein Holzschuh erwischte ihn am Ohr, und er sah die Blutstropfen fliegen. Jaxon hüpfte spielerisch von rechts nach links, bis er Blair an den Rand der Wiese getrieben hatte, so daß jener mit einem Knie in die Schlacke sackte. Der Wind blies ihm beißenden Kohlenstaub in die Augen.

«Wenn du mich tötest, Bill, werden sie dich kriegen.»

«Nicht, wenn Sie von der Bildfläche verschwinden.»

«Du willst, daß ich Wigan verlasse, Bill? Gib mir noch ein paar Tage, und ich bin weg.»

Einen Moment lang wirkte Bill ehrlich unentschlossen. Sein

Blick wanderte über die Schlacke zu dem Wasser in der Senke. «Die werden Sie schon nicht finden», sagte er.

Bill gab vor, seinen Fuß zurückzuziehen. Blair wich aus, eine Bewegung, die ihn über die Graskante hinweg in die Schlacke trudeln ließ, die warm, beinahe heiß war. Als Blair sich halb rudernd, halb krabbelnd hochziehen wollte, trat Jaxon auf seine Hand. Blair spürte das Stechen des Eisens.

«Sie hätten Ihre Pantinen mitbringen sollen», sagte Bill.

Blair packte Jaxons Knöchel. Anstatt einen Schritt zurück zu machen, versuchte Bill, sich mit einem Tritt zu befreien. Im selben Moment ließ Blair den einen Knöchel los und umklammerte den anderen. Je heftiger Bill um sich trat, desto mehr verlor er sein Gleichgewicht, bis er schließlich stürzte, neben Blair in der Schlacke landete und beide gemeinsam durch Wogen aus schwarzem Staub die Halde hinabrutschten. Flammen berührten sie kurz und harmlos. Sie rollten bis zum Fuß des Hügels an den Rand des Teiches.

Die Schlackegrube hatte die Form eines Pokals, mit einem sumpfigen Boden, auf dem man in Pantinen weit weniger festen Stand hatte als in normalen Schuhen. Der Schornstein erhob sich wie eine versunkene Kanone, die in den Himmel zielt. Als sie sich aufgerichtet hatten, ließ Blair Jaxon gar nicht erst genug Raum, um zum Tritt auszuholen. Er schlug ihm ins Gesicht, machte einen Schritt auf ihn zu und schlug ihn erneut, bis Bill rückwärts ins Wasser taumelte und unterging, weil der Boden im Wasser sofort steil abfiel. Es muß ein hoher Schornstein sein, dachte Blair.

Jaxon ruderte mit allen vieren im Wasser und keuchte: «Ich kann nicht schwimmen!»

Blair gab ihm eine Hand, tat, als wolle er ihn hochziehen, schlug ihn statt dessen erneut und ließ ihn ein zweites Mal untergehen.

Bill tauchte wieder auf. «Um Gottes willen.»

Blair ließ ihn eine Weile auf- und abtauchen, bevor er ihm ein Zeichen machte, an Land zu kommen. Er bot ihm seine Hilfe an, doch als Jaxon sich halb ans Ufer gehangelt hatte, schlug er ihn noch einmal härter als zuvor.

Es dauerte eine Minute, bis Bill wieder an die Oberfläche kam. Blair fischte ihn aus dem Wasser und zog ihn an den Haaren ans sandige Ufer. Er atmete nicht. Blair drehte ihn auf den Bauch und drückte pumpend auf seinen Rücken, bis sich ein Schwall abgestandenen Wassers aus Bills Mund ergoß. Nachdem er sich vergewissert hatte, daß Bill hinreichend lebendig war, zog er ihm seine Pantinen aus und warf sie in den Teich.

Blair krabbelte durch den Sand und trug bald eine zweite Haut aus schwarzem Staub. Weil er immer wieder abrutschte, kam er nur langsam voran. Auf beiden Seiten züngelten kleine Flammen aus der Schlacke wie Blumen und waren ebenso schnell wieder verschwunden. Sein linkes Bein ließ sich kaum bewegen, genausowenig wie die Hand, auf die Bill getreten war. Schließlich hangelte er sich matt auf die Graskante zu, von der er herabgestürzt war. Dort erwarteten ihn, wie er trotz Regen und Dunkelheit erkannte, die Dachfirste der Reihenhäuser mit ihren Kaminen und etwas, das aussah wie eine drohend aus der Nacht tauchende, kopflose Gestalt.

«Isser tot?» fragte sie Blair.

Blair erreichte den Vorsprung und richtete sich schwankend auf. «Nein.»

Einen Moment spürte er die Verblüffung seines Gegenübers in der Dunkelheit. Er wurde vom konzentrierten Licht einer Laterne geblendet, trotzdem erkannte er Flo, das Grubenweib, Kopf und Schultern mit einem Tuch bedeckt, das im Regen glitzerte.

«Dann hau'n Se lieber schnell ab», sagte sie.

Blair stützte sein Gewicht auf sein gesundes Bein; er malte sich aus, wie er auf einem Fuß durch die Gassen hüpfte. «Ich glaube nicht, daß es mir gelingt, irgendwohin schnell abzuhauen.»

«Ich helf' Ihnen.»

Flo bot ihm ihren Rücken als Stütze an; es war, als ob man sich an eine energiegeladene Lokomotive klammern würde, die ihn halb trug, halb hinter sich her schleifte, während ihnen der Strahl ihrer Laterne den Weg wies. Er fand es durchaus vernünftig, daß sie einen Weg durch die Gassen wählte, anstatt sich in der Nähe der Schlackehalde zu halten, doch sie führte ihn über Hinterhöfe, anstatt Straßen zu nehmen, auch wenn sich die Möglichkeit dazu bot. Durch die Bretter eines Zaunes sah er das weiße Geflatter in einem Taubenschlag. Mittlerweile brauchte er keinen Kompaß mehr, um zu wissen, daß sie ihn nicht zum Hotel brachte.

«Wohin gehen wir?»

Flo antwortete nicht. Wie eine Maschine stampfte sie einen schlammigen Pfad hinunter, zwängte sich durch schmale Öffnungen und bezwang steile Windungen, bis sie auf einmal ein Tor aufstieß, das Blair nie bemerkt hätte. Ein Schwein quiekte und raschelte in seinem Verschlag. Zwischen Waschbottichen führte eine Backsteintreppe zu einer Hintertür, durch die ihn Flo schob.

Drinnen führte sie ihn zu einem Stuhl, auf den er sich dankbar fallen ließ. Bis auf das Feuer im Kamin war es dunkel, und sie richtete den Strahl der Laterne auf ihn. «Sie sind ganz schwarz und blutig. Aber jetzt sind Sie in Sicherheit.»

Blairs Bein war taub und pulsierte vage. Er fuhr sich mit den Fingerspitzen über die Schläfe und spürte verklebtes Haar und einen weichen Hautlappen. Sicherheit, das klang gut. Während Flo eine Lampe anzündete, lehnte er sich zurück und schloß die Augen. Er hörte, wie sie im Ofen herumstocherte. Der Duft von warmem Zucker und süßer Milch durchdrang seine Kopfschmerzen. Er richtete sich auf und öffnete die Augen. Ein Rost in einem Kamin. Auf dem Herd köchelte etwas in einem Topf vor sich hin. Neben der Treppe stand ein großer Spiegel, der ihm bekannt vorkam. Flo kniete vor dem Kamin und drehte sich um, als sie Schritte auf der Treppe hörte.

Rose Molyneux kam in die Küche. Sie trug einen Leinenrock und eine schlichte Musselinbluse, die ihr vom Baden noch feuchtes, ungekämmtes Haar leuchten ließ wie kleine Kupferschleifen. Ihre dunklen Augen blitzten Flo wütend an.

«Was hat er hier zu suchen?»

«Ich hab' Bill verfolgt, wie du gesagt hast. Sie haben sich geprügelt, und ich hatte keine Ahnung, wo ich ihn sonst hinbringen sollte. Er ist verletzt.»

Ein wahrhaft erstaunliches Schauspiel, dachte Blair. Rose beherrschte den Raum auf eine Art, die das viel kräftigere Mädchen erzittern ließ. «Das war dumm von dir. Mr. Blair ist nur schwarz wie ein Bergmann, das ist alles. Er braucht bloß Wasser und Seife, um sich zurückzuverwandeln.»

«Glauben Sie mir, dies ist der letzte Ort, an dem ich sein möchte», sagte Blair.

«Und Sie sind der letzte Mensch, den ich treffen wollte», erwiderte Rose. «Also sind wir quitt.»

«Sie hätten Bill doch nur die Pantinen geben müssen, wie ich Sie gebeten hatte, Rose, und ihm sagen müssen, daß Sie ihm und nur ihm gehören, und daß ich nicht mit ihm kämpfen will. Dann hätte Bill nicht versucht, mich umzubringen, und ich wäre jetzt nicht hier.»

«Ich bin schließlich nicht Ihr Dienstmädchen, das sie herumkommandieren können.» Sie wies mit dem Schürhaken in eine Ecke. «Da sind die Pantinen. Geben Sie sie ihm doch selbst.»

«Der geht nirgendwo mehr hin», sagte Flo. «Guck dir mal seinen Kopf an.»

Rose nahm Flo die Laterne ab und fuhr mit der Hand durch Blairs Haar, zunächst grob, dann behutsamer. Er spürte, wie irgendein Anblick sie kurz erstarren ließ. «Wir brauchen Wasser und Gin», sagte sie.

Flo gab Holz auf das Feuer, um das Wasser zu erhitzen, während Rose Blair den Gin einflößte. Der gute Holland-Gin, eine Handelsware, die auch in Afrika immer erhältlich war, es gab also doch noch Konstanten im Leben.

«Warum holen Sie keinen Arzt?» fragte er.

«Was Sie brauchen, ist ein Chirurg. Und der ist um diese Zeit so betrunken, daß ich ihm nicht mal eine Katze zum Vernähen anvertrauen würde.»

Blairs Kopf fühlte sich leicht an. Das Bild der beiden Frauen vor dem hellen Ofen schien um ihn herumzuflirren. Der Deckel des Topfes begann zu klappern.

«Das Wasser ist fertig.» Flo zog eine Zinkwanne über den Boden zum Herd.

Rose band sich eine Schürze um und wartete, die Hände in die Hüften gestemmt. «Und?»

«Ich kann mich alleine baden.»

«Sie haben ganz andere Sorgen als ein bißchen Dreck. Außerdem hab' ich schon mal einen nackten Mann gesehen. Und Sie haben mich gesehen.»

Womit sie recht hatte, auch wenn Blair sich sicher war, daß sie unbekleidet sehr viel attraktiver war als er. Er zog Stiefel und Socken aus und erhob sich schwankend, um sich, auf den Tisch gestützt, sein Hemd aufzuknöpfen. Er blickte an sich hinunter und sah den Kohlenstaub, der sich in seinem Brusttrichter gesammelt hatte. Er öffnete seine Hose, ließ seine lange Unterhose fallen und stieg heraus, wobei es nicht seine Nacktheit war, die ihn verlegen machte. An der Goldküste hatte er sich immer so blaß und mager gefühlt. Das passierte ihm jetzt auch in Wigan, wie er feststellen mußte.

Von der Bewegung wurde ihm schwindelig. Flo bot ihm ihren Arm an und half ihm, sich auf den gerippten Boden der Wanne zu knien. Rose öffnete die Ofenklappe. Mit einem Topflappen zog sie eine eiserne Pfanne heraus, nahm die darin liegende glühende Nadel und ließ sie in eine Schale mit Wasser fallen. Blair hörte das Zischen.

«Verdienen Sie wirklich nur zehn Pence am Tag? Ich dachte, die Leibeigenschaft wäre längst abgeschafft.»

«Das geht Sie nichts an», sagte Rose.

«Und Sie zahlen drei Pfund die Woche an Miete? Wie schaffen Sie das? Vielleicht klauben Sie ja nicht nur Kohle.»

«Trinken Sie das.» Flo gab ihm eine zweite Tasse Gin.

In Rose' Hand tauchte eine Schere auf.

«Wollen Sie mir die Haare schneiden?» Es kam ihm vor wie der Gipfel der Anstößigkeit.

«Nur um zu sehen, was ich mache.»

Er lauschte dem Schnappen der Scherenblätter und sah das auf den Boden fallende Haar, doch er schien auf dieser Seite seines Kopfes keinerlei Gefühl zu haben. Nichts ergab einen Sinn. Ich sollte von einem richtigen Chirurgen verarztet werden, dachte Blair. War das nicht eine der Errungenschaften der Zivilisation, ausgebildete Mediziner? Ihm fiel auf, daß die Gaslampen in der Küche auf einmal hell brannten.

«Sie werden doch nicht jammern wie ein Kleinkind?» fragte Rose.

Er hatte sich geirrt, er hatte auf dieser Seite des Kopfes sehr wohl ein Gefühl. Als sie die Schale mit kaltem Wasser darüber goß, mußte er die Zähne zusammenbeißen, um nicht laut herauszuschreien. Flo gab ihm einen Lappen zum Beißen und reichte Rose eine Nadel und einen roten Faden.

«Denken Sie an Afrika», sagte Rose.

Doch Blair dachte an Bill Jaxon. Wenn Jaxon ihn schon vorher hatte töten wollen, was für ein unversöhnlicher Feind würde er erst werden, wenn er erfuhr, wohin Flo ihn gebracht hatte? Je länger er darüber nachdachte, desto klarer wurde ihm, daß er nicht einmal zur Polizei gehen konnte. Inspektor Moon würde als erstes fragen, warum sie sich gestritten hatten, und als zweites, wohin er anschließend gegangen war. Es würde sich anhören wie eine schmutzige Wiganer Romanze. Als die Nadel seine Haut berührte, packte er die Ränder der Wanne.

Flo mischte in einem Krug kaltes und heißes Wasser. Rose schnitt den Faden ab, legte die Nadel beiseite und goß den Inhalt des Kruges über Blairs Kopf. Das Wasser war wie ein elektrischer Schlag. Dann begann sie, seine Haare zu waschen, und ihm war, als könnte sie genausogut seine Wunde massieren. Er spuckte den Lappen aus, weil er wegen des Wassers, das in seine Nase lief, keine Luft mehr bekam. Er zitterte nicht, jeder Muskel seines Körpers bebte.

Flo füllte die Tasse noch einmal mit Gin und sagte: «Ich such' ihm wohl mal was zum Anziehen.»

«Beeil dich», sagte Rose.

Als Flo gegangen war, griff Blair nach der Tasse und leerte sie in zwei Zügen, um die Betäubung zu beschleunigen. Er fühlte sich eingehüllt in ein Laken aus Schmerz und versuchte, sich in der Wanne mit dem schwarzroten Wasser aufrecht zu halten.

Rose spülte sein Haar aus, goß einen Krug heißes Wasser über seine Schultern und begann, ihn mit einem Schwamm einzuseifen. Sein Oberkörper schaukelte hin und her. Um sie herum stieg Dampf auf.

«Flo sagt, Sie haben Bill geschlagen. So sehen Sie gar nicht aus.»

«So fühle ich mich auch nicht.»

«Sie hätten ihn tot zurücklassen können, sagt sie.»

«Kümmern Sie sich um mich, weil ich das nicht getan habe? Ist er in Sie verliebt?»

«Seien Sie still und sitzen Sie gerade.»

Ihre Hände waren nicht derb, aber kräftig, und als sie seinen Hals wusch, ließ er den Kopf betrunken hin und her rollen. Im Spiegel neben der Treppe sah er sich, die Wanne und sie. Ihr Haar war offen und wild, und er dachte, daß ihr zu einer Muse des Sommers nur noch die wilde Rose fehlte. Mit einer Laute an einem silbernen Bächlein wäre sie das perfekte Modell. Vom Waschen und durch den Dampf war sie fast genauso naß wie er, feuchter Musselin klebte an ihren Armen. Ihr Haar streifte seine Wange. Es war von jenem Dunkelbraun, das bei längerem Hinsehen rot wurde. Kein flirrendes Orange, sondern Fäden von Schwarz, Kupfer, Ocker und Gold.

Sie goß mehr Wasser über ihn, um seine Brust einzuseifen. Es war die Hitze des Wassers, vermischt mit dem Gin in seinen Adern, doch er spürte deutlich, wie er hart wurde. Das Wasser in der Wanne war nicht so schaumig, daß sie es hätte übersehen können. Er war überrascht und beschämt. Sein übriger Körper war verwundet und tot, doch dieses einzelne Teil war unverkennbar lebendig, erhob sich wie Lazarus verräterisch aus dem Wasser. Er drehte sich auf die Seite, um es weniger offensichtlich zu machen. Rose wusch um die Wunde an seiner Hüfte herum, und die kreisende Bewegung wurde von ihren gegen seinen Rücken gepreßten Brüsten aufgegriffen. Durch die Reibung wurde ihm bewußt, daß auch ihre Brustwarzen hart geworden waren.

Er spürte, wie sein Blut pochte, doch Rose löste sich nicht aus der Berührung. Es war, als wären beide wie gefangen von der gleichmäßigen rhythmischen Bewegung des Schwammes in ihrer Hand und der Hitze des Ofens.

«Verstehen Sie, daß Sie nicht mehr herkommen dürfen», sagte sie mit belegter Stimme.

«Schade.» Es hatte sarkastisch klingen sollen, aber so hörte es sich nicht an.

«Bill wird keine Ruhe geben, bis er sie erledigt hat.»

«Bill und Sie sind also zusammen?»

«Denkt Bill.»

«Und das reicht?»

«Das reicht für alle anderen.»

«Und für Sie?»

Er spürte ihren Atem in seinem Nacken, als ihre Hand plötzlich innehielt. Er war erstaunt, daß er ihre Berührung trotz des Schmerzes und des Gins so überdeutlich spüren konnte, ihren Herzschlag als leichtes Zittern ihrer Brust, ihre bloße Aura.

«Eigentlich wollen Sie die Antwort gar nicht wissen», sagte Rose.

«Doch.»

«Nicht wirklich. Sie sind ‹Nigger Blair›. Sie bringen alles durcheinander und ziehen dann weiter. Vielleicht blicken Sie sogar auf die Hannays herab, weil Sie auf alle herabblicken. Bill hat zumindest sein Zeichen hinterlassen, das muß man ihm lassen.»

«Auf dich blicke ich nicht herab.»

Das tat er wirklich nicht. Anfangs war ihm Rose wie eine kokette Lügnerin vorgekommen. Jetzt erschien sie ihm wie ein anderer Mensch. Sie war real geworden, wußte keine schlagfertigen Entgegnungen mehr. Genausowenig wie er. Sie waren gefangen wie zwei Menschen, die sich im Dunkel begegnet waren und beide nicht voneinander lassen wollten. Er spürte ihren sanften Atem und ihr Haar an seiner Wange. Der Schwamm in ihrer Hand verharrte bewegungslos auf seiner Hüfte. Er wußte nicht, wer zuerst den Bann gebrochen hätte, wenn Flo nicht zurückgekommen wäre.

«Geschafft», verkündete sie, als sie die Treppe heruntergestampft kam. In einer Hand hielt sie eine Hose in Übergröße, in der anderen eine unförmige Jacke und eine Mütze. «Fehlt nur noch ein Seidenschal.»

Blair spürte, wie er sofort in unkomplizierten Schmerz zurücksank. Rose lehnte sich stumm zurück und wischte sich die Stirn, während Flo durch die Küche wieselte. Blair begriff nicht, was vorgefallen war, doch er wußte, daß der Augenblick vorüber war, und fühlte sich jetzt, wo die Spannung nachließ, zunehmend betrunken.

Rose stand auf und gab Flo den Schwamm. «Trockne ihn ab, zieh ihn an und bring ihn zurück zum Hotel.» Sie band ihre Schürze ab und ging die Stufen hinauf, die Flo eben heruntergekommen war.

«Mach' ich.» Flo war überrascht über Rose' Rückzug, aber noch immer voller Elan. «Ihre Schuhe sind voller Schlamm, aber Sie können ja die Pantinen anziehen.»

«Großartig», sagte Blair. Es war sein letztes zusammenhängendes Wort.

# 11

Mitten in der Nacht erwachte Blair und zündete die Lampe in seinem Hotelzimmer an. Die Flamme schien ihm seine Benommenheit allmählich zu nehmen, obwohl ein extrem süßlicher Gingeschmack auf seiner Zunge lag.

Der Besuch bei Mary Jaxon und ihren Nachbarn und die Erinnerung daran, wie Flo ihn ins Hotel transportiert hatte, erschienen ihm nun eher wie Träume denn wie wirkliche Begebenheiten. Vor allem der Kampf in der Schlackegrube schien mehr einem Hirngespinst zu entspringen als der Realität, doch seine Hände waren zerkratzt und sein Bein von den Prellungen schwarz angelaufen.

Als er auf den Spiegel zutrat, sah er, daß sein Haar über einem Ohr gestutzt war. Er hob die Strähnen an und sah aus dem Augenwinkel eine saubere, halbkreisförmige Naht, deren Rand von Kohlenstaub bläulich gefärbt war. Nicht Bill Jaxons Zeichen. Ihr Zeichen.

Mit pochenden Kopfschmerzen öffnete Blair Maypoles Tagebuch und versuchte ein zweites Mal, den Eintragungen, die der Hilfsgeistliche eine Woche vor seinem Verschwinden vorgenommen hatte, einen Sinn abzugewinnen. Das Gewirr vertikaler und horizontaler Zeilen war ein Labyrinth aus schwarzer Tinte, noch dazu verschlüsselt. Wären die Sätze einfach in lateinischer Sprache abgehalten gewesen, wären sie vor ihm sicher gewesen. Codes waren etwas anders. Mit Codes kannten Bergleute sich aus; der alte Blair hatte Buch über seine Claims geführt, bevor er sie offiziell angemeldet hatte, und zwar verschlüsselt in einer Reihe von Geheimschriften: nach Schlüsselwort, dem Weidepflocksystem oder Porta.

*«Jdi cjo fjo fsp tfx pot. . .»*

Blair hatte es. Der Augustus-Code, eine Verschiebung von

jeweils einem Buchstaben in Dreierblöcken – ein Kinderspiel. Hatte Maypole nicht in Oxford studiert? Er sollte sich schämen.

*Ich bin eine Rose in Sharon und eine Lilie im Tal.*

*Mein Freund antwortet und spricht zu mir: Steh auf, meine Freundin, meine Schöne, und komm her!*

*Zeige mir deine Gestalt, laß mich hören deine Stimme, denn deine Stimme ist süß, und deine Gestalt ist lieblich. Fangt uns die Füchse, die kleinen Füchse, die die Weinberge verderben, denn unsere Weinberge haben Blüten bekommen.*

Dies sind die Worte, die ich wünschte, ihr sagen zu können.

Da es in der Gegend von Wigan keine Weinberge gab, nahm Blair an, daß Maypole wieder einmal die Bibel bemüht hatte, und während er sich Charlotte problemlos etwa als mörderische Judith vorstellen konnte, die den Kopf eines Assyrers abschlug und über ihrem Bett aufhängte, sah er sie nicht als Füchsin.

Sie erzählt mir, daß Leute die Zeche besuchen, um die Frauen anzugaffen, als stammten sie von einer anderen Rasse ab. Können Kohlenstaub und Hosen die Menschen so blind machen? Scheinen ihre Intelligenz und ihre Seele nicht durch diese Verkleidung durch? Sie wirft mir vor, meine Soutane sei ein seltsameres Kostüm als irgendwelche Hosen, die sie tragen könnte, und obwohl ich ihre Anschuldigung zurückweise, beginne ich im stillen, ihr recht zu geben.

Blair erinnerte sich, daß Maypole zum letzten Mal gesehen worden war, als er Rose Molyneux hinterherlief und sich seinen Priesterkragen vom Hals riß.

*Deine Lippen sind wie eine scharlachrote Schnur, deine beiden Brüste sind wie junge Zwillinge von Gazellen, die unter den Lilien weiden. Deine Liebe ist lieblicher als Wein, und der Geruch deiner Salben übertrifft alle Gewürze.*

Warum verschlüsselte Maypole, was in der Bibel stand? Das machte nur Sinn, wenn es eine besondere Macht über ihn hatte. Das Hohelied Salomons sollte wirklich nicht in die Hände junger Hilfsgeistlicher gelegt werden, entschied er. Das Alte Testament glitt dahin wie ein Zug auf einem Gleis geweihten Gemetzels, und dann kamen auf einmal wie aus dem Nichts Salomons Liebesverse. Blair stellte sich Schaffner vor, die riefen: «Nicht aus dem Fenster schauen und den nackten Mann und die nackte Frau ansehen! In fünf Minuten erreichen wir Jesaja und die Zerstörung Zions!»

Der Text ging unverschlüsselt weiter.

*Da ist die Stimme meines Freundes, die anklopft. Tu mir auf, liebe Freundin, meine Taube! Denn mein Haupt ist voll Tau und meine Locken voll Nachttropfen.*

*Mein Freund steckte seine Hand durchs Riegelloch. Da stand ich auf, daß ich meinem Freunde auftäte; meine Hände troffen von fließender Myrrhe am Griff des Riegels.*

Der nächste Eintrag war in einem anderen Code abgefaßt, zu viel für Blairs Kopfschmerzen. Aber eines war klar. Wenn das der Verlobte von Charlotte Hannay geschrieben hatte, hatte der Mann Probleme gehabt.

## 12

Blair nahm einen Blutegel aus einem Gefäß und setzte ihn in die Reihe seiner Kollegen, die sich bereits an seiner geschwollenen, wunden Hüfte labten. Nicht daß er erwartete, daß die Egel irgend etwas herausziehen würden außer dem Blut, das sich direkt unter der Haut gesammelt hatte. Er lag, nur mit einem weiten Hemd und Socken bekleidet, auf der Seite, um einen weiteren Blutstau zu vermeiden, seine Haut war vom überhitzten Kamin im Salon seiner Hotelsuite gerötet. Da in seinen Adern hauptsächlich Aspirin, Arsen und Brandy zirkulierten, erwartete er, daß die Blutegel demnächst delirierend zu Boden fallen würden.

Leveret hatte ihm eine gebundene Abschrift des gerichtlichen Abschlußberichtes gebracht, und Blair hatte ihn gleich wieder losgeschickt, ihm eine Liste aller Grubenweiber zu besorgen, die je im «Heim für Frauen» gewohnt hatten. Wo sonst hätte Rose lernen können, eine Wunde zu vernähen? Und welchen besseren Ort gab es, um John Maypole zu treffen?

Der Bericht wog ein stolzes Pfund.

«Abschlußbericht der öffentlichen richterlichen Untersuchung der Umstände und Ursachen der Explosion in der Hannay-Grube, Wigan, Lancashire, 21. Januar 1872, abgehalten im Royal Inn.»

Der Verhandlungsort überraschte ihn nicht. Untersuchungen dieser Art wurden meistens in einem lokalen öffentlichen Saal abgehalten, normalerweise in einem Gasthaus, das über genügend Platz verfügte, die Geschworenen, Zeugen, Hinterbliebenen der Opfer und weitere interessierte Parteien unterzubringen.

Die erste Seite enthielt eine ausklappbare Karte der Hannay-

Grube im Maßstab 1 zu 12500 und war mit Pfeilen versehen, die die Bewetterung der Grube veranschaulichten: Durch den Einzugsschacht wurde Frischluft in die Hauptstrecke und weiter im Kreis durch die Querschläge bis zum äußersten Rand des Ausbaus geführt. Von dort wurde die Abluft durch einen parallel zur Hauptstrecke verlaufenden Tunnel geleitet, bis sie in einen diagonalen Blindschacht gesaugt wurde, der erst ein gutes Stück oberhalb des Wetterofens wieder in den ausziehenden Schacht mündete, um zu verhindern, daß sich die gashaltige, giftige Luft entzündete.

Außerdem waren auf der Karte die Zahlen *1* bis *76* verzeichnet, die die Stellen markierten, wo die Opfer gestorben waren. Grubenexplosionen hatten etwas Launenhaftes, weil sich Druckwelle und Rauch unter Tage vervielfältigen konnten, als ob ein Dutzend Lokomotiven durch die Tunnel rasten. Sie konnten sich plötzlich von einem naheliegenden Opfer abwenden und einen weniger glücklichen Mann jagen, der eine halbe Meile entfernt stand. In der heimtückischen Alchimie einer Explosion folgten dem Methan, das das Feuer nährte, Nachschwaden aus Kohlenmonoxid, so daß niemand sicher war, bis er die Oberfläche erreicht hatte.

Es folgten eine Reihe von Totenscheinen, die Blair, weil es so viele waren, nur rasch überflog.

1. Henry Turton, 8 Jahre, Pferdejunge. Verhedderte sich bei dem Versuch, seinem Pony, Duke, zu helfen, in den Zügeln und wurde in den Schachtsumpf gerissen...

23, 24 und 25. Albert Pimblett, 62, sein Sohn Robert Pimblett, 41, und sein Enkel Albert, 18, wurden nebeneinander und offenbar unverletzt in der Hauptstrecke gefunden. Es wird angenommen, daß einer von ihnen eine Gasvergiftung erlitt, und die beiden anderen bei ihm blieben, um ihm zu helfen, und ebenfalls erstickt sind. Die Männer wurden von ihren Frauen identifiziert...

45. In der Hauptstrecke, ein Ire namens Paddy, Nachname

unbekannt. Alter unbekannt. Identifikation anhand einer Fenier-Tätowierung ...

48. William Bibby, 14. Identifiziert durch seinen Bruder Abel, der an jenem Tag wegen Kopfschmerzen nicht zur Arbeit gegangen war ...

53. Bernard Twiss, 16. Verbrannt. Wurde am Streb von seinem Vater Harvey geborgen, der ihn zunächst nicht erkannte. Spätere Identifizierung anhand eines roten Tuches, das er als Gürtel benutzt hatte ...

66. Arnold Carey, 34. Wurde verbrannt und stark entstellt am Streb gefunden. Identifikation durch seine Frau, die seine Pantinen erkannte ...

73. Thomas Greenhall, 54. Wurde verbrannt und verstümmelt am Streb gefunden. Identifikation anhand eines schon vor dem Unglück fehlenden Fingers ...

74, 75. George Swift, 21, und John Swift, 20. Verbrannt und verstümmelt. Identifikation anhand von Georges Gürtelschnalle und Johns Uhr ...

76. Ein Tagelöhner namens Taffy, Alter unbekannt. Identifikation anhand eines schwarzen Zahns ...

Ein fehlender Finger, eine Uhr, eine Tätowierung. Kein Wunder, daß die Männer immer persönliches Inventar bei sich trugen.

Im folgenden wurden die dreizehn Geschworenen aufgelistet. Drei Bankiers, zwei pensionierte Offiziere der Armee, ein Bauunternehmer, ein Versicherungsagent und sechs Ladenbesitzer, alle Mitglieder einer Kaste, die sich den Hannays zuwandte wie Blumen der Sonne. Eine Jury von ihresgleichen.

George Battie war der erste Zeuge.

*Untersuchungsrichter:* Als Steiger sind Sie einer der Angestellten, die besonders für die alltägliche Sicherheit der Hannay-Grube und der dort arbeitenden Männer verantwortlich sind, das ist doch richtig?

*Battie:* Jawohl, Sir.

*Untersuchungsrichter:* In der vergangenen Woche sind in diesem Bergwerk sechsundsiebzig Männer gestorben. Jede Familie in Wigan hat einen Mann, Vater, Bruder oder zumindest einen Freund verloren. Ihre Witwen sind heute hier versammelt und fragen, wie es möglich war, daß eine derartige Katastrophe passieren konnte. Wir werden die Aussagen von Überlebenden, Mitgliedern der Rettungsmannschaft und Experten hören, sowohl solchen, die unmittelbar an die Unglücksstelle gerufen wurden als auch solchen, die die Grube erst später besichtigt haben, wir werden Vertreter des Grubenbesitzers und der Bergarbeitergewerkschaft und schließlich den Grubeninspektor Ihrer Majestät anhören. Möglicherweise sind Sie jedoch der wichtigste Zeuge von allen, weil Sie für die Sicherheit der Opfer verantwortlich waren.

Blair konnte sich Battie vorstellen, in seinen Sonntagsanzug gezwängt, die Fragen des Untersuchungsrichters erwartend wie ein Pony, das in den Schacht starrt.

*Untersuchungsrichter:* Was haben Sie am Morgen des 18. Januar unternommen, um die Sicherheit der Männer in der Hannay-Grube zu gewährleisten?

*Battie:* Ich bin immer der erste unter Tage. Um 4.00 Uhr nehme ich den Bericht des Steigers der Nachtschicht entgegen, der mich über Vorkommnisse oder Beschwerden informiert. Es hatte keine Zwischenfälle gegeben. Dann habe ich Barometer und Thermometer überprüft.

*Aaron Hopton, Esq., Anwalt der Hannay-Bergwerke:* Warum das?

*Battie:* Wenn der Druck abfällt, tritt automatisch Gas aus der Kohle aus. Wenn das der Fall ist, warne ich die Männer, keine Sprengungen vorzunehmen, die das Gas entzünden könnten. An jenem Morgen war der Luftdruck gefallen, also gab ich eine entsprechende Warnung aus, als die Männer mit dem Korb unter Tage kamen. Dann habe ich die einzelnen Arbeitsplätze kontrolliert, um mich zu vergewissern, daß die Warnung eingehalten wurde. Dabei habe ich besonders auf die Bereiche des Flözes geachtet, von denen ich wußte, daß sie stark gashaltig sind. Bei meinem Rundgang habe ich auch die Bewetterung überprüft, um sicherzugehen, daß alle Bereiche der Grube mit Frischluft versorgt wurden und daß jedem Arbeiter zwei Fluchtwege zur Verfügung standen.

*Miles Liptrot, Esq., Anwalt der Hannay-Bergwerke:* Haben Sie auch die Explosionsstelle überprüft?

*Battie:* Jawohl, Sir. Das heißt, ich glaube die Stelle zu kennen, an der sich die Explosion ereignet hat, und habe auch diesen Bereich am Morgen des Feuers inspiziert.

*Enoch Nuttal, Esq., Anwalt der Hannay-Bergwerke:* Haben Sie an jenem Morgen das Austreten von Gas festgestellt?

*Battie:* Ja.

*Isaac Meek, Esq., Anwalt der Hannay-Bergwerke:* Wie haben Sie das festgestellt?

*Battie:* Ich habe den Streb mit meiner Lampe abgeleuchtet und gesehen, daß die Flamme länger wurde. Ich habe ein Wettertor bewegt –

*Hopton:* Ein Wettertor?

*Battie:* Ein mit Tuch bespannter Holzrahmen zur Führung der Bewetterung. Ich habe Albert Smallbone gesagt –

*Liptrot:* Das war der Schießmeister vor Ort?

*Battie:* Ja, Sir. Ich habe ihm gesagt, er soll auf das Gas aufpassen und keine weiteren Sprengungen vornehmen.

*Nuttal:* Sprengungen zum leichteren Abbau der Kohle?

*Battie:* Ja, Sir.

*Meek:* Mr. Battie, beschreiben Sie uns, wo Sie sich befanden und was Sie gerade taten, als Sie bemerkten, daß sich eine Explosion ereignet hatte.

*Battie:* Es war um 2 Uhr 45, und ich saß am Schreibtisch in meinem Büro beim Schacht, als der Boden bebte und Wolken von heißem Kohlenstaub aus den Strecken quollen. Die Ponys waren in hellem Aufruhr. Eines von ihnen hat einen Jungen in den Schachtsumpf gerissen. Der Korb kam Augenblicke später unten an, Sekunden zu spät für den armen Jungen.

*Hopton:* Weiter.

*Battie:* Ich habe dem Schichtmeister eine Notiz geschrieben, in der ich ihn über die Lage informiert habe, und den Korb wieder nach oben geschickt. Dann bin ich mit einigen Männern und dem stets griffbereiten Rettungszubehör – Keilhauen und Schaufeln, Bahren und Schienen, bespannten Holzrahmen und Brettern, Klötzen und Seilen sowie Kanarienvögeln in Käfigen – in die Hauptstrecke gegangen, weil das die Hauptfrischluftader ist. Die ersten Männer und Ponys, denen wir begegneten, stürzten in Richtung Ausgang. Bald entdeckte ich Wettertore, die aus ihrer Position gerissen worden waren, so daß die einziehende gute Luft verunreinigt wurde und sich Nachschwaden ausbreiten konnten. Wir flickten die Bespannung, um die Durchlüftung der Grube zu gewährleisten und das Gas zurückzudrängen. Erst nachdem die Luftqualität nach und nach besser wurde, konnten wir uns vorwärts bewegen. Wenn das Schicksal ein Leben nimmt, ist das eine Sache; wenn der Anführer eines Rettungstrupps durch Rücksichtslosigkeit oder Hast weitere Menschenleben in Gefahr bringt, ist das eine ganz andere. Fünfhundert Meter weiter fanden wir Männer, die vom Gas überrascht worden waren und bewußtlos auf dem Bauch lagen, ein Zeichen dafür, daß das Gas sie im Laufen überrascht hatte. Wir haben sie auf den Rücken gedreht, damit sie Luft bekamen. Nachdem die Bewetterung wieder funktionierte, haben wir auf diese Weise etwa zwanzig Männer behandelt. Sie haben alle überlebt. Nach weiteren fünfzig Metern fiel auf einmal der Kanarienvogel in dem Käfig, den ich hielt, von der Stange, und wir fanden nach und nach weitere am Boden liegende Männer, die zwar äußerlich unverletzt waren, für die jedoch jede Hilfe zu spät kam.

Gleichzeitig versperrten uns immer mehr Einbrüche den Weg, und wir mußten uns durch Hindernisse graben, einsturzgefährdetes Gestein abstützen und eingedrückte Stempel mit Seilen aus dem Weg ziehen. Einige Stellen waren mit ausreichend Frischluft versorgt, andere stark gashaltig, und wir konnten außer den fünfunddreißig Leichen noch weitere achtzehn Männer lebend bergen.

*Untersuchungsrichter:* Was war mit dem Kanarienvogel? Kanarienvögel reagieren doch empfindlich auf Kohlenmonoxid, deswegen werden sie ja auch in Bergwerken eingesetzt. Sie sagten, der Kanarienvogel in dem Käfig, den Sie in der Hand hielten, sei von der Stange gefallen. Sind Sie mit einem toten Kanarienvogel weitergegangen?

*Battie:* Wir hatten drei Käfige. Immer nur einen davon an der Spitze des Trupps. Wenn ein Vogel von der Stange fiel, wurde der Käfig nach hinten gereicht, damit das Tier wieder zu sich kam, während ein anderer Kanarienvogel nach vorne durchgegeben wurde. Dichtere Gaskonzentrationen haben unser Weiterkommen in der Tat verlangsamt, nicht nur die Vögel, sondern auch die Männer mußten sich vorne mit der Führung abwechseln. Fünf Mitglieder des Rettungstrupps wurden vom Gas überwältigt und mußten nach draußen getragen werden. Unser Trupp wurde jedoch von Überlebenden verstärkt, die spontan an der Rettungsaktion teilnahmen, anstatt sich in Sicherheit zu flüchten. Smallbone war durch Steinschlag verletzt worden und wurde von William Jaxon in mein Büro gebracht, als sich die Explosion ereignete. Beide haben sich unserem Rettungstrupp angeschlossen und sich so waghalsig eingesetzt, daß ich sie zurückhalten mußte.

*Hopton:* Haben Sie Hilferufe gehört?

*Battie:* Nach einer Explosion macht das Holz alle möglichen Geräusche. Wie auch immer, nach etwa tausend Metern haben wir keine Überlebenden mehr gefunden.

*Liptrot:* Und Sie sind schnell vorangekommen?

*Battie:* Es war 3.45 Uhr, als Smallbone und Jaxon sich unserem Trupp angeschlossen haben, aber trotz ihrer Anstrengungen kamen wir nur noch langsam voran. Wenn man den Vogel in seinem Käfig nicht mehr sehen kann und die Flamme in der Grubenlampe zu einem winzigen Punkt verkümmert, muß man die Leute zurückbeordern, bis Frischluft die Flamme wieder wachsen läßt. Mit toten Rettern ist, wie gesagt, niemandem gedient.

*Nuttal:* Sie haben den Eifer von Smallbone und Jaxon erwähnt. Warum, glauben Sie, haben die beiden sich so eingesetzt.

*Battie:* Die Explosion ereignete sich in ihrem Abschnitt des Flözes. Als wir das vordere Ende des Strebs erreichten, waren die Leichen, die wir fanden, leicht angesengt. Doch mit jedem weiteren Schritt nahm die Verstümmelung der Opfer zu. Auf halber Strecke waren die Leichen verbrannt. Manche lagen unter Kohlewaggons begraben, die aus den Gleisen gesprungen waren, andere waren durch die Wucht der Explosion in abgebaute Lagerstätten geschleudert worden. Das hintere Ende des Strebs war Smallbones und Jaxons Arbeitsplatz. Hätten sie sich zum Zeitpunkt der Explosion dort aufgehalten, wäre nichts mehr von ihnen übriggeblieben.

*Meek:* Wer war das letzte Opfer, das Sie geborgen haben?

*Battie:* Ein Tagelöhner, ein Waliser namens Taffy.

Der schwarze Zahn, erinnerte Blair sich.

*Untersuchungsrichter:* Zumindest können wir sicher sein, daß der Tod dieser Männer gnädigerweise schnell eingetreten ist. Die Uhr, die später als die des John Swift identifiziert wurde, wurde mit zerbrochenem Glas gefunden, die Zeiger waren um 2.44 Uhr stehengeblieben, dem genauen Zeitpunkt der Explosion.

Weitergehen mit einem toten Kanarienvogel, das war auch eine ziemlich präzise Beschreibung von Blairs eigenem Leben. Er schlurfte steif zum Kamin, um Holz nachzulegen. Weil sie ihn auf seinem Weg begleiteten, beschloß er, den Blutegeln an seinem Bein Namen zu geben: Krieg, Hunger, Pest und Tod nach den vier apokalyptischen Reitern.

Blair war ein Autodidakt. Was hätte er in den Wintern in der Sierra anderes tun sollen, als sich durch die Klassiker aus der Bibliothek des alten Mannes zu lesen? Im nüchternen Zustand kannte der alte Blair nur das Thema Bergbau, im betrunkenen nur die Offenbarung des Johannes. Die Frauen, die der Junge sah, waren entweder Chinesinnen oder Huren. Um ihre Aufmerksamkeit zu gewinnen, erzählte er ihnen geklaute Geschichten. Seine Lieblingsgeschichte war eine Version von «Robinson Crusoe», in der der Schiffbrüchige eine Frau war und Freitag kein Eingeborener, sondern ein Junge. Die beiden lebten so glücklich auf ihrer Insel, daß sie die Schiffe vorbeisegeln ließen, anstatt sie an Land zu winken.

*Hopton:* Mir ist durchaus bewußt, daß Sie und die anderen Mitglieder des Rettungstrupps unter großer physischer und emotionaler Belastung standen. Aber haben Sie den Streb trotzdem sofort auf Spuren untersucht, die darauf hindeuten könnten, daß ein Arbeiter entgegen Ihren Anweisungen doch eine Sprengung vorgenommen hatte?

*Battie:* Nicht sofort.

*Liptrot:* Warum nicht?

*Battie:* Weil wieder Gas ausgetreten war.

*Untersuchungsrichter:* Von wo?

*Battie:* Aus alten Lagerstätten. Geröll und kleinere, nutzlose Kohlebrocken, die wir eingemauert hatten, um die Decke abzustützen. Eine übliche Praxis, leider bilden sich in solchem Schutt alle möglichen Gase. Die Explosion hatte die Mauer rissig gemacht. Die ganze Strecke war vom Schein unserer Lampen hell erleuchtet, als wir auf das Gas stießen.

Wir hatten die Wahl, entweder den Streb und die möglicherweise noch nicht geborgenen Leichen zu verlassen oder das Leck abzudichten.

*Nuttal:* In welchem Zustand befanden sich Ihre Lampen?

*Battie:* Sie glühten rot, Sir. Zu heiß, um sie anzufassen.

*Nuttal:* Wegen des Gases?

*Battie:* Ja.

*Meek:* Hatten Sie Zugang zu dem Leck?

*Battie:* Kaum. Das Gas wehte uns aus einem zugemauerten, tief im Streb liegenden Stück mit niedrigem First entgegen, das teilweise von Geröll blockiert war. Während wir versuchten, die Stelle nach Kräften zu belüften, habe ich mir aus einem Lager in einem der Querschläge Ziegel und Zement bringen lassen. Dann habe ich alle außer Smallbone und Jaxon weggeschickt. Wir haben den Mörtel angerührt, und die beiden sind abwechselnd mit jeweils einem Ziegel in jeder Hand in die fast vollkommene Dunkelheit gekrochen, um die Wand zu reparieren. Mit Erfolg, so daß ich anschließend Lampen in den Bereich des Strebs bringen konnte, den ich am dringendsten untersuchen wollte.

*Hopton:* Warum gerade diesen Bereich?

*Battie:* Weil ich dort am Morgen das Gas entdeckt hatte.

*Hopton:* Hatten Sie den Verdacht, daß eines der Opfer entgegen Ihrer ausdrücklichen Warnung doch eine Sprengung vorgenommen hatte?

*Battie:* Nein, Sir.

*Liptrot:* Vielleicht glauben Sie auch, daß es pietätlos wäre, darüber zu spekulieren?

*Battie:* Ich wüßte nicht, Sir. Außerdem war Smallbone der einzige Schießmeister in diesem Bereich des Strebs, Sir.

*Nuttal:* Und der war bei Ihnen. Es ist also unwahrscheinlich, daß Taffy, die Swift-Brüder, Greenall oder ein anderer der Verstorbenen in Abwesenheit Smallbones eine Sprengladung gezündet hat.

*Battie:* Jawohl, Sir.

*Meek:* Aber wenn, wäre er weniger erfahren gewesen?

*Battie:* Ja, Sir.

*Hopton:* Ist es nicht so, daß Greenall wegen des Anzündens einer Pfeife unter Tage bereits einen Verweis erhalten hatte?

*Battie:* Vor zehn Jahren.

*Liptrot:* Aber es stimmt doch, oder?

*Battie:* Ja.

*Nuttal:* Irgendwelche schweren Trinker unter den Männern am Streb?

*Battie:* Schwere Trinker würde ich nicht sagen.

*Nuttal:* Wurden John und George Swift nicht erst in der letzten Woche wegen eines Zechgelages auf offener Straße von der Polizei gemaßregelt?

*Battie:* John hatte gerade geheiratet. Sie haben gefeiert.

*Hopton:* Beeinträchtigt Alkohol das Urteilsvermögen eines Bergmanns?

*Battie:* Ja.

*Hopton:* Bergleute trinken.

*Battie:* Manche.

*Nuttal:* Trinken Sie?

*Battie:* Ich trinke auf dem Nachhauseweg schon mal ein Bier.

*Nuttal:* Eins oder zwei?

*Battie:* Unter Tage ist es vierzig Grad und heißer. Da schwitzt man am Tag fünf Pfund aus. Wenn man dann wieder nach oben kommt, braucht man was zu trinken.

*Hopton:* Wollen Sie andeuten, daß Bier sauberer ist als das Wasser von Wigan?

*Battie:* Das haben Sie gesagt, Sir, nicht ich.

*Meek:* Sie sind in der Bergarbeitergewerkschaft aktiv, nicht wahr?

*Battie:* Ich bin Bergmann, und ich bin in der Gewerkschaft.

*Meek:* Mehr als das. Ein aktiver Führer. Ein Verteidiger der Arbeiterrechte, hab' ich recht?

*Battie:* So kann man es wohl ausdrücken.

*Meek:* Ohne Ihnen etwas unterstellen zu wollen, könnte man sagen, daß ein Gewerkschaftsführer es unter allen Umständen vermeiden würde zuzugeben, daß eines der bedauernswerten Opfer das Unglück selbst verschuldet hat?

*Battie:* Ich weiß nicht, was an jenem Tag unten in der Grube passiert ist. Aber ich weiß, daß Bergbau eine trockene und gefährliche Arbeit ist, das ist eine unumstößliche Tatsache. Nichts wird daran je etwas ändern.

Auch er fühlte sich wie ausgetrocknet, und seine Kopfschmerzen machten es ihm unmöglich, sich weiter zu konzentrieren. Blair trank einen Brandy und wünschte sich, es wäre Bier, legte den Bericht zur Seite, pellte die Blutegel von seinem Bein und hielt ein Nickerchen.

Zu Mittag aß Blair kalten Rinderbraten und Käse. Dazu trank er, Batties Warnung vor dem Wasser beherzigend, Wein. Derweil nährten sich die Blutegel an ihm. Diesmal ein anderes Quartett: Julia, Ophelia, Portia und Lady Macbeth.

Er haßte Kohleminen. Gold war edel und inaktiv. Kohle hingegen, die einst lebendige Flora gewesen war, lebte noch immer, atmete Gas aus, während sie sich in Gestein verwandelte. Die leicht abzubauende Kohle dicht unter der Erdoberfläche war natürlich längst weg. Und je tiefer die Gruben wurden, desto härter war die Kohle, desto schlechter die Luft und desto heftiger die Schlagwetter. Und wofür das alles? Nicht für ein Nugget jedenfalls.

*Untersuchungsrichter:* Mr. Wedge, Sie sind Schichtmeister der Hannay-Grube. Wußten Sie am 18. Januar von der Gefährdung durch am Streb austretendes Gas?

*Wedge:* Ich war von George Battie informiert worden und mit seiner Anordnung, keine Sprengungen vorzunehmen, einverstanden. Es ist ja die Aufgabe eines Steigers, Vorsichtsmaßnahmen zu ergreifen und den Ausbau zu schützen.

*Untersuchungsrichter:* Wo waren Sie und was taten Sie, als Sie die Explosion bemerkten?

*Wedge:* Ich war auf dem Hof und wurde von der Detonation fast von den Beinen gerissen. Als ich wieder zu Atem kam, habe ich sofort Boten zu den umliegenden Zechen geschickt, um medizinische Hilfe anzufordern. Ein schwerer Brand macht es erforderlich, daß Verwundete und Tote über lange Strecken unter Tage transportiert werden müssen, und dieses zu einem Zeitpunkt, wo die eigenen Leute oft einsatzuntauglich sind. Als nächstes habe ich nach dem Förderkorb gesehen, der Gott sei Dank funktionierte, obwohl aus dem Schacht Rauch aufstieg. Battie hatte einen Boten mit der Nachricht nach oben geschickt, daß er unter Tage mit den Rettungsmaßnahmen beginnen würde. Wir mußten warten, bis der Korb wieder oben war, aber dann haben wir sofort Freiwillige mit Lampen nach unten geschickt. Es ist eine traurige Tatsache, daß bei Grubenunglücken häufig Rettungsleute unter den Opfern sind. Deswegen zählen wir die Lampen genau ab, um durch schlichtes Nachrechnen mit Sicherheit zu wissen, wann alle die Grube verlassen haben. Das Schlimmste für eine Familie ist die Ungewißheit, wenn jemand nicht gefunden wird.

Blair wußte nicht genau, wie alt er eigentlich war oder wann er Geburtstag hatte. Doch der alte Blair hatte ihn Geometrie gelehrt, und als Blair kaum älter als neun gewesen sein konnte, hatte er mit einem Winkelmesser – auf der Basis der durchschnittlichen Dauer einer Atlantiküberquerung und unter Berücksichtigung der Passatwinde und der winterlichen See – den ungefähren Längen- und Breitengrad der Stelle berechnet, an der er seine Mutter zum letzten Mal gesehen hatte. Seit damals hatte er diese Position nur noch einmal gekreuzt. Er hatte an der Reling gestanden und in die schwarzen Fluten gestarrt, die unter der weißen Gischt wogten. Das Gefühl der Kälte und Einsamkeit war überwältigend gewesen.

*Untersuchungsrichter:* Ihr Name ist?

*Jaxon:* William Jaxon.

*Liptrot:* Sie sind der Bergmann, der normalerweise an der Stelle, an der sich die Explosion ereignet hat, die Sprenglöcher bohrt?

*Jaxon:* Ja, Sir.

*Nuttal:* Haben Sie an jenem Tag auch Löcher gebohrt?

*Jaxon:* Nein, Sir. Nachdem Mr. Battie uns vor Sprengungen gewarnt hatte, hat niemand mehr irgendwelche Löcher gebohrt.

*Hopton:* Aber zum Zeitpunkt der Explosion waren Sie nicht am Streb?

*Jaxon:* Nein, Sir. Ich habe Albert Smallbone zum Korb begleitet. Er hatte mit der Keilhaue gearbeitet und war von einem absplitternden Stück Fels am Bein getroffen worden. Wir waren in der Strecke, als die plötzlich zitterte wie bei einem Beben. Qualm trieb uns vor sich her, bis wir uns in eine Nische drückten. Wegen des Kohlenstaubs und weil wir unter Schock standen, konnten wir nichts sehen oder hören. Wir haben uns durch Querschläge vorgearbeitet und sind dort auf Battie und die anderen gestoßen.

*Meek:* Und Sie haben sich entschlossen, mit ihnen zum Streb zurückzukehren, anstatt sich selbst in Sicherheit zu bringen?

*Jaxon:* So könnte man es sagen, ja.

*Untersuchungsrichter:* Ihr Name ist?

*Smallbone:* Albert Smallbone.

*Liptrot:* Und Sie sind der einzige Schießmeister für den Bereich des Strebs, in dem sich die Explosion ereignet hat?

*Smallbone:* Ja, Sir.

*Liptrot:* Wurden Sie von Battie bezüglich des Gases gewarnt, Smallbone?

*Smallbone:* Ja, Sir.

*Nuttal:* Sie müssen sich glücklich schätzen, noch am Leben zu sein.

*Smallbone:* Ich wäre glücklicher, wenn meine Freunde noch leben würden.

*Meek:* War Ihr Bein schwer verletzt? Als Sie sich entschlossen, mit Jaxon und Battie zum Streb zurückzukehren?

*Smallbone:* Ich hab' in der ganzen Aufregung gar nicht mehr drauf geachtet, Sir.

Trotz des Aspirins verspürte Blair noch immer einen pochenden Kopfschmerz. Er fühlte sich wie der alte Macarthy von der Goldküste, nachdem man ihm den Kopf abgetrennt, ausgekocht und neben den anderen ehrenwerten Schädeln aufgespießt hatte.

*Molony:* Mein Name ist Ivan Molony. Ich bin Schichtmeister auf der Mab-Zeche, etwa eine Meile von der Hannay-Zeche entfernt. Als ich am Nachmittag des 18. Januar über dem Fördergerüst der Hannay-Zeche Rauch aufsteigen sah, wußte ich, daß sich eine unterirdische Explosion ereignet haben mußte. Ich habe einen Trupp von Freiwilligen zusammengestellt und bin so schnell wie möglich zur Hannay-Zeche.

*Nuttal:* Ist es unter den Zechen in Lancashire üblich, sich beim ersten Anzeichen eines Feuers gegenseitig Hilfe zu leisten?

*Molony:* Es ist eine Form der gegenseitigen Hilfe, ja.

*Nuttal:* Und als sie den Hof der Hannay-Zeche erreichten, sind Sie sofort eingefahren?

*Molony:* Zusammen mit anderen Freiwilligen, ja.

*Hopton:* Sie waren der erste Experte vor Ort, wo sich die Explosion vermutlich ereignet hat. Beschreiben Sie uns, was Sie dort vorfanden.

*Molony:* Auf einer Seite eine glatte Wand, auf der anderen verkohlte Leichen und umgestürzte Waggons. Ein schreckliches Blutbad, wie von einer Kartätsche niedergemähte Soldaten. Mittendrin hatten Battie und zwei seiner Männer Wetterwände zur besseren Belüftung errichtet und waren gerade im Begriff, den letzten Ziegel in eine Mauer zu setzen, um ein sekundäres Leck abzudichten.

*Liptrot:* Von den vorherigen Zeugen wissen Sie, daß in der Hannay-Mine vor der Explosion eine Warnung ausgegeben worden war. Was außer Schießpulver hätte Ihrer fachmännischen Meinung nach eine derartige Katastrophe auslösen können?

*Molony:* In der Mab-Zeche durchsuchen wir die Bergleute, bevor sie in die Grube einfahren, um zu verhindern, daß sie Pfeifen und Streichhölzer mit unter Tage nehmen. Wir verschließen die Lampen und behalten die Schlüssel. Aber das ändert nichts. Sie bringen trotzdem Pfeifen mit, und wenn ein Bergmann kein Gas bemerkt und seine Lampe öffnet – was trotz aller Warnungen vorkommt –, könnte er sich und alle seine Kameraden sicherlich umbringen.

*Hopton:* Ich würde Sie als Fachmann gern fragen, wie Bergleute zu Warnungen vor Sprengungen unter Tage stehen?

*Molony:* Sie sind nicht glücklich darüber.

*Liptrot:* Warum nicht?

*Molony:* Weil man mit einer Sprengladung mehr Kohle lösen kann, als wenn man einen ganzen Tag lang den Pickel schwingt. Es ist eine rein wirtschaftliche Frage. Bergleute werden nach der Menge der geförderten Kohle bezahlt, nicht nach Arbeitszeit.

*Nuttal:* Gibt es noch weitere Möglichkeiten, durch die ein Bergmann auch die besten Bemühungen eines Grubenbesitzers zunichte machen kann?

*Molony:* Eine ganze Reihe. Wenn sich ein nicht anständig ausgebildeter Bergmann in einer gashaltigen Strecke befindet, ist es sein erster Impuls zu fliehen. Wenn er schnell genug läuft, wird die Flamme durch den Drahtkorb seiner Sicherheitslampe lodern und das Gas entzünden, dem er gerade zu entkommen sucht.

*Nuttal:* Wenn man die Wucht der Explosion in der Hannay-Grube berücksichtigt, muß notwendigerweise die ganze Strecke mit gashaltiger Luft gefüllt gewesen sein?

*Molony:* Nein. Eine kleine Initialzündung würde reichen, wenn man bedenkt, daß Bergleute jeden Kohlestreb in Lancashire rücksichtslos mit Dosen voll von Schießpulver vollstopfen, den sie bei künftigen Sprengungen benutzen wollen. Einmal gezündet könnten die Dosen in einer Kettenreaktion bis zum anderen Ende der Strecke hochgehen.

*Hopton:* Was ist Ihrer langjährigen Erfahrung nach die wahrscheinlichere Ursache der Explosion in der Hannay-Mine, unzureichende Aufsicht auf seiten der Besitzer oder ein Verstoß gegen die Sicherheitsbestimmungen auf seiten eines Bergmanns?

*Molony:* Da man, was die Vorschriften und ihre Überwachung angeht, keinerlei Mängel feststellen kann, bleibt nur ein Fehler seitens eines Bergmannes, nicht wahr?

Laut Protokoll brach an dieser Stelle ein Tumult unter den anwesenden Familien aus. Der allgemeine Aufruhr legte sich erst wieder, als einem Vertreter der Bergleute gestattet wurde, das Wort zu ergreifen. Der Name war Blair vertraut, obwohl er den Mann nur einmal getroffen hatte, als jener unbeholfen versucht hatte, ein paar Erbsen auf seinem Teller in Hannay Hall aufzuspießen.

*Walter Fellowes:* Ich bin Vertreter der Bergarbeitergewerkschaft und des Versicherungsfonds. In dieser Funktion habe ich die Hannay-Grube am Tag nach der Explosion besichtigt, und auch wenn ich mit Mr. Molony der Meinung bin, daß sich dem Betrachter ein herzzerreißendes Bild infernalischer Zerstörung darbot, weise ich jeden Versuch, wie er uns ja von anderen Untersuchungen dieser Art durchaus bekannt ist, die Schuld für diese Katastrophe des Bergbaus eben jenen Opfern in die Schuhe zu schieben, die ihre tödlichen Konsequenzen erlitten haben, empört zurück. Ich möchte Mr. Molony daran erinnern, daß es nicht die Minenbesitzer sind, die zum Leid ihrer Witwen und Kinder leblos und entstellt nach oben gebracht werden, sondern die Bergleute, die von diesen Besitzern unter Tage geschickt werden. Die Frage, ob ein schuldhaftes Verhalten der Besitzer vorliegt und den Familien der Opfer eine Entschädigung zusteht, ist von einem Zivilgericht zu entscheiden, und ich wäre Mr. Molony sehr dankbar, wenn er seine fachmännische oder sonstige Meinung für sich behalten würde. Ich möchte Mr. Molony auch gern daran erinnern, daß ein Arbeiter, der nicht eine bestimmte Menge Kohle fördert, bald arbeitslos sein wird, so daß der massive Einsatz von Schießpulver wohl kaum der Gier der Bergleute angelastet werden kann. Ich würde Mr. Molony gern eine Frage stellen.

*Hopton:* Ich erhebe Einspruch.

*Meek:* Fellowes hat vor diesem Gericht keinen offiziellen Status.

*Untersuchungsrichter:* Würde sich Mr. Molony dessenungeachtet eine Frage von Mr. Fellowes stellen lassen?

*Molony:* Wenn Fellowes das will. Nur zu.

*Fellowes:* Sind Sie bei all den zahlreichen Untersuchungen, die Sie mit Ihrer Meinung beehrt haben, je zu der Ansicht gekommen, daß kein armer Bergmann, sondern ein reicher Grubenbesitzer für eine Explosion verantwortlich war?

*Molony:* Nein, aus dem einfachen Grunde, daß man in Bergwerken keine Keilhauen schwingenden oder Sprengladungen zündenden, wohlhabenden Gentlemen antrifft. Wenn dem so wäre, würde ich sie allerdings für sehr gefährlich halten.

Der Bericht verzeichnete, daß «allgemeines Gelächter die Spannung im Saal löste» und damit den Auftritt des kompetentesten und unstrittigsten Zeugen auf diesem Gebiet vorbereitete.

*Untersuchungsrichter:* Als Vorsitzender dieser Anhörung begrüße ich den Grubeninspektor Ihrer Majestät, Benjamin Thicknesse.

*Thicknesse:* Ich habe die Zeugenaussagen des heutigen Tages gehört. Ich habe die Bewetterungskarte und einen detaillierten Querschnitt der Hannay-Grube studiert. Und ich habe mir dazu einige Gedanken gemacht und Schlüsse gezogen, die mit Ihnen zu teilen mich meine Pflicht und mein Gewissen drängen.

Zunächst möchte ich Ihnen das Beileid der Königin und der gesamten königlichen Familie aussprechen. Eine Katastrophe vom Ausmaß der Hannay-Explosion berührt die ganze Nation. Ihre Majestät trauert mit Ihnen.

Zweitens ist der Abbau tief unter der Erde liegender Kohlevorkommen neben dem Krieg die vielleicht gefährlichste Beschäftigung überhaupt, so war es schon immer und so wird es wahrscheinlich auch bleiben.

Drittens haben die prompten und besonnenen Maßnahmen des Steigers Battie und seiner Männer zur Rettung von zahlreichen von Nachschwaden übermannten Bergleuten geführt. Das unverzügliche Zumauern eines zweiten Gaslecks durch Battie, Smallbone und Jaxon hat möglicherweise eine weitere Katastrophe verhindert.

Viertens kann ich kein abschließendes Urteil über die von den Experten vorgetragenen Aussagen abgeben. Sie mögen alle recht haben oder auch nicht. Vielleicht hat ein Bergmann unbesonnenerweise seine Lampe geöffnet, um seine Pfeife anzuzünden, doch das werden wir nie wissen. Ein Funke, eine Flamme, eine Dose mit Schießpulver könnten jeder für sich oder gemeinsam zur Wucht der Explosion beigetragen haben. Die Antwort liegt im Streb begraben. War die Grube hinreichend belüftet, um das Gas abzuführen? Schließlich mußte die Frischluft zunächst mehr als eine halbe Meile unter die Erde geführt werden, um dort durch acht Meilen Strecken und Querschlägen zu zirkulieren. Ausgehend von den zur Zeit bekannten Sicherheitsstandards sagen unsere Berechnungen, daß die Grube ausreichend bewettert war, aber ein Pferdejunge mit seinem Pony könnte einen mit Tuch bespannten Holzrahmen umgestoßen und damit die gesamte, sorgfältig geplante Bewetterung durcheinandergebracht haben. Es ist eine bekannte Tatsache, daß die Kohleflöze in Lancashire aus »feuriger Kohle« bestehen, das heißt, aus Kohle, in der es besonders häufig zur Ansammlung von giftigen Gasen kommt. Aber je tiefer die Kohle liegt, desto härter ist sie, so daß der Einsatz von Schießpulver unumgänglich ist.

Und schließlich gibt es noch einen letzten Faktor: die Kohle selbst. Kohlenstaub, der in der Luft unterirdischer Strecken hängt, die Augen der Bergleute rötet und ihre Lungen schwärzt, ist in der richtigen Mischung mit Sauerstoff fast so explosiv wie Schießpulver. Das ist natürlich ein strittiger Punkt. Aber wie dem auch sei, man mag sich fragen, wie ein Mensch in unterirdischen Kammern arbeiten kann, die so viele bekannte und unbekannte Gefahren bergen. Wie kann ein Vater seine Kinder morgens zum Abschied küssen, mit dem Wissen, daß sie am Nachmittag vielleicht Waisen sind?

Doch das wäre eine emotionale und kurzsichtige Reaktion. Denn sie würde die britische Industrie zum Erliegen bringen. Hüttenwerke würden verlassen daliegen, Lokomotiven auf ihren Höfen verrosten, Schiffe nutzlos am Kai vor sich hin dümpeln.

Es wäre auch eine Beleidigung der Wissenschaft. Britische Technologie macht täglich Fortschritte. Und in dem Maße, in dem unser Wissen wächst, wird die Sicherheit gewiß folgen.

Abschließend möchte ich sagen, daß ein einziger menschlicher Fehler, ein einziger Verstoß gegen die Vorschriften sehr wohl zu dieser Katastrophe geführt haben könnte.

Tragischerweise liegt die Antwort in der Erde begraben. Wir werden es schlicht niemals wissen.

Das Protokoll verzeichnete, daß die Geschworenen sich für fünfzehn Minuten zurückzogen und dann mit ihrem Urteil zurückkehrten.

Wir, die Geschworenen, stellen fest, daß am 18. Januar sechsundsiebzig Männer durch eine Schlagwetterexplosion in der Hannay-Grube ums Leben kamen; durch wen oder was das Gas entzündet wurde, läßt sich wegen der unzureichenden Beweislage nicht mit Sicherheit feststellen.

Die Jury stellt außerdem einmütig fest, daß das Bergwerk, in dem sich das Unglück ereignet hat, ordnungsgemäß geführt wurde und daß die Inhaber besagten Unternehmens keinerlei Verantwortung trifft.

Nicht, daß man die Geschworenen nach der Schuld des Unternehmens gefragt hätte, aber mit einem Satz hatten sie die Chance der Familien, Ansprüche gegen die Hannay-Zeche geltend zu machen, wirkungsvoll zunichte gemacht.

Blair hob das Glas zu einem bitteren Toast aus Arsen und Brandy. Wie überraschend!

In der Anlage zu dem Bericht fand sich eine Abschrift des Registers des Leuchtmeisters, in dem jeder verzeichnet war, der am Tag der Explosion eine Lampe entliehen hatte. Die Liste umfaßte Überlebende und Retter ebenso wie Opfer.

Battie, George .......................... 308
Paddy .......................... 081
Pimblett, Albert .......................... 024
Pimblett, Robert .......................... 220

| | |
|---|---|
| Twiss, Bernard ........................ | 278 |
| Jaxon, Bill ............................ | 091 |
| Smallbone, Albert ..................... | 125 |

Die Namen zogen sich in ermüdender Länge hin. Aber das Wichtigste war, wie Battie gesagt hatte, daß es sechsundsiebzig Lampen für sechsundsiebzig Leichen gab. Darauf kam es an.

Er hatte sich wie ein türkischer Pascha in Decken gehüllt, um das Abendessen halbwegs schicklich in Empfang zu nehmen. Ein Mädchen, dem die Augen förmlich übergingen, servierte gegrillte Koteletts und roten Bordeaux.

«Alle reden drüber, was Sie erzählt haben.»

«Was habe ich denn erzählt?»

«Von den Afrikanern und den Makkaroni. Ich konnt' gar nicht wieder aufhören zu lachen.»

«Es ist keine schlechte Geschichte.»

«Fühlen Sie sich besser oder immer noch kaputt?»

«Es tut noch ein bißchen weh, danke. Und kaputt bin ich sowieso.»

«Draußen ist schreckliches Wetter, ein Abend zum Zuhausebleiben.»

«Ich rühr' mich nicht vom Fleck.»

«Oh, da ist auch noch ein Brief für Sie.»

Das Mädchen zog ihn aus ihrer Schürze. Ihre Hände tasteten so lange über den cremefarbenen Umschlag und das erhabene Monogramm, bis sie ihn fallenließ. Blair fing ihn, bevor er zu Boden fiel, auf, öffnete ihn und entnahm ein einzelnes Blatt, auf dem stand: «Kommen Sie morgen mittag ins Royal Theatre. Und seien Sie auf ein kulturelles Ereignis vorbereitet. H.»

Eine typisch herrschaftliche Vorladung von Hannay, die eine Absage von vorneherein ausschloß. Ein «kulturelles Ereignis» in Wigan? Was mochte das sein?

Als Blair aufblickte, sah er, daß die Augen des Mädchens noch weiter aus ihren Höhlen getreten waren, und er bemerkte, daß er bei dem Versuch, den Brief zu fangen, die Decke verloren hatte, die die Blutegel bedeckt hatte, die auf seiner Hüfte prangten wie eine Reihe von dunklen, fetten Kommas.

«Tut mir leid. Kein hübscher Anblick. Obwohl sie natürlich inzwischen fast zur Familie gehören.»

«Nee!»

«Ja. Sie haben sogar Namen. Hopton, Liptrot, Nuttal und Meek.» Er bedeckte sie wieder, während sie auf den Zehenspitzen stand, als könnte er als nächstes einen Schwanz oder ein Horn am Kopf enthüllen.

Sie verschränkte ihre dünnen Arme und zitterte: «Davon krieg' ich 'ne Gänsehaut.»

«Das will ich doch hoffen. Mädchen, die keine Gänsehaut kriegen, nehmen ein schlimmes Ende.»

«Wirklich?»

«Eine Gänsehaut ist die letzte Form der Anständigkeit.»

Blutegel waren ihm jederzeit lieber als Anwälte, dachte Blair, als sie gegangen war. Trotz der Behauptung der Hannay-Anwälte begingen Bergleute bestimmte Fehler einfach nicht. Erfahrene Bergleute öffneten weder ihre Sicherheitslampen, noch rannten sie ohne Rücksicht auf Verluste durch gashaltige Luft. Wenn sie in jenen letzten Sekunden bemerkt hatten, daß die Flammen ihrer Lampen zu flackern begonnen hatten, hätten sie hastig Wetterwände organisiert, um das Gas auszulüften. Oder sie hätten, wenn das nichts genutzt hätte, den ordentlichen Rückzug durch die Hauptstrecke angetreten, durch die noch immer Frischluft wehte.

Das wiederum warf viele Fragen auf. Warum hatten Jaxon und der verwundete Smallbone vor der Explosion auf dem Rückweg vom Streb die Route durch die schlechtere Luft des Abzugstunnels gewählt?

Und etwas noch Merkwürdigeres war ihm aufgefallen. George Battie hatte bei der Untersuchung ausgesagt, daß er nach der Explosion als erstes Boten im Korb nach oben geschickt hatte. Wedge, der Schichtmeister, hatte aber gesagt, daß die Freiwilligen warten mußten, bis der Korb wieder nach oben kam. Warum war der Korb in der Zwischenzeit wieder nach unten gefahren? Wer hatte ihn benutzt?

War es möglich, dachte Blair, daß er endlich eine Spur von John Maypole gefunden hatte?

Es war seltsam angenehm, sich in dieses intellektuelle Rätsel zu vertiefen. Seine Gedanken waren so schnell dahingeflogen, daß er gar nicht bemerkt hatte, daß das Serviermädchen noch immer an der Tür stand.

«Noch was?» fragte er.

«Nur daß alle davon reden, wie Sie Bill Jaxon geschlagen haben. Das ist vorher noch nie passiert.»

«Tatsächlich?»

«Und daß er nach Ihnen sucht.»

Die Untersuchung verschwand schlagartig aus Blairs Kopf. «Jetzt hab' *ich* eine Gänsehaut. Sonst noch was?»

«Das war alles.» Rückwärts gehend, verließ sie das Zimmer.

Blair wartete eine Minute, bevor er das Tablett zur Seite schob, die Blutegel, einen nach dem anderen, abpellte und sich ankleidete.

# 13

Der Regen bot ihm einen Vorwand, den Kragen hochzuschlagen. Die Vorhänge waren zugezogen, die Bürgersteige leer bis auf ein paar Kinder, die in dem Wasser planschten, das aus den Gullis sprudelte. Er schlug mit der Faust gegen ihre Tür, um sich bei dem strömenden Regen bemerkbar zu machen.

Als Rose schließlich öffnete, humpelte Blair über die Schwelle, lehnte sich an den Türpfosten und verlagerte sein ganzes Gewicht auf sein gesundes Bein. Die Küche war nur schwach beleuchtet. Der einzige Lichtschein kam von der Lampe, die in der Stube brannte. Warum war es in ihrem Haus immer so dunkel? Ihr Haar quoll in ungebändigten Locken unter einem Kamm hervor. Ihre Haut war olivfarben von Kohlenstaub, sie trug einen Rock und eine Bluse aus geflicktem Musselin mit zu kurzen Ärmeln, dieselbe, die sie am Abend zuvor angehabt hatte. Ihre Freundin Flo war nirgends zu sehen.

«Ich hab' Ihnen doch gesagt, Sie sollen nicht wiederkommen», sagte sie.

«Ich wollte auch nicht wiederkommen, aber das Gerücht, ich hätte Bill Jaxon in einem Kampf geschlagen, macht in Wigan die Runde. Mir wäre es lieber zu hören, daß Bill mich geschlagen oder gar kein Kampf stattgefunden hat.»

«Das ist mir so oder so reichlich egal.»

«Aber irgend jemand verbreitet diese Geschichte.»

«Ich nicht. Ich habe den ganzen Tag weder an Sie noch an Bill gedacht.»

Er stand auf der Schwelle, nicht drinnen, nicht draußen, und sah sich um, als könnte er möglicherweise den auf einem Küchenstuhl im Dunkeln sitzenden Bill Jaxon übersehen haben. Das Haus wirkte so leer wie immer, was ihm angesichts der ansonsten in Wigan üblichen Kalkutta-artigen Verhältnisse erneut stutzen ließ.

«Sagen Sie Bill, daß ich nicht sein Rivale bin. Ich habe kein Interesse an Ihnen.»

«Was für nette Worte. Sie sind genausowenig ein Dichter wie ein Gentleman.»

«Ich möchte Wigan nur so bald wie möglich verlassen. Ich möchte in nichts verwickelt werden.»

«Verwickelt in was?»

«Egal. Ich habe Bill gesagt, daß ich ein Feigling bin.»

«Tja, er hätte zuhören sollen.»

«Sagen Sie ihm –» Blair fuhr zusammen, als das Geräusch der Tropfen auf dem Schieferdach sich zu einem Trommeln steigerte und seine Worte übertönte. Ohne zu überlegen, was er tat, trat er durch die offene Tür ins Haus. Ohne bewußte Absicht fand er seine Hand an ihrer Hüfte wieder. Wie von selbst zog er sie an sich. Rose hätte ihn schlagen oder mit dem Kamm in seine Hand stechen können. Statt dessen hob sie ihm ihren Mund entgegen und ließ ihn die Kohle schmecken.

«Nimm deinen Hut ab», sagte sie.

Er ließ ihn auf den Boden fallen. Sie drehte seinen Kopf zur Seite, um die rasierte Stelle zu begutachten, dann drehte sie ihn wieder zurück und blickte ihm in die Augen. Wie eins zum anderen gekommen war, begriff Blair nicht. Es mußte irgendein Zeichen gegeben haben, das er nicht wahrgenommen, auf das er einfach nur reagiert hatte.

«Das tut bestimmt weh.»

«Das sollte es auch.»

Durch seine Hand spürte er ihr Herz, das genauso heftig pochte wie sein eigenes. Wegen des Regens konnte er das Ticken der Uhr nicht hören, doch er sah das Pendel im Licht des Kamins hin- und herschwingen. Hätte er die Zeit nur eine Minute zurückdrehen und seine Berührung ungeschehen machen können, er hätte es getan. Doch er konnte es nicht. Und auch Rose wirkte in diesem Moment, der wie geschaffen schien für ihre übliche Koketterie, die ihn befreit hätte, genauso überrascht wie er selbst. Oder sie war die bessere Schauspielerin.

In ihrem Zimmer im ersten Stock erkannte er eine nicht angezündete Lampe, den Schatten einer Kommode mit Schubladen, ein Bett mit Baumwollaken, so abgewetzt wie Kambrik. In seinen Armen war sie schlanker, als er erwartet hatte, und blasser. Er sah einen Schimmer ihres nackten Rückens in einem langen Spiegel.

Ein Jahr der unfreiwilligen Enthaltsamkeit ließ die geringste Berührung so fieberhaft werden wie in einem Traum. Dieser Hunger ist eine Form des Wahnsinns, dachte er. Er drang mit der Verzweiflung eines Ertrinkenden, der sich an die Wasseroberfläche kämpft, in sie ein. Sie konnte nicht älter als neunzehn oder zwanzig sein, doch sie wartete geduldig auf ihn. Auf ihrem jüngeren Körper kam er sich vor wie ein Satyr, doch als er seinen Rhythmus gefunden hatte, rötete sich ihr Gesicht, und er spürte, wie sich ihre Beine um seinen Rücken schlangen.

Wie würde der erste Schluck Wasser nach einem Jahr sein? Was bedeutet Wasser der Seele? Das Erstaunliche an dem eigentlichen Akt war die Einheit, zu der sich zwei Körper ergänzten, und genauso erstaunlich fand es Blair, im Bett eines einfachen Grubenweibes auf diese Art ganz zu werden. Er wurde ihrer rußigen Hände und ihres rußigen Gesichts gewahr und der Tatsache, daß seine Hände und sein Gesicht ebenfalls schwarz wurden, doch vor allem sah er ihre Augen, die ihn mit einem triumphierenden Leuchten betrachteten.

Schweiß glänzte auf ihrer Stirn und um ihre Augen und ließ ihre Lider noch dunkler erscheinen, das Weiß ihrer Augen noch strahlender, und da war dieser Blick, der ihn förmlich aufsog. Mußte ein ungebildetes Mädchen oberflächlich sein? Rose hatte eine Tiefe, auf die er nicht vorbereitet war, in die er nun aber gefallen war. Mehr als gefallen: gestürzt.

Der Schmerz verflog. Oder er hatte eine Ebene erreicht, auf die der Schmerz ihm nicht folgen konnte, eine Ebene, die nur aus Rose bestand, und er spürte, wie er freudig darin versank und wieder auftauchte, sein ganzer Körper hart wie ein Stein, an den sie sich klammerte, bis er bebte und sich von Stein in lebendiges Fleisch verwandelte.

«Wie alt bist du?» fragte Rose.

«Dreißig, zweiunddreißig, irgendwas in der Richtung.»

«Irgendwas in der Richtung? Du mußt doch wissen, wie alt du bist?»

Blair zuckte die Schultern.

«Ich hab' schon davon gehört, daß Leute nach Amerika gehen, um von vorne anzufangen», sagte sie. «Aber ich hatte nicht gedacht, daß sie so viel vergessen.»

«Ich hab' früh angefangen und viel vergessen.»

«Aber du weißt doch noch, wo du jetzt bist?»

«O ja.»

Sie hatte eine winzige blaue Flamme in der Lampe entfacht und lehnte sich gegen Kopfkissen, die sie gegen das Kopfteil des Bettes geschoben hatte. Sie stellte – wenn das der richtige Ausdruck dafür war – einen vollkommenen Mangel an Schamgefühl zur Schau. Quantitativ gesehen – schließlich war er Ingenieur – hatte sie einen schlanken, fast drahtigen Körper, mit spitzen Brüsten und einem Büschel braunen, nicht roten Haars im Schoß. Im Gegenzug wanderten ihre Augen über seinen Körper und erwiderten seinen Blick mit der unerschrockenen Gewißheit, daß er sich noch auf Weiteres würde gefaßt machen müssen.

«Ich meine nicht Wigan», sagte sie.

«Ich weiß.»

Er lehnte sich an das Fußteil des Bettes und ließ sein verletztes Bein auf den Boden sinken. Flo könnte noch eine Stunde oder die ganze Nacht wegbleiben, erklärte sie ihm.

«Ihr habt ein Haus für euch? Wie schafft ihr das?»

«Das ist meine Sache.»

«Du bist kein einfaches Mädchen.»

«Wolltest du ein einfaches Mädchen?»

«Ich wollte überhaupt kein Mädchen. Deswegen bin ich nicht

hergekommen. Zumindest dachte ich nicht, daß ich deswegen hergekommen bin.»

«Und was ist dann passiert?»

«Ich weiß es nicht.» Er konnte sich nicht erklären, was seine Hand zu der ihren geführt hatte. «Ich weiß nur, daß dein verrückter Bill durch den Regen rennt und nach mir sucht.»

«Hier bist du sicher.»

«Das klingt eher unwahrscheinlich.»

«Willst du gehen?»

«Nein.»

«Gut.»

In ihren Stimmen schwang die Erregung zweier Menschen mit, die sich in einem Boot vom Dock losgemacht hatten und ohne jeden Plan in der Dunkelheit aufs offene Meer hinaustrieben. Sie war nicht seinesgleichen, erinnerte er sich. Er hatte vier Kontinente gesehen; sie hatte ihr ganzes Leben in der Nähe von Bergwerken verbracht. Doch von der Plattform dieses Bettes aus schienen sie auf einer Stufe zu stehen. Jetzt wirkte ihr Anspruch, sich von den anderen zu unterscheiden – wie etwa das Samtband, das sie sogar zu Hosen trug – auf einmal nicht mehr lächerlich. Täuschte er sich oder war es Intelligenz, die ihm aus ihren Augen entgegenstrahlte?

«Du hast gelebt wie ein Grande. Bringst du es über dich, eine Nacht hier zu verbringen?»

«Ich hab' gelebt wie die Toten. Ja, ich möchte gerne hierbleiben.»

«‹Gelebt wie die Toten›? Das gefällt mir, ich weiß, was du meinst. Auf der Zeche arbeiten, Kohle klauben, ich komme mir vor wie eine Kammerzofe in der Hölle.»

«Haßt du es?»

«Nein. In einer Baumwollspinnerei arbeiten zu müssen, würde ich hassen. Der Lärm! Ich hab' Freundinnen, die kaum noch was hören. Die Luft ist voller Baumwolle, daß man kaum atmen kann. Man verliert ein Bein, erstickt oder stirbt an Schwindsucht. Und alles für weniger Geld. Da hab' ich doch Glück.»

«Du könntest als Hausangestellte arbeiten.»

«Als Mädchen für alles? Ich weiß, daß das ehrbarer ist, aber meine Selbstachtung ist mir lieber.»

Für einen Moment erstarb das Gespräch. Das lag daran, weil sie sich nicht kannten, dachte er. Sie hatten nichts gemeinsam, hatten keine Phase gegenseitigen Umwerbens hinter sich gebracht, sondern waren nur magnetisch voneinander angezogen wie zwei Planeten, die in dasselbe Gravitationsfeld geraten waren.

«Wie viele Mädchen hast du verführt?»

«Wie viele Männer hast du verführt?»

Sie lächelte, als könnte sie die Frage damit ungeschehen machen. «War es anders, wieder ein weißes Mädchen zu haben? Oder stimmt es, daß in der Nacht, wie man so sagt, alle Katzen grau sind?»

«So viele Frauen hatte ich gar nicht, aber sie waren alle verschieden.»

«Wie verschieden?»

«Was Berührung, Duft, Klang, Bewegung, Hitze betrifft.»

«Mein Gott, du bist ja der reinste Wissenschaftler. Und wie schmecke ich?»

Er strich über ihre Hüfte und ihren Bauch und leckte seine Hand dann ab.

«Wie eine Rose. Eine leicht verbrannte Rose.»

Sie stützte sich auf einen Ellenbogen. Obwohl ihr Strähnen ihres zerzausten Haares in die Stirn hingen, konnte man erkennen, wie im Tiefschwarz ihrer Augen braune und grüne Funken sprühten. Und obwohl Kohlenstaub auf ihrem Gesicht lag wie ein bleibender Schatten, war ihre Haut von der extremen Helligkeit der Rothaarigen und die Adern auf ihrer Brust so blau, daß er sie fast pulsieren sehen konnte.

Sie ließ ihre Hand an seinem Oberschenkel hinaufwandern und griff nach ihm. «Du bist ja wieder lebendig, wie ich sehe.»

Rose ist kein gewöhnliches Mädchen, dachte Blair. Er hatte das Verlangen eines ganzen Jahres in ihr Bett gebracht, doch ihre Leidenschaft stand der seinen in nichts nach, als ob auch sie nur eine einzige Nacht hätte, von der sie den Rest ihres Lebens zehren müßte. Sie hatte jene Hingabe, die willentlich und bewußt die Verdammnis in Kauf nimmt, wenn sie nur einen Komplizen findet, der sich mit ihr verdammen läßt.

Und sie war *jemand*. Nicht unbedeutend, keine photographische Kuriosität für Touristen, auch keine Silhouette auf einem Schlackehaufen, sondern genauso wirklich wie jeder Hannay.

War es Liebe? Er glaubte nicht. Ihre Körper prallten mit einer Heftigkeit aufeinander, die eher an Wut erinnerte, wie zwei verrückte, schwitzende Zimbeln. Er spürte, wie seine Augen hervorquollen und seine Rückenmuskeln sich anspannten, als ihre Nägel über die Furche seines Rückens wanderten.

Weiß verschmierte Schwarz, die Laken erstreckten sich unendlich von einer Seite zur anderen. Über dem Bett war die gewöhnliche Welt. In ihr war ein tieferer Ort. Nicht Wigan. Ein vollkommen anderes Land.

«Deine Wunden fangen an zu verheilen.»

Sie setzte sich rittlings auf ihn und strich die Strähnen zur Seite, die die Schnittwunde an seinem Kopf bedeckten.

«Das ist der Plan», sagte er.

«Ein brillanter Plan, wenn du es schaffst, Bill aus dem Weg zu gehen.»

«Das ist ein wichtiger Bestandteil des Plans – oder war es zumindest.»

Sie hüpfte von Blair herunter und war im nächsten Moment mit einem Kopftuch zurück. Sie hockte sich auf seine Brust und drehte seinen Kopf zur Seite.

«Was machst du?» fragte er.

Sie spuckte auf seine Wunde und blies Kohlenstaub aus ihrem Kopftuch darüber. «Was Bergleute machen», sagte sie.

# 14

Auf ein Klavierstück von Mendelssohn folgte eine Blaskapelle mit «Onward Christian Soldiers». Zu der Melodie marschierte eine Gruppe Kinder auf die Bühne des Royal Theatre, ausstaffiert mit riesigen Papierkrägen und Bärten aus Baumwolle, als Märtyrer der Reformation verkleidet.

«Die Kinder sind Waisen von Bergleuten. Der Erlös dieser Wohltätigkeitsgala kommt ihnen zu», flüsterte Leveret Blair zu. Sie standen im hinteren Teil des Theaters unter einer Büste von Shakespeare mit einer Feder in der Hand. Das Theater erwies den Werken des Barden mit Wandgemälden von tragischen Helden und feurigen Liebenden seine Referenz, und die Vorbühne war mit einer Darstellung von Othello, dem Mohren, als Gondoliere auf dem Canale Grande verziert.

Blair war zu spät gekommen und hatte seinen Hut aufbehalten, um die blau angelaufene Narbe an seinem Kopf zu verbergen. Er sah Hannay in einer Loge; von seiner Höhe da oben schien der Bischof auf eine einfältige, aber äußerst amüsante Komödie hinabzublicken.

«Die Königin Elizabeth hat das hübscheste Kleid und rote Haare», erklärte Leveret. «Die blutige Maria erkennt man an dem Blut an ihren Händen.»

«Erinnert mich an Charlotte.»

«Wycliff, der Märtyrer, wird natürlich an einen Pfahl gefesselt. Deswegen tragen die meisten Kinder auch Fackeln.»

«So komm' ich mir auch vor.»

«Es wird zwei Darbietungen geben, eine religiöse und eine kulturelle.»

«Das ist ja wundervoll, aber warum hat Hannay mich hergebeten?»

Leveret schien sich um eine Antwort herumdrücken zu wollen. Nach einigem Zögern sagte er: «Ich habe die Liste, um die Sie mich gebeten hatten.»

«Vom ‹Heim für erstmalig gefallene Frauen›?»

«Ja.» Leveret überreichte ihm den Umschlag so diskret, als würden sie französische Postkarten austauschen.

Zwei Henker mit schwarzen Kapuzen führten die Märtyrer hinaus. Ein Streichquartett spielte «Drink to Me Only With Thine Eyes», J. B. Fellowes von der Bergarbeitergewerkschaft berichtete vom Stand des Witwenfonds, und das Quartett beendete die erste Hälfte des Programms mit «Annie Laurie».

In der Pause bewegte sich die feine Gesellschaft Wigans die Treppe hinunter ins Foyer. Es handelte sich um Leute, deren Kutschen vor den Läden der Tuchhändler und Hutmacher an der Wallgate und Milgate Avenue standen, deren Diener das Messing polierten und jeden Morgen den Bürgersteig kehrten, die zu fünf Prozent Rendite in Regierungsfonds investierten, mit anderen Worten um Menschen, die Schuhe statt Pantinen trugen. Wenn Blair an die Mühe dachte, die das Ankleiden für eine derartige Wohltätigkeitsgala bereitete – das Schnüren von Miedern, das Schließen der zahllosen Haken und Ösen der Fischbeinkorsagen, Krinolinen, die über sich windende Hüften gezogen werden mußten, darüber Petticoats – jede Frau repräsentierte ein Bataillon von Kammerzofen mit blutigen Fingern. Der schlußendliche Effekt war ein Strom von Damen in blasser, glatter und gerippter Seide und Foulard in Farbtönen von Fuchsia bis Granat, begleitet von Männern, die in ihren schwarzen Anzügen und Krawatten so unbeweglich wirkten wie abgebrannte Bäume. Einige der jüngeren Frauen pflegten eine Marotte, die nach der an rheumatischem Fieber erkrankten Prinzessin «Alexandra-Hinken» genannt wurde. Da auch Blairs Bein steif war, fühlte er sich zumindest in gewissem Maße à la mode.

Was in dem Theater vonstatten gehen sollte, war ihm nach wie vor ein Rätsel, obwohl er um sich herum gespanntes Geflüster bemerkte. Inmitten des Getuschels trug Lady Rowland den erotischen Glanz einer Frau zur Schau, die an männliche Aufmerksamkeit gewöhnt ist. Auf ihrem schwarzen, von silbernen Strähnen durchzogenen Haar ruhte ein Hut mit einem grünen Stein. Blair konnte das Geplapper nicht verstehen, doch er sah, wie sie es mit ihrem Fächer meisterhaft dirigierte und jeden Geistesblitz mit dem wohlwollenden Lächeln einer reifen und außergewöhnlich attraktiven Frau belohnte. In einem äußeren Ring ihres Sonnensystems tauchte Chief Constable Moon auf, prächtig ausstaffiert in einem schwarzen Gehrock mit schwarzen Seidentressen von den Schultern bis zu den Manschetten, dazu ein Paradehelm mit einem Helmbusch aus schwarzen Straußenfedern. Blair glaubte nicht, daß Moon schon von seinem nächtlichen Besuch bei Rose Molyneux erfahren hatte, doch er ging dem Inspektor trotzdem aus dem Weg.

Ein Zirkel von jüngeren Verehrern umschwärmte Lydia Rowland, und wenn die Mutter glänzte, dann gelang es der Tochter, mit ungleich weniger Anstrengung zu glitzern. Ein Kranz aus weißen Rosen umrahmte ihr goldenes Haar und die blauen Augen mit ihrem Blick kristallklarer Unschuld. Ist es Unschuld oder Unbewußtheit? fragte Blair sich.

Er war so gebannt, daß es eine Weile dauerte, bis er Charlotte Hannay und Earnshaw in der Ecke bemerkte. Für sie mußte es eine Strafe sein, sich im selben Raum wie Lydia Rowland aufzuhalten, denn während ihre Cousine strahlte, war Charlotte eine blasse Gestalt in einem strengen, violetten Kleid, ihr Haar ein Rand wütenden Rots unter einem Geflecht aus schwarzer Spitze. Da war sie, die örtliche Erbin, und sie hätte genausogut eine Gouvernante sein können oder eine Einwanderin aus einem verwunschenen mitteleuropäischen Land. Neben ihr stand Earnshaw, dessen Bart genauso gebürstet aussah wie sein Anzug.

Charlotte reagierte auf eine schlagfertige Erwiderung Earnshaws mit einem Basiliskenblick, der einen normalen Mann schlagartig hätte verstummen lassen, wohingegen der Parlamentsabgeordnete eine Aura zufriedener Selbstgewißheit bewahrte. Deswegen werden Politiker Opfer von Attentaten, dachte Blair, für alles andere sind sie taub.

«Und das Ganze ist eine Wohltätigkeitsgala für die Waisen?» fragte er Leveret.

«Eine spezielle Spende für ihr Historienspiel.»

Die Kapelle war nach unten gekommen und nahm vor Schüsseln mit Punsch und Tabletts mit Schaumgebäck Aufstellung. Die blaue Serge und die Messingknöpfe ihrer Uniform unterstrichen den typisch englischen, rosafarbenen Glanz ihrer Wangen. Hinter dem Tisch hingen überdimensionale Gemälde mit erbaulichen Motiven: die Bergpredigt, die Glättung der Wogen, Judith mit dem Haupt des Holofernes. Blair bemerkte Bischof Hannay und Lydia Rowland an seiner Seite.

«Die Bergpredigt ist ein überaus friedliches Gemälde, finden Sie nicht auch, Mr. Blair?» fragte Lydia. «Die Menschenmenge, der blaue Himmel, die Olivenbäume und in der Ferne Jesus.»

«Das falsche Bild für Blair. Er ist kein Mann für schönes Wetter», sagte Hannay. «Er ist mehr für Stürme und scharfe Messer. Ich wünschte, es gäbe noch etwas anderes als diesen Temperenzlerpunsch, Blair. Nach allem, was ich höre, haben Sie es verdient.»

«Wie das?»

«An mein Ohr sind Gerüchte gedrungen, daß sie tatsächlich Menschen schlagen, um ihnen Informationen zu entlocken.»

«Das wäre furchtbar, Euer Ehren, aber ich kann Ihnen versichern, daß er nichts dergleichen getan hat», sagte Leveret.

«Warum nicht? Wenn Blairs Interesse endlich geweckt ist, ist das nur gut.»

Blair betrachtete die schwarze Kleidung der anderen Gäste. «Ich hätte etwas anderes anziehen sollen.»

«Nein, Sie fügen sich sehr gut ins Bild», sagte Hannay. «Leveret, haben Sie sich nicht noch um eine kleine Überraschung zu kümmern?»

«Ja, Euer Ehren.» Leveret stürzte davon.

Von verschiedenen Punkten der Galerie aus spürte Blair den eisigen Blick Lady Rowlands und den aufgeladenen Haß Charlotte Hannays. Er fühlte die Wunde an seinem Kopf und hatte keineswegs das Gefühl, sich sehr gut ins Bild zu fügen.

Obwohl Hannay Blair zur Seite nahm, verursachte die Anwesenheit des Bischofs einen regelrechten Strudel. Alle Köpfe wandten sich ihm zu, obwohl sich nur wenige Gäste ihres gesellschaftlichen Ranges so sicher waren, daß sie es wagten, ihn anzusprechen. Blair fand, daß es für ein privates Gespräch ein recht öffentlicher Ort war.

«Gönnen Sie mir die Gunst, Ihre persönliche Ansicht mit mir zu teilen», sagte Hannay beiläufig. «Welche von den Frauen ist Ihrer Meinung nach ein strahlendes Licht? Welche ein Diamant unter glanzlosen Steinen?»

«Lydia Rowland, nehme ich an.»

«Lydia? Lydia ist auf gewöhnliche Art ein wirklich hinreißendes Mädchen. Im nächsten Monat beginnt die Saison in London. Meine Schwester wird Lydia dorthin begleiten, um sie bei Hof einzuführen, Besuche in den richtigen Häusern abzustatten, mit den richtigen Kutschen zu fahren und auf den richtigen Bällen zu tanzen, bis sie einen Ehemann in ihren Bann zieht. Kein großer Unterschied zu den Bräuchen der Stämme, denen wir begegnet sind. Nein, ich meine nicht Lydia. Was kümmert mich Lydia?»

«Sie meinen Charlotte?»

«Verstehen Sie das nicht? Schließlich ist sie meine Tochter. Sie war das klügste, unterhaltsamste Kind der Welt. Eine strahlende Prinzessin. Als wir zu ihrem Debüt nach London fuhren, wollte sie keinen Gardekavalleriebrigadisten oder eitlen Hofgecken, was ich ihr nicht einmal übelnehmen konnte. Jetzt erkenne ich sie kaum noch wieder. Es ist, als würde sie jeden Morgen Asche auf ihr Haupt streuen, um zu verbergen, wie glänzend sie ist. Sehen Sie sie neben Earnshaw stehen, diesem Windbeutel. Ein professioneller Politiker. Er hat einen alten Freund von mir geschlagen, Lord Jeremy. Jeremy war ein Narr, überhaupt anzutreten. Er hat mit dem schrulligen Programm kandidiert, daß seine Familie dem

Land seit den Tagen des Schwarzen Prinzen gedient und er zehntausend Männern Arbeit gegeben und Hunderttausende von Pfund an Löhnen gezahlt habe, während Earnshaw ein Niemand sei, der nur einen Sekretär habe. Earnshaw gewann die Wahl und schlug vor, daß es Angehörigen des Hochadels zukünftig verboten sein sollte, überhaupt für das Unterhaus zu kandidieren, daß sie wie Relikte in das House of Lords verbannt werden sollten. Geschieht Jeremy ganz recht.»

«Warum?»

«Man tritt nicht gegen professionelle Politiker an, man kauft sie.»

«Earnshaw ist gekauft?» Das wirft ein völlig neues Licht auf diesen Recken moralischer Reform, dachte Blair.

«Es wäre jedenfalls eine enorme Geldverschwendung gewesen, wenn er es nicht ist.»

«Das klingt selbst für einen Bischof reichlich zynisch.»

«Als junger Mann habe ich die goldene Regel gepredigt, in meinen mittleren Jahren habe ich versucht, durch Vernunft zu überzeugen. Jetzt habe ich nicht mehr die Zeit dafür.»

«Wofür haben Sie Earnshaw bezahlt? Er scheint als Charlottes Verehrer aufzutreten.»

«Earnshaw ist kein Verehrer, er ist eine Lokomotive, die dampft und stampft und fahrplangemäß wieder verschwinden wird.» Hannay blieb stehen, um eine uralte, wie von einem Netz aus Spinnenweben verschleierte Matrone willkommen zu heißen, sich nach ihrer Gesundheit zu erkundigen und sie zum Gebäck zu führen. Er kehrte zu Blair zurück. «Waisen sind immer ein Publikumsrenner.»

«Auf der Bühne waren heute eine Menge Waisen.»

«Waisen sind der Preis der Kohle.»

«Ich habe den Untersuchungsbericht gelesen. Sechsundsiebzig Menschen sind gestorben, und Ihre Anwälte haben dafür gesorgt, daß offiziell festgestellt wurde, daß die Betreiber der Zeche keine Schuld trifft. Sie wollen doch nicht, daß die Untersuchung wieder aufgenommen wird.»

«Ich glaube, mittlerweile ist man wieder zur Normalität zurückgekehrt.»

«Das gilt nicht für die Toten, nicht für die Witwen, denen es verwehrt wurde, juristische Ansprüche an Sie zu stellen.»

«Ich meine mich zu erinnern, Blair, daß die Geschworenen die Möglichkeit andeuteten, daß einer der toten Bergleute für das Unglück verantwortlich war. Wir haben die Produktion von zwei Wochen verloren. Ich habe wegen der finanziellen Verluste, die im übrigen erheblich waren, keine Schadenersatzforderungen an die Witwen gestellt. Täuschen Sie bitte kein Mitgefühl vor. Sie hoffen doch nur, daß ich so viel Angst vor der Wiederaufnahme der Untersuchung habe, daß ich Ihre Arbeit für beendet erkläre und Sie fröhlich von dannen schicke. Aber das werde ich nicht tun.»

«Und Sie haben nichts dagegen, daß ich weitere Fragen bezüglich dieses Untersuchungsberichtes stelle?»

«Im Rahmen der Legalität? Da habe ich keine Probleme.»

Blair bemerkte Hannays raschen Blick über die Menge zu vier Männern, die zusammen auf der Treppe standen. Sie waren alle Mitte Dreißig mit schütterem Haar und nervös wie Rennhunde. In der Nähe standen vier unelegante Ehefrauen in Blumenkleidern.

«Hopton, Liptrot, Nuttal und Meek?»

«Hopton, Liptrot, Nuttal und Meek, *Esquires*. Sehr gut. Ja, ich fühle mich vor Gericht angemessen vertreten.»

Blair verstand genug von den Blicken, die die vier ihm zuwarfen, um zu wissen, daß die Anwälte seine Fragen keineswegs so gelassen sahen, wie Hannay tat. Untersuchungsberichte ließ man genau wie die Toten am besten ruhen. Gleichzeitig spürte er den nahenden, wütenden Blick Charlottes. «Warum haben Sie mich hergebeten? Warum habe ich das Gefühl, nicht die Waisen sind die Attraktion, sondern ich?»

«Nun, das sind Sie, zumindest zur Hälfte.»

Charlotte brachte den zurückgekehrten Leveret mit. «Mr. Blair, ich habe gehört, daß Sie Oliver genötigt haben, die Namensliste der Frauen zu entwenden, die im ‹Heim› um Hilfe nachgesucht haben. Haben Sie denn überhaupt kein Gespür für Privatsphäre? Welchem guten Zweck kann es dienen, daß ein moralisch verwerfliches Individuum wie Sie diese Namen in Händen hält?»

«Es ist doch nur, um John zu finden», sagte Leveret. «Es ist für dich.»

«Zu meinem Besten? Dann versorgen Sie mich mit Informationen. Welchen Bösewichtern ist der berühmte Blair bei seinen Nachforschungen begegnet? Wegelagerern, Mördern, Straßenräubern?»

«Bloß Bergleuten», sagte Blair.

Wie ein Mann, der eine Stecknadel mit der Gewißheit fallen läßt, daß sie gehört wird, fragte Hannay: «Irgendwelche Frauen?»

Lydia war gerade rechtzeitig zurückgekehrt, um den Atem anzuhalten. «Das ist eine ungeheuerliche Andeutung, Onkel.»

«Wirklich?»

«Nicht bei John», protestierte Leveret.

«Ich möchte Blairs Antwort hören», sagte Hannay. «Als Charlottes Vater und als John Maypoles Bischof sollte ich das Recht haben zu erfahren, ob er etwas mit anderen Frauen hatte. Blair?»

«Maypole hatte mit sehr vielen Frauen zu tun, vor allem mit Frauen in Not. Ob das über bloße Wohltätigkeit hinausging, vermag ich nicht zu sagen.»

«Sie wollten Namen, also gab es da jemanden», sagte Hannay.

«Es ist noch zu früh, sich dazu zu äußern.»

«Eines der Mädchen aus Charlottes ‹Heim›? Ein Grubenweib, eine Fabrikarbeiterin?»

«Welchen Unterschied macht das?»

«Fabrikarbeiterinnen sind schwindsüchtig und leicht entrückt, Grubenweiber robust. Ich stelle mir vor, daß Maypole sich eher zu dem schwindsüchtigen Typ hingezogen fühlte.»

«Ich weiß es wirklich nicht.»

«Nun, eines ist klar», verkündete Hannay. «Blair macht Fortschritte. Charlotte, es wird Zeit, Maypole aufzugeben. In Kürze wird entweder sein Geist oder schlimmer noch werden seine Sünden zutage treten. Jetzt hat Blair sich festgebissen, und ich werde ihn weitertreiben, bis er deinen kleinen Hilfsprediger oder seine Knochen findet. Es ist an der Zeit, dein Leben neu zu ordnen.»

Es dauerte einen Moment, bis die Hannays und Rowlands bemerkten, daß ihnen der Rest des Foyers wie gebannt lauschte. Nicht, daß die Hannays oder die Rowlands je den Eindruck machten, als würde sie das besonders kümmern; Blair war schon vorher aufgefallen, daß der Bischof und seine Familie sich ihre eigenen Verhaltensregeln schufen und daß andere Menschen für sie nicht mehr zählten als Köpfe, die im Hintergrund eines Bildes verschwanden. Und in diesem verzerrten Kontext schien Hannay dieses Ereignis sogar eigens inszeniert zu haben.

Der Bischof wandte sich nun allen zu. «Und jetzt zu der Überraschung. Im ersten Teil des Programmes hat eine Kinderlaienspielgruppe auf mitreißende Art jene Märtyrer dargestellt, die so heldenhaft für ihre Mission gelitten haben: die Verbreitung der Bibel und des Wortes Gottes in ganz England. Heute hat England die Mission, die vielen neuen Völker der Erde aus ihrer Unwissenheit zu erheben und ihnen eben jenes Wort nahezubringen. Glücklicherweise sind wir mit neuen Helden gesegnet, wie Sie sehen werden, wenn wir uns wieder oben versammeln.»

Auf der Mitte der Bühne stand eine geschlossene, mannshohe Mahagonitruhe. Während die Kapelle «Rule, Britannia!» spielte, kehrten die Waisen mit schwarzen Gesichtern, schwarzen Perücken und «Leopardenfellen» aus gemustertem Musselin auf die Bühne zurück. Die Jungen trugen Bambusspeere und Pappschilde, die Mädchen Kokosnüsse. Ihre Augen und Zähne glänzten.

«Afrikaner», erklärte Lydia Rowland Blair.

«Das sehe ich.»

Ein ernstes Mädchen mit einem Diadem und einer Hermelinrobe aus mit Litze besetzter Wolle rollte in einem von zwei «Afrikanern» geschobenen Leinwandschiff über die Bühne.

«Die Königin», sagte Lydia.

«Richtig.»

«Rule, Britannia!» kam zu einem bebenden Finale, und die Königin mit ihrem Schiff neben der Truhe zitternd zum Stehen. Als der Applaus dünner wurde, trat Bischof Hannay zu ihr auf die Bühne, bedankte sich bei ihr und den anderen Waisen und wartete, bis eine zweite Runde Beifall erstarb.

«Wir stehen am Beginn eines neuen Zeitalters. Wir erforschen eine neue Welt, bringen ihr Licht statt Dunkel, Freiheit statt Fesseln, Teilnahme an einem weltweiten Handel, bei dem Tee aus Ceylon, Gummi aus Malaysia, Stahl aus Sheffield und Stoff aus Manchester von Liverpool aus verschifft werden in Booten, die wiederum Kohle aus Wigan verbrennen. Dabei wollen wir nie vergessen, daß unsere Werke nur gesegnet sind, wenn die Bibel uns den Weg weist.

Wie Sie wissen, hat mein Neffe, Lord Rowland, eine Leidenschaft für diese gefährliche Aufgabe bewiesen. Vor allem an der Goldküste Afrikas hat er sich dafür eingesetzt, die Eingeborenen vom Joch des Sklavenhandels zu befreien, sie unter den Schutz der Krone zu bringen und sie von ihrem unwissenden Aberglauben zum Licht der Kirche zu erlösen.

Erst heute morgen ist Lord Rowland an Bord eines atlantischen Postschiffs aus Afrika kommend in Liverpool eingetroffen. Er hat sich sofort auf den Weg nach London gemacht, um vor der Royal Geographic Society über seine Erkundungen an der Goldküste zu sprechen und über die Anti-Sklaven-Liga und seine Bemühungen zu berichten, diesen unmenschlichen Handel auszurotten. Zahlreiche Telegramme wurden gewechselt, bis wir ihn überredet hatten, keine förmliche Rede zu halten, sondern diese Wohltätigkeitsveranstaltung mit seiner Anwesenheit zu beehren. Anschließend wird er sich von diesem Theater aus sofort zum Bahnhof begeben. Ich weiß, daß London ihn ungeduldig erwartet, aber Lord

Rowland ist sich mit unserer ganzen Familie einig, daß Wigan vorgeht.

Während seiner Afrikareisen hat Lord Rowland nebenher Kunstgegenstände und Kuriositäten gesammelt, die er der Erforschung durch die Royal Society für würdig befunden hat. Er hat eingewilligt, eines dieser Exponate heute anläßlich dieser Wohltätigkeitsgala öffentlich zu zeigen, bevor es mit ihm nach London reist. Vielleicht tue ich es mit ganz besonderem Stolz, aber ich weiß, daß ich in Ihrer aller Namen spreche, wenn ich Lord Rowland recht herzlich begrüße.»

Ein schlanker Mann mit goldenem Haar erschien auf der Bühne, um Hannays dargebotene Hand zu ergreifen. Als der Bischof ihn allein auf der Bühne zurückließ, erhoben sich alle Sitzreihen des Theaters und spendeten stehend Applaus. Als Lady Rowland klatschte, drehte sich der Fächer an ihrem Handgelenk. Die Kapelle brach erneut in ein donnerndes «Rule, Britannia!» aus, noch inbrünstiger als zuvor.

«Forscher! Befreier! Missionar!» begann die mädchenhafte Königin von einer Schriftrolle abzulesen. Die übrigen Worte gingen im Jubel der Hochrufe unter.

Rowland nahm die Huldigungen absolut unbeweglich entgegen, was ihm noch mehr Aufmerksamkeit einbrachte. Blair erinnerte sich, daß diese Theatralik auch in Afrika immer gute Dienste geleistet hatte. Rowland war nicht mehr ganz der robuste Mann, als der er in Akkra angekommen war. Das ist die Wirkung Afrikas, dachte Blair. Erst kehrte das Skelett heim, dann das Fleisch und zuletzt der Schock darüber, das äquatoriale Klima zugunsten des kalten Gepiesels des englischen Frühlings zurückgelassen zu haben. Der Mann tat ihm fast leid.

Rowlands Haar fiel in Strähnen in seine Stirn, dazu trug er einen passenden dünnen Bart. Das Bühnenlicht schien sich ihm zuzuneigen, um die Ausgewogenheit seiner ebenmäßigen Gesichtszüge zu erleuchten. Den Blick starr auf die hinteren Reihen des Theaters gerichtet, hatte er die Schönheit eines philosophischen Menschen, Hamlet vor seinem Monolog. Wie Hamlet abwesend auf die Huldigungen reagierend, als wären sie unbedeutend, was erst recht neue Beifallsstürme provozierte. Rowlands Blick folgte dem Bischof, blieb für einen Moment an seiner in der Menge stehenden Schwester hängen, bevor er Charlotte streifte, deren Arme steif herabhingen. Rastlos wanderten seine Augen weiter, bis sie in der Reihe dahinter Blair entdeckten. Jetzt lag ein Funkeln in seinem Blick.

«Rule, Britannia!» endete mit einem Schnörkel der Hörner, gefolgt von einem Gemurmel im ganzen Theater. Rowland trat vor die Mahagonitruhe und nickte schüchtern, was man als bescheidene Verbeugung eines Helden zu deuten schien. Die Waisen, die die Bühne noch immer mit ihm teilten, waren jetzt eine Linie von weißen lächelnden Mündern in schwarzen Gesichtern. Wenn sie wirklich Afrikaner wären, dachte Blair, würden sie um ihr Leben rennen.

«Sie sind zu gütig, viel zu gütig. Der Bischof hat mich gebeten, ein paar Worte zu sagen.» Rowland machte eine Pause, als würde er die Veranstaltung nur ungern stören. Seine Stimme füllte das Theater ohne Mühe. Und das war wichtig für Forscher, die ihren Ruhm ebensosehr mit Büchern und Vorträgen wie mit ihren eigentlichen Erkundungsreisen erwarben. Vielleicht bin ich auch nur zu kleinlich, sagte Blair sich, weil man mich außer in Mary Jaxons Küche nirgendwohin eingeladen hat, Vorträge zu halten.

«Die Reise selbst», sagte Rowland, «war nicht weiter bemerkenswert. Eine Passage von Liverpool an Bord eines Postschiffes der afrikanischen Dampfschiffgesellschaft mit Kurs auf Madeira, die Azoren, die Goldküste und Sierra Leone. Eine schier endlose Fahrt, bis wir auf eine Fregatte der Royal Navy umstiegen, die die Gewässer vor der Küste als Patrouillenboot gegen Sklaventransporte kreuzte. Von dort ging es weiter nach Akkra an der Goldküste, um die Sklavenhändler an Land weiterzuverfolgen.»

Rowland wischte sich eine Strähne aus den Augen und bemerkte zum ersten Mal die «eingeborenen» Waisen. «An Land. Das schlimmste Problem entlang der afrikanischen Küste ist die Verbreitung von Mischlingen. Während ein portugiesisches

Halbblut zumindest oberflächlich betrachtet attraktiv ist, mischt sich englisches Blut nur schlecht mit afrikanischem und bringt eine verwaschene, geistig geschwächte Rasse hervor. Ein Grund mehr für Engländer, sich daran zu erinnern, daß sie in Afrika eine höhere Mission zu erfüllen haben als die portugiesischen und arabischen Menschenhändler.»

Was ist mit der Mischung aus Kelten, Wikingern und Normannen, dachte Blair.

«Versuchen Sie, wenn Sie können, sich eine Welt üppiger, ungezähmter Natur vorzustellen, bevölkert von Sklaven und Sklavenhändlern, infiziert von jedem Raubtier, das Gott in seinem unergründlichen Ratschluß erschaffen konnte, geschlagen mit einer spirituellen Unwissenheit, die Gorillas, Chamäleons und Krokodile anbetet.» Er berührte die Mahagonitruhe. «Tiere waren selbstverständlich ein weiteres Ziel meiner Reise, die den Zweck hatte, die Wissenschaft – die britische Wissenschaft – durch die Untersuchung seltener Spezies voranzubringen. Ich wiederhole, daß dieses Exponat ausschließlich wissenschaftlichen Zwecken dient, und hoffe inständig, daß niemand Anstoß daran nimmt.»

Rowland öffnete die Türen der Truhe. Darin befanden sich, auf weißen Samt gebettet, zwei an den Handgelenken abgeschlagene, schwarze Hände. Drahtiges schwarzes Haar bedeckte den Rükken der einen Hand. Die andere war umgedreht, um eine schwarze, tief zerfurchte, ledrige Handfläche mit flachen, dreigliedrigen Fingern zu offenbaren. Die Handgelenke waren mit Reifen aus gehämmertem Gold verziert.

«Dies sind die Hände eines großen Gorgo oder Gorillas, den ich in der Nähe des Kongoflusses erlegt habe. Ich habe ihn und seine Herde beim Fressen überrascht. Ich habe das als Privileg empfunden, weil man die Tiere trotz ihrer enormen Größe nur selten zu Gesicht bekommt. Dies ist erst das dritte Exemplar, das aus Afrika herübergebracht wurde.»

Blair hörte, wie Charlotte Hannay Earnshaw zuflüsterte: »Heißen Sie das etwa gut?»

«Unbedingt», sagte Earnshaw. «Nicht nur aus wissenschaftlichen Erwägungen, sondern auch aus Gründen des nationalen Prestiges.»

Blair sah, wie sich Charlottes Augen angewidert verfinsterten.

«Was meinen Sie, Blair?» wollte Earnshaw wissen und drehte sich um.

«Vielleicht kommt der Rest ja in einer anderen Truhe.»

«Stellen Sie sich das vor, ein Gentleman wie er, der es mit Wilden und Affen aufnimmt.» Chief Constable Moon hatte sich neben Blair gedrängt. «Er scheint Sie zu kennen.»

«Ich denke, wir kennen uns, ja.»

«Er muß in Afrika eine wirklich stattliche Figur abgeben.»

«Ausgezeichnete Haltung, schicke Kleidung.»

«Gewiß nicht nur das.»

Charlotte merkte auf, um Blairs Antwort mitzubekommen. Blair sah, wie Rowland im selben Moment von der Bühne blickte. «Er ist vollkommen wahnsinnig.»

Blairs Worte gingen in den ersten Tönen der Blaskapelle unter, die die selbstzufriedene Weise von «No Place Like Home» angestimmt hatte. Rowland lauschte den Klängen abwesend, als ob sie aus weiter Ferne zu ihm herüberwehten. Oder als ob er im Begriff stünde, die Flucht zu ergreifen.

Moon zupfte an Blairs Ärmel.

«Was ist denn?» Blair mußte brüllen, um sich verständlich zu machen.

«Ich sagte, ich habe Silcock gefunden», brüllte Moon zurück.

«Wen?»

«Silcock, den Mann, hinter dem Sie her waren. Wenn Sie wollen. Es ist Ihre Ermittlung.»

# 15

Sie fuhren in der Kutsche des Chief Constable am Kanal entlang, einem Gefährt ganz aus schwarzem Lack und Messing, das aussah wie der Wagen eines Bestatters. Obwohl seine Schläfe juckte, weil das Hutband über die Naht rieb, behielt Blair seinen Hut auf. Moon hatte darauf bestanden, daß auch Leveret mitkam. Der Nachmittag hatte sich zu einem Tunnel aus dunklen Wolken verdüstert. Fabrikschlote wurden von der Seite angestrahlt wie Säulen am Nil.

Moon stand noch ganz unter dem Eindruck des eben Erlebten. «Ein beeindruckender Anblick, diese Hände. Weiterbildend, wie Mr. Earnshaw so treffend sagte. Was meinen Sie, Leveret? Sollten wir diese Hände jedem ungezogenen Bengel in Wigan zeigen, um ihm ein wenig auf die Sprünge zu helfen?»

«Das würden Sie tun?» fragte Blair.

«Alle Frauen sind einen Schritt zurückgewichen, oder etwa nicht? Ich würde sagen, wenn man ein Paar solcher Hände zum Herumzeigen hätte, würde das das Benehmen der Leute grundsätzlich verbessern.»

«Fragen Sie Lord Rowland. Vielleicht kann er Ihnen ein weiteres Paar besorgen. Dann bekäme die Royal Society ein Paar und Sie das andere. Zum Gebrauch in der Schule oder daheim.»

«Soll das komisch sein? Versucht Mr. Blair, komisch zu sein?» fragte Moon Leveret, der auf seinem Sitz herumrutschte wie ein großer Mann, der versucht, sich unsichtbar zu machen. «Was ich an Ihrem Vater mochte, war, daß er absolut keinen Sinn für Humor hatte.»

«Den hatte er wirklich nicht», stimmte Leveret ihm zu.

«Bei ihm wußte ich immer, woran ich war, und ich würde gern glauben, daß ich das auch bei Ihnen weiß.»

Leveret sah aus dem Fenster und nickte.

«Das war kein Witz», erklärte Blair dem Chief Constable. «Sie sind ein mindestens ebenso bedeutender Wissenschaftler wie Rowland.»

Moon verlagerte seine Aufmerksamkeit von Leveret zu Blair. «Es muß die Eingeborenen doch mächtig beeindruckt haben, daß Rowland es mit einem riesigen Affen aufnimmt.»

«Ganz bestimmt. Er nimmt es nicht nur mit ihm auf, er spürt ihn auf, lockt ihn in eine Falle und pustet ihm den Kopf weg.»

«Lord Rowland ist, wie ich höre, ein sehr guter Schütze. Und wie Mr. Earnshaw sagt, Musterexemplare sind der Beginn der Zoologie.»

«Der Taxidermie.»

«Na, wie immer man das nennt, es ist der Beginn von Wissenschaft und Zivilisation, oder nicht?»

Blair ließ es auf sich beruhen. Er hatte Rowland auf der anderen Seite der Erdkugel in Capetown oder Sansibar vermutet. Ihn hier in Wigan zu sehen, bejubelt wie die Wiederkunft Christi, war ein Schock. Außerdem wurmte ihn die Vorstellung, daß er Earnshaw verkannt hatte. Wenn er kein Verehrer war, warum vergeudete er dann Charlotte Hannays Zeit? Er schüttete sich ein wenig Pulver auf seine Hand.

«Arsen?» fragte Moon. «Ich glaube nicht, daß Dr. Livingstone das auf seinen Expeditionen verwendet, oder?»

«Er nimmt Opium.» Blair warf das Pulver ein und spürte, wie sich die Bitterkeit in seinem Mund und seinem ganzen Kopf ausbreitete. «Erzählen Sie mir von Silcock.»

«Er ist halb Gauner, halb Sportsmann. Wenn er Ihnen das Geld nicht beim Kartenspiel abnimmt, lauert er Ihnen hinterher in einer Gasse auf. Ich habe ihn im Januar zweimal gewarnt, sich nicht wieder in Wigan blicken zu lassen, das zweite Mal kurz nach dem Feuer. Jetzt sitzt er jedenfalls in der Falle.»

«Hat ihn schon jemand nach Maypole gefragt?»

«Nein. Hatten Sie selbst je Ärger mit dem Gesetz, Mr. Blair?»

«Warum fragen Sie?»

«Weil Sie so aussehen. Nicht direkt wie ein Wolf im Schafspelz.

Mehr wie ein Wolf mit einem Schal um den Hals. Man könnte sagen: ‹Oh, der trägt ja einen Kragen.› Ich würde sagen: ‹Nein, der hat vor zu fressen.› Als ich hörte, daß Sie eine handgreifliche Auseinandersetzung mit Bill Jaxon als Sieger verlassen haben, dachte ich mir, mein Instinkt war richtig.»

«Wo haben Sie das gehört?»

«Überall. Wie man hört, glaubt Bill, daß Sie hinter seinem Mädchen her sind. So dumm können Sie doch nicht sein, oder?»

Blair spürte ein Brennen entlang der Wunde, die Rose genäht hatte. Es konnte das Arsen sein oder auch Moon.

«So dumm gewiß nicht», wiederholte Moon. «Frauen sind schlimmer als Männer. Das ist eine Tatsache. Wußten Sie, daß die meisten Betten in den Lazaretten der britischen Armee mit Opfern von Geschlechtskrankheiten belegt sind, die sich bei Prostituierten oder losen Weibern angesteckt haben?»

«Die Ansteckung funktioniert in beide Richtungen, oder nicht?»

«Der Unterschied liegt darin, ob es in aller Unschuld oder professionell geschieht.»

«Ich dachte, in Friedenszeiten wäre es die Profession der Soldaten, Geschlechtskrankheiten zu verbreiten.»

«Machen Sie ruhig weiter Ihre Witzchen, Mr. Blair, aber im Süden Englands werden lose Weiber zu ihrem eigenen Besten in speziellen Kliniken isoliert. Hier im Norden gibt es keinerlei Kontrolle.»

«Wie würden Sie sie erkennen? An den nackten Armen? Den Hosen?»

«Das wäre ein Anfang.»

«Sie meinen die Grubenweiber?»

«Ich meine, Grubenweiber sind Frauen, die sich in eine Art wilden Zustand zurückentwickelt haben. Das ist nicht nur eine Frage von Kleidern oder Hosen. Glauben Sie, das Parlament würde Untersuchungsausschüsse wegen dieser Frauen einsetzen, wenn es bloß um Hosen ginge? Kümmert es mich, ob sie Hosen, Muschelketten oder gar nichts tragen? Nicht die Bohne. Aber die

Regeln liegen mir am Herzen. Aus trauriger Erfahrung kann ich Ihnen sagen, daß die Zivilisation im Grunde nichts anderes ist als Regeln, die man zum Wohle der Allgemeinheit eingeführt hat. Ich weiß nicht, wie das in der Südsee ist, aber wenn eine englische Frau erst einmal Hosen angezogen hat, hat sie damit auch alle Anständigkeit abgelegt und jegliche Rücksichtnahme auf ihre Weiblichkeit verwirkt. Zugegeben, es ist nur eine Regel, aber es ist das, was uns von den Affen unterscheidet. Ein Grubenweib hat seinen Reiz, das läßt sich gar nicht leugnen. Der Bischof selbst hat sich, bevor er dem geistlichen Stand beigetreten ist, als junger Mann immer durch die Hannay-Tunnel geschlichen, um die Mädchen zu besuchen. War es der heilige Valentin, der gesagt hat: ‹Gib mir Keuschheit, Herr, aber bitte nicht gleich›?»

«Der heilige Augustinus.»

«Nun, so war Hannay. Mehr als ein Mädchen mußte Wigan mit abgeknipster Fahrkarte verlassen, wenn Sie wissen, was ich meine.» Moon beugte sich vertraulich vor. «Wie bringen die Afrikaner eigentlich ihren Frauen Kultur bei, frage ich Sie?»

Blair lehnte sich zurück. «Unter dem Aspekt habe ich das noch nie gesehen. Sie sind ja ein richtiger Anthropologe.»

«Ein Polizist muß einen wachen Verstand haben.»

«Sie ritzen ihnen die Haut, stecken ihnen Stöpsel in die Nase oder Platten in die Lippen, hängen Gewichte an ihre Beine oder schneiden Teile ihrer Geschlechtsorgane ab.»

Moon schürzte die Lippen. «Funktioniert es?»

«Die Frauen halten es für normal.»

«Sehen Sie», sagte Moon. «Die beste Regel von allen.»

Der Schiffsverkehr auf dem Kanal mußte vor den Schleusen haltmachen, um sich auf die Ebene des nächsten Stücks anheben oder absenken zu lassen, doch als Blair zum Treidelpfad hinunterkletterte, bemerkte er sofort, daß die letzte Schleuse in Wigan überhaupt nicht in Betrieb war. Auf beiden Seiten der Schleuse lagen Boote in langen Schlangen Bug an Heck müßig vor Anker, auf den Treidelpfaden hatten sich Menschenmengen versammelt,

Schiffer und Gäste der umliegenden Kneipen, während die Kinder der Bootsleute am Ufer herumtollten.

Die Schiffe selbst waren Wunderwerke der Bootsbaukunst; knapp zwanzig Meter lange «schmale» Boote, die fünfundzwanzig Tonnen Kohle oder Feuerstein und Knochen für die Keramikfabriken transportieren konnten. Darüber hinaus war jedes Schiff ein schwimmendes Heim, in die Zwei-Meter-Kabine zwängte sich üblicherweise eine siebenköpfige Familie, und der Bug war mit phantasievollen weißen Burgen oder roten Lancashire-Rosen verziert. Trotz des drohenden Regens herrschte die muntere Stimmung einer Menschenmenge, die von einem Straßenpantomimen unterhalten wird. Zwei Pferde, Clydesdales, standen vergessen bei ihren Seilen. Hunde rannten auf Bootsdecks auf und ab. Moon, Leveret und Blair mußten sich einen Weg durch die Menge bahnen.

Ein kanalaufwärts fahrendes Boot saß in der südlichen Schleuse fest. Seine Besatzung – Vater, Mutter, zwei Jungen, drei Mädchen, ein aufgekratzter Hund, eine Ziege mit riesigen Zitzen und zwei haarende Katzen – waren an Deck und starrten über die Ruderpinne zum Heck, wo ein Mann bis zum Kinn im Wasser trieb. Seine Kleider schwammen um ihn herum.

Eine Schleuse war an sich eine recht simple Konstruktion, bestehend aus zwei Kammern – eine für die Schleusung «zu Berg», die andere für die Schleusung «zu Tal» –, beide jeweils mit zwei Doppeltoren ausgestattet. Doch die Dimensionen des Ganzen machten die Sache aufreibend; das Boot war gut zwei Meter breit, die Schleuse knapp zwei Meter fünfzig, womit auf beiden Seiten des Bootes knapp fünfundzwanzig Zentimeter Platz blieben, an Bug und Heck etwa dreißig. Das Boot war so vertäut, daß der Bug das Tor eben berührte, sonst hätte man den Mann im Wasser gar nicht gesehen.

Die Wasserspiegelhöhe wurde durch «Schütze» kontrolliert, die in die Schleusentore eingebaut waren und nach oben oder unten gekurbelt werden mußten. Es handelte sich um eine alte Schleuse, täglich stießen Boote gegen ihre Tore; das Tor für die

Schleusung «zu Berg» leckte lautstark sprudelnd, und der Wasserspiegel in der Kammer stieg merklich an. Das wäre unter normalen Umständen kein großes Problem gewesen; wenn das Tor für die Schleusung «zu Tal» geöffnet war, würde sich der Wasserspiegel wieder einpegeln. Jetzt aber ließ die Bewegung des Wassers das Boot gegen die Wände der Schleusenkammer und das «Tal»-Tor stoßen. Der Mann im Wasser mußte jedesmal untertauchen, um sich dann wieder hochzuhangeln und am zersplitterten Eichenholz des Tores oder den schleimigen Ziegeln der Wand notdürftig Halt zu finden.

«Irgendwie muß sich Silcock mit dem Fuß in dem Schütz des ‹Tal›-Tores verklemmt haben», sagte Moon. «Die Schleuse ist nicht groß genug für Silcock und das Boot, aber wir können das ‹Berg›-Tor nicht öffnen, ohne den Wasserspiegel zu heben und ihn zu ertränken. Das ‹Tal›-Tor können wir auch nicht öffnen, weil sich die Boote dahinter zu dicht drängeln. Er hat sich sauber in die Falle manövriert.»

«Warum kurbeln Sie das Schütz nicht so weit hoch, daß er seinen Fuß befreien kann?» fragte Blair.

«Das wäre die naheliegende Lösung», sagte Moon. «Jedes Boot hat eine Kurbel bei sich – einen ‹Schlüssel›, wie wir es nennen, wie auch Mr. Leveret Ihnen erklären könnte, da sein Großvater Schleusenwärter war – aber der Schiffer hat es geschafft, die Mutter der Sperrklinke abzubrechen, auf die der Schlüssel paßt. Und wenn wir hundert Schlüssel hätten, keiner würde greifen.» Blair sah Taucher im Wasser vor dem «Tal»-Tor. «Die Männer tauchen nach der Mutter», sagte Moon. «Aber mit all dem Kohlenstaub ist der Kanal so schwarz wie der Styx. Wir warten auf eine Ersatzmutter; aber in der Zwischenzeit, wie heißt es so schön in dem alten Spruch: ‹Weil es an einem Nagel mangelte, ging ein Pferd verloren, und weil ein Pferd fehlte, ging die Schlacht verloren.›»

«Wie lange ist Silcock schon da drin?»

«Seit sechs heute morgen. Ich hab' Ihnen ja gesagt, daß wir ihn schon zweimal gewarnt hatten, sich hier nicht noch mal blicken zu lassen, und er hat den Männern erst kurz vor Beginn der Zeremonie gestanden, wer er ist.»

«Sie hätten mir sofort nach Ihrem Eintreffen Bescheid sagen können.»

«Um Lord Rowland zu verpassen? Ich hoffe nur, daß Sie daran denken, Seiner Lordschaft und dem Bischof zu erzählen, wie hilfreich Ihnen Chief Constable Moon bei Ihrer privaten Ermittlung war. Werden Sie dafür sorgen, Mr. Leveret?»

«Natürlich.»

«Wie ist es passiert?» fragte Blair.

«Wie Sie sehen, gibt es an dieser Stelle keine Brücke. Wir sagen ihnen immer wieder, daß sie es nicht tun sollen, aber diese Schwachköpfe überqueren den Kanal zu Fuß über die Schleusentore, üblicherweise, wenn sie aus einer Kneipe getorkelt kommen. Silcock muß hineingefallen sein. Das ist mal ein Exempel, was?»

«Der Chief Constable mag Exempel», sagte Leveret.

«Daran erinnern sich die Leute.»

Silcocks nasses Haar teilte sich um eine klaffende Wunde auf seinem Kopf.

«Wie hat er denn das geschafft?» fragte Blair.

«Das Boot hatte über Nacht in der Schleuse festgemacht. Er muß sich beim Sturz den Kopf aufgeschlagen haben.»

«Hat der Schiffer ihn nicht gesehen?»

«Nein.»

«Wollen Sie mir erzählen, daß er mit dem Schütz das Bein eines Mannes eingeklemmt hat, ohne es zu bemerken?»

«Ich sage Ihnen, der Mann war so betrunken, daß er nicht mal bemerkt hätte, wenn das Rote Meer sich geteilt hätte. Er war betrunken, seine Frau war betrunken, seine Kinder waren betrunken. Wahrscheinlich waren der Hund und die Katzen auch betrunken. Hab' ich recht, Mr. Leveret?»

Doch Leveret war verschwunden. Das Schiff schlingerte, und ein Wasserstrahl spritzte aus dem «Berg»-Tor in hohem Bogen in das Becken. Blair dachte, daß Silcock längst ertrunken wäre, wenn sich sein Bein nicht in dem Schütz verklemmt hätte, so daß gleichzeitig Wasser aus der Kammer abfloß. Andererseits würde er überhaupt nicht ertrinken, wenn er nicht eingeklemmt wäre. Eines dieser uralten Rätsel. Und Wigan schien der passende Ort dafür, hier schliefen Leute auf Gleisen und rutschten in alte Schächte, warum sollten sie da nicht auch in Kanalschleusen schwimmen?

Moon brüllte, bis er Silcocks Aufmerksamkeit erregt hatte. «Silcock, hier ist ein Mann, der dir ein paar Fragen stellen will.»

Silcock stierte fischäugig aus dem Wasser.

Blair versuchte, sich ihn trocken vorzustellen, mit einer Melone und einem Kartenspiel. «Können Sie die Leute wegschikken?» fragte er Moon.

«Diese Leute kriegen selten genug was geboten. Keine Festspiele, Lords, Bischöfe oder Riesenaffen.»

Es war in der Tat die Art Publikum, die ein öffentliches Drama goutierte, sei es ein Zugunglück oder eine Hinrichtung durch den Strick. Es handelte sich um einen Stamm von Menschen, der in der Bibel mit keinem Wort erwähnt wurde. Männer mit Zylindern, die Nachfahren von Zigeunerinnen und irischen Kanalarbeitern, die dunklen Kapitäne der Wasserstraßen, dazu Frauen in schlampigen Röcken, weiß von Knochenmehl oder rötlich von Eisenerz. Sie hatten sich lange vor Blairs Ankunft versammelt und waren entschlossen, bis zum Ende der Vorstellung auszuharren. Das nicht mehr lange auf sich warten lassen konnte.

«Während ich mit ihm rede, können Sie eine Feuerwehr- oder Minenpumpe besorgen», erklärte Blair Moon.

«Um den Leeds-Liverpool-Kanal abzusenken? Wohl kaum.»

«Dann lassen Sie die Boote zurücksetzen und öffnen das Tor.»

«Zwanzig Pferde anspannen und zwanzig Boote kanalabwärts schleppen? Das geht jetzt nicht mehr.»

«Amputieren», rief ein Mann aus der Menge.

«Unter Wasser?» wandte eine andere Stimme ernsthaft ein.

«Hilfe.» Silcock klammerte sich an einen Taucher und zog ihn fast mit unter Wasser.

«Mr. Blair, ich würde sagen, die Bühne gehört Ihnen», sagte Moon. «Wenn Sie irgendwelche Fragen haben, gibt es keinen besseren Augenblick als diesen.»

«Können Sie mir wenigstens ein Seil besorgen?» fragte Blair.

Ein Junge an Deck bot ihm bereitwillig ein Tau an, wie es zum Festmachen der Boote benutzt wurde. Blair knüpfte eine Schlinge und ließ sie zu Silcock hinab. Silcock steckte Kopf und Arme hindurch, so daß er jetzt knapp einen Zentimeter über der Wasseroberfläche hing, und wehrte das in seine Richtung schwingende Ruder des Schiffes ab.

«Lassen Sie das Ruder», rief Blair ihm zu. «Denken Sie gar nicht dran.»

Silcock richtete seinen Blick auf Blair. «Woran soll ich denken?»

«Wer hat Sie da reingestoßen?»

«Ich weiß nicht. Ich bin erst gestern abend nach Wigan zurückgekommen und halt hier reingefallen, und dabei hab' ich mir, glaube ich, den Kopf aufgeschlagen. Ich weiß nicht mehr.»

«Waren Sie betrunken?»

«Das will ich doch hoffen.»

«In welchen Kneipen waren Sie?»

«Ich weiß nicht mehr. Ich war schon nach der ersten blau.»

Das wurde von den Männern am anderen Ende der Schleuse mit einem Lacher belohnt, was ihn merklich aufzuheitern schien.

«Und nach der letzten?»

«Hab' ich ein bißchen geschlafen, glaube ich. Dann bin ich aufgestanden und hier reingefallen.»

«Fallen Ihnen irgendwelche Feinde ein?»

«Mir fällt viel ein», behauptete Silcock, der jetzt für die Galerie spielte.

Das Boot schwankte zur Seite und drückte ihn unter Wasser. Als Objekt allgemeiner Aufmerksamkeit drängte sich die Familie an Deck so nah wie möglich heran und beobachtete das Geschehen mit gespanntem Interesse, Vater und Mutter, beide mittlerweile wieder nüchtern an ihren Pfeifen saugend, die Mädchen aufgereiht mit Schleifchen im Haar, die Jungen für ihre Freunde an Land posierend.

«Es ist ein wirklich großartiges Exempel», sagte Moon. «Ein Verbrecher, der sich selbst zur Strecke bringt durch die Gefahren, die beim Betreten fremden Privateigentums auf ihn lauern.»

Als Silcock sich an dem Seil wieder über Wasser zog, hatte er das bißchen Boden unter den Füßen, das er gutgemacht hatte, wieder verloren. Blair beschloß, die subtile Herangehensweise aufzugeben. «Was ist mit Maypole?»

Selbst in seiner extremen Notlage wirkte Silcock sichtlich verblüfft. «Was?»

«Als Sie im Januar hier waren, haben Sie Reverend Maypole getroffen. Sie haben ihn nach einem Rugbyspiel angesprochen und so die Aufmerksamkeit von Chief Constable Moon auf sich gezogen, der Sie aus der Stadt gejagt hat.»

Silcock blinzelte in die Richtung des Chief Constable. «Ich habe mich nur mit dem Mann unterhalten, das ist kein Verbrechen.»

«Sie haben ihm angeboten, ihn mit einer Reihe von Lastern bekannt zu machen», sagte Blair. «An welche Laster haben Sie da im einzelnen gedacht?»

Wieder wurde sich Silcock seines größeren Publikums bewußt, schließlich war es das Zeitalter der Galgenredner.

«Vielleicht ein paar Vergnügungen. Was dem einen Fisch ist, ist dem anderen Fleisch.»

«Mädchen oder Jungen?»

«Sodomie ist mehr was für die oberen Zehntausend, nicht meine Sache. Ich hatte eher an Karten gedacht.»

«Warum haben Sie einen Mann der Kirche überhaupt angesprochen?»

«Er hat Rugby gespielt. Das ist doch eine seltsame Vorliebe für einen Mann der Kirche. Wenn ihm das gefallen hat, vielleicht würde er auch Gefallen an anderen Sachen finden.»

«Sie haben ihm gedroht für den Fall, daß er Sie bei der Polizei anzeigen würde.»

«Nie im Leben. Ich glaube, ich habe gesagt, ‹nichts für ungut›. Das waren meine Worte. Aber nicht mal eine Minute später hatte mich der Chief Constable hier am Kragen. Dabei hatte ich nichts getan, außer meine Zeit mit einem Priester zu verbringen. Ist das gerecht?»

Silcock ging unter. Blair stemmte seine Fersen in den Boden und zerrte. Als Silcock wieder auftauchte, hatte sich das Seil so verdreht, daß es seinen Kopf zwischen die Schultern drückte und er seinen Hals verrenken mußte, um weiterzusprechen. «Gerettet werden ist ziemlich schwierig.»

Der Taucher vor dem Schleusentor tauchte auf und drehte sich erschöpft auf den Rücken.

«Sind Sie noch bereit zu reden?» fragte Blair.

«Ich ertrinke», sagte Silcock.

«Sind Sie bereit?»

«Ja. Bin ich.» Silcocks Augen klammerten sich an die von Blair, als wären es Hände.

«Hat irgend jemand in Wigan Sie auf Maypole aufmerksam gemacht?»

«Die Leute, mit denen ich Umgang habe, gehen nicht in die Kirche. Nicht in meinen Kreisen.»

«In Ihren Kreisen?»

«Reisende, Sportsleute, Liebhaber männlicher Sportarten.»

«‹Männliche Sportarten›. Sie meinen Kampfsport.»

«Faustkampffreunde.»

«Mit Handschuhen?»

«Mit bloßen Händen. Handschuhe nehmen dem Sport seine theatralische Wirkung.»

«Das Blut, meinen Sie?»

«Wo Blut ist, ist auch Silber. Wenn man einen Kampf wegen einer Verletzung unterbricht, kann man noch mal wetten. Das ist für alle spannender.»

«Rugby?»

«Ist eigentlich kein Sport für Wettfreunde. Eher für Bergleute. Ich mag Hunde, Hähne und Ratten, Frettchen und Ratten.»

«Und Schnurren? Sie wissen schon, wo die Bergleute mit Pantinen aufeinander losgehen?»

«Ist gut.»

Ein Taucher zog sich aus dem Wasser, ging zu Moon und schüttelte den Kopf. Silcock beobachtete, wie das Wasser in seine Nase und seine Augenhöhlen schwappte.

«Lassen Sie ein paar andere Männer tauchen», sagte Blair zu Moon.

«Welchen Sinn hätte es, einen Mann erst zu warnen, sich hier nie wieder blicken zu lassen, wenn ich ihn bei seiner Rückkehr behandle wie ein Püppchen», sagte Moon.

«Fragen Sie mich was anderes», sagte Silcock.

«Wer ist der Beste im Schnurren, den Sie je gesehen haben?»

«Ein Angeber. Der Beste von allen, Macarfy aus Wigan.»

«Haben Sie Jaxon noch nicht gesehen?»

«Nicht in Aktion. Aber ich habe von ihm gehört.»

«Was haben Sie gehört?»

«Manche sagen, er ist der Beste. Im Schnurren.»

«Wer hat das gesagt?»

«Ein Mann namens Harvey, er hat gesagt, er würde mit Jaxon zusammenarbeiten.»

«War Harvey sein Vor- oder Nachname?»

«Weiß ich nicht.»

«Ein Bergmann, mit dem Sie gespielt haben?»

Silcock tauchte unter, und sein Haar richtete sich auf wie Unterwassergras. Blair zog ihn hoch, obwohl er spürte, daß er Silcocks Arme dabei fast aus den Gelenken riß.

«Mit einem Bergmann würde ich nie spielen», sagte Silcock. «Die verknicken und verdrecken einem nur die Karten.»

«Harvey war zu sauber, um Bergmann zu sein?» An Moon gewandt, fügte er hinzu: «Schicken Sie ein paar Taucher ins Wasser.»

Moon tat nichts, außer mit einer majestätischen Geste anzudeuten, daß sich sonst niemand auf der Schleuse von der Stelle bewegen sollte.

«Sauber und vom Pech verfolgt.» Silcock zog die Mundwinkel zu einem Lächeln hoch. «Hab' nie einen Mann mit einer übleren Pechsträhne gesehen. Klebte an ihm wie sein bester Freund.»

«Er war sauber, aber er arbeitete mit Jaxon zusammen auf der Zeche? Wie haben Sie Harvey kennengelernt?»

«Beim Kartenspiel. Wenn ich nichts anderes tun könnte, als mit Harvey Karten zu spielen, wäre ich jetzt nicht hier.»

Er ging wieder unter. Silbrige Bläschen blubberten aus seinem Mund. Blair legte das Seil über seine Schulter und zog, ohne Erfolg. Die Augen des Ertrinkenden waren über seinen aufgeblähten und von Blairs Zerren violett angelaufenen Wangen weit aufgerissen.

Blair sah nicht, wie Leveret zurückkam, bemerkte den Verwalter des Hannay-Anwesens überhaupt nicht, bis jener einen großen Schraubenschlüssel von der Größe eines Beines am Schaft der abgebrochenen Schraube ansetzte und an dem Griff zerrte wie an einem Ruder. Er setzte die Backen des Schraubenschlüssels nochmals an und zog erneut. Aus der Tiefe der Schleuse ertönte ein dumpfes Geräusch, und die jenseits des Tores aufgereihten Boote wurden hin und her geschaukelt. Moon blickte zu Leveret und lief rot an, während jener den Schlüssel noch wütender bewegte.

Andere Hände halfen Blair, Silcock an Land zu ziehen und das Wasser aus seinen Lungen zu pumpen. Aus der Schleuse befreit, war Silcock eine kleine, triefende Gestalt, ein noch immer um das Seil gewickelter Lumpen. Das Wasser hatte ihn größer erscheinen lassen.

Den Schraubenschlüssel in der Hand ging Leveret über die Schleuse. «So hätte das mein Großvater, der Schleusenwärter, gemacht.»

# 16

Als Blair in seine Hotelsuite kam, ging er zu dem Regal mit dem Brandy am Schlafzimmerfenster. Da das Licht brannte, blickte ihm aus der Scheibe ein Spiegelbild entgegen. Es sah aus wie ein Mann unter Wasser.

In seinen beinahe letzten Momenten hatte Silcock, an seinem Ende des Seils scherzend wie ein Matrose an der Rahe eines sinkenden Schiffes, bis nur noch seine Nase und zuletzt seine sich an das Seil klammernden Hände über Wasser gewesen waren, seinen Rest Würde zusammengenommen und Blair wortlos seine Angst übermittelt. Blairs Hände zitterten, als ob er die Botschaft noch immer empfangen würde.

Das Schleusentor hatte Silcocks Knöchel gebrochen. Er war weiß Gott kein unschuldiges Opfer; laut eigenem Geständnis ein Dieb, Betrüger und Trinker. Blair hatte mit der Familie an Bord des Schiffes gesprochen, doch sie waren alle in der Kajüte gewesen, weil die Schleusenkammer immer so langsam vollief; es war dunkel gewesen, und niemand hatte ein Geräusch wie das Aufschlagen eines Kopfes auf einen Schandeckel gehört.

Jemand hatte Silcocks Kopf gespalten, ihn ins Schleusenbecken geschleift und seinen Knöchel in das Schütz geklemmt wie in eine Rattenfalle. Oder Silcock war, wie Moon behauptete, kopfüber von dem Schleusentor ins Wasser gestürzt, hatte sich dabei den Kopf am Schandeckel des Bootes aufgeschlagen und war dann in das sich schließende Schütz gesogen worden. Silcock hatte sich selbst unmittelbar nach seiner Rettung gebrüstet, er wüßte gar nicht, wo er mit der Auflistung seiner Feinde anfangen sollte. Bill Jaxon hatte er nie gesehen, und Blair wußte aus eigener Erfahrung, daß der nicht schwimmen konnte. Durch die Rettung von Silcock war nichts gewonnen, abgesehen davon, daß der Schurke noch lebte und Blairs Handflächen von dem Seil brannten.

Erst das Pferd im Schacht, jetzt Silcock. Nichts war sicher. In einem Augenblick sprangen sie noch durchs grüne Gras, im nächsten wurden sie verschluckt, als ob Gewässer und Höhlen lebendig wären. Er sah sich selbst als tragikomische Gestalt, vertäut mit allem in Sichtweite: St. Blair, der Schutzheilige der Verschwundenen.

Er nahm sein Glas mit in den Salon, wo der Untersuchungsbericht lag. Unter den aufgelisteten Opfern der Hannay-Explosion gab es keinen Harvey, weder als Vor- noch als Nachnamen, obwohl er sich sicher war, den Namen schon einmal gesehen zu haben. Er ging die Liste der Überlebenden durch. Kein Harvey. Was darauf hinwies, wie eigenartig Silcocks Hinweis auf einen Kollegen von Bill Jaxon gewesen war, der sauber genug zum Kartenspielen war. Männer auf einer Zeche waren nicht sauber. Sogar Maschinisten und Förderleute über Tage waren mit schwarzem Staub bedeckt.

War es überhaupt von Bedeutung? Silcock hatte bis auf ein einziges Gespräch nach einem Rugbyspiel und einigen Vorschlägen, die der Hilfsprediger abgelehnt hatte, nichts mit Maypole zu tun gehabt.

Er legte den Untersuchungsbericht zur Seite, um Leverets Liste aus dem «Heim für erstmalig gefallene Mädchen» zu studieren. Rose Molyneux konnte sich ihre Fertigkeiten im Wundenvernähen jedenfalls nicht bei der alljährlichen Zubereitung der Weihnachtsgans angeeignet haben. Irgend jemand hatte sie in Krankenpflege ausgebildet. Aber nicht im «Heim für Frauen»; dort war zu keinem Zeitpunkt eine Molyneux registriert gewesen.

Er steckte in einer Sackgasse. Ein Tag, an dessen Ende er nichts vorzuweisen hatte, außer in Chief Constable Moon einen neuen Feind. Das war sein Talent, wie Earnshaw so treffend bemerkt hatte: sich Feinde zu machen. Ein bizarrer Tag, erleuchtet von der Rettung Silcocks und der noch wundersameren Erscheinung Rowlands. Der in der Wildnis gewesen war. Vor dem sich alle verbeugten. Der mittlerweile in London sein würde.

Gorillas waren erst vor dreißig Jahren entdeckt, das erste Gorillafell vor zehn Jahren verschifft worden. Jetzt gab es Gorillahände in Wigan. Und das Wrack von «Nigger Blair». Nicht gestrandet an der Küste von Sansibar, sondern an der Leine eines Bischofs.

Warum sollte es ihn kümmern? Sonst schien sich auch niemand um Maypole zu scheren. Er war kein Detektiv und auch kein Schutzheiliger. Das war absolut nicht seine Welt.

Blair ging zurück ins Schlafzimmer, um sich Brandy nachzugießen. Um seinem Spiegelbild nicht erneut ins Auge blicken zu müssen, machte er das Licht aus und sah eine zerklüftete, verfallene, schmutzige Wolkenwand auf die Stadt herabsinken. Im Fenster der Apotheke glänzten Musterflaschen, nebenan stapelten sich Blechdosen, und im Laden des Hutmachers konnte man schemenhaft leere Gesichter erkennen. In der Gasse neben dem Hutmacher blitzte ein Stück Metall im Licht einer Laterne. Blair hielt es für eine auf dem Pflaster liegende Münze, bis er erkannte, daß es der Messingbeschlag eines Holzschuhs war.

Blair trat einen Schritt zurück und beobachtete die Stelle zehn Minuten, lange genug, um im Schatten der Gasse auch Beine auszumachen. So lange brauchte kein Mann, um dem Ruf der Natur Folge zu leisten. Er rauchte auch nicht, als wollte er nicht gesehen werden. Es hätte jeder sein können, aber wenn es Bill Jaxon war, war Blair das nur recht, denn dann wußte er, wo Bill war. Jaxon würde bestimmt nicht die Türen von Wigans vornehmstem Hotel eintreten, solange Blair im «Minorca», seinem Schiff im Hafen, blieb, war er sicher.

Er goß sich Brandy nach und versuchte, sich auf Maypoles Tagebuch zu konzentrieren. Der Anblick der auf engstem Raum ineinander verwobenen Zeilen beschwor ein Bild des Priesters herauf, wie er über die Seite gebeugt saß wie ein Riese über einer Petit-point-Stickerei. Die mit Tintenklecksen übersäten Einträge des 13. und 14. Januar hatte Blair noch immer nicht entschlüsselt, und der Versuch erschien ihm auch nur deshalb lohnend, weil sie so verworren waren. Entwirrt ergaben sie noch immer keinen

Sinn, doch Blair sagte sich, daß Maypole nur ein Hilfsprediger und kein verschlagener Bergmann war. Die Zeilen sahen aus wie ein Caesar-Code vertauschter Buchstaben, jeweils in Viererblökken, was an sich eine nur mittelmäßig schwierige Aufgabe hätte darstellen sollen, wenn man mit den häufigsten Buchstaben, Doppelkonsonanten und gewöhnlichen Kombinationen begann. Das Problem war nur, daß einige der Kombinationen so augenfällig anders waren, als würden sie aus einer fremden Sprache stammen. Diese Blöcke ignorierend, las Blair die Zeilen wieder und wieder, um ihren Rhythmus zu spüren, bis er auf einmal eine vertraute innere Stimme vernahm und die ersten kleinen Worte den Vokal lieferten, der einen Namen wachrief, der dann der Schlüssel zu dem Rest war.

*Aber der König Salomo liebte viele ausländische Frauen: die Tochter des Pharao und moabitische, ammonitische, edomitische, sidonische und hetitische –*

Also war die Kindheit, die er damit zugebracht hatte, religiösen Fanatikern zu lauschen, doch nicht ganz vergeudet gewesen. Der Brandy schadete auch nichts.

*Seine Frauen neigten sein Herz fremden Göttern zu. So diente Salomo der Astarte, der Göttin derer von Sidon, und dem Milkom, dem greulichen Götzen der Ammoniter.*

Der greuliche Götze der Ammoniter? Das wäre doch mal ein Titel für die Visitenkarten eines Anwalts. Vielleicht konnte Milkom Partner von Nuttal, Liptrot, Hopton und Meek werden.

Die Liebe verführte Salomo, den weisesten aller Männer. Aber ist es Liebe oder ist es ein klarer Blick? Salomo sah, wie schön alle diese Frauen waren. Jetzt, da ich spüre, daß meine eigenen Augen geöffnet werden, ahne ich, wie gefährlich diese Klarheit sein kann. Wenn ich blind gewesen bin, dann war es jeder in

Wigan. Vielleicht bedeutet Blindheit auch Sicherheit, doch was kann ich tun, jetzt, wo meine Augen geöffnet sind?

Blair wünschte, daß auch seine Augen geöffnet würden. An welchem Punkt genau hatte Hannay die diskrete Ermittlung nach dem Verbleib Maypoles zu einer öffentlichen Demütigung seiner Tochter umfunktioniert? Charlotte Hannay mochte eine bösartige Zicke sein, aber die ganze Vorgehensweise hinterließ bei Blair das Gefühl, ein kleines Rädchen zu sein.

Wenn aber die Phantasie sich irrt und nicht meine Augen, wäre das falsch? War es Sünde, daß Salomo die Schönheit einer anderen Haut, dunklerer Augen oder vollerer Lippen sah? Eines Tages werden C. und ich vielleicht das Heilige Land sehen. Doch schon jetzt werde ich jede Nacht von den Träumen Salomos heimgesucht. Es ist nicht das Heilige Land des gesegneten Leidens unseres Herrn, das ich mir immer wie eine Serie von Lichtbildern vorgestellt habe, jede Szene starr und erhaben, ein furchteinflößender Gang von Gethsemane nach Golgatha, der in Wahrheit nichts anderes als eine Reflektion über den Tod ist. Statt dessen sind die Szenen, die ich sehe, voller Leben, und jeder Traum hat die Farbe und die greifbare Schwingung einer Offenbarung.

Für Blair war der Charakter der englischen Mittelklasse wie eine Münze mit zwei Seiten. Kopf: die kühle, asexuelle Persönlichkeit. Zahl: die Visionen der sexuell Ausgehungerten. Wenn Rose Molyneux Maypole schöne Augen gemacht hatte, wie eine kokette Frau beiläufig jedem Mann schöne Augen macht, wer konnte ahnen, welche Romanze daraus in der Phantasie eines Hilfsgeistlichen geworden war? Es sei denn natürlich, man las sein Tagebuch.

In meinen Träumen bin ich genauso dunkel, schwitze genauso heftig und lache genauso offen. Und ich fliehe mit ihr und werfe die ganze Last von Stand und Bildung ab. Wenn ich nur den Mut hätte, ihr zu folgen.

Ein Hilfsgeistlicher, der die Tochter des Bischofs für eine Zechenschönheit verläßt? Unwahrscheinlich, und doch . . .

Jeden Morgen vor Anbruch der Dämmerung höre ich sie vorbeigehen. Sie und die tausend anderen, das Geräusch ihrer Pantinen wie ein Fluß aus Steinen. Als ob sie «im Verborgenen gemacht» wären und «gebildet unten in der Erde», wie es der Psalm sagt. Es ist ein Psalm, der für Wigan geschrieben wurde. Anfangs fand ich den Klang ihres Vorbeimarsches so seltsam, doch jetzt kommt er mir so natürlich vor wie die anschließende Dämmerung. Wenn ich mich später auf die Andacht vorbereite, schwappt eine Gegenflut von Schafen durch die Straßen, bevor der Verkehr der Kutschen beginnt. Christus war ein Zimmermann, er kannte die Arbeit und den Schweiß derer, zu denen er predigte. Jeden Morgen absolviere ich meine Runde nur mit halbem Herzen, beschämt, daß ich die Arbeit der Bergleute von Wigan nie geteilt habe. Ich habe zwar den Mann, nicht aber den Ort, mittels derer ich die notwendigen Fertigkeiten erwerben kann, um als einer von ihnen durchzugehen. Nur für einen Tag.

Doch natürlich wartet nachts eine andere Marter auf mich, wenn ich, wie Salomo sagt, «aufstehen will und in der Stadt umhergehen auf den Gassen und Straßen und suchen, die meine Seele liebt». Ich würde es tun, wenn ich den Mut dazu hätte.

Zwei Stunden später war der Brandy zu einer Lache am Boden des Glases geschrumpft. Der letzte Eintrag war ein Gewirr von Zeilen in einem noch komplexeren Code. Das mußte er dem Hilfsprediger lassen: Maypole hatte in seinem Tagebuch die Entwicklungsgeschichte der Geheimschrift wiederholt, von ihren primitiven Anfängen bis hin zu Verschlüsselungen, die einen zur

Verzweiflung treiben konnten. Dem letzten Eintrag schien ein numerisches System zugrunde zu liegen. Geheimschriften auf der Basis von Zahlen waren schlichte Rätsel – eine Frage der Verschiebung von Buchstaben nach einem sich ständig wiederholenden Zahlenmuster wie etwa 1–2–3, bei dem aus «Hut» «Iww», aus «Rad» «Scg» wurde und so weiter – doch ohne diesen Schlüssel ließ sich der Code nicht knacken. Als die Abkürzung über Geburtsdaten erfolglos blieb, wußte Blair, daß die Quelle von Maypoles Inspiration aus der Bibel stammen mußte. Die Zahl der Apostel, die Jahre des Methusalem, die Ellen des heiligen Tabernakel oder etwas auf noch göttlichere, manischere Art Obskures wie Nehemias Geschlechtsregister der aus Babel Heimgekehrten, die Söhne Elam, eintausendzweihundertvierundfünfzig an der Zahl, oder die Söhne Sattu, achthundertfünfundvierzig.

Der zweite Zeiger seiner Uhr zuckte unter dem Glas wie die Nadel eines Kompaß, der einen neuen Norden sucht.

Blair deponierte das Tagebuch in einem Versteck hinter dem Spiegel, ließ die Lampe an, betrat den Flur, nahm die Treppe zum Restaurant, durchquerte die dampfende Küche und verließ das Hotel durch den Hinterausgang. Im Gegensatz zu Moons Beschreibung fühlte er sich keineswegs wie ein Wolf. Er kam sich eher vor wie ein Geißlein, das in den Fußstapfen eines anderen Geißleins ging. War das nicht seine Methode, Maypole zu finden?

«Sie dürfen nicht hierherkommen», sagte Flo.

«Ich möchte Rose sprechen.»

«Warten Sie.» Sie blies die Lampe in der Küche aus und ließ ihn draußen im Dunkeln stehen.

Er wartete vor der Hintertür, eine Stufe über dem schlammigen Hof mit seinen Gerüchen von Schmutzwasser und Aschegruben. Im Westen hatten die Wolken sich in einem Wetterleuchten entladen, zu weit entfernt, um den Donner zu hören. Er konnte die einzelnen Blitze nicht sehen, nur ihr Aufleuchten in einem, dann einem zweiten Tal aus Gewitterwolken. War es die Entfernung, fragte er sich, oder schnitt der Rauch aus den aufragenden

Schloten, der sich wie ein Schleier über den Horizont legte, Wigan vom Rest der Welt ab? Es war, als würde die Stadt wie eine Welt für sich existieren – und wie immer ein wenig in Flammen stehen.

Rose kam so leise an die Küchentür, daß er sie zunächst gar nicht bemerkte. Sie trug ein Kleid, dessen Schultern von ihren Haaren feucht waren, und er erkannte, daß er sie nicht kommen gehört hatte, weil sie barfuß direkt aus der Wanne herbeigeeilt war. Der Duft von Pear's Seife umfing sie wie ein Hauch von Myrrhe oder Sandelholz.

«Ich hab' die Hinterhofgassen genommen. Ich kenne jetzt den Weg.»

«Das hat Flo mir schon erzählt.»

«Flo –»

«Sie ist weg. Bill sucht dich noch immer.»

«Ich verstecke mich auch noch immer vor ihm.»

«Dann versteck dich woanders.»

«Ich wollte dich sehen.»

«Bill tritt dich tot, wenn er dich hier findet.»

«Bill glaubt fest, daß ich nicht hier bin. Hat Maypole je mit dir über verschiedene Arten von Schönheit gesprochen?»

«Bist du gekommen, um mich das zu fragen?»

«Ist er suchend durch die Straßen der Stadt geirrt, um dir zu sagen, daß er dich liebt?»

«Wirst du jetzt gehen?» Rose schubste ihn.

Blair lehnte sich gegen ihre Hände. «Nein.»

Eine eigenartige Trägheit breitete sich in seinem Körper aus, und er konnte spüren, daß dieselbe Mattigkeit auch sie erfaßte, so daß sie nur kraftlos drückte und sie aneinander lehnten. Ihre Hand fuhr über seine Schläfe und strich über das Haar bei der genähten Wunde.

«Ich hab' gehört, daß beinahe jemand ertrunken wäre. Man sagt, du hättest dem Mann geholfen und dem Chief Constable seine kleine Aufführung vermasselt. Das macht dich eher zum Dummkopf als zum Helden. Jetzt wird entweder Moon oder Bill dich erwischen, und meine gute Arbeit war ganz umsonst. Glaubst du, daß es das wert ist?» Sie packte einen Büschel seiner Haare und zog daran, bis seine Haut brannte. «Oder willst du bloß zurück nach Afrika?»

«Beides.»

«Du bist ein gieriger Mann.»

«Das stimmt.»

Rose führte ihn hinein. Soviel zu Maypole, dachte er. Und soviel auch zu Salomo.

Schönheit war leblos. Sinnlichkeit aber lebte, und Rose sprühte vor Sinnlichkeit, von den dichten, dunklen Locken ihres Haares bis zu dem kupferfarbenen Flaum in ihrem Nacken. Es war die Art, wie ihr billiges Kleid sich auf ihren Hüften verschob, als sie ihn nach oben führte, beleuchtet nur von dem glimmenden Katzenauge einer bis auf das Dochtende heruntergedrehten Lampe. Es war eine dumme animalische Poesie. Besser als Poesie, weil man es mit allen Sinnen genießen konnte. Es war ein Triumph über den Verstand. Die Griechen hatten körperliche Anmut ebenso hochgeschätzt wie die Künste. Rose hätte sich gut gemacht im antiken Athen. Oder in Somalia oder Ashantiland.

Nicht, daß sie eine Schönheit war. Jemand wie Lydia Rowland konnte sie mit Leichtigkeit überstrahlen, aber so wie ein Diamant ein Feuer überstrahlte. Ein Diamant war nichts als Reflektion, ein Feuer hingegen war lebendig.

Sie war auch nicht zierlich. Ihre Schultern waren breit, ihre Wadenmuskeln von der Arbeit fest. Oder üppig. Sie hatte jedoch einen eher schmächtigen als runden Körper.

Was war es dann? Der Reiz des Milieus? Das glaubte er nicht; er gehörte selbst viel zu sehr zur Unterschicht, um rauhe Hände oder dünne Baumwolle erotisch zu finden.

Aber sie war wie aus einem Guß. Sie war *da*. Im Flur spürte er die Hitze auf den Dielenbrettern, die ihr Fuß berührt hatte.

Sie baute sich einen kleinen Thron aus Kissen, während er sich an das Kopfbrett lehnte. Das Licht im Raum war eher eine

Variation von Schatten, aber für ihn sah sie aus wie ein glücklicher Dschinn, den man aus seiner Flasche befreit hatte. Er streckte seinen Körper aus, blaß und geschunden wie ein Leib, den man vom Kreuz genommen hatte.

«Was würdest du tun, wenn Bill jetzt reinkäme?»

«Jetzt hier? Ich könnte mich nicht rühren, so viel ist sicher.»

«Bill ist groß. Aber er ist nicht so schlau wie du.»

«Ich bin so schlau, daß ich hier mit seinem Mädchen sitze.»

Sie stürzte sich auf seine Brust, ihr Haar hing in wilden Strähnen um ihre Augen. «Ich bin das Mädchen von niemandem.»

«Du bist das Mädchen von niemandem.»

Als sie auf ihm saß, drehte sie seinen Kopf zur Seite und begutachtete die rasierte und genähte Stelle an seiner Schläfe.

«Wo hat du das gelernt?» fragte er.

«Auf einer Zeche ist es gut, wenn man weiß, wie man Wunden vernäht, das ist alles.» Sie küßte ihn und ließ sich zurück in die Kissen sinken, wo sie sich in fast animalischer Mißachtung ihrer eigenen Blöße räkelte. Wieder fiel ihm auf, daß sie das Haus offenbar für sich allein hatte. Es war alt, aber unter einem durchgehenden Schieferdach gebaut, das sich über die ganze Häuserreihe bis zum Ende des Blocks erstreckte, mit Blick auf einen gepflasterten Hof und umgeben von Reihen anderer, fast identischer Häuser.

«Wo ist Flo? Sie scheint sich dematerialisiert zu haben.»

«Das ist aber ein vornehmes Wort. Du bist zur Schule gegangen.»

«Du auch. Unten stehen eine Menge Bücher.»

«Ich bin keine große Leserin. In den Schulen hier muß man nur auswendig lernen. Wenn dir die richtige Antwort nicht einfällt, schlagen sie dich mit dem Lineal. Mich haben sie dauernd geschlagen. Nenn mir ein Land, und ich sag' dir, wo es liegt. Ich kenne hundert französische und fünfzig deutsche Wörter. Und du kannst mir Ashanti beibringen.»

«Meinst du, das mache ich wirklich?»

«Ich weiß es. Und ich will auch lernen, so zu tanzen wie sie.»

Er mußte lächeln, weil er sich von allen englischen Frauen nur sie in ein goldenes Tuch gehüllt, mit goldenen Armbändern dazu, vorstellen konnte.

«Du lachst», sagte sie.

«Aber nicht über dich. Die Vorstellung gefällt mir. Sag mal, kanntest du den Mann, der heute beinahe ertrunken wäre? Diesen Silcock?»

«‹Als ich von zu Hause fortgerannt, hab' ich einen Mann mit sieben Frauen gekannt.› Aber einen Mann namens Silcock hab' ich noch nie getroffen.» Entschiedener hatte er Rose noch nichts ableugnen hören, und er war erleichtert. «Erzähl mir von der großen Gala heute. Die Hannays, die Rowlands und ein Paar mörderische Hände von einem Riesenaffen, hab' ich gehört.»

«Mörderisch ist nicht der Affe, sondern ganz andere. Sie hätten lieber die Hände der Liverpooler Schiffseigner vorzeigen sollen, die am Sklavenhandel ein Vermögen verdient haben und jetzt Rowland nach Afrika schicken, damit er auf alles schießt, was sich bewegt, und das Wort Gottes verbreitet. Die Männer sahen aus wie Sargträger, was für den armen Gorilla vermutlich ganz angemessen war. Die Frauen waren alle in hundert Meter Seide gehüllt, und keine war so schön wie du.»

«Na ja, ich hab' gar nichts an.»

«Eine Goldkette würde dir gut stehen.»

«Das ist das Netteste, was du mir bisher gesagt hast.»

«Wenn ich je nach Afrika zurückkomme, schicke ich dir eine.»

«Das ist noch netter.» Sie hatte die Macht, ihren ganzen Körper zufrieden aussehen zu lassen. Es gibt Harems, die von Rose noch lernen konnten, dachte er. «Du bist kein Freund von Chief Constable Moon.»

«Nicht direkt.»

«Sonst würde ich mich von dir auch nicht anfassen lassen. Er ist unheimlich, was? Abschreckend. Man sagt, er trägt eiserne Schienbeinschoner zum Schutz gegen die Pantinen der Bergleute. Ich frage mich, ob er sie auszieht, wenn er ins Bett geht. Hat er dir von den Grubenweibern erzählt?»

«Sind eine Gefahr für das Land.»

«Er und Reverend Chubb. Die beiden glauben, sie würden die Tore des Himmels und der Hölle bewachen. Sie wollen, daß wir um Almosen bettelnd angekrochen kommen, damit sie uns bestrafen können, indem sie uns einen statt zwei Krümel geben. Sie sagen, sie wollen, daß wir auf die Knie gehen, um zu beten, aber eigentlich wollen sie uns nur auf den Knien sehen. Die Gewerkschaft ist auf ihrer Seite, das ist das Traurige. Sobald sie die Frauen von den Kohlerutschen vertrieben haben, verdoppeln sich die Löhne. Das ist dann ein Durchbruch für die Arbeiterklasse, soweit die Arbeiterklasse männlich ist. ‹Willst du denn kein Zuhause und Kinder, Rose?› fragen sie mich. Ich antworte: ‹Wenn ich es ohne großen, geifernden Mann haben kann, gerne!› Sollen sie sich doch über meine Hosen das Maul zerreißen. Ich würde auch noch mit dem nackten Arsch wackeln, wenn es sie noch wütender macht.»

«Das würdest du, was?»

«Dann würden sie mich natürlich für verrückt erklären und einsperren. Und Moon selbst würde den Schlüssel verschlucken.»

«Woher wußtest du das von mir und Moon?»

«Du hast deine Spione, ich hab' meine. Und die melden mir gerade eine kleine Lüge.» Sie streckte ihr Bein aus und strich an seinem entlang. «Du hast gesagt, du könnest dich nicht rühren.»

Das Licht der Lampe schimmerte golden in ihren Augen. Er dachte an die Zehen aus Messing, die in der Dunkelheit warteten.

Sie war kaum älter als ein Mädchen, aber es war nicht die Wucht des Fleisches und bloße Befriedigung, die sie für ihn bereithielt, bei ihr konnte er sich fallenlassen, konnte Schwerkraft und Erschöpfung hinter sich lassen. Als ob er und sie Ruder und Mannschaft wären, die, nachdem sie die Reise schon einmal gemacht hatten, jetzt längere Schläge in Angriff nehmen konnten, die in die Luft eintauchten und leuchtende Ringe zurückließen.

Warum ist es so tiefgründig? fragte Blair sich. Besser als Philosophie oder Medizin. Warum sind wir erschaffen, so tief unter der Haut zu bohren? Wer hat die Kontrolle? Er nicht, genausowenig wie sie. Was ihn erschreckte, war, wie gut sie harmonierten, wie nahtlos sie *paßten*, langsam hin und her rollend, bis der große Entdecker nicht mehr wußte, wo unten und oben war, seine Hände an den Bettpfosten, seine Füße an der Stange, während ihr Atmen heiserer und rhythmischer wurde und sich ein Strick um sein Herz legte, der sich mit jeder Wendung fester zog.

Es gab noch eine weitere Drehung. Folgte er Maypole, fragte er sich, oder wurde er Maypole?

«Ich stell' mir dich mit lauter Eingeborenenmädchen vor, oder nicht?» sagte sie. «Ich krieg' einen behaarten Bergmann, und du wirst von schwarzen Amazonen umringt.»

«Wenn es so weit ist, denk' ich an dich.»

Sie wickelte sich in ein Laken und sprang mit dem Versprechen aus dem Bett, ihnen etwas zu essen zu holen.

Blair stützte sich träge auf seinen Ellenbogen und drehte die Flamme der Lampe ein wenig größer. Neben der Lampe stand eine Spiegelkugel auf dem Nachttisch, die eine verkleinerte, verkürzte Version des Zimmers zurückwarf.

Er beugte sich näher zu dem Gesicht in der Kugel. Afrikaner hatten schon seit Jahren mit den Arabern und Portugiesen Handel getrieben, aber im Hinterland entlang der Flußläufe gab es Menschen, die noch nie mit der Außenwelt in Berührung gekommen waren. Als er ihnen einen Spiegel gezeigt hatte, waren sie zunächst überrascht gewesen und wollten den Spiegel dann um jeden Preis vor allem Unbill bewahren, weil er ganz offensichtlich ein Teil von ihnen war. Was Blair beeindruckt hatte, weil er immer Schwierigkeiten gehabt hatte, sich selbst zu erkennen.

Er betrachtete die kahlrasierte Stelle an der Seite seines Kopfes. Obwohl die Haut von einem schwarzen, gläsernen Glanz überzogen war, konnte er acht ordentliche Stiche erkennen und trotz des getrockneten Blutes sogar sehen, daß Rose rotes Garn benutzt hatte. Und so fiel ihm Harvey wieder ein.

Blair erinnerte sich an die Untersuchung der Hannay-Explosion und den Totenschein von Bernard Twiss, 16, «am Streb von seinem Vater Harvey geborgen, der ihn zunächst nicht erkannte. Spätere Identifizierung anhand eines roten Tuches, das er als Gürtel benutzt hatte».

Harvey Twiss.

# 17

Blair kehrte in sein Hotel zurück und schlief, bis er vom Geklapper der Bergleute erwachte, die vor Anbruch der Dämmerung unter seinem Fenster vorbeigingen, gefolgt von dem gedämpften Geblöke von Schafen, die in die Stadt getrieben wurden, die Flut und Gegenflut, über die Maypole in seinem Tagebuch geschrieben hatte. Solcherart doppelt geweckt, stand Blair auf und zog sich an, um zur Zeche zu fahren.

Als er bei der Hannay-Zeche ankam, war der Sprühregen in einen dunklen Dauerregen übergegangen, den Wedge, der Schichtmeister, jedoch nicht weiter beachtete. Er hatte einen rötlichen Bart und Augenbrauen, die im Licht seiner Lampe glitzerten wie eine Hecke. Ausgestattet mit einem Regenmantel und Gummistiefeln stapfte er voran, während Blair in seinem Kielwasser über den Hof planschte. Neben den Gleisen für die Förderwaggons und den Eisenbahngleisen, die zu den Klaubeschuppen führten, erstreckten sich weitere Schienen über den Hof der Zeche zu einem etwa eine Meile langen Komplex, bestehend aus der Hannay-Gießerei, einem Hof, auf dem Ziegel gelagert wurden, und einer Rampe für Holz. Lokomotiven aus Hannay-eigener Produktion, sechsrädrige und kleine vierrädrige Rangierloks, die Kessel mit Wassertanks verkleidet, bewegten sich ohne Laternen blind über den Hof, zogen hölzerne Waggons, aus denen Sand rieselte, und Wagen, von denen Kohlebrocken neben die Gleise fielen, vom Gelände. Als der Zug stehenblieb und die Puffer der Waggons funkenstiebend aufeinanderprallten, lief ein Mann neben dem Zug her und zog mit einem Rangierstab die Bremsen an. Gleichzeitig rumpelten Kohlekarren und -waggons, die von schweren, im Regen dampfenden Arbeitspferden gezogen wurden, über Gleiskreuzungen. Aus der Lampenstube strömten Bergleute mit

Sicherheitslampen, die Flammen fahl wie Glutasche. Der Hof wurde von Petroleumlampen beleuchtet, die an Pfählen hingen, über allem schwebte ein großer Ring aus Qualm und Staub, der aus den überirdischen Ställen und Klaubeschuppen stob, wo die Kohle noch erdwarm ankam. Blair konnte Rose nicht sehen und hatte auch nicht die Absicht, sie zu besuchen und den Lord zu spielen, während sie Kohle lud, obwohl Wedge bemerkt hatte, wohin sein Blick gewandert war. «Diese Frauen sind wirklich außergewöhnlich. Arbeiten genauso hart wie die Männer und bekommen nur den halben Lohn. Aber diebisch! Eines dieser schmächtigen kleinen Dinger bringt es fertig und stopft sich einen Vierzig-Pfund-Brocken in den Schlüpfer, um ihn nach Hause zu schmuggeln. Es gibt Schichtmeister, die versuchen, ihre Höfe vom Schreibtisch aus zu leiten. Sicher, man muß auch den Papierkram erledigen, aber dafür gibt es ja Buchhalter. Wenn man nicht selbst auf dem Hof ist, verschwindet der Hof, das ist meine Erfahrung. Kohle, Kabel, Lampen, alles mögliche. Ich hab' hier jeden im Auge, und ich sorge dafür, daß das auch jeder weiß, einschließlich Mr. Maypole.»

«Kam er oft hierher?»

«Oft genug.»

«Vielleicht auch öfter als genug?»

«Schon möglich. Ich habe versucht, ihm klarzumachen, daß ein Zechenhof keine Kanzel ist, daß Predigten ihre Zeit und ihren Ort haben. Es gibt unter den Bergleuten natürlich auch Laienpriester, die unter Tage Andachten abhalten, streng auf die Pause begrenzt, versteht sich. In der Hauptsache Methodisten. Der Bischof sagt, wenn das Hinknien den Bergleuten hilft, Kohle zu fördern, soll es ihm recht sein. Aber ich fürchte, Reverend Maypole hat das falsch verstanden. Weil er als Geistlicher noch jung und unerfahren war, glaubte er wohl, daß die andere Seite auf diese Weise einen unfairen Vorsprung erhielt. Ich mußte ihn schließlich bitten, nicht vor Ende des Arbeitstages hierherzukommen. Überaus peinlich. Aber spontane Predigten auf einem Zechenhof können gefährlich werden.»

«Waren Sie auch auf dem Hof, als das Feuer ausbrach?»

«Ja, Gott sei Dank. In einer solchen Situation kommt es auf jede Sekunde an. Glücklicherweise war ich in der Lage, sofort Hilfe für die Männer unter Tage zu organisieren.»

«Wo waren Sie genau?»

Wedge verlangsamte seine Schritte. «Hier, um exakt zu sein. Ich weiß noch, daß die Explosion mich um ein Haar von den Beinen gerissen hätte.»

Es war zu dunkel, um Entfernungen zu schätzen. «Gab es ein Durcheinander?» fragte Blair.

Der Verwalter platschte weiter. «Nichts dergleichen. Wie ich schon bei der Untersuchung erklärt habe, ist eine ordentlich geführte Zeche auch auf das Unerwartete vorbereitet. Sobald ich wieder zu Atem gekommen war, habe ich Wagen losgeschickt, um Rettungsleute und medizinische Hilfe zu holen. Dann habe ich einen Trupp Freiwilliger organisiert und ihn mit der vorrätigen Notfallausstattung im Korb nach unten geschickt. Es hat keine fünf Minuten gedauert, bis sie eingefahren sind.»

«Kennen Sie einen Bergmann namens Jaxon?»

«Jaxon war einer der Helden des Feuers.»

«Haben Sie ihn schon vor der Explosion gesehen?»

«Als er mit den anderen darauf gewartet hat einzufahren. Er schien nicht ganz auf der Höhe zu sein, trug einen Schal. Es war allerdings auch ein regnerischer Tag, und bei feuchtem Wetter tritt immer Methan aus, was die Bergleute bedrückt.»

Blair war, als ob Wedges Antwort ein Detail in seiner Erinnerung wachrief, aber er war sich nicht sicher, welches. «Der Schichtmeister einer anderen Grube, ein gewisser Molony, hat gesagt, er habe von seiner Zeche aus den Qualm gesehen.»

«Kein Wunder.» Wedge wedelte mit den Armen. «Die Hälfte des Qualms besteht aus Kohlenstaub. Wie Vulkanasche. Hier auf dem Hof konnte man nicht die Hand vor Augen sehen. Die Pferde rannten in alle Richtungen. Die Züge rollten noch, und man mußte sich klar werden, ob man auf Gleisen stand oder nicht. Es dauert seine Zeit, bis ein beladener Zug zum Stehen kommt.

Wenn ich darüber nachdenke, war es ein dunkler, scheußlicher Tag, aber Molony hat unseren Qualm gesehen, keine Frage.»

«Derweil trafen die Boten ein, die George Battie, der Steiger, geschickt hatte, sie wußten also, daß der Korb funktionsfähig war. Aber zunächst mußten sie den Rettungstrupp zusammenstellen, das heißt, an jeden mußte eine Lampe ausgegeben werden.»

«Vom Leuchtmeister, ja. Das ist ja der Zweck des Lampensystems, daß man immer weiß, wer unter Tage ist und wer nicht, vor allem in dem Durcheinander nach einem Feuer.»

«Aber die Freiwilligen mußten am Schacht warten, bis der Korb nach oben kam. Warum?»

Wedge verlangsamte seine Schritte und verdrehte seine Augen zu Blair. «Wie bitte?»

«Wo war der Korb? Batties Boten waren nach oben gekommen. Der Korb hätte also da sein und Sie hätten nicht warten müssen. Warum war der Korb nicht mehr oben?»

«Ich kann nicht erkennen, daß das von Belang wäre. Das hat uns keine zehn Sekunden aufgehalten.»

«Aber Sie sagten doch, jede Sekunde zählt.»

«So genau nun auch wieder nicht. Es hat bei der Untersuchung keine Rolle gespielt, und das tut es jetzt noch viel weniger. Zehn Sekunden, vielleicht auch zwölf, dann kam der Korb nach oben, und der ordnungsgemäß zusammengestellte und ausgerüstete Rettungstrupp konnte einfahren.»

«Ohne Ihre Anweisung hätte ein erfahrener Berg- oder Rettungsmann nie versucht einzufahren?»

«So ist es.»

«Was ist mit einem unerfahrenen Mann, der vielleicht nicht mal als Bergmann ausgebildet ist?»

«Mr. Blair, vielleicht haben Sie es noch nicht bemerkt, aber ich weiß, wer sich auf meinem Hof aufhält.»

«Wo ist Harvey Twiss?»

Wedge blieb stehen. «Nicht hier, nicht mehr.»

«Wo kann ich ihn finden?»

«Was wollen Sie von ihm?»

«Harvey Twiss stand nicht auf der Liste der Rettungsleute, aber laut Untersuchungsbericht hat er seinen Sohn gefunden. Ich nehme an, Sie haben ihn nach unten geschickt. Ich möchte ihn über die Explosion befragen.»

«Ich habe ihn nicht runtergeschickt.»

«Der Bericht sagt aber, daß er unten war.»

«Ich hab' ihn aber nicht geschickt.»

Blair war perplex. Er wußte mit einem Mal nicht mehr, worüber sie eigentlich stritten.

«Wo ist er?»

«Harvey Twiss ist auf dem Gemeindefriedhof. Am selben Tag, an dem sie seinen Sohn Bernard beerdigt haben, hat Harvey pünktlich zur Durchfahrt des Zuges aus London seinen Kopf auf die Schienen gelegt. Jetzt ruhen Vater und Sohn nebeneinander in der Erde. Aber ich habe ihn nicht nach unten geschickt.»

Ein Bächlein tropfte von Blairs Hutkrempe. Er kam sich ziemlich dumm vor, als er schließlich begann, einen Zusammenhang zwischen der Feindseligkeit des Schichtmeisters Twiss gegenüber und seiner Empfindlichkeit bezüglich des Korbes zu erkennen. Er blinzelte durch den Regen zum Turm und ließ seinen Blick an der Diagonalen des Kabels hinabwandern, bis es in dem fensterlosen Backsteingebäude des Maschinenhauses verschwand.

«Harvey war Ihr Maschinist?»

«Der einzige Mistkerl auf dem ganzen Hof, den ich nicht sehen konnte. Der einzige Mann, den ich nicht im Auge behalten konnte, und der hat seinen Posten verlassen.»

«Wann haben Sie es bemerkt?»

«Ich habe ihn erwischt, als er sich, seinen Jungen im Arm, aus dem Korb schleichen wollte. Beide pechschwarz, aber zu diesem Zeitpunkt hatte ich ihn schon auf dem Kieker.»

«Zu diesem Zeitpunkt?»

«Ich habe Twiss auf der Stelle entlassen. Es bestand kein Anlaß, das in dem Untersuchungsbericht zu erwähnen, weil es nichts mit dem Feuer zu tun hatte, aber Sohn oder nicht, er hat seinen Posten verlassen.»

Das Fördermaschinenhaus war so hoch, daß eine Dampfmaschine von der Größe und Bauart einer Lokomotive darin Platz hatte, obwohl die Stangen keine Lauf- und Treibräder, sondern nur eine einzelne knapp drei mal drei Meter große Seiltrommel bewegten. Als das Seil unter Ächzen abgewickelt und im schrägen Winkel durch eine Klappe im First des Hauses geführt wurde, vibrierten die Schieferziegel auf dem Dach.

Blair mochte die Atmosphäre von Maschinenhäusern mit ihren großen feststehenden Maschinen, die wie Apparate zum Antrieb der Erdumdrehung wirkten. Die Fördermaschine der Hannay-Zeche war ein prachtvolles Stück – eine Trommel aus schwerem Eisen, Doppelkolben und Gestänge aus gelbem Messing, der Kessel aus genietetem Stahl – alles riesig und ineinander verschlungen, so daß der Maschinist, ein Mann mit einem verkniffenen Gesicht, der in dunkler Trauerkleidung vor der Maschine saß, während ein Tropfen von seiner Nase hing, daneben fast zwergenhaft erschien. Die Hebel griffbereit neben sich, war die ganze Aufmerksamkeit des Mannes auf eine von zwei Gaslampen beleuchtete Anzeige gerichtet, so daß er auf Wedges und Blairs Eintreten nur mit einem kurzen Blick aus den Augenwinkeln reagierte. Obwohl er sich im Zentrum eines Industriegeländes befand, hätte er genausogut in einer Grabkammer zur letzten Ruhe gebettet sein können. Auf einem Schild an der Tür stand: «Zugang zum Maschinenraum für Unbefugte verboten. Unterschrieben: der Schichtmeister», auf einem weiteren Schild stand: «Fördermaschinist nicht ansprechen».

«Kümmer dich gar nicht um uns, Joseph», sagte Wedge und schüttelte das Wasser aus seinem Bart. «Joseph beobachtet den Anzeiger.» Anzeiger waren Blair vertraut. Ein großes Wort für ein einfaches Zifferblatt mit nur einem Zeiger. In der Drei-Uhr-Stellung zeigte er auf ein «H» für Halt, zwei Uhr war «O» für oben, 10 Uhr «U» für unten, 9 Uhr noch einmal «H» für Halt. Der

Zeiger bewegte sich langsam gegen den Uhrzeigersinn auf das «U» zu, was bedeutete, daß ein Korb voller Männer oder Wagen mit einer Geschwindigkeit von fast vierzig Meilen pro Stunde den Schacht hinunterglitt. Wenn der Zeiger das «U» erreicht hatte, würde Joseph den Bremshebel betätigen. Automatische Bremsen gab es nicht. Wenn er das Rad nicht anhielt, würde der Korb mit ungebremster Wucht in den Schachtsumpf prallen. Vielleicht blieb der Metallkorb selbst einigermaßen unbeschädigt, doch niemand an Bord würde überleben. Oder wenn Joseph bei der Seilfahrt in Gegenrichtung den Bremshebel nicht betätigte, wenn der Zeiger auf «O» zeigte, würde der Korb überdrehen, gegen das Fördergerüst knallen und seinen Inhalt von der Spitze des Turmes in die Tiefe schleudern.

«Sonst kommt hier niemand rein?» fragte Blair.

«Das ist verboten», sagte Wedge. «Der Ofen der Maschine wird von außen bedient.»

«Keine Freunde?»

«Nein.»

«Keine Mädchen?»

«Nie. Joseph ist ein Temperenzler, nicht wie Twiss. Keine Laster, kein Klatsch, kein müßiges Gerede.»

Als der Zeiger auf «U» zeigte, zog Joseph den Bremshebel, bis der Zeiger sich auf «H» einpendelte. Das Ächzen des Kabels erstarb. Jetzt würde der Korb eine Minute unter Tage bleiben, um ent- und wieder beladen zu werden.

«Joseph», sagte Wedge. «Mr. Blair hier möchte dir eine Frage stellen. Am Tag der Explosion hast du noch draußen den Ofen bedient. Kurz nachdem wir die Wucht der Explosion gespürt haben, hat Twiss das Maschinenhaus aus eigenem Antrieb verlassen und dich beauftragt, den Förderkorb zu bedienen. Ich habe nicht gesehen, wie er das tat, und ich habe ihn ganz bestimmt nicht unter Tage geschickt, das ist doch richtig?»

Als Joseph ernst nickte, schoß Wedge Blair einen triumphierenden Blick zu. «Jetzt hast du einen sauberen Job unter einem festen Dach, was?» fuhr Wedge fort.

Joseph zog ein Taschentuch aus seinem Ärmel. Regen und das erste Grau des Tages krochen durch die Klappe, durch die das Förderseil verschwand. Blair fragte sich, ob ein wenig Arsen wohl unangebracht wäre. «Als Harvey Twiss Sie mit der Bedienung der Maschine betraut hat, war das, bevor oder nachdem der erste Trupp mit Freiwilligen eingefahren war?» fragte er.

«Danach», sagte Joseph.

«Also hat sich am Ende doch noch alles zum Guten gewendet, oder nicht?» sagte Wedge.

Joseph schneuzte sich die Nase. Blair war schon im Begriff zu gehen, doch wie angetrieben durch ein inneres Schwungrad, das gerade in Gang gesetzt worden war, fügte Joseph noch hinzu: «Twiss war das Opfer lasterhafter Gewohnheiten. Karten und Alkohol. Ich weiß nicht, wie Mrs. Smallbone es mit ihm ausgehalten hat.»

Eine Glocke neben dem Anzeiger läutete zweimal, um zu signalisieren, daß der Korb wieder startklar war.

«Warum sollte Mrs. Smallbone es mit Twiss aushalten müssen?» fragte Blair.

Joseph hob traurig den Blick wie von einer Bahre. «Twiss hat bei den Smallbones gewohnt. Einen Penny dazuzuverdienen, ist schließlich keine Sünde. Aber einen Sünder in ein Temperenzlerhaus zu lassen, nimmt nie ein gutes Ende.» Er bediente einen weiteren Hebel, und die Trommel begann, sich in Gegenrichtung zu drehen, zunächst zögerlich, dann immer schneller.

Mittlerweile war es draußen hell geworden, und als Blair den Maschinenraum verlassen hatte und allein war, schritt er die Entfernungen vom Maschinenhaus zum Schacht, zum Schuppen des Schichtmeisters und zur Mitte des Hofes ab. Es regnete noch immer so heftig, daß er nur die Umrisse des Klaubeschuppens erkennen konnte, Rose entdeckte er nicht.

Als er zu seinem Hotel zurückkehrte, sah er Charlotte Hannay aus der Apotheke auf der anderen Straßenseite kommen, eine kleine Gestalt in einem Tageskleid von unbestimmbarer Farbe, das violett oder auch schwarz sein konnte. Ihr Gesicht unter einer Haube und einem Schleier von derselben tintenfarbigen Tönung verborgen, dazu passende Handschuhe und ein Schirm, das konnte nur Charlotte Hannay sein oder jemand in Trauer. Was seine Aufmerksamkeit erregte, war die Tatsache, daß sie sich nicht in ihrem gewohnt forschen Tempo bewegte. Den ungeöffneten Schirm in der Hand, kam sie nur bis zum Fenster des Hutmachers, bevor sie im Regen stehenblieb, als wüßte sie nicht, wohin sie sich wenden sollte. Wahrscheinlich wartet sie auf ihre Kutsche, entschied er.

Er mied sie, wie er eine Spinne meiden würde, ging auf sein Zimmer, klopfte sich den Regen aus den Kleidern, genehmigte sich einen Brandy zur besseren Durchblutung und breitete die Karte des Hofes der Hannay-Zeche auf dem Tisch aus. Er begriff jetzt, daß der Hof der Zeche ein Bild blinder Konfusion abgegeben haben mußte, während Rauch von der unterirdischen Explosion aus dem Schacht gestiegen war. Blair war um so beeindruckter von den heldenhaften Anstrengungen, die George Battie in den Tunneln unter Tage unternommen hatte, aber was die Geschehnisse über Tage anging, war Wedge ein schlechter Zeuge. Der Schichtmeister hatte behauptet, keine fünf Minuten nach der Explosion einen Rettungstrupp unter Tage geschickt zu haben. Wenn man die Zeit hinzurechnete, die Wedge gebraucht hatte, um seine Fassung wiederzugewinnen, Wagen und Pferde zu finden, die nicht in Panik geflohen waren, Freiwillige einzusammeln und Sicherheitslampen auszugeben, hielt Blair fünfzehn Minuten für eine realistischere Schätzung.

Er öffnete Maypoles Tagebuch und blätterte durch die Seiten, bis er den Eintrag gefunden hatte, den er suchte. Weil die Zeilen sich überlappten, hatte er die Worte für den 17. Januar falsch gelesen. Nicht «Wie kann man diese zweite Welt betreten? Dies ist der Schlüssel.», mußte es heißen, sondern «Twiss ist der Schlüssel».

Wenn das Maschinenhaus der einzige Ort auf dem Zechenhof war, bis zu dem Wedges Auge nicht reichte, bestand die Möglichkeit, daß sich Maypole mit Wissen des Maschinisten nicht nur dort versteckt, sondern auch im Schutze von Rauch und Feuer die kurze Distanz vom Maschinenhaus zum Schacht ungesehen zurückgelegt und just in dem Moment mit dem Korb in jene realere Welt hinabgefahren war, nach der er sich so gesehnt hatte, als jene explodierte, eine ebenso schwachsinnige wie vom Zeitpunkt denkbar ungünstig gewählte Aktion. Aber in seinem Eifer war einem Möchtegern-Erlöser wie Maypole vielleicht nicht der Gedanke gekommen, daß bei einem Grubenbrand jeder, der kein Bergmann war, bestenfalls ein Hindernis darstellte.

Ein kaum spürbarer Schauer richtete die Härchen auf Blairs Armen auf, und er genehmigte sich einen weiteren Brandy. Er war überrascht, als er durchs Fenster schaute und Charlotte Hannay noch immer vor dem Hutmacher stehen sah. Sie sollte ihre Haube durch einen richtigen Hut ersetzen, dachte er – vielleicht eine Kreation aus Stacheldraht. Der Hutmacher selbst tauchte unter einem Schirm auf, um ihr gestenreich den Schutz seines Ladens anzubieten. Doch Charlotte trat, offenbar nicht nur taub für sein Angebot, sondern auch blind für den Verkehr, vom Bürgersteig auf die Straße und überquerte die Marketgate Avenue direkt vor einem Milchwagen, dessen Kutscher überrascht hochschreckte. Auf seinem Zimmer warf Blair philosophisch die Hände in die Luft. Eine Milchkanne fiel klappernd vom Wagen und entleerte sich auf dem Pflaster. Ohne auch nur die geringste Notiz davon zu nehmen, setzte Charlotte ihren Weg in demselben abwesenden Gang fort und betrat auf der Seite des Hotels eine mittelalterliche Gasse.

Bis jetzt hatte Blair Charlotte immer nur erlebt, wenn sie aneinandergeraten waren, wo sie die emsige Zielstrebigkeit einer Wespe an den Tag gelegt hatte, jedoch nie Gelegenheit gehabt, sie ungestört zu beobachten. Vielleicht lag es am Regen, aber vom Fenster aus wirkte sie so durchnäßt und erschöpft, daß sie ihm fast leid tat, und die Art, wie sie aus seinem Blickfeld schwebte, hatte fast etwas Traumhaftes.

Er wandte sich wieder dem Untersuchungsbericht zu und breitete die Karte der unterirdischen Tunnel der Hannay-Grube vor sich aus. Wenn Maypole tatsächlich eingefahren war, was war dann passiert? Dank Batties umsichtigen Vordringens im Haupttunnel war keiner der Retter von Nachschwaden übermannt worden. Alle Leichen waren identifiziert, alle Abbaustätten durchsucht worden. War Maypole, rußbedeckt, die Hand an einer Bahre, im Korb wieder nach oben gekommen und hatte das Zechengelände dann unter Schock verlassen? Er hatte so oft über die Hölle gepredigt, wie hatte ihm wohl dieser erste Vorgeschmack darauf gefallen? Aber wohin konnte er gegangen sein? Blair hatte das Gefühl, wieder ganz am Anfang zu stehen. Je mehr er spekulierte, desto weiter hergeholt klang seine Theorie. Andererseits war Maypole seither nicht mehr gesehen worden. Und das Ganze war erst hinterher geschehen. Nichts, was Twiss oder Maypole getan oder gelassen hatten, hätte die Explosion selbst beeinflussen können.

Er trat wieder ans Fenster. Von Regen verdünnt und von Radspuren geteilt, konnte man noch immer die Umrisse der Milch auf dem Pflaster erkennen. Eine kleine steinerne Dame, dachte er, das ist Charlotte Hannay. Er wußte nicht warum, aber er nahm seinen Hut und machte sich auf die Suche nach ihr.

In der Gasse drängten sich Stände mit Austern und Wellhornschnecken, Schafsköpfe und Kutteln hingen wie Lumpen von den Stellagen. Blair bahnte sich einen Weg zwischen Fischkarren und gestapeltem Stockfisch, ohne eine Spur von Charlotte zu entdekken; daß sie so klein und dunkel war, war auch nicht gerade hilfreich.

Die Gasse mündete auf einen Straßenmarkt mit hauptsächlich irischen Lumpenhändlern und Blechschmieden, die meisten von ihnen Zigeuner. Mehrfach geflickte Mäntel hingen wie nasse Segel im Wind. Als sich der Weg auf der anderen Seite des Marktes gabelte, entschied er sich für eine Straße, die, wie er erkannte, zur Scholes Bridge und zu Maypoles Zimmer führte. Im Schlamm entdeckte er die groben Abdrücke von Pantinen und den einzelnen Abdruck eines Damenschuhs, daneben Spuren von Schafshufen. Die Herde, die er am Morgen gesehen hatte, und die Schafe, von denen Maypole in seinem Tagebuch gesprochen hatte, fielen ihm wieder ein.

Jenseits eines Hofes mit einigen kleineren Gießereien verlief ein weiterer, von Pantinen ausgetretener Schlammpfad, auf dem er wieder den Abdruck eines Schuhes entdeckte, der so klein war, daß er von einem Kinderpantoffel hätte stammen können. Die Backsteinmauern hingen so stark über, daß sich die Dachkanten der Häuser fast berührten und nur einen schmalen Streifen von Regen hindurchließen, der im Schatten verschwand. Vor Maypoles Tür blieb Blair stehen, überzeugt, Charlotte dort anzutreffen, doch das Zimmer war so karg und leer, wie er es vor Tagen verlassen hatte, im Dunkel noch immer das Portrait Christi als Zimmermann an der Wand, die Dielen trocken bis auf die Türschwelle. Offenbar hatte jemand erst vor wenigen Minuten die Tür geöffnet und hineingeblickt.

Der weitere Weg die Gasse hinunter war noch schlammiger und von Schafshufen noch aufgewühlter. Blair erreichte das Haus und den Pferch des Abdeckers, der ihm schon bei seinem ersten Besuch bei Maypole aufgefallen war. Trotz der zahlreichen Hufspuren war der Pferch leer. Durchgeweichte Wollflusen klebten an der Rampe, die in das Gebäude führte, eine Art Kopfbahnhof ohne Türen und Läden, so daß er Charlotte drinnen sehen konnte. Er unterdrückte den Impuls, ihren Namen zu rufen, weil er erkannte, daß sie am Rand einer Schinderrampe stand.

Die Schlächter trieben die Schafe über eine Rampe in einen etwa zehn Meter tiefen Schacht, um ihnen die Beine zu brechen und sie so leichter töten zu können. Blair kroch nahe genug heran, um zu sehen, daß ein Wiganer Bürger mit Unternehmergeist den Schacht einer alten Mine umfunktioniert hatte. Die Arbeit war gerade beendet, im schwachen Licht konnte man verputzte und weiß getünchte Wände und Böden, Schlachtbänke und in die Wand geschraubte Fleischerhaken erkennen, sowie eine unter den Haken verlaufende Blutrinne, die in einem Kübel mündete.

Blut und Innereien bedeckten Boden und Wände. Das blasse Licht, das aus dem Schacht heraufschien, hatte eine rötliche Färbung.

Die Zehen von Charlottes Schuhen ragten über den Rand, und sie beugte sich vor. Ein Sprung in diese Tiefe würde reichen, dachte Blair. Obwohl er kaum mehr als ihre Umrisse erkennen konnte, stellte er sich vor, wie ihre weiße Stirn in den Abgrund wies und sich ihr Kleid hinter ihr bauschte.

«Die Ashanti haben keine Schafe», sagte er. «Ziegen, ja. Affen, Perlhühner und auch Eidechsen.»

Die Augen starr geradeaus gerichtet, wie eine Seiltänzerin auf den nächsten Schritt konzentriert, balancierte sie vorwärts.

«Und riesige Feldhasen und Waldschnecken, die ebenfalls riesig sind. Ein Abdecker in Kumasi hätte die reinste Menagerie.»

Als er sich auf sie zubewegte, neigte ihr Körper sich dem Abgrund zu. Er machte einen Schritt zurück, und sie richtete sich wieder auf. Magnetische Abscheu, dachte er, das beste Beispiel, das er je gesehen hatte.

«Um die Schnecken zu erwischen, muß man sehr gerissen sein. Maismehl ausstreuen und sich im Licht des Mondes auf die Lauer legen.»

«Und Elefanten?» fragte sie leise. «Erschießen Sie sie oder ringen Sie sie zu Boden?»

«Schnecken sind mehr meine Sache.»

«Aber keine Gorillas. Ihnen hat Rowlands Geschenk nicht gefallen, oder mögen Sie meinen Cousin nicht?»

Obwohl ihre Stimme schmächtig klang, hatte sie ihren üblichen verächtlichen Unterton, was er unter den Umständen für ein gutes Zeichen hielt.

«Ich frag' mich nur, was Rowland mit dem Rest des Gorillas gemacht hat.»

«Sie mögen ihn nicht», sagte Charlotte.

«Und Earnshaw, was ist mit dem passiert?» fragte Blair. «Interessiert er sich nicht für Wigans Schlachthöfe?»

«Mr. Earnshaw ist nach London zurückgekehrt.»

Fahrplanmäßig, wie Hannay gesagt hatte? fragte Blair sich. Als er versuchte, Charlotte anzusehen, wandte sie das Gesicht ab. Der Saum ihres Kleids war verdreckt, und ihre Schuhe waren ramponiert. Zumindest schien der Zugwind, der aus dem alten Schacht wehte, sie vom Rand wegzudrücken. Er war überrascht, daß der rote Gestank – jener ölige, schwere Dunst, der überall in der Luft hing, wo Blut und Tierkörper verarbeitet wurden – sie nicht zurückweichen ließ. Sie war härter im Nehmen, als er vermutet hatte.

«Blair, was für ein Name ist das?» fragte sie. «Sie sind doch angeblich in Wigan geboren. Ich habe alle Kirchenregister eingesehen. Es gibt hier keinen Blair.»

«Es war nicht der Name meiner Mutter.»

«Wie hieß sie denn?»

«Ich weiß es nicht.»

«Und der Name Ihres Vaters?»

«Den kennt niemand.»

«Haben Sie nicht versucht herauszufinden, wer Ihre Eltern waren?»

«Nein.»

«Sind Sie nicht neugierig? Sie zeigen mehr Interesse an John Maypole als an Ihrer eigenen Geschichte.»

«Sobald ich Maypole gefunden habe, kann ich Wigan verlassen. Das ist alles, was mich interessiert.»

«Sie sind der anonymste Mensch, den ich je getroffen habe.»

«Die Tatsache, daß ich mich nicht für Wigan interessiere, macht mich noch nicht anonym.»

«Trotzdem sind Sie es. Weder Amerikaner noch Afrikaner noch Engländer. Vielleicht sind Sie Ire. Irische Einsiedler sind früher von Irland aus in See gestochen und haben ihren Kurs von der Vorsehung bestimmen lassen, während sie darum gebetet haben, in möglichst fernen Ländern an Land gespült zu werden, damit sie anonym werden konnten. Fühlen Sie sich wie ein Ire?»

«Gelegentlich wie an Land gespült, aber nicht wie ein Ire.»

«Dann gab es die reumütigen Pilger, die ins Heilige Land zogen, um für die schlimmsten Verbrechen zu sühnen, Mord oder Inzest. Haben Sie etwas zu büßen?»

«Nichts vergleichbar Imposantes.»

«Dann sind Sie noch nicht lange genug in Wigan gewesen.»

Er versuchte sie zu umkreisen und langsam näher zu kommen, doch sie schien jede seiner Bewegungen zu wittern wie ein Vogel, der sich jederzeit in die Lüfte erheben konnte. Ein kleiner dunkler Vogel mit einem Schirm in einem Flügel.

«Sie mögen Anonymität nicht», sagte Blair.

«Ich beneide Sie darum.» Sie ließ ihre Stimme sinken. «Ich beneide Sie. Wie nahe sind Sie daran, John zu finden?»

«Maypole? Ich weiß nicht. Es würde helfen, wenn Sie mir etwas über ihn erzählen würden.»

«Ich kann Ihnen nicht helfen. Es tut mir leid.»

«Irgendwas. Hat er nicht vielleicht irgendwelche großen Pläne oder Ängste angedeutet?»

«John war stets voller großer Pläne. Er hatte ein großes Herz.»

*«Hatte?»*

«Sehen Sie, schon wieder zerfleddern Sie jedes meiner Worte.»

«Ich versuche nur zu verstehen, ob ich einen Toten oder einen Lebenden suche. Jemanden, der freiwillig, oder jemanden, der unter Druck gegangen ist? Warum habe ich das Gefühl, daß ich der einzige bin, der ihn finden will?»

«Was soll das heißen?»

«Der Bischof hat mich angeheuert, Maypole zu finden, doch jetzt scheint ihm viel mehr daran gelegen, daß Sie ihn vergessen.»

«Ist es das, worum Sie mich bitten?»

«Nein. Sagen Sie mir nur, ob *Sie* wollen, daß ich weitersuche.»

«Das spielt keine Rolle. Also, lassen Sie uns nicht so tun, als ob.»

«Sie waren mit ihm verlobt. Sie haben ihn geliebt.»

«Nein. John wollte mir helfen. Ich habe das zugelassen, und das war schwach von mir.» Sie breitete die Arme aus.

«Vielleicht kann ich Ihnen helfen», sagte Blair.

«Höre ich Mitleid aus Ihren Worten?» fragte sie, als hätte er ihr eine Handvoll Würmer angeboten.

«Wie kann ich helfen?» Er widerstand dem Drang, sie von dem Abgrund wegzureißen.

«Können Sie fliegen?»

Charlotte atmete tief ein und drehte sich um, so daß ihre Zehen auf festem Boden standen und ihre Absätze über dem Abgrund schwebten. Als sie so im fahlen Licht mit dem Rücken zum Abgrund stand und der Wind aus dem Schacht ihr Kleid aufbauschte, sah es aus, als würde sie fallen.

«Als mein Vater noch jung war, ist er immer über Schächte gesprungen.»

«Das hörte ich. Sie sind genauso verrückt wie er.»

«Das müssen Sie gerade sagen. Ist es wahr, daß Sie sich mit Bergleuten schlagen?»

«Nein.»

«Und sich mit dem Grubenweib treffen?»

«Nein.»

Für einen Moment verlor sie die Balance.

Ihre Arme ruderten durch die Luft.

Putz löste sich von einer Wand des Schachtes, von unten hörte man das Echo eines Steinschlags.

«Ich werde Wigan verlassen», sagte Blair.

«Wie kommen Sie darauf, daß es mich kümmert, ob Sie Wigan verlassen?»

«Ich dachte, das ist es, was Sie wollen.»

«Mein Vater wird einen anderen finden, der genauso schrecklich ist wie Sie. Oder schlimmer, falls das möglich ist. Trotzdem vielen Dank für das Angebot. Es macht Ihre Lügen komplett.» Ihren Schirm mit beiden Händen wie eine Balancierstange hochhaltend, trat sie von der Kante weg. Blair bot ihr seine Hand an. Sie ignorierte sie und ging durch das Dunkel und den Schmutz des Gebäudes, als würde sie einen mit Teppichen ausgelegten Salon durchqueren.

«Sie haben das nicht zum ersten Mal gemacht», sagte Blair.

«Als Mädchen hundertmal.» An der Tür sah sie sich noch einmal um. «Hatte der berühmte Blair Angst?»

«Ja.»

«Nun, ich glaube, diesmal lügen Sie nicht. Das ist doch schon etwas.»

# 18

Eine feuchte Dämmerung senkte sich herab, als die Bergleute von den Zechen heimkehrten. Der wärmende Rauch aus den Schornsteinen bildete eine neue Schicht Wolken, die wie Schlachtenqualm über einer geschleiften Stadt hing.

Oben auf dem Kirchturm, in der Glockenstube, richtete Blair seinen Feldstecher von Straße zu Straße, von Laterne zu Laterne. Der Regen war in ein Nieseln übergegangen, das die Pflastersteine glänzen und jedes Geräusch widerhallen ließ. Was aussah wie Rauch, der von einer verfallenen Mauer aufstieg, sich seitlich im Wind bewegte, sich gegen sich selbst wendete, in Fetzen verweht wurde, erneut zusammenkam und wieder und wieder um die Dächer kreiste, waren Tauben.

Weitere Tauben stiegen auf, als die Bergleute ihre Taubenschläge öffneten. Hunde kläfften. Eine dunklere Rauchwolke näherte sich auf der Bahnstrecke London–Liverpool. Pferdekutschen rollten über die Marketgate Avenue Richtung Bahnhof. Als Blair das Fernglas hob, konnte er verfolgen, wie Kohlezüge jeden Quadranten des Horizonts durchquerten. Es hätte auch die russische Steppe oder die Chinesische Mauer sein können, so wenig hatte es mit ihm zu tun, dachte er. Es ärgerte ihn, daß Charlotte Hannay versucht hatte, seinen Namen im Kirchenregister zu finden. Was kümmerte es sie, es sei denn, die Hannays hatten sich ein feudales Interesse bewahrt und hielten jeden in Wigan für einen Leibeigenen, und jeden, der es verließ, für einen Flüchtling.

Er fand das blaue Schieferdach von Candle Court. Die ganze Reihe bestand aus Hannay-Häusern. Auf dem Weg zum Hotel hatte er sich im Büro der Wohnungsgesellschaft erkundigt, der Name Molyneux war seit dem vergangenen Oktober im Mieterverzeichnis eingetragen. Jede Woche zahlten Rose und Flo fünfmal so viel Miete, wie sie an Arbeitslohn nach Hause brachten.

Die Tauben kehrten in ihre Hinterhöfe zurück. Der Abend breitete sich in grauen und schwarzen Bändern aus Rauch und Dunst aus. Vor den Textilgeschäften räumten Ladenangestellte Waschfässer und Unrat vom Bürgersteig. Knochenkarren klapperten die Runde der Ställe hinter dem Rathaus ab. Metzger verriegelten ihre Läden.

Maypole hatte die Grubenweiber immer an der Scholes Bridge abgefangen, dem Hauptübergang zwischen dem Bergarbeiterviertel und dem Stadtzentrum von Wigan. Blair machte sich diese Taktik mit seinem Feldstecher zu eigen. Um sechs Uhr entdeckte er eine schlangenartige Parade von schwarzen Kleidern über Turnüren, die an verschiedenen Punkten der Stadt auftauchte und wieder verschwand, um schließlich auf der Marketgate Avenue zu erscheinen und durch die Tür direkt unter ihm zu marschieren. Eine kirchliche Gesellschaft, die aussieht wie ein Hexensabbat, dachte er.

Das Bild von Charlotte am Rande des Schachts beschäftigte ihn noch immer. Sie hatte so verzweifelt gewirkt, daß er, ohne es zu wollen, Mitleid empfunden hatte, bis sie darauf herumgetrampelt war. Was ihm nur recht war, weil er seine Antipathie lieber pur genoß.

Um sieben kam Bill Jaxon unter der Laterne auf der Scholes Bridge vorbei. Er war allein und bewegte sich für seine Größe erstaunlich rasch aus Blairs Blickfeld. Blair ließ das Fernglas über Straßen und Gassen wandern, bis er Jaxon bei den Schlachtereiständen entdeckte. Von dort hatte er einen besseren Blick auf Vorder- und Seiteneingang des Hotels. Blair hatte das Licht in seinem Zimmer brennen lassen, damit Bill etwas zu beobachten hatte. Das sicherste wäre es gewesen, auf seinem Zimmer zu bleiben. Blair entschied, daß es noch sicherer war, alles auf eine Karte zu setzen, Maypole zu finden und Wigan zu verlassen. Er wußte, daß diese Logik einen Fehler hatte. Er befand sich ein wenig wie Charlotte Hannay am Rande des Abgrunds.

Smallbone wohnte in einer engen Straße, die zur Hälfte in eine alte Lagerstätte abgesackt war, so daß die verbliebenen Häuser aussahen wie im Moment des Einsturzes erstarrt. Blairs Klopfen wurde mit einem Rufen aus der Küche beantwortet, und er betrat das Haus.

Obwohl in der Stube kein Licht brannte, bemerkte Blair den in zahllosen Portraits und Bildern von diversen Temperenzlerversammlungen vervielfältigten Blick von Mrs. Smallbone; die kleineren Rahmen hatten ein rund geschliffenes Glas, das ihre strengen, unbarmherzigen Augen noch vergrößerte. Die Stühle trugen Trauerflor, der Tisch war mit einem schwarzen Rock bekleidet, so als wäre nur die eine Hälfte von Mrs. Smallbone anwesend. Im Vorbeigehen berührte er die Tasten des Harmoniums. Elfenbein: der Elefantenfriedhof von Wigan. In der Luft hing ein sandiger, seltsam vertrauter Geruch.

Smallbone saß am Tisch in der Küche, die genauso geschnitten war wie die von Mary Jaxon und Rose Molyneux – ein kleiner Raum, der von einem riesigen Herd beherrscht und von einem Kamin beheizt wurde – nur daß dieser spezielle Raum in eine Art Bombenfabrik umfunktioniert worden war. Auf dem Herd standen große Töpfe mit Salpeter, in denen Schnüre weichten. Eine Wäscheleine, an der Zündschnüre zum Trocknen aufgehängt waren, erstreckte sich von einer Wand zur anderen. Und auf dem Boden war die Quelle des Geruchs, den Blair erkannt hatte: kleine offene Fässer mit Schießpulver. Kleine Körnchen bedeckten Boden und Tisch, und Schießpulverdunst hing wie ein Schatten in der Luft. Auf dem Tisch lagen leere Röllchen aus Wachspapier neben einer Waage mit münzartigen Gewichten und einer Kaffeemühle. Inmitten dieses Arrangements strahlte Smallbone eine Größe aus, als würde er nicht in einer einfachen Bergarbeiterküche, sondern als Industriemagnat zwischen glühenden Gießereien und vulkanisch rauchenden Schloten sitzen. Wenn Smallbone von dem unerwarteten Besucher überrascht worden war, hatte er sich schnell wieder gefangen.

«Welch nette Überraschung», sagte er. «Ich wünschte, Mrs.

Smallbone wäre zu Hause. Aber sie ist ausgegangen. Sie ist eine Frau der guten Taten. Ich glaube, heute geht es um die Verbesserung von Damen mit loser Moral oder deren Steinigung. Sie regiert den Norden Englands für die Königin, soviel weiß ich sicher.»

«Darf ich?» Blair klopfte seinen Hut im Waschbecken aus.

«Wie geht es Ihnen?» fragte Smallbone. Er schien zu glauben, Blair müsse mindestens verkrüppelt sein.

«Gut.»

«Sie machen auch den Eindruck. Nun, ich wünschte, ich könnte Ihnen an diesem ungemütlichen Abend etwas anbieten. Mrs. Smallbone hat mir Brot und Tee zum Stippen dagelassen, weil das hier ja ein Temperenzlerhaushalt ist.»

Blair hatte Brandy aus dem Hotel mitgebracht, den er auf den Tisch stellte. «Dann ist das also verkehrt?»

Smallbones Nase zitterte, als könnte er den Brandy durch das Glas riechen. «Es ist nicht so, daß ich nach dem langen Arbeitstag und dem Heimweg durch den Regen nicht ein Schlückchen verdient hätte.»

«Ich weiß, daß Dr. Livingstone, der Missionar, gegen Erkältung Rotwein empfahl.»

«Nun, da haben Sie's.»

Smallbone fand zwei Tassen, die Blair vollgoß. Smallbone beobachtete ihn mit dem Interesse eines Chemikerkollegen. Das Gesicht des Bergmanns war bis zum Kragen gewaschen, seine Hände bis zu den Ärmeln sauber, seine Augenlider von der berufsbedingten Reizung durch den Kohlenstaub gerötet. Nach dem ersten Schluck tränten sie vor Erleichterung. «Wahrscheinlich betet Mrs. Smallbone gerade für einen Heiden. Und Reverend Chubb kniet neben ihr. Sie legen sich für uns beide ins Zeug, Gott segne sie.»

«Auf Mrs. Smallbone.»

Sie tranken auf das Wohl der Dame des Hauses.

«Sie haben doch nichts dagegen, wenn ich weitermache?» fragte Smallbone. «Ich bastel' mir meine eigenen Ladungen, und noch ein paar dazu, die ich nebenbei verkaufe.»

«Ich möchte ja nicht, daß Ihr Geschäft zum Erliegen kommt.»

«Danke.» Er zog eine lange Tonpfeife hervor und gab ein wenig Glut auf den mit Tabak gestopften Pfeifenkopf.

«Sie haben hier ja genug Pulver, um halb Wigan in die Luft zu sprengen.»

«Ganz Wigan», erklärte Smallbone stolz.

«Ganz Wigan?»

«Wegen der alten Gruben unter der Stadt. Schlagende Wetter kriechen bis in die Kleider- und Küchenschränke. Wir hatten Nachbarn, die mit einer Lampe in einen Kleiderschrank geschaut und sich dabei selbst in die Luft gejagt haben. Aber dafür ist die Miete billig.»

«Eigentlich müßten Sie dafür bezahlt werden, hier zu wohnen.»

«Ich werd' es dem Bischof sagen, wenn ich ihn das nächste Mal treffe.»

«Sind das hier drunter alles Hannay-Minen?»

«Hannay-Minen, Hannay-Lagerstätten. Sie reichen Hunderte von Jahren zurück. Als die Hannays noch katholisch waren, haben sie Priester unterirdisch von Hannay Hall bis nach Wigan geschmuggelt. Die Katholiken wußten, wo sie zur Messe gehen mußten, weil in dem jeweiligen Haus immer eine Kerze im Fenster stand. Soll ich Ihnen mein Geheimnis verraten?»

«Bitte.»

Smallbone schaufelte Schießpulver aus dem offenen Sack in den Trichter der Kaffeemühle und begann zu drehen. «Jeder Idiot kann fertiges Schießpulver kaufen. Es ist ein Regierungsmonopol, genau wie Zündschnüre. Ein Idiot könnte glauben, daß das ein Qualitätssiegel ist, weil er nicht darüber nachdenkt, daß mit einem Monopol die Qualität für immer dahin ist. Dann zündet er eine Ladung, die verpufft oder zu spät hochgeht und ihm den Kopf wegpustet. Ein Gegner der Monopole, ein Experte hingegen weiß, daß es die Luft zwischen den Körnchen ist, die eine ordnungsgemäße Detonation verlangsamt. Das ist der Grund dafür, warum loses Schießpulver brennt, aber nicht explodiert. Also mahle ich es, weil feinere Körnchen weniger Luft und damit eine verläßlichere Detonation garantieren. Sehen Sie.»

Smallbone zog die Schublade der Mühle auf und rührte das Pulver mit dem Finger um. «Fein wie gemahlenes Glas. Man braucht natürlich eine Messingmühle, sonst sprengt man sich selbst in die Luft. Und man muß das Pulver frisch verarbeiten, vor allem bei regnerischem Wetter, sonst zieht es Wasser. Ich habe schon überlegt, ob ich zur Erhöhung des Drucks ein wenig Ammoniumnitrat dazugeben soll. Was meinen Sie, Mr. Blair?»

«Das würde ich nicht machen. Sie wollen die Kohle losbrechen, nicht pulverisieren.»

«Ein ausgezeichneter Einwand.» Er leerte die Schublade in seine Hand und ließ das Pulver aus seiner Faust auf eine Waage rieseln, während er an seiner Pfeife saugte. «Das gibt mir eine ruhige Hand.»

Als die beiden Waagschalen sich eingepegelt hatten, schüttete er das Schießpulver in ein Röhrchen, drehte die Enden zu und packte die fertige Sprengladung in eine Blechdose.

«Harvey Twiss hat hier gewohnt?» fragte Blair.

«Ja. Traurige Geschichte das, Harvey und sein Junge Bernard.»

«Der Brand?»

«Harvey hat es nicht verwunden, Bernard zu finden. Wir haben den Jungen hier in der Stube aufgebahrt. Bernard war zwar kein Mitglied des Beerdigungsvereins, aber bei so etwas ist Mrs. Smallbone immer sehr aktiv. Alles wurde in Trauerflor dekoriert. Malvenfarben. Dazu gab es Schinken und Tee. Der arme Harvey hatte zu tief ins Glas geschaut und war schon bei der Beerdigung ziemlich hinüber. Wir hätten ihn nie alleine losgehen lassen dürfen.»

«Er hat seinen Kopf auf die Schienen gelegt?»

«So sagt man.»

«Das war aber eine christliche Geste von Mrs. Smallbone, einen Sportsmann hier wohnen zu lassen.»

«Das war es», stimmte Smallbone ihm zu. «Die paar extra

Pennies haben auch nicht geschadet. Heiligkeit ist ein teures Gewerbe. Mit Schlafgängern, dem Verkauf von Sprengladungen und den Gewinnen aus den Wetten auf Bill können wir uns Mrs. Smallbones Teilnahme an Temperenzlerkundgebungen im ganzen Land so gerade eben leisten. Aber ohne sie wären es natürlich leere Bemühungen.»

«Natürlich. War Twiss ein guter Kumpel?»

«Wir waren nicht eng befreundet. Ein Sportsfreund, wie gesagt, aber ein verläßlicher Fördermaschinist.»

«Waren Sie nicht überrascht, als Sie hörten, daß Twiss das Maschinenhaus verlassen hatte, um sich dem Rettungstrupp anzuschließen? Ein Maschinist verläßt schließlich nie seinen Posten, weil sich alle anderen darauf verlassen, daß er den Korb bedient. Twiss muß doch schon vorher Explosionen erlebt haben.»

«Aber vielleicht keine, bei denen sein Junge unter Tage war.»

«Vielleicht nicht.»

«Bei der allgemeinen Verwirrung.»

«Wie geht's Ihrem Bein?»

«Verzeihung?»

«Das Bein, das bei der Explosion verletzt wurde.»

«Ich bin nicht verletzt worden.»

«Vor dem Feuer.»

«Ach richtig, *davor*. Das hatte ich ganz vergessen.» Smallbone zündete seine Pfeife wieder an. Winzige Funken beleuchteten seine Hände. «Wenn ich es recht überlege, ging es heute abend um Frauen von zweifelhafter Moral. Mrs. Smallbone will sie als hygienische Maßnahme alle in Krankenhäuser sperren lassen, um die Männer zu schützen. Reverend Chubb und die Polizei sagen, daß man ein loses Weib auf jeden Fall an ihren nackten Oberarmen erkennen kann. Das Problem ist nur, daß alle Grubenweiber Wigans mit nackten Oberarmen herumlaufen.»

«Da ist Mrs. Smallbone ja beschäftigt.»

«Und wie. Ich hab' versucht, ihr zu erklären, daß sie sich die Mühe und den Grubenweibern den Ärger ersparen könnte, wenn sie Huren anhand von einschlägigeren Körperteilen definieren würde.»

Blair goß ihre Tassen noch einmal voll, während Smallbone ein weiteres Papierröllchen stopfte.

«Bei all den wohltätigen Unternehmungen von Mrs. Smallbone und den wöchentlichen Rugbyspielen müssen Sie Reverend Maypole ja ziemlich oft gesehen haben.»

«Ein ehrlicher Mann und sehr aufrichtig.»

«Und ein großer Bewunderer von Bergleuten. Hat er Sie gebeten, Ihnen zu zeigen, wie man eine Keilhaue schwingt?»

«Nein.»

«Oder vielleicht gefragt, ob Sie ihn in eine stillgelegte Grube führen können?»

«Nein.»

«Sind Sie sich da ganz sicher?»

«Mein Gedächtnis gehört zu den Dingen, auf die ich stolz bin.»

«Welches Bein war es eigentlich?»

«Welches Bein?»

«Das Bein, das vor der Explosion in der Hannay-Zeche verletzt wurde.»

«Das linke. Es war mein linkes Bein.»

«Ich dachte, es wäre das rechte gewesen.»

«Es kann auch mein rechtes gewesen sein.» Smallbone betätigte erneut die Mühle. «Es war ein furchtbarer Schlag. Ich hab' mich auf Bill gestützt, und gemeinsam haben wir uns auf den Weg zum Schacht gemacht.»

«Auf welchem Weg?»

«Durch die hintere Strecke.»

«Aber die Hauptstrecke war doch näher an Ihrem Arbeitsplatz und wurde von frischer, einziehender Luft belüftet, während die Luft in der hinteren Strecke schlecht war. Warum haben Sie die hintere Strecke genommen?»

«In der Hauptstrecke war ein Waggon entgleist. Es war leichter, es hinten herum zu versuchen.»

«Sie hatten Glück. Die Männer in der Hauptstrecke haben nicht überlebt.»

«Sehen Sie, das war doch ein guter Grund, die hintere Strecke zu nehmen.»

«Aber Sie sind dann doch wieder auf die Hauptstrecke gestoßen. Durch die kam nämlich Battie mit seinem Rettungstrupp, und dort haben Sie ihn auch getroffen.»

«Bill hat die anderen gehört.»

«Bill hatte einen Schock erlitten, das hat er bei der Untersuchung ausgesagt. Bei einer derartigen Erschütterung sind die Ohren meist eine Weile taub. Sie hatten wieder Glück. Haben Sie vielleicht auf George Battie gewartet?»

«Auf George Battie?»

«Ich frage mich nur, warum Sie so lange gebraucht haben. Die Uhr eines der Opfer ist um 2.44 Uhr stehengeblieben, als sie durch die Explosion zerstört wurde. Es dauerte mehr als eine Stunde, bis Battie die Leichen gefunden, die Strecke belüftet hatte und zu dem Punkt gelangt war, wo er Sie und Jaxon getroffen hat. Es war 3.45 Uhr, als Sie und Bill etwa auf der Mitte der Hauptstrecke aus einem Querschlag kamen und auf Battie stießen. Ich habe bloß Schwierigkeiten zu verstehen, was passiert ist. Von dem Gas und der Explosion dürften Sie nichts abbekommen haben, trotzdem hatten Sie nur die halbe Strecke bis zum Schacht geschafft, als Sie Battie trafen. Ich habe mich gefragt, warum Sie so lange gebraucht haben, es sei denn, Jaxon mußte Sie tragen.»

«Woher haben Sie die ganzen Informationen?»

«Aus dem Untersuchungsbericht.»

«Ich hatte jedenfalls ein schlimmes Bein, soviel ist sicher.»

«Trotzdem haben Sie, als Sie Battie getroffen haben, den Schmerz Ihres verletzten Beines einfach abgeschüttelt, um sich dem Rettungstrupp anzuschließen. Sie haben ‹gar nicht mehr drauf geachtet›, haben Sie dem Untersuchungsrichter erklärt. Wie dem auch sei, können Sie erklären, warum Sie so lange gebraucht haben, bis Sie Battie getroffen haben?»

Smallbone füllte seine Faust mit Schießpulver. «Sie wissen

doch, daß Bill und ich Helden sind. Da waren sich alle einig. Der Rest dieser Untersuchung ist ein Haufen Mist. Dreizehn Männer in schicken Schuhen wollen über Bergleute urteilen? Lords und Anwälte, die so viel über uns wissen wie Mrs. Smallbone über die Eingeborenen südlich des Äquator? Ein Sachverständiger, der Kohle nicht von Karamel unterscheiden könnte? Niemand schert sich um einen Untersuchungsbericht, und Sie sollten das auch lassen.»

Schießpulver rieselte aus Smallbones Faust in ein Röhrchen. Blair erkannte, daß seine Hand *wirklich* ruhiger war.

«Ich möchte nur wissen, warum Sie und Bill den Streb verlassen, warum Sie den Rücktunnel genommen und worauf Sie nach der Explosion gewartet haben.»

Smallbone stapelte die Gewichte für eine doppelte Ladung auf die Waagschale. «Was Sie tun sollten, Mr. Blair, ist, dorthin zurückzukehren, wo Sie hergekommen sind. Sie haben ja keine Ahnung, was Sie hier aufwühlen.»

«Sie meinen Bill Jaxon und Rose? Sagen Sie Bill, daß Rose für mich bloß ein schönes Mädchen ist, daß aber zwischen uns beiden nichts ist – nichts außer meinen Fragen nach Maypole, das ist alles.»

«So einfach ist das nicht. Sie können nicht nach Wigan kommen und binnen drei Tagen entscheiden, wer wer und was was ist.»

«Leider kann ich Wigan auch nicht wieder verlassen, bevor ich Maypole gefunden habe.»

«Dann könnten Sie hier ewig bleiben.»

Auf seinem Weg durch die Stube bemerkte Blair ein Bild, das nicht zu den anderen düsteren Portraits paßte, eine Photographie von den Smallbones am Strand.

«Blackpool», sagte Smallbone von der Küchentür. «Da fährt ganz Wigan hin.»

Auf dem Regal neben der Photographie stand ein silberner Rasiertiegel. Blair hielt ihn ins Licht aus der Küche und las: «A. Smallbone. 3. Platz. Wassersport.»

«Schick. Auch aus Blackpool?»

«Das ist Jahre her», sagte Smallbone.

«Trotzdem, im offenen Meer schwimmen? Den dritten Platz in Blackpool gewinnen? Wo haben Sie hier in Wigan gelernt, so zu schwimmen?»

«In den Kanälen. Auf gerader Strecke kann ich endlos lange schwimmen.»

Als er anschließend in einer Hinterhofgasse stand, widerstand Blair dem Drang, zu Rose zu gehen. Er stellte fest, daß er den Weg zu ihrem Haus bereits allzugut kannte. Aschegruben dampften im Regen. Obwohl die Fenster geschlossen waren, hörte er einen Fluch, einen Choral und im Treppenhaus kreischende Kinder. Wigan war wie eine Miniaturlandschaft, in der sich ständig neue Dimensionen auftaten: Wolken, Echos, unterirdische Kammern.

Daß Smallbone ein geübter Schwimmer war, war ein neuer Faktor. Der Anschlag auf Silcock war von zwei Personen verübt worden. Nicht der Schlag auf den Kopf, das war leicht. Aber dann hatte man Silcock zum Kanal gebracht, wo ein Mann ihn im Wasser zum Schleusentor geschleift hatte, während der andere das Schütz auf sein Bein gekurbelt hatte. All das direkt neben einem Boot voller Zeugen, die schworen, nichts gehört zu haben. Das war gerissen, ein Job nach Smallbones Art.

Er ging die Lügen noch einmal durch, die der Sprengmeister ihm aufgetischt hatte, und er hörte auch seine eigenen, die er Charlotte und Smallbone erzählt hatte, vor allem bezüglich Rose. Warum sollte es ihn kümmern, was Charlotte dachte? Warum sollte ihn ein Grubenweib überhaupt kümmern? Doch er konnte auch den Sog spüren, den sie ausübte. Es war, als ob sie eine verschwenderische Rebe wäre, die des Nachts wucherte und ihre Ranken in seine Richtung streckte.

# 19

**B**ischofswetter», sagte Hannay.

Das bedeutete, der nächtliche Regen hatte sich am Morgen in einen wolkenlosen, blauen Himmel aufgelöst, der die grünen Hügel gläsern glänzen ließ. Zu seinem priesterlichen Gehrock und den Gamaschen trug der Bischof für den Ausflug einen breiten Strohhut. Die Rowlands hatten sich im selben Geiste gekleidet, Lydia in einem Kleid und einem Sommerhut in Tulpenrosa, die Mutter in einer aufwendigen Kreation in Pfingstrosenrot. Ihre Seiden- und Tüllstoffe und ihre Samtbesätze verströmten Lavendeldüfte im Wind, ihre Sonnenschirme zitterten in der Brise wie verblühte Blumen. Blair versuchte in Stiefeln, die vom Vortag noch naß waren, Schritt zu halten. Hinter ihm folgten Leveret mit einem Paar japsender Spaniel sowie Wildhüter mit Tragekörben.

«Der arme Leveret hat alle Hände voll zu tun.» Lydia verdeckte ihr Lächeln, als Leveret zunächst einen, dann den anderen Hund davon abhielt, den Weg hinaufzulaufen. «Hatten Sie in Afrika auch Hunde?» fragte sie Blair.

«Nein, in Afrika gibt es zu viele Wesen, die Hunde essen.»

«Das ist unser Blair», sagte Hannay, «stets eine heitere Antwort parat. Sehen Sie sich um, Blair. Die Schöpfung vollkommen neu und unverbraucht, sie summt förmlich vor prallem Leben. Sie haben in jüngster Zeit ein wenig mitgenommen gewirkt, deswegen habe ich diesen Tag angesetzt.»

Sie erreichten die Kuppe eines Hügels, wo Schmetterlinge über verstreuten, früh erblühten Gänseblümchen flatterten. Was Blair irritierte, war die Tatsache, daß er in gewisser Weise das Gefühl hatte, daß Hannay diesen Tag tatsächlich befohlen hatte. Ein westlicher Wind ließ nicht nur die Hügel glänzen, sondern hatte sogar den Rauch nach Osten getrieben, so daß sie nicht einmal

Spuren der Schlote in ihrem Rücken sahen. Das einzige, was nicht paßte, war Blair: Er kam sich vor wie ein Wilddieb, der in eine Gartenparty geraten war.

Er sah sich zu den riesigen Tragekörben um: «Ich bin überrascht, daß wir kein Klavier mitgenommen haben.»

«Wenn Sie möchten, können wir das beim nächsten Mal nachholen», sagte Hannay. «Es ist alles für Sie.»

«Wenn Sie mir einen Gefallen tun wollen, spendieren Sie mir eine Passage zurück zur Goldküste.»

«Vergessen Sie Afrika doch mal für einen Augenblick, wenn Sie können. Da sind wir hier an diesem strahlenden Morgen, umgeben von anmutigen Lilien auf dem Felde, vor uns ein wohltuender Ausflug und gesunder Appetit.»

Die Spaniel jaulten beim Knall eines Schusses auf.

«Denken Sie an Wordsworth», sagte Hannay. «‹Von Blumen, Vögeln, Faltern ist ringsum ein Treiben und Genist.› Poesie gibt dem Leben einen Rahmen, Blair. England ist eine Landschaft von nur bescheidenem Reiz, aber wir haben erlesene Rahmen.»

Der Pfad führte den Hügel hinauf zu höheren Kuppen mit steil abfallenden Weiden, abgetrennt durch aufrecht stehende Steine, die Herden von Mutterschafen und Lämmern einzäunten. Eine lustvolle Röte legte sich auf Lady Rowlands Gesicht, als flösse mit dem Aufstieg auf einmal jüngeres Blut durch ihre Adern.

«Laßt uns unser Spiel spielen», sagte sie.

«Haselbusch», sagte der Bischof.

«‹Wo er im Haselbusch verharrt, der unterm Windstoß blinkt und knarrt›», sagte seine Schwägerin.

«Wordsworth», erklärte Hannay Blair. «Zu schade, daß Charlotte nicht hier ist. Sie gewinnt immer.»

Als eine Gewehrsalve ertönte, geriet die Schafherde in Unruhe, lief ein paar Schritte und sammelte sich dann erneut zu einem ängstlichen Stilleben. Blair sah sich nach einer Jagdgesellschaft um, doch die Schüsse waren von einem noch höheren Hügelkamm herübergeweht. Die Hunde jaulten und zerrten an Leverets Leine.

«Sie machen Fortschritte», sagte Hannay.

«Meinen Sie?»

«Reverend Chubb, Chief Constable Moon und unser Schichtmeister Wedge haben sich alle bei Leveret beschwert. Wenn das kein Fortschritt ist, was dann? Leveret hingegen ist Ihr großer Fürsprecher.»

«Und Charlotte?»

«Oh, Charlotte hält Sie für eine Landplage. Sind diese Schmetterlinge nicht wunderschön? Man nennt sie Tagpfauenauge, als ob wir in Babylon wären. Nun, so nahe daran, wie wir in England nur kommen können.»

«Daß Charlotte mich für übler hält als die Pocken, ist auch ein Fortschritt?»

«Es hilft ihr, sich zu entscheiden. Je eher sie Ihnen hilft, desto eher sind Sie verschwunden, und dann werden Sie beide glücklich sein.»

Die Minipfauen führten den Weg. Auch wenn Englands Fauna nicht über die phantastische Bandbreite der afrikanischen Natur verfügte, mußte Blair zugeben, daß er mit gewisser Erleichterung auf Insekten traf, die nicht darauf aus waren, ihn auszusaugen, zu stechen oder sich in sein Fleisch zu bohren. Er blickte auf seinen Kompaß und bemerkte Lydia Rowland an seiner Seite.

«Waren Sie erfolgreich bei Ihrer Suche nach Reverend Maypole?»

«Nein.»

«Haben Sie einen Verdacht?»

Auf ihren Lippen klang das Wort unschuldig. Die Schmetterlinge umringten sie wie eine Köstlichkeit.

«Nein.»

«Aber Blair hat hart gearbeitet», sagte Hannay. «Soweit ich weiß, hat er Leute aus den verschiedensten Schichten befragt.»

«Das ist ja wunderbar», sagte Lydia. «Ich habe mit Reverend Maypole zusammen auch einmal die Armen besucht, und seine Gemeindemitglieder waren gute, überaus geduldige Menschen mit so klugen Kindern. Manchmal vergessen wir es über unseren

Alltag, daß wir die Bequemlichkeiten unseres Lebens Männern zu verdanken haben, die in diesem Augenblick hart unter eben dem Boden arbeiten, auf dem wir gehen.»

«Ein überaus tiefschürfender Gedanke», sagte Leveret.

«Vielleicht sind wir doch ein *bißchen* weit von den Gruben entfernt», meinte Hannay.

«Veilchen», sagte Lady Rowland, um das Thema und die Stimmung zu wechseln.

Lydia strahlte dankbar. «‹Ein Veilchen zwischen Moos und Stein, vom Aug nur halb erblickt! – Schön wie ein Stern, der seinen Schein allein vom Himmel schickt.› Eine andere Blume?»

«Schierling», sagte Charlotte. Sie war so leise den Pfad heraufgekommen, daß keiner sie bemerkt hatte. Oder sie ist von Schatten zu Schatten gehuscht, dachte Blair, weil sie eine Art Anti-Sonnen-Kleid aus schwarzer Seide mit passender Haube, Stiefeln und Handschuhen trug. Im Schatten ihres Schleiers lauerte ein wütender, flackernder Blick wie von einer Flamme in einer Sicherheitslampe. Blair war überrascht, wie jung sie trotz ihres strengen Aufzugs aussah.

Auf einer Kuppe, wo zerklüftete Steinbrocken von einer Mauer im hohen Gras standen wie Drachenzähne, entrollten die Wildhüter einen Perserteppich und deckten blitzende Gedecke aus Silber und Perlmutt. Des weiteren enthielten die mitgebrachten Körbe Kaninchenpasteten, Cumberlandwürstchen, eingelegte Ente, Porzellankrüge mit Chutney, Sauce und Senf, Biskuits, Käse und verkorkte Weinflaschen. Wie Lakaien schnitten die Wildhüter die Pasteten und reichten Teller herum, bevor sie sich hinter die Mauer zurückzogen. Hannay senkte den Kopf und bat um Gottes Segen für Menschen, die, wie Blair fand, schon großzügig genug gesegnet waren. Trotzdem konnte er sich dem unbestreitbaren Reiz der Landschaft nicht entziehen, die Steinmauern, die einen reizvollen Hintergrund zu der wogenden Landschaft aus hohen Gräsern bildeten. Eine Lerche stieg senkrecht von ihrem Nest auf, trillernd wie eine Wasserpfeife. Der Wind spielte mit den

Bändern von Lydia Rowlands Hut, als sie den Kopf zum Gebet senkte. Zum Essen lüftete Lydia ihren Schleier, schnitt, ohne die Glacéhandschuhe auszuziehen, behutsam ein Stück von ihrer Pastete ab und führte die Gabel zu ihrem bogenförmigen Mund. Im Gegensatz zu Charlotte, die sich weigerte, ihren Schleier zu lüften, um etwas zu essen oder zu trinken.

«Essen Sie überhaupt je etwas?» fragte Blair sie.

«Wenn ich es vertrage. Warum bestehst du darauf, mich weiter mit Blair zu strafen?» fragte sie ihren Vater.

«Um meinen vermißten Hilfsprediger zu finden. Und das weißt du auch. Um Reverend Maypole aus seinem Versteck zu zerren, wo immer er sich verbirgt. Oder bis es nicht mehr von Belang ist, ob wir ihn finden oder nicht.»

«Was hast du gegen John?»

«Was ich gegen Maypole habe?» wiederholte Hannay die Frage, bevor er sie beiläufig beantwortete. «Es ist nicht sein Idealismus, weil das ein natürliches Stadium im Leben eines Menschen ist. Auch nicht seine Dummheit, weil selbst der größte Dummkopf weise klingen kann, wenn er sich einfach ans Breviarium und die Bibel hält. Was ich jedoch nicht gutheißen konnte, war seine reformerische Besessenheit. So etwas führt nur zu sozialer Unruhe, und die kann ich in einer Hannay-Mine nicht gebrauchen.»

«Dein Onkel meint die Gewerkschaften», erklärte Lady Rowland Lydia.

«Aber Blair wird ihn finden», sagte Lydia. «Ich bin recht zuversichtlich, daß alles zu einem guten Ende kommt.»

In der Ferne hallten zwei Schüsse wider, kurz hintereinander wie bei einer Füsillade. Die Hunde rissen sich mit einem Ruck los und schleiften ihre Leinen hinter sich her.

«Was ist denn für dich ein gutes Ende, Cousine Lydia?» fragte Charlotte. «Heirat, Kinder, Hausbesuche, Bälle? Ist dir schon einmal der Gedanke gekommen, daß es vielleicht einfach die Chance ist, dein eigenes Leben zu führen?»

«Das tue ich doch.»

«Die Grubenweiber sind freier als du. Sie verdienen nur ein Almosen, aber hast du je einen eigenen Penny verdient? Würdest du mit nackten Armen herumlaufen, deine eigene Miete bezahlen und Hosen tragen?»

«Wer sollte das schon wollen?» fragte Lady Rowland.

«Vielleicht würde sie es nicht wollen, aber würde sie es wagen? Oder würde die Freiheit ihr Leben zerdrücken wie eine leere Hutschachtel?»

«Sie hat alle Freiheiten der Welt. Ebenso wie Erwartungen und Verpflichtungen», sagte Lady Rowland.

«Sie muß ihre Tanzkarte hinreichend, aber nicht ermüdend voll halten, aufgeweckt, aber nicht klug sein, Kleider in Paris bestellen, aber ein Jahr beiseite legen, damit sie zwar modisch, aber nicht französisch gekleidet ist.»

«Und gut heiraten und einen gütigen Einfluß auf ihren Ehemann ausüben, wer immer es ist, ja.»

«Nun, Cousine», sagte Charlotte wieder an Lydia gewandt, «du kannst ja mit Blair anfangen. Du gibst doch vor, interessiert zu sein. Schrubb ihn ab, putz ihn raus und lehre seine Zunge sanftere Wörter, bis er neben dir hertrottet wie ein Schoßhündchen.»

In Lydias Augen standen Tränen. Eine weitere Salve ertönte näher als zuvor. Das Geräusch ließ sie zusammenfahren und ihre Tränen fließen.

«Ihr Vater bezahlt mich», sagte Blair zu Charlotte, «sonst würde ich mich nicht innerhalb von tausend Meilen im Umkreis dieses Hügels aufhalten. Wenn Sie so frei sind, warum sind Sie dann hier?»

«Wer sagt, daß ich frei bin?»

Blair flüchtete. Er ließ die Hannays und Rowlands zurück, erklomm die Steine, ging an der Mauer entlang und beobachtete die vom Meer landeinwärts ziehenden Wolken. Es könnten Schiffe sein, die mich davontragen, dachte er. Als Junge hatte er immer den Wolken nachgeschaut und sich gefragt, wohin sie wohl zogen, und jetzt war er wieder hier, als ob kein Tag vergangen wäre. Sie segelten über ihn hinweg, während ihre Schatten von Osten nach Westen über die Hügel glitten. Ein Turmfalke ließ sich von der Brise treiben und stieß ab und zu auf Mäuse herab. Blair fragte sich, welche Punkte der kleine Falke passieren würde, wenn er den Breitengrad halten könnte. Neufundland, die Aleuten, den Baikalsee, Minsk, Hamburg und Wigan.

Er ließ sich ins Gras sinken, schloß die Augen und lauschte dem entfernten Trillern der Lerchen und den Oboenrufen der Krähen. Ihm war, als könnte er fast auch den Marsch der Ameisen und das unterirdische Graben von Maulwürfen und Würmern unter sich hören. Er spürte, wie seine Lider und Hände sich entspannten. Erst als er aufwachte und im Licht der Sonne die Silhouette eines Mannes mit einem Gewehr sah, wurde ihm bewußt, daß er eingeschlafen war.

«‹Wie einsam über Berg und Tal die Wolke in der Höhe streicht, ging ich – und sah mit einemmal ein Heer von Goldnarzissen leicht!› Und Sie?»

Blair stützte sich auf seine Ellenbogen. Rowlands Augen waren so blau wie der Himmel hinter ihm.

«Ich sehe nur Gänseblümchen, keine Narzissen.»

«Das macht nichts.»

Rowland hatte mattgoldenes, verwegen langes Haar und trug einen alten Anzug aus Tweed und hohe Stiefel. Er öffnete das Verschlußstück seiner Waffe, entnahm die rauchenden Hülsen und lud mit routinierter Gelassenheit neue Patronen nach. *Leidenschaftslos* war das Wort, das Blair in den Sinn kam – weil es gleichermaßen die Verleugnung wie auch einen Rest an Leidenschaft ausdrückte. Rowland erinnerte Blair an Maypoles Bild von Christus als Zimmermann. Christus mit einem Gewehr. Die Spaniel kamen angerannt, einer mit einer blutigen Elster, der andere mit einer Lerche im Maul.

«Ich war nicht wirklich jagen. Eine Waffe setzt auf einem Spaziergang lediglich die Akzente.» Rowland tätschelte die Hunde, als sie sich an ihn drängten und seine Stiefel und Hose verschmierten. «Sie sind ein wenig ab vom Schuß, oder nicht? Träumen Sie von zu Hause?»

Blair hatte von den Hügeln vor Kumasi geträumt, von Palmenwedeln, die sich vor einem Regen im Wind wiegten, und dem Gesang eines Muezzin, der zum Gebet rief.

«Ja.»

«Ich komme auch oft hierher. Außer Sichtweite menschlicher Behausungen. Manchmal denke ich an Adam. Das Jagen muß großartig gewesen sein im Garten Eden. Alle Tiere gerade erst erschaffen. Wir können die ganze Erde erkunden und werden doch nie etwas Vergleichbares sehen.»

«Ich glaube nicht, daß im Garten Eden gejagt wurde. Adam lebte von Obst, alles war erlaubt außer Äpfeln. Kein Sex und kein Blutvergießen – das waren, glaube ich, die Regeln.»

«Keine Jagd?»

«Anfangs nicht.» Blair stand auf. «Erst nach der Sintflut erlaubte Gott Noah die Jagd und flößte den Tieren Furcht vor den Menschen ein.»

«Sind Sie jetzt bei der Bibelgesellschaft?»

«Beim Bischof.»

«Das hörte ich.»

Rowlands Aufmerksamkeit wurde vom Schweiß auf seiner Stirn abgelenkt. Er schüttete weißes Pulver aus einer Schnupftabaksdose auf seine Handfläche, doppelt soviel Arsen, wie Blair je in einer Hand gesehen hatte, warf es ein, und schluckte alles auf einmal.

«Malaria?» fragte Blair.

«Wie überaus gut geraten.»

«Gar nicht geraten.»

Doch das war noch nicht alles. Rowland fuhr fort, sich den Rest des weißen Pulvers, das sich noch auf seiner Handfläche befand, auf die Wangen zu reiben. Blair hatte schon davon gehört, daß Frauen Arsen benutzten, um ihre Haut aufzuhellen, aber nicht Männer. «Weiße Gesichter erschrecken die Eingeborenen», sagte Rowland.

«Ich denke, in Ihrem Fall tun Sie des Guten ein wenig zuviel.»

«Sie sehen auch nicht gerade gesund aus, Blair.»

«Der Friedhof des weißen Mannes.»

«Westafrika?»

«Wigan.»

Rowland strich mit dem Lauf über Blairs Brust. «Da könnten Sie recht haben.» Seine Augen wanderten an der Mauer entlang. «Sind meine Mutter und meine Schwester auch hier?»

«Und der Bischof und Ihre Cousine Charlotte. Ich dachte, Sie wollten sich in London eine Zeitlang in Ihrem Ruhm sonnen, die Royal Society weiterbilden, ein Buch schreiben, die Königin unterhalten. Warum sind Sie zurückgekommen?»

«Ich habe etwas gesehen.»

«Was?»

Rowland lächelte und sagte nur: «Etwas Falsches.»

Als Blair und Rowland sich zu der Picknickgesellschaft gesellten, waren Lady Rowland und Lydia vor Überraschung und Entzücken schier überwältigt, doch in Hannays Gesicht erkannte Blair nichts von derselben ahnungslosen Verblüffung. Charlotte begrüßte ihren Cousin kühl mit einem Kuß durch ihren Schleier.

Blair kam das alles seltsam vor. Er wußte nichts über Familien. Doch ihm fiel trotzdem auf, wie distanziert die Hannays und Rowlands, nachdem sie nach der ersten Aufregung wieder Platz genommen hatten, miteinander umgingen. Natürlich war Rowland mindestens zehn Jahre älter als seine Schwester. Und nach allem, was Blair über Engländer ihrer Klasse gehört hatte, wurden sie praktisch sofort auf irgendeine Schule geschickt, so daß sie kaum eng miteinander befreundet sein konnten. Charlotte hatte den entferntesten Zipfel des Teppichs eingenommen, ein Stilleben in Schwarz. Lady Rowland war noch die natürlichste; sie saß nahe genug bei ihrem Sohn, um gelegentlich über seine Hand zu streichen, so als wolle sie sich vergewissern, daß er in Fleisch und Blut zurückgekehrt war.

Hannay verteilte den Champagner mit der ironisch überspitzten Feierlichkeit einer Messe. «Der Vater des verlorenen Sohnes sprach: ‹Bringt schnell das beste Gewand her und zieht es ihm an und gebt ihm einen Ring an seine Hand und Schuhe an seine Füße. Und bringt das gemästete Kalb und schlachtet's; laßt uns essen und fröhlich sein! Denn dieser mein Sohn ist wieder lebendig geworden; er war verloren und ist gefunden worden!› Noch besser als ein verlorener Sohn ist ein Neffe, der in Ehren und Ruhm zurückkehrt.»

«Ich nehme an, du meinst mich», sagte Rowland, «nicht Blair.»

«Bitte, das ist nicht komisch», sagte Lady Rowland. «Wie war London? Erzähl uns von deinem Empfang bei der Royal Society. Wie hat ihnen das Geschenk gefallen?»

«Diese furchterregenden Hände», sagte Lydia.

«Da du dich entschieden hast zurückzukehren, würde es Reverend Chubb gerne sehen, wenn du einige Arbeiter triffst», sagte Hannay. «Keine schlechte Idee.»

«Blair sagt, daß du den Rest des Gorillas in einer anderen Kiste verschifft haben mußt. Ist das wahr?» fragte Charlotte.

«Blair würde die Arbeit eines Forschungsreisenden wohl kaum verstehen», sagte Lady Rowland. «Ohne Mr. Blair gegenüber unhöflich sein zu wollen, aber er war als Angestellter deines Vaters in Afrika. Er hat für Geld gearbeitet. Das stimmt doch, Mr. Blair?»

«Das bin und tue ich noch immer», sagte Blair.

«Und dabei eine solch wundervolle Vertrautheit mit uns allen», sagte Rowland.

«Glaubst du, daß es mit dem Sklavenhandel bald ein Ende hat?» fragte Lydia ihren Bruder.

«Nur wenn Großbritannien seine freien Bürger schützt», sagte Rowland.

«Großbritannien hat acht Millionen Sklaven nach Ostindien und Amerika verschifft», sagte Blair. «Gehen Sie mal durch Liverpool und betrachten die über den Türen eingravierten Schädel von Afrikanern. Großbritannien zieht sich bloß aus dem Geschäft zurück.»

«Wenn das nicht den Unterschied zwischen einem Idealisten

und einem Mann, der für Geld arbeitet, verdeutlicht, was dann?» fragte Lady Rowland Charlotte.

«Was ist mit Ihrem Kopf passiert?» fragte Rowland Blair.

Blair hatte gewußt, daß es Rowland sein würde, der von allen Anwesenden das Blut wittern würde.

«Vielleicht ist er im Dunkeln gestolpert», sagte Charlotte.

«Apropos», sagte Rowland, «ist Maypole schon tot?»

«Nicht tot», sagte Hannay zu Charlotte, «aber so gut wie begraben. Bis es so weit ist, wird unser Blair hier hart weiterarbeiten.» Er sah die Wildhüter an und wies mit dem Kopf auf die Körbe. «Mein Gott, ich habe schon wieder Appetit bekommen.»

Sobald die Körbe geöffnet waren, stibitzten die Spaniel Fleisch und umkreisten die Gesellschaft in einigem Abstand, ohne sich von den Wildhütern einfangen zu lassen. Blair half Leveret, sie den Hügel hinaufzujagen, und als eine der Leinen sich zwischen den Felsen verhedderte, löste er sie und hielt den Hund fest.

«Was, zum Teufel, geht hier eigentlich vor, Leveret?»

Seit dem Zwischenfall am Kanal war Leveret regelrecht forsch geworden. Er machte ein langes Gesicht, als er Blairs Tonfall hörte. «Was meinen Sie?»

«Ursprünglich sollte ich Maypole finden. Jetzt heißt es, ich soll entweder Maypole finden oder so lange weitersuchen, bis Charlotte das Interesse verliert.»

«Bis sie ihre Verlobung mit Maypole löst. Das ist es, was der Bischof will.» Leveret hielt den Kopf gesenkt und beschäftigte sich eifrig mit der Leine, obwohl die längst entwirrt war. «Dann können Sie Ihrer Wege ziehen, nehme ich an.»

«Warum sollte sie das nicht tun? Er ist verschwunden und wird schon seit Monaten vermißt. Tut mir leid, Leveret, aber ich weiß, daß es zumindest von ihrer Seite keine große Romanze gegeben hat. Warum sollte sie sich nicht mit einem anderen verloben?»

«Der Bischof möchte, daß sie Rowland heiratet», flüsterte Leveret hastig.

«Ihren Cousin?»

«Das ist nicht ungewöhnlich.»

«Rowland?»

«Dem Bischof kam die Idee gleich nach Johns Verschwinden. Charlotte wehrt sich. Von John zu Rowland ist es schon ein Schritt.»

«Von einem christlichen Märtyrer zu einem verrückten Hund.»

«Kennen Sie den hundertneunundddreißigsten Psalm? ‹Ich wurde im Verborgenen gemacht, gebildet unten in der Erde.› Er hat John offenbar immer besonders an Bergleute und Grubenweiber erinnert. Dieses Mitgefühl geht Lord Rowland ab.»

«Der hundertneununddreißigste?»

«Es war Johns Lieblingspsalm. Er hat jede Predigt damit begonnen.»

Als er den Spaniel an der Mauer entlangführte und die schwarzen Hannays und die goldenen Rowlands zusammensitzen sah, wirkten sie auf Blair vollkommen. Wie ein gelöstes Rätsel, dachte er, obwohl er immer noch nicht wußte, was genau das Rätsel war. Vollkommen und schön, die Hannays in dunkler Wolle und ebenholzschwarzer Seide und die weiblichen Rowlands in blütengleichen Falten aus Crêpe de Chine auf dem kleinen Feld des Persers und dem größeren Teppich des Hügels.

## 20

Im Hotel wartete eine Nachricht von George Battie, der ihn bat, ihn zu besuchen, doch Blair ging auf sein Zimmer, goß sich einen Brandy ein und begann im Licht der Lampe anhand der Nummer von Maypoles Lieblingspsalm die letzte chiffrierte Eintragung im Tagebuch des Hilfsgeistlichen zu entwirren. 139139139 . . . Aus «Ein Bsxluhgkno» wurde:

> Die Apokryphen berichten von Darius, dem König der Perser, der so mächtig war, daß kein Land es wagte, ihn zu berühren. Und er residierte mit Apame, seiner Konkubine; sie pflegte zu seiner Rechten zu sitzen, die Krone von seinem Kopf zu nehmen und sich selbst aufzusetzen, während sie dem König mit der linken Hand einen Klaps gab, worauf Darius sie mit offenem Mund anstarrte. Wenn sie ihn anlächelte, lachte er; wenn sie ihm gegenüber die Beherrschung verlor, machte er ihr Komplimente, damit sie ihm vergab. Ich habe Rose das gleiche tun sehen. Einen Mann verspotten und ihn zurücklassen, wie einen angebundenen, scharrenden Bullen. Und jetzt macht die Rose, für die ich alles geben würde, dasselbe mit mir.

Blair konnte sich Rose Molyneux am Tisch von Darius dem Großen vorstellen, wie sie dem König einen Klaps gab, einen Schmollmund zog und ihm heiße Blicke zuwarf. Rose hätte Darius ins Rotieren gebracht.

Es war kein Schock zu erfahren, daß Maypole Frauen nicht verstand. Jemandem in der Bibel war es genauso gegangen, und Blair wußte, daß er nicht genug normalen Frauen begegnet war, um sich eine sachkundige Meinung bilden zu können. Es hatte Saloon-Mädchen gegeben, die durch ihre Pachtverträge praktisch Sklavinnen waren, auch wenn sie in Kalifornien lebten. Eingeborene in Brasilien, die *wirklich* Sklavinnen waren. Und das andere Extrem der Ashantifrauen, die sich alle kleideten und benahmen wie die Königin von Saba. Es war einfach nicht die übliche Bandbreite, aufgrund derer man auch nur ein biblisches Urteil hätte abgeben können.

*Die Rose, für die ich alles geben würde.* Er überprüfte das Datum des Eintrags. 14. Januar. Vier Tage, bevor Maypole verschwunden war. Wenn Rose Molyneux ebenfalls verschwunden wäre, würde das Gelübde mehr Sinn ergeben. Statt dessen war sie nirgendwohin gegangen und leugnete jede tragische Romanze mit Maypole schlichtweg ab, egal, wie besessen er von ihr war.

> Sie sagt, die Hannays sind verrückt. Sie müssen verrückt sein, weil sie schon so lange regieren, seit den Tagen des Eroberers, achthundert Jahre in Wigan, getreu alter Sitte und weil sie als Bischöfe, Sheriffs und Richter stets bereit waren, jeden, der ihre Macht bedroht hat, entweder einzusperren oder sonstwohin zu verfrachten. Sie sagt, so würde sie nie leben wollen.

Kühne Sprüche aus dem Mund eines Grubenweibs, dachte Blair.

Ein Geräusch wie von mit der Flut an Land rollenden Steinen zog ihn ans Fenster. Die Straße füllte sich mit Bergleuten, die Schulter an Schulter nach Hause trotteten. Wagen und Kutschen machten Platz. Ladeninhaber und Mägde wichen hinter ihre Schwellen zurück, um der Berührung der Kohle zu entgehen. Einige Bergleute hatten ihre Pfeifen angezündet, deren Glut in der Dämmerung glomm wie kleine Lampen für die Straße. Ein Kiesel schlug gegen Blairs Fensterscheibe, doch er konnte bei all den schmutzigen Mützen und dunklen Gesichtern nicht erkennen, wer ihn geworfen hatte.

Er beschloß, daß er einen weiteren Brandy verdient hatte. Die Wärme breitete sich in seinem Körper aus, während er die nächsten Worte Maypoles entzifferte.

Ich habe meine Hände mit Lake abgehärtet, heimlich den Gang eines Bergmanns geübt und in alten Tunneln sogar gebohrt. Bill Jaxon hat mir widerwillig dabei geholfen. Seine Mithilfe ist entscheidend, doch sie hängt nicht von meiner Mission, sondern allein von den Stimmungen seiner Rose ab. Ich komme mir vor wie ein Pilger, der sich auf die lange Reise durch den Morast der Mutlosigkeit, das Tal der Erniedrigung und über den Hügel der Anstrengung macht. Jeder Muskel meines Körpers schmerzt, und vom Üben sind sogar meine Knochen verbogen. Ich fahre nur eine halbe Meile tief unter die Erde, doch ich sehe dem Tag mit so viel gespannter Ungeduld entgegen, als würde ich nach Afrika aufbrechen, nur daß meine Passage lediglich den Preis einer Keilhaue und einer Lampe kostet. So setze ich all mein Vertrauen in Gott.

Vertrauen in Gott? Häufig der letzte Fehler eines Bergmanns, dachte Blair.

*Und in meine Rose.*

Nun, das war wahrer Glaube.

# 21

Die Hinterhöfe von Scholes waren wie schwarze Gräben mit Kesseln, Rübenbeeten, Schweineställen und Aschegruben.

George Battie stand, mit nacktem Oberkörper, die Hosenträger bis hinunter zu den Knien, über eine Wanne gebeugt, um sich im Licht einer Paraffinlampe die Hände zu waschen. Sein Haus war nicht größer als das eines gewöhnlichen Bergmanns, doch als Steiger verfügte er über einen längeren, mit Steinplatten belegten Hof mit kargen Rosenbüschen und dem, was nach Blairs Einschätzung als Gartenschuppen durchgehen konnte.

Als er, durch die Hinterhofgasse kommend, das Tor öffnete, sah Blair zwei kleine Mädchen Fangen spielen, beide trugen so lange Kittel, daß es so aussah, als würden sie sich ganz ohne die Hilfe von Füßen bewegen. Jedesmal, wenn die Dornen eines Rosenzweigs sie kratzten, kreischten sie in gespielter Überraschung auf. Zwischen ihnen wirkte Battie so riesig wie eine Statue, seine Arme und sein Oberkörper waren vom Kohlenstaub grau, das Gesicht schwarz und die Augen rotgerändert. Vulkan daheim, dachte Blair. Um diese Jahreszeit sahen die Mädchen ihren Vater kaum je bei Tageslicht. Er brach im Dunkeln zur Zeche auf und kam im Dunkeln nach Hause.

«Mr. Blair, nett, daß Sie kommen.» Battie schrubbte sich rasch die Hände. «Tut mir leid, daß Sie mich ‹zwischendurch› erwischt haben. Als ich noch jung und ehrgeizig war, habe ich mich jeden Abend gründlich gewaschen. Bin fast an Lungenentzündung gestorben. Haben Sie Reverend Maypole gefunden?»

«Nein.»

«Sie stellen noch immer Fragen?»

«Ja.»

«Haben Sie was dagegen, wenn ich Sie etwas frage? Warum

erkundigen Sie sich nach Harvey Twiss? Wedge sagt, Sie wären auf der Zeche gewesen.»

«Twiss war ein Maschinist, der seinen Posten verlassen hat.»

«Twiss hat mit dem Ausbruch des Feuers nichts zu tun.»

«Er hat keine Sicherheitslampe entliehen. Laut Untersuchungsbericht ist das Lampensystem narrensicher. Jede Lampe hat eine Nummer. Jeder Mann war angewiesen, den Empfang einer Lampe zu quittieren, bevor er einfährt, sogar die Rettungsleute. Twiss hat bewiesen, daß das System nicht funktioniert.»

«Mr. Blair, Sie kennen sich doch in Bergwerken aus, dann müssen Sie doch auch wissen, daß ein Untersuchungsbericht ein Haufen Scheiße ist. Mädels!»

Battie trocknete sich die Hände an einem Lumpen ab und machte Blair, noch immer mit nacktem Oberkörper, ein Zeichen, ihm zum Schuppen zu folgen. Die Mädchen hüpften hinterher. Er öffnete die Tür und trat ein, aus dem Innern des Verschlags drangen Geräusche, die eher an plätscherndes Wasser als an Tontöpfe erinnerten. Die Mädchen hielten den Atem an, bis Battie mit einer weißen Taube in jeder Hand wieder herauskam.

«Pfauentauben, obwohl es Leute gibt, die die akrobatischen Tümmler oder die schnellen Brieftauben vorziehen. Jede hält sich für eine Königin, mindestens für eine Prinzessin.»

Die Vögel hatten zierliche Köpfe und extravagante Schwänze von einem frischen Schneeweiß. Sie putzten sich und sträubten ihr Gefieder, als ob Battie ihr Spiegel wäre. Er setzte sie auf die Schultern der Mädchen, und sofort flatterten andere Flügel durch ein Loch im Dach des Schuppens, und zwei weitere Tauben landeten auf Batties Händen.

«Sie sind ganz auf einen fixiert, sehen Sie. Wenn Sie ein neues Paar kaufen, müssen Sie sie in ihrem Nest halten, füttern und tränken, bis sie sich paaren, und dann gehört die Familie Ihnen. Die kleinen Täubchen kann man für Taubenpastete aussondern, aber wir versuchen so viele wie möglich zu behalten.»

«Hübsch», sagte eines der Mädchen.

«Wie kleine Schwäne.» An Blair gewandt, fuhr Battie fort:

«Harvey Twiss war der Bruder meiner Frau. Haben Sie gedacht, Wedge hätte einen Mann wie Harvey als Maschinisten eingestellt, wenn nicht jemand ein bißchen nachgeholfen hätte?»

«Ich wußte nicht, daß Sie mit ihm verwandt waren.»

«In Wigan sind alle irgendwie miteinander verwandt.»

Battie drehte seine Hände, so daß die Tauben an seinen Fingern hochkletterten. «Wußten Sie, daß Albert Smallbones Vater ein Wilddieb war?»

«Nein.»

«Er und Albert sind nachts immer heimlich losgezogen. Und ich war dabei. Fasane waren am leichtesten zu erlegen, weil die meist auf niedrigen Ästen schlafen. Wenn man behutsam ist, kann man sie einen nach dem anderen abpflücken. Und dann ging's mit Frettchen auf Kaninchenjagd. Albert und ich hatten jeder einen Spaten und mußten die Frettchen ausgraben, bevor sie die Kaninchen aufgefressen hatten. Mein Vater hätte mich grün und blau geschlagen, wenn er davon gewußt hätte, aber ich hatte in meinem Leben nie wieder so viel Spaß wie damals, als ich wie ein Kobold im Mondschein rumgeflitzt bin.» Er lächelte die Mädchen an, die ihr Spiel wieder aufgenommen hatten, die flatternden Vögel noch immer auf ihren Schultern. «Das Lampensystem ist nur dazu da, dem Unternehmen den Anstrich von Sicherheit zu geben und die Familien zu beruhigen. Es gab Zeiten, wo wir Leichen einmauern mußten und erst hinterher mit Hilfe der Lampen ihre Zahl angeben konnten. Taten wir das Rechte? Wer weiß? Aber die Frauen glauben, daß wir es tun. Oder sie tun zumindest so. Waren die Männer tot, als wir den letzten Ziegel gesetzt haben? Ich hoffe bei Gott, daß es so war. Aber manchmal heißt es, entweder sie oder alle Bergleute in der Grube. Man hört das Gas, und es ist wie der Atem der Hölle. Das Komische ist, daß das letzte, was man sieht, wahrscheinlich ein toter Kanarienvogel ist.» Batties Lächeln flackerte kurz auf und erstarb wieder. «Vom Maschinenhaus zum Schacht ist es ein kurzer Sprint, wenn alles voller Qualm ist. Twiss ist eingefahren, hat sich die Lampe eines Toten genommen, den er dort unten gefunden hat, und hat sich dem Rettungstrupp angeschlossen. Als sie zu uns an den Streb vorstießen, wußte ich sofort, daß er gegen die Vorschriften verstoßen hatte. Doch es hätte niemandem gedient, all das im Untersuchungsverfahren auszubreiten. Er hatte seinen Jungen verloren, und ein paar Tage später wurde sein Kopf vom Schnellzug aus London zermalmt. Er hat die Explosion jedenfalls nicht ausgelöst.»

«Was dann?»

«Ich weiß es nicht. Es muß an der Stelle passiert sein, wo gesprengt werden sollte. Aber Smallbone, der Schießmeister, war gar nicht dort. Genausowenig wie Jaxon, sonst wären beide tot.»

«Wo waren sie?»

«Soweit ich mich erinnere, behauptet Smallbone, er wäre von einem Steinschlag verletzt worden, und Jaxon hätte ihm geholfen.»

«Er weiß nicht mal mehr, ob es das rechte oder das linke Bein war.»

«Wahrscheinlich lügt er. Wenn er nichts zu sprengen hat, ist Albert ganz groß darin, sich in irgendeinem Loch zu verkriechen, wo das Gehämmer der Pickel ihn nicht beim Schlafen stört. Wir werden es nie erfahren, weil jeder, der uns sagen könnte, ob Albert den Streb verlassen hat, tot ist. Außerdem war es heikel, die Sache bei der Untersuchung zur Sprache zu bringen, weil Smallbone und Jaxon gefeierte Helden waren. Die Explosion kann jedenfalls nur durch eine Sprengung, eine Lampe oder einen Funken ausgelöst worden sein. Obwohl kein Mensch dort war. Das ist es, worüber ich immer wieder nachdenken muß.»

Die Mädchen balancierten die Tauben auf ihrem Kopf wie Federbüsche und zeigten lachend mit den Fingern aufeinander.

«Twiss wurde von dem Schnellzug aus London getötet?» fragte Blair.

«Auf den Gleisen der London & Southwest. Es ist spät abends passiert. Ein Kohlezug hätte ihn vielleicht noch rechtzeitig gesehen, aber die Personenzüge fahren doppelt so schnell. Der

Constable sagt, der arme Twiss war wahrscheinlich so betrunken, daß er nichts mehr gemerkt hat. Aber ich verstehe nicht, was all das mit der Suche nach Maypole zu tun hat.»

«Es ist der Korb. Nach der Explosion haben Sie Boten nach oben geschickt. Der Korb hätte also oben sein müssen, um die Rettungsleute aufzunehmen, aber sie mußten warten, weil schon jemand eingefahren war. Twiss war es nicht, er ist erst *nach* dem Rettungstrupp eingefahren. Wer also hat den Korb benutzt?»

«Er könnte auch leer nach unten gefahren sein.»

«Es könnte auch der Prince of Wales gewesen sein. Sie sagten, Twiss hätte sich die Lampe eines Toten genommen.»

«Ich habe ihn gefragt, von wem er die Lampe hat, weil ich wußte, daß kein Leuchtmeister eine Lampe an einen Fördermaschinisten ausgeben würde. Er hat sie von einem Toten in der Hauptstrecke genommen.»

«Konnte nach der Explosion der Verbleib aller Lampen entsprechend den Nummern im Register des Leuchtmeisters geklärt werden?»

«Eine Lampe für jeden Mann. Diesmal stimmen die Zahlen überein. Warum ziehen Sie Maypole da rein?»

«Weil ich glaube, daß er es schon bis zum Maschinenhaus geschafft hatte und nach der Explosion seine Chance ergriffen hat. Bis zum Korb war es nur ein kurzer Sprint, wie Sie selbst gesagt haben.»

«Aber der Reverend durfte den Hof der Hannay-Zeche nicht betreten, nicht während der Arbeitszeit. Ein Bergmann könnte sich leicht einschmuggeln, es gibt keine Wachen, und er wäre nur ein schmutziges Gesicht mehr. Aber bei einem Geistlichen ist das was anderes.»

«Den Teil kann ich mir auch noch nicht erklären», sagte Blair.

«Und wohin ist Maypole gegangen, wenn er wirklich den Korb benutzt hat? Niemand hat ihn unter Tage gesehen, und niemand hat ihn wieder herauskommen sehen.»

«Ich weiß es nicht.»

«Twiss hat eine Sicherheitslampe gestohlen. Welche Lampe hat der Reverend benutzt, wenn alle anderen Lampen in der Grube ordnungsgemäß registriert waren?»

«Ich weiß es nicht.»

«Nun, es ist eine faszinierende Theorie, Mr. Blair – bis zu einem gewissen Punkt.»

In Anbetracht der Mängel seiner Hypothese fand Blair Batties Reaktion außergewöhnlich höflich.

«Maypole hat in alten Strecken geübt, um irgendwann in eine Mine einzufahren. Wo, meinen Sie, könnten sich diese Strecken befinden?»

«Überall. Sie könnten auf einer stehen. Unter den Häusern erstreckt sich ein einziges unterirdisches Gängesystem. Wenn man weiß, wie alles zusammenhängt, kann man meilenweit gehen.»

Das ist die Geschichte mit allem in Wigan, dachte Blair. «Twiss war betrunken, als er starb. Mit wem hat er getrunken?»

«Mit Bill Jaxon. Jaxon sagt, Harvey wäre alleine losgegangen.»

«Ah. Zweifelsohne zutiefst melancholisch.»

«Und geneigt, seine Wange auf eine kalte Schiene zu legen. Sie haben doch hoffentlich nicht vor, mit Bill trinken zu gehen.»

«Ich gehe Bill aus dem Weg, wo ich nur kann.»

«Das ist das erste Vernünftige, was Sie heute abend gesagt haben.»

«Ich möchte morgen noch mal auf die Zeche kommen. Es *gibt* eine Stelle, wo er hingegangen sein könnte.»

«Kommen Sie früh. Ich wäre auch gern dabei.»

Die Mädchen umringten Battie und riefen: «Daddy, Daddy, Daddy, Daddy, Daddy!»

«Gleich», versprach er ihnen. «Ich möchte nicht, daß Sie einen falschen Eindruck bekommen», erklärte er Blair. «Die Untersuchung ist Schmu, bloß eine offizielle Version, ein Verfahren, das es den Besitzern ermöglicht, den Bergleuten die Schuld zu geben und die Grube wieder zu öffnen. Aber für uns ist es so: Wenn die Zeche geschlossen würde, weil festgestellt wird, daß sie nicht mehr sicher genug für uns ist, wissen Sie, was wir tun würden?

Anstatt zu verhungern? Wir würden darum kämpfen, wieder einfahren zu dürfen, also sind wir mitschuldig.»

«Sei ein Engel, Daddy», bettelten die Mädchen. «Sei ein Engel!»

Battie betrat erneut den Schuppen. Dunkle Gerüche von gekochtem Rindfleisch und verbranntem Bratenfett trieben über die Höfe. Von der Straße hallten Rufe zum Abendessen, die mit dem Horn eines Lumpensammlers wetteiferten. Battie tauchte mit einer Reihe von Tauben auf seinen ausgestreckten Armen wieder auf. Als er die Arme ein Stück sinken ließ, flatterten die Tauben, so daß es aussah, als würde er mit den Flügeln schlagen.

«Sie haben sie gerade noch erwischt. Sie wollte eben gehen», sagte Flo.

«Wohin gehen?» fragte Blair, doch das Grubenweib war schon wieder durch die Küchentür verschwunden und hatte ihn auf der Treppe stehenlassen. Er wußte nicht genau, wie er von Batties zu Rose' Hinterhof gelangt war. Er schien geschlafwandelt zu sein, bis er sich vor ihrer Hintertür wiederfand. Die Tür ging erneut auf, und Rose stand auf der Schwelle, ein Tuch über ihre Schultern, ein Samtband um den Hals und auf ihrem halb hochgesteckten, halb ungebändigten Haar einen Hut.

«Die Sirene persönlich», sagte er.

«Hat Bill dich gesehen?» Sie blickte über Blairs Schulter.

«Ich weiß nicht. Wir werden sehen. Dann gibt's Küsse für dich und Tritte für mich.»

Sie sah ihn direkt an. «‹Sirene›? Ich kann mich nicht erinnern, für dich gesungen zu haben.»

«Nun, ich bin trotzdem gekommen. Ein gestrandeter Odysseus, Dante im neunten Kreis von Wigan auf der Suche nach einem Glas Gin. Meine Füße haben mir den Weg gewiesen.»

«Ich glaube nicht, daß es deine Füße waren.»

«Ich glaub', ich weiß, was du meinst», räumte Blair ein.

«Was ich meine, ist, daß ich auf deine gönnerhafte herablassende Art verzichten kann.»

Blaues Licht, das mehr ein Schattenspiel des Abends war, fiel auf ihr Gesicht. Sie hatte sich nach der Arbeit des Tages halb gewaschen und nur eine Spur Kohlenstaub wie von Antimonit um die Augen und einen metallisch glänzenden Streifen auf ihrer Stirn übriggelassen. Rose Molyneux, die Muse der Industrie, mit einem Film aus Ruß, der erst durch die blasse Haut darunter sichtbar wurde.

«Wenn du mich willst, dann sag es auch», meinte sie.

«Wenn du es so ausdrückst, ja, ich will dich.»

«Nur einen Moment. Und dann bist du weg.»

«Und dann bin ich weg.»

Er war zum Rang eines Besuchers befördert worden, weil sie den Gin mit in die Stube nahm, sich auf eine Stuhlkante setzte und ihm die Polsterbank anbot. Sie war offenbar nicht bereit, Licht anzumachen, durch das man ihn von der Straße aus hätte sehen können, also saßen sie bis auf das Glimmen aus dem Kamin im Dunkeln. Obwohl es keine goldenen Pokale gab, hätte sie durchaus an Darius' Tafel regieren und ihm abwechselnd Küsse und Klapse geben können. Sie schuf sich ihre eigenen Regeln. Wohin Flo gegangen war oder wie es die beiden Mädchen schafften, alleine ein Haus zu bewohnen, während jeder andere Raum in Scholes mit Schlafgängern vollgestopft war, fragte er nicht. Sie hatte ein wenig Tee in den Gin gegossen, ihre Verbeugung vor der Etikette.

«Hast du Reverend Maypole gefunden?»

«Ich lerne Maypole langsam kennen, aber gefunden habe ich ihn noch nicht.»

«Und wie lernst du ihn kennen?»

«Durch sein Tagebuch.» Es war das erste Mal, daß Blair irgend jemandem davon erzählte. «Es ist voller Notizen und Gedanken. Es ist voll von dir. Es ist interessant, dich durch zwei Paar Augen zu sehen.»

«Unterschiedliche Augenpaare. Du bist nicht wie er.»

«Wie war er denn?»

Sie machte eine ausgedehnte Pause und ließ die Frage einen Moment in der Luft hängen.

«Gut.»

In dem Schatten, der sie umgab, beleuchtete das Feuer nur ihre Augen.

«Rose, ich weiß nicht einmal, wie du wirklich aussiehst. Bis auf jenen ersten Abend, als ich zu verwirrt war, um es zu bemerken, habe ich dein Gesicht noch nie sauber gesehen. Du bist immer im Dunkeln oder mit Staub verziert.»

«Es ist dunkel, wenn ich von der Arbeit nach Hause komme, und wenn man in Wigan Haut hat, trägt man Kohle. Soll ich mir für dich vielleicht das Gesicht waschen?»

«Irgendwann einmal.» Er nippte an seinem Gin und sah sich im Zimmer um. England verlieh ihm die Gabe, im Dunkeln zu sehen. Auf Pappe aufgezogene Fotos stapelten sich neben einem Bildbetrachter auf der Anrichte. Er lehnte sich zurück und griff nach einem Band auf dem Regal, auf dem in Goldschrift der Titel «Dichtkunst für die Dame – ein Brevier der Poesie» prangte. In einer Reisetasche stapelten sich rote und orangefarbene Garnknäuel.

«Flo macht sich ihre eigenen Hüte und strickt ihre eigenen Tücher», sagte Rose.

«Das weiß ich noch. Aber wir hatten gerade über dich geredet.»

«Wir haben über Reverend Maypole geredet.»

«Über seine Besessenheit von dir. Am Abend vor seinem Verschwinden bist du mit ihm über die Scholes Lane gegangen, und er hat sich seinen Kragen abgerissen. Ich frage mich noch immer, worum es da ging.»

«Und ich sage noch immer, es ist nie passiert.»

«Maypole wollte in ein Bergwerk einfahren.»

«Tatsächlich?»

«Er war ein Pilger. Er hat die Hannay-Grube mit dem Morast der Mutlosigkeit verwechselt. Dich hielt er für eine Art Engel.»

«Ich kann nichts dafür, was Männer denken.»

«Aber warum sollte er das denken?»

«Find ihn und frag ihn. Dafür wirst du schließlich bezahlt.»

«Eigentlich nicht. Ich entdecke gerade, daß es gar nicht um Maypole geht, tot oder lebendig, gefunden oder verschwunden. Jedenfalls nicht für Bischof Hannay. Ihm geht es um Charlotte Hannay. Wenn sie ihre Verlobung mit Maypole löst, könnte der Reverend verfaulen, ohne daß es den Bischof schert. Er wird mich bezahlen, meiner Wege schicken, und ich bin durch damit.»

«Du klingst zufrieden.»

«Es wäre eine Erleichterung, wenn ich keine Leiche finden muß. Manchmal glaube ich, daß ich nur engagiert worden bin, um sie zur Weißglut zu treiben.»

«Kannst du das?»

«Offenbar gelingt es mir, ohne daß ich es auch nur versuche. Aber sie ist kalt. Zwischen ihr und Maypole gab es bestimmt keine Leidenschaft – jedenfalls nicht auf ihrer Seite.»

«Vielleicht wollte sie gar keine Leidenschaft. Vielleicht wollte sie eine Ehe, in der sie frei sein konnte.»

«Nun, die wird sie mit Rowland bestimmt nicht kriegen. Ich konnte es gar nicht glauben, als ich von der geplanten Verlobung mit ihm hörte. Sie sind Cousin und Cousine ersten Grades. Ich dachte, so etwas würde mißbilligt.»

«Bei ihnen nicht, sie sind der Adel.»

«Wie dem auch sei, Hannay will es so.»

«Und Charlotte?»

«Wenigstens ist sie mich dann los.»

«Wirst du traurig sein, sie nicht mehr wiederzusehen?»

«Wohl kaum. Außerdem ist sie so gut wie verkauft.»

«‹Verkauft›? Das klingt afrikanisch.»

«Das ist es auch. Auf den Adel.» Er stieß mit ihr an.

Rose beobachtete ihn, während sie trank, und nahm dann ihren Hut ab und ließ ihn zu Boden fallen. Nicht direkt eine Verpflichtung zu bleiben, lediglich eine Geste ihres eigenen königlichen Interesses, dachte Blair, so wie Charlotte einmal die Schere in die Tasche ihres Rockes hatte gleiten lassen.

«‹Ein Engel›?» Sie ließ sich zu der Andeutung eines Lächelns herab.

«Nun, es ist nicht unsere Schuld, was Männer denken.»

«Und er selbst ein Pilger? Im ‹Morast der Mutlosigkeit›?»

«Im Morast der Mutlosigkeit, dem Tal der Erniedrigung und auf dem Hügel der Anstrengung. Was diese Pilger brauchen, ist ein Schuß Ruhr, Malaria oder Gelbfieber.»

«Sagte er wie ein Teufel. Du machst deinem Ruf alle Ehre.»

«Oder meinem Verruf.»

«Rowland ist derjenige mit dem großen Namen, oder nicht?»

«Oh, er genießt heldenhaften Ruhm. Forschungsreisender, Missionar und Menschenfreund. Er hat sich ein paar Truppen und einen Führer genommen und eine Sklavenkarawane an der Goldküste aufgespürt. Es waren ein Dutzend Plünderer mit etwa einhundert Gefangenen aus dem Norden, die auf dem Weg nach Kumasi waren. Die Männer wie Tiere ins Joch gespannt, damit sie nicht flüchten konnten. Frauen und Kinder auch. Rowland hat angefangen, die Plünderer einen nach dem anderen abzuknallen. Er ist ein verdammt guter Schütze.»

«Geschieht ihnen recht.»

«Als sich die Plünderer hinter ihren Gefangenen versteckten, ließ Rowland seine Männer auch auf die schießen, bis die Plünderer zu fliehen versuchten und er sie endgültig erledigte. Die übrigen Gefangenen waren außer sich vor Freude, wieder heimkehren zu können, doch Rowland bestand darauf, mit ihnen bis zur Küste weiterzuziehen, damit sie dem Gouverneur Bericht erstatten und um britischen Schutz nachsuchen konnten. Das ist eine wirklich heldenhafte Geschichte, was?»

«Ja.» Rose goß sein Glas noch einmal voll.

«Als der Häuptling Einspruch erhob, erschoß Rowland ihn und ernannte einen neuen. So zogen sie zur Küste. Eines Nachts befreite der Führer die Frauen und brachte sie in Sicherheit. Rowland hielt die Männer weiter im Joch, doch jeden Tag gelang einigen von ihnen die Flucht, während Rowland einige andere erschoß, um die übrigen bei der Stange zu halten. Ungefähr zwanzig Mann schafften es bis zum Gouverneur an der Küste, wo sie um englischen Schutz baten, was der Grund dafür ist, daß Rowland einen derart strahlenden Ruf genießt. Ich war der Führer, also gefällt mir die dunklere, afrikanischere Version der Geschichte.»

«Und er soll der nächste Lord Hannay werden?»

«Sieht ganz so aus.»

Rose' Gesicht hatte den Anschein einer Maske, nur das Blitzen in ihren runden Augen verriet sie. «Vielleicht bist du bloß neidisch», sagte sie, «weil du nicht so einen Namen wie Hannay hast.»

«Rowland und Hannay. Er wird zwei Namen haben. Warum sollte ich da nicht neidisch sein?»

«Blair ist kein Name aus Wigan.»

«Blair war der Mann, der mich aufgenommen hat, als meine Mutter gestorben ist.»

«Über ihn sprichst du nie.»

«Er war ein Goldsucher, der einen Biberfellmantel und eine Melone trug, die Bibel mit Shakespeare verwechselte, wenn er betrunken war, und nüchtern immer schwieg. Ich weiß nicht, warum er mich mitgenommen hat, als wir in New York eintrafen, obwohl ich sicher bin, daß die Schiffsgesellschaft froh war, mich los zu sein. Ich glaube, für ihn war ich wie ein streunender Hund, und solange ich nicht zu viel weinte oder zu viel kostete, hat er mich eben behalten. Die Leute, die damals nach Kalifornien gingen, hatten nichts zu verlieren. Er ging, und ich ging mit ihm.»

«Und, ist er reich geworden?»

«Nicht ganz. Er war schon ein guter Bergbauingenieur, aber es war, als ob sein Leben unter einem dunklen Stern stand. Er steckte seinen Claim an einem Bach ab, wenn er die Schürfrechte für einen Hügel hätte anmelden sollen, und entschied sich für den Hügel, wenn er in der Ebene hätte graben sollen. Wissenschaftliche Prinzipien verkehrten sich wie aus reiner Schikane in ihr Gegenteil. Quarz führte ihn zu Kiesbänken, und als er die Kiesbänke verkaufte, kam eine Flut, spülte den Kies weg und legte eine Hauptader frei. Dann ging man ihm besser aus dem Weg. Aber ich habe ihn sowieso monatelang, einmal sogar ein ganzes Jahr lang nicht gesehen.»

«Ein ganzes Jahr? Wovon hast du gelebt?»

«Im Lager gab es Chinesen, und er hat sie dafür bezahlt, mir zu essen zu geben. Lange Zeit dachte ich, daß mein Name auf Chinesisch ‹Hih!› heißen würde, bis ich herausfand, daß es ‹Iß!› bedeutete.»

«Das war aber gemein von ihm, dich allein zu lassen.»

«Mich hat es nicht gestört. Die Chinesen waren eine große Familie, und die großen Brüder waren Sprengexperten für die Eisenbahngesellschaft. Sie waren meine Vorbilder. Dann gab es die Saloon-Mädchen von gegenüber, eine Art ‹Heim für stündlich fallende Frauen›. Es war recht unterhaltsam, und Blair war okay, solange ich die Bücher nach dem Lesen wieder ins Regal stellte und ihm Kaffee kochte, wenn er betrunken war. Er hat mir und dem Hund in etwa die gleiche Aufmerksamkeit gewidmet.»

«Hast du ihn geliebt? Blair, meine ich.»

«Klar. Den Hund habe ich auch geliebt, und um ehrlich zu sein, war der Hund liebenswerter als Blair oder ich. Als ich ihn zum letzten Mal gesehen habe, hat mich der alte Herr zu einer Bergbauakademie gebracht, bevor er nach Kalifornien zurückging, um sich mit einem Colt das Gehirn rauszupusten.»

«Du bist hart.»

Er könnte härter sein. Er hatte sie, was das Thema Miete und wie sie und Flo sie von den Löhnen eines Grubenweibs bezahlen konnten, nie bedrängt. Das Geld kam irgendwoher, und Bill Jaxon mit seinen beim Schnurren gewonnenen Wetten war eine naheliegende Quelle. Blair merkte, daß er bereit war, den Schein ihrer Unabhängigkeit und die unwirkliche Aura des Hauses zu wahren, weil er Angst hatte, daß ein falsches Wort sie vertreiben könnte.

«Und du wirst später mal Mrs. Bill Jaxon.»

«Glaubt Bill.»

«Bill versteckt sich noch immer vor meinem Hotel. Er würde einen guten Endpfosten abgeben.»

«Beneidest du Bill?»

«Ein bißchen.»

«Ich meine, er ist real, oder nicht? Du bist bloß ein Wesen aus den Zeitungen. Aus den Schiffsmeldungen.»

«Das bin ich.»

«Aufgetaucht aus dem Nichts, wie du sagst.»

«Selbst erschaffen durch meinen streng begrenzten Umgang mit Chinesen, Huren und Goldgräbern.»

«Ohne Heimat.»

«Immer unterwegs, fehl am Platz, *sui generis*.»

«Ist das lateinisch für einsam?»

«Miss Molyneux, Sie wären eine gute Anwältin geworden.»

Sie stieß mit ihm an. «Wie heißt deine Tochter, die in Afrika?»

«Ach. Ihre Mutter und ich haben lange darüber gestritten. Sie wollte einen englischen, ich einen afrikanischen Namen. Schließlich haben wir uns auf einen biblischen geeinigt.»

«Und welchen?»

«Kezia. Das bedeutet ‹Regenbogen›. Aus dem Buch Hiob.»

«Das ist ein schöner Name», sagte Rose.

«Sie ist ein schönes Mädchen. Wir sind ziemlich weit von Reverend Maypole abgekommen.»

«Das will ich hoffen.»

Unwillkürlich trat ihm das Bild von George Battie mit seinen beiden Mädchen vor Augen. Blair hatte angenommen, daß Battie ein schlichtes Leben führte, und auf einmal hatte er aus einem schwarzen Loch Tauben hervorgezaubert.

«Bald verläßt du uns wieder», sagte Rose. «Was vermißt du am meisten von der Goldküste, die Frauen oder das Gold?»

«Schwer zu sagen.»

«Warum?»

Blair nahm ein orangefarbenes Knäuel aus der Tasche, löste einen etwa dreißig Zentimeter langen, mit glänzendem Anilin gefärbten Faden und knüpfte daraus ein Band von Knoten. «Sie sind so schwer zu trennen.»

«Die Knoten?»

«Die Frauen und das Gold.»

Er schnitt den verknoteten Faden mit seinem Taschenmesser ab, schob das Tuch von Rose' Schultern und band ihn um ihren Oberarm. Im Licht des Feuers zeichnete sich das helle Garn deutlich auf ihrer von Kohlenstaub dunklen Haut ab.

«Von Kopf bis Fuß, ein Stirnband aus königlichem Purpur und goldenem Tuch, Halsketten aus Goldfiligran, einen Brustharnisch aus Goldfäden, Armreifen und Kettchen aus Glas- und Goldperlen, einen Rock aus rosafarbenen, schwarzen und goldenen Fäden und Fußketten aus Goldfäden und Bernsteinperlen. Wir müssen einfach unsere Phantasie bemühen.»

Er schnitt ein weiteres Stück Garn ab, verknotete es und band es um ihren anderen Arm. Auf die gleiche Art knüpfte er Bänder für ihre Handgelenke.

«Ein Teil des Goldes ist in Fäden, ein Teil ist geschmiedet. In Form von Ketten, Scheiben, Glöckchen, Muscheln, Samen und Kokons.»

Er zog ihre Pantinen aus und band Fäden um ihre nackten Knöchel, bevor er ihr aufhalf. «Von oben bis unten bedeckt mit Gold», sagte er.

Sie trug ein Baumwollkleid mit ausgebleichtem Muster und Perlmuttknöpfen, von denen ebenso viele angesplittert wie ganz waren. Er öffnete sie vorsichtig, um sie nicht zu zerbrechen, und legte ein Hemd aus dünnem Musselin frei. Er hakte seine Finger unter die Träger und ließ Kleid und Hemd zu Boden sinken.

Aus längeren Fäden knüpfte er dickere Knotenbänder. «Stell dir einen Haufen von Goldketten mit Amuletten und holländischen Glasperlen vor, so schwer, daß sie mit jeder Bewegung mitschwingen. Ketten mit goldenen Talismanen und Tieren und in der Mitte ein Nugget, so groß wie ein Brocken Kohle.»

«Und mein Haar?» fragte sie.

«Dein Haar ist schon golden.»

Sie trug einen einfachen Unterrock aus Musselin, ihr armseligstes Kleidungsstück. Sie ließ ihn zu Boden fallen und breitete die Arme aus. Blair wußte, daß jederzeit jemand durchs Fenster sehen konnte. Und wer hereinlinste, konnte sehen. Er band einen letzten Faden um ihre Hüfte wie einen goldenen Gürtel und machte einen Schritt zurück.

«Bin ich nackt?» fragte sie.

«Vielleicht für andere. Für mich nicht.»

Er trug sie nach oben. Er spürte, daß sie keinen Mann wollte, der nicht wenigstens das konnte. Ihre Gesichter und Münder aufeinandergepreßt, schmeckte er Gin, Salz und Kohlenstaub, was ihn zwei Stufen auf einmal nehmen ließ. Sie hielt ihn fest und schlang sich um ihn wie ein Knoten. Dann waren sie im Bett, sein Atem heiß an ihrem Bauch. Eingehüllt in Gold. Sie räkelte sich und streckte ihm ihren Körper entgegen, so daß sie gemeinsam und wie eins dahinflogen.

In Rose hatte harte Arbeit Anmut erschaffen, die geschwungene Muskulösität eines wilden Tieres, eine Leichtigkeit und für ihre Größe erstaunliche Kraft. Mehr geschmeidig als stark, Beine stählern wie die einer Tänzerin, ein Bogen, um ihre beiden Körper in die Höhe zu heben. Dann verschlang sie ihn, wie er sie verschlungen hatte, verlangte, daß er nichts zurückhielt. Er war berauscht von ihr, durchtränkt, vergoldet von ihrem schwarzen Staub, ihre Brüste rosig von seinem Mund.

Was waren sie jetzt? Engländer? Afrikaner?

Verloren, dachte Blair. Der Liebesakt hatte etwas, was Zeit und Raum aus den Fugen brachte und wie Gliedmaße neu zusammensetzte. Keine Vergangenheit, keine Zukunft, nur die Gegenwart, so zugespitzt, daß er fünfzigmal pro Sekunde atmete. Über sie gebeugt strich er mit dem Finger zwischen ihren Schulterblättern entlang und ihre Wirbelsäule hinab. Er spürte, wie die Zeit mit einem Schaudern zum Stehen kam.

Sie drehte sich um. Ihr Haar ein nach hinten gestrichener, schweißdunkler Wust. Das Glitzern von Kohlenstaub auf ihrem

Gesicht, die Lippen geschwollen, die Stirn weiß. Trotz ihrer Dunkelheit fiel ein blasser Abglanz der Lampe von seinem Körper auf ihren, so wie der Mond manchmal nur durch einen Widerschein der Erde beleuchtet wird, eine geisterhafte Erscheinung von aschfarbenem Glanz. In diesem schwachen Licht flakkerte – für einen kurzen Moment – ein irritierendes zweites Bild von jemand Edlerem auf.

«Nennst du das Liebe?» fragte Blair.

«Ich nenne es recht und billig», sagte Rose. «Sie sind ein Wrack, Mr. Blair. Sie brauchen jemanden wie mich.»

«Und was würde Bill Jaxon machen?»

«Bill würde es erst erfahren, wenn wir schon weg sind. Dann könnte er aus Trotz einem anderen den Schädel eintreten.» Die Flamme flackerte. Sie rutschte vom Bett, kniete sich neben den Nachttisch und zündete eine neue Kerze an. Sie bewegte sich nicht wie eine Frau, die Turnüren trug. Es war paradox, daß die harte Arbeit ihr so viel Anmut verliehen hatte. Den Lichterglanz der neuen Kerze im Haar sprang sie zurück aufs Bett. «Wir könnten weg sein, bevor es irgend jemand merkt.»

«Weg? Ich dachte, du wärst glücklich hier.»

«Das war ich auch, bis du mich von oben bis unten in Gold gekleidet hast. Was muß ich in Afrika können?»

«Ein bißchen Pidgin-Englisch.»

«Nicht so, wie wir in Wigan reden?»

«Eher nicht. Die Sprache der Ashanti heißt Twi. Wenn man eine Karte lesen, die Sonne anvisieren und während der Regenzeit trocken bleiben kann, ist das schon fast die halbe Miete. Dann geht es vor allem noch darum, daß man den Unterschied zwischen Pyrit und Gold erkennt und Chinin in jeder verfügbaren Form zu sich nimmt.» Er strich mit der Hand über die Naht an seinem Kopf. «Mit deinen chirurgischen Fähigkeiten kämst du in Afrika prima zurecht. Du könntest eine Amazone werden.»

«Dann brauch' ich dich gar nicht? Ich könnte auch ohne dich dorthin gehen?»

«Natürlich. Man muß nur den Passatwinden folgen. Der Handel auf den Weltmeeren besteht aus nichts anderem als Winden und Strömungen.» Er legte seine Hand auf ihr Herz und ließ sie nach unten gleiten. «Kohle von Liverpool nach Süden auf dem Kanarenstrom.» Schräg nach oben. «Palmen von Afrika nach Westen auf dem Äquatorialstrom.» Quer. «Gold von Nord- und Südamerika nach Westen auf dem Golfstrom.»

«Das ist ja ganz leicht, wenn du es so erklärst.»

«Das ist ungefähr alles, was ich weiß», sagte Blair.

«Und du kennst auch noch andere Routen?»

«Ja.»

«Nimm mich mit.» Sie legte ihre Hand auf seine. «Bringen Sie mich aus Wigan fort, Mr. Blair, und ich werde Sie lieben, solange ich lebe.»

# 22

Der Wetterofen war gelb wie der Krater eines Vulkans, das Licht so grell, daß Blair die Krempe seines Hutes ins Gesicht zog, um seine Augen abzuschirmen. Es war eine simple Konstruktion, ein Feuerrost in einem dreischalig gemauerten Backsteingewölbe mit einer Zufahrtsrampe, die mit Ziegeln von einem Tunnel abgetrennt war, der zu den Flözen der Hannay-Kohle führte. Obwohl der Ofen eine halbe Meile unter der Erde stand, war er völlig überdimensioniert: Auf seinem Rost hätten vier Männer nebeneinander gehen können, und das Feuer saugte die Luft mit einem Durst ein, der auch an Battie und Blair zerrte.

«Es kommt einem immer widersprüchlich vor, Sauerstoff zu verbrennen, um Durchzug zu schaffen», rief Battie, «aber dadurch wird weitere Luft aus dem Förderschacht angesaugt, die wiederum die schlechte Luft nach draußen bläst. Und natürlich müssen wir frische Luft ansaugen. Wenn wir die gashaltige Luft aus der Grube direkt in den Ofen leiten würden, würde er explodieren.»

«Sie leiten sie ab?»

«Genau. Wir führen die schlechte Luft durch einen Blindschacht, der erst ein gutes Stück höher wieder in den Abzug des Ofens mündet, wo die ausziehende Luft sich so weit abgekühlt hat, daß sie das Gas nicht mehr entzünden kann. Gute Luft rein, schlechte Luft raus, das ist unsere ganze Bewetterung. Wir müssen sie rund um die Uhr in Gang halten, sonst würde die Grube aufhören zu atmen und jeder, der sich unter Tage aufhält, wäre tot.»

Goldenes Plasma trieb über einem Bett aus leuchtenden Kohlen, die sich, wie von der Hitze zum Leben erweckt, ebenfalls zu bewegen schienen. Der Ofen wurde mit Hannay-Kohle aus dem

Hannay-Flöz beschickt, ein Drachen, der lebte, indem er sich selbst verzehrte. Am Ende der Rampe war ein Kohlebunker in den Stein gehauen worden, vor dem zwei Heizer mit dicken Handschuhen und Säcken mit Löchern für die Arme neben einer Wanne Kohle warteten. Es waren immer zwei Heizer, hatte Battie erklärt, für den Fall, daß einer in Ohnmacht fiel.

«Wir verbrennen hier jeden Tag sechs Tonnen Kohle», sagte Battie. Der Steiger hatte seine Melone wieder in seinem Büro gelassen und sich statt dessen ein Taschentuch um den Kopf gebunden.

Blair blinzelte, sowohl um in den Ofen zu spähen als auch um seine Augen zu schützen. «Die Asche?»

«Fällt durch den Rost, wird gesammelt und entsorgt. Seit dem Unfall ist sie schon zweimal entfernt worden.»

«Können wir trotzdem noch mal gucken?»

«Wonach?»

«Nach Knöpfen, Knochen. Pantinen wären verbrannt, aber vielleicht haben sich im Rost Stollen oder Nägel verfangen.»

Battie warf einen Blick zu den Heizern, die knapp außer Hörweite standen. «Das wäre ja eine tolle Nachricht für die Bergleute vor Ort, der Mann des Bischofs sucht nach Leichen.»

«Erzählen Sie ihnen, was Sie wollen.»

Battie machte Blair ein Zeichen, ihm über die Rampe zu den Heizern zu folgen, die sie mit offenem Mund anstarrten.

«Männer, das ist Mr. Blair, ein ganz spezieller Besucher der Zeche. Er ist ein Amerikaner, der gern jede Ritze durchsucht und in jedem Topf rührt. Haben wir einen Löffel für ihn?»

Der «Löffel» war eine lange Schaufel. Battie nahm Blairs Hut ab und gab ihm eine Kapuze aus Segeltuch mit einem Sichtschutz aus Glimmer. «Mr. Blair, Sie sind wirklich eine Nervensäge», murmelte er. Er gab Blair zwei gepolsterte Segeltuchhandschuhe, die bis zu den Ellenbogen reichten. «Das müssen Sie schon allein machen. Ich habe nicht vor, einen meiner Männer wegen einer verrückten Laune zu grillen.» Er nahm einen Holzeimer und goß Wasser über Blairs Kapuze und Handschuhe.

Tropfend nahm Blair die Schaufel und stieg die Rampe hinauf. Trotz des Sichtschutzes brannte die Kohle weiß, zu hell, um direkt ins Feuer zu sehen. Wie die Sonne. Die Hitze war betäubend wie ein Schlag.

Wenn die Heizer Kohle ins Feuer warfen, taten sie dies aus sicherer Entfernung. Blair hingegen stocherte direkt in dem Feuer auf dem Rost herum. Extrem erhitzte Luft zwängte sich seine Kehle hinunter. Kohlen klirrten wie Glaskugeln unter dem Schaufelblatt. Er spürte, wie sich die Brusthaare unter seinem Hemd aufrichteten und kräuselten. Doch auch die Schönheit war überwältigend. Sich selbst verzehrend, glänzte das geschmolzene Gold, Falte über glitzernde Falte schlagend, funkenstiebend, wenn er mit der Schaufel darin stocherte. Was genau suchte er auf der Zunge des Drachens? Einen glühenden Oberschenkelknochen, eine gut abgenagte Rippe? Um ihn herum explodierte Dampf, und ihm wurde klar, daß jemand von hinten Wasser auf ihn geschüttet hatte. Er stocherte weiter und versuchte, direkt über den rotglühenden Rost zu kratzen. Er spürte, wie jemand an seinem Ärmel zupfte, und bemerkte neben sich Battie, in Kapuze und Handschuhen, von Dampf eingehüllt. Battie zeigte auf etwas. Was er sagen wollte, begriff Blair erst, als ihn der Steiger vom Ofen weggezerrt hatte, und Blair erkannte, daß der Stiel seiner Schaufel Feuer gefangen hatte und das Eisen des Schaufelblatts in einem matten, wütenden Rot leuchtete.

Die Heizer standen etwa in der Mitte der Rampe und schütteten Wasser über Blairs Kapuze und Schaufel. Erst als er die Handschuhe auszog, bemerkte er, daß sie genau wie seine Hemdenbrust angesengt waren.

«Waren Sie schon mal in der Hölle?» fragte Battie. «Sie scheinen die Arbeit gewohnt zu sein.»

«Ich habe nichts gefunden.»

«Und das werden Sie auch nicht, ohne das Feuer zu löschen. Ist Wahnsinn eine Voraussetzung, um Forscher zu werden?»

Blair taumelte die Rampe hinunter, noch immer benommen,

von den Flammen fast übermütig. «Jetzt weiß ich, wie sich ein Toast fühlt.»

Battie folgte ihm. «Total verrückt. Ich werd' die Augen offenhalten, Mr. Blair. Ich verspreche Ihnen, wenn ich irgend etwas Verdächtiges finde, sag' ich Ihnen Bescheid.»

Als Blair wieder an die Erdoberfläche kam, wurde er von einem Regenguß empfangen, der ihn ausnahmsweise einmal nicht störte, weil er noch immer das Gefühl hatte zu glühen. Der Zechenhof sah aus wie ein Teich aus Tinte. Qualm hing über Lokomotiven, Pferden und Klaubeschuppen und verhüllte Lesebänder und Grubenweiber. Rauch stieg von Schmiedefeuern, Brennöfen und Maschinenschloten auf. Teufelswetter, dachte Blair, und durchaus willkommen.

Unter dem Sitz der Kutsche fand er seinen Regenmantel, den er sich über die Schultern warf, bevor er zum Schuppen des Leuchtmeisters stolperte. Battie hatte gesagt, daß nach der Explosion alle Lampen ordnungsgemäß registriert worden waren. Blair zweifelte nicht am Wort des Steigers, doch es gab eine Möglichkeit, das zu überprüfen. Er erinnerte sich nicht mehr an alle im Untersuchungsbericht aufgelisteten Nummern der Sicherheitslampen, doch zwei hatte er noch im Kopf: 091, ausgegeben an Bill Jaxon, und 125, ausgegeben an Smallbone. Was, wenn keine der beiden Lampen wieder zurückgegeben worden war? Es war nur eine Idee, und er wußte nicht, wohin sie führte, doch er blätterte im Register des Leuchtmeisters, bis die Seiten fast so naß waren wie er selbst. Die Sicherheitslampen 091 und 125 waren auch nach der Explosion jeden Tag ausgegeben worden. Blair entschied, daß er als Detektiv in etwa so viel taugte wie Maypole als Bergmann.

Die Regentropfen, die am Fenster des Schuppens hinabrannen, erinnerten ihn an Maypoles Tagebuch mit seinen senkrechten und waagerechten Zeilen. Was hatte der arme Kerl am Tag vor seinem Verschwinden geschrieben? «Morgen, das große Abenteuer!»

Blair fand Leveret in Hannay Hall, bei den Ställen auf dem gepflasterten Hof. Der Gutsverwalter kniete in Gummistiefeln und Kittel auf dem nassen Kopfsteinpflaster, emsig damit beschäftigt, eine riesige Shirestute zu striegeln und den Schlamm aus ihrem »Kötenbehang», den langen Haaren um die Hufe, zu bürsten. Das gewaltige Pferd hatte sein Maul auf Leverets Rükken gelegt. Trotz des Regens sahen Mensch und Tier zufrieden aus.

In einer Ecke hämmerte ein Hufschmied auf einem Amboß ein rotes Eisenband. Während die Ställe ausgemistet wurden, trappelten die Pferde durch die Gänge; die eine Seite der Stallungen schien Arbeitspferden vorbehalten zu sein, die andere Jagdpferden. Eine ebenso erhabene wie ländliche Idylle, dachte Blair. Wo sich die Herrschaften in roten Reiterkostümen zur Parforcejagd versammelten. Wo vielleicht Generationen von Hannays Mägde entjungfert hatten. Es war seltsam, wie er die Dinge jetzt mit Rose' Augen sah.

Er fühlte sich fiebrig, ob von der Malaria oder dem Ofen, wußte er nicht. Immer wieder drängte Rose sich in seine Gedanken, weil er nicht wußte, ob sie es ernstgemeint oder nur mit ihm gespielt hatte, als sie vorgeschlagen hatte, mit ihm zu gehen. Es war nicht allein die Tatsache, daß er sich für die überstürzte Entscheidung eines anderen Menschen verantwortlich fühlte. Es machte sie auch real. Vielleicht war sie für ihn mehr geworden als eine Reihe von Augenblicken nur in der Gegenwart, weil er durch ihren Vorschlag eine Ahnung ihrer Zukunft bekommen hatte. Wenn es dazu die Kulisse ihres Bettes und den Kohlenstaub gebraucht hatte, der sich von ihrer auf seine Haut geschmiert hatte – nun, das war die rauhe Natur des Menschen. Er hatte nichts versprochen. Und vielleicht war alles auch nur ein Scherz von ihr gewesen. Oder ein weiteres Mysterium. Das alles verwirrte ihn. Doch als er in dem Ofen herumgestochert hatte, hatte er an sie gedacht. Er legte den Kopf in den Nacken, um sein Gesicht im Regen abzukühlen. «‹Je tiefer der Schacht, desto größer die Hitze›, wie die alte Bergmannsregel sagt.»

«Blair!» Leveret errötete. «Das hab' ich ja noch nie gehört.»

«Haben Sie nicht genug Stallburschen, um die Pferde zu striegeln?»

«Schon, aber es macht mir Spaß. Um ein Anwesen zu verwalten, muß man nicht nur die Augen offenhalten, sondern auch mit anpacken.» Mit jedem Strich kratzte Leveret ein wenig Schlamm ab; an den Stellen, wo er schon gebürstet hatte, war das Haar weiß und seidig. «Ich habe schon überall auf dem Anwesen mitgearbeitet. Auf den Feldern, in den Ställen, bei den Schafen, in den Gärten und sogar in der Brauerei. Ich bin dazu erzogen worden, später einmal Verwalter zu werden. John hat immer gesagt, ich wäre wie Adam im Garten Eden, weil Adam eingesetzt worden sei, den Garten zu beaufsichtigen, nicht, ihn zu besitzen. Ich schätze mich glücklich, daß Bischof Hannay ein so großes Vertrauen in mich setzt. Ich habe nie davon geträumt, ein Hannay zu werden, und ich wollte kein Hannay sein.»

«Maypole hätte es besitzen können – zumindest einen Teil.»

«Charlottes Einkommen ist alles.»

«Für einen Hilfsprediger, der gerade mal zwei Anzüge sein eigen nennt, ist das schon eine Menge.» Selbst während er mit Leveret sprach, kam ihm Rose wieder in den Sinn. Welche Mitgift konnte ein Grubenweib in die Ehe einbringen? Ihren Lohn? Einen Krug voller Münzen, Geld, das sie selbst verdient hatte, was seinen Wert in den Augen der Welt nur minderte. Dann lieber ein Familienerbe. Das war eine Aussicht, mit der man etwas anfangen konnte. «Als wir in die Grube eingefahren sind, haben Sie etwas gesagt, wonach ich Sie schon früher hätte fragen sollen. Sie sagten, daß Sie schon einmal in einer Grube gewesen wären, einer alten, drei Meter tiefen.»

«Eine abgebaute Lagerstätte des Hannay-Flözes, in dem alten Teil, der noch in Wigan liegt.»

«Haben Sie die Maypole gegenüber je erwähnt?»

«Deswegen bin ich ja überhaupt dort gewesen. Er hat mich gefragt, ob ich eine alte Grube kenne, und ich habe sie ihm gezeigt.»

«Wann?»

«Das war kurz nach Neujahr. John war neugierig. Es gibt hier eine ganze Reihe von Tunneln, einige wurden vor Hunderten von Jahren, als die Hannays noch katholisch waren, sogar als Verstecke für Priester genutzt. Dieser spezielle Tunnel befindet sich noch auf dem Anwesen, etwa hundert Meter rechts hinter dem Nordtor.» Leveret verlagerte sein Gewicht und hob den anderen Huf des Pferdes an. «Ich habe das Gefühl, daß ich Ihnen keine allzu große Hilfe war. Genausowenig, wie ich John eine Hilfe war.»

«Sie waren in der Tat auffällig abwesend. Mit Ausnahme des Picknicks gestern, und da waren Sie mit den Hunden beschäftigt. Sie sind überhaupt ständig mit Vierbeinern zugange.»

«Ich versuche nur meine Verlegenheit zu verbergen, weil ich Ihnen nicht alles erzählt habe, als Sie mit dem Zug angekommen sind.»

«Sie haben mir nicht von Charlotte erzählt. Daß es darum ging, daß sie Maypole aufgeben und Rowland zustimmen sollte.»

«Ich fürchte, ja. Sie müssen einen falschen Eindruck von den Hannays und von Charlotte bekommen haben. Sie haben sie zu einem schlechten Zeitpunkt erwischt.»

«Bestimmt scheint in England auch meistens die Sonne. In gewisser Weise heißt das also, ich oder Rowland. Charlotte hat mich am Hals, bis sie einwilligt, ihn zu heiraten? Und so lange habe ich die ganze Sippschaft am Hals?»

«So könnte man es ausdrücken.»

«Prima, dann werde ich Charlotte dazu treiben.»

«Das ist unter Ihrer Würde. Das würden Sie nie tun.»

«Nichts ist unter meiner Würde. Ich bin durchgeweicht, ich bin angesengt, und ich will von hier weg. Das mit Earnshaw war auch eine abgekartete Sache, was? Der große Reformer. Hannay hat ihn hergeholt, um Charlotte bei Laune zu halten. Sie haben mir erzählt, daß Earnshaw ihr nicht den Hof macht, also wußten Sie alles.»

«Charlotte ist wohlhabend und attraktiv.»

«Charlotte hat den Reiz einer jungen Natter. Wie dem auch sei, ich habe keine Lust, ein zweiter Earnshaw zu werden, und es gefällt mir nicht, Teil einer Intrige zugunsten Rowlands zu sein.»

«Er ist der zukünftige Lord Hannay.»

«Er ist ein blutrünstiger Verrückter. Was für eine Familie!» Blair fuhr sich mit den Fingern durchs Haar, und ihm wurde bewußt, daß das Pferd besser frisiert war als er. «Sie haben mir erzählt, Charlotte hätte ihr eigenes Haus auf dem Anwesen. Wo?»

«Warum fragen Sie?»

«Ich will sie besuchen und ihr gut zureden.»

«Es ist das Haus bei dem Steinbruch. Zurück auf die Straße, vorbei an dem ‹Heim›, dann sehen Sie den Steinbruch und können das Haus gar nicht mehr verfehlen. Was, wenn Sie nicht mit Ihnen reden will?»

«Nun, dann bleibt mir immer noch meine erste Option. Ich werde Maypole finden, egal wo er sich versteckt oder vor sich hinfault. Hannay hat Maypole doch nicht dafür bezahlt zu verschwinden, oder?»

«Das würde John nie tun, genausowenig wie Sie.»

«Sie geben die Hoffnung nie auf, was?»

Die Straße bestand aus zwei Furchen in einer Schicht aus Laub vom vergangenen Jahr. Birken, moosgrün und rußschwarz, hielten ein regentriefendes Dornengestrüpp zurück. Nach einer Meile erstreckte sich auf einer Seite eine Weide mit einer Schafherde, die sich weiß von den Bäumen im Hintergrund abhob, während man auf der anderen Seite die Häuser entlang der Wigan Lane durchschimmern sah. Sie lagen nicht mehr weit entfernt, tasteten sich vielmehr an den äußeren Rand des Hannay-Anwesens heran.

Nach einer letzten Biegung kam Blair über einen Hügel und an einer Steinmauer entlang, die den Reisenden davor bewahrte, in den Abgrund neben der Straße zu stürzen, wo die gesamte Seite des Hügels herausgemeißelt worden war. Er stand auf, um vom

Bock der Kutsche, die er sich von Leveret geliehen hatte, hinunterzublicken. Der Abgrund war mindestens dreißig Meter tief, die Sandsteinwand von Algen und sich verzweifelt anklammerndem Gestrüpp überwuchert, im Schatten des Abgrunds lag ein vergessener, trostloser See. Ganz anders das Haus, das zu dem Steinbruch zu gehören schien. Die untere Etage war aus graubraunen Quadersteinen, während die Fassade des oberen Stockwerks im weißen Tudorstil gehalten war mit einer Zickzackleiste aus schwarzen Balken und einem fröhlichen Dach aus roten Ziegeln wie ein Hahnenkamm. Zwischen dem Haus und dem Steinbruch befanden sich ein kleiner Stall, ein Gewächshaus und ein Taubenschlag. Das Haus war von einer kargen Rosenhecke und knospenden Narzissen umgeben. Aus dem hohen, gemauerten Schornstein stieg Rauch auf. Alles an dem Haus sah einladend aus.

Als Blair anklopfte, antwortete niemand. Da er den Rauch gesehen hatte und wußte, daß zumindest eine Magd bei der Arbeit sein sollte, ging er ums Haus zur Küchentür. Auch dort antwortete niemand. Durch das Fenster sah er eine dunkle Küche mit einem langen Tisch, an dem für eine Person gedeckt worden war, Gebäck und eine exotische Orange. Im Flur brannte eine Kerze, und er erkannte im Widerschein der Flamme eine junge Frau in einem weißen Kleid. Er sah sie nur einen Augenblick lang, bevor sie die Kerze ausblies.

Wegen ihres roten Haars hatte er zunächst geglaubt, es wäre Rose, doch ihr Gesicht war zu rund. In gewisser Weise ähnelte sie sowohl Charlotte als auch Rose; doch Charlotte hätte ihn mit kühler Empörung gemustert, Rose mit der trägen Gleichgültigkeit einer Katze. Aus den Augen des Mädchens hingegen hatte ihm nichts als Panik entgegengestarrt.

Er rief durch die Tür, erhielt als Antwort jedoch nur weiteres Schweigen, während er fast das Knarren der Dielen spüren konnte, auf denen sie sich drinnen weiter in den Flur zurückzog. Die Qualität ihres Kleides aus moirierter Seide ließ auf eine Angehörige der oberen Schichten schließen. Ihre Angst jedoch ließ ihn spekulieren, daß sie vielleicht eine von Charlottes Schützlingen aus dem ‹Heim für Frauen› war, ein gefallenes Grubenweib oder eine Fabrikarbeiterin, die sich in dem Haus vor dem gerechten Zorn ihres Vaters verbarg. Was auch immer, weder Klopfen noch Rufen konnte sie an die Tür locken.

Blair gab auf und fuhr davon. Regen dampfte auf dem Rücken seines Pferdes. Ihm fiel ein, daß er aussah wie ein Zigeuner oder Kesselflicker, jedenfalls wie die eine oder andere Sorte Ärger. Nicht die Art Gesicht, die einem Türen öffnete.

In gewisser Weise war er erleichtert, Charlotte nicht angetroffen zu haben. Er wußte nicht, was er ihr eigentlich hatte sagen wollen, ob er ihr seine relative Unschuld bezüglich der Motive des Bischofs hätte erklären oder den Teufel in sich durchgehen lassen sollen, um sie in Rowlands Arme zu treiben. Wenn er von ihr etwas anderes als aristokratische Verachtung erfahren hätte, wenn er einen einzigen Herzschlag lang menschliche Wärme oder Weichheit gespürt hätte, irgend etwas wie bei Rose, wäre es anders gewesen. Auf der Schinderrampe hatte er ihr angeboten, Wigan zu verlassen, und Charlotte hatte ihm das Angebot ins Gesicht zurückgeschleudert, als würde sie mit einem Stock einen Lumpen aufheben.

Seine Stimmung wurde auch nicht besser durch den sich verdüsternden Wind und dem Kratzen der Zweige auf dem Dach der Kutsche. Er entzündete die Lampen, obwohl er sich eher auf den Instinkt der Pferde verließ als auf das, was er sah. Warum er auch nur eine Sekunde lang erwogen hatte, Charlotte einen Waffenstillstand anzubieten, wußte er schon nicht mehr.

Er hatte die Grenze des Anwesens fast erreicht; nach seinem Kompaß wand sich die Straße nach Norden, von Wigan weg. Eine Bö erfaßte die Blätter und wirbelte sie herum wie Fledermäuse. Als er gerade zu fürchten begann, sich verfahren zu haben, leuchteten über der Straße zwei pralle helle Lichtstreifen auf, gefolgt von entferntem Donnergrollen.

In diesem Moment gleißender Erleuchtung fiel Blair auf, wie außergewöhnlich Charlotte und Rose auf ihre unterschiedliche

Weise waren, während das Gesicht des Mädchens in dem Haus nur ganz gewöhnliche Hübschheit ausgestrahlt hatte. Charlotte und Rose waren absolute Gegensätze, aber beide waren wie Gold, so wie das dritte Mädchen wie Schlacke war.

Das Nordtor war aus geschmiedetem, längst durchgerostetem Eisen. Die hohen Buchen waren von im Wind wehendem Immergrün ersetzt worden. Leverets Anweisung befolgend, schritt Blair fünfzig Schritte ab und fand sich bis zur Hüfte im Dickicht wieder. Im Strahl seiner Laterne erkannte er über Wellen üppiger Farne eine Birke, stets der erste Baum, der auf Schlacke wuchs.

Als er den Baum erreicht hatte, hörte er das helle «Pling» von Tropfen auf Metall. Er folgte ihm zu einer quadratischen Eisenplatte von knapp einem Meter, die sich mittels eines Scharniers aufklappen ließ. Das metallische Geräusch wurde vom Zug aus dem Schacht verweht. Langsam hielt er seine Lampe hinein. Methan liebte alte Gruben, und er wollte Wigan auf seinen Füßen und nicht durch die Luft verlassen. Im Gegensatz zu einer Bergmannslampe war eine Blendlaterne nicht dazu geeignet, Gaskonzentrationen in der Luft festzustellen, weil die Flamme von einem Metallkorb umhüllt war und durch eine Linse schien. Er konnte nur nach der Farbe der Flamme gehen, und die flackerte in einem sicheren Gelb, als ihr Schein auf den etwa drei Meter tiefen Boden einer Strecke fiel. Gleise sah er nicht, was bedeutete, daß die Mine in einer Zeit betrieben worden war, als die Kohle noch mit Zugschlitten gefördert wurde. Blair ging zur Kutsche und kehrte mit einem Seil zurück, das er an die Birke knotete. Er hängte die Lampe an seinen Gürtel und seilte sich in den Schacht ab.

Der Boden war feucht und glitschig, die Zimmerung der Wände und Decken bog sich vor Alter und Fäulnis. Der Füllort um den Schacht wurde von freistehenden Säulen aus verwittertem Stein gestützt; sie sahen aus, als könnte schon heftiges Atmen sie zum Einsturz bringen, dachte Blair. Verglichen mit der Hannay-Grube war die Strecke hier eine Miniaturförderstätte, doch sie war der Anfang von Hannay-Industries. In der Gegend von Wigan gab es Hunderte solcher Minen, und Tausende noch älterer Stollen, die nichts weiter waren als ausgehöhlte Löcher, aus denen man Kohle förderte, bis sie einstürzten.

Wie ein Einäugiger folgte er dem Strahl seiner Laterne in die Strecke. Er sah keine Fußspuren, aber die Tatsache, daß sich der Schachtdeckel überhaupt hatte öffnen lassen, legte die Vermutung nahe, daß die Mine noch kürzlich betreten worden war.

Als die Strecke abschüssig wurde, waren die Wände von Wasserstreifen im Winkel der Neigung überzogen. An der Decke wuchsen Pilze. Auf den feuchteren Wänden glitzerte ein Überrest der vor langer Zeit gehauenen und geförderten Kohle. Das Licht fiel auf einen Schwanz, der in einem Loch verschwand; wahrscheinlich gab es hier Ratten, Mäuse und Käfer; die Natur verabscheute das Vakuum. Als die Decke niedriger wurde, verfiel Blair in den gebückten Gang eines Bergmanns. Großgewachsene Männer hatten stets Schwierigkeiten, diese Gangart zu lernen. «Jeder Muskel meines Körpers schmerzt», hatte Maypole geschrieben.

Fünfzig Meter weiter endete die Strecke, weil das Kohleflöz abrupt und außer Reichweite absackte. Auf einer Sandsteinwand hatte sich Staub abgelagert. In der Mitte der Strecke war ein Kohlepfeiler stehengeblieben, und Blair malte sich die Versuchung aus, die er für die Bergleute dargestellt haben mußte, die nur nach der Menge der geförderten Kohle bezahlt wurden. Trotzdem war es wichtig, lebend wieder herauszukommen.

Er sah sich im Strahl der Laterne um. Perlmuttartige, halb ausgeprägte Stalaktitenhände hingen von der Decke, am Boden darunter standen kleine Lachen. Im schwarzen Pulver um den Sockel der Säule erkannte er den Abdruck einer eisenbeschlagenen Pantine. Und die Kratzspuren auf dem Steinboden konnten daher rühren, daß jemand versucht hatte, sich an die eigenartig rollende Bewegung von Holzschuhen zu gewöhnen. Doch nicht nur der Gang war geübt worden. Die Wände waren mit den Spuren einer Keilhaue übersät, die zunächst in einer wie an der

Schnur gezogenen, geraden Linie verliefen, bevor sie sich zu einer unbeholfenen Imitation derselben zerstreuten.

Die Strecke war kühl wie eine Krypta. Blair zitterte und genehmigte sich einen Schluck Brandy. Als er den Flachmann wieder verstaute, fiel sein Blick auf eine weitere Merkwürdigkeit. An einer Wand lehnte ein mit Segeltuch bespannter Holzrahmen, wie er zur Steuerung des Luftzugs von Tunnel zu Tunnel benutzt wurde. Da es sich hier jedoch um eine primitiv einfache Strecke handelte, bestand gar keine Notwendigkeit für Wettertore. Es sei denn, man wollte etwas dahinter verbergen.

Als er auf den mit Tuch bespannten Holzrahmen zuging, wischte ein tiefstehender Balken den Hut von seinem Kopf. Als Blair herumfuhr, um ihn zu fangen, wurde er von den Füßen gerissen, durch die Luft gewirbelt und ans andere Ende der Strecke geschleudert. Der Tunnel füllte sich mit Schießpulverqualm, der ihn nach Luft ringen ließ, während er nicht wußte, wo oben und unten war. Seine Augen brannten geblendet. Sein Kopf dröhnte, als ob seine Trommelfelle geplatzt wären.

Auf allen vieren kroch er über den Boden, fand seine noch brennende Laterne und verbrannte sich die Finger, weil er bei dem Versuch, sie aufzurichten, allein auf seinen Tastsinn angewiesen war. Er kroch in die andere Richtung, bis er den in den Schacht fallenden Regen spürte, und riß dann die Augen weit auf, bis die Tropfen sie so weit ausgewaschen hatten, daß er wieder etwas sehen konnte. Sein ganzer Körper fühlte sich an wie von einer riesigen Hand geschlagen, obwohl er weder Blut noch einen gebrochenen Knochen ausmachen konnte, nur ein rundes Loch in seinem Hemd, seiner Jacke und der Ölhaut seines Regenmantels. Er befeuchtete ein Taschentuch, das er sich vor Nase und Mund band, bevor er die Strecke unsicheren Fußes erneut betrat.

Am Ende der Strecke trieben noch immer Qualm- und Staubwirbel durch die Luft. Der bespannte Holzrahmen war von einer Apparatur zur Seite gerissen worden, die aus einem dicken Holzklotz und einem kurzen, ausgestellten Lauf bestand, der wie eine Kanone auf einem Stahlring montiert war, ein sogenannter

Selbstschuß. Unter dem Abzug verlief eine Kette, deren Glieder an Seile gebunden waren. Blair wischte den Schmutz weg. Die Seile waren mit Stricken verknotet, die über den Boden der Strecke gespannt waren. Wenn jemand wie Blair über einen Strick stolperte, schwang die Waffe in seine Richtung, bevor der Abzug ausgelöst wurde. Selbstschüsse wurden nicht zur Jagd benutzt, sondern gegen Wilderer eingesetzt. Eine Mordmaschine, verboten, aber noch immer gebräuchlich.

Blair folgte mit seiner Laterne dem Lauf der Waffe. In der Kohlesäule, vor der er eben gestanden hatte, steckte ein Stahlprojektil von knapp drei Zentimetern Durchmesser so fest, daß es sich nicht bewegen ließ. Wenn er nicht gestolpert wäre, würde er jetzt verbluten. Geboren und gestorben in Wigan. Komischer Gedanke. Wegzugehen, die Welt zu umsegeln und dann dafür zurückzukommen. Mit seinem Taschenmesser schnitt er ein Stück des Stolperstricks ab. Es war gewebte Baumwolle, wie man sie für Dochte und Zündschnüre verwendete.

Sein Hörvermögen kehrte zurück. Tropfen, die mit der Gleichmäßigkeit eines Uhrwerks von der Decke auf die glatte, pulsierende Fläche einer Lache fielen, schmeichelten sich in sein Ohr.

Blair hatte die Panik, unter der Erde in der Falle zu sitzen, noch nie erlebt. Doch als er jetzt in der Strecke stand, die sein Grab hatte werden sollen, spürte er die Angst wie einen kalten Schauer im Nacken.

Es war Mitternacht, als er auf sein Zimmer zurückkehrte. Dort riß er sich das Hemd vom Leib. Eine rote Brandwunde verlief entlang seiner Rippen.

Er zog seine übrige feuchte Kleidung aus, goß sich einen Brandy ein und trat ans Fenster. Die Straße war schwarz und gelb, der Widerschein der Laternen lag auf dem nassen Pflaster. Ein Wachtmeister in Helm und Cape schlurfte über die Marketgate Avenue wie ein Schlafwandler. Er starrte in das schwarze Nichts hinter den Läden. Kein Widerschein von Messingstollen war zu erkennen, kein Klappern von Pantinen zu hören.

Fallen waren anonym. Jeder hätte den Selbstschuß aufstellen können. Maypoles Tagebuch und die Höhe der Spuren der Keilhaue an den Wänden deuteten auf Jaxon. Doch die Verwendung einer Zündschnur als Stolperdraht und die Gerissenheit der ganzen Apparatur wiesen auf Smallbone, diese Ein-Mann-Fabrik hausgemachter Sprengstoffe. Als ehemaliger Wilddieb würde sich Smallbone mit Selbstschüssen auskennen.

Doch damit waren die Möglichkeiten längst nicht erschöpft. Auch George Battie war ein Wilddieb gewesen und wollte nicht, daß die gerichtliche Untersuchung wiederaufgenommen wurde. Und wer anderes als Leveret hatte Blair den Weg zu dem Tunnel gewiesen? Er hatte keinen Beweis in der Hand. Es hätte auch die Temperenzlerliga oder die Blaskapelle von Wigan sein können, die ihm nach dem Leben trachtete.

Er berührte den Striemen auf seiner Haut, der nur eines sicher bewies. Es war Zeit zu gehen.

# 23

Im Gemischtwarenladen kaufte er eine stabile Reisetasche aus amerikanischem Segeltuch, die sich «Railway Companion» nannte, ein Seil, Badetücher, ein zwölf Zentimeter langes Rundeisen mit einem Durchmesser von knapp drei Zentimetern, zwei Schraubenschlüssel und einen Ein-Pfund-Sack Schießpulver. Dabei bemerkte er die auf einem Regal ausgestellten Sicherheitslampen für Bergleute, kaufte aber keine. Anschließend begab er sich auf dem Umweg über das «Heim für Frauen» nach Hannay Hall.

Diesmal näherte er sich der Pseudoburg des «Heims» von der Gartenseite. Durch die langen Treppenhausfenster sah er graue Uniformen auf dem Weg zum Unterricht oder Katechismus, geschäftig wie Tauben in einem steinernen Schlag. Das feuchte Wetter hatte die Bänke vor dem Haus leergefegt. Auf der langen abschüssigen Wiese zwischen dem «Heim» auf der Kuppe des Hügels und der Hecke an seinem Fuß sah er niemanden, nicht einmal einen Gärtner.

Diesseits der Hecke bewegte sich eine einzige, kleine, unverkennbare Gestalt. In einem schwarzen Kleid und Lederhandschuhen beschnitt Charlotte Hannay ihre Rosen. Ihr breitkrempiger Hut war im Nieselregen zusammengefallen, und kupferfarbene Strähnen klebten an ihrer Wange. Von den Bäumen bis zum Garten waren es zwanzig Meter. Blair wußte, daß sie ihn kommen sah, obwohl sie nicht in seine Richtung blickte. Die Wunde an seinen Rippen mußte verbunden werden, doch er hatte das Gefühl, daß man Charlotte Hannay gegenüber besser keine Schwächen offenbarte.

«Blühen sie eigentlich auch irgendwann?» fragte er. «Sie scheinen das meiste Vergnügen daran zu haben, sie zurückzuschneiden.»

Sie würdigte ihn keines Blickes. Der Rosengarten war die perfekte Kulisse für sie, eben weil es keine Rosen gab. Ein Rosengarten hätte Rosen so rosig wie englische Gesichter haben sollen, dachte Blair. Doch sie hätte sie höchstwahrscheinlich enthauptet. Mit der gebogenen Rosenschere in der Hand erinnerte ihn Charlotte Hannay an eine Gestalt aus der französischen Revolution, an eine dieser Frauen, die Madame Guillotine munter ihre Aufwartung machten. Ihr Kleid glänzte, als wäre sie schon den ganzen Morgen im Garten gewesen, obwohl sich in dem Korb auf dem Weg nur ein paar karge Zweige befanden. Ohne die Blässe und ihr gewohnt verkniffenes Gesicht hätte sie eine durchaus attraktive Frau sein können, dachte er, obwohl man genausogut hätte behaupten können, daß eine Wespe, bis auf ihre Angewohnheit zu stechen, ein niedliches Insekt war.

«Hatte ich Sie nicht davor gewarnt, noch einmal hierherzukommen?» fragte Charlotte.

«Das haben Sie.»

Sie schnitt eine lange Ranke mit roten Dornen ab. Die Rute in der einen Hand, die Schere in der anderen, richtete sie sich auf.

«Wollen Sie mich auspeitschen, entmannen oder beides?» fragte Blair.

«Was immer die nachdrücklichste Lektion für Sie wäre.»

Sie warf die Ranke in Richtung Korb und beugte sich über die nächste Pflanze. Sie stutzte zunächst die oberen Zweige, um dann die kräftigen Triebe in der Mitte zu beschneiden. Obwohl die Handschuhe sie bis zum Ellenbogen schützten, waren die Ärmel ihrer Seidenbluse zerrissen.

«Das wird nicht nötig sein», sagte Blair. «Ich verlasse Wigan. Sie sind offenbar nicht die einzige, die möchte, daß ich von hier verschwinde.»

Charlotte machte sich nicht die Mühe, ihm zu antworten. Während sie die holzigen Ranken stutzte, fiel ihm auf, daß ihre Arbeit ein fast meditatives Tempo angenommen hatte. Er erwartete, daß sie ihm vorwerfen würde, daß er um ihr Haus herumgeschlichen war, doch sie erwähnte den Vorfall mit keinem Wort.

«Ich denke, irgendwann hätte ich Maypole gefunden», sagte Blair. «Was ich bereits herausgefunden habe, ist, daß ich mehr Interesse daran habe, ihn zu finden, als irgend jemand sonst. Es ist offensichtlich, daß es hier nicht um einen Vermißten geht. Ihr Vater will nur, daß Sie eine Verlobung lösen, die sich längst überlebt hat, dann bin ich frei, nach Afrika zurückzukehren. Liege ich so weit richtig?»

«Das ist im Grunde vollkommen gleichgültig.»

«Es ist Ihnen egal, ob ich Maypole finde. Sonst hätten Sie mir geholfen. Ich habe angefangen, mich für ihn und sein Schicksal zu interessieren, aber das ist es nicht wert, sich dafür umbringen zu lassen. Ich komme mir albern vor, das zuzugeben. Wie dem auch sei, es tut mir leid, daß man mich gegen Sie benutzt hat. Ich hatte keine Ahnung, daß es dabei um Sie ging. Das Wichtigste ist, daß ich hier weg will, und Sie wollen, daß ich verschwinde.»

Charlotte beugte sich über die Ranken. Blair stellte sich vor, wie mit jedem Schnippen eine weitere rote Rose zu Boden fiel. «Das Wichtigste ist», sagte sie, «daß ich Rowland nicht heiraten werde.»

«Heiraten Sie, wen Sie wollen. Das Problem ist nur, je länger ich hier bin, desto mehr werde ich finden. Maypole hatte außer Ihnen noch ein anderes Leben. Ich denke, Sie wollen, daß ich eher jetzt als nachher verschwinde. Sagen Sie dem Bischof einfach, daß Sie nicht länger an Maypole interessiert sind. Der Bischof gibt mir seinen Segen und schickt mich meiner Wege, und wir beide sind quitt.»

«Sie sind ein Wurm, Mr. Blair.»

«Das ist nicht die Antwort, die ich hören wollte.» Er spürte, wie ihm das Blut in die Wangen schoß, als hätte sie ihn geschlagen. «Also gut, kennen Sie ein Grubenweib namens Rose Molyneux?»

Der Wind drückte die Krempe von Charlottes Hut nach unten. Blair dachte, daß sie in ihrem leichten Kleid und den dünnen Schuhen frieren mußte. Doch wo ist sie kälter, fragte er sich, innen oder außen?

«Ich kann mich nicht daran erinnern, den Namen schon einmal gehört zu haben.»

«Reverend Maypole war vernarrt in sie.»

«Das bezweifle ich.»

Blair warf einen Blick zu dem «Heim». «Sie verfügt über medizinische Grundkenntnisse. Ich dachte, daß sie sich die vielleicht in einem Ihrer Kurse angeeignet haben könnte. Möglicherweise hat Maypole sie hier getroffen.»

«Beschreiben Sie sie», sagte Charlotte.

«Man muß wohl sagen, daß sie äußerlich auf eine gewöhnliche Weise attraktiv ist. Sie hat rotes Haar und ist schlagfertig und gewitzt, was sie aus der Masse heraushebt. Ich würde sie nicht als intellektuell bezeichnen, doch sie hat eine rasche Auffassungsgabe und ist sehr direkt. Ein freier Geist. Sie retten diese Mädchen doch, da müssen Sie doch eine leidliche Vorstellung von ihnen haben.»

«Ich rette sie, weil sie nicht frei sind, weil es arbeitende Mädchen sind, die von ihren Verehrern verlassen oder von ihren Vätern mißhandelt wurden. Ansonsten würden die Babys in einem Waisenhaus landen und die Mütter, die selbst fast noch Kinder sind, ihren Abstieg in drei Schritten vollziehen, von Reverend Chubbs Obhut über eine Fabrik in die Prostitution. Wir machen sie frei.»

«Nun, Maypole fand, daß Rose auch ohne Ihre Fürsorge ein freier Geist ist. Er war fasziniert von ihr.»

«Und wurde diese Wertschätzung erwidert?»

«Nein. Ich glaube, Rose fühlte sich durch Maypoles Aufmerksamkeit geschmeichelt, aber das war auch alles. Ich glaube nicht, daß sie etwas mit seinem Verschwinden zu tun hat. Die Affäre hat sich hauptsächlich in seinem Kopf abgespielt.»

«Als ob Sie John Maypole kennen würden.»

«Worauf ich hinauswollte –»

Ein Zweig brach, und Charlotte warf ihn leichthin beiseite. «Lassen Sie mich raten. Sie wollten sagen, daß die Enthüllungen von Reverend Maypoles romantischer Neigung zu einer anderen

Frau – einer einfachen Frau aus der Arbeiterschicht – mir peinlich werden könnten, wenn Sie Ihre Nachforschungen nicht beenden? Hab' ich recht?»

«Mehr oder weniger, wenn Sie es so ausdrücken wollen.»

«Gefühlskalt, wie ich angeblich bin, kann ich diese Dinge durchschauen.»

«Gut. Wissen Sie noch, was Ihr Vater über die Schließung des ‹Heimes› im Falle eines öffentlichen Skandals gesagt hat? Ich denke, Maypoles Vernarrtheit würde als ein solcher gelten. Ihre ganze fromme Arbeit würde zunichte gemacht.»

Charlotte trat auf einen Rosenbusch zu, dessen Zweige bereits bis auf die letzten Augen gestutzt waren. Während sie ihre Handschuhe auszog, um nach Trieben zu tasten, lief eine Suppe aus Wasser und Kompost in ihre Schuhe.

«Lassen Sie uns das ein für allemal klarstellen. Sie würden mich zwingen, Rowland zu heiraten, damit Sie Geld von meinem Vater kassieren und nach Afrika zurückkehren können? Wenn das der Fall ist, gebe ich Ihnen Ihr Geld und bezahle Ihre Passage.»

«Aber Sie können mir in Westafrika nicht die Arbeit geben, die Ihr Vater mir geben kann, und das ist es, was ich brauche.»

«Sie sind noch niedriger als ein Wurm. Sie sind ein Erpresser.»

«Das ist nicht schwer. Ich habe von Ihnen keine einzige Träne, nicht ein Anzeichen menschlichen Mitgefühls für den armen Maypole gesehen. Kein Wort der Hilfe für mich. Jetzt können Sie ihn alleine weitersuchen, wenn Sie wollen.»

«Vielleicht sind Sie schlicht zu ignorant, um das Ausmaß des Schadens zu erkennen, den Sie anrichten würden. Dies ist die einzige Zufluchtsstätte im Norden Englands, in der unverheiratete schwangere Frauen nicht wie Verbrecherinnen oder Aussätzige behandelt werden. Wir machen aus Opfern arbeitsfähige, nützliche Menschen. Können Sie das begreifen?»

«Dies ist eine Puppenstube, in der Sie arme Mädchen in graue Kleider stecken. Ihre kleine Welt. Sie sind die graue Prinzessin, die Kohleprinzessin. Und die Mädchen haben bestimmt jede Menge Spaß, dessen bin ich gewiß.»

«Sie würden all das zerstören, nur um mir eins auszuwischen?»

«Wenn Sie Ihrem Vater nicht sagen, was er hören will, und ich nicht bekomme, was ich brauche. Sobald ich weg bin, können Sie es sich wieder anders überlegen. Oder auch nicht.»

Charlotte wandte Blair den Rücken zu und ging zu einer Pflanze, die bereits bis auf ein Y aus kargen Zweigen gestutzt war. Auf der Suche nach Trieben strich sie mit der Hand sanft über die Dornen, bis Blair begriff, daß sie ihm nichts mehr zu sagen hatte und er entlassen war.

Blair seilte sich in die Grube ab und folgte, die Schraubenschlüssel in den Gürtel gesteckt, demselben Weg wie am Abend zuvor, wobei er mit seiner Blendlaterne den Boden sorgfältig auf neue Stolperstricke ableuchtete. Der Selbstschuß stand am Ende des Tunnels, das Projektil steckte noch immer in der Kohlesäule. Die Waffe erinnerte mehr an eine Kanone als an ein Gewehr, und der Anblick ließ Blair zusammenzucken.

Er studierte die Spuren der Keilhaue an der Wand, als wäre er ein Archäologe in einer antiken Grabkammer. Bergleute benutzten Keilhauen mit kurzem Griff, weil sie meist auf engstem Raum arbeiten mußten, so daß man die Gleichung aufmachen konnte, daß die Höhe der Spuren in aller Regel der Größe des Mannes entsprach. Die Spuren an den Tunnelwänden waren außergewöhnlich hoch, Bill Jaxons Größe, und professionell gerade wie an einer Schnur gezogen. Dann wurden sie auf einmal unregelmäßig, befanden sich aber noch immer auf ungefähr derselben Höhe, waren aber alles andere als gerade und offensichtlich schlecht geschlagen: zu fest, zu weich oder daneben. Auf dem weiteren Weg entlang der Wand wurden die Fehlversuche jedoch allmählich besser. Sowohl Jaxon als auch Maypole waren groß. Er stellte sich vor, wie der Bergmann dem Hilfsprediger den Schlag und den Rhythmus jener uralten Handwerkskunst des Kohlehauens beigebracht hatte. Aber warum? Wenn Maypole sich nur zum Predigen unter Tage schmuggeln wollte, mußte er lediglich aussehen wie ein Bergmann und nicht versuchen, wie einer zu arbeiten. Kohle mit der Keilhaue zu fördern, war etwas, was man nicht an einem Tag oder in einer Woche lernte. Echte Bergleute hätten ihn sofort als Betrüger und potentielle Gefahr entlarvt.

Ein Rätsel, das wohl auf ewig ungelöst bleiben würde, entschied Blair. Schließlich war er nur wegen des Selbstschusses zurückgekommen.

Knapp vierzig klobige Pfund, bestehend aus einem Hartholzklotz und einem eisernen Lauf auf einem Eisenring als Sockel. Selbst nachdem er das Geschütz von seinem Sockel montiert hatte, war der Transport des Laufes unter einer teilweise nur gut ein Meter hohen Decke ein hartes Stück Arbeit. Er deponierte die Waffe beim Schacht und ging zurück in die Strecke, um den Sockel zu holen. Als er zurückkam, fiel vor seinen Augen die Erscheinung einer mannsgroßen Spinne durch den Schacht und blieb in der Luft hängen.

«Wer ist da?» Reverend Chubb blinzelte in die Dunkelheit und machte vage schwimmähnliche Bewegungen mit Armen und Beinen. Haar, Bart und Bäffchen baumelten mit ihm in der Luft. Von oben hielt eine Hand seinen Gürtel fest.

«Ist es Blair?» fragte eine Stimme.

«Es ist zu dunkel hier unten», sagte Chubb.

«Ich bin's.» Blair stellte den Sockel neben dem Geschütz ab.

«Gute Arbeit, Chubb», sagte die Stimme, und der Reverend stieg wieder auf wie ein Engel am Draht. Blair kletterte an seinem Seil an die Oberfläche, wo Chubb benommen seine derangierte Kleidung ordnete. Rowland trat den Schachtdeckel zu und lehnte sich nachlässig an den Stamm der Birke wie ein Dichter, der zufälligerweise statt eines Gedichtes eine Schrotflinte bei sich trägt. Sein gelbes Haar war ungekämmt, und seine Augen glänzten unter geröteten Lidern wie Kristall.

«Ausgesprochen unangenehm und unbequem», murmelte Chubb vor sich hin.

«Die Mühe eines Augenblicks», sagte Rowland, «für die ich Ihnen dankbar bin, was nicht wenig ist, wenn man bedenkt, daß ich der künftige Lord Hannay bin und Ihr Auskommen von meinem Wohlwollen abhängt. Andernfalls werden Sie sich durch Ihre letzten Jahre schlagen wie eine Herzmuschel, die an einem Pier saugt.»

«Es war mir ein Vergnügen, Ihnen gefällig zu sein», sagte Chubb.

«Das ist das Wunderbare an der Staatskirche», meinte Rowland zu Blair. «Sie ist gefällig. Was machen Sie hier? Wir haben die Kutsche auf der Straße gesehen und angefangen, das Gebüsch nach dem Kutscher abzuklopfen.»

«Ich suche nach Reverend Chubbs vermißtem Hilfsprediger. Chief Constable Moon meinte, er könnte in einen alten Schacht gefallen sein.»

«Es gibt Hunderte von verlassenen Schächten in Wigan.»

«Ich kann es immerhin versuchen.»

«Nun, wir werden die Wahrhaftigkeit Ihrer Behauptung überprüfen. Moon ist bei uns. Außerdem möchte ich Ihnen etwas erzählen. Schließen Sie sich unserer Gesellschaft an.»

Sie schritten durch Bestände von Lärchen und Eichen. Rowland, Blair, Chubb und Moon wurden auf beiden Seiten von Wildhütern flankiert. Neben dem feinen Nieselregen fielen dickere Tropfen von den Zweigen. Das nasse Laub dämpfte die Schritte der Männer und beschmutzte ihre Hosenaufschläge.

Nachdem er unter Tage gewesen war, genoß Blair die frische Luft trotz der Gesellschaft. Rowland prahlte mit seiner Schrotflinte, ein Geschenk der Royal Geographic Society. Es war die Einzelanfertigung eines Londoner Büchsenmachers mit einem schmalen Doppellauf und einem Verschluß, in den, wie in den Knauf eines eleganten Spazierstocks, Löwen und Elenantilopen eingraviert waren.

Ein Buntspecht segelte in wellenförmigem Flug über die Lichtung und ließ sich etwa fünfzig Meter weiter auf dem Stamm einer Lärche nieder. Der Vogel kreuzte seine schwarzweißen Flügel hinter dem Rücken und hatte gerade begonnen, unter der Rinde nach Nahrung zu bohren, als Rowland feuerte und den Kopf des Vogels an den Baum nagelte. «Strammes Muster», sagte er.

Auf der anderen Seite der Lichtung geriet ein Fink in Panik. «Zu weit weg», sagte Blair.

Rowland schoß, und der Vogel platzte wie ein Kissen, goldene Federn rieselten zu Boden.

Das Problematische an Arsen ist, dachte Blair, daß es das Auge schärft und Allmachtsphantasien hervorruft; er wünschte, er hätte selbst ein wenig bei sich gehabt. Natürlich kam nach dem Hoch für gewöhnlich ein Tief.

Die Wildhüter rannten vor, um die getöteten Vögel zu rupfen und Daunen und Federn in Seidensäcke zu stopfen.

Rowland lud im Gehen nach. «Es gibt für alles einen Nutzen und für jeden Mann eine Arbeit. Englands Stärke ist die Spezialisierung, Blair. Ein Mann sammelt Eisen, der andere Kupfer, der dritte Lumpen und der vierte Knochen. Ein Mann sammelt Pferdemist als Dünger ein, der andere Hundescheiße für die Färbereien. Federn sind gute Fischköder. So wird nichts verschwendet, sondern alles gewinnbringend verwendet. Ich denke, es wird wundervoll werden, Lord Hannay zu sein.»

Moon tauchte neben Blair auf. «Erst fischen Sie in Kanälen. Jetzt verschwinden Sie, wie ich höre, in Löchern und tauchen wieder auf.»

«Sie haben doch gesagt, Maypole wäre vielleicht in einen Schacht gefallen.»

«Ich fühle mich geschmeichelt, daß Sie sich meine Anregung derart zu Herzen genommen haben. Aber ich muß Sie warnen, diese Seite von Wigan ist praktisch ein Schweizer Käse. Es gibt Strecken, die, wie man sagt, bis hinunter nach Candle Court führen.»

«Es gab sie, in den Tagen der Katholiken», sagte Chubb noch immer unter Schmerzen.

Man jagt den örtlichen Pfarrer nicht wie ein Frettchen in ein Loch, dachte Blair, selbst wenn man der Gutsherr ist. Aber genau deswegen hatte Rowland es wahrscheinlich getan, um klarzustellen, daß er eine Ausnahme von jeder Regel darstellte. So erledigten die Hannays alles.

«Ich habe Chubb mit der Evolutionstheorie geärgert», sagte Rowland. «Das Problem mit der Bibel ist, daß sie behauptet, daß wir alle nach dem Ebenbild Gottes erschaffen sind. Die Annahme, daß wir und die Affen gemeinsame Vorfahren haben und daß die verschiedenen Rassen des Menschen dieselbe wissenschaftliche Evolution, von Negroiden und Asiaten über Hamiten, sprich Araber, und Semiten, also Juden, bis zum modernen Angelsachsen durchlaufen haben, ergibt sehr viel mehr Sinn.»

«Ich habe schon zu viele Engländer aus Kanus fallen sehen.»

«Es gibt solche und solche Engländer, genauso wie es Damen und Grubenweiber gibt. Es gibt einen Grund dafür, daß diese Frauen diese Arbeit tun. Es ist die natürliche Auslese. Ich habe vergessen, Blair, was war Ihre Mutter noch?»

«Das habe ich auch vergessen.»

«Wie dem auch sei, es erfüllt mich mit einem Gefühl des Willkommenseins und der Sicherheit, Vertreter von Kirche und Gesetz an meiner Seite zu sehen. Zu wissen, daß auch sie sich auf die Zeit freuen, in der ich wirklich heimkehren werde. Natürlich wird der Bischof noch viele Jahre lang Lord Hannay sein. Wir wünschen ihm ein möglichst langes Leben.»

Ein Star flatterte auf, als ein Stein übers Wasser hüpfte. Rowland schoß, und der Vogel schlug ein Rad. «Das ruft Erinnerungen an Afrika wach, was?» fragte er Blair.

«In der Tat. Zu schade, daß Sie nicht ein paar tote Dickhäuter auf dem Anwesen herumliegen lassen können.»

«Schießen ist die Zuspitzung der Wirklichkeit, Blair. Alles andere ist öde. Ein kleiner Knall, ein bißchen Blut, und alles wird lebendig. Können Sie mir folgen, Chubb? Vielleicht können Sie das mal in einer Predigt verwenden.»

«Ich verstehe nicht, warum Sie Blair dabei haben wollen, Mylord.» Chubb stolperte hinter ihnen her.

«Weil Blair weiß, wovon ich rede, und Sie nicht. Oder, Moon?»

Moon schob einen Ast beiseite, um Rowland den Weg freizumachen. «Ich schmeichle mir, es zumindest ansatzweise würdigen zu können, Mylord.»

«Dann haben wir ja interessante Zeiten vor uns. Aber Sie hätten Blair an der Goldküste sehen sollen, Moon. An der Küste selbst gibt es jede Menge Engländer, aber im Hinterland gab es nur Blair. Und Araber, aber die zählen nicht. Kein großer Schütze, aber er kannte sich aus. Sprach das Kauderwelsch der Eingeborenen wie ein Pascha. Sehen Sie, es gibt zwei Blairs. Den mythischen Blair in Afrika und den lebensgroßen Blair hier. Habe ich Sie treffend portraitiert, Blair? Oder ist Ihre Nase zu lang oder zu schief geraten? In Afrika hatten Sie zumindest einen gewissen Stil. Es ist traurig, Sie derart heruntergekommen zu sehen. Da haben wir's, Sie gucken bloß wieder auf Ihren Kompaß.»

«Schönen Dank für den Spaziergang. Aber ich muß weg», sagte Blair.

«Warten Sie», sagte Rowland.

Von der Mine waren sie durch die ersten Baumbestände in östlicher Richtung gegangen, dann weiter südöstlich durch einen Vorhang aus Weiden zum Schlackehügel einer weiteren verlassenen Lagerstätte. Auf der Halde wuchsen Birken, als wäre ihnen Dreck lieber. Hinter den Bäumen erhoben sich eine Buchsbaumhecke und ein Haus.

Rowland erklomm die Halde. Der Wind war noch wärmer geworden, der Himmel, wenn überhaupt, noch dunkler und tiefer als zuvor. Rowlands Gesicht war von Malaria-Glanz überzogen. Er wies auf ein fünfzig Meter entfernt liegendes Erlengehölz und wies Moon an, Chubb und die Wildhüter in die Richtung zu führen, um Wild aufzuscheuchen. Wieder bat er Blair zu warten.

«Ich habe Ihnen noch nicht von dem Empfang bei der Royal Geographic Society erzählt. Ich wünschte, Sie hätten dabeisein können. Ich glaube, jedes Mitglied der Gesellschaft war anwesend. Auch einige Mitglieder der königlichen Familie, um ihr Interesse an Afrika, der Geographie und der Sklavenbefreiung zu demonstrieren. Zunächst gab es Champagner, dann eine Ausstellung mit Karten und faszinierenden Kunstwerken. Die Gorillahände waren ein großer Erfolg. Natürlich wollten sie noch mehr sehen. Zuletzt haben sie mir eine silberne Medaille um den Hals gehängt und mir das Gewehr überreicht. Eine überaus gelungene Veranstaltung. Ich hätte in London bleiben und mich die nächsten sechs Monate lang feiern lassen können, aber ich hatte das Gefühl, ich sollte hier sein. Sie haben Maypole nicht gefunden.»

«Nein.»

«Aber irgendwas haben Sie gefunden. Charlotte kann Sie nicht für nichts so sehr hassen. Was ist es?»

«Sie wollen sie heiraten?»

«Das ist der ganze Sinn der Übung. Haben Sie irgend etwas erfahren, was helfen könnte, die Sache zu forcieren? Der Bischof ist nicht der einzige, der Sie nach Afrika schicken kann.»

«Das würden Sie tun?»

«Ich könnte berichten, wie Sie mich voller Reue um eine zweite Chance gebeten haben. Erzählen Sie mir einfach von Maypole.»

«Miss Hannay wird das ‹Heim für Frauen› weiter betreiben wollen.»

«Wen kümmert das ‹Heim für Frauen›? Es hält sie beschäftigt. Warum nicht? Ich könnte es schließen, wenn ich will. Was ist das für eine Information?»

Blair hatte Rose' Namen auf den Lippen, doch im selben Moment brach unter den Bäumen Radau aus. Moon und die Wildhüter hätten genausogut ausgelassene Schuljungen sein können, dachte er. Ein Schwarm Rotdrosseln stieg auf, glatt und schwarz mit leuchtend rotem Zickzackmuster. Rowland schoß zweimal. Die Wildhüter lärmten weiter, und als die Vögel verwirrt umkehrten, lud Rowland nach und schoß erneut, während die Männer durchs Unterholz trampelten.

Blair ging um die Hecke zur Auffahrt des Hauses und bemerkte, daß der Kies ungeharkt und der gepflasterte Weg von der Auffahrt zur Tür von Unkraut überwuchert war. Es war kein Haus für Gesinde oder Arbeiter, sondern eine komplette dreistöckige Villa, die isoliert in einem Winkel des Hannay-Anwesens lag; er hätte es für das Haus des Gutsverwalters oder eines ehrgeizigen leitenden Angestellten der Hannay-Company gehalten. Schmiedeeiserne Balkone, die zu ausladend für die dazugehörigen Fenster wirkten, zierten die Fassade. Ein erdrückender griechischer Ziergiebel krönte die Backsteinfassade und verlieh ihr ein gewichtiges Aussehen. Häßlich, möglicherweise leerstehend, aber nicht verfallen.

Rowland feuerte, und ein Fenster sprang.

«Haben Sie die Möglichkeit erwogen, daß sich jemand in dem Haus aufhält?» fragte Blair.

«Das glaube ich kaum. Wissen Sie, warum ich in Afrika war?»

«Ich weiß überhaupt nicht, warum die Engländer irgendwas tun.»

Rowland legte das Geschenk der Royal Geographic Society an, schoß, und eine zweite Scheibe zersplitterte.

«Ich hatte keine Beschäftigung, nur Erwartungen. Ich bin nach Afrika gegangen, um mir einen Namen zu machen, und wer mußte mir dort in die Quere kommen? Sie. Ich kehre nach Hause zurück, und da sind Sie schon wieder. Das ist pervers.»

«Ich arbeite für den Bischof, das ist alles.»

«Er sagt, daß Sie uns helfen. Ich möchte, daß Sie es beweisen. Was könnte diese Information über Maypole sein?»

«Sollen wir nicht noch ein paar Scheunen überfallen?»

Rowland feuerte auf zwei Fenster im oberen Stockwerk. Eines zersplitterte, im Rahmen des anderen blieb eine Glasscherbe stehen.

«Eines verstehe ich nicht», sagte Blair. «Sie sind ohnehin der nächste Lord Hannay. Es muß doch eine Reihe von akzeptablen Frauen geben, die gern einen Titel hätten. Schön, talentiert und habgierig wie Sie. Warum wollen Sie Charlotte Hannay heiraten?»

Rowland löste den Blick von Blair, um ihn über die Erlen und die Hügel im Nebel schweifen zu lassen, während sein Gesicht einen versonnenen Ausdruck annahm. «Weil ich es mir mein Leben lang vorgestellt habe. Weil sie zu dem Besitz gehört.»

Er zitterte. Blair nahm eine überreife Mischung aus Duftwasser, Schweiß und einer Knoblauchfahne wahr, der Geruch, den der Körper verströmte, wenn das Arsen bis auf das Dochtende niedergebrannt war.

«Nein, ich habe keine Information. Nichts über Maypole, und was Charlotte angeht, sie haßt mich», sagte er. «Aber ich glaube kaum, daß das eine Neuigkeit ist.»

Im trommelnden Regen fielen Locken in Rowlands marmorne Stirn. Blair dachte nicht an das Haus mit den zerbrochenen Fenstern. Er stellte sich das gedämpfte Licht im Kartenraum der Royal Society vor, weiße Reihen von Abendkleidern, eine Medaille um Rowlands Hals. «Zeigen Sie mir mal Ihre Hand», sagte er.

Rowland streckte seine linke Hand aus. Weiße Ränder zierten seine Nägel, sein Handballen war von schwieliger Hornhaut überzogen, Kennzeichen einer Arsen-Abhängigkeit. Hatten die Mitglieder der königlichen Familie das beim Defilee auch bemerkt? fragte sich Blair. Hätten sie ein Geweih bemerkt, das auf Rowlands Kopf sprießte? Als er über die Handfläche kratzte, riß Rowland seine Hand im Schmerz zurück. Brennende Handflächen waren ein weiteres Indiz für einen Arsenkollaps. «In einem Jahr sind Sie tot», sagte er.

«Vielleicht sind wir das beide, dahingerafft von unseren Krankheiten oder Arzneien.»

«Das haben wir gemeinsam.»

«Wenn ich mich besser fühlen würde, würde ich Sie auf der Stelle erschießen, aber ich habe nicht die Kraft, Ihre Leiche irgendwohin zu schleifen.»

«Es kommt in Wellen. Bald geht es Ihnen wieder besser.»

«Das nehme ich auch an.»

Blair ließ Rowland auf der Auffahrt stehen und ging um die Hecke. Er mußte seinen Drang, einfach loszulaufen, unterdrükken. Doch als er an den Schlackehalden vorbei war, wurden seine Schritte länger und schneller, bis er den Schutz der Weiden auf der anderen Seite erreicht hatte.

Im Regen wirkten die Orientierungspunkte verändert, doch Blair folgte seinem Kompaß. Als er den Schachtdeckel öffnete, tropfte Wasser hinein. Er seilte sich ab, fand den Selbstschuß und warf ihn durch den Schacht nach oben. Dann hievte er den Sockel nach oben und hangelte sich zuletzt selbst wieder hoch. Geschütz und Sockel unter dem Arm watete er durch das Brackwasser zu der Stelle, wo die Kutsche noch immer auf ihn wartete und das Pferd im strömenden Regen wieherte. Er öffnete seine Reisetasche, den «Railway Companion», wickelte Geschütz und Sockel in Handtücher und packte sie hinein. Durchnäßt und schlammbedeckt trieb er das Pferd mit der Peitsche zurück auf die Straße, als ob Rowland ihm, auf einem weiteren Energieschub segelnd, nachsetzen könnte.

Im Hotel baute Blair den Selbstschuß auf der Schwelle zu seinem Schlafzimmer wieder zusammen und spannte drei verschiedene Stolperstricke durch das Wohnzimmer, die er an den Stühlen befestigte. Dann näherte er sich dem Schlafzimmer von verschiedenen Seiten; jedesmal berührte er einen Strick, die Mündung des Laufs schwenkte in seine Richtung, und das Steinschloß schnappte zu. Er lud es mit Schießpulver, einem Leinenpolster und dem Rundstab und ließ sich im Dunkeln auf einen Stuhl fallen, um sich eine Prise seines eigenen Arsens und einen Brandy zu genehmigen. Doch als ihm Rowlands Bild vor Augen trat, verlor das Arsen seinen Reiz. Auch der Brandy würde nicht helfen. Das Problem war nicht Malaria, entschied er, sondern Angst. Mit Bill Jaxon, Smallbone und Rowland im Nacken hatte er Angst, sein Zimmer zu verlassen oder auch nur ohne Artillerie die Tür zu öffnen.

Er hörte, wie unten auf der Straße die Pantinen vorbeimarschierten. Der Sturm ebbte ab, und der Abend verfinsterte sich zusehends, als ob Wigan über einem Abgrund von oben nach unten gekehrt worden wäre. Die Furcht durchrieselte ihn wie Wasser. «Nigger Blair» saß in einem Stuhl, gelähmt vor Angst.

Schließlich stieg er vorsichtig über die Stolperstricke, entspannte den Hahn der Waffe, verstaute den Selbstschuß unter dem Bett, griff nach seinem Rucksack und wickelte ein glänzendes Objekt aus einem Ledertuch, das Messingrohr seines Teleskops.

Blair verließ das Hotel durch die Hintertür und überquerte die Straße an der dunkelsten Stelle. Aus der Kirche gegenüber drang von den ersten Bankreihen das Geflüster einer Abendandacht. Reverend Chubb schlurfte um den Altar. Als die Gemeinde eine Antwortformel murmelte, schlüpfte Blair in den Turm und stieg die Treppen hinauf.

Von der Brüstung auf der Turmspitze wurde unter dem mondlosen Himmel deutlich, wie mickrig die Beleuchtung der Straßenlaternen war. Wigan war ein schwarzer See, die Bürgersteige nur zufällig in dem spärlichen Licht, das aus Fenstern fiel, zu erkennen.

Der Regen hatte die Luft ausnahmsweise einmal gereinigt. Die Sterne strahlten mit einer Klarheit und einem verschwenderischen Glanz, daß es den Anschein hatte, als würde der Turm seine Spitze nach ihnen ausstrecken. Er packte das Teleskop und ein verstellbares Stativ mit Messingschrauben aus, die er in die Unterseite des Teleskops drehte, bevor er es auf der Mauer aufstellte.

Entscheidend war der Standpunkt des Betrachters. Auf der Höhe der Goldküste streifte Orion den Äquator. Die Sterne der südlichen Hemisphäre sammelten sich zu weißen Archipelen, getrennt durch schwarze Meere. Wigans nördlicher Himmel funkelte gleichmäßiger, wie ein Bett aus glühender Kohle. Doch der Standpunkt des Betrachters ließ sich anhand der Planeten feststellen – mit dem Polar- und dem Morgenstern, vor allem jedoch mit dem Jupiter. Für das bloße Auge sah er weiß aus. Durch das Teleskop jedoch konnte man roséfarbene Ringe und drei Monde erkennen. Io, ein winziger roter Punkt, hing links von Jupiter, rechts davon befanden sich die grauen Perlen Ganymed und Callisto.

Als seine Augen sich an die Lichtverhältnisse gewöhnt hatten, wurde Jupiter größer und verdichtete sich zu einer roséfarbenen Papierscheibe. Die Konturen wurden deutlicher: der große rote Fleck und die hellen und dunklen Bänder atmosphärischer Strömungen. Durch simple Addition war es möglich, den Längengrad jedes sichtbaren Punktes auf dem Jupiter zu bestimmen. Besser noch, mit Hilfe von Blairs zerlesenem Buch mit Tabellen des Jupiter und seiner Monde konnte er auch seinen Längengrad auf der Erde feststellen. So hatten es die Navigatoren vor den Zeiten des Chronometers gemacht. Und auf diese Art, ohne eine teure Uhr, machte Blair es noch immer.

Im Verlauf einer Stunde veränderten sich die Monde. Io wurde breiter. Blair hatte sie einmal durch ein großes Newton-Teleskop gesehen, das Farben offenbart hatte, die er nie wieder vergessen würde, so nahmen etwa Ganymed und Callisto, wenn sie sich überlappten, den Farbton eines bitteren, frostigen Blaus an. Aus Jupiters Schatten stieg der vierte und größte Mond auf, Europa, glatt wie ein gelber Stein.

«Was machen Sie da?»

Blair sah sich um. Er hatte sich zu sehr darauf verlassen, daß in Wigan jeder Pantinen oder Stiefel trug: Charlotte Hannay hatte den Turm jedoch in leichten Straßenschuhen erklommen. Sie schien noch immer dasselbe Kleid zu tragen wie am Vormittag, wirkte vielleicht ein wenig derangierter, obwohl das im Dunkeln nur schwer zu erkennen war.

Er blickte wieder durch das Teleskop. «Ich versuche herauszufinden, wo ich bin. Was machen *Sie* hier?»

«Leveret hat mir die verschiedenen Orte genannt, an denen Sie sich aufzuhalten pflegen.»

Was bedeutet, daß sie nach mir gesucht hat, dachte Blair, obwohl sie offenbar nicht bereit war, das zuzugeben.

«Warum tun Sie das? Sie können doch auf jede Karte gucken», sagte Charlotte.

«Es ist interessant. Es beruhigt die Nerven. Jupiter hat vier Monde, und die werden schon seit Jahrhunderten beobachtet. Wir wissen genau, wann jeder nach Greenwicher Zeit aufgehen soll. Der Zeitunterschied sagt einem, wo man sich befindet. Zumindest den Längengrad. Und es ist eine wunderbare Sache. Eine große Uhr am Himmel, die wir alle lesen können.»

Die Monde gingen schnell auf. Europa stand schon halb in dem Licht, das sie sich mit ihren Schwestermonden teilte. Er machte sich Notizen auf einem Stück Papier.

«Sie sind ja von oben bis unten mit Schlamm bedeckt. Wo sind Sie gewesen?» fragte Charlotte.

«Ich hab' rumgestöbert.»

«Geforscht?»

«Ja, ‹die Erde hin und her durchzogen›. Das sagt Satan in der Bibel, was beweist, daß Satan ein Forscher war. Oder wenigstens ein Bergmann.»

«Sie haben die Bibel gelesen?»

«Ja, ich habe die Bibel gelesen. Wenn man den Winter über in einer Hütte einschneit, liest man mehr in der Bibel als die meisten Prediger. Obwohl ich ehrlicherweise zugeben muß, daß Missionare für mich nichts als Marktschreier für Millionäre sind, die versuchen, Flanell aus Manchester in der ganzen Welt zu verkaufen. Aber das ist natürlich nur die Meinung eines einzelnen.»

«Was haben Sie, außer der Vorstellung, daß Satan ein Bergmann war, sonst noch aus der Bibel erfahren?»

«Gott war ein Kartograph.»

«Tatsächlich?»

«Bestimmt. Nichts als Karten. Am Anfang das Nichts, Wasser, Himmel, Erde, und dann legt er den Garten Eden an.»

«Das ist fürwahr die Deutung eines Kleingeistes.»

«Nein, die eines Fachkollegen. Vergessen Sie Adam und Eva. Die wichtige Information lautet: ‹Und es ging aus von Eden ein Strom, den Garten zu bewässern, und teilte sich von da an in vier Hauptarme. Der erste heißt Pischon, der fließt um das ganze Land Hawila, und dort findet man Gold; und das Gold des Landes ist kostbar.›»

«Sie sind besessen vom Gold.»

«Gott offenbar auch. Sehen Sie doch.»

Blair machte einen Schritt zur Seite, doch Charlotte wartete, bis er eine Armeslänge entfernt war, bevor sie an das Okular trat. Sie blickte länger als erwartet durch das Rohr.

«Ich sehe die kleinen weißen Punkte. Ich wußte nicht einmal, daß man so viel erkennen kann», sagte sie.

«In Afrika ist es noch besser, weil es dort überhaupt keine Lichter gibt. Man kann die Monde ohne Teleskop erkennen. Senkrecht von unten nach oben ist es natürlich am besten. Man legt sich flach auf die Erde und spürt, wie sich das Universum bewegt.»

Sie trat zurück ins Dunkel. «Sie waren heute mit Rowland jagen?»

«Ich habe ihm dabei zugesehen, wie er ein paar harmlose Vögel abgeknallt hat.»

«Sie haben ihm nichts erzählt?»

«Nein, so schrecklich finde ich Sie nun auch wieder nicht, daß ich Sie Rowland direkt in die Hände liefern möchte.»

«Und wo stehen wir jetzt? Laut der Monde, meine ich.»

«Nun, das weiß ich noch nicht so genau. Sie wußten nichts von Maypoles geplanter Eskapade, mit den Bergleuten einzufahren, ihnen nachzugehen und während ihrer erbärmlichen halben Stunde Pause zu ihnen zu predigen?»

«John wollte auf dem Hof der Zeche predigen.»

«Nein, unter Tage, eine Meile tief unter der Erde am Streb. Was ich nicht verstehe, ist, wie er auf diese Idee verfallen ist. Ein Prediger zu sein, ist eine Sache, sich zu verkleiden, eine andere. Verstehen Sie, was ich meine? Es ist nicht ungewöhnlich, daß ein Hilfsprediger mit den Bergleuten zusammen Sport treibt, aber es wäre absolut einzigartig, wenn er versuchen würde, sich als Bergmann auszugeben. So phantasievoll war er nicht. Woher hatte er die Idee?»

«Was verstehen Sie sonst noch nicht?»

«Warum irgend jemand ihm dabei geholfen haben sollte.»

Er wartete darauf, daß sie den Schrecken erwähnen würde, den er dem Mädchen in dem Haus eingejagt hatte. Da sie es bereits zum zweitenmal nicht zur Sprache brachte, nahm er an, daß das Mädchen seinen Besuch nicht gemeldet hatte.

«Sie können es nicht erwarten, nach Afrika zurückzukommen, oder?»

«Nein.»

«Es scheint ja einen großen Reiz auszuüben. Ich beginne zu begreifen, wie sehr Sie es vermissen.»

Was ist das? fragte Blair sich. Ein kleines Licht im Dunkel? Mitgefühl? Etwas anderes als Verachtung? Ihm fiel auf, daß Charlottes Stimme nicht so gepreßt klang wie üblich und daß ihre Augen im Dunkel heller leuchteten als am Tag.

«Sie sorgen sich offensichtlich um die Afrikaner», sagte sie. «Wir schicken ihnen Truppen, angeblich um ihnen zu helfen, aber alles, was wir tun, ist, sie zu erschießen.»

«Die Engländer sind gute Soldaten. Sie kämpfen für Bier und versilberte Löffel und Pears-Seife und . . . Sie wissen nicht, warum sie kämpfen, sie werden einfach geschickt. Aber ich weiß es. Ich weiß, daß die Karten, die ich zeichne, weitere Truppen und Eisenbahningenieure und hydraulische Schläuche zum Auswaschen von Gold ins Land bringen werden. Ich bin schlimmer als tausend Soldaten oder zehn Rowlands.»

«Wenigstens tun Sie etwas. Sie sind in der Welt unterwegs und spielen nicht in – wie haben Sie es genannt – einer Puppenstube.»

«Es ist keine Puppenstube. Das ‹Heim› hat mich beeindruckt. Sie helfen diesen Frauen.»

«Vielleicht. Manchmal denke ich, ich habe ein Mädchen weitergebildet, und dann tritt sie aus der Tür und geht schnurstracks zurück zu dem Mann, der sie ruiniert hat. Es spielt keine Rolle, ob es ein Bergmann, ein Dienstbote oder ein Ladenschwengel ist. Ich habe die Erfahrung gemacht, daß ein Mädchen alles glaubt, was ein Mann ihr sagt. Alles.»

«Manchmal ist es auch andersherum. Ich habe hier ein Mädchen getroffen, die einen Mann davon überzeugen kann, daß sie die Königin von Saba ist.»

«Hat sie Sie überzeugt?»

«Fast.»

«Aber das ist ein Flirt. Ich meine ansonsten vernünftige Frauen mit Säuglingen im Arm, die einem Mann zuhören, der behauptet, der Mond sei eine Scheibe Brot, die man am besten mit Bier und einem Federkissen genießt.»

«Das hat nichts mit Glauben zu tun, sie wollen einen Mann und ein Federkissen.»

«Nach welchen Orientierungspunkten halten Sie sonst noch Ausschau?» fragte Charlotte, indem sie abrupt das Thema wechselte.

«Ich reise überallhin. Die Odyssee eines armen Mannes. Das habe ich immer gemacht, schon als ich noch ein kleiner Junge war und mir Geschichten ausgedacht habe. Sehen Sie die Jungfrau, die den Löwen jagt, statt umgekehrt? Was haben sich die alten Griechen wohl dabei gedacht? Ein kurzer Sprung über die Milchstraße hinüber zu Orion und seinem getreuen Großen Hund.»

«Sie hatten eine arme, aber liebevolle Familie?»

«Ja, aber es war nicht meine. Eine chinesische Familie hat mich ernährt. Später fand ich heraus, daß es die größte Angst der Mutter war, eine ihrer Töchter könnte sich in mich, einen Barbaren, verlieben.»

«Und hat sich eine verliebt?»

«Nein, ich war durch und durch ein Barbar. Obwohl ich mich in eine von ihnen verknallt habe.»

«Sie scheinen eine Schwäche für exotische Frauen zu haben.»

«Ich weiß nicht, ob das eine Schwäche ist. Sie waren nie in Cousin Rowland verliebt?»

«Nein, aber ich verstehe ihn. Ein Rowland ist ein Hannay ohne Geld. Nicht arm in Ihrem Sinne. Schlimmer. Sie waren arm unter Armen. Ich meine Armut, während die Gesellschaft, in der Sie sich bewegen, reich ist. Die Demütigung, wenn das gesamte Geld der Familie in die Abendkleider der Mutter und Schwester gesteckt werden muß, damit sie an den richtigen Bällen teilnehmen können. Ohne die Unterstützung meines Vaters würden die

Rowlands eine Dreizimmerwohnung in Kew bewohnen. Rowland sieht nicht die Sonne, er sieht nur Geld.»

«Heiraten Sie ihn nicht.»

«Mein Vater wird das ‹Heim› schließen, wenn ich es nicht tue. Ich werde nie über genügend eigene Mittel verfügen, ein neues zu eröffnen. Ich sitze genauso in der Falle wie Rowland.»

«Das hört sich an, als säßen Sie mehr in der Falle als die Mädchen aus dem ‹Heim›. Vielleicht müssen sie auch die Konsequenzen tragen, aber sie hatten wenigstens ein bißchen Spaß. Hatten Sie je irgendwelchen Spaß mit Maypole?»

«Ich glaube nicht, daß sich John mit mir auch nur einen Moment amüsiert hat.»

«Er hat Sie trotzdem geliebt.»

«Ich dachte, Sie hätten gesagt, er wäre in ein Grubenweib vernarrt gewesen.»

«Das ist noch etwas, was ich nicht herausgefunden habe. Ist Ihnen kalt?»

«Nein. Was für ein Sternbild ist dieses Dreieck?»

Er folgte ihren Händen über den Himmel.

«Der Cameleopardis.»

«Was ist ein Cameleopardis?»

«Eine Giraffe.»

«Das dachte ich mir. Ich habe schon Bilder von einem Cameleopardis gesehen, und es sah aus wie eine Giraffe. Also *sind* es Giraffen. Dann kann ich ins Grab gehen, ohne daß mich die Frage quält.»

«Wollten Sie springen? An der Schinderrampe?»

«Nein, ich hatte nicht den Mut.»

«Nicht dieses Mal, meinen Sie?»

«Ich weiß überhaupt nicht mehr, was ich meine.»

Blair sagte nichts. Charlotte schwieg. Das Getrappel eines Droschkenpferdes auf der Straße klang wie von weit.

«Ich habe John mißbraucht», sagte sie. «Er hätte eine derart karge Ehe akzeptiert und mich meiner Wege ziehen lassen. Er war zu gut, zu rein, ein frommer Eiszapfen.»

«Nicht ganz ein Eiszapfen.» Er dachte an Rose.

«Besser als ich.»

«Earnshaw?»

«Ist widerwärtig. Ich hoffe, er hat gelitten.»

«Wenn Sie es nicht geschafft haben, ihn leiden zu lassen, dann kann es niemand. Und das meine ich als Kompliment.»

«Danke. Um Ihretwillen sollte ich Ihnen sagen, daß Sie John Maypole nie finden werden. Wo er genau ist, weiß ich nicht, aber ich weiß, daß er weg ist. Es tut mir leid, daß Sie in die Sache verwickelt wurden. Sie sind ein interessanter Mann. Ich war ungerecht.»

Sie trat an die Brüstung. Aschfarbenes Licht von der Straße fiel auf ihr Gesicht. «Ich lasse Sie jetzt mit Ihren Sternen allein», sagte sie.

Er spürte den Hauch einer Berührung auf seiner Hand, und dann war sie, rasch über die Leiter des Glockenstuhles, verschwunden.

Erneut fand Blair den Jupiter. Der Mond Io hing noch immer an einer Seite, Ganymed und Callisto hatten sich zu blauen Zwillingen vereint. Europa war über dem Jupiter aufgestiegen wie ein von einer riesigen Hand geschleuderter Stein.

Doch seine Gedanken drehten sich noch immer um Charlotte. Als sie im blassen Licht der Straße an der Brüstung gestanden hatte, hatte sie wie eine vollkommen andere Charlotte gewirkt, und ihm war ein neuer Gedanke gekommen. Er war zu abgelenkt, um seine Position anhand der Jupiter-Monde zu berechnen. Jetzt wußte er überhaupt nicht mehr, wo er stand.

# 24

Als er ihr blasseres als blasses Spiegelbild gesehen hatte, war Blair Rose in den Sinn gekommen. Und das Mädchen in Charlottes Haus. Wie sie sich im Dunkeln versteckt hatte wie eine Magd, die dabei erwischt worden war, das Kleid ihrer Herrin anzuprobieren. Ihre Silhouette hatte ihn vage an Rose erinnert, ob wegen ihrer Größe oder dem Glanz in ihrem Haar wußte er jedoch nicht zu sagen. Wieder sah er den Tee auf dem Tisch stehen, eine Tafel ohne Buch, sogar ohne eine Lampe. Was ihm merkwürdig erschien, war die Tatsache, daß sie den fremden Mann am Fenster Charlotte gegenüber trotz ihrer Angst nicht erwähnt hatte.

Blair packte sein Teleskop und sein Stativ in den Rucksack, stieg in den Glockenstuhl hinab und eilte die Treppe des Turms hinunter. Die Andacht war vorüber, das Kirchenschiff ein schwarzes Faß bis auf das wäßrige Licht der Votivkerzen in den Seitenkapellen. Als er aus der Tür trat, sah er weder vor der Kirche noch auf dem Friedhof dahinter eine Spur von Charlotte. Vermutlich hatte sie eine Kutsche in der Nähe seines Hotels stehen.

Der schnellste Weg dorthin führte durch die Gasse vorbei an den Ställen des Metzgers. Blair wollte ihr nachlaufen, als er stolperte und seinen Hut verlor. Ein Fuß schnellte aus der Dunkelheit und trat ihm in den Bauch. Er rollte sich zur Seite und schnappte nach Luft, während ein anderer Fuß weiter auf ihn eintrampelte und eintrat. Ein öliger Lumpen wurde in seinen Mund gestopft und verknotet, so daß seine Zunge fast in den Hals gedrückt wurde. Hände banden Gürtel um seine Hand- und Fußgelenke und warfen ihn auf ein Holzbrett, das sich rollend in Bewegung setzte. Ein Karren, dachte er. Als sie die Straße überquerten, war es einen Moment hell genug, um erkennen zu können, daß die Wände des Karrens rot waren. Und obwohl er von keinem Pferd gezogen wurde, gewann er zu dem Geklapper eines Dutzend Pantinen auf Pflastersteinen an Fahrt.

Bill Jaxon blickte über den Rand des Karrens und sagte: «Er kann sehen.»

Ein Sack wurde über Blairs Kopf gezogen, und eine stechende Wolke von Schießpulver brannte in seinen Augen und füllte mit dem nächsten Atemzug seine Lungen, sofern von Atmung überhaupt die Rede sein konnte. Die Räder des Wagens zermalmten Muscheln, rutschten über Schafdung und rollten von Gasse zu Gasse. Die Prozession zwängte sich durch ein enges Tor und sauste eine Schräge hinab. Er hoffte, daß sie ihn nur ein wenig herumschieben würden, um ihm Angst einzujagen, bevor sie ihn wieder laufen ließen. Vielleicht war es ein gutes Zeichen, daß Jaxon nicht allein war. Schwere Türen wurden geöffnet, und der Wagen polterte in das Echo eines Tunnels. Blair fiel keine funktionierende Mine mitten in der Stadt ein. Seine Hand ertastete einen Holzpflock auf dem Boden, der sich an einem Ende glatt und gespalten, am anderen wollig anfühlte, und er begriff, daß das Rot an den Wänden des Karren keine Farbe und er wieder zurück an der Schinderrampe war.

Der Sack wurde ihm mit einem Büschel Haare vom Kopf gerissen. Diesmal befand sich Blair am Boden des Abgrunds, wo der Abdecker tagsüber darauf wartete, daß die geschorenen Schafe hinabstürzten und sich die Beine brachen, damit er sie leichter töten konnte. Doch jetzt waren weder Schafe noch ein Schlachter da, obwohl der Boden mit Fettresten und geronnenem Blut überkrustet war. Am Rand standen zwei Schlachtblöcke, rot wie Altare. An Fleischerhaken hingen Laternen. Die ursprünglich weiße Tünche an den Wänden war unter Schichten von Schwarz und frischeren rosafarbenen Spritzern kaum mehr zu erkennen.

Bill Jaxon zog sich bis auf einen Seidenschal und seine mit Messingstollen besetzten Pantinen aus. Blair erkannte Albert Smallbone. Nach der Maske aus Kohlenstaub auf ihren Gesichtern zu urteilen, waren auch die anderen vier Bergleute, und Blair erkannte einen Mann mit einem buschigen Schnurrbart als den Stallburschen der Hannay-Mine wieder, dem er mit dem Pony geholfen hatte. Sie rissen ihm seine Kleidung vom Leibe, daß seine Hemdknöpfe zu Boden prasselten. Als sie ihn auf den Rücken warfen und ihm seine Hose auszogen, wünschte er, daß die Bergleute echte Masken tragen würden, weil das bedeutet hätte, daß sie sich sorgten, erkannt zu werden. Sie schienen das nicht für ein Problem zu halten.

«Jetzt hasse'n schwattet Gesicht wie wir», sagte Bill, in voller Ausprägung des örtlichen Dialekts. Schwarz vom Schießpulver in dem Sack, nicht von Kohle, wußte Blair.

Bill stand da wie ein muskulöser Tänzer, der in Erwartung seines Auftritts nervös auf der Stelle trippelt. Als man ihn wieder auf die Füße gezogen hatte, kam Blair sich klein und nackt vor, blutbesudelt von der Karre und dem Fußboden. Die Männer zwängten ihm ein Paar Pantinen an die Füße und ließen den Verschluß zuschnappen.

«Ich halt' ein Auge nach den Constables offen«, sagte der Stallbursche und rannte davon.

«Siehste, wat passiert, wenn 'de mit'm Wiganer Mädchen rummachst?» fragte Bill. «Wer 'n Kumpel aus Wigan sein will, muß Schnurren lernen.» An Smallbone gewandt, sagte er: «Zieh den Korken raus.»

Smallbone zog den Knebel aus Blairs Mund und hielt ihn hoch. Die anderen Männer drückten Blairs Kopf nach vorn, während Bill seinen Schal um Blairs Hals band und festzog, bis sich ihre Stirn berührte.

«Ich hätte Sie absaufen lassen können», sagte Blair.

«Dein Fehler.»

Smallbone ließ den Lumpen sinken, und Bill trat Blair zweimal, bevor dieses eine Chance hatte, sich zu rühren. Beide Beine waren blutig und taub. Benommen sank er zu Boden.

«Soll ich dir hochhelfen?» fragte Bill.

Als Blair seine Hand ausstreckte, schlug Bill ihn, und Blair spürte, wie seine Nase brach. Blut spritzte über seine Brust. Zwei Sekunden, dachte er, und ich sehe schon aus wie ein Schaf, das einen tiefen Fall hinter sich hat. Blair stemmte sich hoch. Das Problem war, daß die Stollen seiner Pantinen die Kruste auf dem Boden aufbrachen, so daß er unbeholfen auf dem Schafsfett darunter herumrutschte. Bill hingegen bewegte sich mit geschmeidiger Leichtigkeit. Muskeln, die sich anspannten und wieder locker ließen. Er breitete seine Arme aus, band den Schal um seinen Hals neu, täuschte einen Tritt an, tippte Blair, als der ausrutschte, mit dem Fuß auf die Stirn, drehte sich einmal langsam um sich selbst und trat dann mit roher Gewalt noch einmal auf dieselbe Stelle, aber Blair war im letzten Moment zur Seite gerollt.

«Wollen Sie ihn nicht aufhalten?» fragte Blair die Bergleute, doch sie schubsten ihn wieder in Bills Richtung und umringten ihn wie eine Hundemeute.

Bill stolzierte wie ein Champion durch die Arena, sein strahlend weißer Körper hob sich vor dem Hintergrund des blutroten Bodens ab, während er sich mit den Händen durch sein langes schwarzes Haar fuhr. Ein kräftiger Oberkörper, der auf einer schmalen Hüfte rotierte, dazu das Lächeln eines Mannes, der Sport wie eine Kunstform zelebrierte.

«Soll ich dir aufhelfen?» fragte Bill erneut.

Blair erhob sich schwankend aus eigener Kraft. Bill verfolgte ihn, hob ihn hoch und rammte ihn gegen die Wand. Blair wurde regelrecht zerdrückt, seine Arme auf dem Rücken des größeren Mannes gefesselt. Er riß Bills Kopf an den Haaren zurück, versetzte ihm einen Kopfstoß und wand sich aus der Umklammerung.

Bergleute versperrten die Tür neben dem Karren. Blair warf einen Blick zur Kante der Rampe, wo er mit Charlotte gestanden hatte und wo jetzt der Stallbursche stand. Ein Schrei hätte sich wie der Ton einer Sirene über die Ränder des Abgrunds und die Pferche hinweg erheben müssen, um in den umliegenden Häusern gehört zu werden.

Bill schüttelte den Kopf und ließ seine Schultern rollen, offenbar bis auf eine leicht gerötete Stirn nicht weiter angeschlagen.

«Fällt Ihnen was auf?» fragte Smallbone Blair.

«Was denn?»

«Sie sorgen sich gar nicht mehr um Maypole.»

Bill kam fast auf den Spitzen seiner Pantinen auf ihn zu, während Blair sich zur Seite rutschend zurückzog. Bill täuschte an, Blairs vorderes Bein aushebeln zu wollen, machte, als Blair sich zurücklehnte, einen zweiten, längeren Schritt auf ihn zu, traf ihn an der Innenseite des Oberschenkels, um ihm, weiter vordringend, mit dem anderen Schuh einen Tritt ins Kreuz zu verpassen. Blair taumelte nach vorn und schlug seinem Angreifer direkt auf den Mund. Es war so wirkungslos, als würde man mit bloßen Fäusten auf einen mit dem Schwert bewaffneten Mann losgehen. Bill trat ihm mitten auf die Brust, und er rollte gegen die Wand.

Katzen «schnurrten». Aber was hat das mit Treten zu tun? fragte sich Blair. Oder damit, jemanden mit Holzschuhen, an denen Messingstollen montiert sind, umzubringen? Er fand sich, an die Wand gestützt, auf den Beinen wieder, von oben bis unten rot wie gehäutet. Er duckte sich, und Bill trat ein weißes Loch in den Putz. Als Blair versuchte, ihn zu Boden zu reißen, wich Bill aus, stellte ihm ein Bein und trat ihm seitlich gegen den Kopf. Wäre Blair mit dem Schwung von dem unerwarteten Sturz nicht noch über den Boden gerollt, hätte der Tritt ihm das Hirn aus den Ohren spritzen lassen.

«Das reicht, Bill», sagte einer der Bergleute.

«Bill ist noch nicht fertig», sagte Smallbone.

Bills Schuhspitze traf Blairs Kinn – nicht mit voller Wucht, aber immer noch so kräftig, daß Blair unter seiner Zunge einen losen Zahn fühlte. Knöpfe, Zähne – er platzte aus den Nähten wie eine Stoffpuppe. Ihm schwindelte, während Bill herumwirbelte wie ein kreiselnder Derwisch. Ein weiterer Tritt, und Blair fand sich an der gegenüberliegenden Wand wieder. Er rappelte sich erneut auf. Das schien seine Rolle in diesem Drama zu sein. Ein Tritt in die Rippen ließ ihn durch den halben Raum trudeln und gegen einen Schlachterblock prallen. Ein Hackmesser wäre jetzt praktisch, dachte er. Er hangelte sich an dem Block hoch und hielt sich daran fest.

«Willst du ihn umbringen?» fragte jemand.

«Er steht ja noch», sagte Bill.

Wenn das das Problem ist, dachte Blair, bin ich gewillt, mich wieder hinzulegen. Bevor er das tun konnte, sprang Bill anmutig durch die Luft und trat ihn so heftig, daß er das Gefühl hatte, von einer Kanonenkugel getroffen worden zu sein. Er sackte nach vorn, und Bill trat von hinten in seine Kniekehlen. Nun, jetzt bin ich am Boden, dachte er.

Es war egal. Während er versuchte, sich aufzurichten, trat Bill seine Hüfte, seinen Arm, sein Bein. So wurde kaltes Eisen geschmiedet, durch Hämmern. Blair zitterte, und das kam nicht von der Kälte.

«Constable im Anmarsch!» rief der Stallbursche von oben.

Nicht schnell genug. Bill riß Blairs Rucksack auf.

«Nein», sagte Blair matt.

Bill wickelte das Teleskop aus und schleuderte es gegen die Wand. Das Messingrohr wurde verbogen, und die Linsen rieselten heraus wie Sand. Bill warf das Rohr beiseite und verpaßte Blair einen weiteren Tritt gegen den Kopf.

Das nächste, woran Blair sich erinnern konnte, war, daß die Laternen weg waren. Er lag reglos da, bis er sicher war, daß er im Dunkeln alleine war. Er tastete seinen Körper nicht nach Verletzungen ab. Er wollte es gar nicht so genau wissen. Ein Teil von ihm war taub. Er wünschte, es wäre nicht nur ein Teil gewesen.

Ihn von der Rampe zu stoßen, wäre leichter gewesen. Seine Mutter fiel ihm ein, wie ihr Körper über die Reling des Schiffes gefallen war. Rückblickend kamen ihm die Wellen warm und friedlich vor, jedenfalls weicher als der Abgrund einer Schinderrampe.

Er sagte sich, daß er auch die Tür finden würde, wenn er es bis zur Wand schaffte, und wenn er eine Tür fand, auch die Straße erreichen konnte. Doch die Anstrengung, seinen Kopf zu heben, ließ ihm schwarz vor Augen werden, und es war seine letzte bewußte Tat, den Zahn in seinem Mund nicht zu verschlucken.

Wasser weckte ihn. Der Stallbursche war mit einer Laterne, einem Eimer und Laken zurückgekommen.

«Eigentlich kam da gar kein Constable, müssen Sie wissen, aber Bill hätte Ihnen die Eingeweide aus dem Leib getreten. Wenn er das nicht sowieso schon getan hat.»

Sind das meine eigenen Hände, dachte Blair, so rot und amphibisch? Er wusch sie mit dem Rest Wasser in dem Eimer, bevor er seine Finger in den Mund steckte, die leere Höhle fand und den Zahn wieder einsetzte.

Der Stallbursche trocknete ihn mit den Laken ab. «Sie können zur Polizei geh'n, aber das wird nix nutzen. Wir halten alle zu Bill, und Sie ha'm mit seinem Mädchen rumgemacht, sagt er.»

«Rose?» Blair versuchte zu sprechen, ohne seinen Kiefer zu bewegen.

«Wer sonst?»

Die leiseste Berührung auf seiner wunden Haut fühlte sich an wie die Schneide eines Messers. Doch Blair wartete auf eine ausgeprägtere Reaktion, wie die auf einen gebrochenen Arm oder Rippen, die sich in verschiedene Richtungen bewegten.

«Ihr Schädel sieht aus wie'n Hackbraten.»

Blair grunzte zustimmend, voller Ekel, aber keineswegs überrascht.

«Ich hab', so gut ich konnte, den Kohlenstaub aus den Wunden gewaschen, damit Se nicht bis an Ihr Lebensende wie'n Bergmann aussehen, aber an Ihrer Stelle würd' ich mich so schnell wie möglich zusammenflicken lassen und in einen Zug setzen. Bill wird keine Ruhe geben, bis Sie weg sind. Ich hab' Ihre Kleider so ordentlich aufbewahrt, wie ich konnte, und Ihren Hut, Ihre Schuhe und Ihren Rucksack gerettet. Das mit dem Teleskop tut mir echt leid. Können Sie stehen?»

Blair stand auf und wurde ohnmächtig.

Als er wieder aufwachte, lag er im Karren. Er war angezogen, und der Karren rollte, was immerhin ein Fortschritt war. Er öffnete seine Augen gerade weit genug, um die Laternen über sich zu sehen.

Der Stallbursche schob den Karren ganz alleine. Er warf einen Blick hinein und fragte: «Kann ich sonst noch was für Sie tun, Mr. Blair? Soll ich Ihnen irgendwas besorgen?»

«Makkaroni», murmelte Blair.

«Makka . . .? Oh, jetzt kapier' ich. Wie in Afrika. Das ist gut, Mr. Blair. Wir sind fast da. Ich bring' Sie auf Ihr Zimmer, keine Sorge.»

Der Stallbursche hatte ihm ein Lager aus Laken errichtet, doch bei dem Gerumpel des Karren hatte Blair das Gefühl, selbst über die Pflastersteine gerollt zu werden. Er bemühte sich, den Kopf zu heben. »Maypole?»

«Das weiß keiner. Vergessen Sie ihn. Eins sag' ich Ihnen, Mr. Blair, Sie werd' ich mehr vermissen.»

# 25

Er hörte den Bischof sagen:

*Oft, wenn ich mich zu ruhn anschick,*
*Halb sinnend, halb zum Traum bereit,*
*Aufleuchten sie dem innern Blick,*
*Dem Geistesglück der Einsamkeit –*
*Dann tut mein Herz, an Freude reich,*
*Im Tanz es den Narzissen gleich.*

Das war besser als die letzte Ölung.

Seine Augen waren zugeschwollen, seine Gliedmaßen schienen weit entfernt und seinem Willen nicht unterworfen. Wenn er den Kopf hob, wurde ihm wegen einer Hirnschwellung übel. Er atmete pfeifend durch die Nase, die mit Muße gebrochen und hastig wieder gerichtet worden war, und schlief entweder tief und fest oder konnte nicht länger als eine Minute schlafen, weil die Mühe des Atmens oder das Stechen einer Naht seine Aufmerksamkeit in Beschlag nahm. Wenn er die Bergleute morgens zur Arbeit gehen hörte, träumte er von Pantinen und zuckte zusammen, als ob sein Kopf ein Pflasterstein wäre.

Man flößte ihm Tee und Laudanum ein. Laudanum war flüssiges Opium, das Bilder heraufbeschwor, als würden alle seine Erinnerungen in einem endlos langen Stück vor ihm abgespult. In einem Augenblick lag er in seinem Bett in Wigan, im nächsten räkelte er sich auf einem roten Hügel in Afrika, dann wieder grub er sich zur Sicherheit so tief in die Erde ein, wie er nur konnte.

Ein Bergmann in Uniform stieg in Blairs Grube hinab, nahm einen Messinghelm ab, um den Federbusch aus Straußenfedern zu schützen, und tastete nachdenklich die Wand ab.

«Können Sie mich hören? Ich bin's, Chief Constable Moon. Sie leben ja auf großem Fuß, Blair, auf sehr großem Fuß. Ich hab' noch nie in einem Zimmer wie diesem gewohnt. Sehen Sie sich nur diese Samttapete an. Fühlen Sie mal. Weich wie ein Jungfrauenpopo. Hab' ich recht, Oliver? Weich wie ein Kinderpopo? Das kann die Magd natürlich nicht wissen, Blair. Genausowenig wie Sie.» Als er seinen Helm mit dem Ärmel polierte, wurde jede Bewegung vom Geflatter der Federn begleitet. «Nun, ich nehme an, Sie sind auf der Treppe ausgerutscht? Ein Unfall? Ich wollte nur sichergehen, daß Sie nicht simulieren, das Geld des Bischofs einstreichen und nur mit gebrochenem Schädel und ein oder zwei gebrochenen Rippen im Bett rumlümmeln. Schlimm genug, daß Sie ehrlich arbeitende Leute beunruhigt, die Frauen belästigt und die Männer provoziert haben, aber wenn man sich einem einheimischen Mädchen gegenüber Freiheiten herausnimmt, kann man nicht hinterher kommen und schutzsuchend am Ärmel des Gesetzes zupfen. Die Männer hier wissen sich selbst zu helfen.» Er beugte sich näher heran. «Um ehrlich zu sein, fand ich es anfangs schwer zu glauben, daß Sie wirklich der berühmte Forscher sind, aber jetzt sehen Sie auf jeden Fall aus wie ‹Nigger Blair›.»

Vor seinem inneren Auge sah er ein Feld von Narzissen, durch das ein Grubenweib ging und einen Strauß pflückte. Sie stand auf der Kuppe des Hügels, er am Fuße, von der Sonne geblendet. Und wie laut er auch rief, sie hörte ihn nicht.

Leveret besuchte ihn in seinem Loch.

«Ich weiß nicht, ob Sie mich hören können, doch ich wollte Ihnen sagen, daß Charlotte der Heirat mit Rowland zugestimmt hat. Genaugenommen hat sie einen Tag, nachdem Sie in Ihrem ... Zustand gefunden wurden, eingewilligt. Der Bischof ist sehr zufrieden, zum guten Teil dank Ihnen, und es steht Ihnen frei aufzubrechen, sobald Sie sich dazu in der Lage fühlen. Ich habe ihm empfohlen, Ihnen eine Zusatzprämie zu zahlen und ein Empfehlungsschreiben für Ihre Rückkehr an die Goldküste aufzusetzen. Sie haben es verdient.» Leveret kniete auf der Kohle. «Ich muß Ihnen ein Geständnis machen. Ich wußte schon bei Ihrer Ankunft, daß dem Bischof mehr daran gelegen war, Charlotte zu dieser Ehe zu zwingen, als John Maypole zu finden. Aber ich hatte gehofft, daß Sie ihn vielleicht finden.» Leverets Stimme wurde leise. «Sie haben also etwas mit einer Frau gehabt. Sie sind auch nur ein Mensch. Ich beneide Sie», fügte er noch hinzu.

Eine glühende Kohle schlug die Stunde. Er dachte an Charlottes Haus, wo sich ein rothaariges Mädchen im Dunkeln versteckte.

Die Dunkelheit war behaglich. Im Tunnel hörte er jetzt nicht Leveret, sondern eine vertrautere Stimme, ausgerechnet den alten Blair im Biberfellmantel und mit einer Whiskeyfahne, pfeifend und Fetzen eines Liedes singend.

*Maintes genz dient que en songes*
*N'a se fables non et menconges . . .*

Er ließ sich in einen Stuhl fallen und seinen Mantel zu Boden gleiten. Darunter wurde eine schwarze Brust und ein Priesterkragen sichtbar. In einer Hand hielt er ein Buch mit verblichenem rotem Einband, in der anderen eine Lampe. Er schraubte den Docht höher und hielt das Licht über Blair.

«Noch mehr Poesie. Wie ist Ihr Altfranzösisch? Nicht allzu gut, sagen Sie? Im Koma genausogut wie bei wachem Bewußtsein? Also gut. Man hat mir gesagt, wir sollen Ihnen etwas vorlesen, um Ihren Verstand am Leben zu erhalten, für den Fall, daß er noch lebt.» Er schlug das Buch auf. «Riechen Sie das?»

Eine Rose, dachte Blair.

«Eine getrocknete Rose», sagte der alte Blair.

Ein Pony fiel in einen Schacht, sein weißer Schwanz und die Mähne schlugen wie Flügel, die erst Ziegel, dann Holzpfeiler mit sich rissen. Der Pferdeschwanz flatterte hinterdrein.

Der alte Blair war wiedergekommen. Blair war nicht nur froh, ihn zurück von den Toten, sondern auch auf dem aufsteigenden Ast zu sehen. Er hatte seinen mottenzerfressenen Mantel gegen den purpur abgesetzten Umhang eines Bischofs eingetauscht. Nachdem er ein paar Höflichkeiten vorgetragen hatte, ohne eine Antwort zu erhalten, zog er sich den Stuhl näher heran und setzte sich eine Stunde lang still in das Dunkel des Tunnels. Wer einen Patienten im Koma besucht, ist praktisch allein, und seine Worte sind von einer Offenheit, die ihnen für gewöhnlich abgeht.

«Sie haben recht, was Rowland angeht. Ich hoffe nur, daß er so schnell wie möglich einen Sohn zeugt. Dann kann er sich meinethalben vergiften, aber zuerst wird er Charlotte heiraten. Sie hat die Stärke der Hannay-Linie. Entweder gibt sie sie weiter, oder es kommt eine schwächliche Karikatur heraus, und Familien dieser Art haben wir schon genug, mit Erben, die zu dämlich sind, sich mit irgend jemandem außer ihrem Kindermädchen zu unterhalten, oder so spleenig wie der alte Dick Cromwell. Eines Tages, wenn Rowland längst Futter für die Würmer ist, wird Charlotte Hannay Hall zu führen haben – wenn sie will, wie eine Republik. Alte Familien haben seltsame Probleme.» Wieder nahm Blair einen schwachen Rosenduft wahr. «Und seltsame Erbstücke. Wissen Sie noch, bei meinem letzten Besuch habe ich Ihnen aus dem *Roman de la Rose* vorgelesen. Ich hoffe, Sie haben nicht die Bibel erwartet. Der Rosenroman ist ein großes Poem aus der Zeit des Rittertums.» Blair hörte das Geraschel von Papier. «Früher gab es einmal Hunderte von Abschriften, doch wir schätzen uns glücklich, eines der wenigen erhaltenen Exemplare zu besitzen. Es befindet sich schon seit mehr als fünfhundert Jahren im Familienbesitz. Zu schade, daß Sie die Illustrationen nicht sehen können.» Blair stellte sich die in leuchtenden Farben gemalte Szene eines sich liebenden Paares in einem Himmelbett vor, gerahmt von Blumen aus Goldblatt, die im Licht der Laterne glitzerten und funkelten. «Es ist natürlich eine Allegorie. Dezidiert sexuell. Das Gedicht spielt in einem Garten, doch statt des Baumes der Erkenntnis des Guten und des Bösen steht eine einzelne Rosenknospe im Mittelpunkt, die der Dichter leidenschaftlich begehrt. So etwas könnten Sie heute nicht mehr schreiben, geschweige denn veröffentlichen. All die Chubbs und Mrs. Smallbones des Landes würden Sturm dagegen laufen, es verbannen und verbrennen. Ich werde beim Lesen übersetzen, und wenn Sie es quälend langweilig finden, heben Sie einfach die Hand oder ein Augenlid.»

Blair bettete sich zum Zuhören auf ein Kissen aus Kohlen. Es war die Art uralter, endloser Geschichte, die ausuferte wie ein konzentrischer Garten, und seine Gedanken spazierten hinein und wieder hinaus, folgten bald dem einen Stück der Geschichte und verloren es bald wieder aus den Augen. Venus, Cupido und Abstinenz spielten zwischen den Hecken Verstecken, während Narcissus an einem Teich ruhte.

*Ce est li Romanz de la Rose,*
*Ou l'art d'Amors est tote enclose.*

Er versuchte seine Zeit in der Dunkelheit dazu zu nutzen, den Tag des Feuers noch einmal durchzugehen. Er hatte einen neuen Vorteil. Die einzelnen Informationen, die er hatte, lagen verstreut wie die Steinchen eines halbfertigen Mosaiks, und er hatte bisher versucht, dem wenigen, was er wußte, eine Perspektive abzugewinnen. Jetzt, da sein eigenes Gehirn aus verstreuten Teilen bestand, ließ er jedes einzelne kleine Steinchen für sich leuchten und Raum einnehmen. Er sah, wie Maypole sich dem frühmorgendlichen Trott der Bergleute zur Arbeit anschloß. Es war dunkel und naß, und Maypole war mit Kleidern, die er sich von Jaxon ausgeliehen hatte, bergmannsgemäß ausgestattet, das eigene, unzulängliche Kinn unter Jaxons Schal verborgen.

Sie kamen über die Scholes Bridge, durch Wigan und – noch immer vor Anbruch der Dämmerung – über die Felder. Maypole ließ sich ein wenig zurückfallen, ohne den Anschluß an die Gruppe zu verlieren, durch seine Größe und die Tatsache als Jaxon ausgewiesen, daß sein Kumpel Smallbone neben ihm ging.

In der Lampenstube verlor Blair sie. Hatte Smallbone die

Lampen für beide Männer entgegengenommen? Hatte «Jaxon», das Gesicht von seinem Schal fast verborgen, sie selbst genommen? Vom trüben Licht des Hofes fuhren sie in die Dunkelheit des Schachtes ein. Im Korb verdeckten dicht gedrängt stehende Körper den matten Schein der Sicherheitslampen. «Jaxon» hustete, und alle wandten sich ab. Wenn Bill Jaxon nicht reden wollte, wer konnte ihn dazu zwingen?

Am Füllort winkten die Bergleute George Battie, dem Steiger, nur kurz zu, bevor sie sich auf den Weg in die Strecken machten. «Jaxon» und Smallbone sahen zu, daß sie rasch aus Batties Blickfeld verschwanden, doch sobald sie eine Strecke betreten hatten, blieben sie stehen, damit «Jaxon» etwas an seinem Schuh verstellen konnte, während die anderen Bergleute, die möglicherweise bemerkt hätten, daß «Jaxon» sich auf einmal so unbeholfen anstellte wie ein Hilfsprediger, vorgingen.

Besser noch, das feuchte Wetter hatte Methan aus der Kohle austreten lassen. Da Battie alle Sprengungen verboten hatte, bis sich das Gas verzogen hatte, hatten der Schießmeister und «Jaxon» einen lauen Tag, an dem sie in Ermangelung ihrer üblichen Tätigkeit ein wenig Kohle hauten, allerdings gemächlich und ohne sich so sehr anzustrengen, daß sie ihre Kleider hätten ablegen müssen. Sie arbeiteten am äußersten Ende des Strebs, wo niemand weitersehen konnte als ein paar Fuß im Schein seiner Lampe. An diesem Tag hätte Smallbone mit jedem arbeiten können. Der echte Jaxon kam später auf den Hof und versteckte sich für den Fall, daß es Probleme gab, im Maschinenhaus.

Wenn jemand am Streb bemerkt hatte, daß der «Bill Jaxon» unter Tage gleichsam nicht er selbst war, wenn seine Kostümierung oder sein Benehmen auch nur für einen Moment aufgefallen war, würde das über der Erde jetzt niemand mehr erfahren, weil alle diese Männer in ihren Gräbern lagen. Vielleicht gab es gar kein Geheimnis um Maypoles Verschwinden, außer daß so viele mit ihm verschwunden waren.

Was war dann geschehen? Er versuchte, sich das weitere auszumalen, doch er sah Maypoles Tagebuch vor sich, und das

Schriftbild aus vertikalen und horizontalen Zeichen verwirrte seine Augen. Die Sätze sahen nicht aus wie eine Reihung von Wörtern, sondern wie ein Gitterwerk dorniger Stöcke, die vor seinen Augen rot zu knospen begannen.

Als ob er Französisch konnte, übersetzte der alte Blair in Hannays markantem, rollendem Tonfall:

*Den Rosenbusch ergriff ich an den zarten Zweigen,*
*und als ich ihn mit beiden Händen hielt,*
*ging ich daran, ganz sanft und ohne mich zu stechen,*
*die süße Knospe leicht zu wiegen,*
*denn anders hätt' ich sie nicht pflücken können.*
*Zwangsläufig mußt' ich da die Zweige schütteln,*
*bewegen sie, doch ohne sie zu brechen,*
*mußt' ich ein wenig von der Rinde ritzen,*
*denn anders wußt' ich nicht zu erlangen,*
*wonach ich ach so große Sehnsucht hatt'.*

*Am Ende dieses Abenteuers,*
*verstreute ich ein wenig Samen dort,*
*im Innersten, wo ich die Blütenblätter spreizte,*
*wollt' ich doch alles bis zum Grund erforschen,*
*derart, daß ich das ganze zarte Knösplein*
*sich weiten und sich dehnen macht'.*

*Doch sie erinnert mich an mein Versprechen,*
*und sagt, ich sei empörend zügellos,*
*doch setzt' sie nie mir Widerstand entgegen,*
*wenn ich die Blume ihres rosigen Gestrüppes*
*ergriff und schälte und entblößte noch.*

Blair öffnete seine Augen.

Die zugezogenen Vorhänge, vom Licht gerahmt wie ein umgekehrter Schatten, wehten im Luftzug. Regen trommelte auf das Fenstersims. Im Kamin bröckelte Kohle. Er richtete sich vorsichtig auf, als ob sein Kopf platzen könnte.

Auf dem Nachttisch standen ein Krug und eine Schüssel mit Wasser. Leere Stühle waren näher ans Bett gezogen worden, und die Tür zum Wohnzimmer stand auf.

Er ließ seine Beine über die Bettkante gleiten. Sein Mund war trocken, seine Zunge klebte fast an seinem Gaumen, doch sein Verstand war von einer Klarheit, als hätte der Wind eine Staubschicht weggeblasen.

Er stand auf und humpelte, während er sich auf die Stühle stützte, zum Kleiderschrank. Er dachte an Livingstone, der geglaubt hatte, er würde nicht sterben, solange er in Bewegung blieb, weswegen er tiefer und tiefer in den afrikanischen Busch gestolpert war, bis seine Träger ihn schließlich, niedergekniet zum Gebet, tot aufgefunden hatten. Blair entschied, daß er noch nicht gleich sterben wollte und ganz gewiß nicht, indem er den Fehler beging zu beten.

Als er in den Spiegel blickte, vergaß er Livingstone und dachte an Lazarus, der schon vier Tage tot war, bevor er wieder wundersam zum Leben erweckt wurde. Und genauso sah Blairs Spiegelbild aus, reif für eine Auferstehung. Er hatte zu viele Wunden, um sie einzeln zu zählen, Flecken, dunkelviolett wie Kürbisse, und überall wochenalte, verblassende Gelbschattierungen, als ob er an Gelbsucht oder der Pest gestorben wäre. Seine Rippen waren mit einem Flickwerk von Pflastern bedeckt, sein Kopf über beiden Ohren geschoren und vernäht. Er drehte den Kopf, um die Wunden zu betrachten. Gute Arbeit. Eine Augenbraue war aufgeplatzt, doch seine Nase hatte wieder menschliche Formen angenommen, und sein Zahn hatte neue Wurzeln geschlagen, er mußte also doch noch leben.

Er nahm Maypoles Tagebuch aus seinem Versteck hinter dem Spiegel und blätterte, bis er die Photographie von Rose gefunden hatte.

«Sie sind wach.» Leveret kam durch die Wohnzimmertür gestürmt. «Und aufgestanden. Lassen Sie mich Ihnen behilflich sein.»

Als Blair gegen den Stuhl stieß, hielt er das Tagebuch fest

umklammert. «Wenn Sie mir helfen wollen, bringen Sie mich hier raus. Ich muß mich verkriechen.»

Leveret fing ihn auf und führte ihn zum Bett zurück.

«Afrika? Amerika? Wohin wollen Sie?»

«Rowland hat mir ein Haus gezeigt.»

Das Haus war eine einsame Erscheinung in düsterem Rot, als ob es über seine Abgeschiedenheit von jedem anderen Gebäude des Hannay-Anwesens grübeln würde. Die Auffahrt mündete in einen von hohem Unkraut überwucherten Weg. Weder schützte die Hecke die Fassadenfenster vor dem Westwind, noch verdeckte sie den Blick auf die Schlackehalden. Die Räume waren völlig leer. Dank Rowland war der Fußboden mit Scherben bedeckt. Trostlos für jeden normalen Mieter, perfekt für Blair.

Leveret stellte in der Küche eine Pritsche auf. «Ich fürchte, Sie werden nicht viel mehr machen können, als sich Ihren Tee auf dem Kaminrost aufzubrühen. Die früheren Bewohner fanden das Haus zu einsam und verlassen, und ich kann es ihnen nicht verdenken. In Schlacke kann man nichts anpflanzen, nicht mal sein eigenes Gemüse, und ohne einen anständigen Windschutz bekommt man auch noch die Stürme vom Meer frei Haus.»

«Wann ist die große Hochzeit?»

«In zwei Wochen. Es wird nicht ganz so großartig werden, wie der Bischof es sich vielleicht gewünscht hat, doch er drängt darauf, das Ereignis so schnell wie möglich über die Bühne zu bringen. Er wird die Amtshandlung persönlich vornehmen. Sie wissen, daß Sie jetzt frei sind zu gehen. Ich könnte Ihnen ein Zimmer in London oder Liverpool besorgen und mich um ärztliche Betreuung für Sie kümmern. Ich weiß, daß Sie Wigan verlassen wollen, sobald Sie wieder auf den Beinen sind.»

Während Leveret zum Kamin eilte, um Holzspäne und Kohlen zu schichten, ließ Blair sich auf die Matratze der Pritsche mit ihrem Geruch von modrigem Roßhaar fallen. «Wer waren die früheren Bewohner?»

«Die Rowlands, wenn Sie es genau wissen wollen. Der Bischof

hat sie erst im letzten Jahr eingeladen, mit im Haupthaus zu wohnen.»

«Bis dahin hat er sie hier gehalten?»

«Ja. Ich habe bemerkt, daß es kürzlich einen Glasschaden gegeben hat. Ich könnte morgen einen Glaser vorbeischicken. Ich kann es Ihnen auch möblieren lassen.»

«Nein. Niemand kommt her außer Ihnen. Rowland ist hier aufgewachsen?»

«Mehr oder weniger. Er war meistens in irgendeinem Internat. Wenn er hier war, hat er sich immer mit seinem Onkel gestritten – oder mit Charlotte.» Leveret starrte in die Flammen, die, so wollte es scheinen, nur zögerlich von ihrem Rost in den kalten Kamin aufloderten.

«Dann waren wir beiden sozusagen Amor mit dem Pfeil.»

Leveret wedelte Rauch beiseite. «Es dauert eine Weile. Nicht besonders effektiv, aber Kohlen sind mehr als genug vorhanden, darüber müssen Sie sich keine Sorgen machen.»

«Wie fühlen Sie sich dabei?» fragte Blair.

«Ich verachte mich selbst.»

Um seine Beine zu testen, wankte Blair um die Hecke bis zu dem Schlackehügel und zurück. Die große Weltumseglung, sagte er sich. Ein veritabler Magellan.

Im Haus studierte er Karten von Wigan und der Hannay-Mine, sowohl des Zechenhofs als auch des Grubenausbaus. Nachts baute er den Selbstschuß in der Mitte der Küche auf und spannte Stricke zu den Türen.

Leveret kam zurück, um Blairs Fäden zu ziehen. «Soweit ich weiß, betrinkt sich der Patient in der Regel vorher. Es muß höllisch weh tun. Ich habe ein wenig ‹Invalid's Stout› mitgebracht. Damit betäuben die Bergleute ihre Kinder, wenn sie Husten oder eine Grippe haben. Wissen Sie, diese Naht ist so sauber, daß es mir fast leid tut, die Fäden zu ziehen.»

«Leveret, dies ist nicht der Zeitpunkt, einen Sinn für Humor zu entwickeln.»

«Nun, finden Sie nicht, daß es irgendwie ironisch ist, daß Sie, der Sie in Wigan geboren wurden, zurückgekehrt sind, um hier um ein Haar totgeschlagen zu werden?»

«Wenn etwas so offensichtlich ist, ist es nicht ironisch.»

«Was ist es dann?»

«Etwas derartig Dummes? Das muß die Hand Gottes sein.»

Leveret zog den ersten Faden. «Der Bischof hat sich nach Ihnen erkundigt. Er fragt, wohin Sie gehen wollen. Er bietet Ihnen an, in Ihre alte Stellung als Bergbauingenieur und Landvermesser an die Goldküste zurückzukehren. Sie müssen sich keiner Expedition nach Ostafrika anschließen und sich auch wegen des Colonial Office keine Sorgen machen. Das ist ein ziemlicher Triumph für Sie.»

«Fragt Charlotte nach mir?»

«Jedesmal, wenn ich sie sehe, erkundigt sie sich nach Ihrem Befinden. Wann reisen Sie ab?»

«Wenn ich fertig bin.»

Die Birken zierten die Schlacke wie eine weiße Krone. Im Gegensatz zu anderen Bäumen konnten sie die Hitze ertragen, die die Kohle in der Schlacke immer noch produzierte. Nicht nur ertragen, sondern sie konnten dabei auch gedeihen, mit zarten Zweigen und grünen Knospen.

Blair wartete die Dämmerung ab für seine Rekonstruktion. Er band einen Stoffstreifen, den er von einem Laken abgerissen hatte, um einen Stamm, schritt zehn Meter ab, knotete einen weiteren Streifen um einen zweiten und nach noch einmal knapp zwanzig Metern ein drittes Stück Laken um eine weitere Birke. Der erste Streifen war die Lampenstube, wo eine Schlange von Männern im trüben Licht des frühen Morgens anstand. Smallbone war drinnen, trug sich und «Jaxon» in das Register ein und nahm zwei Lampen entgegen, während «Jaxon» draußen wartete.

Der zweite Streifen markierte das Maschinenhaus, wo Harvey Twiss alleine das gut drei Meter lange Gestänge der Maschine ölte, während sie weiter geschmeidig vor sich hin stampfte.

Der dritte Streifen war für den Förderturm und den Schacht, wo Smallbone und «Jaxon» als letzte einstiegen und das Gesicht zur Wand drehten.

Er schritt die drei Streifen von verschiedenen Punkten ab. Als das Licht verblaßte, kam Wind auf. Die Stoffstreifen flatterten, und Blair stellte sich vor, wie die Erde bebte. Schwarzer Rauch strömte aus dem Abzugsschacht mit dem Wetterofen und durch den Druck der Explosion auch aus dem Förderschacht. Die Heizer unter Tage schaufelten Kohle nach, so schnell sie konnten, damit das Ofenfeuer weiter Frischluft ansaugte. Die Boten von Battie trafen ein.

Als er im Dunkeln zwischen den Schlackehalden stand, glaubte Blair, langsam zu begreifen, wie sich die Dinge abgespielt hatten. Den einzigen Menschen, den ein Sportsfreund wie Twiss im Maschinenhaus geduldet hätte, war sein Held und Champion Bill Jaxon. Was hatten die beiden Männer zueinander gesagt, als sie die Explosion gespürt hatten? Bills Sprint durch den Qualm zum Förderkorb sprach für seine Angst, so weit von dem Kohleflöz entfernt entdeckt zu werden, wo er sich angeblich aufhielt.

Twiss würde Angst um seinen Sohn gehabt haben. Vielleicht hätte die Disziplin gereicht, den Maschinisten auf seinem Posten zu halten, wenn nicht Bill in Richtung Korb losgerannt wäre, ein Beispiel, dem nicht zu folgen Harvey zu schwer gefallen war, nachdem er den Korb an die Oberfläche zurückgeholt hatte.

Lampen, was war mit den Lampen? Twiss hatte sich eine Lampe von einer Leiche im Haupttunnel nehmen müssen. Bill Jaxon nicht, weil er bereits die von Maypole gekaufte Lampe hatte; «nur daß meine Passage lediglich den Preis einer Keilhaue und einer Lampe kostet», hatte Maypole in seinem Tagebuch notiert. Die Lampen aus dem Gemischtwarenladen waren bis auf die in den Fuß eingekratzten Nummern identisch mit denen, die in der Hannay-Grube benutzt wurden. Jetzt wo die Antwort nachgerade auf der Hand lag, begriff Blair, daß Jaxon auf jeden Fall eine Lampe hatte mitbringen müssen, weil er im Falle eines Problems nicht zum Leuchtmeister hätte gehen können.

Smallbone war einfacher. Battie hatte die Angewohnheit des Schießmeisters erwähnt, in Querschlägen ein Nickerchen zu halten, wenn er sich vor der Arbeit drücken konnte. Da der Steiger wegen der Gasvorkommen für jenen Morgen alle Sprengungen untersagt hatte, hatte Smallbone jeden Vorwand, den er brauchte, um den Streb zu verlassen, zufällig zu überleben und dann Bill zu treffen, der aus der anderen Richtung kam. Was hatte Smallbone bewogen, sich Bill anzuschließen? Er wäre Jaxon auch auf den Mond gefolgt, dachte Blair, und sie waren Bergleute, keine Feiglinge. Und vielleicht wollten sie auch aus anderen Gründen die ersten am Unglücksort sein.

Aber warum das alles? Warum sollte Bill bei Maypoles Maskerade überhaupt mitgemacht haben? Maypole besaß kein Geld, Bill nur wenig Gottesfurcht. Wie anders als durch persönliche Gründe hätte er ihn dann überzeugen können – ein Rätsel, wo es doch außer Rose keinen Menschen gab, der Bill am Herzen lag.

Der größte Teil des Grundstücks war von einer Anpflanzung ausgewachsener Birken bedeckt, von Ruß gestreift und mit grüner Flechte bewachsen. Am frühen Morgen marschierte Blair, seinem Kompaß folgend, die halbe Meile bis zum Stall und weiter die Straße entlang bis zu der Klippe des Steinbruchs, wo er hinter einem Weißdorngebüsch in Deckung ging und das Haus von Charlotte Hannay beobachtete.

Die Sonne erfaßte die roten Dachziegel, bevor sie Minute für Minute an der weißen oberen Fassade hinabglitt. Rauchfahnen stiegen aus dem Schornstein. Libellen schwirrten mit glitzernden Flügeln über dem Wasser des Steinbruchs, während leere Heuwagen über die Straße rumpelten. Wenig später fuhr Leveret in forscherem Tempo Richtung Stadt. Ein Eiswagen kam in Gegenrichtung vorbei. Um neun war das Sonnenlicht bis zum Erdgeschoß weitergewandert und durchflutete den Garten. Ein Junge kam mit einem Ponywagen, betrat den zum Haus gehörenden Stall und führte ein langbeiniges, rotbraunes Pferd heraus. Ein alter Gärtner, den Blair als den aus dem «Heim für Frauen» wiedererkannte, schob eine Karre voll Kompost zu dem Gewächshaus am Rande des Gartens.

Am Nachmittag kehrte der Junge zurück, um das Pferd wieder in den Stall zu führen. Erlen ließen ihre Zweige über den Steinbruch hängen; auf einem von ihnen hockte ein Eisvogel und blickte ins Wasser. Um drei Uhr lagen Garten und Fassade des Hauses im Schatten. Volle Heuwagen kamen die Straße entlanggeächzt, langsamer als zuvor. Ihre niedrigen Radstürze ließen sie förmlich watscheln. Wieder kam Leveret vorbei, warf einen Blick zu den dunklen Fenstern des Hauses und fuhr weiter. Die Dunkelheit brachte die Mücken zum Vorschein, die wiederum Fledermäuse zu dem Teich des Steinbruchs lockten.

Charlotte ließ sich nie blicken. Ein- oder zweimal sah er im Haus eine Kerze brennen, so kurz, daß er seinen Augen nicht getraut hätte, wenn da nicht der Rauch aus dem Schornstein gewesen wäre. Er saß bis zum späten Abend auf der Lauer, bevor er in seine eigene karge Behausung zurückkehrte.

Am nächsten Tag tat er dasselbe. Die ablaufende Routine war ähnlich. Ein Dampftraktor, der einen hochgestellten Pflug zog, rollte vorbei. Der Junge mistete die Ställe aus und führte das Pferd an der Longe. Der Eisvogel kehrte zurück und blickte wie am Vortag nachdenklich aufs Wasser. Der einzige Unterschied war, daß ein Bäckereiwagen vorbeikam, um vor der Haustür einen Korb abzustellen.

Mittags stand der Korb immer noch auf der Schwelle. Im Garten wiegten die Butterblumen ihre größeren, helleren Köpfe im Wind. Im Weißdorn sprießten stündlich neue Knospen. Das Pferd stand wie eine vierbeinige Statue auf seiner Koppel.

Dann wandte das Tier den Kopf. Die Tür des Hauses ging auf, und eine Frau erschien, um eilig den Korb zu nehmen und wieder ins Haus zu schlüpfen. Doch sie konnte dem kurzen Moment frischer Luft nicht widerstehen, eine Gelegenheit, ihr rotes Haar in der Sonne auszuschütteln, und auch wenn es nur ein flüchtiger Augenblick war, reichte er, um zu erkennen, daß es das Mädchen war, das Blair vor einer Woche in eben diesem Haus gesehen hatte. Wieder trug sie ein Seidenkleid, und wieder konnte sie dem Genuß nicht widerstehen. Rauch stieg aus dem Schornstein. Für Tee, dachte er, mit frischem Brot und Marmelade.

Der Junge kam vorbei, um das Pferd in den Stall zurückzuführen. Die Fassade des Hauses versank im Schatten. Bauernkarren rumpelten die Straße entlang. Die Sonne versank hinter dem Horizont, und die Wolken verdüsterten sich. Erst kamen die Mükken, dann die Fledermäuse und zuletzt die Sterne.

In der Stube brannte ein Licht, ein zweites in einem Zimmer im ersten Stock – dem gelben Schein nach zu urteilen Gaslampen und nicht die abgeschirmte Kerze eines Menschen, der sich in seinem Haus versteckt. Nachdem eine dritte Lampe im Flur angezündet worden war, ging die Haustür auf, und Charlotte Hannay verließ mit einer Laterne in der Hand das Haus. Es war unverkennbar Charlotte, von dem dunklen Kleid, als wäre sie in Trauer, bis zu der schwarzen Spitze, die ihre Stirn bedeckte. Es war Charlotte, von ihrem forschen Schritt bis zu dem hastigen Blick auf Garten und Straße. Als sie den Stall betrat, hörte er, wie das Pferd ein kehliges Wiehern des Wiedererkennens ausstieß, so wie ein Pferd danach verlangt, von seinem Lieblingsmenschen gestriegelt zu werden.

Während sie im Stall war, begab er sich von dem Steinbruch bis zu der Steinmauer an der Straße, um eine bessere Sicht zu haben. Als sie wieder aus dem Stall kam, durchquerte sie den Garten bis zur Klippe des Steinbruchs und starrte so lange aufs Wasser, daß er begann, sich um seine Mit-Astronomin zu sorgen; es war immer sicherer, die Sterne zu betrachten als tiefe Gewässer.

Die Laterne in ihrer Hand warf ein weiches Licht auf Charlottes Gesichtszüge, die in Blair einen unmöglichen Verdacht aufkommen ließen.

## 26

Hotham's Photographie-Studio lag direkt gegenüber von Wigans Markthalle und war mit den bunten Farben und dem verschnörkelten Schnitzwerk einer Jahrmarktsbude verziert. Ein Schild warb für «Hotham's Portraits – wissenschaftlich bis gefühlvoll», ein anderes behauptete, «Unsere Spezialität sind Maschinen, Gebäude, Gruppen, Kinder und Tiere». Das Fenster im ersten Stock war mit schweren Vorhängen verhängt, die auf die Dunkelheit hindeuteten, die die Kunst brauchte. In Schaukästen im Erdgeschoß waren Photographien ausgestellt, die in die Kategorien «natürlich, humoristisch, historisch» unterteilt waren, sowie gerahmte Portraits hochmögender Bürger und Adeliger, versehen mit Visitenkarten und dem Hinweis «mit freundlicher Erlaubnis».

Blair war in Leverets Kutsche auf der Fahrt in die Stadt über jedes Schlagloch geholpert, zumindest sagten das seine Rippen. Er band das Pferd an und betrat den Laden. Ein Glöckchen über der Tür bimmelte.

«Ich bin gerade beschäftigt, sehr beschäftigt. Sehen Sie sich um, sehen Sie sich um», übertönte eine Stimme von oben den Lärm, der klang wie das Gebrüll eines Säuglings, der gebadet wurde.

Die gesamte Einwohnerschaft Wigans, wenn nicht der Britischen Inseln, schien die Wände des Photostudios zu bevölkern, auf Tafeln und in einer Vielzahl von Rahmen. Die üblichen Darsteller waren in unüblich demokratischer Gesellschaft versammelt: die Königin, die königliche Familie, Wellington, Gladstone, sowie lokale Würdenträger wie der Oberbürgermeister, Parlamentsabgeordnete, hiesige Matronen in aufwendigen Kleidern, geschrubbte Gesichter in einer Fabrik, preisgekrönte Kühe, atmosphärische Studien von Fischern mit ihren Netzen, London von einem Ballon aus gesehen und eine mit Girlanden geschmückte Lokomotive auf der Hannay-Zeche. Ein Disraeli mit Adlermiene blickte einem melancholischen Lincoln ins Gesicht: Wesley, der Prediger, donnerte auf eine Varieté-Julia herab. Auf einem Selbstportrait hielt der Photograph mit gezwirbelten Schnurrbartenden und Brauen die Schnur eines Selbstauslösers in der Hand. Und überall waren die Grubenweiber von Wigan, in Einzel- und Gruppenaufnahmen und als spielkartengroße *cartes de visite*. Sie posierten einzeln oder paarweise mit einer Auswahl von Schaufeln und Sieben, mit rußverschmierten oder sauberen Gesichtern, aber immer in ihrer typischen Kluft: Tücher, Arbeitshemden, hochgerollte und festgenähte Alibi-Röcke, Hosen und Pantinen. In ein oder zwei Fällen war dasselbe Modell in schmutziger Arbeitskleidung und herausgeputzt im Sonntagsstaat abgebildet, um zu demonstrieren, daß sie einmal in der Woche auch eine Frau sein konnte.

Als das Geplärr im ersten Stock noch fünf Minuten weitergegangen war, stieg Blair die Treppe hinauf und kam in einen Raum, in dem es aussah wie in den Kulissen einer Opernbühne. Abblätternde Prospekte der schottischen Highlands, des alten Rom, des Canal Grande, des Trafalgar Square und einer stürmischen See lehnten im Schein eines weißgetünchten Oberlichts aneinander. Seidenblumen und ausgestopfte Papageien hingen über Aktenschränken. Nachgemachte Geländersäulen, Urnen, Kaminsimse, Stühle, ländliche Baumstümpfe und bäuerliche Friese waren entlang der Wand aufgestellt. Die andere Wand war mit einem schwarzen Vorhang verhängt, vor dem Stative standen, die halb wie Greifzirkel, halb wie Folterinstrumente aussahen.

Das Fenster zur Straße war mit Tüchern und Vorhängen verhängt, vor denen der Photograph zwei Kinder posieren ließ, ein Mädchen von etwa zehn Jahren, das so gleichmütig an einer Balustrade lehnte wie ein Ochse an einem Zaunpfahl, während ein halb so großes Kleinkind neben ihr schrie und sich gegen die Schärpe wehrte, mit der es an einen Stuhl gefesselt war. Auf dem Kamerastativ war ein Stock mit einem Spielzeugäffchen montiert. Der Photograph tauchte unter dem schwarzen Tuch auf, um die

Arme des Mädchens neu zu arrangieren. Er mochte seinen Schnurrbart *à la française* wichsen, doch wenn er sprach, hörte man nichts als Lancashire.

«Weiche Linien, meine Liebe, weiche Linien.»

Außerhalb des Blickwinkels der Kamera saß eine kräftige Frau mit dem finsteren Blick einer Anstandsdame, die ein in blutiges Papier eingewickeltes Paket in der Hand hielt. Die Metzgersgattin, dachte Blair, die mit Naturalien zahlt.

«Und immer schön auf das Äffchen gucken, bitte.» Der Photograph eilte wieder hinter seine Kamera und wackelte mit dem Stöckchen. Blair erkannte ihn nach den Photographien im Erdgeschoß als Hotham persönlich. Selbstportraits waren offenbar leichter; sein Haar war in poetisch geschwungenen Locken in die Stirn geklebt, doch seine Augen waren weiß wie die eines Ertrinkenden. Als er unter seinem Tuch verschwand, strampelte das Kleinkind und warf sich heulend von einer Seite zur anderen.

«Wenn uns das Photo nicht gefällt, zahlen wir nicht», erklärte die Mutter. «Kein Bild, kein Braten.»

«Guck mal, Albert.» Das Mädchen grinste, als ihr kleiner Bruder alle viere gleichzeitig in die Höhe streckte.

Blair nahm seinen Hut und den Schal ab, der sein Antlitz bis auf die Augen verdeckt hatte. Sein Gesicht war von Schwellungen und Bartstoppeln übersät, die Platzwunde an seiner Braue bläulich angelaufen, sein Haar geschoren und seine Kopfhaut, wo sie genäht worden war, mit getrocknetem Blut gezeichnet. Der Mund des Mädchens verformte sich zu einem stummen, ängstlichen «O», während das Kleinkind schlagartig verstummte, sich nach vorn beugte und Blair mit offenem Mund anstarrte. In dieser Haltung verharrten sie, bis der Verschluß wieder zuging.

«Nicht ganz das, was mir vorschwebte», sagte der Photograph unter seinem Tuch, «aber sehr nett.»

Hotham behandelte Blair so zuvorkommend wie einen Kunden, der aussah, als könnte es ihm auch einfallen, sämtliche Rahmen in dem Laden zu zerschlagen.

«Sie photographieren Mädchen», sagte Blair.

Nervös strich sich der Photograph mit Fingern, die nach Entwickler und Spiritus rochen, übers Haar. «Anständige Karten, geschmackvoll. Portraits auf Anfrage.»

«Sie verkaufen sie auch.»

«Ich mache *cartes de visite*. Postkarten, wenn Sie so wollen, Sir. Sehr beliebt, werden in Schreibwarenläden verkauft, unter Freunden und Geschäftspartnern getauscht und von Liebhabern gesammelt.»

«Bilder von Frauen.»

«Alles mögliche. Religiöse Darstellungen, die Königin, alle Mitglieder der königlichen Familie. Diven, Berühmtheiten der Bühne, Vergnügungsdamen und Ballettänzerinnen, Frauen in Trikots, bei Soldaten besonders beliebt.»

«Arbeiterinnen.»

«Zündholzmädchen, Näherinnen, Fischerinnen, Eisenhüttenweiber, Dienstmägde, Milchmägde, was immer Ihrer Neigung entspricht.»

«Aber Ihre Spezialität–»

«–sind Grubenweiber. Ich hätte wissen müssen, daß Sie sich dafür interessieren. Für den anspruchsvollen Gentleman gibt es nichts, was mit einem Grubenweib aus Wigan zu vergleichen wäre. Es gibt Leute, die sagen, Frauen in Hosen seien ein Skandal. Ich sage nur, kaufen Sie sich eine Karte und urteilen Sie selbst, Sir, urteilen Sie selbst.»

«Zeigen Sie sie mir.»

Hotham wies auf die diversen ausgestellten Portraits und *cartes*. Blair hatte sie bereits betrachtet, und der Photograph spürte seine Enttäuschung. «Ich habe noch Hunderte davon. Dies ist das führende Studio für Grubenweiber im ganzen Land.»

«Ich bin an einem ganz bestimmten Mädchen interessiert.»

«Nennen Sie mir ihren Namen, Sir. Ich kenne sie alle.»

«Rose Molyneux?»

Ein zögerliches Lächeln. «Rotes Haar, sehr keck, eine klassische Füchsin.»

«Ja.»

Der Photograph stürzte sich auf eine Schublade seines Tresens. Ich habe Sie alle geordnet, Sir, nach Typ und alphabetisch.»

«Sie hat eine Freundin namens Flo.»

«Ja. Ich habe sogar eins von beiden zusammen. Sehen Sie?»

Er richtete sich wieder auf und legte vier *cartes* auf den Tresen. Zwei waren mit Flo, Flo mit einer schweren Schaufel und Rose mit einem Sieb, das sie wie ein Tamburin hielt. Zwei waren Einzelaufnahmen von Rose, eine mit einem kokett unter dem Kinn geknoteten Halstuch, eins mit offenem Schal, das Gesicht mit einem Ausdruck anstößiger Zweideutigkeit Richtung Kamera geneigt.

Nur, daß es nicht Rose war. Nicht Blairs Rose. Es war das Mädchen, das sich in Charlotte Hannays Haus verbarg.

Blair zog die Photographie, die er mitgebracht hatte, aus der Tasche. Die Rose, die er kannte, die ihren Schal wie eine Mantille trug, die ihr halbes Gesicht verdeckte. «Und wer ist dann das?»

«Das weiß ich leider nicht.»

«Sie haben die Photographie gemacht.» Blair drehte das Bild um und wies auf die Rückseite, wo in kunstvoller Schnörkelschrift der Name des Studios stand. Er hatte es gar nicht anklagend gemeint, doch der Photograph wich vorsichtshalber einen Schritt zurück.

«Im Dezember, ja. Ich kann mich an sie erinnern, aber ihren Namen habe ich leider nicht mitbekommen. Sie war bemerkenswert. Ich glaube, sie kam wegen einer Art Mutprobe. Die Mädchen tun das manchmal. Ich fragte sie nach ihrem Namen, weil ich sie wiedersehen wollte.» Hotham betrachtete das Bild und neigte den Kopf. «Was für ein Biest. Sie hatte so ein Blitzen in den Augen, wissen Sie, einen Stolz. Sie hat mir nicht mal erzählt, auf welcher Zeche sie arbeitet. Ich habe den Leuten das Photo gezeigt und nach ihr gefragt, aber über dem Weihnachtsgeschäft und dann der Explosion im Januar habe ich sie komplett vergessen. Tut mir leid.»

«Haben Sie Reverend Maypole je nach ihr gefragt?»

«Jetzt wo Sie es erwähnen, ja, ich habe ihm ein Bild gezeigt, weil er so viele von den Mädchen kannte. Er sagte, er würde sie nicht kennen.»

«Das war alles, was er gesagt hat?»

«Ja, aber er war so angetan von dem Bild, daß ich es ihm geschenkt habe.»

Im Büro des «Wigan Observer» durchforstete Blair das Buch «Katholiken in Lancashire – eigensinnige Geister», bis er den Hinweis gefunden hatte, nach dem er suchte.

> «Während der Herrschaft Elizabeths war Wigan das Herz des katholischen Widerstands, und zu Zeiten, als die Hannay-Familie ihrer Sache noch wohlgesonnen war, versteckte sich nicht nur ein veritabler Kaninchenstaat von katholischen Geistlichen in den ‹Priester-Höhlen› des Hannay-Anwesens, die Priester waren sogar so kühn, durch die alten Hannay-Tunnel in die Stadt zu gelangen und dort Messen abzuhalten. Die Tunnel waren eine unterirdische Straße mit der Pracht des Hannay-Anwesens auf der einen und den bescheidensten Arbeiterhäuschen auf der anderen Seite. Eine brennende Kerze im Fenster rief die treuen Kommunikanten zu dem Haus, in dem der Priester erwartet wurde, ein leuchtendes Vorbild religiösen Mutes, an das heute nur noch die Namen der Roman Alley (mittlerweile zerstört) und Candle Court erinnern.»

Schon seit Blair das Büro betreten hatte, hatte der Zeitungsredakteur unter dem Schirm seiner Kappe hervorgeblinzelt und den Besucher beobachtet. «Mr. Blair, nicht wahr? Sie waren vor zwei Wochen schon einmal hier?»

«Wie viele Candle Courts gibt es hier?»

«Nur eins.»

«Von den Hannays erbaut?»

«Für die Bergarbeiter.»

«Immer noch im Besitz der Hannays?»

«Ja. Wissen Sie noch, wie Sie mit Mr. Leveret hier waren und die Zeitungsberichte über die Explosion eingesehen haben? Ich möchte mich entschuldigen, daß ich Sie damals nicht erkannt habe. Dabei hatte ich doch Ihr Buch auf dem Tresen liegen. Ich muß blind gewesen sein.»

Du sprichst zu einem Blinden, dachte Blair.

In der sicheren Entfernung einer Hinterhofgasse hielt Blair mit dem Nachhausemarsch der Bergleute Schritt. Es war Samstag abend, Vergnügung war angesagt, und ein freier Tag lag vor ihnen. Von Ecke zu Ecke folgte er dem Geklapper ihrer Pantinen, einer Flut von Steinen. Darunter mischten sich die Rufe von Straßenmusikanten und Süßigkeitenverkäufern. Am Himmel nahmen die Tauben vor dem Abend Reißaus.

Auch die Fabrikarbeiterinnen waren auf dem Heimweg, doch sie machten für die Grubenweiber Platz. Er sah Rose und Flo unter einer Laterne vorbeikommen. Flo heftete eine Papierblume an ihr Kopftuch und tanzte eine Gigue um ihre kleinere Freundin herum.

Als Blair sie aus den Augen verlor, hatte er Angst, daß sie in einem Brauhaus oder einer Kneipe einkehren könnten. Er lungerte auf der Gasse hinter Candle Court herum, bis in Rose' Küche eine Lampe anging. Flo sah aus dem Fenster – nein, sie bewunderte ihr Spiegelbild in der Scheibe, während sie ihr Kopftuch durch einen Plüschhut mit Samtblumen ersetzte. Sie wandte sich ab, um mit jemandem zu sprechen, verschwand und kehrte eine Minute später ans Fenster zurück, wo sie ihr Spiegelbild zunächst nachdenklich, dann zunehmend interessierter und schließlich ungeduldig betrachtete. Sie steckte die Papierblume in den Garten auf ihrem Hut und war verschwunden. Blair erreichte die Hintertür gerade noch rechtzeitig, um zu hören, wie die Haustür ins Schloß fiel. Niemand antwortete auf sein Klopfen, und die Hintertür war verschlossen.

Aus den Nachbarhäusern drangen Schreie und das Gestampfe von Pantinen wie von Ritterspielen. Er wartete ab, bis der

Lärmpegel seinen Höhepunkt erreicht hatte, bevor er mit dem Ellenbogen die Scheibe einschlug. Als das keinen Schürhaken schwingenden Nachbarn auf den Plan rief, öffnete Blair das Fenster und kletterte ins Haus.

Niemand hatte Tee aufgesetzt. Die Stube war dunkel, keine Kerze im Fenster zeigte den Gläubigen an, daß ein Priester gekommen war, das Abendmahl zu feiern, also entzündete er seine eigene Blendlaterne. Er öffnete den Kleiderschrank, trat auf den Boden und achtete auf lockere Bretter. Genaugenommen hatte er Rose das Haus nie betreten oder verlassen sehen, doch er war bereit, die Parameter des Möglichen zu erweitern. Die meisten Menschen würden es beispielsweise für unmöglich halten, im Dunkeln oder unter der Erde zu leben, und doch tat halb Wigan genau das.

In der Küche gab es auch keine falschen Dielen. Doch der Boden der Speisekammer klang wie eine Trommel, und unter einem Läufer fand er eine Falltür, die beim Öffnen einen Schwall schwarzer, abgestandener Luft entließ und den Blick auf eine Leiter freigab. Er stieg rasch die Sprossen hinunter und schloß die Klappe wieder, bevor irgend jemand im Tunnel den Luftzug bemerkte. Dann stellte er den Strahl seiner Laterne so ein, daß er nur wenige Meter weit reichte.

Angelegt, lange bevor Gleise und Waggons benutzt wurden, war der Boden des Tunnels vom Ziehen der schweren, mit Kohle beladenen Schlitten blank gescheuert. Die Wände, Fels mit Spuren eines Kohleflözes, übermittelten wie von ferne das Leben, das sich direkt über ihnen abspielte: das gedämpfte Zuschlagen einer Tür, das Trotten eines Droschkenpferdes vor dem zischenden Hintergrund unterirdischer Wasserläufe. Die Holzpfeiler, die die Decke abstützten, ächzten von uralter Erschöpfung. Als er eine Viertelmeile gelaufen war, sagte ihm sein Kompaß, daß der Tunnel in nordöstlicher Richtung verlief, Richtung Hannay Hall. Er wußte, daß dem Tunnel unterwegs Frischluft zugeführt werden mußte, weil die Luft unter Tage sonst zu gashaltig geworden wäre, und nach etwa fünfzig Metern vernahm er durch einen fast vollständig von Büschen überwucherten Rost über sich Straßengeräusche. Nach weiteren fünfzig Metern erweiterte sich der Tunnel zu Beichtstühlen und Bänken, die in den lebenden Stein geschlagen worden waren. In die Überreste des Kohleflözes hatte man eine Reihe schwarzer Kapellen mit primitiven Altären, schattenhaften Kruzifixen und Flachreliefs ewig präsenter, schwarzer Madonnen gehauen. Vor ihm, wo der Tunnel sich wieder verengte, bemerkte er ein Licht. Er schirmte seine Laterne ab und wartete, bis die andere Lampe hinter einer Kurve des Tunnels verschwunden war, damit er schneller gehen konnte, ohne zu sehr darauf achten zu müssen, keinen Lärm zu machen. Die Person vor ihm bewegte sich leise und rasch, offenbar vertraut mit dem Weg. Er fing an zu laufen und wich einer Lache in der Mitte des Tunnels aus. Die Strecke wurde ein wenig abschüssig und wandte sich dann in die erwartete Richtung, doch als er um die Ecke bog, sah er sich zwei auf ihn gerichteten Lampen gegenüber.

Blairs eigene Laterne erfaßte beide Frauen gleichzeitig. Die eine war das Mädchen, das er in Charlottes Haus in Seide gekleidet gesehen hatte, obwohl sie jetzt die schmucklose Kleidung und die Hose eines Grubenweibes trug. Die andere war Charlotte, in ihrem üblichen, schwarzseidenen Kleid und mit ihren Handschuhen, das Haar jedoch offen und das Kinn mit Kohle verschmiert.

Die beiden waren gleich groß, hatten fast identische Gesichtszüge und dieselbe Haarfarbe, doch während das Mädchen aus dem Haus Blair mit den leeren Augen eines vom Licht eines Zuges erfaßten Kaninchens anstarrte, fixierte Charlotte ihn mit zielgenauer Wut. Ansonsten waren sie wie Abbilder eines Zerrspiegels, der jede der beiden Frauen halb in ihr Gegenüber verwandelte.

«Er ist es. Was machen wir jetzt?» fragte das Mädchen.

«Wenn ich ein Gewehr hätte, würde ich ihn erschießen», sagte Charlotte, «aber ich habe keins.»

«Das würde sie wahrscheinlich wirklich tun», sagte Blair.

«Du gehst jetzt besser nach Hause, Rose», sagte Charlotte.

«Dann ist heute der letzte Tag?» fragte das Mädchen.

«Ja.»

Blair machte Platz, damit das Mädchen in die Richtung verschwinden konnte, aus der er gekommen war. Als sie sich an ihm vorbeidrückte, sah er die feinen Unterschiede, ihre flachere Stirn und ihre volleren Wangen, und beobachtete, wie sich ihre Angst in schmollende Wut verwandelte. «Bill macht Sie kalt», sagte sie.

«Aller guten Dinge sind drei», erwiderte Blair.

Sie ließ ihn mit dem Anflug eines trotzigen Blickes zurück. «Und verscharrt Sie, wo nicht mal die Würmer Sie finden können.»

Bald war Rose Molyneux um eine Kurve verschwunden, und er hörte nur noch das Geklapper ihrer im Dunkeln dahineilenden Pantinen. Sein Blick verharrte auf Charlotte, während er auf eine Erklärung wartete. Sie entwand sich dem Strahl seiner Laterne.

«Wenn das Rose ist, wer bist du? Habe ich dich mitten in der Verwandlung erwischt? Warst du gerade dabei, dich von einer Flamme zurück in einen Klumpen Kohle zu verwandeln?»

«Es wäre ohnehin alles bald zu Ende gewesen», sagte Charlotte. «Die Tage werden wieder heller.»

Der Tunnel war kühl wie eine Krypta. Ihr beschlagener Atem war kaum flüchtiger als sie selbst, dachte er. «Das ist wahr. Ich habe die Rose, die ich kannte, nie im Hellen gesehen. Nur beim erstenmal, aber da war ich sternhagelvoll.»

Sie wollte gehen, doch er hielt ihr Handgelenk fest. Es war verwirrend, mit einer Charlotte mit wilder roter Mähne und der Kraft eines Grubenweibs zu sprechen, so als müßte er zwei Frauen auf einmal festhalten.

«Du bist verstimmt, weil ich dich zum Narren gehalten habe.»

«Das hast du allerdings. Deine Rose Molyneux war mir lieber als die, die ich gerade getroffen habe. Auch lieber als Charlotte Hannay. Wie hast du es gemacht?»

«Das war nicht schwer.»

«Erzähl es mir. Leute haben versucht, mich umzubringen, dank deines kleinen Spielchens. Ich würde es gern wissen.»

«Körperhaltung. Ich habe mein Haar bedeckt, meine Schultern hängen lassen und Handschuhe getragen, damit niemand die Schwielen von der Arbeit auf der Zeche sehen konnte. Und in Pantinen bin ich größer.»

«Aber es ist mehr als das. Dein Gesicht.»

«Verkniffen für Charlotte Hannay, das war alles.»

«Und die Sprache?»

Charlotte stemmte eine Hand in die Hüften und sagte breit: «Als wennst *du* 'ne Ahnung hätt'st, wie wir in Wigan und im ‹Heim für Frauen› quatschen. Ich hab' es bloß mein Leben lang mitgekriegt.» Mit ihrer normalen Stimme fügte sie hinzu. «Ich hab' geschauspielert.»

«Du hast geschauspielert?»

«Ja.»

«Und Flo hat auch geschauspielert?»

«Flo ist ein Grubenweib. Sie ist die Tochter meiner Amme. Wir sind immer zusammen in die Stadt gezogen und haben so getan, als wären wir Mädels aus Wigan.»

«Hat es Spaß gemacht?»

«Ja. Wenn ich mich verkleidet habe, dann immer als das. Nicht als Bo Peep oder Marie Antoinette, sondern als Grubenweib.»

«Und die Familie hatte schon immer diesen Tunnel?»

«Schon mein Vater hat ihn für seine Ausflüge nach Wigan benutzt, für seine Mädchen und Schlägereien, als er noch jung war.»

«Weiß dein Vater von deiner Scharade?»

«Nein.»

Sie versuchte erneut, sich loszureißen, doch er drückte sie gegen die Wand. Im Licht der Laterne war sie mit ihrem flammenden Haar und ihrem Trauerkleid bald die eine, bald die andere Frau.

«Wie hast du Rose gefunden?»

«Sie kam letztes Jahr ins ‹Heim für Frauen›. Sie kam aus Manchester und war schwanger. Sie hatte gerade erst angefangen, auf der Zeche zu arbeiten.»

«Dir ist aufgefallen, daß ihr gleich ausseht?»

«Unsere äußerliche Ähnlichkeit hat mich zunächst nur amüsiert, dann begann ich darüber nachzudenken, wie seltsam es ist, daß wir uns so ähnlich sehen und doch so unterschiedliche Leben führen. Dann hat sie ihr Baby verloren und Fieber bekommen. Sie hätte ihren Arbeitsplatz auf der Zeche verloren, also bin ich für sie hingegangen. Rose hatte keine alten Freundinnen hier, die anderen Mädchen kannten sie kaum. Es war gar nicht so schwierig, wie wir gedacht hatten. Es war erst für einen Tag und dann für eine Woche, und danach haben wir uns abgewechselt.»

«Und Rose gefiel dieser Tausch?»

«Ich habe sie in meinem Haus versteckt. Hübsche Kleider zu tragen und Süßigkeiten zu essen, gefiel ihr sehr viel besser als Kohle klauben.»

«Welch sozialer Aufstieg. Bill Jaxon ist ihr Verehrer?»

«Ja.»

«Und dieses nette Arrangement drohte ich zu durchkreuzen, als ich in das Haus in Wigan kam, doch du wolltest mich nicht warnen. Warum *wolltest* du überhaupt tauschen und das Grubenweib spielen?»

«Hast du mir nicht gesagt, ich sei eine Prinzessin, die keine Ahnung vom wirklichen Leben hat? Gib zu, daß du dich geirrt hast.»

«Und an diesem Punkt kommt Maypole ins Spiel. Der arme Hund. Deswegen mußte er unbedingt auch den Bergmann spielen, nachdem er das mit dir erfahren hatte. Ich habe mich gefragt, woher er die Idee hatte.»

Sie ließ sich gegen die Wand sinken. «Er kam auf die Zeche und hat mich gesehen.»

«Hat dich sonst niemand erkannt?»

«Sonst kannte dort niemand Charlotte Hannay.»

«Dann mußte er es dir also gleich tun. ‹Meine Rose›, hat er geschrieben. Das warst du.»

«Um John tut es mir leid. Ich habe versucht, ihm die Sache auszureden. Es sollte nur für einen Tag sein, hat er gesagt.»

«Er ist zu Bill Jaxon gegangen, um mit ihm die Plätze zu tauschen. Bill muß verärgert gewesen sein, daß Maypole es herausgefunden hatte, doch er war bereit zu helfen, aus Liebe zu *seiner* Rose, der richtigen Rose Molyneux, damit sie weiter Schokolade essen konnte, während du im Dreck gelebt hast.»

«Ich habe nicht im Dreck gelebt. Es war die Freiheit einer Frau mit einer eigenen Stimme, die mehr verlangen konnte als eine Tasse Tee. Einer Frau mit einem Körper, die Bedürfnisse hatte und sie befriedigen konnte. Die mit nackten Armen herumlief und laut fluchte, wenn ihr danach war.» Ihre Blicke trafen sich. «Die einen Liebhaber hatte.»

«Einen Idiot, der niemanden kannte.»

«Mehr als das.»

«Ein wie großer Idiot war ich denn?» fragte Blair. «Wie viele Menschen wußten davon? Flo, Maypole, Smallbone, Bill?»

«Das waren alle.»

«Weiß Rowland, daß er ein Grubenweib heiratet? Das wird den neuen Gutsherren bestimmt freuen.»

«Nein.»

«Warum heiratest du ihn? Warum hast du nachgegeben?»

«Ich habe meine Meinung eben geändert. Was kümmert es dich? Du willst doch nur zurück nach Afrika.»

«Nicht, wenn das bedeutet, daß ich dich ihm überlassen muß. Du glaubst, Rowland wäre nur ein unangenehmer Cousin, der einen unangenehmen Ehemann abgeben wird. Das ist er nicht. Er ist ein Mörder. Ich habe ihn Afrikaner erschießen sehen, weil sie nach rechts, anstatt nach links gegangen sind. Außerdem ist er arsensüchtig. Ich bin selbst halb arsensüchtig, also weiß ich es. Er ist schlimmer. Er ist wahnsinnig. Wenn er auch nur einen Schimmer der Rose in dir erblickt, bist du tot.»

«Das war nur gespielt.»

«Nicht alles. Ich habe die Rose in dir gemocht. Er wird sie hassen. Eine dümmliche, zänkische Charlotte könnte vielleicht ein Jahr mit ihm überleben, aber du nicht.»

«Ich habe dir nur etwas vorgemacht.»

«Es war echt. Jedenfalls genug davon.»

«Welche Rolle spielt das? Ich habe keine Wahl. Ich bin nicht wirklich Rose, ich bin Charlotte Hannay, die in zwei Wochen heiraten wird.»

«Als du noch Rose warst, hast du mich gebeten, dich mit nach Afrika zu nehmen.»

«Ich erinnere mich.»

«Ich nehme dich mit.»

Ein anderer schien für ihn zu sprechen, eine andere Hälfte seiner selbst, denn Blair war ebenso verblüfft wie Charlotte, die seine Überraschung ebenfalls bemerkt haben mußte.

«Ist das dein Ernst?»

«Ja.» Er wollte nicht darüber nachdenken, die Frage widersetzte sich jedem rationalen Gedanken.

«Hast du Rose so sehr gemocht?»

«Ich habe angefangen, sie so sehr zu mögen, ja.»

«Du mochtest das Mädchen, das Gin trank und dich ins Bett zerrte. Was ist mit Charlotte, einer Frau, die ihre Kleider anbehält und einen funktionierenden Verstand hat?»

«Die kann auch mitkommen. Ich biete dir einen Ausweg an.»

«Das ist der seltsamste Antrag, den ich je gehört habe. Ich fühle mich geschmeichelt, Blair, ich fühle mich wirklich geschmeichelt.»

«Sobald ich bei deinem Vater abkassiert habe, können wir abhauen.»

Sie wischte sich eine Strähne aus dem Gesicht. «Was für ein Paar wir wären.»

«Absolut tödlich.»

Sie blickte in den Tunnel, als könnte sie dort einen Blick auf die Zukunft erhaschen, die sich im Dunkel formte. Blair konnte sie beinahe selbst sehen, eine Vision, die heranschwebte und sich auflöste, als sie in Sichtweite kam.

«Ich kann nicht.»

«Warum nicht? Als du Rose warst, wolltest du es doch.»

«Das war Rose. Ich bin eine Hannay.»

«Oh, *das* ist natürlich etwas anderes.»

«Ich meine, ich habe eine Verantwortung, das ‹Heim›.»

«Nein, du meinst den Klassenunterschied, die Erziehung, du hast einen richtigen Namen, während Rose nur ein dahergelaufenes Mädchen aus Manchester ist und der Himmel weiß, wie mein richtiger Name lautet. Wie könntest du eine Reise mit mir erwägen, wenn du dich statt dessen mit einem Mörder in einem prachtvollen Herrenhaus einschließen kannst? Ich muß gescherzt haben. Vielleicht habe ich das ja auch, aber deine Imitation einer Frau hat mir gefallen. Es war die beste, die ich je gesehen habe.»

«Du bist unmöglich.»

«Ich glaube, das sind wir beide.»

«Nun, besonders weit sind wir nicht gekommen, was?»

«Nein», stimmte Blair ihr zu. Er ignorierte die Traurigkeit in ihrem Lachen. Soweit es ihn betraf, waren sie wieder an dem Punkt angelangt, an dem jedes Wort zwischen ihnen wie ein Stich war.

Sie wandte sich ab, ohne irgendwohin zu blicken. «Was willst du jetzt tun?» fragte sie. «Verschwinden?»

«Das scheinen deine Männer ja üblicherweise zu tun. Die Hochzeit werde ich wohl versäumen müssen, aber ich laß dir ein Hochzeitsgeschenk hier.»

«Was denn?»

«Maypole.»

«Du weißt, wo John ist?»

«Sagen wir, ich weiß, wo man ihn finden kann.»

## 27

Die Nacht schien durch den Schacht der Hannay-Zeche nach oben gestiegen zu sein und den Hof, die Schuppen und den Förderturm überflutet zu haben, als wäre bis zu den Wolken alles still und läge unter Wasser. Das Gekreisch der Eisenbahnwaggons fehlte ebenso wie das Ticken der Kohlewannen auf der Hängebank, das Rumpeln der Kohle über die Sortierroste, das Geplänkel der Frauen und das Gemurmel der Bergleute, die sich in einer Schlange zum Korb bewegten. Statt dessen war alles schwarz, eine Lokomotive stand tot auf den Gleisen, das Fördergerüst lag wie ein Leuchtturm ohne Leuchtfeuer in einem Ring aus Schatten.

Aus der Klappe im Dach des Maschinenhauses, durch die die Kabel zur Spitze des Turmes liefen, fiel der Widerschein einer Lampe. Die Kabel standen still; der Korb hatte sich wahrscheinlich seit Stunden nicht mehr bewegt. Der Maschinist starrte vermutlich auf den Anzeiger oder hantierte an der großen Maschine herum, um sich mit dem Ölen von Kolben und Stangen wachzuhalten.

Aus dem Abzugsschacht strömte ein Luftzug, der angefacht wurde durch den Wetterofen eine halbe Meile tiefer. Egal, ob die Bergleute arbeiteten oder nicht, das Feuer des Ofens brannte, weil sonst der Luftzug ersticken und die Bewetterung der Grube ausfallen würde.

Blair erinnerte sich, daß Battie gesagt hatte, daß immer zwei Heizer Dienst taten, dazu der Maschinist und vielleicht ein weiterer Heizer über Tage.

Die Lampenstube war abgeschlossen. In der Schmiede besorgte sich Blair eine Stange, mit der er die Tür aufbrach. Er stellte seinen Rucksack und die unangezündete Blendlaterne auf den Tresen und öffnete die Klappe eines bauchigen Ofens, so daß ein Rest Glutasche ein schwaches Licht auf die Regale warf. Die Kanarienvögel flatterten ängstlich in ihren Käfigen auf, als er sich eine Dose Teer und eine Sicherheitslampe nahm.

Er ging zur Rampe des Förderturms, zog zweimal an der Signalleine und hörte die Klingel im Maschinenhaus das Zeichen für «Langsam auf» läuten. Ein Maschinist sollte auf seinem Posten bleiben und ihn nicht einmal für ein dringendes Bedürfnis verlassen. Wenn er nicht gleich davon ausging, daß das Signal von unter Tage kam, würde der Mann höchstens einen Blick aus der Tür werfen; Blair bezweifelte es, doch er ließ seine Lampe unangezündet und stellte sich hinter einen Pfeiler des Turms, als das große Rad sich über ihm zu drehen und das Kabel zu zittern begann.

Er wartete, bis der Korb die Fahrt von einer Meile zurückgelegt hatte. Die Heizer würden ihn nicht hören; das Dröhnen des Wetterofens überdeckte alle anderen Geräusche. Sobald der Korb aus dem Schacht auftauchte und zum Stehen kam, sprang er zwischen den Gleisen auf die Plattform und zog einmal an der Signalleine für «Abwärts».

Jeder Abstieg war ein kontrollierter freier Fall, vor allem in völliger Dunkelheit. Auf halber Strecke schien der Korb zu schweben und gegen die Führungskabel zu schlagen, ein Gefühl wie im Blindflug, auch wenn der Verstand wußte, daß er in einem Stahlkorb nach unten glitt. Als ob er je wirklich gewußt hätte, wo er war. Er verzog das Gesicht. Was hatte er noch in seiner Rede gesagt, die er Leveret über die Methode der Triangulation zur Erstellung von Landkarten gehalten hatte? So war er auch seine amateurhaften Nachforschungen angegangen, nur daß zwei seiner Fixpunkte, Rose und Charlotte, identisch waren.

Druck stieg von den Schuhsohlen in seine Knie. Runder Eisendraht dehnte sich, als der Korb zwischen den Führungskabeln zitterte und am Füllort aufsetzte.

Man konnte unter Tage sein und man konnte allein unter Tage sein, wenn einen nichts von der Tatsache ablenkte, daß dort, wo der Himmel sein sollte, Millionen Tonnen Fels waren. Die Arbeit der Förderleute, die die Kohlewaggons zogen und schoben, und der Hufschmiede und Stallburschen, die die Pferde versorgten, erweckte normalerweise den Eindruck, daß der Füllort mit dem Schuppen des Steigers und den Ställen eigentlich nur ein unterirdisches Dorf war. Ohne das rege Treiben war diese Illusion verschwunden, und der Mensch mußte akzeptieren, wie weit er vom Rest der Welt entfernt war.

Bei der Rampe stand eine brennende Sicherheitslampe in einem Sandeimer. Die Hitze und der Gestank der Pferde waren wie immer überwältigend. Blair öffnete seine Streichholzschachtel – in einer Mine streng verboten, aber wer wollte ihn jetzt daran hindern? – und zündete seine Sicherheitslampe an. Hinter dem Drahtschirm flackerte eine Flamme auf. Er schulterte seinen Rucksack und fand den zentralen, schwarzen Haupttunnel. Nun galt es, eine bewußte Entscheidung zu treffen: Entweder, er bewegte sich furchtsam voran, oder er marschierte drauflos, als ob die Erde ihm gehörte.

Er hatte den Plan der Hannay-Zeche so lange studiert, bis er ihn auswendig kannte. Eine Karte war alles, wenn man in einer Grube unterwegs war. Natürlich konnte man auch einfach darauf achten, die Zugluft immer im Rücken zu haben. Er hielt den Kopf gesenkt und verfiel in einen gleichmäßigen Trott, bei dem er auf jede zweite Schwelle der Gleise trat. Ohne den üblichen Arbeitslärm klappernder Hufen und Räder hörte man das Ächzen der Holzstempel deutlicher. Pfeiler setzten sich staubrieselnd. Er hielt seine Sicherheitslampe hoch, und die Flamme wurde schmaler, einen Hauch von Methan andeutend.

Der gebückte Gang der Bergarbeiter ließ seine verbundenen Rippen schmerzen, als würden sie gegeneinander gerieben. Er kam an Fluchtnischen, Querschlägen und tuchbespannten Wettertoren vorbei, die den Luftzug steuerten. Vorbei an der Stelle, an der Battie nach dem Feuer die ersten beiden Opfer der Nachschwaden gefunden hatte. Vorbei an der Stelle, an der die Strecke zu der Wendeschleife hin abfiel, wo ein Pony zu Boden gegangen war und so zehn Männern den Fluchtweg versperrt hatte. Weitere fünfhundert Meter durch eine noch niedrigere und engere Strecke bis zu dem Streb mit seinen Kohlepfeilern und dem schwarzen Nichts, wo die Pfeiler dem Einsturz überlassen worden waren.

Kurzstielige Keilhauen und Schaufeln lagen, wie sie am Tag zurückgelassen worden waren. Blair nahm eine Keilhaue und leuchtete beim Vorwärtsgehen instinktiv mit der Lampe die Decke ab, wo die Flamme an dem einen oder anderen Riß einen Gashauch aufspürte. Nicht zu vergleichen mit dem Gasvorkommen am Tag der Explosion.

Jener Tag war feucht und für die Jahreszeit außergewöhnlich warm gewesen. Als das Barometer gefallen war, war das Gas aus den Pfeilern, Firsten und Sprenglöchern gekrochen. Auf der gesamten Länge der Strecke hatten sich die Flammen der Lampen von ihren Dochten gelöst, alles Zeichen, die einen gewissenhaften Steiger wie Battie veranlaßt hatten, für diesen Tag alle Sprengungen zu verbieten.

Manchmal wurden die Männer von einem gashaltigen Abschnitt des Flözes abgezogen, aber eine Mine evakuieren? Niemals. Die Männer schwangen Keilhauen oder schoben Waggons, die Jungen führten ihre Ponys weiter über die Gleise, und alle wußten, daß in der gashaltigen Atmosphäre ein einziger Funke genügte, das Methan wie eine Bombe zu zünden, oder sie, wenn das Schlagwetter zu Nachschwaden wurde, alle ersticken zu lassen. Doch die Bergleute arbeiteten weiter. Schließlich hatte ein Mann, der eine halbe Meile tief unter die Erde kam, bereits gewisse Entscheidungen bezüglich seiner Sicherheit getroffen. Außerdem kehrten sie am Ende eines Tages fast immer wieder heim.

Seit Blairs letztem Besuch waren zwei Wochen vergangen. In dieser Zeit war der Kohlestreb nach jenem seltsamen Lancashire-System des Rückwärtsabbaus nach vorn gewandert, so daß dahinter nur eine Galerie von Kohlepfeilern stehengeblieben war, die unter dem Gewicht der Erde über ihnen langsam zusammenbrechen würden. Langsam im Sinne von nicht sofort. Manchmal dauerte es eine Woche, manchmal ein Jahr und manchmal scheinbar ewig. Wenn der Ausbau irgendwann einbrach, tat er das mit einem Donnerkrachen, das Wellen von Kohlenstaub in Richtung Füllort blies.

Der Hohlraum, in den er mit Battie gekrochen war, wirkte auf den ersten paar Metern frei; weiter konnte Blair wegen des in der Luft schwebenden Kohlenstaubs nicht sehen. Er orientierte sich nach seinem Kompaß. Die Keilhaue in einer Hand, den Kompaß in der anderen kroch er weiter in das schwarze Nichts hinein.

Maypoles Tagebucheintrag fiel ihm ein: «Und ich will dir heimliche Schätze geben und verborgene Kleinode.» Hatte Maypole, als er den Streb erreicht hatte, erkannt, wie widerwillig der Herr die Adern der Erde öffnete?

Als der First niedriger wurde, durchlief Blair die Geschichte der Evolution in Gegenrichtung, vom aufrechten Gang zum Kriechen auf allen vieren. Der Rucksack machte das Vorwärtskommen doppelt schwierig, bis er ihn schließlich abnahm und mit seiner Jacke an sein Bein band: Trotzdem kam er nur weiter, indem er zunächst die Lampe vorschob und dann hinterherrobbte, ein Ein-Mann-Zug durchs Geröll. Teile der Decke waren in grabsteinartigen Platten heruntergebrochen. An einer Stelle spürte er plötzlich keinen Boden mehr. Er kroch am Rand des Loches entlang auf festeren Grund, wo er seinen Kompaß abwischte, um sich neu zu orientieren. Seine Hände und Ärmel waren mit Kohlenstaub bedeckt; er atmete ihn ein, würgte daran und blinzelte, um seine Augen davon freizuhalten. Alles war warm, denn Kohle erhitzte sich unter Druck.

Er war mittlerweile fast sicher, daß er links oder rechts vom Weg abgekommen oder noch nicht weit genug gegangen war. Das Gestein hatte sich verschoben wie ein eingestürztes Kartenhaus, an einer Stelle war die Decke eingebrochen, an einer anderen wellte sich der Boden. Er war sicher, daß er verpaßt hatte, wofür er hergekommen war, bis die Flamme seiner Lampe den Blick zu heben schien und er durch den Staub den Fäulnisgeruch von Methan wahrnahm.

Das rötlich-orangefarbene Flämmchen hinter dem Drahtschirm der Lampe wurde größer, eine gelbe Flamme mit Plänen und Ambitionen. Blair stellte die Lampe ab. Solange es eine Flamme blieb und keine blau-weiße Säule wurde, befand er sich noch diesseits einer hauchdünnen Linie. Er kroch weiter und sah eine etwa ein Meter hohe und zwei Meter breite, hastig gemauerte Wand aus Ziegeln und Mörtel. Er wischte den Staub von einem der Ziegel und las den eingebrannten Schriftzug «Hannay-Ziegel»; es waren dieselben Ziegel, dieselbe Wand, die er mit Battie entdeckt hatte.

Blair stützte sich auf seinen Ellbogen und zog seinen Rucksack zu sich heran. Wie Battie gesagt hatte, war es kein Gebläse, sondern lediglich Gas, das sich im Geröll und in der Kohle hinter der Mauer gesammelt hatte. In dem heller werdenden Licht sah er den verräterischen Riß in der oberen Ziegelreihe, hinter der das Methan lauern würde. Er drehte sich auf die Seite und zog die Dose mit Teerspachtel aus seinem Rucksack. Mit seinem Taschenmesser öffnete er den Deckel der Dose, schmierte den harzigen Teer mit der Klinge auf den Riß und lehnte sich zurück, um den Effekt zu begutachten. Wenn der Teerspachtel «Gut genug für die Royal Navy!» war, sollte er auch gut genug für die Hannay-Zeche sein.

Langsam verblaßte die Flamme der Sicherheitslampe zu ihrem gewohnt bescheidenen Orange. Blair klopfte mit der Spitze seiner Keilhaue gegen die untere Reihe der Ziegel. Weil Methan leichter als Luft war, sollte es sich im oberen Teil der Kammer hinter der Wand konzentrieren, so daß es sicher sein müßte, einen der unteren Ziegel aus der Mauer zu lösen. Theoretisch. Was exakt der Grund dafür ist, warum Bergbau nicht nur eine Wissenschaft, sondern auch eine Kunst ist, sagte er sich, weil Bergleute genau wie Künstler jung sterben.

Auf der Seite liegend schlug Blair noch einmal heftiger gegen die Wand. Als sich zwischen zwei der unteren Ziegel ein Spalt auftat, sah er seinen eigenen Schatten an der Wand aufsteigen, und als er sich nach der Lampe umdrehte, bemerkte er, daß die

Flamme so hoch brannte, daß sie an dem Deckel züngelte. Er ließ die Keilhaue fallen und drückte sich so tief wie möglich ins Geröll. Methanschwaden entzündeten sich sanft zu blauen Schatten, schwebten über der schwereren Luft bis an die niedrige Decke und hüllten ihn in flüssiges Licht. Blair rührte sich nicht. Mit einer Jacke zu wedeln, half nur, wenn sich das Gas noch nicht entzündet hatte; wenn es brannte, wurde das Feuer durch Sauerstoff nur weiter angefacht. Er hielt die Luft an, um das Feuer aus seinen Lungen zu halten, bis sich das brennende Gas zu winzigen blauen Flämmchen verteilt und verflüchtigt hatte, die in Ritzen krochen und verschwanden.

Die Flamme seiner Lampe beruhigte sich wieder, obwohl der Geruch von Methan noch immer so schwer in der Luft hing, als wäre er in einen Sumpf gefallen. Blair zog die losen Ziegel aus der Wand und griff in die Lücke. Seine Finger tasteten umher, bis sie, unter Steinen vergraben, etwas fanden, was nicht aus Stein war. Er zog es heraus, setzte die Ziegel wieder ein und dichtete die Fugen ab, bevor er sich näher ans Licht rollte, um die verkohlte und verbogene Sicherheitslampe näher zu betrachten. Eine Sicherheitslampe war an sich so konstruiert, daß es unmöglich war, den Drahtschutz zu entfernen, ohne die ganze Lampe auseinanderzunehmen, doch der Drahtkorb dieser Lampe war verschwunden, herausgerissen. Blair rieb über den Fuß der Lampe und hielt sie ins Licht. In den Fuß war eine Nummer eingekratzt: 091. Es war die Lampe, die «Jaxon» am Morgen der Explosion in Empfang genommen hatte. Kein Wunder, daß Smallbone und der echte Bill Jaxon sich freiwillig gemeldet hatten, an den Streb zurückzukehren. Sie hatten Angst gehabt, daß ein anderer die Lampe oder sonst eine Spur von Maypole finden könnte. Daß sie die Wand neu hochmauern mußten, war für die beiden Männer geradezu ein Gottesgeschenk gewesen.

Der Ablauf der Explosion war ihm jetzt ziemlich klar. Nachdem Smallbone Maypole unter Tage gebracht hatte, hatte er die Gelegenheit genutzt, in einem der Querschläge ein Nickerchen zu halten, wie es laut Battie seine Angewohnheit war, und Maypole, der in seinem ganzen Leben noch nie in einer richtigen Mine gewesen war, am dunkelsten Ende des Kohlestrebs allein gelassen. Was für eine spirituelle Erfahrung war das gewesen? War er betend auf die Knie gesunken oder hatte er begonnen, das Gewicht der Erde über ihm zu spüren, hatte er dem Ächzen des Holzes gelauscht, gespürt, wie die Luft dünner wurde? Er hatte keinen Freund, der ihn leitete, so wie Charlotte Flo gehabt hatte, und man hatte ihm bestimmt eingeschärft, sich von den anderen Bergleuten fernzuhalten, so daß er sich weder mit eigener Erfahrung noch mit der Gesellschaft anderer hatte trösten können. Und die Bergleute, hatten sie sich darüber gewundert, daß «Jaxon» sich so seltsam benahm? Doch selbst wenn, wer hätte es gewagt, einen derart launischen Charakter anzusprechen, wenn er sich ungesellig fühlte?

Beim ersten Mal unter Tage hatten die Männer oft so viel Angst, daß ihre Lampe ausgehen könnte, daß sie sie höher und höher drehten, bis jemand sie lautstark zurechtwies. Dann überdrehten sie in die andere Richtung und standen auf einmal im Dunkeln. Hatte Maypole ein Streichholz entzündet? War es das, was geschehen war?

Oder hatte er der Versuchung nicht widerstehen können, selbst eine Sprengladung zu zünden? Jaxon hatte am Tag zuvor Löcher in die Kohle gebohrt. Smallbones Blechdose mit den vorbereiteten Sprengladungen stand vor Maypoles Füßen. Hatte er ein Papierröhrchen mit Schießpulver mit der Spitze seiner Keilhaue statt mit dem Messingstab eines Sprengmeisters, der keine Funken schlagen konnte, in ein Loch gestopft?

Dann gab es noch so etwas wie spontane Explosionen. Durch Methan, die Hitze, die die Kohle unter Druck entwickelte, und die Entzündlichkeit des Kohlenstaubs in der Luft. So etwas kam vor.

Aber was Blairs Ansicht nach höchstwahrscheinlich passiert war, war, daß ein sorgfältiger, pflichtergebener Maypole nichts Schlimmeres getan hatte, als mit der Keilhaue in den Streb zu hauen. Er hatte die zischend entweichenden schlagenden Wetter bemerkt und war instinktiv wie der gute Mensch, der er war, losgerannt, um die anderen am Streb arbeitenden Männer zu warnen. Was, wie der Grubeninspektor festgestellt hatte, kein erfahrener Bergmann je tun würde, weil dadurch die Flamme durch den Drahtschirm der Sicherheitslampe in Richtung eben jenes Gases gepreßt wurde, dem der Mann zu entkommen suchte.

Wahrscheinlich hatte es sich so abgespielt. In seiner Unschuld hatte Maypole versucht, die anderen Männer zu warnen, die das Gas wahrscheinlich schon gerochen hatten, jetzt Maypole mit der Lampe auf sich zukommen sahen und ihn anflehten stehenzubleiben. Eine einzige blaue Spitze, die durch den Drahtkorb züngelte, war genug. Der Druck ließ den Drahtkorb rissig werden und die Lampe wie ein Sahnebonbon schmelzen, und ihr Träger befand sich im Zentrum der Detonation. Wo waren die Überreste von Maypole? Vielleicht gab es winzige Teile, Atome des Mannes, nicht einmal genug für die Würmer. Es war ohnehin so tief unten, daß die Würmer einen nicht finden konnten, wie Rose Molyneux gesagt hatte.

In seinem Tagebuch hatte Maypole Hiob zitiert. «Meine Haut ist schwarz geworden und löst sich ab von mir, und meine Gebeine sind verdorrt vor hitzigem Feuer!» Nun, diese Prophezeiung hatte sich erfüllt, und er hatte sechsundsiebzig Männer mit sich genommen. Und als die heldenhaften Retter Smallbone und Jaxon Maypoles Lampe gefunden hatten, hatten sie sie für die Ewigkeit eingemauert und die gleiche Nummer – 091 – in die Lampe gekratzt, die Jaxon mitgebracht hatte, damit das Lampensystem selbst *beweisen* würde, daß der Verbleib jedes einzelnen Mannes geklärt war.

Blair setzte die Ziegel wieder an ihren Platz, stopfte die Lampe in seinen Rucksack und kroch durch das Geröll zurück zum Streb. Er stand auf und dachte, daß er jetzt weniger einem Bergmann als einem Stück Knochenkohle ähnelte. Er fühlte sich nicht bestätigt, er war traurig, weil er und Maypole, wie er zugeben mußte, am Ende so viel gemeinsam gehabt hatten.

Er stolperte Richtung Hauptstrecke, den angenehmen Luftzug

jetzt im Gesicht. Nachdem man Methan geschmeckt hatte, war selbst schlechte Luft ein Fortschritt. Er stieg gerade den Hang zu der Wendeschleife hinauf, als er spürte, wie die Gleise unter seinen Füßen zu vibrieren begannen. Er dachte, daß es möglicherweise einen Steinschlag gegeben hatte, bis er das Quietschen von Rädern vernahm. Irgendwo außer Sichtweite bewegte sich ein Zug mit Waggons.

Ein Zug bestand aus einer halben Tonne lose aneinander geketteter Wannen aus Eisenplatten, die sich beim ersten Anstoß zunächst nur träge und unkoordiniert in Bewegung setzten. Blair trat den Rückzug an und suchte eine Stelle, wo er den Zug vorbeilassen konnte. Er hörte, wie der Zug eine Gerade erreichte, glatter zu rollen begann und an Fahrt gewann. Im Gegensatz zu ihm selbst. Mit seinen verbundenen Rippen und dem Gewicht des Rucksacks stolperte er über die Schwellen, schneller immerhin als der matte Schein seiner Lampe. Züge, die sich selbständig gemacht hatten, waren eine verbreitete Unglücksursache unter Tage; einmal in Schwung geraten, rissen die Waggons alles mit, was sich ihnen in den Weg stellte. Er sah sie mit klappernden Ketten auf der Kuppe des Anstiegs um die Ecke rattern, bis der enge Tunnel völlig ausgefüllt war. Im letzten Moment tauchte er in eine Fluchtnische, der führende Waggon streifte noch seine Ferse, als der Zug in Richtung Streb an ihm vorbeidonnerte.

Nachdem die Erschütterung der Waggons verklungen war, hörte er ein rhythmisches Kratzen, als ob ein Messer geschärft würde. Er spähte mit einem Auge aus der Nische. Eine Lampe in der einen Hand, eine Keilhaue in der anderen, schlitterte eine Gestalt in der gebückten Haltung eines Eisläufers auf seinen Pantinen seitwärts über die abschüssigen Gleise.

Blair zog sich zurück, als Bill Jaxon, den Seidenschal um den Hals, den Rücken zu ihm, an seiner Nische vorbeikam. Mit einem Bein nahm er Schwung und balancierte dann auf den Funken, die verblaßten wie der Schweif eines den Untergrund durchpflügenden Kometen. Blair verspürte ein brennendes Stechen, und ihm wurde bewußt, daß er nur unentdeckt geblieben war, weil er auf seiner eigenen Lampe gelegen hatte. Er kletterte wieder auf die Gleise und klopfte den verkohlten Kreis auf seinem Jackett aus. Er war schon halb am Korb. Sicherlich konnte er ihn erreichen, lange bevor Bill am Kohlestreb angelangt und wieder umgekehrt war. Als er jedoch gerade die Kuppe des kleinen Hügels erreicht hatte, hörte er, wie ihm Pantinen im lockeren Dauerlauf folgten. Bill war gar nicht bis zum Kohlestreb weitergegangen. Er hatte ihn nur aus seinem Versteck gelockt.

«Rose hat mir erzählt, daß sie dich getroffen hat!» rief er. «Ich will alles darüber hören!»

Zu versuchen, den Korb schneller zu erreichen als Bill, war ebenso aussichtslos, wie sich zu verstecken. Seine Lampe würde Bill direkt zu ihm führen, doch er konnte das Licht auch nicht löschen, ohne völlig blind zu sein. Er stellte sich die Hauptstrecke vor, in der er sich befand, die hintere Strecke und all die kurzen Querschläge, die die beiden Hauptstrecken verbanden. Der nächste Querschlag war mit einem tuchbespannten Holzrahmen verstellt, der den Luftzug geradeaus leiten sollte. Blair schlüpfte hinein und machte sich auf den Weg zur hinteren Strecke.

Kurz darauf hörte er Bills Stimme. «Nicht schlecht, aber meinst du nicht, daß ich die Grube besser kenne als du?»

Durch die hintere Strecke wurden die Gleise vom Streb zum Füllort und die verbrauchte Luft zum Wetterofen geführt. Ein ölig-klebriger Wind, der durch weitere Wettertore gesteuert wurde, drängte Blair zurück. Er zog beim Gehen die bespannten Holzrahmen in die Mitte des Tunnels, damit Bill seine Lampe nicht sah. Dabei stieß er mit dem Kopf gegen einen tiefstehenden Balken und war einen Moment lang so benommen, daß er nicht wußte, in welche Richtung er sich wenden sollte.

«Du hättest uns nur in Ruhe lassen müssen», sagte Bill.

Blair bewegte sich so schnell er konnte, während er hörte, wie Bill die im Weg stehenden Wettertore zerschlug. Er schlüpfte durch einen Querschlag zurück auf die Hauptstrecke. Daß seine Schuhe leiser waren als Pantinen, war sein einziger kleiner Vorteil, doch den hätte auch eine Ameise für sich in Anspruch nehmen können. Nach ein paar Schritten würde auch Bill wieder in die Hauptstrecke hinüberwechseln.

Auf dem Gleis stand ein einsamer Kohlewaggon. Blair schob ihn mit der Schulter bergab Richtung Streb. Als er sich umdrehte, sah er Bills Lampe in der Hauptstrecke auftauchen.

Blair stellte seine Lampe in den Waggon, ließ ihn los und duckte sich zur Seite. Die Strecke war nur leicht abschüssig, so daß der Waggon kaum an Fahrt gewann, aber auch nicht stehenblieb. Der Schein von Blairs Sicherheitslampe tanzte über die Decke, und Bill nahm, während er in energischen, eleganten Stößen über die Gleise glitt, seine Verfolgung auf.

Blair tastete sich im Dunkeln durch einen Querschlag wieder zur hinteren Strecke, wo er die Blendlaterne aus seinem Rucksack nahm und anzündete. Das Streichholz brannte hell, und der schmale Strahl der Lampe wies ihm, von einem Hauch Methan in der Luft angefacht, den Weg.

Nach dreißig Metern wagte er es, wieder in die Hauptstrecke zu wechseln. Seine Füße waren schwer wie Feuerböcke, sein Atem ging pfeifend, als wäre seine Lunge ein löchriger Sack. Doch der Gestank der Ställe war ihm ein süßer Geruch, der matte Schein der Lampe in ihrem Sandkübel die Kerze einer Zufluchtsstätte. Der Korb wartete am Füllort.

Er hörte, wie Bill wütend durch die Hauptstrecke zurückkam. Wie er den Waggon erwischt haben und so schnell zurück sein konnte, war Blair ein Rätsel, doch so war es. Blair stieg in den Korb und zog an der Signalleine.

Als der Korb aufstieg, kam Bill gerade in vollem Lauf aus der Strecke an den Ställen vorbeigerannt. An seinem Gesichtsausdruck sah Blair, daß Jaxon riskieren wollte, den aufsteigenden Korb mit einem Sprung noch zu erreichen. Als er erkannte, daß er ihn doch verfehlen würde, wich er ihm aus und landete auf der anderen Seite des Schachtes.

Blair ließ sich auf den Boden sinken und hielt die Lampe und den Rucksack auf seinen Knien fest, während der Korb nach oben schoß. An der offenen Seite fiel der Strahl der Lampe auf einen verschwommenen Streifen feuchten, welligen Steins, und obwohl er wußte, daß ihn über Tage ein Hof voller Kohle und Schlacke erwartete, roch er Wiese und Bäume.

Als der Korb seine Fahrt verlangsamte, rappelte Blair sich auf die Füße. Die Bremsung dauerte scheinbar endlos. Schließlich tauchte der Korb in einem See aus Licht auf, und er spürte einen echten Windhauch im Gesicht. Lokomotiven kauerten wie Sphinxe auf dem Hof. Die Flagge hing wie eine Mondsichel über dem Förderturm.

Blair stieg aus. Hinter einem Pfeiler des Turmes tauchte Albert Smallbone auf und schlug ihn mit einer Schaufel.

Blair lag auf dem Rücken, die Kante der Schaufel war unter sein Kinn gepreßt, am anderen Ende des Stiels Smallbone.

«Waren Sie je mit einem Frettchen jagen?» fragte er. «Lohnt sich kaum. Schlimmer als Verbrecher. Das Frettchen jagt das Kaninchen bis ans Ende des Tunnels und frißt es dann auf. Dafür hat man es nicht unter die Erde gejagt. Wenn die Leine reißt, muß man anfangen, mit einem Spaten zu buddeln, wenn man selbst noch was abhaben will. Wie dem auch sei, jetzt sind Sie mein Kaninchen, und Bill wird jeden Moment wieder oben sein.»

Die Kabeltrommel drehte sich schnell. Blair konnte nicht sehen, wieviel Kabel noch übrig war, weil Smallbone das Schaufelblatt gegen seinen Hals drückte. Sein umgestülpter Rucksack samt Inhalt lag um Smallbones Füße verstreut.

«Als Sie zum erstenmal mit George Battie da unten rumgeschnüffelt haben, hab' ich Bill gesagt, daß Sie garantiert wiederkommen würden. Er wollte mir nicht glauben. Bill ist nicht besonders helle, aber schön, ein Element der Natur. Wie seine Rose. Ich bin ein nachdenklicher Mann wie Sie, aber wir müssen die Menschen nehmen, wie sie sind.»

Blair grunzte, um auch einen Beitrag zur Konversation zu leisten.

«Rose hat uns erzählt, was sie Ihnen erzählt hat», sagte Smallbone. «Und das war etwas, was man einem argwöhnischen Mann besser nicht erzählt hätte. Was für ein Glück, daß wir noch rechtzeitig hergekommen sind. Genauso wie ich Glück hatte, ein kleines Päuschen fernab des Strebs zu machen, als die ganze Grube zur Hölle gefahren ist. Wissen Sie, für mich sind die Menschen schon immer absolut faszinierende Wesen gewesen. Auf mich wirkt Rose nicht so betörend, aber bei Bill bekommt sie immer ihren Willen. Es ist wie bei Samson und Delilah. Ich hätte Maypole nie Bills Platz einnehmen lassen, doch sie mochte ihre besonderen Tage ganz für sich allein in dem vornehmen Haus, und nachdem Maypole erst mal Wind davon bekommen hatte, hatte sie Angst, daß er sie und Miss Hannay auffliegen lassen würde. Wir haben nichts Böses getan, keiner von uns. Wir haben nur einem Priester geholfen, einen Geschmack von der wirklichen Welt zu bekommen.»

«Aber er war noch nicht so weit», flüsterte Blair gegen das Schaufelblatt.

«Da haben Sie allerdings recht. Ich hatte ihn nur gebeten, sich nicht von der Stelle zu rühren, während ich mein Nickerchen machte. Ich dachte, das wäre nicht zu viel verlangt. Doch versetzen Sie sich jetzt in unsere Lage. Bill, Rose und ich, wir haben nichts getan, doch man würde uns mit dem Tod von sechsundsiebzig Männern in Verbindung bringen. Nicht einmal Mrs. Smallbone würde noch für mich beten, und glauben Sie mir, die betet für jeden. Wir haben weiß Gott versucht, Sie abzuschrecken.»

«Genau wie Silcock?»

«Das haben wir vermasselt. Er hatte sich nach dem Feuer an Harvey gehängt, und wir konnten nicht wissen, was Harvey ihm in seinem Zustand möglicherweise erzählt hatte. Wohl nichts, wie sich herausgestellt hat. Er ist nicht ertrunken. Nichts passiert also.»

«Twiss?»

«Wir haben einen Spaziergang gemacht. Bei Harveys Trauer und allem war es, glaube ich, eine Gnade für ihn.»

«Bill hat versucht, mich umzubringen.»

«Bill ist ein wenig streng, aber die Vorstellung, die Leute könnten annehmen, daß Sie mit Rose intim sind, war eine Provokation.»

«Und der Selbstschuß?»

«Eine unmenschliche Apparatur. Ich hab' ihn nur höchst ungern aufgestellt, aber spätestens da hätten Sie die Botschaft doch kapieren müssen. Die Wahrheit ist, daß Sie Wigan jederzeit hätten verlassen können, doch das haben Sie nicht, und jetzt ist es zu spät.»

Blair hörte das Kabel des Förderkorbes in der Aufwärtsbewegung surren. Er wußte, daß Smallbone ihn abwürgen würde, wenn er versuchte, zum Maschinenhaus hinüberzurufen, und selbst wenn nicht, würde der Maschinist beim Stampfen der Kolben und Ventile nichts hören. Das war es also? Ein letzter Gang zur Eisenbahnstrecke, wo er wie Harvey Twiss sein müdes Haupt auf die Gleise legen konnte?

Der Korb stieg an die Erdoberfläche und zitterte, als zwei Pantinen von der Plattform traten und Blairs Sicht verdeckten. Es waren vertraute Pantinen mit Messingstollen, die blitzten wie Speerspitzen aus Gold. Als sie auf Blair gerichtet waren, zog Smallbone sofort an der Signalleine, und der Korb fuhr wieder abwärts.

«Das war ein guter Sprint», sagte Bill.

«So gut wie ein christlicher Sportler?» fragte Blair, der an sein erstes Gespräch mit Bill im «Young Prince» dachte.

«Fast.»

Der Maschinist muß sich fragen, warum der Korb ständig hoch- und runterfährt, dachte Blair, aber das war um so mehr ein Grund, seinen Posten nicht zu verlassen.

«Sie waren bei Twiss, als das Gas explodiert ist», sagte Blair zu Jaxon.

Bill sah Smallbone an, der beobachtete, wie der Schacht den Korb verschluckte, und dann sagte: «Es tut nichts zur Sache.»

Sie würden nicht zur irgendwelchen Gleisen oder Kanälen marschieren, dachte Blair. Wenn der Korb unten angekommen war, würden sie ihn einfach hinterherwerfen, und er wäre ein weiteres Opfer eines spätabendlichen Spaziergangs in Wigan. Er sah sich in den Schacht stürzen. «In die Lüfte schoß einen Pfeil ich froh, der sank auf die Erde, nicht wußt' ich wo.» Nun, er würde es wissen.

«Was ist Ihrer Meinung nach passiert?» fragte Blair.

«Die Explosion? Meine Meinung?» sagte Smallbone. Er stützte sein Gewicht weiter auf die Schaufel und hielt das abrollende Kabel im Auge. «Das Ganze ist ein Witz. Der Herr hat's gegeben, der Herr hat's genommen, und dabei schüttet er sich wahrscheinlich aus vor Lachen.»

Blair betrachtete das verbogene Messing, das einmal eine Sicherheitslampe gewesen war. «Wußte Maypole es?»

«Schon möglich; er hatte jedenfalls genug Licht, um zu sehen. Die Wahrheit ist, daß ein Bergmann, der glaubt, er würde nicht in seinem eigenen Grab arbeiten, ein Narr ist. Von Maypole wußte ich das. Aber es überrascht mich festzustellen, daß auch Sie einer sind.»

Er nickte Bill kurz zu, worauf jener ausholte, um Blair über die Kante zu treten. Doch der wurde von einer Gestalt abgelenkt, die den Hof ohne Lampe überquerte.

Smallbone blinzelte und rief: «Ist das Wedge? Battie?»

«Ich habe mit Rose gesprochen», erwiderte Charlotte.

«Sieh zu, daß wir ihn los werden», sagte Smallbone zu Bill, der Blair über die Kante trat.

Charlotte trug Hemd und Hose und in der Hand eine langstielige Schaufel zum Kohleklauben. Als sie Smallbone damit traf, machte das Schaufelblatt ein Geräusch wie ein chinesischer Gong.

Blair hatte eines der Führungskabel aus gefettetem Stahl zu fassen bekommen und versuchte, sich wieder hochzuhangeln. Smallbone wurde von einem weiteren Hieb Charlottes gefällt. Sie war nur ein verschwommener Schatten, der die schwere Schaufel schwang wie ein beidhändiges Schwert. Blair hangelte sich vom Kabel zur Rampe, wo Bill auf ihn wartete. Charlotte trieb die

Schaufel in Bills Rücken und warf sie dann, als er sich nicht rührte, gegen seinen Kopf, womit sie seine Aufmerksamkeit schließlich gewinnen konnte. Bill drehte sich um und schlug sie mit dem Handrücken nieder. Blair sah, wie sie zu Boden ging, als er gerade auf die Planken kletterte. Er griff die am Boden liegende Schaufel und schwang sie, als Bill sich wieder zu ihm umdrehte, mit aller Kraft gegen sein Knie wie ein Mann, der zum ersten Schlag gegen einen zu fällenden Baum ausholt. Bill schwankte zur Seite. Blair warf ihm die Schaufel zu. Als Bill sie mit beiden Händen auffing, machte Blair einen Schritt nach vorn und hämmerte seine Faust auf den Punkt über Jaxons Nasenwurzel. Bill taumelte nach hinten, wo nichts war außer Luft, und balancierte am Rand des Abgrunds. Sein Schal flatterte im Luftzug aus dem Schacht. Als er die Schaufel fallen ließ, landete sie auf seinem Fuß und trieb ihn einen weiteren Millimeter über die Kante. Die Schaufel jagte dem Korb hinterher, ihr Blatt schlug scheppernd gegen die Steinwände des Schachts.

«Ich hab' dich, Bill, alter Junge.» Smallbone legte seine Hand fest um die von Jaxon.

Als er nach Smallbones Hand griff, verlor Bill das Gleichgewicht. Sein Körper neigte sich jetzt in die falsche Richtung, der Winkel wurde immer ungünstiger, und sein Holzschuh rutschte ab. Das Eisen, auf dem er geschlittert war, glitt über das morsche Holz der Schachtkante.

«Scheiß – Maypole», sagte Bill und fügte noch hinzu: «Das war's.»

Seine Augen verdrehten sich rückwärts, und der Rest seines Körpers folgte. Er ruderte mit der freien Hand und fiel.

«Mein Gott», sagte Smallbone.

Seine Fersen schrammten über die Planken, während er versuchte, sich aus Bills Umklammerung zu lösen, bis auch er über den Rand des Abgrunds verschwand.

# 28

Eine Brise wehte vor Blair her und ließ die Gänseblümchen wie Schaumkronen auf dem Wasser tanzen. Er war diesen Pfad schon einmal gegangen und konnte ihm ohne Probleme folgen, zumal ein Samtband, das sich von einem Rock losgerissen hatte, und Gewehrsalven ihm den Weg wiesen.

Die Wiesen führten zu höher gelegenen Hängen, auf denen, durch Reihen schwarzer Steine voneinander getrennt, Schafe weideten. Er trug eine Jacke aus Harris Tweed über Rippen, die sich wie neu anfühlten, und er atmete ohne jedes Stechen die Luft ein, die vor Leben zu vibrieren schien, als ob das flirrende Glitzern fliegender Insekten ein elektrisches Feld von niederer Spannung geschaffen hätte, das jedes Objekt in Sichtweite auflud. Von Zeit zu Zeit blieb er stehen, ließ den Rucksack von seinen Schultern gleiten und fixierte mit seinem neuen Teleskop einen Habicht, der über einem verfallenen Grenzmal kreiste, oder ein Schaf, das durch das Heidekraut schnupperte.

Er richtete das Fernglas auf den letzten Hügel, wo der Wind das Gras aufrichtete, bis er unter Wolken, weiß und still wie Säulen, eine Picknickgesellschaft entdeckte.

Wie zuvor war der Orientteppich der Hannays ausgebreitet. Lady und Lydia Rowland waren wieder wie elegante, lebhafte Blumen gekleidet, die Mutter in einem Samtensemble von der malvenfarbenen Tönung einer amerikanischen Aster, die Tochter in einem zartlila Kleid aus Crêpe de Chine, ihr goldenes Haar unter einem Sonnenhut versteckt, dessen gedämpfte Farben den ambivalenten Zustand widerspiegelten, in dem sich die Familie befand. Die Männer – Hannay, Rowland und Leveret – trugen Schwarz. Schläfrige Fliegen krabbelten über die Überreste von eingelegter Ente, Bohnenkrautpasteten, Biskuits und Dessertgläsern mit rotem Bordeaux. Ein Moschusduft von Schießpulver lag in der Luft.

Lady Rowland errötete irritiert, als sie Blair erblickte, während ihre Tochter Lydia sich umsah wie eine vergoldete Statue, die auf ihr Stichwort wartet.

«Da kommt er höchstpersönlich», sagte Rowland.

Hannay richtete sich steif auf und schirmte seine Augen gegen die Sonne ab. Blair bemerkte Spuren von Verwahrlosung an dem Bischof, weiße Stoppeln am Kinn.

«Ein Gesicht, um uns aufzuheitern. Gut. Wir anderen sind untröstlich, aber Sie scheinen gänzlich wiederhergestellt, Blair. Rasiert, geheilt, mit rosigen Wangen.»

«Besser noch, bezahlt», sagte Blair. «Ausgerüstet und dank Ihnen auf dem Weg nach Afrika. Das mit Ihrer Tochter tut mir leid.»

«Es war unerwartet.»

«Es war eine bittere Enttäuschung», sagte Lady Rowland. Sie klang nicht besonders enttäuscht. Wenn überhaupt, schien eine gewisse Zufriedenheit in ihren Mundwinkeln zu lauern.

Lydia schimmerte wie ein Strauß Blumen, ein Tischgesteck, das man nach draußen gebracht hatte. «Wann reisen Sie ab?»

«Morgen. Ihr Onkel war so freundlich, mich mit der abschließenden Erfassung der Minen an der Goldküste zu betrauen, obwohl ich erwogen habe, noch eine Weile zu bleiben, um die Familie meiner Mutter ausfindig zu machen. Sie stammte von hier. Wahrscheinlich ergibt sich die Gelegenheit nie wieder.»

«Ich bin überrascht, daß Sie überhaupt so lange geblieben sind», sagte Hannay.

«Es ist eine wunderschöne Gegend.»

«Von einem alten Afrika-Veteranen wie Ihnen ist das ein Kompliment», sagte Rowland. «Sie sind aus dem Grab wieder auferstanden. Wie ich gehört habe, haben Sie eine Woche in unserem alten Haus verbracht, bevor Sie wieder ins ‹Minorca› gezogen sind. Sie haben wahrhaft die ganze Umgebung infiziert.»

«Reichen die Arsenvorräte?»

«Der Apotheker ist ein guter Mann. Sie kennen ihn ja selbst recht gut.»

«Noch etwas, was wir gemeinsam haben.»

«Das letzte. Wie steht es mit Ihrem Sinn für Ironie?»

«Hab' ich praktisch mit der Muttermilch aufgesogen.»

«Chief Constable Moon hat mir von zwei Bergleuten berichtet, die vor zwei Wochen mitten in der Nacht in den Schacht der Hannay-Zeche gefallen sind. Man hat sie am nächsten Morgen gefunden, als der Korb nach oben kam. Tot, laut Bericht des Gerichtsmediziners sind sie im Fallen gegen die Schachtwände geschlagen und durch die Wucht des Aufpralls zermalmt worden.»

«Was für eine grausame Geschichte», sagte Lady Rowland. «Warum hat dich der Chief Constable mit einer derartigen Geschichte behelligt?»

«Er kennt mein Interesse an ungewöhnlichen Phänomenen.»

«Zwei Betrunkene, die in einen Schacht fallen, das hört sich nicht besonders ungewöhnlich an.»

«Ungewöhnlich daran ist, daß es zwei erfahrene Bergleute waren, die ausgerechnet in den Schacht der Zeche gefallen sind, auf der sie gearbeitet haben. Und daß es sich um dieselben beiden Männer handelt, die bei der Grubenexplosion im Januar als Helden gefeiert wurden. Wenn das keine Ironie des Schicksals ist, was dann?»

«Vielleicht ist es auch eine Moritat», sagte Blair.

«Und was ist die Moral von der Geschichte?» Lydia klang verloren.

«Das ist es ja eben, meine Liebe», sagte Lady Rowland, «wir werden es nie wissen. Das Leben, das diese Menschen führen, ist so anders.»

Rowland war noch nicht fertig. «Es war, genaugenommen, dieselbe Nacht, in der Charlotte verschwunden ist, also haben wir eine Ironie *und* einen Zufall. Vielleicht sollten wir uns auf den Zufall konzentrieren.»

«Dafür müßte es eine Verbindung geben», sagte Leveret.

«Doch Charlotte kannte die Bergleute nicht und hat sie wahrscheinlich nie in ihrem Leben gesehen.»

«Sie war mit den Grubenweibern vertraut. Mein Onkel wird das ‹Heim für Frauen› auf mein Drängen hin schließen.»

«Wenn Ihnen das Befriedigung verschafft», sagte Blair.

«Nichts verschafft mir Befriedigung. Ich habe Ruhm erworben; ich trage einen berühmten Namen; zumindest werde ich es tun. Doch es ist, als ob man mir einen Garten mit einem Baum in der Mitte versprochen hätte, dessen Äste einen ganz bestimmten Apfel tragen. Mein ganzes Leben habe ich darauf gewartet, in diesen Apfel zu beißen, und jetzt sagt man mir, daß zwar der Garten mir gehört, der Apfel jedoch von einem anderen gestohlen wurde. Mir wurde meine Befriedigung geraubt.»

«Immerhin kriegen Sie die Kohle», sagte Blair.

«Blair ist selbst vor einigen Wochen gestürzt», sagte Hannay. «Ich habe ihn besucht. Er hat die meiste Zeit deliriert. Seine Genesung ist wirklich bemerkenswert.»

«Danke», sagte Blair. Und es stimmte, sogar die Malaria war abgeklungen. Keine braune Pisse mehr, sein Wasser war rein wie eine Gebirgsquelle. «Vielleicht liegt es an der Luft.»

«Sie sollten sich in Wigan niederlassen», sagte Lydia.

«Es ist eine große Versuchung. Das Gold für die gemütlichere Suche nach Kohle aufgeben.»

«Was genau wissen Sie über ihre Mutter?» fragte sie.

«Gar nichts Genaues. Wir waren auf der Überfahrt nach Amerika, als sie starb. Sie hat den Leuten auf dem Schiff erzählt, daß sie aus Wigan stammte. Sie hätte eine Magd, eine Fabrikarbeiterin, eine Ladengehilfin oder ein Grubenweib sein können.»

«Aber auf ihrem Gepäck muß doch ihr Name gestanden haben.»

«Sie hatte kein Gepäck. Wenn sie Papiere bei sich hatte, hat sie sie zerrissen oder weggeworfen.»

«Sie hatte Ärger», sagte Rowland. «Oder vielleicht wollte sie auch nicht, daß Sie zurückkommen und die Verwandtschaft belästigen.»

«Das dachte ich auch immer», sagte Blair. «Und doch bin ich hier.»

Hannay schenkte Blair ein Glas Wein ein, was jener entgegennahm, ohne sich hinzusetzen. «Sie sollten Rowland schießen sehen», sagte der Bischof. «Seine Treffsicherheit ist enorm. Er hat die hiesige Tierbevölkerung schon kräftig dezimiert.»

«Wir waren in Afrika gemeinsam jagen. Dort hat er auch die Bevölkerung dezimiert.»

«Auf Ihr Wohl.» Leveret hob sein Glas zu Blair. «Ich bin froh, daß Sie noch immer hier sind.» Blairs Besuch beim Stall oder die Tatsache, daß er eine Kutsche ausgeliehen hatte, während alle anderen angenommen hatten, daß er zu lädiert war, um das Bett zu verlassen, erwähnte er mit keinem Wort.

«Wirklich seltsam», sagte Hannay. «Immer hatten wir Angst, daß Charlotte bei einer Tafel oder einem Ausflug auftauchen könnte. Erst jetzt ist mir klar geworden, daß sie in Wirklichkeit der Mittelpunkt jedes Ereignisses war. Ohne sie scheint alles sinnlos.»

«Das Leben geht weiter», sagte Lady Rowland.

«Aber das Leben ist nicht mehr dasselbe.» Hannay beobachtete, wie Rowland eine Schachtel Patronen öffnete. «Deine Hände zittern, Neffe.»

«Das ist die Malaria», sagte Lady Rowland. «Wir werden nach London gehen, die Ärzte konsultieren und über die Saison bleiben. Rowland wird dort ein höchst begehrter Mann sein. Er wird vor den Frauen flüchten müssen.»

«Und umgekehrt», sagte Blair.

«Ohne Charlotte wird es nicht dasselbe sein», sagte Lydia. «Sie hat mich eingeschüchtert, weil sie so intelligent war, aber ich fand sie immer aufregend, weil ich nie wußte, was sie als nächstes sagen würde.»

«Was redest du da?» fragte Lady Rowland. «Dir steht selbst eine strahlende Saison bevor, meine Liebe, und wir werden uns an nichts von all dem erinnern. Sogar Mr. Blair wird aus unserem Gedächtnis verschwinden.»

«Haben die Detektive irgendwas gefunden?» fragte Lydia.

«Nein.» Ihre Mutter warf einen giftigen Blick in Richtung der Wildhüter, bevor sie leiser wiederholte: «Nein. Ihr Onkel hat die beste Privatagentur in Manchester engagiert. Keine Spur von ihr. Du mußt jetzt an die Familie denken.»

«Blair könnte nach ihr suchen.»

«Ja, wo seine Suche nach Maypole doch so erfolgreich war», sagte Rowland. «Onkel, würdest du bitte den Brief vorlesen, der heute angekommen ist?»

Der Bischof starrte weiter auf die Mauer, die den Horizont begrenzte. Abwesend tasteten seine Hände nach einem Brief in der Brusttasche seines Gehrocks, den er Leveret gab. «Los, lesen Sie», befahl Rowland. Leveret schluckte und las dann laut:

> Mein verehrter Lord Hannay. Dies ist gleichzeitig ein Abschiedsgruß und eine Entschuldigung für die Sorgen, die ich Ihnen bereitet habe. Ich möchte keine Ausflüchte für mein Verhalten anführen, doch ich habe Gründe, die ich Ihnen in der Hoffnung erläutern möchte, daß Sie eines Tages mit Verständnis und Vergebung an mich denken können. Sollte ich Sie enttäuscht haben, so habe ich mich selbst zehnmal mehr enttäuscht. Ich war nicht der Hilfsgeistliche, der ich hätte sein können, genausowenig wie Wigan die einfache Gemeinde war, für die ich es anfangs hielt. Wigan besteht genaugenommen aus zwei verschiedenen Welten, einer Welt über Tage, aus Häusern mit Dienern und Kutschen, und einer anderen Welt, die unter der Erde liegt. Im Verlauf meines Dienstes hier habe ich entdeckt, daß ich nicht beiden Welten mit gleichem Herzen dienen kann. Es gab eine Zeit, in der auch ich wie Reverend Chubb die Gelehrsamkeit höher schätzte als die Freundschaft eines Mitmenschen. Heute weiß ich, daß es auf Erden keinen größeren Schatz gibt als den Respekt der arbeitenden Männer und Frauen von Wigan. Die Eitelkeiten der Kirche werde ich keinen Moment lang vermissen. Doch Wigan wird auf ewig in meinem Herzen bleiben.

Morgen werde ich ein neues geistliches Amt antreten. Gott sei Dank werde ich diese Last nicht alleine tragen, denn Charlotte wird mit mir gehen. Ich kann Ihnen unser Ziel nicht offenbaren, doch seien Sie gewiß, daß wir zufrieden sind wie zwei Menschen, die mit vollkommenem Gottvertrauen ausgerüstet sind. Morgen beginnt das große Abenteuer! Voller Respekt und Zuneigung,

Ihr bescheidener, gehorsamer Diener John Maypole.

Leveret betrachtete den Umschlag. «Er wurde vor drei Tagen in Bristol abgestempelt.»

«Ich hätte schwören können, daß Maypole tot ist», sagte Blair.

«Nicht nach diesem Brief», sagte Rowland.

«Es ist Johns Handschrift», sagte Leveret. «Und es sind seine persönlichsten Empfindungen. Ich selbst habe ihn einige dieser Wendungen benutzen hören.»

«In den letzten drei Tagen haben Hunderte von Schiffen den Hafen von Bristol verlassen», sagte Rowland. «Sie könnten längst überall in Europa sein oder Missionar in einem Slum im Süden Englands spielen.»

«Glaubst du, daß sie geheiratet haben?» fragte Lydia.

«Natürlich sind sie verheiratet», sagte Lady Rowland. «Es spielt ohnehin keine Rolle, dein Onkel wird sie verstoßen. Er muß es. Sie hat die Familie verraten, um mit diesem Verrückten durchzubrennen.»

«Das ist alles, was Maypole geschrieben hat?» fragte Blair. «Nichts darüber, warum er verschwunden oder wohin er gegangen ist?»

«Das ist alles», sagte Leveret.

«Wir haben doch schon seit Monaten auf einen Brief von Reverend Maypole gewartet, oder nicht?» sagte Lydia.

«Er muß die ganze Zeit über in heimlichem Kontakt mit Charlotte gestanden haben. Wir haben die Detektive abgerufen. Es ist unergiebig, zwei Ausreißern hinterherzujagen.»

Leveret nahm seinen Hut ab, als hätte er erst jetzt entdeckt, was für ein warmer Deckel er war. Blaue Punkte säumten seinen Haaransatz.

«Meinen Sie, Sie könnten in Afrika Hilfe gebrauchen?» fragte er.

«Nein. Tut mir leid.»

«Die Frage ist, ob Blair nicht von Anfang an mit Maypole unter einer Decke gesteckt hat», sagte Rowland. «Ich habe beobachtet, wie Charlotte ihn angesehen hat, als ich mit den Geschenken für die Royal Society eingetroffen bin.»

«Den Affenhänden?» fragte Blair.

«Earnshaw hat mir erzählt, wie Blair ständig hinter ihr her war und sie gegen mich aufgehetzt hat.»

«Sie machte nicht gerade den Eindruck, als ob sie übermäßig von mir angetan gewesen wäre.»

«Sie haben uns beide etwas vorgespielt. Sie waren von Anfang an Maypoles Agent.»

«Hochwürden?» wandte sich Blair um Richtigstellung an den Bischof, doch Hannay schien kaum zuzuhören.

«Sie haben die Wahrheit über Ihre Mutter nie erfahren?» fragte Lydia, bemüht, das Thema zu wechseln.

«Nein, das habe ich wohl nicht. Vielleicht ziehe ich das Geheimnis vor.»

«Tolles Geheimnis», sagte Rowland. «Ein Flittchen läßt sich von einem Ladenschwengel schwängern, trägt sein Balg aus und ist damit gebrauchte Ware. Sie läßt sich noch ein Kind andrehen, allerdings nicht von einem Mann, der dämlich genug ist, sie zu heiraten, bettelt sich die Passage nach Amerika zusammen und beendet unterwegs ihr kurzes, häßliches Leben. Vielleicht stimmt die eine oder andere Einzelheit nicht ganz, doch ich würde das Geheimnis für gelüftet halten. Versuchen Sie nicht, ihr eine Würde zu geben, indem Sie es so nennen.»

Blair zählte die zwei Schritte, die es brauchen würde, auf die andere Seite des Teppichs zu gelangen, einen in den Senf, einen in die Pastete und er wäre bei Rowland, der die Schrotflinte erhoben hatte und sagte: «Jetzt gibt es keine Palmen oder Eingeborenen mehr, hinter denen Sie sich verstecken können, was? Was halten Sie von meiner Detektivarbeit? Ich denke, jetzt habe ich Sie endlich. Ihre Mutter war eine willige Hure, ein syphilitisches, namenloses Nichts, die Art Müll, die täglich von Schiffen ins Meer geworfen wird. Ist das präzise genug?»

Blair zuckte die Schultern. «Wissen Sie, ich habe oft dasselbe und Schlimmeres gesagt. Jahrelang. Weil ich mich verlassen gefühlt habe, ob sie etwas daran hätte ändern können oder nicht, ob sie nun gestorben war oder nicht. Es hilft mir, diese Worte aus Ihrem Mund zu hören, weil es mich daran erinnert, wie dumm und gehässig diese Sätze waren. Vor allem dumm. Weil sie kaum mehr war als ein Mädchen, und wenn ich daran denke, wie verlassen sie sich gefühlt haben muß, ohne einen Penny, nachdem sie die Passage gelöst hatte, ohne Gepäck, ohne Freunde, ohne Kraft, schon todkrank, bevor sie überhaupt an Bord ging, wohlwissend, daß sie wahrscheinlich auf der Überfahrt sterben würde, dann weiß ich zu würdigen, wieviel Mut es sie gekostet haben muß, von hier zu fliehen. Wenn ich also eines über meine Mutter weiß, dann, wie tapfer sie war, und weil ich das erst begriffen habe, als ich nach Wigan gekommen bin, hat sich die Reise wohl gelohnt.»

Er trank seinen Wein aus und stellte das Glas ab. Es war ein wunderbares Gefühl, nicht in jedem Knochen einen ziehenden Schmerz zu spüren. Die Schrotflinte in Rowlands Händen begann zu zittern, und Schweißtropfen rannen über sein Gesicht.

«Du schießt zu viel, mein Junge», sagte Lady Rowland. «Davon bekommst du Fieber.»

Hannay beugte sich heiser flüsternd nach vorne. «Wenn du nicht so viel Arsen essen würdest, würden deine Hände nicht so zittern, Rowland. Wenn du noch ein wenig weißer wärst, könntest du ein Schneemann sein, wenn du noch wahnsinniger wärst, der Erzbischof von Canterbury. Wenn ich dir einen Rat geben darf, heirate, solange du noch so weit bei Verstand bist, daß du nicht die Vorhänge hochkletterst. Verpflichtungen haben Vorrang; Verrückte werden nicht ins House of Lords zugelassen. Du kannst verrückt werden, wenn du erst mal drin bist.»

«Darf ich?» sagte Leveret und nahm Rowland behutsam die Schrotflinte ab.

«Nun, ich muß leider gehen», sagte Blair.

Er schulterte seinen Rucksack und folgte dem Pfad, den er gekommen war. Er war etwa einhundert Meter gegangen, als er eine Gestalt bemerkte, die ihm durch das hohe Gras nachgestapft kam. Er drehte sich um und sah Hannay.

«Hochwürden?»

«Danke, Blair. Es ist so selten, daß Sie sich in irgendeiner Form vor mir verbeugen. Wegen des Briefes.»

«Ja?»

Hannay hielt ihn in der Hand. Er entfaltete den einzelnen Bogen und überflog die Zeilen.

«Gut gemacht. All die typischen Maypole-Marotten und -Schnörkel. Die Frage ist, glaube ich es?»

«Und, glauben Sie es?»

«Nicht einen Moment lang.»

Blair sagte nichts. Hannay zwinkerte. In seinen Augen das Wunder von salzigem Wasser. Sein Gehrock flatterte im Wind wie ein loses Segel.

«Nicht buchstäblich», fügte der Bischof hinzu.

«Was soll das heißen?»

«Nicht wortwörtlich. Die Menschen fragen mich manchmal, ob sie die Schöpfungsgeschichte glauben sollen. Wurden Himmel und Erde in sechs Tagen erschaffen? Wurde Eva aus Adams Rippe geformt? Nicht wortwörtlich. Es ist ein Gleichnis, keine Tatsache. Wir können uns nur nach Kräften bemühen, es zu verstehen.»

«Haben Sie es verstanden?»

«Ja.» Hannay faltete das Blatt wieder zusammen und schob es in seine Brusttasche.

Blair drehte sich auf dem Pfad um. Hannay war zu dem Picknick zurückgekehrt, das aus dieser Entfernung kaum hörbar seinen Fortgang nahm. Die Szene strahlte wieder die Friedlichkeit einer englischen Familie inmitten englischer Hügel unter englischen Wolken aus, der Himmel wie ein Teich aus flüssigen Kristallen.

Vom Fuße des Hügels sah er sich erneut um, und Hannay, die Rowlands und Leveret wirkten so winzig wie Figuren in einem Wassertropfen.

# 29

Im Dunst des Liverpooler Nachmittags legte die «Blackland», ein Schiff der African Steam Ship-Gesellschaft, vom Nordpier ab und fuhr, die Strömung der Ebbe nutzend, den Mersey-River flußabwärts. Schwer beladen und tief im Wasser liegend, bahnte sie sich einen Weg zwischen den Kohlekähnen und Ketschen auf dem Long Reach, zunächst in nördlicher Richtung, dann nach Westen und schließlich südlich aufs offene Meer hinaus.

Die «Blackland» war eine tapfere Arche der Zivilisation, schwer beladen mit Tuch aus Manchester, Knöpfen aus Birmingham, Bibeln aus Edinburgh und Töpfen, Pfannen, Nägeln und Sägen aus Sheffield. Aus London kamen «Punch», «The Times» und Kommuniqués des Colonial Office, das imperiale Anweisungen oder Konzessionen erteilte, ganz zu schweigen von den Postsäcken mit persönlichen Briefen, die den auswärtigen Dienst erträglich machten. Cognac, Sherry und Gin waren wie Chinin, Opium und Zitronensäure mit Holzwolle in Kisten verpackt. Aus dem Frachtraum trieb der Duft von Palmenöl, das das Schiff auf der Rückreise transportierte.

Die «Blackland» machte bestenfalls acht Knoten, da der Kapitän eine Prämie für den gesparten Treibstoff kassierte, so daß es im Kampf gegen die entgegenkommenden Fluten des Nordatlantiks den Anschein hatte, als käme sie kaum von der Stelle. Doch auf der Höhe des Golfs von Biscaya würde der Kanarenstrom an die Oberfläche kommen und das Schiff Richtung Afrika treiben. Die «Blackland» würde in Madeira vor Anker gehen, vorsichtig die Emirate der westlichen Sahara umschiffen, wo die See kochte und die Welt endete, wie die Europäer jahrhundertelang geglaubt hatten, und schließlich, getragen vom warmen Äquatorialstrom, ihre afrikanischen Häfen anlaufen.

Im Speisesaal für die Erste Klasse versammelten sich die Passagiere um vier zum Tee und um sieben zum Dinner und blieben am ersten Abend lange an Deck, bevor sie sich in ihre beengten Kojen zurückzogen. Der Ruß, der aus dem Schornstein der Maschine aufstieg, ließ das Schiff zu einer Lokomotive auf dem nächtlichen Ozean werden.

Doch die Reling vor dem Schornstein war eine Balustrade mit Blick auf Himmelskonstellationen, die leuchteten wie frisch entzündete Feuer, vertraute Sterne, besonders kostbar, weil sie bald verschwinden und durch das Kreuz des Südens ersetzt werden würden.

Schließlich wurden auch die letzten Passagiere müde und gingen einzeln oder in Gruppen unter Deck: Wesleyanische Missionare, die bereits für die Seelen der Zulus beteten; ein Arzt, dem es selbst nicht allzu gutging, abkommandiert zur Bekämpfung einer Pockenepidemie in Grand-Bassam; Händler, bewandert in Kupferwaren, Medikamenten, Schießpulver und Seife; ein Leutnant auf dem Weg nach Sierra Leone, wo er Jamaikaner ausbilden sollte, die für den Dienst in Afrika hergeschifft worden waren; ein neuer Konsul für Axim; Kreolen in Seemannsjacken und Biberfellmützen.

Als letzter blieb ein Bergbauingenieur namens Blair an Deck, unterwegs Richtung Goldküste, zusammen mit seiner Frau, die er Charlotte nannte, wenn er sie nicht Rose rief.

## Danksagung

Ich möchte mich bei Christopher Maclehose und Anne O'Brien bedanken, die mich auf die Spur von Wigan gesetzt haben, danke auch Nikki Sheriff für den Kartenraum, Kristin Jakob für den passenden Garten, Jean Sellars für die adäquate Tracht, George Thompson für die Gedichte und Ian Winstanley für die Welt unterhalb der Oberfläche.

Aber am meisten Dank schulde ich Joe Fox, der fünf Büchern in fünfzehn Jahren den Weg gewiesen hat.